문학의 시각성과
보이지 않는 비밀

문학의 시각성과
보이지 않는 비밀

시선의 권력과 응시의 도발

나병철 지음

문예출판사

머리말

이 책은 《무정》과 〈만세전〉에서부터 《스카이 캐슬》, 《기생충》, 《사하맨션》(조남주)에 이르는 100년 동안의 우리 문학과 영화의 시각성에 대한 논의이다. 문학과 예술의 시각성에는 눈에 보이는 것뿐만 아니라 보이지 않는 것도 포함된다. 보이지 않는 것은 은유와 상징, 환상 등을 통해 시각화되어 표현된다. 은유와 환상은 단순한 현실의 재현을 넘어서서 숨겨진 비밀들을 보여준다.

그런데 자세히 살피면 보이는 것에도 재현될 수 있는 것과 재현될 수 없는 것이 있다. 예컨대 스피박이 주목한 '서발턴'은 눈에 보이지만 잘 재현되지 않는 존재들이다. 문학과 예술은 그런 재현될 수 없는 것과 보이지 않는 것을 보여줌으로써 지배권력의 감성적 치안에 저항한다. 감성적 치안이 체제의 질서를 유지하기 위한 시각장이라면 문학은 보이는 것이 전부가 아님을 알려준다. 또한 보이는 것에는 말할 수 있는 것과 말할 수 없는 것이 있음을 암시한다.

보이지 않는 것이 보이기 시작하면 우리는 놀라움과 함께 심장의 동요를 느끼게 된다. 문학에서의 놀라움과 동요는 마술쇼와 비슷하면서도 상이하다. 일루셔니스트의 마술쇼가 우리를 상상의 세계로 이동시킨다면 문학의 마술쇼는 실재(the Real)에 더 가깝게 다가가게 해준다. 보이지 않는 것을 보이게 만드는 문학이 하는 일은 시각성과 연관된 위치이동의 문제이다.

가상을 통해 은유와 환상을 사용하는 문학이 우리를 더 실재 쪽으로 이동시킨다는 것은 역설적이다. 그러나 우리 눈에 보이는 현실이란 실상 권력이 만든 규범과 표상체계에 의해 재현된 것일 뿐이다. 지배권력은 규범을 강요할 뿐 아니라 보이는 것과 보이지 않는 것 사이의 경계를 만들어 체제의 질서를 유지한다. 우리 눈에 보이는 것은 실상 지배체제의 표상공간이며 그 외부에는 경계로 차단된 실재(계)(라캉)가 있다. 지배체제가 실재를 차단하는 것은 그곳에 **권력의 비밀**과 **인간의 비밀**이 숨겨져 있기 때문이다. 문학은 권력이 경계를 통해 치안하고 있는 실재를 보이게 만들어 은밀히 비밀을 드러내며 체제에 저항한다. 문학은 말할 수 없는 권력의 비밀과 인간의 비밀을 은유와 환상을 통해 시각화하면서 실재에 접근한다. 미학적 은유와 환상이 현실보다도 더 현실적으로 느껴지는 것은 바로 그 때문이다. 또한 문학적 마술쇼에서 심장이 동요하는 것은 일루전에서와는 달리 실재라는 '진짜 현실'에 접근하기 때문이다.

지배체제가 보이는 것과 보이지 않는 것 사이에 경계를 만드는 것은 진짜 현실에 의해 체제의 캐슬이 무너질까 두려워서이다. 지배권력은 시각적 경계를 만들면서 체제 내의 실재적인 요소인 타자를 배제한다. **타자**란 체제 내부의 일원인 동시에 실재의 잉여를 지닌 존재이다. 타자는 하위계층에 속해 있지만 그의 무기는 '진짜 현실'(실재)에 접촉하고 있다는 점이다. 내부이면서 외부인 타자는 권력이 가장 골치 아파하는 존재이다. 근대세계에서 지배권력의 역사는 체제 전복의 두려움으로 타자를 배제하고 추방해온 역사라고 할 수 있다.

《무정》과 〈만세전〉, 그리고 《기생충》, 《사하맨션》의 공통점은 권력에 의해 무력화된 타자를 그리고 있다는 점이다. 《무정》에는 조선인 농민이 '원주민'으로 그려지며 〈만세전〉에는 피식민자가 '무덤 속의 구더기'로 묘사된다. 또한 《기생충》에는 부자에게 기식하며 기생충처럼 살아가는 타자가 등장하고 《사하맨션》에는 지렁이와 나방처럼 생존하는 빈민들이 그려진다. 구더기, 기생충, 나방은 제거되어도 별문제가 없는 크리스테바가 말한 앱젝트이다. 앱젝트란 인화 물질 같은 타자의 위험성이 소거된 무력한 존재이다. 《무정》에서 《사하맨션》까지 100년을 관통하는 우리 문학의 특징은 그런 비천한 앱젝트가 자주 등장한다는 점이다.

비천한 앱젝트는 프롤레타리아와는 달리 역사의 주체로 행동할 능력이 없다. 만일 지배권력이 경제적 착취에 머물렀다면 타자는 프롤레타리아로 일어서면서 혁명을 꿈꾸었을 것이다. 그러나 지배체제는 계급적 착취와 함께 시각적 차별을 통해 위험한 타자를 무력화시켜 왔다. 구더기와 기생충, 나방의 공통점은 보이지 않거나 혐오감으로 인해 연대가 어려워진 존재라는 점이다. 우리는 혹독한 착취의 역사를 경험했지만 그에 대한 저항의 과제는 마르크스주의의 프롤레타리아 서사와는 조금 달랐다. 우리 문학이 먼저 해야 할 일은 보이지 않는 앱젝트를 보이게 만들어 위험한 타자의 생동감을 회생시키는 데 있었다. 우리의 역사와 문학의 대응에서는 경제적 차별과 더불어 시각적 차별에 저항하는 일이 매우 중요했다.

시각적 · 감성적 차별은 인격의 차별과 함께 감각과 정신을 꿰뚫는 존재 자체의 강등을 가져온다. 식민지 시대의 조선인은 계급적 착취 이전에 요보로 강등된 후에 노동자로 팔려갔다. 100년의 세월이 지났지만 하층민에 대한 시각적 차별은 크게 다르지 않다. 《기생충》은 바퀴벌레처럼 자신의 신체를 보이지 않게 만들어야 생존할 수 있는 빈민의 존재를 보여준다.

이 책은 지난 1세기 동안 왜 우리 문학이 굳건한 저항의 주체보다 인격적 차별을 받는 비천한 존재들을 그려왔는지 살펴보았다. 그처럼 타자들이 앱젝트로 강등된다면 어떻게 지배체제에 대한 저항이 가능할 것인가. 그에 앞서 타자의 저항성을 무력화하는 시각적 차별이란 구체적으로 무엇인가.

시각적 차별은 시각적·감성적으로 다른 신체를 인간 이하로 강등시키는 인종주의에서 가장 분명하게 나타난다. 인종주의는 골상학적으로 다르게 보이는 사람들을 마치 인간-동물처럼 취급한다. 우리는 식민지를 통해 근대화를 시작했기 때문에 처음부터 시각적 차별에 의해 인격적 수모를 당하며 살아야 했다. 경제적 차별은 하층민을 비인간적으로 착취하지만 프롤레타리아라는 저항 주체를 생성시킨다. 흔히 저항담론은 가장 착취받는 사람이 해방을 위한 역사적 주체로 선봉에 선다고 주장한다. 그러나 식민지에서 비천한 신체로 강등된 사람들은 그런 저항 주체로 나서기 어려운 사람들이다. **시각적 차별**은 고통받는 타자가 정치의 무대에 등장하지 못하게 사전에 막는 장치임을 알 수 있다.

그러나 '무덤 속의 앱젝트' 같은 사람들은 물밑에서 서로 연대해 만세운동을 일으켰다. 3·1운동은 특정한 역사적 주체에 의해 이끌린 것이 아니라 인격적으로 차별받는 사람들이 벌거벗은 얼굴로 공감하며 물밑에서 연대한 운동이었다. 이 비폭력적인 운동은 저항이란 반대쪽의 폭력이 아니라 제국의 상상적 죽음권력에 대항하는 생명적인 해방의 요구임을 보여주었다. 제국에 의해 앱젝트로 강등된 사람들은 독립된 삶을 살 수 있는 인격적 해방을 외쳤다. 이 운동에서 가장 중요한 움직임은 보이지 않던 사람들이 보이게 되었다는 것이다. 어떤 폭력적 시위도 없었지만 제국의 시각장에서 타자의 위치로의 시각적 이동이 일어난 것이다. 운동이 시작되자 제국에 의해 보이지 않게 된 사람들(타자들)이 거리에 쏟아져 나와 보이기 시작했다. 그처럼 시각성이 타자의 위치로 이동하는 순간은 실재계의 메아리 속에서 제국의 비밀과 타자의 비밀이 드러나는 순간이다. 그 순간 조선인이 자신을 앱젝트로 만든 제국의 비밀에 대항하며 서로 에로스적으로 연대(타자의 비밀)함으로써 저항이 시작된 것이다. 3·1운동은 **저항**이 대항폭력이 아니라 위치이동의 문제임을 알린 최초의 운동이었다. 사람들은 만세를 외치면서 권력의 시각장에서 타자의 위치로, **상상계**에서

실재계로 움직이고 있었다.

3·1운동에서 보이지 않던 것이 보이게 되자 사람들은 심장의 동요를 느끼기 시작했다. 조선인들은 제국의 비밀과 타자의 비밀을 보며 심장이 동요하는 힘으로 제국의 캐슬을 뒤흔들었다. 제국에 대항할 무기를 갖지 못했지만 상상계에서 실재계로 이동함으로써 견고한 제국의 지배체제를 흔들 수 있게 된 것이다.

이런 새로운 저항의 방식은 100년 후의 촛불집회에서도 다르지 않다. 촛불집회는 일상에서는 잘 보이지 않는 사람들이 광장에 모여 환한 촛불을 밝히는 시위이다. 사람들이 화염병이나 돌멩이 대신 촛불을 든 것은 매우 상징적이다. 촛불집회에서 가장 중요한 것은 보이지 않는 사람들이 보이기 시작했다는 점이다. 집회에 참여한 사람들은 신자유주의의 비밀과 그에 대항하는 에로스의 비밀을 보게 되었다. 그 순간 가슴이 동요하는 힘으로 물신화된 신자유주의의 캐슬을 뒤흔든 것이 바로 촛불집회이다. 촛불집회 역시 저항이란 무력 행사가 아니라 상상계에서 실재계로의 위치이동임을 보여주었다.

두 가지 운동은 능동적 인격을 회생시키는 시각적 저항의 중요성을 암시한다. 그만큼 우리의 역사와 문학에서는 경제적 차별과 함께 시각적 폭력이 중요한 문제로 작용하고 있었던 것이다. 시각적 폭력이란 인격성의 강등이며 그런 존재론적 폭력의 행사는 1세기 동안 크게 달라지지 않았다.

시각적 차별은 위험한 타자들을 정치의 무대에서 쓸쓸하게 퇴장시키는 것을 목적으로 한다. 그런데 식민지 시대와 오늘날(신자유주의)에는 그 차별의 기제에 중요한 차이가 있다. 식민지에서는 조선인을 보이지 않는 존재로 만든 후에 경제적 착취를 했기 때문에 무자비한 과잉폭력이 행사되었다. 여기서는 시각적 폭력이 계급적 폭력의 **전제 조건**이었다.

반면에 신자유주의에서의 시각적 차별은 계급적 불평등이 심화된 양극화의 산물이다. 여기서의 시각적 차별은 계급적 차별의 극단화된 정도를 알리는 신호이다. 해결하기 어려운 자본의 폭력이 극도로 악화되어 상상적인 시각적 차별을 낳고 있는 것이다. 상상적 차별은 평등성으로 되돌아가려는 무의식적 욕망을 낳는다. 그러나 상상적인 시각적 차별이 구조화된 계급적 차별의 **결과**이기 때문에 사회적 루저는 다시 회귀할 수 없다는 불가능성에 부딪힌다.

식민지에서의 인종주의적 시각성은 **상상적인 것**이었기 때문에 비천한 하층민은 벌거벗은 얼굴의 반격을 통해 다시 타자의 역동성을 회생시킬 수 있었다. 이때 피식민자의 역동성은 상상계와 실재계 사이에서의 분열의 심리에 근거한 것이었다. 식민지 시대의 인종주의가 그런 **분열**의 심리를 낳았다면 신자유주의 시대는 다시 돌아갈 수 없다는 **우울**의 감정을 유포시킨다. 하층민이 보이지 않는 사람이 된 것은 **구조화된** 계급적 불평등성을 쉽게 해소하기 어려워졌다는 불가능성의 표지인 것이다. 이제 상상계에서 실재계로 선회하는 저항운동은 매우 지난한 일이 되었다.

그와 함께 신자유주의는 상부구조를 기계화하며 시각성 자체를 식민화하는 테크놀로지들을 개발했다. 식민지 시대의 인종주의는 조선인의 신체를 측정하는 카메라와 메스를 차별의 도구로 삼았다. 그런데 신자유주의는 감시 카메라와 신매체를 통해 피지배자의 시각성 자체를 예속화하는 방식을 사용한다.

식민지 시대의 시각적 차별은 피식민자의 신체를 보이지 않는 경계에 가두는 것과도 같았다. 여기서는 상상적 경계에 갇힌 타자의 불온한 응시를 완전히 막을 수 없었다. 반면에 신자유주의가 시각성 자체를 식민화한다는 것은 권력의 시선에 대응하는 응시를 무력화하는 것을 말한다. **시선**이 지배체제에게 승인받은 시각성이라면 **응시**는 인증받지 않은 타자의 실재계적 대응이다. 감시 카메라와 신매체는 인증샷처럼 승인받은 시선을 유포시키면서 인증할 수 없는 응시를 배제한다. 새로운 감시 카메라는 〈당신의 백미러〉(하성란)에서처럼 인증 불가능한 심리적 이탈 자체를 감시하기 때문에 응시의 회생이 매우 어려워진 것이다.

라캉은 그림과 예술이 시선과 응시의 교차에 의한 실재계와의 만남이라고 말했다. 신자유주의에서는 그런 예술이 약화된 대신 실재계에서 이연된 이미지를 유포하는 신매체가 그 공백을 메운다. 타자의 그림자가 없는 신매체의 인증샷은 구조화된 계급사회에서의 루저의 퇴출과 표리를 이루고 있다. 그 때문에 실재계적 타자에 대한 공감이 약화되어 사건이 일어나도 아무도 동요하지 않는 '이상한 고요함'이 나타난다. 그처럼 사건의 희생자에 대한 공감이 없는 시대에는 시각적 불평등성이 만연한다.

이 책은 그런 시각적 불평등성이 오늘날 어떤 비극을 낳고 있는지 자세히 살펴보았다. 시각적 불평등성이란 가난할 뿐 아니라 '없는 사람'이나 혐오스러운 존재가 되는 것을 말한다. 예컨대 《기생충》에서 하층민에게 가까이 다가갈 때 나는 이상한 냄새는 경제적 불평등성이 시각적·감성적 차별로 전이된 사회의 비극을 암시한다. 냄새는 상상적 차별의 산물이지만 그것이 구조화된 경제적 불평등성에 뿌리박고 있기 때문에 극복하기가 매우 어려운 것이다. 이 책은 우리 시대의 시각적·감성적 차별에 대응해 어떻게 상상계에서 실재계로 선회하는 저항을 시작할 수 있는지 살펴보았다.

비포는 인격성이 예속화되어 타자와의 교감을 잃고 미래를 상실한 사회를 **시간의 식민지**라고 불렀다. 시간이 식민화된 사회에서는 아무리 시간이 지나도 '더 좋은 세상'으로 가는 길이 나타나지 않는다. 그 대신 미래로 가는 일은 상류층의 '더 좋은 캐슬'에 입성하는 것과 동일시된다. 이제 미래란 더 세련된 캐슬을 축조해 그 안에 입성하는 일이 되었다. 미래에 대한 시간의 상상력이 상실된 사회에서는 그처럼 공간적 상상력이 대신 작동된다. 경제적 차별이 시각적 차별로 전이되는 것과 미래가 공간적 상상력으로 대체되는 과정은 표리를 이룬다. 이제 경제적 불평등성은 스카이 캐슬, 장미빌라, 근린 생활자, 고시원, 반지하, 지하로 서열화된다. 이 공간적 서열화는 시각적 차별인 동시에 같은 구조 안에서의 미래의 소망을 공간화한다. 즉, 미래로 가는 시간이 영원히 변화되지 않는 구조 내에서 공간화되는 것이다. 스카이 캐슬은 장미빌라의 미래이다. 장미빌라는 근린생활자의 미래이다. 고시원과 반지하 생활자는 캐슬을 꿈꾸는 동시에 그 즉시로 그것의 불가능성에 부딪힌다.

이처럼 미래가 공간적으로 고착화되고 미래의 꿈이 불가능성에 직면하는 사회는 디스토피아의 그늘을 벗어날 수 없다. 그 때문에 계급적 불평등성이 시각적으로 서열화된 사회는 **유토피아**의 열망이 **디스토피아**의 그림자를 뿌리칠 수 없는 체제이다. 과거에는 행복한 유토피아로 가는 것이 모두가 잘사는 공동체를 이루는 꿈과 구별되지 않았다. 그러나 지금은 유토피아로 다가가는 순간이 다른 곳에서 디스토피아가 나타나는 순간과 짝을 이루고 있다. 그것은 마치 캐슬이 화려해질수록 '기생충'의 지하 벙커가 생겨나는 것과도 같다. 《기생충》에서 부자의 캐슬과 지하 벙커의 공존은 미래소설에서 유토피아와 디스토피아의 공존의 예고편이다.

미래소설은 지금 나타나고 있는 시각적 불평등성에 확대경을 들이댄 것에 다름이 아니다. 《싱커》(배미주)에서 발전된 인공도시 시안과 난민촌은 시각적 차별과 인격적 차별을 동시에 보여준다. 《해피 아포칼립스!》(백민석)에서 타운하우스와 난민촌의 대비 역시 시각적 차별에 의한 유토피아와 디스토피아의 병존을 암시한다. 마찬가지로 《사하맨션》의 타운과 사하맨션의 차별 또한 계급적 불평등성이 시각적·공간적 차별로 전이된 세계의 비극을 보여준다.

《기생충》과 《싱커》, 《해피 아포칼립스!》, 《사하맨션》은 비슷하게 불평등성이 극단화되면 어떤 비극이 일어나는지 **시각적으로** 보여준다. 그와 함께 어떻게 시각적 불평등성의 사회에서 벗어날 수 있는지 어렴풋이 암시한다. 시각적 차별과 인격적 차별에서 해방되는 길은 시각적 무대에서 퇴출된 앱젝트와 **비밀교신**을 하는 것이다. 타자의 희생이 어려운 만큼 앱젝트와의 비밀교신이 더욱 은밀해진 것이 우리 시대의 특징이다.《기생충》에서 기생충이 된 기택은 아무도 모르는 모스부호로 아들 기우와 비밀교신을 한다. 앱젝트와의 비밀교신은 비천한 존재를 타자로 회생시켜 상류층의 캐슬을 뒤흔들 수 있는 유일한 방법이다. 그러나《기생충》에서 두 사람의 교신은 캐슬을 흔들 수도 사회를 변화시킬 수도 없다. 기택의 아들 기우의 꿈은 캐슬을 차지하는 것이며 그것은 또 다른 상상계의 욕망에 다름이 아니다.

그와 달리 캐슬을 뒤흔들려면 상상계적 캐슬을 다중적 주거지로 변화시키는 또 다른 비밀교신이 있어야 한다.《기생충》의 모스부호에는 심장의 동요가 없기 때문에 캐슬을 흔들 수 있는 저항력이 부족하다. 기우의 가슴이 동요하지 않는 것은 보이지 않는 권력의 비밀과 타자의 비밀이 잘 드러나지 않기 때문이다.

하지만 '기생충의 시대'에도 캐슬에 대한 대항이 절망적인 것만은 아니다. 예컨대《사하맨션》의 진경은 도경과 우미와의 에로스를 기억하며 가슴이 동요하는 힘으로 타운에 저항한다. 실험대상으로 전락한 우미와의 비밀교신은 권력의 비밀과 타자의 비밀을 드러내며 우리를 실재계 쪽으로 이동시킨다. 진경은 타운에 저항할 무력이 없을 뿐 아니라 총리실에서 최고 권력자와 만나지도 못한다. 이 답답한 상황은 상상계 쪽에 기울어 비밀이 잘 보이지 않는 우리 시대의 은유이다. 그러나 진경은 에로스의 기억인 종이배와 성가, 나비의 은유를 통해 힘을 얻는다. 그녀는 은유를 통해 비천한 존재와 교감하고 권력에 분노하면서 상상계에서 실재계로 이동하는 새로운 의미의 저항을 보여주고 있다.

새로운 의미의 저항은 상실한 에로스적 연대의 회생이기도 하다. 상상계에서 실재계로의 이동은 비천한 존재가 에로스의 대상으로 전이되는 과정을 암시한다. 즉 지렁이와 나방 같았던 사라와 실험대상인 우미가 진경의 사랑의 상대로 회생하는 전환이다. 그것은 상상적 공간의 **앱젝트**가 실재계적 **대상 a**(에로스의 대상)로 전위되는 순간이기도 하다. 앱젝트가 선을 넘으면 냄새가 나는 듯한 존재라면 대상 a는 타자가 다가올 때 심장이 뛰는 느낌으로 감지된다. 역사적 주체 대신 비천한 존재를 그리는 우리 문학에서는 그런 앱젝트에서 대상 a로의 전위가 매우 중요하다.

구더기(〈만세전〉), 기생충(《기생충》), 지렁이, 나방(《사하맨션》)은 어떻게 저항을 시작할 수 있는가. 우리의 경우 사회 현실을 변화시키는 힘은 위대한 역사적 주체가 아니라 앱젝트|대상 a와의 은밀한 교섭이었다. 앱젝트와 교섭하며 대상 a로 전위될 때 체제의 상상적 캐슬을 뒤흔드는 실재계적 저항이 나타나는 것이다. 우리 문학에서 앱젝트의 미학과 대상 a의 미학이라는 두 계열의 작품들이 큰 줄기를 이루고 있는 것은 우연이 아니다.

예컨대 〈만세전〉(염상섭), 〈지주회시〉(이상), 〈폐어인〉(최명익), 〈미해결의 장〉(손창섭), 〈난장이가 쏘아올린 작은 공〉(조세희), 〈곰팡이꽃〉(하성란), 《기생충》(봉준호 감독) 등은 앱젝트의 미학이다. 반면에 〈고향〉(현진건), 〈날개〉(이상), 〈빛 속으로〉(김사량), 〈포말의 의지〉(손창섭), 〈아홉 켤레의 구두로 남은 사내〉(윤흥길), 〈내 여자의 열매〉(한강), 《사하맨션》(조남주) 등은 대상 a의 미학이다. 앱젝트의 미학의 특징은 시대의 총탄구멍에 갇혀 시야가 좁아져 있다는 것이다. 그러나 여기서도 응시의 자의식을 통해 구멍에 갇힌 앱젝트가 체제의 증상임을 드러낸다. 구멍 속의 앱젝트가 응시를 홀리는 순간에는 시각적 한계 속에서도 상상계에서 실재계로의 이동이 나타난다. 그처럼 실재계적 응시의 자의식을 통해 앱젝트를 혐오하는 상상적 권력의 감성의 치안을 뒤흔드는 것이 앱젝트 미학의 저항이다.

거기서 더 나아가 대상 a의 미학은 응시의 공감을 통해 앱젝트를 대상 a의 위치로 전위시킨다. 그 같은 위치이동은 상상계에서 실재계로 선회하는 **코페르니쿠스적 반전**의 순간이다. 대상 a의 미학은 앱젝트와의 교섭을 통해 에로스적 연대를 생성하면서 체제의 캐슬을 뒤흔든다. 그런 방식으로 무기를 사용하지 않고도 권력의 비밀과 타자의 비밀을 드러내며 사회적 변화를 요구하는 저항을 보여준다.

앱젝트 미학과 대상 a의 미학은 보이지 않는 것을 보여주는 두 가지 미학적 마술쇼이다. 그 두 미학은 권력의 감성의 치안에 대항하며 보이지 않는 것을 은유를 통해 시각화한다. 감성의 치안(감성의 분할)이 지배체제를 유지하는 방식인 반면 그에 저항하는 미학적 은유는 아렌트가 말한 정치적 은유이다.

앱젝트의 미학이 권력의 폭력이 각인된 신체의 은유(난장이, 벌레)를 사용한다면 대상 a의 미학은 타자와 교섭하는 은유적 페르소나(조선의 얼굴, 나비혁명)를 표현한다. 그런 미학적 은유들은 우리에게 상상계에서 실재계로 이동하는 코페르니쿠스적 선회를 경험하게 한다. 이 책에서는 그 같은 코페르니쿠스적 선회를 새로운 의미의 저항으로 논의했다. 이 새로운 저항은 타자의 회생이 어려워진 오늘날 더욱 중요해진 신무기이다.

우리 시대는 프롤레타리아도 민중도 저항의 주체가 되기 어려워진 시대이다. 이제 사회적 타자는 아무런 무기도 없이 무장해제되었다. 실직자, 루저, 난민, 보트피플은 저항의 선봉에 설 수 없는 비천한 사람들이다. 그러나 저항이란 폭력에 대한 대항폭력이 아니라 은유적 정치를 통해 물밑의 연대를 생성하며 권력의 캐슬을 뒤흔드는 행위이다. 이제 화염병과 돌맹이 대신 캐슬을 고착시키는 중력에 맞서는 춤이 저항이 되었다. 3·1운동, 촛불집회, 〈빛 속으로〉, 〈내 여자의 열매〉, 〈아, 하세요 펠리컨〉(박민규)의 공통점은 상상계에서 실재계로 이동하며 체제를 동요시키는 **코페르니쿠스적 춤**을 보여준다는 점이다. 시각권력이 경제적 불평등성을 공간적으로 고착시키며 캐슬화한다면, 새로운 저항은 물밑의 연대를 통해 캐슬을 뒤흔들며 나타난다. 은유적 '캐슬'에 대한 대항은 은유적 '기생충'의 지하벙커에서 앱젝트의 비밀교신으로 촉발될 수 있는 것이다. 캐슬이 흔들리는 순간은 타자가 회생하며 마술쇼에서처럼 심장이 뛰기 시작하는 시간이다. 그 순간 보이지 않는 비밀이 불현듯 보이기 시작하기 때문이다. 이 때의 코페르니쿠스적 춤과 앱젝트의 비밀교신이야말로 무저항의 저항의 생성이다. 이 책은 3·1운동에서 촛불집회에까지 이어진 100년의 오래된 신무기로서 그런 새로운 저항의 의미를 살펴보았다.

'문학의 시각성'에 대한 토론에 참여해준 한국교원대학교 정은주, 홍진일, 이은숙, 최미란 선생님께 고마움을 전한다. 이 책을 펴내는 데 많은 도움을 주신 문예출판사 전준배 사장님께 진심으로 감사를 드린다. 아울러 이 책을 정성껏 꾸며주신 문예출판사 편집부 여러분께도 깊은 사의를 표한다.

2020년 5월
나병철

차례

제1장

보이는 시각성과
보이지 않는 비밀

1. 보이는 것과 보이지 않는 것

우리는 보이는 것이 점점 더 많아지는 시대에 살고 있다. 모든 뉴미디어는 이미지 매체이며 인간과 사물의 시각화에 대한 관심은 갈수록 증폭된다. 오늘날의 사회가 비주얼과 스펙터클의 시대라는 것을 모르는 사람은 아무도 없다. 우리가 잊고 있는 것은 보이는 것이 많아지는 시대는 보이지 않는 것도 확대되는 사회라는 점이다.

그 점은 인격성의 영역에서 명백하게 확인된다. 우리는 1퍼센트의 보이는 사람들과 99퍼센트의 보이지 않는 사람들의 세계에 살고 있다. 보이는 사물들과 보이게 하는 매체는 주류의 권력과 자본의 감각에 동화되어 있다. 나머지 사람들은 그 동화된 감각을 선망하기 때문에 자신이 보이지 않는 존재임을 잊고 살아간다. 어쩌다 그 망각의 주문에서 벗어난 사람들은 비식별성의 영역에서 냉혹하게 배제된다. 이것이 보이는 시대가 보이지 않는 시대인 이유이다.

이처럼 시각성을 장악한 권력이 피지배자에게 '보이지 않음'의 망각을 강요하는 사회는 감각적 불평등성의 세계이다. 세상은 모든 것이 다 보이지만 아무것도 보이는 것이 없는 시대이기도 하다. 우리 시대는 경제적 불평등성에 앞서 그런 감각의 불평등성이 작용하는 시대이다. 흥미로운 것은 후자가 전자를 은폐하는 역할을 한다는 점이다. 불평등성이 극단화되어도 루저들은 투명인간이 되기 때문에 불만이 있어도 양극화의 고통은 잘 표현이 되지 않는다. 더 나아가 감각의 불평등성은 망각되거나 체념되기 쉽기 때문에 경제적 불평등성을 별문제 없이 영구히 계속되게 만든다.

감각의 불평등성은 우리를 보면서도 보지 못하게 만들고 있다. 이런 사회는 랑시에르의 감성의 분할[1]이 특별하게 작용하는 체제이다. 우리는 모든 것을 보고 있기 때문에 아무것도 모호한 것이 없다고 생각한다. 그러나 우리가 보고 있는 것은 권력의 시선이 용인한 시각장이며 반대쪽의 응시[2]는 사라진다. 응시가 불가능한 비식별성의 영역을 보려고 하는 사람들은 앱젝트로 냉혹하게 배제된다. 앱젝트[3]란 권력의 시각적 미학과 감성의 분할을 어지럽히는 오물이다.

감각의 불평등성은 문화의 장에서 감각이 중시되는 우리 시대의 특징이지만 이미 식민지 시대부터 나타나고 있었다. 과거 식민지 시대부터 오늘날까지 우리는 계급적 불평등성에 앞서 감각적 불평등성의 세계에서 살아왔다. 식민지 시대는 오늘날 극단화된 시각적 차별의 기원이었으며 식민지 이후는 그 차별의 방식이 변주된 시대로 볼 수 있다.

폭력이 난무하는 식민지에서 감각의 불평등성을 말하는 것은 뜻밖의 주장으로 들릴 수도 있다. 그러나 차별적인 식민지적 시각장이 형성되었기 때문에 경제적 착취와 물리적 폭력이 상상 이상으로 증폭된 점을 주목해야 한다. 불평등한 식민지의 시각장은 피식민자를 인간 이하의 존재로 강등시켜 착취와 폭력의 행사를 원활하게 만드는 기능을 했다.

우리 시대는 더 이상 식민지가 아니지만 인격적 식민화는 오히려 더 심화된 측면이 있다. 오늘날에는 하층민이라도 과거처럼 극단적인 폭력적 착취에 시달리지는 않는다. 그러나 심화된 양극화 속에서 사회적 루저들은 보이면서 보이지 않는 존재로 살아가고 있다. 식민지 시대에 피식민자

---

1   감성의 분할이란 정치권력에 의해 규정된 시간과 공간들, 보이는 것과 보이지 않는 것, 발화와 잠음 사이에 경계 설정을 말한다. 자크 랑시에르, 오윤성 역, 《감성의 분할》, 도서출판 b, 2008, 14~15쪽.

2   라캉의 응시란 권력의 시선에 대응하는 타자의 위치에서의 시각성을 뜻한다. 자크 라캉, 민승기·이미선·권택영 역, 《욕망이론》, 문예출판사, 1994, 186~255쪽.

3   앱젝트는 체제의 질서를 위해 경계 바깥으로 밀어내야 하는 불순물을 말한다. 줄리아 크리스테바, 서민원 역, 《공포의 권력》, 동문선, 2001, 21~43쪽. 김철, 〈비천한 육체들은 어떻게 응수하는가〉, 《사이》 제14호, 2013. 5, 388~389쪽.

는 열등한 인종이라는 이유로 과도하게 착취에 시달렸다. 반면에 오늘날 성과사회[4]의 탈락자들은 같은 인종인데도 일상에서 눈에 잘 보이지 않는 투명인간으로 살아간다. 과거의 시각적 차별이 착취와 폭력의 전제 조건(인종)이었다면 지금의 시각적 불평등성은 사회적 실패(계급)의 결과이다. 그런데 두 시기에 전제와 결과는 서로서로 순환한다. 전자의 경우 착취와 폭력에 의해 시각적 차별은 더 심화되었으며 후자에서 시각적 투명인간이 된 사람은 경제적 차별에서 벗어나기 어려워진다.

두 경우에 우리가 확인할 수 있는 것은 시각적 차별과 경제적 차별의 긴밀한 연관 관계이다. 중요한 것은 양자 모두에서 시각적 불평등성이 경제적 불평등성을 오랫동안 계속되게 만든다는 점이다. 우리의 논의는 식민지 시대부터 시작된 감각적 불평등성이 사람들의 감성을 둔화시켜 사회가 변화되기 어렵게 한 요인이었음을 밝힐 것이다.

감각적 불평등성이 작용하고 있다는 것은 인격성의 영역이 침해받고 있다는 암시이다. 식민지 시대에는 인종주의에 의해 인격성이 강등되었기 때문에 시각적 차별 속에서 착취와 폭력이 자행되고 있었다. 반면에 오늘날에는 계급적 양극화에 의해 루저들이 '없는 인간'이 됨으로써 인격성에 대한 폭력이 소리 없이 실행된다. 우리의 주제인 보이는 것과 보이지 않는 것, 그 시각성과 불평등성의 관계는, 식민지 시대부터 오늘날까지 인격성의 영역에 작용한 폭력의 역사를 새롭게 밝혀줄 것이다.

2. 식민지에서의 시선의 권력과 시각적 테크놀로지

감각과 시각의 권력관계는 단순한 감성의 차원의 문제가 아니다. **감각적 불평등성**은 우리의 정신을 관통해 **존재** 전체에 작용한다. 그 때문에 시

---

4 성과사회란 상품화 경쟁에서의 성과가 물신화된 신자유주의의 체제를 나타낸다.

각적 · 감성적 권력이란 인격성과 연관된 존재론적인 영역의 권력이다. 그런 존재론적 권력은 우리 사회에서처럼 인종과 계급, 젠더가 서로 중첩된 공간에서 크게 부각된다. 단지 계급적 차별에 초점을 두는 논의는 존재론적 폭력을 행사하는 시각적 차별의 중요성을 감지하지 못한다. 그러나 인종 · 계급 · 젠더 영역에서 중첩된 모순을 경험해온 우리는 시각적 · 존재론적 권력에 주목해야만 과격한 인격성 영역의 폭력에 대해 이해할 수 있다.

그런 맥락에서 우리의 논의는 시각성이 우리 사회의 권력관계에서 아주 근본적인 작용을 한다는 점에 초점을 맞출 것이다. 이제 우리는 감각적 불평등성(감성적 불평등성)[5]이 근대의 장에서 어떤 방식으로 지배와 피지배 관계를 관통해 왔는지 살펴볼 것이다. 그리고 그런 권력의 장의 중요한 위치에 있는 앱젝트의 존재가 얼마나 권력과 저항의 관계에서 핵심적인지 알아볼 것이다.

우리의 논의는 계급이론과 탈식민주의 이론을 둘 다 넘어서려는 시도이다. 계급이론은 식민지에서 제국의 피식민자에 대한 경제적 수탈이 자행되었음을 중시한다. 그 때문에 여기서는 경제적 수탈의 대상인 식민지 민중과 노동자가 저항 주체로 떠오른다. 그러나 식민지에서는 제국의 폭력에 의해 피식민자가 프롤레타리아 이하로 강등되었으며 그로 인해 저항 주체로서 어려움을 겪을 수밖에 없었다. 더욱이 조직화된 잔혹한 폭력은 피식민자가 노동자가 되기 전부터 자행되었다.

마르크스는 본원적 축적과정에서의 제국의 원주민에 대한 집중적인 폭력을 언급하고 있다. 하지만 조선인에게는 본원적 축적과 비슷한 상태가 처음부터 끝까지 공포스럽게 계속되었다.[6] 또한 본원적 축적과 다르게 경제적 수탈이 본격화되기 전에 이미 가혹한 폭력이 일상화되었다. 피식민

---

5   감각적 불평등성은 감성적(sensible) 차별이기도 하며 감성적 차별은 존재 전체의 차별이다.

6   신지영, 〈식민지 농민들은 어떻게 '棄民'이 되는가?〉, 《2014년 국제한국문학문화학회 학술대회 발표집》, 2014. 2. 19.

자의 신체를 처분 가능한 대상으로 격하시키는 일은 제국의 비인간적인 경제적 수탈의 전제 조건이었다.

그런 맥락에서 탈식민주의는 경제적 착취 이전에 피식민자가 인간 이하로 강등됨을 주목한다. 일상에서의 제국의 물리적 폭력은 그런 시각적 · 존재론적 차별에서 시작된다. 여기서는 피부와 신체에 대한 인식론적 차별이 인격성 영역의 존재론적 차별과 표리를 이루고 있다.

사이드는 제국이 피식민자의 낯선 신체에서 정신적 압박을 느끼며 경멸과 매혹 사이에서 동요한다고 말한다.[7] 제국의 경멸과 매혹이란 둘 다 피식민자를 인종주의적 페티시로 보는 것을 말한다. 인종주의적 페티시에서는 매력적인 성적 페티시와는 달리 혐오의 감각이 선행한다. 인종적 페티시란 이질적 신체에서 느끼는 위협을 방어하려는 제국의 표상체계 내부의 대리물이다. 원주민(피식민자)에 해당하는 표상이 없기 때문에 안전한 경계선을 만들어 그 안에 페티시를 대체물로 설정하는 것이다. 제국은 피식민자에게 맞는 시각적 이미지가 없는 상태에서 자신의 표상체계 내부에 영어(囹圄)의 공간을 설치한다. 그런 심리적 공간 안에 감금되기 때문에 피식민자는 보이지 않는 경계선에 갇힌 혐오물(경멸)이나 구경거리(매혹)로 전락한다.

피식민자의 신체가 제국의 처분 가능한 대상으로 강등되는 것은 그 같은 인종주의적 페티시즘 때문이다. 피식민자는 노동자가 된 후에도 상상적 철망(경계)에 갇힌 존재로서 가혹하게 다뤄진다. 본원적 축적과정 같은 잔혹한 폭력이 처음부터 끝까지 계속된 것은 그 때문이다.

사이드는 보이지 않는 경계선을 파놉티콘에 비유하기도 했다. 사이드에 의하면, 제국은 파놉티콘 같은 감시장치에서 죄수, 노동자, 광인, 환자의 자리에 피식민자를 위치시킨다.[8] 그런 감시장치는 조직적 치안체계는

---

7   나병철, 《탈식민주의와 근대문학》, 문예출판사, 2004, 73쪽.
8   에드워드 사이드, 박홍규 역, 《오리엔탈리즘》, 교보문고, 1991, 215~219쪽. 사이드는 사시의 오리엔탈리즘적 작업을 설명하면서 그가 동양에 대한 일람표를 만들기 위해 파놉티콘적 장치를 사용

물론 담론|권력에 의해서도 실행된다. 그 때문에 감시장치는 물리적 시설이기보다는 피식민자를 보이지 않는 경계선에 가두는 것이라고 할 수 있다.

중요한 것은 피식민자의 경우 죄수와 달리 비가시적 경계선이 **신체**에 새겨져 평생 동안 따라다닌다는 점이다. 그런 비가시적 시각성의 영구적인 잔혹함이 식민지적 시각권력과 서구적 파놉티콘의 차이였다. 식민지적 감시장치는 단순한 규율화가 아니라 주홍글씨처럼 차별을 신체에 각인시키는 감각적 불평등성의 낙인이었다.

그런데 우리가 경험한 식민지에서는 한발 더 나아간다. 조선의 식민화 과정에서는 사이드가 말하지 않은 무서운 비밀이 있었다. 탈식민주의조차 잘 말하지 않은 것은 첨단의 테크놀로지와 연관된 시각권력의 은밀한 작용이었다. 우리는 20세기에 들어서서 가장 늦게 식민화되었기 때문에 식민지적 감시장치에 **테크놀로지적 진화**가 추가되었다. 우리의 식민화 과정에서의 테크놀로지적 폭력은 푸코의 파놉티콘 감옥의 테크놀로지를 넘어선다. 즉 조선인에 대한 감시장치에서는 카메라, 메스, 인체측정기 등에 의한 기술적 시각성이 작동되고 있었다. 그런 기술적 시각성은 기계적 도구뿐만 아니라 그것을 내면화한 식민자의 맨눈을 통해서도 작용했다.

테크놀로지적 시각성의 무서움을 간파한 것은 레이 초우이다. 레이 초우는 《원시적 열정》에서 루쉰이 중국인의 공개 처형 장면을 담은 슬라이드 영화를 보았을 때의 충격을 자세히 묘사하고 있다. 레이 초우가 강조하는 것은 루쉰을 경악하게 만든 시각 테크놀로지(영화)와 처형의 폭력 사이의 친연성이다. 일본에서 의학을 공부하던 루쉰이 문학으로 방향을 바꾼 것은 동족의 처형 장면을 본 후 잔혹함을 증강시키는 영화의 날것의

했음을 말한다. 사시에게 동양에 대한 지식을 얻는 것은 동양을 원형감옥적으로 관찰하는 것이었다. 이는 서양을 기준으로 논리적으로 조작된 동양의 일람표를 만드는 방식이며 그런 공간에 넣어진 후 동양은 스스로 현실에 나타나지 않게 된다.

힘에 대응하기 위해서였다.[9]

우리의 식민화 과정에서의 기술적 충격과 대응도 그와 다르지 않다. 예컨대 카메라에 찍힌 의병 처형 장면은 총이 발사된 흔적을 보여줄 뿐 아니라 사진 자체가 조선인의 뇌수를 향해 총을 쏘고 있다. 그런데 그보다 더 놀라운 것은 총이 없어도 총이 발사되고 있었다는 것이다. 예컨대 〈만세전〉에는 일본인이 총을 쏘지 않아도 헌병의 눈빛 때문에 이미 반쯤은 총을 맞은 듯한 조선인의 모습이 그려진다. 총과도 같이 공포스러운 카메라, 메스, 인체측정기의 내면화에 의해 조선인은 보이지 않는 경계선에 갇힌 존재가 되었던 것이다. 그런 보이지 않는 유리창과 철망은 불안과 공포 속에서 식민지적 시각장을 형성하고 있었다. 우리는 4절에서 그 같은 시각장 속의 조선인과 그에 대한 대응을 초기 소설들을 통해 살펴볼 것이다.

시각 테크놀로지의 폭력에 의한 피식민자의 존재론적 갈등은 식민지를 유지하는 중요 요소였다. 비릴리오는 서구의 속도기계가 정지된 사람들을 죽음으로 만들며 식민화된 공간을 창출했음을 암시했다.[10] 그런데 시각 테크놀로지 역시 속도기계에 못지않게 피지배자를 식민화하는 데 핵심적이었다.

루쉰은 동족이 총살당하는 슬라이드를 보며 끔찍한 트라우마를 경험했다고 고백했다. 트라우마란 외부의 자극에 의해 내부의 방어 방패가 뚫린 상태를 말한다.[11] 루쉰은 일본군의 총과 카메라의 총에 의해 가슴의 방패가 뚫린 듯한 느낌을 가진 것이다. 의병 처형 사진을 보며 우리는 루쉰과 비슷하게 가슴이 뚫리는 통증을 느낀다. 그런데 거기서 더 나아가 〈만세전〉의 조선인들은 일본인이 총을 쏘지 않아도 이미 시각적으로 생포된

---

9   레이 초우, 정재서 역,《원시적 열정》, 이산, 2004, 20~31쪽.

10   폴 비릴리오, 이재원 역,《속도와 정치》, 그린비, 2004, 120쪽.

11   지크문트 프로이트, 박찬부 역,〈쾌락원칙을 넘어서〉,《프로이트 전집》14, 열린책들, 1997, 41쪽.

듯한 모습을 보인다. 첨단의 시각기계를 내면화한 식민자의 '총을 쏘는 듯한' 눈빛(시각성)이 파놉티콘의 감시장치를 무서운 시각적 무기로 변주시킨 것이다.

제국의 시각기계는 비단 카메라만이 아니었다. 벤야민은 사진과 그림을 비교하며 카메라를 외과의사의 메스에 비유했다.[12] 그림이 대상과 상호작용한다면 카메라는 메스처럼 대상을 날카롭게 꿰뚫는다. 카메라와 메스의 공통점은 테크놀로지를 통해 대상을 일방적으로 관통한다는 점이다. 이런 유사점은 총살당하는 의병 사진과 〈표본실의 청개구리〉에서 해부당하는 지식인 간에도 찾아볼 수 있다. 의병 처형 장면을 보여주는 시각기계의 냉혹한 폭력은 식민지 지식인을 메스로 해부하는 날것의 잔혹함에서 반복된다.

시각 테크놀로지는 푸코의 파놉티콘을 피식민자의 신체를 해부하는 폭력적인 무기로 강화시켰다. 제국은 조선인을 감시하는 데 그치지 않고 정신과 신체에 충격을 가해 혼미하고 불안한 상태로 만들었다. 피식민자는 순응하는 신체로 규율화될 뿐 아니라 매 순간 해부당하는 시각적 표본이 되었다. 조선인은 노동자가 되기 이전에 시각적 총에 맞은 신체가 되었으며 인간보다 못한 '요보'가 되었다.

그뿐 아니라 내면화된 시각기계는 폭력에 침묵하게 하는 도구이기도 했다. 서구의 본원적 축적과정에서의 원주민에 대한 폭력은 제국과의 먼 거리로 인해 망각되었다. 그러나 조선의 식민화 과정에서는 바로 눈앞의 피식민자에게 시각적 무기가 사용됨으로써 공포 속에서 폭력이 묵인되었다. 〈만세전〉에서 요보를 인신매매하는 말을 주고받는 것은 머릿속에서 자동적으로 시각적 총을 발사하는 것이나 마찬가지이다. 일본인은 조선인에게 물리적 폭력을 행사하기 전에 이미 시각적으로 묵인된 폭력을 행사하고 있었다. 요보란 시선의 폭력에 의해 이미 반쯤은 실신된 상태에

---

12 발터 벤야민, 이태동 역, 《문예비평과 이론》, 문예출판사, 1994, 280쪽.

있는 조선인이었다.

3. 피식민자의 시각성과 응시의 대응

우리의 탈식민적 고찰은 사이드를 넘어서서 시각성을 통한 인격적 폭력을 강조한다. 그런 확장된 탈식민주의의 맥락에서 우리는 식민지 시대에 계급적 프롤레타리아 이하로 비천해진 피식민자의 운명에 대해 말할 수 있다. **시각적 식민화**의 논의는 식민지에서 상상 이상으로 증폭된 예외적 폭력의 지속성을 설명해준다. 시각적 테크놀로지의 폭력은 피식민자가 단지 어리석은 인종이 아니라 일방적으로 해부당하는 존재로 강등된 비밀을 알려준다.

그렇다면 그런 시각적 폭력 앞에서 피식민자의 문학은 과연 어떤 방식으로 대응할 수 있었을까. 루쉰의 문학의 결심이 서재로의 도피가 아니라 인격적 폭력에 대한 복수를 수행한 비밀은 무엇인가. 시각적 차별에 연관해서 이번에는 그 같은 정반대의 문제가 제기될 수밖에 없을 것이다. 피식민자가 표상체계의 철망에 갇혔다면 어떻게 3 · 1운동이 가능했으며 카프(KAPF) 같은 저항문학을 생성할 수 있었는가. 탈식민주의적 미시이론의 문제점은 계급적 저항 주체에 비견되는 피식민자의 저항을 설명하기 어렵다는 것이다. 식민지가 본원적 축적과정처럼 비인간적 폭력이 계속되는 장소라면 피식민자는 어떤 방식으로 제국에 대응할 수 있는가.

탈식민주의 중에서 제국의 시선에 대한 피식민자의 대응을 가장 잘 설명한 것은 호미 바바이다. 호미 바바의 탈식민적 저항의 비밀은 양가성이다. 피식민자를 페티시로 만들어 보이지 않는 철망에 가두는 순간은 살아남아 잔존하는 눈(응시)이 공포스럽게 되돌아오는 때이기도 하다.[13] 또한

---

13 호미 바바, 나병철 역, 《문화의 위치》, 소명출판, 2012, 130쪽.

제국이 피식민자를 원주민으로 부르는 순간은 인격이 실종된 무(無)의 위치에서 원주민이 두 갈래의 혀로 말을 하는 시간이다.[14]

이런 양가성은 제국이 만든 페티시(원주민)란 일종의 상징계 내부의 **상상계적** 이미지이기 때문이다. 보이지 않는 철망이란 제국의 체제 내부의 상상계적 울타리이다.[15] 그런데 프로이트의 말처럼 페티시즘에서 완전한 환상은 불가능하기 때문에 차이의 반격이 귀환하는 것이다. 라캉은 이런 양가적 관계를 권력의 **시선**에 대한 타자의 **응시**로 표현했다. 그 같은 시각적 양가성 때문에 식민지적 시각장은 감옥(푸코)이나 수용소(아감벤)보다는 인류학적인 상상적 동물원(인간 동물원)에 가까웠다.[16] 제국인은 다른 인종을 식민화하기 위해 자신의 정신의 내부에 동물원에 준하는 은유의 공간을 만들었다. 은유로서의 인류학적 동물원은 상징계적인 감옥과는 달리 상상계적 공간이다. 그곳은 가장 비천한 감금의 장소이지만 역설적으로 감옥이나 수용소와는 달리 시각적 폭력에 대한 **응시**를 막을 수 없는 공간이기도 하다.

호미 바바의 양가성론은 제국이 보지 못하는 응시에 대한 고찰이다. 바바는 피식민자가 어떻게 응시를 통해 보이지 않는 철망을 뒤흔드는지 암시를 던져준다. 그의 글들은 시선과 응시가 교차되며 경이롭게 연출되는 흥미로운 탈식민의 장면들로 가득 차 있다. 다만 바바의 한계는 피식민자가 경험하는 양가성의 순간을 포착하는 데 그친다는 점이다. 그는 피식민자의 응시가 증폭되며 능동적인 저항 주체로 나아가는 과정을 말하지 않는다. 온전한 인격이 실종된 비천한 신체는 어떻게 철망을 뚫고 반격의 주체가 될 수 있는가.

우리는 호미 바바가 말한 인격이 지워진 영역이 **실재계**의 어둠이라는

---

14 호미 바바, 위의 책, 131~138쪽.

15 철망과 울타리는 실재하는 것이 아니라 식민자가 피식민자를 보는 순간 기표체계 속에서 상상적으로 떠올리는 것이다.

16 이혜령, 《한국소설과 골상학적 타자들》, 소명출판, 2007, 38쪽.

점을 주목할 수 있다. 원주민의 인격이 실종되었다는 것은 서구 문명의 부재인 동시에 표상될 수 없는 실재계와 접촉하고 있다는 뜻이다. 원주민은 인격이 지워진 존재이면서 불길한 응시와 차이의 반격이 잠재하는 위치이다. 제국을 가장 불안하게 만드는 것은 바로 그 표상 불가능한 실재계적 응시일 것이다. 식민자가 원주민을 페티시로 치환시킨 것은 그런 불길한 불안을 방어하기 위해서이다. 페티시의 가면은 응시가 잠재한 실재계적 무(無)의 상태를 감추면서 식민자를 심리적으로 안심시킨다. 그러나 체제의 울타리 안의 보충물인 페티시는 안정성을 지속시키지 못한다. 제국의 페티시의 울타리는 규율화의 감옥과는 달리 상상적 환상 장치이므로 응시를 완전히 차단할 수 없는 것이다. 감옥에 갇힌 사람의 응시는 별 의미가 없다. 반면에 아무리 제국의 시각적 무기가 무섭더라도 울타리에 갇힌 피식민자의 응시를 모두 잠재울 수는 없다. 원주민의 실재계적 응시는 제국의 존재론적 균열을 봉합하는 상상계의 철망을 뒤흔들 수 있다. 그런 실재계적 응시가 증폭되어야만 비천한 신체가 보이지 않는 경계선을 뚫고 나올 수 있을 것이다.

어떻게 그런 반격이 가능할 수 있을까. 중요한 것은 피식민자의 비천한 신체가 아감벤의 벌거벗은 생명과는 다른 크리스테바의 **앱젝트**라는 점이다. 벌거벗은 생명이 배제된 채 포획된 존재라면 앱젝트는 **다수 체계적인** 존재이다. 수용소에 갇힌 벌거벗은 생명은 공포스러운 수용소를 탈출하는 저항이 거의 불가능하다. 반면에 앱젝트는 상징계와 기호계, 혹은 상상계와 실재계 사이에 끼어 있다. 앱젝트의 응시는 그런 틈새에서의 실재계적 저항이므로 응시의 반격으로 실재계로의 이동이 일어날 때 저항이 생성될 수 있다. 피식민자는 실재계로의 이동을 통해 무력을 사용하지 않아도 제국의 철망을 뚫고 나올 수 있다.

예컨대 1907년의 영국 기자가 찍은 의병 사진은 의병 처형 사진과는 다른 장면을 보여준다. 이 사진에서 우리가 고취되는 것은 의병들이 상상의 일본군에게 총을 겨누고 있기 때문이 아니다. 의병들은 아직 총을 발사하지 않았지만 이미 눈으로 총을 쏘고 있는 것처럼 보인다. 조선인이 처형당하는 사진에서는 우리의 가슴의 방어벽이 뚫리고 있다. 그러나 또 다른 의병 사진에서는 카메라가 우리의 가슴을 뚫기 전에 응시의 눈이 블랙홀처럼 시각장에 구멍을 내고 있다. 그와 함께 응시의 눈은 카메라의 날카로운 시각성을 역이용해 우리의 가슴에 동요를 일으킨다. 그 순간 우리는 식민지적 상상계로부터 응시의 실재계로 이동한다.

하지만 이 사진에서도 아직 실재계적 전회는 일어나지 않는다. 거기서 더 나아가 실재계로 전회해 저항하려면 어떤 일이 일어나야 하는가. 우리는 6절과 7절에서 앱젝트의 응시가 실재계적 대상 a의 운동으로 증폭되는 과정을 통해 그런 전회를 살펴볼 것이다.

대상 a란 앱젝트가 숨기고 있는 생명적 존재의 잔여물이다. 라캉은 그런 대상 a에 근거해 응시의 동요가 생성된다고 논의한다.[17] 가령 의병 사진에서 사진 속의 응시는 앱젝트적 신체의 가장 강력한 무기로 발사된다. 여기서 응시가 흘러나온다는 것은 이미 대상 a가 작동되고 있다는 뜻이다. 응시의 유출은 대상 a의 동요이며 그것은 상상계에서 실재계로의 위치이동이 시작되었다는 암시이다. 그 같은 상황에서 우리가 응시의 타자성에 감염되면 앱젝트는 더 이상 혐오스럽지 않다. 그 순간의 **응시**는 앱젝트를 대상 a로 전위(위치이동)시켜 주기 때문이다. 앱젝트가 응시를 흘리는 비천한 신체라면 대상 a는 비천한 신체를 생명적 존재의 공감(에로스)의 운동으로 전환시킨다.

의병 사진에서 실재계적 전회가 일어나려면 공감의 운동이 고조되어 일상의 모든 사람들의 동요가 증폭되어야 한다. 그 순간은 시각장에서 상상계로부터 실재계로의 위치이동이 증폭되는 순간이기도 하다. 우리는 감각의 전환과 함께 정신 자체가 실재계적 대상 a와 교섭하는 위치로 전

---

17 자크 라캉, 〈시선과 응시의 분열〉,《욕망이론》, 앞의 책, 200쪽.

위된다.

그런 공감의 운동이 생성되려면 보이지 않는 응시가 시각적으로 보여져야 한다. 의병 사진에서는 카메라의 테크놀로지를 역류시키며 응시가 흘러나오고 있다. 여기서는 테크놀로지의 역류에 의해 의병들의 눈이 응시의 총으로 은유화되고 있다. 물론 식민지의 평범한 일상에서는 피식민자의 응시가 눈에 잘 보이지 않는다. 그러나 조선인의 응시는 없는 것이 아니라 〈만세전〉에서처럼 잘 시각화되지 않을 뿐이다. 그런 보이지 않는 응시를 보이게 만드는 것이 바로 은유일 것이다. 의병 사진의 응시의 총이라는 은유는 상처받은 사람들의 실재계적 균열의 틈새에서 발사되고 있다. 그런 실재계적 틈새를 뚫고 나오는 응시의 총의 발사는 일상에서 전조선인에게까지 번져가야 한다. 그 과정에서 은유는 피식민자의 비가시적인 것을 시각화함으로써 응시를 증폭시킬 수 있다. 실제로 3·1운동이라는 '응시의 혁명'이 가능했던 것은 '묘지'와 '구더기', '아리랑' 같은 은유들이 1910년대의 식민지를 떠돌았기 때문일 것이다. '묘지'가 실재계적 균열이라면 '만세'는 그 균열을 뚫고 증폭된 응시의 은유이다. 보이지 않는 '응시의 병참학'은 은유를 통해 시각화되거니와 그것을 기록하는 것이 바로 문학이다.

문학이 서재로의 도피가 아니라 시각적 충격에 대항하는 저항이 될 수 있는 것은 **응시**를 표현하는 은유의 형식이기 때문이다. 루쉰처럼 문학이 카메라의 총에 맞설 수 있었던 것은 충격에 대응하는 응시를 은유화할 수 있었기 때문이다. 문학은 카메라의 총에 직접 대항할 수 없지만 응시의 총을 은유화함으로써 제국의 총격에 대응할 수 있는 것이다.

아렌트가 은유를 정치적 인격의 생성으로 말한 것도 그런 맥락에서였다.[18] 예컨대 무저항의 저항인 3·1운동은 은유를 통해 증폭된 응시의 혁

---

18 한나 아렌트, 서유경 역,《과거와 미래 사이》, 푸른숲, 2005, 209~203쪽. 아렌트, 홍원표 역,《혁명론》, 한길사, 2004, 193~199쪽.

명이었다. 3·1운동에 참여한 사람들은 얼굴에 가면을 쓰지 않았지만 타인과의 연대를 표시하는 은유적 인격의 페르소나가 되어 있었다. 사람들은 시위의 순간 앱젝트(상상계)에서 대상 a(실재계)로 이동하며 공감의 손을 잡고 있었다. 그와 동시에 그 물밑의 공감을 은유의 얼굴로 표현하며 만세를 외친 것이다. '조선의 만세'는 묘지에서 탈출하자는 외침인 동시에 조선인 모두가 연대하고 있다는 응시의 은유였다. 은유는 보이지 않는 응시를 보이는 운동으로 전환시키는 정치적 전략이다. 무저항적인 조선인들은 제국의 총격에 맞서 만세라는 응시의 연대와 은유의 총으로 대항하고 있었다. 응시의 연대와 은유의 총은 피식민자를 실재계적 대상 a로 전위시킴으로써 무기가 없어도 정치적 저항을 가능하게 한다. 이제 우리는 피식민자의 응시가 대상 a의 운동으로 전환되면서 은유적인 정치적 인격의 운동으로 확장되는 과정을 살펴볼 것이다.

그런 미시저항의 중심에는 잠재적인 양가성을 지닌 **앱젝트**의 존재가 있다. 앱젝트는 지배권력 뿐 아니라 일상의 사람들마저 밀어내려 하는 비천한 존재이다. 하지만 앱젝트의 자의식[19]이야말로 시각권력에 대한 유일한 저항의 근거이다. 자의식이 있는 앱젝트는 무의식적으로 응시를 시도한 존재이며 그 때문에 권력에게 위험한 위치가 되는 것이다.

지금까지 우리가 권력관계에서 간과해 온 것은 감각적 불평등성과 그 산물인 위험한 앱젝트의 존재이다. 특히 문제적인 것은 자의식이 있는 앱젝트이다. 자의식이 있는 앱젝트의 대표적인 예는 〈만세전〉(염상섭)의 묘지의 구더기, 〈날개〉(이상)의 '박제', 〈빛 속으로〉(김사량)의 혼혈인 등이다. 이 앱젝트들은 벌레와 시체, 해골처럼 살아간다. 그러나 무력한 앱젝트야말로 응시를 내려놓는 것이 불가능한 존재들이다. 더욱이 앱젝트의 응시와 자의식은 권력이 감시하기 가장 어려운 무의식과 실재계에서 시작된다. 그렇기 때문에 자의식이 있는 앱젝트의 위치는 가장 위험한 시각적

---

19 이 자의식은 이성보다는 무의식에 의한 자의식이다.

반격의 근거이기도 한 것이다. 앱젝트의 자의식이 증폭되거나 그 응시를 감지하는 또 다른 존재가 나타나면 보이는 것과 보이지 않는 것의 분할에 반란이 시작된다.

권력의 시선에서 보면 보이지 않는 위치로 추방된 무력한 앱젝트가 있을 뿐이다. 그러나 그곳이 부인된 응시의 위치임을 알 때 '보이지 않음'은 (앱젝트적) 어둠일 뿐 아니라 실재계이기도 하다. 응시의 존재가 앱젝트로 버려지는 것은 지배체제가 상상계로 기울어져 실재계가 아무에게도 보이지 않기 때문이다. 따라서 부인된 응시의 역전이 시작되려면 보이지 않는 실재계가 보여지게 만들어야 한다. 보이지 않는 실재계를 보이게 드러내려는 시도가 바로 **미학적 은유**이다.

미학적 은유는 권력의 일방적인 감성의 치안에 대한 반란이다. 보이는 것과 보이지 않는 것을 경계 짓는 것이 감성의 분할이라면, 보이지 않는 것을 보이게 드러내는 것이 미학적 은유이다. 미학적 은유는 감성의 분할의 상상적 경계를 넘어서는 실재계적 도발이다. 감성의 분할이 앱젝트를 보이지 않게 만든다면 미학적 은유는 그 반대의 과정으로 시각성을 변혁한다. 우리의 논의는 미학적 은유가 앱젝트의 응시를 보이게 만듦으로써 감성권력과 생명권력에 저항하는 과정을 조명할 것이다. 이것이 중요한 이유는 아감벤의 벌거벗은 생명의 딜레마에서 벗어나는 유일한 방식을 암시하기 때문이다.

우리는 흔히 보이는 저항 주체를 중시하지만 시선의 폭력이 난무하는 식민지에서는 단숨에 저항 주체가 나타날 수 없다. 시선의 폭력에 저항하는 대응은 오히려 인간 이하로 강등된 앱젝트에 의해 촉발된다. 지식인 엘리트와 달리 앱젝트는 **응시를 감출 수 없는** 불안과 공포의 존재이기 때문이다. 역설적으로 인간으로 살 수 없는 앱젝트의 무력화는 응시의 무의식적 방출로 인해 잠재적 저항 에너지의 존재를 암시한다. 만일 그런 앱젝트의 응시에 대한 교감이 없다면 식민지에서는 조직적인 저항 주체가 움직여도 그 파동은 제한된다. 실재계적 응시의 증폭이 없는 또 다른 시선의 저항은 불연성 물질에 불을 붙이는 것과도 같다. 그와 달리 비천한 앱젝트란 권력에 의해 거세되어 추방된 잠재적 인화 물질과도 유사하다. 그런 앱젝트가 간신히 흘리는 응시에 교감하며 물밑의 네트워크가 생성될 때 비로소 한 점의 불꽃에 의해 인화 물질에서 저항이 발화된다.

이런 진행이야말로 보이지 않는 앱젝트의 응시가 제국의 철망을 뚫고 나오는 과정이다. 그와 함께 그 운동은 식민지적 시선의 폭력을 제공한 식민자의 기술적 시각성을 횡단하는 과정이기도 하다. 시선의 폭력의 희생자들은 카메라와 시각기계, 속도기계의 희생자들이다. 그런데 그들의 시선의 폭력에 대한 대응은 무서운 제국의 기계를 단순히 내버리는 것이 아니다. 기술적 시각성을 내면화한 폭력에 맞서려면 오히려 제국의 기계에 올라타 응시를 증폭시키는 반전이 필요하다. 피식민자가 제국의 상상적 철망을 횡단하는 과정은 테크놀로지를 역이용하며 기계 자체를 뚫고 나오는 생명적 존재의 승리의 과정이기도 하다.

우리는 식민지 시대부터 오늘날까지 저항의 생성에서 시각적 응시의 대응이 얼마나 중요한지 살펴볼 것이다. 피지배자의 응시가 증폭되는 과정은 상상계에서 실재계로의 위치전환이 일어나는 진행이다. 그런 위치전환은 (은유를 통해) 보이지 않는 것을 보이게 만드는 과정이기도 하다. 그와 함께 그런 도발적 진행은 시각기계에 올라타 기계의 리듬을 거부하며 육체적인 제3의 리듬을 발견하는 과정이기도 하다.

4. 권력의 테크놀로지와 철망에 갇힌 피지배자

우리의 논의는 경제적 착취에 선행한 시각적 차별과 그에 내재한 기술적 시각성을 강조하고 있다. 조선의 식민화 과정에서 기술의 내면화에 의

한 감각적 차별은 매우 명확하다.[20] 제국은 투명하게 현지인을 본 것이 아니라 내면에서 이미 기술적 시각성이 작동되는 눈으로 피식민자를 투시했다. 예컨대 신소설《송뢰금》(육정수)은 노동자로 팔려 가는 조선 사람들이 마치 불량품을 색출당하듯이 피검체로 검사받는 장면을 보여준다. 우리의 근대의 경험이 서구와 다른 점은 그처럼 내면의 기술적 시각성이 시선의 폭력으로 다가오는 중에 근대에 접촉하기 시작했다는 점이다. 우리의 근대는 서구의 각종 테크놀로지의 시각적 피사체와 표본으로서 출발했다. 조선인은 근대적 테크놀로지를 충분히 내면화하지 못했기 때문에 반대쪽의 사람들을 동일한 방식으로 표본화할 수 없었다.

서구의 경우 과학과 테크놀로지의 발전은 근대적 네이션을 성숙시키는 핵심적 계기가 되었다. 기차와 전화, 사진, 영화에 대한 수많은 논의들은 그것들이 자본주의와 네이션, 제국주의의 발전에 원동력이 되었음을 말하고 있다. 반면에 식민지를 겪은 우리의 경우 그런 테크놀로지의 문명 앞에서 감각적 차별의 폭력을 경험하며 근대에 진입하고 있었다. 근대 초기부터 자주성을 주장하는 사상이 있었고 그들은 제국의 감성의 폭력에 굴복하지 않았다. 그러나 근대란 이미 테크놀로지가 내면화된 감성의 분할을 형성하고 있었고, 조선인은 서구적 분할의 장이 만든 유리벽을 뚫어야만 근대적 주체가 될 수 있었다.

이런 테크놀로지의 피사체로서의 비서구의 운명에 대해서는 몇 가지 중요한 논의가 있어왔다. 앞서 언급했듯이 레이 초우는 루쉰이 중국 동포가 일본군에 의해 공개 처형되는 끔찍한 슬라이드 영화를 보고 문학을 결심했음을 주목했다. 루쉰이 충격을 받은 것은 비단 동포의 학살과 냉담한 방관자 때문만은 아니었다. 그는 영화의 시각 테크놀로지가 잔혹한 날것의 힘으로 자신을 참수하듯이 강타함을 느끼고 있었다.[21] 루쉰은 영화라

---

20 그 이유는 앞서 살폈듯이 우리가 20세기 들어서서 가장 늦게 식민화되었기 때문이다.

21 레이 초우,《원시적 열정》, 앞의 책, 20~35쪽.

는 또 다른 총이 그의 뇌수를 공격함을 느꼈고 그에 대응하려 문학을 통해 응시의 자의식을 표현한 것이다. 루쉰의 문학은 서책으로의 도피인 동시에 문학으로써 시각적 충격을 흡수하고 넘어서는 과정이었다. 문학은 감각적인 시각 매체는 아니지만 보이지 않는 **응시**를 **은유**로 표현하는 데는 매우 유리한 점을 갖고 있다. 루쉰이 의학을 포기하고 문학으로 전환한 것은 날카로운 해부학적 시각 대신 문학적 응시를 선택한 것과도 같다. 레이 초우의 논의는 비서구 문학이 서구와는 달리 시작부터 시각 테크놀로지의 충격에 대응하는 모험을 감당했음을 암시한다.

그와 비슷하게 이혜령은 서구 문명에 영향받은 식민지 엘리트들이 하층민과 여성에게 행사한 시각적 폭력을 논의했다. 식민지 엘리트들은 캔버스 밖 소실점의 자연[22]을 동경하며 문명 없는 하위계층을 화폭에 투사하려 했다.[23] 하층민과 여성은 문명인이 상상하는 자연을 식민지에서 발견해내려는 욕망에 의해 화폭에 옮겨진 것이다. 상상적 자연이 투사된 이 이미지는 비천한 동시에 매혹적이었다. 그러나 그 화폭은 매혹적인 자연을 현지에 이식하는 과정에서 철창에 갇힌 이색적인 동물처럼 문명의 눈으로 제어된 이미지였다. 서구 문명과 식민지 엘리트들은 그들이 동경하는 자연을 식민지에 이식하는 순간 실상은 가혹하게 문명으로 제어당한 사람들을 만들어낸 것이다.[24] 그런 자유를 빼앗긴 자연은 그림과 문학 뿐 아니라 내면의 시각성으로 작용했고 그 기원이 서구의 시각 테크놀로지였다. 이혜령의 논의는 서구의 시각적 테크놀로지에 의해 피식민 하위계층이 보이지 않는 철망에 갇힌 듯한 신체로 근대를 경험했음을 암시한다. 우리는 이 상상적 철망을 감춘 권력의 시선을 **식민지적 시각장**이라고 부를 수 있을 것이다.

---

22 소실점의 위치는 상상적 자연이며 그들이 실제로 투사한 식민지의 자연은 문명의 상상에 의해 이식된 '만들어진 자연'이다.

23 이혜령,《한국소설과 골상학적 타자들》, 앞의 책, 38쪽.

24 이혜령, 위의 책, 38쪽. 테오도어 W. 아도르노, 최문규 역,《한줌의 도덕》, 솔, 1995, 164쪽.

김철은 자연을 문명의 원근법에 가두는 그런 시각적 폭력이 제국의 인류학의 카메라와 메스에 의해서도 자행되었음을 논의한다. 제국의 인류학은 카메라 렌즈와 메스 아래 침묵하고 있는 비문명에 갇힌 사람들을 비천한 신체로 분류했다.[25] 카메라와 인체측정기를 지닌 사람들이 문명인이라면 그 테크놀로지의 수동적인 피검체와 표본은 식민지의 열등한 신체였다. 피식민자의 특징은 행동이 느리면서 아무 음식이나 잘 먹고 지적으로 큰 결함을 지녔다는 점이었다. 흥미로운 것은 이런 열등한 신체가 카메라와 메스에 의해 세밀하게 양화되고 측정되었다는 점이다. 제국의 인류학과 해부학의 테크놀로지는 그들의 영화적 총이나 문학적 창살만큼이나 가혹한 미시적인 시각적 도구였던 것이다.

이런 시각적 폭력은 영화나 인류학을 넘어서 식민자의 내면화된 기술적 시각성으로 일상 속에서 행사되었다. 피식민자는 총에 맞기 전에 영화와 사진에 의해 미리 총을 맞고 있었다. 피식민자 역시 범죄자가 아닌 똑같은 피와 살을 가진 사람들이었지만 그들은 감옥에 갇히기 전에 보이지 않는 철망에 갇혀야 했다. 또한, 단지 제국의 시각적 테크놀로지의 피검체라는 이유로 카메라와 메스에 의해 인간-짐승으로 분류되었다.

이 같은 시각적 테크놀로지의 폭력은 식민지 이전의 신소설에서 이미 발견된다. 육정수의 《송뢰금》에는 하와이 농장으로 노동 이민을 떠나는 조선인이 검역을 받는 장면이 그려진다. 조선인 농민은 문명한 나라의 국경을 넘기 전에 노동 상품으로 손색이 없는지 인간-물건처럼 조사를 받아야 했다.

태평양을 건너갈 배 한 척이 장기항에서 떠났다는 전보가 오더니 농민의 안질검사를 한다고 유숙소 일판이 바짝 떠들며, 너른 마당에 체조하듯이 사열로 삼백여명을 늘여 세고 하나씩 호명을 하여 세우고 눈이 노랗고 코가 높다란

---

25 김철, 《우리를 지키는 더러운 것들》, 뿌리와이파리, 2018, 72~75쪽.

서양 의원이 손에다 뾰족한 못 같은 것을 들고 눈을 뒤집어 보며, "올라잇 굿" 하기도 하며 "류래코마" 하기도 하는데, "굿" 소리를 들은 사람은 과거 때 급제나 한 듯이 좋아서 내려오며, "코마" 소리를 만난 사람의 얼굴은 주름살이 잡히었더라.[26]

줄을 늘어선 삼백여명의 농민들은 피검체의 위치에서 불량품 조사에 임하듯이 검역을 받고 있다. "굿"과 "류래코마"의 지명은 합격품과 불합격품의 분류와 다르지 않다. 서양인의 호명은 노동자로 팔리기 전에 이미 인체측정기의 대상으로 강등된 조선인의 모습을 암시한다.

식민지가 된 후에 이제 인체측정기와 메스의 폭력은 직접적으로 표본을 해부하는 것으로 진행된다. 제국에게 피식민자는 소유물과 같기 때문에 마치 박물학 선생이 청개구리를 해부하듯이 표본에 메스를 대는 것이다. 해부당하는 표본은 사지를 못 박힌 채 진저리치며 고통스러워하고 있다.

"자 여러분, 이래도 아직 살아 있는 것을 보시오."

하고 뾰족한 바늘 끝으로 여기저기를 콕콕 찌르는 대로 오장을 빼앗긴 개구리는 진저리를 치며 사지에 못 박힌 채 발딱발딱 고민하는 모양이었다.

8년이나 된 그 인상이 요사이 새삼스럽게 생각이 나서 아무리 잊어버리려고 애를 써도 안 되었다…… 새파란 메스, 닭의 똥만 한 오물오물하는 심장과 폐, 바늘 끝, 조그만 전율…… 차례차례로 생각날 때마다 머리끝이 쭈뼛쭈뼛하고 전신에 냉수를 끼얹은 것 같았다. 남향한 유리창 밑에서 번쩍 쳐드는 메스의 강렬한 반사광이 안공을 찌르는 것 같아 컴컴한 방 속에 드러누웠어도 꼭 감은 눈썹 밑이 부시었다. 그러나 그럴 때마다 머리맡에 놓인 책상서랍 속에 넣

26 육정수, 《송뢰금》, 《범우비평판 한국문학》 2, 범우, 2004, 162쪽.

어둔 면도칼이 조심이 되어서 못 견디었다.[27]

〈표본실의 청개구리〉에서 박물학 선생의 메스는 '나'의 과거의 기억에
만 있는 것은 아니다. 책상 서랍 속에 들어 있는 면도칼은 일상 속에서 전
신을 해부하고 있는 메스이다. 식민자에게 기술적 시각성이 내면화되었
듯이, 해부용 메스 역시 그 반사광 밑에서 침묵하는 피식민자의 정신의
내부에 스며든 것이다.

해부당하는 청개구리는 인간-동물이라는 비천한 신체로 전락한 피식
민자이다. 피식민자는 박물학 선생이 메스를 들이대지 않아도 〈만세전〉에
서처럼 공포의 시선에 의해 얼어붙은 앱젝트가 된다. 〈만세전〉에서 눈빛
만으로 승객들을 공포에 떨게 하는 헌병의 시선은 은유적인 해부용 메스
이다. 그 때문에 기술적 시각성을 내면화한 식민자가 많아질수록 비천한
앱젝트로 전락한 피식민자도 많아진다.

〈만세전〉은 신문명의 상징인 기차가 헌병의 감시의 시선과 함께 달리
고 있음을 보여준다. 헌병이 심문하지 않아도 승객들은 이미 해부용 메스
의 반사광 밑에서 침묵하고 있는 것이다. 1910년대의 식민지의 기차는 제
국의 은유적 해부학의 시선과 함께 달리고 있었다. 그처럼 해부용 메스의
시선이 공간을 점령한 곳에서 이인화는 그 비장소와 비존재를 무덤 속의
구더기라고 외치고 있었다.

이처럼 식민지에서는 물리적 폭력이 행사되기 전에 이미 시각적·존재
론적 폭력이 공간을 점령하고 있었다. 한 가지 중요한 것은 장소와 존재
를 유린하는 그런 기술적 시각성이 조선인 엘리트에 의해서도 행사되고
있었다는 점이다. 이혜령은 식민지의 남성 엘리트들이 하층민과 여성을
어떻게 비천한 신체로 시각화했는지 드러낸다. 그런 맥락에서의 내부적
식민성을 잘 보여주는 것은 〈만세전〉과 비슷한 시기(1910년대 후반)를 그

---

27 염상섭, 〈표본실의 청개구리〉, 《염상섭 단편선》, 문학과지성사, 2006, 8쪽.

리고 있는《무정》이다.

《무정》에서 기차를 타고 유학을 떠나는 지식인 이형식은 삼랑진에서 수해를 당한 농민을 만난다. 기차와 활동사진에 열광하는 이형식은 서구의 시각적 테크놀로지를 내면화한 지식인이다. 그는 홍수로 인해 열차에서 내렸지만 기차와 영화의 기술적 시각성은 여전히 그의 내면에서 작동되고 있었다. 이형식은 수해를 당해 벌벌 떠는 농민을 보며 이렇게 생각한다.

그네의 얼굴을 보건대 무슨 지혜가 있을 것 같지 아니하다. 모두 다 미련해 보이고 무감각해 보인다. 그네는 몇 푼어치 아니 되는 농사한 지식을 가지고 그저 땅을 팔 뿐이다. 이리하여서 몇 해 동안 하나님이 가만히 두면 썩은 볏섬이나 모아 두었다가는 한번 물이 나면 다 씻겨 보내고 만다. 그래서 그네는 영구히 더 부하여짐 없이 점점 더 가난하여진다. 그래서 몸은 점점 더 약하여지고 머리는 점점 더 미련하여진다. 저대로 내버려 두면 마침내 북해도의 '아이누'나 다름없는 종자가 되고 말 것 같다.[28]

이형식의 시선은 조선인을 '느리고 지적 결함을 지닌 존재'로 보는 해부학자의 눈과 크게 다르지 않다. 그의 내면에는 기차의 속도와 카메라 렌즈의 시각성이 작동되고 있으며, 그에 대비해 느려터진 농민의 모습이 원주민으로 비친 것이다. 이형식이 일본인 해부학자나 인류학자와 다른 점은 과학과 교육에 의해 조선인이 개조될 수 있다고 보는 점이다.

표본실의 청개구리, 무덤 속의 구더기, 어리석은 원주민은 모두 앱젝트에 대한 표현이다. 그처럼 식민지 조선인은 보이지 않는 철망에 갇힌 상태에서 근대에 접촉하기 시작한 것이다. 조선의 하층민은 계급적 각성에 앞서 그런 철망과 유리창에서 탈출해야만 저항의 주체가 될 수 있었다.

---

28 이광수,《무정》, 문학과지성사, 2005, 460~461쪽.

그렇다면 그 같은 '상상적 철망'에서 어떻게 탈출이 가능한가. 비가시적인 존재론적 권력에 대한 대응은 사상이나 이념보다는 피지배자의 존재 자체에서 시작될 수밖에 없다. 앞서 밝혔듯이 사상과 이념은 위험한 인화 물질에 불을 붙이는 한 점의 불꽃과도 같다.

제국의 시선에 의해 앱젝트로 강등된 피식민자는 체제에 동화되기 어려운 불투명한 존재이다. 그런 모호한 존재는 권력의 시선으로 보면 배제해야 할 폐기물이지만 그 역시 엄연한 생명적 존재이다. 앱젝트는 토사물과 배설물인 동시에 자기 자신의 감각과 정신을 지닌 생명체인 것이다. 그의 존재감이 미미한 것은 단지 서구적 근대의 시각장에서 밀려나 있기 때문이다. 식민지의 앱젝트는 이중적인 경계선상의 존재였다. 토사물로서의 앱젝트란 서구적 근대의 체제를 절대화한 **상상계적** 산물이지만, 고유한 생명체로서의 앱젝트는 명료하게 표상되지 않는 **실재계**에 닻을 내리고 있다. 그런 실재계에 근거해 생명적 존재를 감각화하며 서구적 **시선**의 체제를 산란시키는 것이 바로 앱젝트의 **응시**이다.

탈식민적인 반격의 근거는 아감벤의 벌거벗은 생명과 다른 크리스테바의 앱젝트에서 찾을 수 있다. 벌거벗은 생명과 달리 앱젝트는 양가적이다. 앱젝트는 제국의 사선에 의해 상상계의 철망에 갇힌 동시에 보이지 않는 실재계의 힘으로 은밀히 철망을 뒤흔든다. 이것이 바로 시선을 산란시키는 응시의 자의식이다. 앞에서 이형식이 바라본 '느려터진 원주민'이 기차 유리창에 갇힌 앱젝트라면, 메스의 반사광 앞에서 진저리치는 표본실의 개구리는 응시의 자의식을 지닌 앱젝트이다.

느려터진 원주민도 응시를 흘리지만 기차의 속도감에 취한 이형식은 그것을 보지 못한다. 그는 신문명의 상상계에 갇혀 앱젝트의 생명력과 해방의 소망을 느끼지 못한다. 반면에 표본으로 전락한 위치를 감지한 개구리는 식민지의 비장소에서 탈출하기 위해 보이지 않는 철망을 흔들고 있는 것이다. 그처럼 비장소(묘지)의 앱젝트(비존재)들이 응시의 네트워크를 이루어 비가시적인 철망과 유리창으로부터의 해방을 외친 것이 만세운동일 것이다.

1920년대의 리얼리즘 소설들의 성과 역시 식민지의 비장소에서 탈출하는 응시의 네트워크의 발견에 있었다. 계몽적 각성과는 달리 응시의 교감은 한순간에 불붙는다. 예컨대 현진건의 〈고향〉의 '나'는 식민지적 시각장에 갇힌 유랑인의 얼굴을 보며 응시의 교감을 통해 조선의 얼굴을 발견한다. 한설야의 〈과도기〉역시 '산 눈을 뺄 듯한' 공장의 기계 테크놀로지에 맞서는 응시의 대응을 암시한다. 〈과도기〉에는 응시의 네트워크가 잘 보이지 않지만 패러디된 아리랑 노래와 주인공(창선)의 울분 속의 반복충동이 보이지 않는 응시를 표현하고 있다.

응시의 네트워크는 제국의 기술적 시각성의 폭력에 대한 앱젝트의 반격이다. 그러나 그런 앱젝트의 반격이 서구의 테크놀로지를 부인하고 순수한 생명성만을 주장하는 것은 아니다. 앱젝트가 타자의 위치로 전환되며 반격이 본격화되는 과정은 근대적 테크놀로지를 도구로 이용하는 반전이기도 하다. 제국의 기술적 시각성이 피식민자를 인간 이하로 강등시켰다면, 타자의 반격에서는 테크놀로지가 응시의 실재계적 힘을 증폭시키는 수단으로 사용된다.

예컨대 1907년의 의병의 총살 사진과 또 다른 의병 사진의 차이가 그 점을 보여준다. 똑같은 1907년에 영국의 기자가 찍은 의병 사진에서는 기술적 시각성의 힘이 의병들의 응시를 증폭시키는 기제로 작동되고 있다. 사진 속의 의병들은 서구의 기술적 시각성을 되비추는 강렬한 눈빛으로 집단적인 응시의 총을 발사하고 있다. 그들은 손에 들고 있는 총을 아직 쏘지 않았지만 사진으로 증폭된 응시의 눈빛을 통해 시각적 총을 쏘고 있다.

이 같은 테크놀로지의 반전은 응시의 네트워크가 저항으로 발전되는 과정에서 매우 중요하다. 예컨대 3·1운동 때 유관순은 만세를 부르다 이

화학당이 휴교하자 기차를 타고 고향 천안으로 내려갔다. 기차는 동작이 느린 원주민을 유리창에 가두는 속도기계였지만 이번에는 만세운동의 산포된 네트워크를 가동시키는 역할을 했다.

마찬가지로 〈낙동강〉에서 여주인공 로사는 애인의 뒤를 밟기 위해 서간도로 가는 기차에 몸을 싣는다. 여기서의 기차 역시 목적지를 향해 질주하는 속도기계가 아니라 산포된 조선인의 네트워크를 가동시키는 타자의 열망의 도구이다. 기차는 질주의 속도감으로 국민국가의 네트워크를 결속시키는 역할을 했고 제국주의적 침략의 수단으로도 쓰였다.[29] 그러나 국민의 지위도 국가도 없는 피식민자는 산포된 응시의 네트워크를 움직이기 위해 제국의 기차에 올라 속도를 역이용한다.[30] 이런 응시의 네트워크로서 인간과 기계의 결합은 질주하는 제국과 느려터진 원주민을 넘어서는 제3의 리듬을 암시한다.

그런 과정에서 나타나는 기술적 시각성의 이중적 역할은 매우 흥미롭다. 1907년의 의병 처형 사진과 루쉰이 본 슬라이드에서는 시각기계의 폭력성이 인간의 존엄성을 회복 불가능하게 훼손시키고 있다. 반면에 또 다른 의병 사진은 사진기계의 충격의 힘으로 조선인의 응시의 네트워크를 우리의 뇌수에 각인시키고 있다. 앞의 사진은 물론 후자에서도 제국의 폭력 앞에서 조선인은 승리할 수 없었을 것이다. 그러나 사진기계의 총이 아무리 우리의 뇌수를 피격해도 제국의 비정한 승리는 누구도 기억하지 않는다. 반면에 또 다른 사진기계의 총으로 쏘아진 응시의 네트워크는 우리의 뇌수에 각인되어 100년 이상의 시간을 넘어 **기억**되고 있다. 이 기억은 선적인 기억이 아니라 존재 자체로 전이된 몸의 기억[31]이다. 또 다른 의

---

29 박천홍,《매혹의 질주, 근대의 횡단》, 산처럼, 2003, 66쪽, 75쪽.
30 이런 피식민자와 기계의 관계는 데리다의 기생상태의 논리와 매우 비슷하다.
31 몸의 기억은 니체의 용어로 베르그송의 순수기억이나 프루스트의 무의식적 기억에 상응한다. 몸의 기억이란 자연이나 공동체적 유대와 연관된 리듬이 의식 이전의 몸의 감성을 통해 되돌아오는 것을 말한다. 홍사현,〈망각으로부터의 기억의 발생〉,《철학논집》제42집, 2015. 8, 345~353쪽 참조.

병 사진은 우리의 존재로 전이된 순수기억 속의 이미지와도 같다. 21세기의 드라마 《미스터 선샤인》에서 사진을 재연하는 것만으로도 감당하기 어려운 감동이 전해진 것은 그 때문이다. 미학적 반복은 응시를 증폭시키며 테크놀로지의 충격을 육체의 승리로 전환시킨다. 의병 사진은 100여 년 전의 이미지인 동시에 우리 자신의 뇌수에 찍힌 육체적 기억 그 자체이기도 하다. 여기서는 시각기계의 이미지를 이용해 기계 자체를 뚫고 나오는 육체적 존재의 승리가 감지되고 있다.

5. 속도와 시각성, 보이지 않는 비밀

식민지를 지배한 시각적 테크놀로지는 비릴리오가 질주정이라고 말한 속도의 정치와도 연관이 있다. 시각적 권력이 식민자와 피식민자를 분할했듯이 속도는 서구와 비서구의 공간을 변화시켰다. 비릴리오는 **속도가 서구의 희망**이라고 반복해서 주장한다. 속도의 정치는 인류를 희망에 다가가는 사람들과 느리게 움직이며 힘들게 살아가는 사람들로 분리시켰다.[32] 이런 분리는《무정》에 그려진 달리는 기차에 탄 사람들과 둔하게 움직이는 농민들의 대비에 상응한다. 이형식은 정신 속에서 작동되는 기차의 속도와 유리창의 시각성을 통해 농민들을 원주민으로 비하한다. 그 순간 그의 내면의 시각성은 기차라는 속도기계와 결합되어 움직이고 있다.

《무정》의 엘리트들은 기차의 속도에 열광하며 문명의 분주함의 의미에 대해 질문한다.[33] 더욱이 이형식은 질주하는 자동차의 속도를 영화 이미지와 연관해서 생각하기도 한다. 위험에 처한 영채에게 가는 길에 야간전차가 느리게 운행하자 그는 가슴에 불이 일어난다. 그 순간 그는 자신

---

32 폴 비릴리오,《속도와 정치》, 앞의 책, 120쪽.

33 이광수,《무정》, 앞의 책, 390쪽.

도 모르게 서양 사람이 탄 자동차가 질풍같이 달려가는 영화가 떠오른다.

과연 야시에 사람이 많이 내왕하여 운전수는 연해 두 발로 종을 딸랑딸랑 울리면서 천천히 진행**하더라**. 형식의 가슴에는 불이 일어난다. **형식은 활동사진에서 서양 사람들이 자동차를 타고 질풍같이 달아나는 양을 생각하고 이런 때에 나도 자동차를 탔으면 하였다.** 형식은 자기가 종로에서 자동차를 타고 철물교를 지나 배오개를 지나 동대문을 지나 친잠하시는 상원 앞 버들 사이를 지나 청량리를 지나 홍릉 솔숲 속으로 달려가는 것을 상상하였다.[34]

이형식에게 영화의 장면은 회상의 한순간이 아니라 상상 속의 희망이었다. 비릴리오의 말을 실현하듯이 그는 서양 사람처럼 **속도가 희망**임을 나타내고 있다. 그와 함께 그 희망은 이형식의 머릿속에서 활동사진의 한 장면처럼 이미지화된다. 그에게는 근대적 질주의 속도가 영화의 시각성과 합쳐져 내면화되어 있었다.

흥미롭게도 예문에서는 그런 속도의 희망이 언어적 재현의 시각성과도 결합하고 있다. 실망스러운 느린 속도의 장면은 영화와 아무 상관이 없는 고소설적인 '더라체'로 표현된다. 반면에 영화적 시각을 흡수한 자동차의 속도는 경쾌한 근대적 '었다체'로 제시되고 있다. 이처럼 테크놀로지적 속도와 시각의 감각을 흡수한 이광수의 근대적 재현은 어떤 작가보다도 시각적 투명성을 얻고 있다.

그러나 서구적인 속도가 식민지인의 희망이었던 것만은 아니다. 《무정》과 비슷한 시기의 〈슬픈 모순〉(양건식)은 도시의 분주함과 전차의 속도에서 불안을 느끼는 지식인을 보여준다. 이 소설의 '나'는 광화문행 전차를 탔지만 아무 데도 갈 곳이 없다. 겨우 몇 정거장 지나 하차하자 바람을 일으키며 달아나는 전차가 자신을 낙오자로 비웃는 듯이 느껴진다.

---

34 이광수, 위의 책, 145쪽. (강조-인용자).

동시에 '내가 왜 이러나?' 하며 내가 책망하는 마음이 벌컥 일어난다. 겨우 사동 병문에 와서 도로 내렸다. 발 몇 걸음 떼어 놓자 기금 탔던 전차가 굉연히 응– 앙– 하며 바람을 차고 달아난다. 그 바람 차고 질주하는 차체와 그 소란한 종소리가 '내 님 보아라, 변변치 못한 낙오자 같으니라고!' 하고 마치 나의 어리석음을 조소하는 듯하여 일층 불쾌한 생각이 일어난다.[35]

'나'는 마치 모더니즘 소설의 주인공처럼 뚜렷한 행선지가 없다. 속도에 열광한 《무정》의 주인공들이 목적지에서 희망을 느낀 것과 달리, 속도가 무의미한 '나'에게는 목적지도 희망도 없다. '나'에게는 이형식이 열광한 속도의 테크놀로지가 내면화되어 있지 않은 것이다. 머릿속에서 영화처럼 희망하는 장면들이 지나가는 이형식과는 달리 '나'는 아무런 상상도 이미지화되지 않는다.

그 대신 '나'는 속도의 낙오자가 된 대가로 **보이지 않는 것**을 보려는 열망을 갖는다. 《무정》에서 이형식이 수해 속에서도 희망을 보는 것은 사실은 속도와 시각기계가 보고 있는 것이다. 반면에 정신의 내부에 영화도 기차도 없는 '나'는 순사보에게 매를 맞는 막벌이꾼에게서 '슬픈 모순'을 볼 뿐이다. 뼈아픈 것은 일상의 사람들은 누구도 그 '슬픈 모순'을 말하지도 보지도 않는다는 것이다. '내'가 갑갑증과 울분에 사로잡히는 것은 바로 그 보이지 않는 비밀을 보려고 하기 때문이다.

보이지 않는 비밀을 보려 하는 시각 행위를 우리는 **타자의 응시**라고 할 수 있다. 기차와 영화에서 희망을 보는 이광수에게는 보이지 않는 비밀이 없었다. 그 때문에 그에게는 갑갑증이 없는 동시에 타자의 응시도 없는 것이다. 프로이트에 의하면, 타자가 응시하는 보이지 않는 비밀이란 일상에서 숨겨져야 할 것들이다. 이광수는 숨겨야 할 것을 잘 숨기고 있기 때문에 서구인처럼 속도와 시각기계에서 희망을 볼 수 있었다. 반면에 양건

---

35 양건식, 〈슬픈 모순〉, 《개화기 단편 소설선》, 현대문학, 2010, 373쪽.

식은 숨겨야 할 것을 보려는 열망 때문에 갑갑증 속에서 슬픈 모순을 느끼는 것이다.

보이지 않는 비밀이란 속도와 시각성 속에 감춰진 '슬픈 모순' 같은 것이다. '슬픈 모순'은 전차와 기차의 속도에 적응한 후에도 계속되었다. 이광수와 염상섭은 비슷하게 기차를 타고 가며 낙후된 조선인을 비천한 앱젝트로 보고 있었다. 그러나 염상섭은 이광수와는 달리 앱젝트를 표본으로 해부하는 메스의 반사광을 고통스럽게 느끼고 있었다. 해부학적 메스의 반사광이 없는 이광수의 시각성이 시선의 미학이라면 염상섭은 슬픈 응시의 반격을 암시한다.

리얼리즘에서 응시의 반격은 시선과의 교차 속에서 나타난다. 염상섭은 보이는 것에 만족하지 않고 보이지 않는 것을 보려는 열망 속에서 리얼리즘을 성취했다. 〈표본실의 청개구리〉의 메스의 반사광은 〈만세전〉에서도 승객을 검문하는 헌병을 통해 은유적으로 암시된다. 염상섭이 탑승한 기차에는 이광수와 달리 권력의 비밀인 은유적인 해부학의 메스가 동행하고 있었다. 그와 함께 염상섭은 전차의 속도에 부적응한 양건식과도 달리 **기차에 탑승한 채** 응시를 작동시키고 있었다. 염상섭은 그처럼 기차와 메스, 시선과 응시의 교차 속에서 보이지 않는 비밀을 은유로 표현하며 리얼리즘을 얻고 있다.

이런 시선과 응시의 교차는 〈만세전〉 전체를 관류하며 긴장감을 높이는 요인이다. 《무정》의 유학의 후일담은 어른거리는 영화적 파노라마를 소설투의 담론으로 옮긴 것이다. 반면에 〈만세전〉의 이인화는 유학에서 돌아오며 눈에 보이는 것 이외에 보이지 않는 것이 있음을 감지한다.

부두를 뒤에 두고 서편으로 꼽들어서 전찻길 난 데로만 큰길로 걸어갔으나, 좌우편에 쭉 이층집이 들어섰을 뿐이요, 조선집 같은 것이라고는 하나도 눈에 띄는 것이 없다. 이, 삼 정도 채 가지 못해서 전찻길은 북으로 꼽들이게 되고, 맞은편에는 색색의 극장인지 활동사진관인지 울그데불그데한 그림 조각이며 깃발이 보일 뿐이다.

(…중략…)

　그러나 조선 사람 집 같은 것은 그림자도 **보이지 않았다.** 간혹 납작한 조선
가옥이 눈에 띄나 가까이 가서 보면 화방을 헐고 일본식 창틀 같은 것을 박지
않은 것이 없다. 그러나 우스운 것은 얼마 되지 않은 시가이지만 큰길이고 좁
은 길이고 거리에 다니는 사람의 수효로 보면 확실히 조선 사람이 반수 이상
인 것이다.

　'대체 이 사람들이 밤이 되면 어디로 기어들어가누?'

　하는 생각을 할 제, 큰 의문이 생기는 동시에 그 불쌍한 흰옷 입은 백성의
운명을 생각해 보지 않을 수 없다.[36]

　이인화는 전찻길과 이층집, 활동사진을 보았지만 조선 사람의 집은 잘
볼 수 없었다. 조선 사람은 신작로의 소품들이면서도 실상 주거지는 보이
지 않는 곳으로 쫓겨난 것이다. 이광수의 활동사진 파노라마 같은 후일담
에는 시각적으로 방해받는 갑갑증이 없다. 반면에 갑갑증이 성격화된 염
상섭은 보이는 신작로에서 보이지 않는 것을 생각하며 슬픔에 잠기고 있
다. 흰옷 입은 백성의 운명은 경제적 착취와 함께 시각적 · 공간적 착취로
나타나고 있었다.

　보이는 것과 보이지 않는 것의 모순은 기차간에서도 마찬가지였다. 이
광수는 기차와 영화에 만족했으며[37] 그 테크놀로지의 템포를 역전시키는
응시의 반전은 생각하지도 못했다. 반면에 염상섭은 기차를 타고 가며 공
포에 질린 조선 사람들에게서 비장소와 비존재의 충격을 감지한다. 기차
에서도 신작로에서처럼 조선 사람은 보이는 동시에 보이지 않았다. 그들

36　염상섭, 〈만세전〉, 《염상섭 중편선》, 문학과지성사, 2005, 75~77쪽. (강조-인용자).

37　이광수는 영화에 불만을 나타내기도 했지만 자신도 모르게 영화적 기법을 무의식적으로 도입하고
　　있었다고 할 수 있다. 황호덕, 〈활동사진처럼, 열녀전처럼〉, 《대동문화연구》 70권, 2010, 409~447
　　쪽 참조.

은 살아 있으면서도 산 생명 같아 보이지 않았다. 염상섭은 절반은 존재하고 절반은 존재하지 않는 조선인들을 묘지 속의 구더기라고 외친다. 여기서 속도와 시각기계의 미학은 비장소와 비존재의 미학으로 반전된다.

염상섭은 조선의 축소판인 부산과 경성행 기차간에서 집을 빼앗기고 감시의 시선 아래 있는 사람들을 본다. 그는 그런 모습 속에서 조선인을 인간보다 못한 존재로 강등시키는 권력의 비밀을 응시한다. 응시가 드러내는 첫 번째 보이지 않는 비밀은 이처럼 권력이 감춰야할 비밀이다.

〈만세전〉의 이인화는 곳곳에서 응시를 통해 권력이 감춰야할 비밀을 드러낸다. 그러나 자기 자신이 인화 물질 같은 응시의 존재인 이인화조차도 보지 못한 것이 있었다. 그는 묘지 같은 현실을 보았지만 그 어둠에 감춰진 또 다른 보이지 않는 비밀은 잘 보지 못했다.

또 다른 비밀이란 비천한 신체 자신이 흘리고 있는 은밀한 비밀이다. 권력에 의해 비천하게 강등된 존재는 자신도 생명적 존재임을 증명하기 위해 스스로 응시를 흘리고 있다. 그런데 일상의 사람들은 물론 이인화 자신도 비천한 신체의 응시를 잘 감지하지 못한다. 그 때문에 〈만세전〉의 조선인은 앱젝트로 유기된 채 비장소의 상상적 철망에 갇혀 있는 것이다.

이인화가 보지 못한 비천한 신체의 응시를 드러낸 것이 바로 현진건의 〈고향〉이다. 〈고향〉에서 민중적 인물 '그'는 기차간에서 동양 삼국의 옷을 입고 일본어와 중국어를 웅얼거린다. '그'는 디아스포라의 자유로움을 보이는 듯했지만 '그'의 존재는 자유와는 거리가 멀었다. 유이민인 그는 규율화된 기차간을 동양 삼국의 축소판으로 만들며 잠시 고통스러운 응시를 내려놓고 싶었을 뿐이다. 웃음을 흘리며 응시를 감추는 그는 실상은 상상적 철망에 갇힌 이색적인 구경거리와 다르지 않았다.

승객들이 반응하지 않고 기차간이 침묵의 공간이 되자 '그'는 저도 모르게 비천한 신체의 응시를 흘리기 시작한다. 이처럼 앱젝트의 응시는 규율화된 시선 앞에서 그에 동화될 수 없는 신체로부터 무의식적으로 흘러나온다. 앱젝트의 응시란 규율적 체제가 인간 이하로 강등된 신체를 침묵 속에 방치할 때 흘러나오는 존재의 증명이기 때문이다.

지식인 '나'는 마침내 아무도 보지 못하는 그의 응시를 감지하기 시작한다. 이어서 '그'는 무덤이 된 고향과 산송장이 된 애인의 이야기를 들려준다. 이때 침묵하던 '나'는 비로소 그의 증폭된 응시에 교감하기 시작한다. 그것은 무덤과 산송장이란 버려진 비장소와 비존재이면서 규율 외부의 **실재계**이기 때문이다. 제국의 규율화된 시선은 '살아 있는 시체'인 유이민과 그의 애인을 앱젝트로 볼 뿐이다. 반면에 '그'의 응시에 감응하기 시작한 '나'는 규율 외부의 무엇(실재계)으로부터 습격을 당한 듯한 느낌을 갖는다.

'그'를 앱젝트로 보는 제국의 시선이 상상계[38]라면 '내'가 감응한 '그'의 응시는 실재계[39]의 엄습이다. '내'가 그에게서 조선의 얼굴을 본 것은 바로 그 때문이다. 조선의 얼굴은 제국의 시선이 볼 수 없는 실재계로부터 증폭된 응시를 통해 드러난다. '그'의 증폭된 응시는 상상계에 갇힌 제국은 볼 수 없기 때문에 '보이지 않는 비밀'이다. 그 보이지 않는 비밀이 '조선의 얼굴'로 보인 것은 '그'의 응시에 '내'가 교감하며 은유를 작동시켰기 때문이다. 은유란 보이지 않는 **실재계적** 응시를 **상징계**의 이미지로 드러내는 감성적 도발이다. 독립된 조선은 아무데도 없었지만 유이민의 응시가 흘러나오는 곳(실재계)에 살아남아 있었던 것이다. 총독부의 시선에서는 조선이 어디에도 없었으나 '그'의 응시로 증폭된 감성적 생명력에서 '조선의 얼굴'이 은유를 통해 회생되고 있었다.

바로 그 조선의 얼굴이라는 감성적 도발의 순간 '그'는 상상적 철망과 유리창을 뚫고 나온다. 앱젝트가 보이지 않는 철망을 뚫고 나오는 순간은 피식민자의 응시의 **네트워크**가 작동되는 시간이다. '그'가 읊조리는 아리

---

38 상상계는 상징계의 균열을 봉합하는 장치들의 영역이다.

39 실재계는 표상될 수 없는 실존적인 장으로서 상징계에 저항하는 영역이다.

랑 노래는 조선인의 응시와 그 연결망의 표현에 다름이 아니다. '그'와 '나'는 식민자의 네트워크인 기차에 실려 가는 중에 아리랑이라는 조선인의 지하방송을 양가적으로 작동시킨다. 〈고향〉은 제국의 보이는 네트워크(기차)와 피식민자의 보이지 않는 비밀, 그 시선과 응시의 교차 속에서, 조선의 얼굴이 도발적으로 은유화되는 과정을 드러낸다. '조선'은 있다고도 볼 수 없고 없다고도 볼 수 없는 증폭된 (실재계적) 응시의 은유로 표현되고 있었다.

이처럼 1920년대는 시선과 응시의 교차 속에서 보이지 않는 비밀을 드러내는 리얼리즘의 시대였다. 염상섭은 제국의 속도와 시선보다는 그 속에 은폐된 보이지 않는 비밀을 문제 삼았다. 또한 현진건은 제국은 볼 수 없는 또 다른 비밀을 은유로 드러냈다. 염상섭과 현진건은 이광수처럼 제국의 속도기계를 선망하지 않았지만 무조건 거부한 것도 아니었다. 그들은 속도기계에 올라타 속도에 취한 제국은 잘 보지 못하는 **두 가지 비밀**을 응시를 통해 보여주었다.

그러나 1930년대 중반에 이르면 제국의 자본주의가 가속도를 내면서 일상에서는 응시를 은유로 표현하는 것마저 어려워진다. 이상과 박태원의 소설은 자본주의의 속도를 감당하지 못해 일상의 기차에서 내려버린 사람의 이야기이다. 1930년대의 제국의 속도와 시각기계들은 피식민자의 응시를 마비시키는 장치였다. 이상과 박태원이 일상의 기차에서 내린 것은 심연의 보이지 않는 응시를 포기할 수 없었기 때문이다. 그들은 일상에서 패배한 대가로 남겨진 무의식적 응시를 표현하는 데 전력했다. 모더니즘은 시선의 독재에 의해 일상을 잃은 대가로 얻어진 도발적인 응시의 승리였다. 일상에서의 후퇴가 뼈아픈 만큼 그들의 보이지 않는 응시의 표현은 전투적이었다. 그 점에서 모더니즘이 비릴리오가 '지각의 병참학'[40]이라고 말한 영화의 기법을 도입한 것은 흥미롭다. 리얼리즘적 재현의 위

---

40 폴 비릴리오, 권혜원 역,《전쟁과 영화》, 한나래, 2004, 19쪽.

기가 표현주의적 영화기법을 닮은 전투적인 표현의 문학을 낳은 것이다.

영화는 피식민자에게 충격을 가하는 쇼크에서 시작해서 이제 일상의 패배를 되갚는 무기로 재등장한다. 전자가 기차를 타고 가는 사람의 영화라면 후자는 기차에서 내린 사람의 영화이다. 기차에서 내린 사람은 선로에서 이탈한 대가로 뇌막에서 날아다니는 이미지들을 감지한다. 이광수가 보는 영화였다면 이상은 나는 영화였다. 이미지들은 인과적으로 연쇄되지 않고 돌발적인 섬광처럼 파득거린다. 그런 반짝이는 섬광들은 뇌막과 뇌엽에서 명멸하는 응시의 이미지들이기도 했다. 이상은 공포 속에서 영화적 총을 쏘는 동시에 그 충격을 뇌엽이 팽창하며 존재론적 생성을 소망하는 것으로 연결시킨다. 그 때문에 이상의 소설은 파편적인 분열의 이미지에서 시작해서 순수기억이 팽창하며 중력에 저항하는 날개를 소망하는 것으로 이어진다. 이상 소설은 분열의 기록인 동시에 기계에서 뇌막과 뇌엽으로 전환된 육체적인 응시의 암시였다. 여기서 우리는 시각기계를 이용하는 동시에 기계 자체를 뚫고 나가는 도발적인 육체의 승리를 다시 목격한다.

6. 은유의 미학적 반격과 시각적 불평등성에 대한 대응

두 가지 보이지 않는 비밀은 두 개의 은유를 낳는다. 첫 번째 은유는 카메라, 메스, 유리창, 철망이라는 권력의 시선에 숨겨진 기술적 시각성의 은유이다. 두 번째 은유는 테크놀로지에 자극받은 피지배자가 테크놀로지를 넘어서며 나타내는 육체적 응시의 승리이다.

두 번째 은유가 중요한 것은 피식민자가 **주체성**을 **생성**하는 비밀을 암시하기 때문이다.[41] 예컨대 1907년 의병 사진에서 위급한 시간을 포착한

---

41 미학적인 은유는 경직된 고체적인 것에 대한 유동적인 생명적 존재의 승리이기도 하다. 반면에 반

카메라와 조선인의 손에 쥔 총은 그들의 응시를 강렬하게 만든다. 그 사진에서 의병들은 카메라를 받는 동시에 이미 카메라를 관통하는 **은유적인 총**을 쏘고 있다. 또한 1920년대의 〈고향〉의 '나'는 기차간에서 투명한 철망에 갇힌 구경거리 같은 유랑인을 목격한다. 그러나 '나'는 '그'의 이야기를 들으면서 기차의 속도와 상상적 철망을 뚫고 나오는 '조선의 얼굴'을 보게 된다. 마찬가지로 1930년대의 〈날개〉의 '나'는 정오의 태양 아래서 유리와 강철과 지폐가 현란하게 끓어오르는 것을 느낀다. 그 순간 '나'는 응시가 증폭되며 자신을 박제로 만든 유리창(시각장)에서 탈출하려는 은유적인 날개의 소망을 감지한다. 은유적인 총, 조선의 얼굴, 은유적인 날개는 피식민자가 어떻게 식민지의 상상적 철망을 뚫고 나올 수 있는지 암시한다. 문학 자체는 시각 테크놀로지가 아니지만 응시를 은유화함으로써 시각기계로 무장한 제국의 시선의 독재에 저항할 수 있는 것이다.

아렌트는 모든 철학은 은유를 사용한다고 말했다.[42] 은유는 감각화할 수 없는 것들을 감각세계로 되돌리며 비가시적 영역을 가시적 세계로 돌아가게 해준다. 피식민자의 보이지 않는 비밀, 그 실재계적 응시의 생성 과정은, 아렌트가 말한 비가시적인 영역의 하나일 것이다. 은유는 피식민자의 심연의 비밀을 시각적으로 보이게 만들며 순수기억을 동요시킨다. 철학과 미학이 은유를 사용하는 것은 그처럼 심연의 비밀로부터 생성되는 피지배자의 주체성을 표현하기 위해서이다.

그에 반해 제국의 과학과 기술은 첫 번째 비밀과 연관이 있다. 제국의 시선에 비친 미지의 원주민이란 실상은 표상할 수 없는 실재계(외부)에 닻을 내린 존재이다. 그런데 제국의 과학과 기술은 그런 피식민자에게서 받은 충격을 흡수하기 위해 카메라와 메스를 통해 그들을 수동적 피사체

미학적인 은유는 유동적인 것을 혐오의 이미지로 만든다. 전자가 실재계적인 응시의 미학이라면 후자는 생명적 존재를 앱젝트로 강등시키는 상상계적 반미학이다.

42 한나 아렌트, 홍원표 역, 《정신의 삶》 1, 푸른숲, 2004, 161쪽.

로 만든다. 시각 테크놀로지가 피식민자를 피사체로 만든다는 것은 동일성 체제의 내부에서 그들을 왜곡된 시각성의 울타리에 가둔다는 뜻이다. 피식민자란 카메라와 메스에 의해 내부에 감금된 외부이다. 그들은 상상적 감옥에서 평생을 보내야 하는 **시각적인 죄수**이다. 이 **무기수**로서의 시각적인 죄수(피식민자)는 파놉티콘의 죄인과는 달리 무의식적으로 규율화에 저항하는 **외부성**의 존재이다. 그런 외부성 때문에 인격성 자체를 강등시키는 내부의 시각적 장치, 즉 피식민자의 신체를 제어하는 상상적 철망과 유리창이 필요한 것이다. 감옥에서는 인격성까지 가둘 필요가 없지만 피식민자의 상상적 울타리에서는 인격성 자체의 제어가 필요하다. 이런 식민지적 상황에서 주체성의 생성은 결코 자각과 계몽에 의해서만 가능하지 않다. 피식민자가 외부성을 회복해 능동적 주체성을 생성하기 위해서는 제국의 시각성의 울타리에서 탈출해야 한다.

앞서 살폈듯이 반격의 근거는 피식민자의 외부성이 완전히 감금되지 않는다는 데에 있다. 보이지 않는 카메라와 메스에 의해 감금된 피식민자는 단지 벌거벗은 생명만은 아니다. 아무도 잘 보지 못하지만 그는 생명적 존재의 증거로서 비가시적인 응시를 흘리고 있기 때문이다. 그러나 그런 응시는 아직 철망과 유리창을 뚫고 나오지 못한다. 미학적 은유는 권력이 감추고 있는 첫 번째 비밀을 드러냄으로써 피식민자의 응시를 증폭시킨다. 그와 함께 그런 응시를 감각화하고 순수기억의 동요를 통해 고양시킴으로써 피식민자를 해방된 감각의 세계로 나오게 만든다. 바로 그 순간 두 번째 비밀이 **은유**를 통해 표현된다.

은유는 무의식적으로 응시를 흘리는 앱젝트를 **응시의 주체**로 전환시킨다. 아직 착취와 불평등성에서 벗어나지 못했지만 응시의 주체로 전환되면 앱젝트는 시각적 불평등성에서 해방되기 시작한다. 시각적 불평등성에서의 해방은 경제적 불평등성에서 탈출하려는 피식민자의 저항의 전제조건이다. 그처럼 감각적 불평등성에서 해방되게 하면서 주체의 능동성을 회복시키는 것이 바로 은유의 반격이다.

아렌트는 자연인의 얼굴이 아니라 은유적인 얼굴만이 저항의 주체로 생성된다고 말했다.[43] 은유란 비가시적인 것을 감각화함으로써 심연의 교감을 증폭시키는 장치이다. 은유적인 얼굴이란 보이지 않는 응시를 통해 **수많은 타인들**과 교감하고 있다는 암시이다. 이런 아렌트의 **은유적 정치**를 가장 실감 나게 보여주는 것은 감각적 불평등성에 놓인 피식민자의 얼굴일 것이다.

예컨대 〈고향〉에서 '조선의 얼굴'의 은유는 은유적인 정치적 인격의 생성을 암시한다. 지식인 '내'가 유랑인에게서 조선의 얼굴을 보았다는 것은 조선인의 감춰진 응시의 연결망을 감지했다는 말과도 같다. 조선의 얼굴은 보이지 않는 응시의 네트워크[44]를 시각화한 은유이다. 이 은유적 얼굴만이 식민지적 시각장에서 해방된 주체의 생성을 소망할 수 있다.

조선의 얼굴은 응시의 주체의 네트워크이기 때문에 국가나 민족과는 다르다. 국가가 상징계이고 민족주의가 상상계라면 '조선의 얼굴'은 실재계와 교섭하는 네트워크이다. 국가가 없고 민족주의가 탄압받을 때 조선의 얼굴은 권력이 감시하기 어려운 **실재계**와 교감하며 생성된다. 그처럼 보이지 않는 실재계와의 교감을 보이게 드러내는 것이 바로 미학적 은유이다. 은유를 통해 보이지 않는 것이 시각성을 얻는 순간 감성의 분할은 저항에 부딪힌다. 미학적 은유는 피지배자를 감각적 불평등성에서 벗어난 능동적 주체로 생성시킨다.

증폭된 응시를 보여주는 미학적 은유는 〈당신을 보았습니다〉(한용운)에서도 나타난다. 이 시에서 '나'는 인격도 생명도 부인된 식민지적 앱젝트로 살고 있다. '나'는 경제적 착취 이전에 자신을 인간 이하의 존재로 강등시키는 제국의 시각장에 갇혀 있다. 그런 시각적 폭력에 의해 앱젝트

---

43 한나 아렌트, 《혁명론》, 앞의 책, 194~203쪽.

44 이 조선인의 응시의 네트워크는 3·1운동 이후부터 시작되었다.

('인격 없는 거지')로 밀려나는 순간 '나'는 벌거벗은 얼굴에 슬픔과 고통을 드러내게 된다. '내'가 고통을 자각하는 순간은 앱젝트의 자의식이 생성되는 때이며 그 순간 무의식으로부터 응시가 시작된다. '나'는 인권과 정조마저 부인된 채 법 밖으로 내던져져 벌거벗은 생명이 될 때 당신을 보게된다. 당신이란 사랑하는 님이자 진리이고 '조선의 얼굴'이기도 하다. 그처럼 조선의 얼굴을 볼 수 있기 때문에 '나'는 아무 것도 보이지 않는 벌거벗은 생명에서 탈출할 수 있는 것이다. '당신'이라는 조선의 얼굴은 〈고향〉에서 '그'의 인격을 회생시킨 보이지 않는 네트워크와 다르지 않다. 보이지 않는 네트워크는 부재원인으로서의 총체성 대상 a(은유로서의 님)의 작동을 암시한다.

당신을 보았다는 것은 **보이지 않는 님**을 보았다는 은유이다. 인격이 없는 '나'는 그 은유의 힘으로 역사의 첫 페이지에 잉크 칠을 하는 또 다른 인격을 생성한다. 이제 고통 속에서 '나'의 응시가 증폭되며 시각의 질서를 바꾸기 시작한 것이다. 시선의 권력에 위협이 되는 것(님)을 보이지 않게 만드는 것이 식민지의 감성의 분할이다. 반면에 '당신'의 은유는 응시의 증폭과 함께 역사의 페이지에 새로운 잉크를 칠하는 감성적 반격을 가능하게 한다. 이 시는 새로운 역사가 언어이기 이전에 새로운 물감의 **감각**임을 암시한다. 은유를 통한 감성적 반란은 '나'를 앱젝트로 만든 권력의 시선에 맞선 응시의 주체의 생성을 뜻한다. 당신을 보는 순간 '나'는 감각적 불평등성에서 벗어나 능동적인 시각적 주체가 된다.

응시의 증폭을 통한 감각적 능동성의 회생은 〈날개〉에서 또 다른 실감을 얻고 있다. 〈날개〉의 '나'는 식민지 권력의 시각적 높이의 상징인 미쓰코시 옥상에서 수족관을 들여다본다. 수족관은 보는 사람의 시선이 즐겁도록 금붕어라는 생명을 관리하는 장치이다. 제국의 스펙터클인 수족관은 식민지적 유리창이면서도 매혹의 이미지로 **응시를 내려놓게** 하는 또 다른 방식이다. 수족관을 보면서 사람들은 관리되는 생명이 아무런 문제

60

없이 즐겁다고 느끼게 된다. 그러나 '나'는 권력의 시각적 높이를 역투시하며 거리를 내려다보는 순간 수족관의 스펙터클이 전복되는 위치에 있게 된다. 금붕어처럼 허비적거리는 사람들은 보이지 않는 끈적끈적한 줄에 엉켜 헤어 나오지 못하고 있는 것이다. 자유로운 거리의 사람들이 부자유스러운 것은 보이지 않는 줄을 보는 '나'의 응시 때문이다. 회탁의 거리로 내려온 '나'에게 이제는 도시 전체가 허비적거리는 수족관이다. 일상에 동화된 사람들은 수족관의 즐거운 감각에 동화되어 닭처럼 사육되며 활개를 친다. 그러나 응시가 증폭된 '나'는 겨드랑이가 가려워지며 수족관에서 벗어나려 날개를 소망한다. '날개'는 보이지 않는 '나'의 자유의 욕망을 보이게 하는 은유이다. 지배권력과 거리의 사람들은 제국의 감성의 분할에 따라 여전히 '나'를 앱젝트(박제)로 여길 것이다. 반면에 '날개'의 미학적 은유는 '나'를 앱젝트로 만든 감성의 분할을 역전시키는 증폭된 응시를 나타낸다. '날개'를 감각화하는 순간 '나'는 식민지 자본주의의 감각적 불평등성에서 벗어나려는 능동적인 응시의 주체가 된다.

이 같은 감성의 분할과 그에 대한 은유의 반격은 단지 시각성의 문제에 그치는 것이 아니다. 감성의 분할이 잘 치안(治安)되는 한 인종 · 젠더 · 계급 영역에서 차별에 대한 변화의 소망은 생성되지 않는다. 지배적인 감각의 형식은 존재방식 자체를 결정해 우리를 수동적 자아의 상태로 살게 하기 때문이다. 반면에 미학적 은유를 통한 시각적 반격의 순간은 비로소 권력에 대한 능동적 대항이 가능해지는 시간이다.

랑시에르는 감성의 분할이 보는 것과 말하는 것의 능력, 시간과 공간의 가능성, 존재방식과 행동방식을 결정한다고 말한다.[45] 우리는 보다 구체적으로 감각의 형식(감성의 형식)이 자아의 **수동성**과 **능동성**의 위치를 생성한다고 논의할 수 있다. 감성의 분할에 대한 은유적 반격은 〈고향〉, 〈당신을 보았습니다〉, 〈날개〉에서처럼 앱젝트로 추락한 자아를 능동적 주체

---

45 자크 랑시에르, 《감성의 분할》, 앞의 책, 15쪽.

의 위치로 이동시킨다. 그렇기에 **은유**는 아렌트가 말한 것처럼 수동적 예속에서 벗어난 **정치적 인격**[46]을 생성시키는 것이다. 권력과 저항의 공간은 시각성이 어떻게 연출되는가라는 퍼포먼스의 장소이다. 감성의 분할에 저항하는 은유적 페르소나는 차별과 불평등성을 변화시키려는 정치적 인격을 생성시킨다.

우리는 아렌트의 은유를 라캉을 따라 시선의 권력에 대한 **응시의 반격**이라고 표현할 수 있다. 응시는 내부화될 수 없는 외부의 증명이다. 시선이 응시를 잠재울수록 우리는 상징계와 상상계에 고착된 위치에서 살아가게 된다. 반면에 응시가 증폭될수록 사람들은 실재계(외부)와 교섭하는 위치로 이동한다. 그런 보이지 않는 실재계적 교섭을 보이게 드러낸 것이 바로 은유이다. 실재계에서 멀어진 상징계와 상상계에 고착된 동일성 체제는 마치 지구가 붙박이가 된 천동설과도 같다. 반면에 실재계와 교섭하는 삶은 태양(실재계)을 중심으로 정치적 행성들이 움직이는 지동설과 비슷하다. 따라서 감성의 분할에서 미학적 은유로의 이동은 미학과 정치에서의 **코페르니쿠스적 전회**라고 할 수 있다.

이 시각적 전환의 과정에는 두 개의 비밀이 숨어 있다. 하나는 지배권력의 비밀이며 다른 하나는 피지배자의 비밀이다. 지배권력의 비밀이 지켜질 때 우리는 보이는 것만을 보는 세상에서 살아간다. 이는 지배체제가 붙박이가 된 세상에서 그 주위를 도는 스펙터클을 보며 살아가는 은유적 천동설이다. 반면에 낯선 두려움[47] 속에서 권력의 비밀을 드러내려는 것이 바로 미학적 은유이다.

호프만의 〈모래인간〉은 숨겨진 권력의 비밀을 모래인간의 은유와 환상

---

46 아렌트는 《혁명론》에서 정치적 인격을 만드는 은유는 진리의 공명판과도 같다고 말한다. 한나 아렌트, 《혁명론》, 앞의 책, 194~196쪽. 또한 은유는 비감각적인 경험(진리나 실제)을 감각세계로 전환시키는 방식이다. 한나 아렌트, 《정신의 삶》 1, 앞의 책, 165~166쪽.

47 낯선 두려움은 일상에서 숨겨야 할 것, 즉 권력의 비밀이 드러날 때 느껴지는 거세공포이다. 지크문트 프로이트, 정정진 역, 〈두려운 낯설음〉, 《프로이트 전집》 18, 열린책들, 1996, 99~150쪽.

으로 보여주고 있다.[48] 냉혹한 모래인간의 은유는 피범벅이 된 피지배자가 꿈꾸는 불의 춤의 은유로 이어진다. 모래인간은 안경과 망원경, 자동인형의 테크놀로지를 사용하는 기술 권력이다. 반면에 불의 춤은 보이지 않는 심연에서 타오르는 피지배자의 육체적 승리로서 '인간의 비밀'[49]이다. 인간의 비밀이란 모래인간의 테크놀로지를 뚫고 나오려는 육체적 응시의 승리이기도 하다. 그 비밀의 승리가 드러날 때 실재계의 태양을 도는 원환의 운동 곧 은유적 지동설이 작동된다. 감성의 분할은 보이는 것만을 보게 만들려는 은유로서의 천동설이다. 반면에 두 개의 비밀을 은유로 드러내는 미학은 실재계(태양)와 교섭하는 은유로서의 지동설이다. 전자에서 후자로의 코페르니쿠스적 전회는 보이는 것이 전부가 아님을 알게 만든다.

감성의 분할은 두 개의 비밀이 감춰진 '보이는 세상'의 퍼포먼스이다. 반면에 미학적 은유는 보이지 않는 두 개의 비밀을 보이게 드러내는 또 다른 퍼포먼스이다. 은유는 지배권력의 감성의 분할에 저항하는 미학과 정치의 출발점이다. 보이는 것이 다가 아님을 알게 될 때 우리는 감각적 불평등성에서 벗어나 **은유적 페르소나**로서 능동적인 정치적 인격을 생성시킨다.

7. 두 가지 비밀과 코페르니쿠스적 전회

아렌트는 감각화할 수 없는 사유를 감각세계에서 드러내는 것이 은유라고 말했다.[50] 아렌트가 말한 감각화할 수 없는 사유가 바로 두 가지 비

---

48 이 소설을 다루고 있는 프로이트의 주제가 낯선 두려움이다.

49 인간의 비밀에 대해서는 나카자와 신이치, 《예술인류학》, 앞의 책, 242쪽 참조.

50 한나 아렌트, 《정신의 삶》 1, 앞의 책, 165~166쪽.

밀이다. 두 가지 비밀이란 모래인간의 비밀과 인간의 비밀을 말한다.

프로이트는 〈두려운 낯설음〉에서 호프만의 〈모래인간〉을 다루며 지배 권력의 비밀이 드러날 때 우리가 느끼는 낯선 두려움에 대해 논의했다. 이 소설에서 나타니엘은 사랑하는 올림피아가 피 묻은 눈을 바닥에 떨어뜨린 채 자동인형이 된 장면을 목격한다. 예쁜 눈 수집가인 모래인간(안경 상인)[51]은 올림피아가 자동인형이라며 그녀의 눈을 빼려다 바닥에 떨어뜨린다. 모래인간이란 인간의 살아 있는 육체를 자동인형으로 만드는 테크놀로지적 권력이었다. 올림피아가 망가진 자동인형이 된 것은 모래인간의 거세에 의해 앱젝트가 되었다는 은유이다. 그러나 피 묻은 눈이 나타니엘의 가슴에 던져져 명중하자 그는 원환 같은 동그라미를 도는 불의 춤의 환상에 사로잡힌다.

모래인간은 '나쁜 아버지'의 은유이며 그가 눈을 빼려 하는 것은 거세 공포의 위협을 암시한다. 모래인간의 규율에 순종하는 한 우리는 그가 제공한 안경과 망원경을 통해 시각적 스펙터클의 세상에서 살아간다. 반면에 모래인간의 규율을 어긴 존재는 눈이 빠진 자동인형처럼 거세된 앱젝트가 된다. 나타니엘은 올림피아를 앱젝트로 만든 **모래인간의 비밀**을 목격하며 **낯선 두려움**을 느낀다. 그러나 올림피아의 피 묻은 눈이 자신의 심연에 던져지자 억제할 수 없는 불의 춤의 환상에 빠져든다. 불의 춤은 모래인간은 알지 못하는 나타니엘만의 또 다른 비밀이다. 우리는 나타니엘의 심연의 열망을 화해와 사랑이라는 **인간의 비밀**로 해석할 수 있다.

모래인간이 나쁜 아버지라면 불의 춤은 어린 시절 애니미즘의 환상이다. 어린 시절 애니미즘의 환상(동화)은 아버지의 거세위협에서 벗어나는 유일한 탈출구였다. 하지만 자연과의 화해를 뜻하는 애니미즘은 성인이 된 나타니엘에게는 불가능한 환상일 뿐이다.

---

51 호프만의 〈모래인간〉에서 어렸을 때 나타니엘의 눈을 빼가려던 모래인간은 나타니엘이 성인이 된 후 안경 상인으로 다시 나타난다.

우리는 낭만주의적인 호프만의 소설을 포스트모던적으로 재해석할 수 있다. 여기서 말하는 포스트모던이란 아버지의 규율화된 세계로부터의 **코페르니쿠스적 전회**를 뜻한다. 모래인간은 피지배자를 자동인형으로 만들어 자신의 붙박이 세상에 가둬두려는 은유로서의 천동설이다. 모래인간의 안경과 망원경은 붙박이 지구를 도는 매혹적인 스펙터클의 환상이다. 고착화된 세계가 계속되는 것은 이탈자를 앱젝트로 추방하는 모래인간의 기술권력과 시각권력의 비밀이 감춰지기 때문이다. 모래인간의 비밀은 예쁜 눈을 빼앗아 피지배자를 자동인형으로 만드는 시각권력과 기술권력이다. 그런 모래인간의 비밀이 은폐되기 때문에 앱젝트에 대한 아무런 공감도 일어나지 않고 분노도 사랑도 없는 세상이 계속되는 것이다. 그러나 모래인간의 비밀을 보아버린 나타니엘은 낯선 두려움 속에서 올림피아의 피 묻은 눈을 심연의 사랑으로 부활시킨다. 빼앗긴 눈이 가슴에서 원환의 불이 되는 것은 고착된 자동기계를 뚫고 태양 속으로 탈출하는 과정이다. 원환 같은 동그라미를 도는 불의 춤이란 태양(실재계)과 교섭하며 돌아가는 **은유로서의 지동설**에 다름이 아니다. 피 묻은 눈에서 불의 춤으로의 전환은 은유서의 코페르니쿠스적 전회이다.

모래인간의 비밀과 인간의 비밀(사랑, 화해)은 일상에서는 잘 드러나지 않는 비식별성의 영역에 숨겨져 있다. 그 두 개의 보이지 않는 비밀을 눈에 보이게 드러내려면 두 가지 **은유**가 필요하다. 하나는 피 묻은 눈의 은유이며 또 하나는 불의 춤의 은유이다. 전자가 지배권력이 숨겨야 할 것을 드러낸다면 후자는 피지배자가 심연에 감추고 있는 열정을 퍼 올린다.

두 개의 비밀과 두 가지 은유는 〈모래인간〉에서 뿐만 아니라 실제 현실에서도 나타난다. 식민지 시대의 모래인간인 제국은 카메라로 총을 쏘고 메스로 해부하며 우리의 눈을 빼앗아 가려 했다. 〈표본실의 청개구리〉, 〈만세전〉, 〈고향〉은 아무도 보지 못하는 제국의 메스와 시각적 감옥을 드러내며 낯선 두려움(거세공포)을 표현한다. 그와 함께 모래인간에 의해 내

던져진 피 묻은 눈이 가슴에 던져져 조선의 얼굴이라는 원환의 춤으로 회귀함을 암시했다.

그런 두 개의 비밀을 드러내는 은유가 요구되는 것은 우리 시대에도 마찬가지이다. 오늘날 우리는 신자유주의의 권력의 비밀과 그에 대응하는 인간의 비밀을 암시하기 위해 미학적 은유가 꼭 필요한 시대에 살고 있다. 예컨대 세월호 사건은 모래인간의 비밀과 인간의 비밀을 우리에게 은밀한 은유로 전해주고 있다. 우리 시대는 예쁜 눈을 빼앗는 모래인간의 비밀을 감추는 시각적 은폐의 권력이 만연된 시대이다. 그러나 세월호 사건은 그 자체로서 생명을 죽음에 유기하는 모래인간의 존재를 암시하는 은유로 작동되고 있었다. 희생자를 수장하고 배를 버린 채 달아난 세월호 선장은 피묻은 눈을 바다에 내팽개친 모래인간에 다름이 아니다. 그와 함께 물밑에 유기된 생명들은 우리의 가슴에 던져져서 불의 춤을 추는 촛불광장으로 돌아왔다. 피 묻은 눈을 앱젝트로 유기한 세월호의 모래인간이 붙박이 권력의 은유라면, 원환을 도는 듯한 촛불집회의 불의 춤은 은유적인 코페르니쿠스적 전회에 다름이 아니다.

우리는 두 개의 은유가 작동되면서 비로소 고착화된 체제(신자유주의)를 바꾸려는 코페르니쿠스적 전회가 시작됨을 경험했다. 세월호와 촛불집회는 그 두 개의 은유가 접합된 은유로서의 정치였다. 이처럼 사회적 전환을 위해 은유적 정치가 긴요해진 것은 오늘날이 비식별성의 시대이기 때문이다. **비식별성의 시대**란 두 개의 비밀이 일상에서 잘 식별되지 않는 세상을 말한다. 즉 권력의 비밀과 인간의 비밀이 누설되지 않기 때문에 고착화된 체제가 끝없이 계속되는 것이다. 그런 비식별성은 다양한 스펙터클과 테크놀로지로 두 개의 비밀을 감추는 시각적 권력과 연관이 있다. 이런 시대에는 시각성을 역전시키는 은유가 작용해야지만 비식별성이 식별되면서 변화의 요구가 나타난다.

비식별성의 공간을 정치의 핵심 영역으로 다룬 대표적인 사람은 아감벤이다. 아감벤에게 비식별성이란 법의 내부인 동시에 외부인 영역을 말한다. 법을 규범으로 한 국민국가에서는 비식별성의 영역에서 앱젝트(벌거벗은 생명)가 추방되는 일이 필연적으로 일어난다. 그 때문에 비식별성의 영역을 장악하는 자만이 법적 질서를 유지하는 지배권력이 될 수 있다.[52]

우리는 아감벤의 법적 질서와 국민국가(상징계)를 **시선의 권력**으로 치환할 수 있다. 지배권력의 법이 윤리와 사랑(에로스)을 간과하듯이 시선의 권력은 타자의 응시를 침묵시킨다. 아감벤이 말한 비식별성이란 시선의 장소인 동시에 응시가 부인된 곳이다. 시선과 부인된 응시가 뒤섞인 곳이 바로 안과 밖이 불분명한 비식별성의 영역이다. 시선의 권력이 응시의 주체를 앱젝트로 추방하듯이 법적 권력은 응시의 근거인 타자를 벌거벗은 생명으로 배제한다.

법적 체제에서 비식별성의 영역이 필연적으로 나타나는 것은 생명적 존재와 국민국가가 완전히 조응할 수 없기 때문이다. 에로스를 본능으로 하는 생명은 법적 질서에 순수하게 포개질 수 없는 존재인 것이다. 그로 인해 생명적 존재와 국민국가 사이에는 간극이 생기며 그 비식별성의 틈새를 장악하는 자만이 권력자가 될 수 있다. 권력자가 하는 것은 생명적 존재와 상징계 사이의 간극을 상상계를 통해 봉합하는 일에 다름이 아니다. 비식별성이란 지배체제를 상상적으로 고착되게 만드는 장소이다. 타자를 투명인간이나 혐오 대상으로 만들어 앱젝트로 배제하는 것은 상징계를 고정시키려는 상상계의 작용이다.

아감벤의 비식별성의 영역은 **시각성의 원리**로 재해석될 수 있다. 법의 내부이면서 외부인 비식별성은 보이는 동시에 보이지 않는 불투명한 영역이다. 법의 외부에 에로스가 있다면 시선의 바깥에는 타자의 응시가 있다. 법이 정지되는 비식별역이란 경직된 법의 미로를 통해 미래의 법인 에

---

52 조르조 아감벤, 박진우 역,《호모 사케르》, 새물결, 2008, 76쪽.

로스가 부인되는 장소이다. 마찬가지로 우리의 시각이 혼돈되는 영역은 시선의 권력에 의해 타자(응시의 주체)를 보면서도 보지 못하는 곳이다.

비식별성의 영역에서 앱젝트를 배제하는 일은 이성적인 판단 이전에 감성적으로 일어난다. 시선의 권력에 의해 감각이 수동적이 됨으로써 (타자의) 응시가 부인되는 것이며 그 순간 법적 판단마저 중지되는 것이다. 그처럼 비식별성의 영역에서 감각과 이성이 혼돈되는 것은 상징계의 간극에서 상상계로 이동하는 순간이다.

이것이 바로 상상적으로 고착된 체제를 만드는 '이상한 고요함'[53]의 원리이다. 타자가 앱젝트와 벌거벗은 생명으로 배제되어도 일상의 사람들이 침묵하는 것이 이상한 고요함이다. 이상한 고요함은 우리가 상징계의 간극과 균열을 덮는 상상계에 위치하는 순간이다.

그런데 이상한 고요함은 완전히 정화된 침묵과는 다르다. 그 이유는 시선의 권력이 상징계의 균열을 봉합하기 위해 우리를 상상계로 이동시켰기 때문이다. 시선의 권력은 완전한 말소가 아니라 위치의 이동의 문제이다. 그 때문에 고착화된 시선 아래에서도 타자의 응시는 부인된 채로 우리의 감각에 남아 있다.

아감벤은 생명적 존재와 상징계와의 불일치를 체제(국민국가)의 간극이라고 말했다. 상징계의 간극과 균열은 실재계가 드러나는 장소이다. 상징계의 틈새로 흘러나오는 타자의 응시의 근원은 무의식과 실재계이다. 그런데 법적 권력과 시선의 권력은 그 간극을 상상계의 비식별성의 장치로 봉합한다. 따라서 반대로 부인된 응시를 회생시키려면 상상계를 와해시키며 상징계의 균열과 노출된 실재계를 드러내는 일이 필요하다. 그것을 위해서는 실재계와 상징계, 보이지 않는 것과 보이는 것을 횡단하는 정신과 감각의 작용이 요구된다. 그처럼 보이지 않는 것을 보이게 드러내는

---

53 '이상한 고요함'은 배수아 소설에서 따온 표현으로 사건이 일어나도 아무도 동요하지 않는 상황을 말한다.

것이 바로 **미학적 은유**이다.

미학적 은유는 단순한 수사학이 아니라 위치이동의 문제이다. 지배권력의 감성의 분할은 상징계의 균열을 봉합하기 위해 우리를 상상계 쪽으로 이동시킨다. 반면에 미학적 은유는 상상적 고착화에 도발을 일으키며 우리의 정신과 감각을 실재계 쪽으로 이동시킨다.

생명과 상징계의 사이의 간극에서 타자의 응시가 흘러나올 때 권력은 상상적 장치를 통해 불순물로 배제한다. 그처럼 앱젝트를 배제하는 권력의 환각 같은 미학(반미학) 장치로 인해 우리는 상상계 쪽으로 이동한다. 상상계 쪽으로 기울어진 사회에서는 일상에서 앱젝트의 이미지가 난무한다. 예컨대 동물처럼 매매되는 '요보', 인격 없는 거지, 김치녀, 홍어 말리기 등이다. 앱젝트의 혐오의 이미지는 우리가 상상계로의 이동을 강요받고 있다는 감각적 증거이다.

반면에 미학적 은유는 실재계와 상징계를 횡단하며 부인된 응시를 보이게 만든다. 이때 상상계의 장치를 통해 오물이 되었던 응시는 상징계에 남겨진 생명의 잔여물로 귀환한다. 상징계 곧 법과 시선의 권력은 생명을 완전히 포용할 수 없기 때문에 잔여물의 틈새를 드러낸다. 상징계의 틈새는 상상적 봉합의 실패를 뜻하며 우리는 상징계의 균열에서 드러난 실재계 쪽으로 이동한다. 앱젝트가 실재계와 생명의 존재의 위치로 전위되는 그 순간 타자의 응시에 대한 공감이 시작된다. 그 때문에 미학적 은유의 순간 우리는 생명적 존재의 응시에 공감하는 이미지의 확산을 경험한다. 예컨대 조선의 얼굴, 당신(님), 날개, 광장의 촛불 등이다. 이 응시의 주체의 이미지는 시선의 권력에 대응하는 실재계적 반격이 시작되었음을 뜻한다. 미학적 은유는 그 보이지 않는 반격을 보이게 드러내는 장치이다.

그 같은 앱젝트에서 미학적 은유로의 전환에는 두 가지 비밀이 숨어 있다. 하나는 권력의 비밀로서 이는 시선의 측면에서의 내부인 동시에 외부이다. 시선의 권력은 생명과 상징계 사이의 간극에서 흘러나온 응시를 오물로 배제하며[54] 내부의 질서를 유지한다. 외부의 응시가 오물로 배제되었기 때문에 내부의 스펙터클의 세계가 안정성을 유지하는 것이다. 이 내부와 외부 사이의 간극은 피 묻은 눈을 바닥에 내팽개치는 **모래인간의 비밀**과 다름이 없다.

다른 하나는 피지배자의 비밀로서 이는 응시의 측면에서 외부인 동시에 내부이다. 생명적 존재의 에로스는 법적 체계인 상징계에 완전히 포개질 수 없기 때문에 잔여물로 남겨진다. 지배권력은 잔여물을 앱젝트로 배제하지만 그 상상적 장치는 응시의 흔적을 전부 지울 수는 없다. 그런 상황에서 응시(생명의 흔적)를 **앱젝트**로 배제하는 시선의 권력에 저항해 **잔여물**(대상 a)에 대한 우리의 공감력과 자의식을 증폭시키는 장치가 미학적 은유이다. 은유는 보이지 않는 외부를 내부의 이미지로 보여준다. 이 은유를 통해 암시되는 외부와 내부의 틈새는 불의 춤을 추는 에로스라는 **인간의 비밀**의 장소이다. 그 틈새는 촛불의 은유의 비밀이 숨겨진 촛불 광장의 위치이기도 하다.

미학적 은유는 시선의 권력에 의해 오물로 배제된 응시를 생명적 에로스로 되돌리는 장치이다. 그 순간 상상적 철망(유리창)에 감금된 피지배자가 철망을 뚫고 나오며 오물을 생명체로 역전시킨다. 이제 생명과 상징계 사이의 간극은 권력의 비식별성에서 저항의 비식별성(미결정성)[55]으로 전환된다. 이른바 **저항**이란 전자에서 후자로의 변환에 다름이 아니다. 배제된 앱젝트의 자의식이 응시의 단초라면, 응시가 증폭될 때 (생명의) 배제에서 귀환으로, 유리창에서 날개로, 앱젝트에서 응시의 주체로의 전환이 시작된다. 은유는 보이지 않는 응시의 증폭과 위치전환을 보여줌으로써 그 과정을 확대시킨다. 이 때 증폭된 응시가 저항이 되려면 〈고향〉에서처

---

54 혹은 내부의 보이지 않는 철망에 감금한다.
55 이 또 다른 비식별성은 호미 바바가 문화의 미결정성이라고 말한 것과 겹쳐진다.

럼 응시의 네트워크(조선의 얼굴)[56]가 생성되어야 한다. 그처럼 응시의 네트워크가 순식간에 확산되게 하는 조건이 바로 다수 체계성이다. 피식민자의 서구(제국)-조선의 다수 체계성의 조건이 생명과 상징계의 틈새에서 응시의 네트워크를 확산시키고 있는 것이다. 그와 비슷한 또 다른 다수 체계성의 조건은 기호계-상징계라는 여성의 위치이다. 상징계의 타자인 동시에 다수 체계성의 존재인 여성은 미투운동에서처럼 응시의 네트워크[57]를 순식간에 확산시킨다.

피지배자의 저항으로서 응시의 네트워크는 깃발과 구호를 앞세운 조직적 운동과는 구분된다. 이 물밑의 네트워크는 눈에 잘 보이지도 않으며 다만 은유로 표현될 수 있을 뿐이다. 그러나 그런 보이지 않는 저항이야말로 아감벤의 딜레마에서 벗어나게 한다. 아감벤의 벌거벗은 생명을 구원할 수 있는 것은 조직적 운동이 아니라 증폭된 응시의 네트워크이다. 벌거벗은 생명이 희생제물도 될 수 없는 것은 비식별성 속에서 응시가 부인되기 때문이다. 반면에 은유를 통해 부인된 응시가 귀환하고 다수 체계성 속에서 물밑의 네트워크가 확산될 때 비로소 저항이 가능해진다. 그 순간 생명적 존재의 응시를 부인하는 **상상계**의 비식별성의 장치가 와해되면서 응시의 근거인 **실재계**와의 교감이 생성되는 코페르니쿠스적 전회가 이루어진다.

---

56 '조선의 얼굴'은 민족주의가 아니라 응시의 네트워크이다.

57 메릴 스트립은 미투운동의 응시의 네트워크를 열려진 틈새에 발을 거는 것에 비유하고 있다.

제2장

앱젝트의 미학과
대상 a의 미학

1. 앱젝트와 서발턴, 대상 a

앱젝트는 생명과 상징계(체제) 사이의 간극에서 시선의 질서를 위해 응시가 부인된 채 버려진 존재이다. 반면에 부인된 응시가 귀환하고 증폭되게 하는 실재계적 근거가 대상 a이다. 상상적 장치를 통해 상징계를 고착화시키려 할 때 응시의 부인과 앱젝트의 배제는 필연적이다. 반대로 고착화된 체제를 동요시키고 실재계와 교섭하는 응시의 행성들을 움직이려면 대상 a와의 교감이 중요하다. 앱젝트가 버려진 생명의 잔재라면 대상 a는 귀환을 열망하는 생명적 잔여물이다. 앱젝트에서 대상 a로의 위치전환은 부인된 응시에서 응시의 귀환으로의 변환에 상응한다. 대상 a는 응시가 한껏 증폭되어 피지배자를 앱젝트로 만드는 상상적 부인(응시의 부인)의 기제가 무의미해질 때 감지된다.

〈만세전〉에서처럼 환멸 속에서 묘지의 구더기를 외치는 것은 부인된 응시에 대한 절규이다. 반면에 〈고향〉에서 유랑인의 얼굴에 공감하는 것은 응시의 증폭으로서 대상 a와 교감하는 순간이다. 이처럼 부인된 응시와 응시의 귀환이 **극적으로** 경험되는 장소가 바로 식민지 같은 다수 체계성의 공간이다.

식민지에서 응시의 부인과 귀환이 극적인 이유는 식민지란 그 두 정치적 행위가 필연적으로 요구되는 장소이기 때문이다. 제국이 피식민자의 응시를 잠재우지 못한다면 더 이상 제국은 없을 것이다. 반면에 피식민자는 앱젝트로 전락하더라도 무의식으로부터의 응시를 감출 수 없다. 응시의 근거로서 상실된 님(〈님의 침묵〉)과도 같은 대상 a가 실재계에 잔존하기 때문이다. 한용운의 〈님의 침묵〉에서처럼 식민지는 떠나간 님(대상 a)이 침묵하는 공간이다. 그러나 시선으로는 님이 보이지 않지만 피식민자의 응시는 님을 **보내지 않은 것**이다. 식민지는 응시의 배제와 귀환이 끝없이 반복되는 불안과 공포의 공간이다.

식민지와 비슷하게 응시의 자의식을 버릴 수 없는 또 다른 다수 체계성이 바로 여성의 위치이다. 피식민자가 전통-근대의 다중성을 지니는 것처럼 여성 역시 기호계-상징계의 다수 체계적 존재이다. 전자가 무의식 속에 비오이디푸스적 잔여물을 지닌다면 후자는 전오이디푸스적 흔적을 지니고 있다. 그 때문에 여성 역시 앱젝트로 버려지더라도 생명과 무의식으로부터의 응시를 숨길 수 없다.

크리스테바의 성적 차이와 연관된 앱젝트가 단순한 오물이 아닌 것은 그래서이다. 크리스테바는 앱젝트를 오이디푸스화 과정에서 남겨진 어머니의 잔여물로 이해한다. 앱젝트는 남성중심적 체제에 의해 혐오의 대상이 되지만 차이의 응시를 통해 상징계의 감성의 질서를 방해한다. 예컨대 여성의 월경은 남성적 체제를 감염시킬 수 있는 앱젝트이면서 기호계와 연관된 성적 차이의 표현이기도 하다.[1]

여성적 기호계는 남성적 상징계와 대비되는 생명의 장소로 볼 수 있다. 그렇기 때문에 앱젝트는 더러운 찌꺼기인 동시에 생명 자체의 응시이기도 하다. 예컨대 여성의 월경은 앱젝트의 기표이지만 거기에는 생명의 흔적이라는 응시가 작용하고 있다. 오이디푸스화되기 이전의 시대에 월경 자국의 깃발로 기우제를 지냈던 것은 그 때문이다. 그런 맥락에서 김선우는 남성적 혐오의 대상인 월경하는 여성을 '물로 빚어진 사람'으로 부른다.[2] 월경에서 바다 냄새와 달의 이미지를 느끼는 것은 앱젝트의 응시에 공감하는 것이다.

피식민자는 여성처럼 다수 체계성의 존재이기 때문에 양가성을 지닌 앱젝트적인 위치에 있다. 다수 체계성을 지닌 피식민자와 여성의 앱젝트는 혐오의 존재인 동시에 매혹적인 생명적 흔적이기도 하다. 그런데 앱젝

1   줄리아 크리스테바, 서민원 역, 《공포의 권력》, 동문선, 2001, 117쪽.
2   김선우, 〈물로 빚어진 사람〉, 《도화 아래 잠들다》, 창비, 2003, 40~41쪽.

트의 매력적인 응시는 흔히 제국과 남성에 의해 원시적인 환상으로 왜곡된다.[3] 피식민자 여성은 원시적인 자연의 매력을 지니는데 이는 남성 식민자[4]가 여성을 보이지 않는 시선에 가두는 것에 불과하다.[5] 피식민자 여성의 자연의 매력은 마치 보이지 않는 동물원 철망에 갇힌 비천한 존재의 원시성과도 같다.[6]

거기서 더 나아가 피식민자와 여성의 응시 자체가 부인될 때 앱젝트는 혐오의 대상이 된다. 피식민자의 신체는 비천한 신체와 원시적인 매혹 사이에서 동요한다. 원시적 매혹이 **응시의 왜곡**이라면 혐오는 **응시의 부인**이다. 그러나 앱젝트가 혐오의 대상이 될 때조차도 여성과 피식민자의 응시는 완전히 사라지지 않는다. 아무런 대응도 없는 그들의 무표정 자체가 비천한 신체의 응시의 응수(應酬)인 셈이다.[7] 그 이유는 여성과 피식민자란 절대적인 부인이 불가능한 다수 체계성의 존재이기 때문이다. 다수 체계성의 존재는 오이디푸스화된 후에도 제국과 남성의 상징계에 포개질 수 없는 다중성을 지니고 있다. 여성과 피식민자 앱젝트의 경우에는 생명 자체의 응시가 완전히 사라질 수 없는 것이다.

다수 체계성의 존재의 경우 역설적으로 응시가 부인된 앱젝트에게 오히려 응시가 잔존한다. 제국에 동화된 자본가나 지식인은 응시 없이 자신(다수 체계성)을 기만하며 잘 살아갈 수 있다. 반면에 여성이나 하층민 앱젝트는 폭력적으로 응시가 부인된 순간 찡그린 무표정으로 무의식적인 응시를 흘려보낸다.[8] 식민자의 시선은 동화된 자에게 친밀한 반면 타자에

---

3   이는 일종의 페티시즘이며 여기에도 양가성이 작용한다. 즉 원시적 매혹의 대상은 철망에 갇힌 존재와도 같지만 페티시즘의 기제가 흔들리며 응시의 반격이 시작될 수 있다.

4   혹은 제국에 동화된 피식민자도 해당된다.

5   식민지적 페티시의 두 가지 양상은 혐오스러운 앱젝트와 매력적인 환상이다. 비천한 요보와 원시적 생명성을 지닌 식민지 여성은 식민지적 페티시의 두 가지 양상을 보여준다.

6   이혜령, 《한국소설과 골상학적 타자들》, 소명출판, 2007, 38쪽.

7   김철, 《우리를 지키는 더러운 것들》, 뿌리와이파리, 2018, 92~93쪽.

8   김철, 위의 책, 93쪽.

게는 혐오와 공포로 작용한다. 후자에서의 응시의 부인과 무의식적인 귀환이야말로 식민지에서의 불안과 공포의 장면이다.

라캉은 시선과 응시의 교차 속에서 단순한 사실의 기록(시선)을 넘어선 그림의 풍경이 나타난다고 말했다. 그런데 식민지에서의 시선과 응시의 양가성은 라캉이 그림에 대해 말한 것보다 훨씬 강도 높은 긴장을 동반한다. 라캉은 시선과 응시의 교차를 보여주는 그림이 응시를 내려놓는 역할을 한다고 말한다.[9] 재현적인 그림에도 기록사진(혹은 단순한 재현)과 달리 응시가 있지만 그 역할은 비교적 온건한 것이다. 반면에 표현주의의 그림은 응시의 도발적인 요구를 통해 시선에 대한 응시의 승리를 보여준다.[10] 하지만 그 대가로 표현주의는 재현에서 벗어나 추상성의 차원으로 일그러진다.

놀라운 것은 그런 재현-표현의 관계를 전복시키는 식민지적 앱젝트의 존재이다. 〈만세전〉에서처럼 앱젝트('요보')에 공감하는 지식인은 시선과 응시의 교차 속에서 응시의 위험한 도발을 암시한다. 식민지에서는 재현의 양식을 통해서도 강렬한 응시의 도발이 가능한 것이다. 또한 〈날개〉에서처럼 식민지적 앱젝트(박제)는 추상성으로 비약하지 않고도 제국의 시선을 위태롭게 산란시키는 응시를 표현한다. 더 나아가 불안과 공포를 뚫고 솟아오르는 무의식을 통해 '날개'를 소망하는 육체적 응시의 승리를 암시한다.

라캉은 응시에는 대상 a가 포함되어 있다고 논의했다.[11] 시선이 상징계의 표상작용이라면 응시는 실재계적 대상 a의 응수이다. 그런데 라캉은

---

9   자크 라캉, 이미선 역, 〈선과 빛〉, 《욕망이론》, 문예출판사, 1994, 232쪽. 라캉 역시 그림이 단순한 재현과는 다르다고 말한다. 그러나 그는 그림이 응시를 유혹하는 듯하면서도 결국은 응시를 내려놓게 만든다고 논의한다.

10 자크 라캉, 이미선 역, 〈선과 빛〉, 위의 책, 232~234쪽.

11 자크 라캉, 이미선 역, 〈시선과 응시의 분열〉, 《욕망이론》, 위의 책, 200쪽. 자크 라캉, 〈왜곡된 형상〉, 《욕망이론》, 위의 책, 207~208쪽.

재현적 그림에서의 응시의 도전적인 작용을 적극적으로 생각하지 않는다. 응시의 도발은 (시선의) 표상작용을 무너뜨리는 표현주의에서 특징적으로 나타난다. 반면에 재현이 위기에 이르렀을 때 시선의 주체는 응시의 열망으로 대상 a의 주변을 맴돌다가 다시 상징계로 돌아온다. 응시의 도발이 나타나면 그림이 추상적이 되며 재현을 복구하려면 응시가 숨겨지는 것이다. 이것이 재현의 위기에 연관된 서구의 재현-표현의 딜레마이다.

그런데 식민지적 앱젝트의 경우에는 애초부터 그런 딜레마가 없다. 말할 수도, 하소연할 수도 없는 식민지적 **앱젝트**(그리고 **서발턴**)는 처음부터 재현의 능력이 미흡하다. 서구에서는 모더니즘 시대에 재현의 위기가 나타나지만 식민지에서는 시작부터 재현의 난제에 부딪힌다. 그러나 식민지적 앱젝트는 '의심 깊은 눈초리', '빈정거리는 입매', '느려터진 동작'만으로도 식민자의 시선을 난반사시키는 불안을 일으킨다.[12] 다수 체계적인 앱젝트에게는 해소가 불가능한 물질적 차이 때문에 깊은 늪과도 같은 응시가 잠재하는 것이다. 그런 재현 불가능한 응시는 지식인과의 교감질 통해 재현을 넘어선 재현의 문학 속에서 증폭되어 표현된다.

재현적인 풍경(그림)에서 재현을 넘어선 응시의 증폭이 나타나는 것은 식민지 문학의 중요한 특징이다. 식민지적 **앱젝트**는 상상계에서 표상공간의 언어로 느려터지게 말하는 동시에 실재계적 **대상 a**의 응시를 무표정하게 내보낸다. 그뿐만 아니라 라캉의 논의와는 반대로 식민지 지식인조차 자신의 시선을 내려놓고 앱젝트의 응시에 공감할 수 있다. 다수 체계성의 공간에서는 〈고향〉에서처럼 응시가 아니라 **시선을 내려놓는** 재현의 그림이 나타날 수 있는 것이다. 식민지에서는 특유의 다수 체계성 때문에 질주하는 기차의 재현 속에서 시선을 내려놓은 아리랑 노래[13]가 불려질 수

---

12 김철,《우리를 지키는 더러운 것들》, 앞의 책, 93~94쪽. 식민지 말 최재서의 소설에 나오는 표현이지만 식민지 초기에도 비슷하게 말할 수 있다.

13 아리랑 노래는 풍자적인데 풍자는 환상과 함께 무의식적인 응시를 표현하는 방법의 하나이다.

있다. 그 때문에 표현주의 그림에서만이 아니라 현실 자체에서 응시의 증폭이 일어날 수 있다.

식민지 같은 다수 체계적 공간에서는 응시와 대상 a가 라캉의 설명과는 다른 방식으로 작동된다. 라캉은 응시를 **실재계적** 대상 a에 연관시켰지만 피식민자의 경우에는 **상상계적** 앱젝트 상태에서 이미 응시가 작용한다. 식민지의 상상계에서는 앱젝트적 존재가 되었더라도 완전한 응시의 부인은 불가능하기에 실재계적 대상 a가 잠재하는 것이다. 그렇기 때문에 식민지에서 앱젝트란 깊은 곳에 이미 대상 a가 숨겨져 있는 존재인 것이다.

피식민자란 **앱젝트**와 **대상 a**, 상상계와 실재계 **사이의 존재**이다. 식민지적 **서발턴**(하위계층) 역시 마찬가지이다. 서발턴이 능동적 주체가 되려면 이성적으로 말을 하기 이전에 응시가 고양되어야 한다. 서발턴과 식민지적 앱젝트는 프롤레타리아보다 더 비천하지만 계몽되기 이전부터 이미 대상 a가 응시로 발산되고 있다. 그 때문에 식민지에서는 계몽에 의한 자각 이상으로 응시의 증폭이 매우 중요한 것이다. 서발턴과 앱젝트의 응시는 지식인이 귀 기울여야 할 실재계적 메아리이다. 지식인과 서발턴의 교감은 응시와 실재계적 메아리를 증폭시켜준다.

스피박은 '서발턴은 어떻게 말을 하는가'라고 질문했다. 우리는 이렇게 대답할 수 있다. **서발턴**은 앱젝트이기도 하며 응시의 증폭을 통해 비천한 신체에서 공감의 존재로 이동할 수 있다. 서발턴은 공감의 이중주와 응시의 네트워크를 통해서만 비로소 말을 할 수 있다. 서발턴의 말이란 이성적인 언어이기 이전에 실재계적 메아리일 것이다. 어떻게 표상하기 어려운 실재계와 대상 a를 표현하는가. 앱젝트와 대상 a는 위치이동의 문제이다. 상상계 쪽으로 이동할수록 응시가 부인되며 앱젝트가 되지만, 응시가 증폭되면 실재계로 이동하며 대상 a에 대한 교감이 고양된다.

식민지에서의 고도의 긴장감은 응시의 부인과 무의식적 응시, 상상계적 폭력과 실재계적 응수 사이에서 생겨난다. 식민지적 앱젝트는 그 양쪽에 걸쳐져 있는 경계선상의 존재이다. 이것이 앱젝트가 벌거벗은 생명보다 서발턴에 더 가까운 이유이다. 아감벤의 벌거벗은 생명은 생명과 상징계 사이의 간극에서 생명적 잔재가 추방될 수밖에 없음을 나타낸다. 반면에 앱젝트는 특유의 **유동성** 때문에 추방의 폭력 속에서도 살아남는다. 벌거벗은 생명의 응수가 미약할 수밖에 없는 것은 배제된 생명적 공간(비식별성)이 너무 협소하기 때문이다. 그러나 식민지적 앱젝트의 경우에는 추방된 생명이 '부인된 (계보학적) 문화의 공간'을 품고 있다.[14] 계보학적인 이중성을 지닌 것은 지식인 역시 마찬가지이며 그 때문에 지식인 피식민자는 필연적으로 두 개의 혀를 가진 복화술사[15]이다. 이런 상황에서 피식민자 앱젝트가 말을 하려면 자신의 실재계적 메아리(응시)를 공감의 이중주와 응시의 네트워크를 통해 증폭된 형태로 회귀시켜야 한다. 응시의 네트워크는 서발턴을 투명하게 대리하는 지식인의 말이 아니다. 공감의 이중주와 응시의 네트워크가 중요한 것은 지식인이 대신 말해주지 않고 〈고향〉의 '아리랑'에서처럼 앱젝트/서발턴이 언표작용[16]에 참여하기 때문이다.

그 때문에 서발턴이란 재현 불가능한 앱젝트인 동시에 대상 a의 가능성이기도 하다. 식민지란 피식민자의 응시의 증폭 과정에서 크리스테바와 라캉의 만남이 일어나는 공간이다. 다수 체계성의 공간인 식민지에서는 크리스테바의 앱젝트와 라캉의 대상 a가 이중적 신체 속에서 중첩된다. 서발턴이란 대상 a를 숨기고 있는 앱젝트로서 중첩된 이중적 신체

---

14 부인된 문화의 공간이 시선으로 돌아오는 것이 민족주의라면 응시로 귀환하는 것이 다수 체계성을 횡단하는 탈식민주의라고 할 수 있다.

15 김철, 《복화술사들》, 문학과지성사, 2008, 167쪽.

16 아리랑은 단순한 상징계의 언어(언표)가 아니라 공감의 이중주를 통해 응시를 표현하는 언표작용이다. 언표가 상징계의 언어라면 언표작용은 상징계와 실재계 사이에서의 언어적 운동이다. 아리랑은 유랑인의 실재계적 메아리가 실려 있는 피식민자의 언표작용이다.

이다.

크리스테바의 앱젝트는 오이디푸스화 과정에서 분리된 모체가 제2의 생명체인 상징계의 더러운 분비물로 버려진 것을 말한다. 젖의 유지방이나 월경수, 배설물 등이 대표적인 예이다. 반면에 라캉의 대상 a는 어머니와 분리된 후 무의식에 남겨진 상징계에 동화되지 않은 실재계적 잔여물[17]이다. 아이와 일체였던 젖가슴과 상징계의 시선을 무너뜨리는 응시가 대표적인 예이다. 크리스테바의 앱젝트에는 상징계를 위협하는 응시가 잔존하지만 앱젝트 자신은 (대상 a와는 달리) 혐오와 연관된다. 반면에 대상 a는 상징계의 타자이면서 실재계적인 순수욕망[18]의 원인이다. 양자의 차이는 생명적 잔여물이 어느 위치에서 감지되느냐의 문제이다. 앱젝트가 혐오감을 주는 것은 상상계적 고착화의 위치를 암시하며, 대상 a가 순수욕망의 원인인 것은 실재계적 잔여물이기 때문이다. 개인주의 사회의 개체의 심리학에서는 양자의 중첩성을 발견하기 어렵다. 반면에 제국에 동화되지 않은 피식민자(서발턴)는 상상계적 앱젝트인 동시에 실재계적 응시를 내보낸다. 이것이 비천한 존재로 대상 a의 응시를 흘리고 있는 **식민지적 이중 신체**의 비밀이다.[19] 〈고향〉의 '그'는 비천한 신체인 동시에 아리랑 지하방송의 연출자이다. 〈물레방아〉의 방원은 자살한 주검인 동시에 광폭한 사랑의 신체이다. 《인간문제》에서 선비는 폐병에 걸린 시커먼 뭉치이면서 첫째의 가슴을 동요시키는 용연 마을의 처녀이다.

식민지적 이중 신체의 비밀은 아감벤의 **벌거벗은 생명의 딜레마**를 넘어서게 한다. 앱젝트의 응시는 자의식의 고양이나 지식인과의 공감에 의해서 증폭될 수 있다. 이처럼 응시가 증폭될 때 앱젝트는 대상 a의 위치로

---

17 대상 a는 처음에는 상상계적 부분대상으로 설명되었지만 나중에는 실재계적 잔여물로 논의된다. 딜런 에반스, 김종주 외 역, 《라캉 정신분석 사전》, 인간사랑, 1998, 401~402쪽.

18 상징계 차원의 욕망을 넘어선 욕망으로 에로스나 윤리의 문제와 연관된다.

19 여성에서도 그런 이중 신체를 발견할 수 있다. 미투운동은 여성의 이중 신체성을 잘 드러낸다.

전위되면서 실재계적 저항[20]의 근거가 된다. **저항**이란 상징계-상상계에서 실재계로의 위치적 전환에 다름이 아니다. 그것은 앱젝트에서 대상 a로의 존재론적 변환이기도 하다. 비천한 동시에 유동적인 이중 신체와 교섭하며 응시를 증폭시켜 실재계적 잔여물의 네트워크를 생성시키는 것이 바로 저항이다.

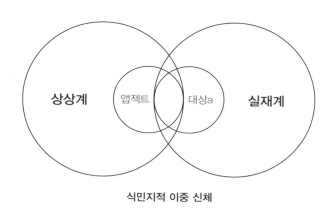

식민지적 이중 신체

2. 은유의 비밀과 정치적 도발

레비나스는 벌거벗은 얼굴의 힘이 무저항적 상태와 상처받을 가능성에 근거한다고 말한다.[21] 벌거벗은 얼굴의 무저항성은 아감벤의 벌거벗은 생명과 비슷해 보인다. 그러나 아감벤과는 달리 레비나스는 그 무력함을 '맥락 없는 의미화'의 근거로 주장한다. 벌거벗은 얼굴에는 호모 사케르와는 달리 우리에게 호소하는 **그 무엇**이 있다. 그런데 그런 호소력은 어떤 맥락도 지시체계도 없는 상태에서 의미화된다.

---

20 라캉은 실재계가 저항의 위치라고 말하고 있다.

21 강영안, 《타인의 얼굴》, 문학과지성사, 2005, 148쪽.

아무 맥락도 없기 때문에 벌거벗은 얼굴의 고통은 호모 사케르처럼 무의미해 보인다. 그러나 레비나스는 그 무의미한 고통의 호소가 의미화되며 유한한 표상체계를 깨뜨린다고 말한다. 상징계의 표상체계를 와해시키는 벌거벗은 얼굴의 '맥락 없는 호소'란 실재계적 응시에 다름이 아니다.

아무런 맥락도 저항도 없는 벌거벗은 얼굴의 호소력은 타자의 응시일 것이다. 실재계란 어떤 맥락도 지시체계도 부재한다는 뜻이다. 그런 실재계적 존재인 타자는 전통적 의미의 저항이 없지만 오히려 그 무맥락성 때문에 응시의 호소력을 지닌다. 흥미로운 것은 그런 응시야말로 실재계적 대상 a에 근거한 또 다른 저항이라는 점이다. **응시**란 맥락에 근거한 저항과는 다른 무맥락적인 실재계적 저항이다. 무맥락과 무매개성 속에서의 도약과 저항은 실재계로의 접근 속에서만 가능하다. 상징계/상상계에서 실재계로의 전환을 통한 저항, 이것이야말로 저항의 코페르니쿠스적 전회라고 할 수 있다. 우리는 그처럼 맥락(상징계)에서 무맥락(실재계)으로 이동하는 코페르니쿠스적인 전회를 새로운 저항이 생성되는 비밀로 주장할 수 있다.

상징계/상상계에서 나온 힘이 권력이라면 실재계에서 생성된 힘은 응시력이다. 그런데 후자의 응시의 힘은 무저항적인 상태에서 점점 저항을 생성시킨다. '벌거벗은 얼굴의 응시'는 '무저항이기 때문에 저항'이라는 역설의 비밀을 품고 있다.

그처럼 무저항의 위치에 근거해 저항을 가능하게 하는 비밀이 바로 은유이다. 이는 의미론적으로 무맥락적 의미를 통해 의미화를 가능하게 하는 비밀이라고도 할 수 있다. 아감벤의 벌거벗은 생명의 무저항은 아무런 의미도 없는 죽음을 뜻할 뿐이다. 벌거벗은 생명은 국민국가나 자본의 맥락을 놓쳤기 때문에 **무의미한** 죽음을 맞았다고도 볼 수 있다. 반면에 벌거벗은 타자는 끝없이 무언가를 호소하며 무맥락적 의미를 생성시킨다. 그처럼 특정한 맥락(혹은 문법)을 대신해서 의미를 생성하는 것이 실재계적 잔여물 대상 a이다. 그런 대상 a의 **맥락 없는 의미작용**을 은밀하게 의미화하는 것이 바로 **은유**이다. 은유는 상징계의 표상과는 달리 특정한 맥락을 넘어서는 순간에만 비로소 의미를 생성시킨다.

은유는 숨겨져서 보이지 않는 것을 표상으로 드러내는 의미작용이다. 은유의 이미지는 구체적이지만 그것은 무맥락적인 실재계적인 요인(대상 a)을 드러내는 특별한 방식을 말해준다. 그 때문에 은유에 근거한 의미화와 저항은 기존의 표상에 근거한 저항과는 다르다. 전통적 의미의 저항은 특정한 표상(깃발)에 근거해 저항의 주체를 형성한다. 예컨대 민족주의적 주체는 민족의 기표가 의미작용을 하면서 제국에 대항하는 저항적 표상작용을 지속시킨다. 반면에 은유는 아무런 저항력도 없는 앱젝트(타자)를 은유를 통해 실재계(대상 a)의 위치로 전위시킴으로써 저항을 생성시키기 시작한다. 상상계의 앱젝트를 실재계로 전위시키며 대상 a를 이미지화하는 의미작용, 이것이 무저항에 근거해 저항을 생성시키는 **은유**의 비밀이다.

기존의 저항은 '제국의 영토에서 민족의 영토로' 라는 상징계(표상체계) 차원의 저항일 뿐이다. 그런 저항은 은유로서의 천동설을 벗어나지 못한다. 반면에 무저항적 앱젝트를 상상계에서 실재계로 이동시키는 은유의 저항은 코페르니쿠스적 전회를 통해 새로운 미래로 나아간다.

감각화의 방식인 은유가 어떻게 그런 근본적인 정치력을 발휘할 수 있을까. 은유적 저항이 정치적 의미를 지니는 것은 차별의 체제는 항상 감각적 차별과 뒤얽혀 있기 때문이다. 예컨대 〈고향〉의 유랑인은 경제적 차별의 희생자인 동시에 보이지 않는 감각적 차별의 존재이다. 그 두 가지 차별에는 두 개의 보이지 않는 비밀의 기제가 숨겨져 있다. 은유란 맥락화될 수 없는 그 두 가지 비밀을 이미지로 드러내는 방식이다.

먼저 고향이 무덤처럼 몰락하며 앱젝트가 된 '그'는 모래인간의 비밀의 희생자이다. 무덤과 산송장의 은유는 제국의 모래인간의 비밀을 드러내어 일상의 고착화된 상상계를 와해시킨다. '그'의 음산한 얼굴은 지배권력의 모래인간의 비밀을 알아버린 낯선 두려움(unhomely)의 응시와 다름이 없다. 그런 응시는 고향(home)을 상실한(un) '그'의 순수기억의 잔여물(대상 a)로부터 흘러나오고 있다. 이 대상 a에 의한 타자의 응시가 '그'가 숨기고 있던 두 번째 비밀이다.

이 두 번째 비밀이 모래인간의 권력의 테크놀로지를 뚫고 나오며 응시의 네트워크를 생성하는 과정은 흥미롭다. 처음에 '그'의 응시는 모호했지만 첫 번째 비밀이 말해지면서 불현듯 응시가 증폭된다. 이제 제국의 비밀과 연관된 암시에 공감한 지식인과의 교감에 의해 응시의 네트워크가 만들어지기 시작한다. 제국의 질주하는 기차(속도기계)를 관통하는 피식민자의 아리랑 노래는 그런 물밑 네트워크의 생성 과정을 드러낸다. 이 물밑 네트워크의 생성 과정은 무맥락 속에서 정치적 의미가 생성되는 과정을 암시해준다.

그런 기차간에서의 진행은 앱젝트에서 대상 a로, 상상계에서 실재계로의 전환이기도 하다. 여기서 핵심적인 조선의 얼굴이라는 은유는 민족적 기표가 아니라 '그'의 얼굴의 응시로부터 출현한 의미작용이다. 유랑인의 얼굴에서 응시가 흘러나오며 '그'를 앱젝트로 만든 상상계로부터 응시-대상 a의 의미작용이라는 실재계로의 전환이 일어난 것이다. 조선의 얼굴이란 식민지적 다수 체계성을 횡단하며 실재계적 응시의 네트워크를 의미화하는 은유이다. 만일 조선의 얼굴이 민족주의적 기표였다면 실재계와 교섭하는 의미작용은 역동적이지 않았을 것이다. 반면에 〈고향〉에서는 무저항적(무맥락적)이었던 '그'의 응시로부터 의미작용이 시작되기 때문에 실재계적 대상 a로의 위치이동이 가능해진다. 실재계적 대상 a란 한용운의 '님'처럼 상징계의 무한한 다중성들이 네트워크를 생성할 수 있는 위치이다. 은유는 그런 대상 a의 무한성을 구체적 이미지로 실감 나게 표현해준다. 이것이 특정한 기표에 의존한 저항보다 무저항에서 시작된 은유가 보다 도발적으로 정치적 저항이 되는 이유이다.

그런 무저항과 저항의 관계는 사적인 것과 공적인 것의 관계와도 연관이 있다. 흥미롭게도 〈고향〉에서는 기차간에서의 사적인 이야기가 공적인 정치적 의미를 생성시킨다. 아렌트는 사적 영역과 공적 영역의 차이는 숨겨지는 것과 보여지는 것의 차이와도 같다고 말했다.[22] 그런 관계에서 사적인 영역에도 공적인 권력의 비밀이 침투해 있으며, 그에 대한 대항은 사적으로 버려진 것을 공적으로 전이시키는 데 있다. 이는 우리가 말한 두 가지 비밀의 관계와 아주 똑같다.

〈고향〉의 그의 이야기는 개인적이지만 거기에는 '제국이 모래인간'이라는 공적인 비밀이 숨겨져 있다. 그런 지배권력에 대한 저항은 사적인 기차간의 이야기를 은유로써 공적인 의미작용으로 전환시키는 것이다. '그'의 이야기는 아무런 공적인 매체도 없이 '나' 이외에 누구도 듣지 않는 개인적인 사연이다. 하지만 조선의 얼굴이라는 은유는 개인적인 사연을 공적인 정치적 서사로 전이시킨다. 여기서 생성되는 것이 공사의 경계를 넘나들며 보이지 않는 것을 보여주는 은유로서의 공공성[23]이다.

'그'는 '나'와 술을 마시며 취흥 속에서 제국의 표상체계를 산란시키는 아리랑 노래를 부른다. 아리랑 노래는 라디오에서도 거리에서도 들리지 않는 지하방송의 네트워크이다. 그럼에도 불구하고 조선인에게는 공적 매체보다도 지하방송의 노래가 가장 잘 들린다. 이것이 사적인 것이 공적인 것이 되고 숨겨야 할 것이 드러내야 할 것이 되는 피식민자의 은유적 공공성의 비밀이다. 은유적인 공공성은 특정한 기표에 의존한 상징계적인 영토를 넘어서서 대상 a를 관류하는 물밑의 무맥락적 네트워크의 무한한 생성을 암시한다.

---

22 한나 아렌트, 이진우 · 태정호 역, 《인간의 조건》, 한길사, 1996, 124쪽.

23 윤해동, 〈식민지 근대와 공공성〉, 윤해동 황병주 편, 《식민지 공공성》, 책과함께, 2010, 26~30쪽.

3. 〈만세전〉에서의 시각적 식민지성과 앱젝트의 미학

염상섭의 〈만세전〉은 식민지 조선의 암담한 현실을 가장 잘 드러낸 소설로 꼽힌다.[24] 이 소설의 식민지성에 대한 탐색은 비슷한 시기를 그리고 있는 《무정》의 근대주의(문명개화론) 서사와 대비된다. 〈만세전〉이 생생하게 묘파하고 있는 것은 식민지 조선인이 겪은 차별과 수탈의 현실이다. 《무정》이 보여주지 못한 그런 식민지 근대화의 참상을 그려낸 것이 〈만세전〉의 중요한 성과이다.

그러나 기존의 논의가 간과한 것은 〈만세전〉의 식민지성의 탐색이 **시각성**과 긴밀한 연관이 있다는 점이다. 〈만세전〉의 식민지 해부의 탁월함은 경제적 수탈이 시각적 폭력과 긴밀하게 뒤얽힌 양상을 보여주는 데 있다, 그와 함께 이 소설은 시각적 권력의 희생자인 앱젝트의 존재를 통해 식민지 권력의 작동방식을 폭로하고 있다.

이광수의 《무정》은 왜 1910년대를 그리면서도 식민지성에 대한 인식을 빠뜨린 것일까. 그 이유는 식민지란 보면서도 보지 못하게 만드는 시각성에 의존한 체제이기 때문이다. 모든 식민지는 영토의 식민지인 동시에 **시각적인 식민지**이다. 이광수의 《무정》은 봉건성을 넘어선 근대적 감각을 성취한 반면 식민지적 시각장을 돌파하지 못하고 있다.

반면에 〈만세전〉은 시각적 기제를 통해 식민지적 권력의 작동방식을 매우 잘 보여준다. 실제로 〈만세전〉의 모든 중요한 장면들에는 시각적 권력과 식민지적 앱젝트가 등장한다. 이 소설의 서두에서 가장 충격적인 곳은 조선인을 인신매매하는 일인(日人)의 대화를 엿듣는 연락선 장면이다. 일인들은 조선인을 요보라고 부르며 요보를 노동자로 팔아넘겨 돈을 버는 이야기에 취해 있다. 여기서 드러나는 것은 식민지 근대화 과정이 피식민자를 거세시키는 존재론적 폭력과 시각적 권력에 의해 진행되었다는

---

24 최원식, 〈식민지 지식인의 발견여행〉, 《만세전》, 창작과비평사, 1993, 173쪽.

사실이다.

"그러나 조선 사람들은 어때요?"

"요보 말씀이에요? 젊은 놈들은 그래도 제법이지마는, 촌에 들어가면 대만의 생번보다는 낫다면 나을까. 인제 가서 보슈…… 하하하."

'대만의 생번'이란 말에, 그 욕탕에 들어앉았던 사람들이, 나만 빼놓고는 모두 킥킥 웃었다.

(…중략…)

"실상은 쉬운 일이에요. 나도 이번에 가서 해오면 세 번째나 되오마는, 내지의 각 회사와 연락해가지고, 요보들을 붙들어 오는 것인데…… 즉 조선 쿠리 말씀요. 노동자요. 그런데 그것은 대개 경상북도나, 그렇지 않으면 함경, 강원, 그다음에는 평안도에서 모집을 해야만 하지만, 그중에도 경상남도가 제일 쉽습니다. 하하하."

그자는 여기 와서 말을 끊고 교활한 듯이 웃어버렸다.

나는 여기까지 듣고 깜짝 놀랐다. 그 가련한 조선 노동자들이 속아서, 지상의 지옥 같은 일본 각지의 공장으로 몸이 팔려 가는 것이, 모두 이런 도둑놈 같은 협잡 부랑배의 술중에 빠져서 그러는구나 하는 생각을 할 제, 나는 다시 그자의 상판때기를 쳐다보지 않을 수 없었다.[25]

일인들이 즐거워하는 것은 조선에서 쉽게 돈을 벌 수 있기 때문이다. 그러나 일본이 조선을 지배하는 방식은 단순한 경제적 수탈에 그친 것이 아니었다. 요보를 생번과 비교하며 돈벌이 수단으로 삼는 것은 조선인을 인간 이하의 존재로 강등시키는 폭력을 보여준다. 요보와 생번은 육체의 사물화와 양화에 의해 인간-짐승처럼 매매될 수 있는 존재를 뜻한다. 그런데 그런 존재론적 폭력은 식민지의 시각적 권력과 긴밀한 연관이 있다.

---

25 염상섭, 〈만세전〉,《염상섭 중편선》, 문학과지성사, 2005, 48쪽, 51~52쪽.

예문에서 "요보 말씀이에요?"라는 일인의 되물음은 '조선 사람'보다 '요보'가 더 생생하게 **시각성**을 환기시킴을 암시한다. 이어지는 "인제 가서 보슈"라는 말은 요보가 시각적으로 확인된 조선인을 요약하는 단어임을 뜻한다. 일본인들은 상상적 경계선(철망)을 통해 조선인을 요보로 감금시키며 그들을 제국 본토의 자본주의에 예속시킨 것이다.

그런데 그런 식민지적 시각성의 비밀은 이인화의 엿듣는 행위를 통해서 드러난다. 위에서 이인화('나')가 일인을 엿듣는 위치에서 있는 것은 식민지적 시각성에 숨겨진 비밀을 역설적으로 반증한다. 일인들이 자신들끼리의 '요보의 감금'에 상상적으로 취해 있는 장면은 그들의 조선인에 대한 존재론적 폭력이 '보이지 않는 시각성'에 의한 것임을 뜻한다. 일본의 시각적 권력에 예속된 조선인들은 요보가 노동자로 매매되는 것을 보면서도 보지 못하는 것이다. 이인화가 식민지적 시각성을 보기 위해서 예문에서처럼 엿듣는 비밀의 행위를 취해야 하는 것은 그 때문이다.

일본인이 조선인을 인신매매하는 것은 시각적으로 구분되는 신체를 인간 이하로 강등시키고 있음을 뜻한다. 제국의 시선의 폭력은 그런 **시각적 차별**을 일상화시킬 때 비로소 작동될 수 있다. 만일 피식민자가 시각적 차별에 예민하게 반응한다면 시선의 폭력은 그 즉시로 반격에 부딪힌다. 반면에 일상의 사람들은 수동적 피사체로서 공포에 떨면서도 조선인에게 요보의 낙인을 찍는 폭력을 보지 못한다. 그처럼 시각적 차별을 보면서도 보지 못할 때 시선의 폭력은 일상화되며 이는 식민지적 상상계로의 이동을 암시한다. 상상계란 실재계적 응시가 무력화된 권력의 공간이다. 시선의 폭력에는 당연히 응시가 뒤따르지만 권력은 응시를 무력화시켜 시각적 폭력을 말할 수 없는 비밀로 만든다. 시선의 폭력은 응시로 감지되지만 응시의 무력화로 인해 말할 수 없는 고통으로 일상에 묻히는 것이다. 시각적 차별의 일상화란 그런 상상계적 공간에서 인격성을 강등시키는 존재론적 차별이 일어나고 있다는 뜻이다. 인종주의적인 존재론적 차별이란 일상화된 상상적 시선의 폭력이기도 한 것이다.

위에서 이인화가 협잡 부랑배 같은 일인의 상판대기를 쳐다보는 것은 그런 시선의 폭력에 대한 반격이다. 이인화의 엿듣는 위치는 시각적 반란으로서의 실재계적 응시의 장소이다. 그것은 마치 〈모래인간〉에서 피지배자의 눈을 수집하는 모래인간의 폭력을 엿보는 것과도 유사하다.

바로 그 순간 **숨겨야 할 것**이 드러났기 때문에 이인화는 낯선 불길함에 사로잡히고 있다. 이인화의 놀라움은 질식할 듯한 그의 '겁겁증'[26]을 더욱 고조시키는 낯선 두려움에 다름이 아니다. 그는 **고향**(home)인 조선으로 향할수록 점점 더 증폭되는 **낯선 두려움**(unhomely)을 경험할 수밖에 없었다.

이인화는 조선인들이 몽유병 속에서 깨어났으면 좋겠다고 생각한다. 그와 함께 신경의 흥분 속에서 끓어오르는 일본에 대한 반감을 느낀다. 이인화의 분노는 시선의 권력과 몽유병에서 벗어난 **응시의 자의식**이다. 이 소설에서 이인화가 다른 조선인들과 구분되는 점은 그처럼 응시의 자의식을 지닌 점일 것이다.

그런데 문제는 연이어 식민지적 참상을 목격하면서도 그의 응시가 한도 이상으로 증폭되지 못한다는 점이다. 그것은 조선인 지식인에 대한 또 다른 존재론적 폭력으로서 제국의 감시의 시선 때문이다. 이인화는 제국의 시각적 비밀을 엿본 유일한 존재였지만 바로 그 때문에 제국의 감시의 시선하에 놓인다.

인신매매 장면에 이어서 이인화는 곧바로 일본 형사의 검문과 미행에 시달리게 된다. '인신매매에 대한 응시'와 '일본의 감시의 시선'이라는 두 개의 장면은 이인화의 시각적 가능성과 한계를 암시한다. 이인화는 여느 조선인과는 달리 응시의 자의식을 지니고 있지만, 그런 이유 때문에 더 강력한 시선의 권력하에서 행동해야 하는 것이다.

---

26 염상섭, 〈만세전〉, 위의 책, 24쪽.

물론 감시의 시선이 엑스레이 광선처럼 뇌 속까지 촬영하지는 못한다.[27] 그러나 엑스레이에는 못 미치지만 박물 선생의 메스 이상의 시각적 폭력으로 작용한다. 그런 시각적 폭력 앞에서 뇌 속에 남아 있는 최후의 정신적 능동성이 응시의 자의식일 것이다. 그런데 그 응시의 자의식이 능동성을 증폭시키려면 다른 조선인과의 교감이 있어야 한다. 이인화의 답답함은 일본의 시선의 권력에 예속되어 응시의 능력을 빼앗긴 조선인 자신에게 있었다. 이인화의 조선 여행은 그의 막연한 '겹겹증'이 구체적인 병증으로 발병되는 과정이기도 했다. 겹겹증이란 결박에서 벗어나려 하면서도 실제로 행동하지 못하는 심리를 말한다.[28] 그것은 응시에 의해 분노하면서도 그것이 한도 이상으로 증폭되지 못하는 심리와도 같다. 그의 결박된 듯한 답답함은 고향이 '무덤' 같음을 깨닫는 순간 최고조에 이른다.

　　얼굴 모습이 같은 것을 보면 두 청년은 형제 같고, 헌병 가슴에 권총을 단 줄이 늘어진 것을 보면 일본 사람이 분명하다. 나는 수상히 여겨서 창 밑으로 가까이 가보니까, 세 사람은 여전히 웃으며 속삭거린다. 그러나 그 청년들의 어설프게 웃는 미소와 입술이 경련적으로 위로 뒤틀린 것은 공포 그 자체 같았다.

　　(…중략…)

　　눈물이 스며 나올 것 같았다. 나는, 승강대로 올라서며, 속에서 분노가 치밀어 올라와서 이렇게 부르짖었다.

　　'이것이 생활이라는 것인가? 모두 뒈져버려라!'

　　찻간 안으로 들어오며,

　　'무덤이다! 구더기가 끓는 무덤이다!'

27　염상섭, 〈만세전〉, 위의 책, 63쪽.

28　겹겹증은 식민지 지식인의 질병이지만 이인화는 조선을 여행하면서 그 증상이 극에 달하게 된다.

라고 나는 지긋지긋한 듯이 입술을 악물어보았다.[29]

이인화의 환멸은 이상과 현실과의 거리에서 생긴 것인 동시에 조선인 누구에게서도 자아의 능동성을 찾을 수 없다는 실망감에 의한 것이다. 헌병 앞에서의 청년들의 비굴함이 상징하는 것은 시선의 권력에 의한 존재론적 폭력이다. 청년들은 이인화처럼 형사가 따라붙지는 않지만 그 이상으로 제국의 메스의 반사광 아래에서 살고 있는 것이다. 그런 시각적 · 존재론적 폭력이 조선인을 요보로, 인간을 앱젝트(구더기)로 강등시키고 있었던 것이다. 앱젝트란 시선의 폭력에 시달리며 응시를 흘리지만 아무도 그 응시에 교감하지 못하는 존재를 말한다. 유일하게 자신의 응시에 대해 자의식을 지닌 것은 이인화이다. 그러나 이인화 자신도 감시의 시선에서 자유롭지 못하기 때문에 '너도 구더기'이고 '나도 구더기'인 것이다.

이인화의 환멸은 단순한 절망과는 달리 무거운 것이 짓누르는 듯한 답답함[30]을 동반한다. 이인화의 병증은 고향(home)이 묘지가 된 데 따른 낯선 두려움(unhomely)이며, 낯선 두려움은 겹겹이 증폭되어 '무덤에 갇힌 채 질식할 듯한' 답답함[31]으로 표현되고 있다. 그것은 생명적 존재가 제국의 권력에 의해 생매장되었다는 느낌과도 같다. 그런 무덤 같은 답답함이 제국에 의해 버려진 생명인 앱젝트(구더기)의 자의식으로 표현되고 있는 것이다.

그런데 낯선 두려움은 거세공포인 동시에 숨겨야 할 것(권력의 비밀)을 알고 있다는 증표이기도 하다. 이인화가 응시의 자의식을 지닌 것은 그런 낯선 두려움이 증폭되고 있기 때문이다. 낯선 두려움은 이인화를 구더기로 거세시키는 동시에 무의식적으로 앱젝트의 응시를 생성시킨다.

이인화가 깨닫지 못한 것은 그런 낯선 공포에 숨겨진 무의식적인 능동

---

29 염상섭, 〈만세전〉, 《염상섭 중편선》, 앞의 책, 125쪽, 126~127쪽.

30 염상섭, 〈만세전〉, 위의 책, 155쪽.

31 염상섭, 〈만세전〉, 위의 책, 164쪽.

성의 동인(動因)이다. 낯선 두려움은 무덤 속에 파묻힌 답답함인 동시에 응시의 반격의 계기이기도 하다. 그런 양가적인 낯선 두려움은 헌병 앞에서 웃어 보인 청년들의 **공포**의 표정에도 나타나고 있다. 청년들이 애써서 표정을 **감추고** 있는 것은 공포란 이미 권력의 시선에 대한 응시의 대응이기도 하기 때문이다.[32] 하지만 이인화는 청년들의 얼굴에서 무력함과 비굴함만을 보면서 환멸에 사로잡힌다.

낯선 두려움이 응시의 계기가 된다는 것은 권력이 잘 감지하지 못하는 **피지배자의 비밀**이다. 이인화는 권력의 비밀을 보며 응시의 자의식을 갖게 되었지만 피식민자의 비밀은 보지 못한다. 피식민자의 비밀이란 앱젝트의 공포의 얼굴에 나타난 무표정한 응시이다.[33] 기차 길의 청년들은 물론 조선인 피식민자는 공포를 애써서 감추고 있었다. 이인화는 거기에 숨겨진 응시를 보지 못하기 때문에 교감의 이중주를 경험하지 못하며 권력의 상상적 경계선에서 탈출하지도 못한다. 피식민자들끼리의 사적인 눈빛의 공공적인 전환, 그 응시의 네트워크를 감지하지 못하기에 어두운 앱젝트의 무덤에서 탈출하지 못하는 것이다.

이인화의 시각성은 조선인의 응시를 감시하는 시선의 권력에 둘러싸여 그 경계선의 틈새의 구멍으로 조선을 보는 것과도 같다. 질식할 듯한 무덤이란 존재론적 거세의 장소인 동시에 시각적인 한계의 눈구멍이다. 이인화는 생매장당한 느낌과 함께 시각적 구멍에 갇혀 아무런 해결책도 보지 못하고 있는 것이다. 자신의 응시의 자의식을 증폭시키지 못하기 때문에 그는 보이지 않는 경계선의 한계에 갇혀 있다. 그는 구멍을 통해 경계의 답답함 속에서 시선에 대응하는 자의식을 생성하지만, 또한 시야가 제한된 구멍에 갇혀 있기 때문에 여전히 앱젝트에 불과하다.

---

32 예컨대 뭉크의 그림이나 카프카의 소설 같은 표현주의 예술은 공포가 일종의 응시임을 보여준다. 라캉은 표현주의가 시선에 대한 응시의 승리라고 말하고 있다.

33 이인화는 조선인의 공포에서 겹겹증의 원인을 확인하지만 만세 전야의 숨겨진 피식민자의 응시의 비밀은 보지 못한다.

이인화는 조선을 떠나면서 이제야 무덤에서 벗어난다고 말한다. 묘지에서 달아나는 것은 존재론적 폭력에 의한 앱젝트(구더기)의 질식에서 벗어나는 순간이다. 그와 함께 무덤처럼 제약된 시각적 구멍에서 탈출하는 것이다.

그러나 이인화의 일본행은 진정한 탈출이 아니다. 그는 식민지의 무덤과 눈구멍을 그대로 남겨둔 채 조선을 떠나고 있을 뿐이다. 그의 심연에는 무덤과 구멍에 갇힌 식민지 조선이 고스란히 남아 있다. 그는 생체폭력과 시각권력에 갇힌 조선인이 짊어진 역사적 숙제를 일시적으로 미루고 있을 뿐이다. 이인화가 숙제를 풀지 못하는 것은 만세 전야에 물밑을 떠돌고 있던 피식민자의 비밀을 보지 못하기 때문이다. 피식민자의 비밀이란 공포에 질린 앱젝트들의 해독 불가능한 응시에 다름이 아니다. 그것을 보지 못하기 때문에 이인화는 조선인을 앱젝트로 만든 고착된 상상계에서 실재계로 전회하지 못한다. 반면에 만세운동이란 응시의 근거인 실재계적 메아리가 물결치는 반격이었다. 그것은 질식할 듯한 앱젝트들의 응시가 불현듯 증폭되면서 한 점의 불꽃에 의해 폭발한 최초의 은유로서의 코페르니쿠스적 전회였다.

4. 〈고향〉의 응시의 네트워크와 대상 a의 미학

현진건의 〈고향〉의 원제는 〈그의 얼굴〉이며 〈고향〉이 실린 단편집의 표제는 《조선의 얼굴》이다. '그의 얼굴'과 '조선의 얼굴'이라는 표제들은 〈고향〉이 식민지적 존재론 및 시각성과 연관이 있음을 암시한다. 〈고향〉역시 경제적 수탈뿐 아니라 존재론적 폭력과 시각적 대응을 다룬 소설로 재해석될 필요가 있다.

〈만세전〉에서 제국의 존재론적 폭력은 '요보'의 인신매매 담화에서 극명하게 드러난다. 반면에 〈고향〉에서는 무덤으로 변한 고향을 등지고 떠도는 유랑인의 존재를 통해 암시된다. 1920년대의 대대적인 유랑인의 발생은 식민지에서 경제적 수탈 이상의 존재론적 폭력이 행사되었음을 의미한다. 마르크스는 자본주의 초기에 노동자로 미처 흡수되지 못한 부랑자, 걸인, 반프롤레타리아가 발생한다고 말했다.[34] 그러나 식민지 조선에서는 유이민이나 떠돌이, 반프롤레타리아의 존재가 항시적인 현상이었다. 유랑인이 미성숙한 프롤레타리아였다기 보다는 반대로 노동자와 농민조차도 언제 내쫓길지 모르는 잠재적 유민들이었던 것이다.

이런 항시적인 유랑인의 존재는 경제적 수탈에 죽음정치라는 존재론적 폭력을 덧붙여야만 이해된다. 죽음정치란 죽음에 이르도록 착취하다가 쓸모가 없어지면 사지에 유기하는 권력을 말한다.[35] 식민지 노동자는 처분 가능한 신체로 소모되다가 물건처럼 폐기되는 죽음정치적 노동자였다. 또한 공장과 토지에서 쫓겨난 사람들은 목숨을 내놓고 낯선 이역을 떠도는 식민지 죽음정치의 희생자들이었다.

죽음정치는 피식민자를 폐기 가능한 소모품으로 강등시킨다. 〈고향〉에서의 '무덤'과 '산송장' 같은 표현은 죽음정치라는 식민지의 존재론적 폭력에 대한 트라우마의 표현이다. 〈만세전〉이 인신매매된 앱젝트를 말하고 있다면 〈고향〉에는 죽음정치에 의해 트라우마를 경험하는 앱젝트가 등장한다.

제국의 죽음정치는 (〈고향〉에서처럼) 사지에 유기한 앱젝트를 보지 못하게 하는 **시각권력**과 결합함으로써 성공한다. 존재론적 폭력은 비천한 존재의 숨겨진 응시를 보지 못하게 만든다. 지식인인 '나'조차 당당한 민족의 관념은 볼 수 있지만 비천한 '그'는 눈에 들어오지 않는다. 제국의 죽음정치(존재론적 폭력)는 비천한 존재를 보지 못하게 만들어 소리 없이 사

---

34 카를 마르크스, 김수행 역, 《자본론》 I (하), 2001, 1009쪽.

35 죽음정치와 죽음정치적 노동에 대해서는 이진경, 나병철 역, 《서비스 이코노미》, 소명출판, 2015. 39~45쪽과 Achille Mbembe, "Necropolitics", *Public Culture* 15, no.1, 2003 참조.

라지게 함으로써 계속된다.

존재론적 폭력에 대한 대응에서 시각적 반격이 중요한 것은 그 때문이다. 〈고향〉에서 음산한 '그'의 얼굴과 그 응시의 발견은 **시각적 반전**을 통한 죽음정치에 대한 대응이다. 이 소설의 원제가 '그의 얼굴'인 것은 시각적 반전이 **얼굴**에서 일어나기 때문이다.

인정에 굶주린 '그'는 기차 안의 일본인과 중국인에게 말을 건넸으나 아무도 상대해주지 않았다. '나' 역시 처음에는 동양 삼국의 옷을 입고 주적대는 '그'가 어쭙잖아 보였을 뿐이다. '내'가 그에게 관심을 갖기 시작한 것은 찡그린 무표정한 그의 얼굴을 보면서부터였다. 주름 잡힌 양미간과 광대뼈 밑으로 빨아든 두 볼, 소태 먹은 것처럼 삐뚤어지게 찢어진 입, 그리고 눈물이 괸 듯한 눈이 '나'의 시선을 끌어당긴 것이다. '나'의 시선이 빨려든 것은 일상인에게 외면당할 수밖에 없는 '그'의 얼굴에 나타난 고통스러운 응시의 흔적 때문이었다.

그 후 '나'는 '그'의 유랑길의 사연을 듣는데 그의 고통은 비단 경제적 수탈에 의한 것만이 아니었다. '그'는 고향을 '무덤'과 '해골'로 만든 지배권력의 숨겨진 비밀에 대해 말하고 있었다. 총독부와 동척(동양척식주식회사)은 근대적 자본주의를 제도화하면서 식민지적 수탈과 함께 은밀히 죽음정치를 실행하고 있었다. 그의 고통스러운 삶에는 경제적 착취에 덧붙여 신체와 생명을 훼손시키는 존재론적 폭력이 행사되고 있었다. 그것에 대해 아무도 항의하지 않는 가운데 '그'는 앱젝트로 전락해가고 있었다. 그 과정에는 앱젝트가 된 희생자를 외면하게 만드는 시선의 권력이 작용하고 있었다. 거기에 대한 유일한 대응은 '그'의 신산스런 얼굴에 나타난 응시뿐이었다. 총독부의 죽음정치가 제국의 비밀이라면 응시는 피식민자의 비밀이다. '나'는 '그'의 얼굴에서 숨겨야 할 두 가지 비밀이 '독약처럼'[36] 드러나고 있었기 때문에 환각에서 깨어나듯이 그 표정에 빨려들지

---

36 〈만세전〉에서 이인화가 권력의 비밀에 대해 생각했던 표현이다.

않을 수 없었다.

물론 그의 이야기는 고향과 집에 대한 사적인 사연일 뿐이며 죽음정치에 대한 인식도 저항력도 없다. '그'의 음산한 응시 또한 농민의 비극을 침묵시키는 식민지적 시선의 권력을 해체하지 못한다. 그러나 '그'의 이야기는 트라우마에 대응하는 본능적인 **반복충동**으로 '나'에게 다가오고 있었다. 프로이트가 〈쾌락원칙을 넘어서〉에서 말했듯이, 반복충동은 식민지적 시각장(현실원칙)을 넘어서는 영역으로 진입하게 한다. 상처가 너무 크기 때문에 본능적으로 흘러나오는 고통의 표현은 누구도 제지할 수 없게 반복되는 것이다. 그 점에서 '그'의 가슴 아픈 고향 이야기는 이성적인 재현이 아니라 생명적 본능의 반복운동이었다. **서발턴**은 말할 수도 재현할 수도 없지만 **고통**을 **반복**할 수는 있는 것이다. '그'의 반복은 식민지 시각장을 넘어서서 제국이 숨겨야 할 두 가지 비밀을 낯선 두려움 속에서 말하고 있었다. 그와 함께 두 가지 비밀과 낯선 두려움은 응시를 증폭시키고 있었다.

〈만세전〉 역시 조선이 무덤으로 변한 트라우마에서 생긴 반복충동과 연관된 서사로 볼 수 있다. 그런데 〈만세전〉에서는 그런 반복충동이 거의 지식인 이인화의 언어를 통해 **재현**의 서사로 제시된다. 물론 〈고향〉에서도 유랑인 '그'의 이야기는 부분적으로 1인칭 화자인 지식인의 '나'의 언어로 재현되고 있다. 하지만 기차간에서 '내'가 듣는 '그'의 생생한 이야기는 **무매개적인 반복충동**에 가깝다. 아래에서 보듯이, '썩어 넘어진 서까래', '똘똘 구르는 주추', '무덤을 파헤친 해골'은 재현을 넘어선 반복의 표현이다. 그런 날것의 반복충동은 낯선 두려움과 실재계적 메아리로 증폭된 응시를 표현하고 있었다.

"썩어 넘어진 석가래 똘똘 구르는 주추는! 꼭 무덤을 파서 해골을 헐어젖혀 놓은 것 같더마. 세상에 이런 일도 있는기오? 백 여호 살던 동리가 십년이 못되어 통 없어지는 수도 있는기오. 후!"

하고 그는 한숨을 쉬며, 그 때의 광경을 눈앞에 그리는 듯이 멀건히 먼 산을 보다가 내가 따라준 술을 꿀꺽 들이키고,

"참 가슴이 터지더마, 가슴이 터져." 하자마자 굵직한 눈물이 뒤방울 떨어진다. 나는 그 눈물 가운데 음산하고 비참한 조선의 얼굴을 똑똑히 본 듯싶었다.[37]

낯선 두려움(unhomely)은 억압된(un) 공포의 시간인 동시에 권력(모래인간)의 비밀이 누출되며 고향(home)이라는 사적인 영역을 월담하는 때이기도 하다. '내'가 '그'의 얼굴에 공감하기 시작한 것은 그처럼 불길한 응시가 개인적인 고향을 넘어서는 정동을 동반했기 때문이다. 공과 사의 경계가 해체되는 그 공감의 순간은 침묵을 강요하는 식민지적 시각성에 반전이 일어나며 응시의 반격이 시작된 시간이었다. 식민지적 **앱젝트**이자 **서발턴**인 '그'의 반복충동은 응시의 반격을 통해 사적 공간에서 공적 공간으로, 상상계에서 실재계로의 전회를 가능하게 하고 있었다.

이제 '내'가 '그'의 응시에 공감함으로써 시선의 권력에 대응하는 응시의 네트워크가 생성되기 시작한다. 이른바 지식인과 민중(서발턴)의 만남이란 이념(민족주의)이나 이성적 결합이 아니라 개념도 표상도 없는 **무매개적인 응시의 네트워크**일 것이다. '나'는 그런 생생한 응시의 증폭 과정을 '조선의 얼굴'이라는 **은유**로 표현하고 있다. 응시의 연대는 공적 제도 안에는 어디에도 없지만 피식민자의 보이지 않는 비밀 안에 존재한다. 그처럼 보이지 않는 것을 보여주는 것이 바로 은유이다. 기차간의 사적인 공간에서 은유를 통해 이루어진 이 은밀한 연대는 공과 사를 넘어서는 은유로서의 공공성이라고 할 수 있다.

역설적인 것은 은유로서의 공공성이 제국의 공공성인 기차에 탑승함으로써 발생한 점이다. 기차라는 제국의 속도기계에 올라탐으로써 '그'와 '나'의 만남이 시작될 수 있었다. 데리다는 그런 상황을 기생상태라고 말

---

37 현진건, 〈고향〉, 《현진건 전집》 4, 문학과비평사, 234쪽.

하며 기생상태가 숙주보다 더 근원적이라고 논의한다.[38] 제국의 기차의 공공성이 동일성의 네트워크인 반면 그에 탑승 상태인 은유로서의 공공성은 차이의 반격이다. 동일성의 네트워크를 뚫고 나오는 차이의 반격은 부인된 응시를 귀환시키려는 시도이다.

귀환하는 응시의 네트워크는 아리랑 노래로 이어진다. 아리랑 노래는 제국의 공공성을 통해서는 들리지 않는 피식민자의 은유적 공공성의 연결망이다. 그것은 제국의 속도기계를 횡단하는 육체적 목소리의 은밀한 네트워크이기도 하다. 그 네트워크는 총독부의 테크놀로지적 공공성도 그에 포획된 포로 같은 피식민자도 아닌 숨겨진 제3의 리듬이다.

흥미롭게도 피식민자의 귀에는 그 비밀스럽게 날아다니는 지하방송의 리듬이 훨씬 더 잘 들렸다. 피식민자에게도 방송기계 없는 방송의 네트워크가 있었던 것이다. 그런 감각적 확신은 조선인에게도 네이션의 네트워크가 생성되었다는 증거일 것이다. 조선인에게 네이션이 생성되었다면 그것은 관청도 공공기관도 없이 지하방송과 물밑의 네트워트로 이루어진 은유적 공공성이었다. 아리랑 노래는 그 이전에도 있었지만 기차간의 근대적 공간에서 피식민자의 반전의 네트워크로 표현되고 있는 점이 중요하다. 제국의 속도기계를 타고 다니며 확산되는 은유적 공공성은 식민지 안에서 식민지를 넘어선 네이션의 네트워크의 암시였다.

만세운동은 가두에서 이루어진 은유로서의 네이션의 최초의 표현이었다. 반면에 〈고향〉에서는 일상 속에서 응시의 네트워크를 통해 물밑의 네이션(조선의 얼굴)이 확인되고 있다. 여기서 중요한 것은 은유로서의 네이션이 민족의 기표가 아니라 **응시의 네트워크**로 발견되고 있다는 점이다. 조선의 얼굴은 보이지 않는 응시의 네트워크를 시각적으로 드러낸 은유이다. 이 은유로 표현된 개인적이면서 공공적인 네트워크야말로 은유로서의 네이션의 존재일 것이다.

---

38 마이클 라이언, 나병철 · 이경훈 역, 《해체론과 변증법》, 평민사, 1994, 80~81쪽.

〈만세전〉에서는 이인화가 응시의 자의식을 지니고 있지만 타인과의 교감을 얻지 못해 더 이상 증폭되지 않는다. 더욱이 이인화마저 감시의 시선 하에 놓임으로써 무덤과 구멍에 갇힌 듯한 질식감에서 벗어나지 못한다. 이인화는 이성의 눈으로 모든 것을 다 보는 동시에 구멍(무덤) 밖의 세상을 소망하는 지하의 꿈틀거림은 보지 못한다. 응시의 증폭이 좌절된 그는 침묵하는 서발턴처럼 무덤에 갇힌 앱젝트에 불과했던 것이다. 치열한 식민지성에 대한 탐구에도 불구하고 〈만세전〉이 **앱젝트의 미학**인 것은 그 때문이다.

반면에 〈고향〉은 무덤의 구멍과 앱젝트를 넘어선다. 〈고향〉에서도 '그'는 무덤에 갇힌 앱젝트처럼 살아가고 있다. 그러나 낯선 두려움 속에서 응시가 증폭되는 순간 '나'와의 교감이 이루어짐으로써 은밀한 물밑의 네트워크가 생성되고 있다. 〈고향〉의 기차간이 〈만세전〉의 기차간과 다른 점은 제국의 감시를 따돌리는 피식민자의 연결망의 암시이다. 물밑의 네트워크는 권력의 감시가 어렵기 때문에 시선의 권력에 의해 제한당한 구멍과 무덤을 넘어선다. '나'뿐 아니라 무덤 속의 앱젝트인 '그' 역시 아리랑을 부르는 순간 응시의 네트워크를 따라 무덤 밖으로 날아오른다.

〈고향〉의 공과 사를 넘어서는 은유로서의 공공성의 암시는 매우 의미심장하다. 조선인에게는 눈에 보이는 자율적 공공영역이 거의 존재하지 않는다. 그러나 〈고향〉은 지하로 날아다니는 은유로서의 공공성이 모든 사적인 영역에 침투해 있음을 암시한다. 그 때문에 기차간의 만남 같은 은유로서의 공공성은 아무 데도 없으면서 모든 곳에 다 있다고 할 수 있다. 이처럼 **부재**하는 동시에 **총체성**[39]인 것을 라캉은 대상 a라고 불렀다. 대상 a가 작동하고 있다는 증거는 '없으면서 있는' 존재, 즉 타자(피식민자)의 응시와 그 증폭된 네트워크이다. 그 때문에 라캉은 응시가 곧 대상

---

39 제임슨은 총체성이란 재현이 부인되는 방식으로 재현된다고 말한다. 총체성은 부재의 형식으로 감지될 때 불가능한 재현의 근거(원인)가 된다. 프레드릭 제임슨, 이경덕·서강목 역,《정치적 무의식》, 민음사, 2015, 66~67쪽.

a라고 말한다. 우리는 앱젝트의 응시가 증폭되어 네트워크를 이루게 하는 부재 원인을 대상 a라고 주장할 수 있다. 대상 a는 제국 앞에서 부재하는 투명인간 같은 피식민자가 제국이 모르는 응시를 흘릴 수 있게 하는 실재계적 근거이다. 〈만세전〉이 무덤에 갇힌 앱젝트 미학이라면 〈고향〉의 증폭된 응시의 교감은 부재를 통해 존재를 증명하는 **대상 a의 미학**이다.

대상 a의 미학은 고착화된 상상계(앱젝트)에서 실재계(대상 a)로의 이동을 보여주는 코페르니쿠스적 전회이다. 3 · 1운동은 앱젝트의 무덤(〈만세전〉)에서 나오기 위해 만세를 외친 가두의 코페르니쿠스적 전회였다. 반면에 〈고향〉은 공과 사를 넘어선 은유로서의 공공성을 통해 일상에서의 물밑의 코페르니쿠스적 전회를 암시한다. 물밑의 실재계적 응시의 네트워크는 무덤 속의 앱젝트가 응시의 귀환을 통해 되돌아오는 은유로서의 네이션의 암시이다. 문학을 통해 확인되는 은유로서의 네이션은 조선인의 물밑의 독립을 증명하고 있었다. 이 은유의 힘으로 증언되는 네이션은 상징계에 얽매인 단순한 민족의 기표와는 상이하다. 민족의 기표는 제국에 반대하는 동시에 그와 비슷하게 상징계-상상계에서 의미화된다. 제국주의와 민족주의는 서로 대립하는 영토 위에서 은유로서의 천동설을 연출하고 있었다. 반면에 물밑의 네이션은 실재계적 응시의 네트워크에서 의미작용하는 은유로서의 지동설이었다. 우리의 경우 물밑의 독립은 실재계적인 **코페르니쿠스적 전회**였던 것이다. 〈고향〉의 응시의 네트워크는 대상 a를 통해 실재계로 전회하며 제국과 민족주의를 둘 다 넘어선 은유로서의 네이션의 존재를 증명하고 있었다.

5. 은유로서의 정치와 저항의 새로운 개념

국가가 상징계이고 민족주의가 상상계라면 은유로서의 네이션은 실재계와 연동되어 작동된다. 은유로서의 네이션은 보이지 않는 실재계적 대상 a에 근거해 의미작용하며 움직인다. 라캉의 대상 a란 어머니로부터 분리되어 상징계에 진입할 때 실재계에 남겨진 잔여물이다. 상징계에 예속된 주체는 실재계적 대상 a 때문에 무의식적 분열을 경험한다.[40] 또한 상징계적 주체의 시선은 대상 a에 의해 응시의 대응에 부딪힌다.

라캉의 대상 a를 다수 체계적인 식민지에 적용시키면 대상 a는 피식민자의 무의식에 남겨진 실재계적 잔여물이다. 피식민자는 제국의 식민제도에 편입된 후에도 대상 a 때문에 분열 상태에 있게 된다. 또한 신체와 정신이 상징계(식민제도)에 예속되었더라도 무의식적으로 불투명한 응시를 흘리게 된다.

은유로서의 네이션은 그런 불투명한 응시가 증폭되어 네트워크를 이룬 것은 말한다. 개인의 심리를 다룬 라캉은 응시의 교감을 말하지 않지만 다수 체계성에서는 응시의 네트워크가 매우 중요하다. 응시의 네트워크가 생성되어야만 대상 a가 응시의 주체(저항 주체)로 작용할 수 있기 때문이다. 앱젝트로 강등되었어도 피식민자의 신체에서는 무의식적으로 응시가 새어 나온다. 그러나 앱젝트가 응시의 존재로 전위되려면 불투명한 응시가 증폭되어 네트워크를 이루어야 한다. 그래야만 고착화된 상상계를 동요시키며 실재계로의 전환이 진행될 수 있기 때문이다. 그런 전환이 일어나려면 사적인 공간에서 비밀을 숨기고 있는 앱젝트와 교감하며 공사의 경계를 넘어 응시를 증폭시켜야 한다. 식민지적 앱젝트와 교감하며 물밑에서 증폭되는 그런 응시의 네트워크가 은유로서의 네이션이다.

은유로서의 네이션의 존재는 기존의 네이션의 개념에 새로운 충격을 준다. 우리의 경우 실재계와 연동된 보이지 않는 네이션의 성립이 **근대의 출발**이었던 것이다. 은유로서의 네이션이 성립되었기 때문에 조선은 어디에도 없는 동시에 모든 곳에 다 있었던 셈이다. 그와 함께 조선인은 총을

---

40 자크 라캉, 이미선 역, 〈왜곡된 형상〉,《욕망이론》, 앞의 책, 208쪽.

들고 있지 않아도 물밑에서 응시의 총을 쏘고 있었다. 그처럼 투명한 응시의 총을 발사했기에 은유적 네이션은 부재(그 의미작용)가 현존을 앞지른다는 데리다의 의미론적 **혁명**을 미리 입증하고 있었다.

그 같은 은유로 표현된 물밑의 네이션을 증명하는 것이 바로 문학이었다. 은유로서의 네이션의 지시대상이 없는 것처럼 문학의 지시대상도 존재하지 않는다. 그러나 문학은 물밑에서만 확인할 수 있는 실재계적 네이션을 은유로 표현함으로써 검열을 뚫고 존재를 증명할 수 있었다. 문학과 예술은 식민지 시대에 은유로서의 네이션이 물밑에서 독립을 이루었음을 증명하고 있었다. 3·1운동 이후에 자율적인 근대문학이 성립된 것은 우연이 아니다. 문학은 식민지의 꼬리표를 달지 않고 조선인의 감성의 독립을 표현했기 때문에 문학의 성립은 물밑에 네이션이 생성되었다는 증거였다. 실제로 자율적인 문학이 활성화된 1920년대~30년대 전반은 은유로서의 네이션이 가장 역동적인 시기였다. 반면에 문학이 위기에 처한 1940년대는 은유로서의 네이션이 위기에 처한 때였다.

은유로서의 네이션은 문학을 통해 존재를 확인하면서 응시를 증폭시켜 저항운동을 모색한다. 그런 은유로서의 네이션의 역동성은 저항의 새로운 개념을 알려준다. 은유로서의 네이션을 성립시킨 3·1운동은 아무런 무기도 사용하지 않은 '응시의 혁명'이었다. 3·1운동은 지상에서는 무력진압으로 실패했지만 무기의 사용이 불가능한 물밑에서는 독립을 쟁취했다. 문학으로 증명된 이 은유적 네이션의 존재는 레비나스적인 무저항이 저항이 될 수 있음을 최초로 입증했다. 3·1운동은 비폭력적 무저항이 가장 급진적 혁명이 될 수 있음을 증명했거니와 그것의 직접적 산물이 은유적 네이션의 성립이었다. 더욱이 그때 시작된 전통은 기억의 정치학을 통해 100년 후에도 계속되고 있다. 오늘날의 촛불집회야말로 비폭력적인 '응시의 혁명'이라는 새로운 저항의 의미를 다시 보여주고 있다. 일상에서는 **시선**의 독재에 시달리는 사람들이 틈새의 공간에서 100년 전처럼 비폭력적인 **응시**의 총을 쏘고 있는 것이다.

'응시의 저항'은 굳건한 역사의 주체 대신 무력한 서발턴으로부터 시작되었다. 이미 살폈듯이 식민지에서는 경제적 착취에 앞선 존재론적 폭력 때문에 저항 주체가 쉽게 등장하기 어려웠다. 그러나 앱젝트화된 서발턴은 응시를 증폭시켜 대상 a로 전위되면서 은유적인 공감의 네트워크를 확장시켰다. 아렌트적인 은유를 통한 응시의 네트워크의 확장이야말로 새로운 저항의 생성을 보여준다. 아무리 격렬하게 대항폭력을 행사해도 또 다른 시선의 상상계(혹은 상징계)에 머문다면 사회적 변혁은 이루어지지 않는다. 반면에 대상 a와 교감하며 실재계로 선회하는 사람들이 많아질 때 비로소 세상은 변화되기 시작한다. 위대한 역사적 주체를 대신하는 것은 실재계적 대상 a를 관류하는 다수 체계적인 사람들이다.

대상 a와 교감하는 사람들이 많아지려면 응시의 증폭이 중요하다. 응시가 증폭되지 않는다면 조직과 집단적 구호는 결코 저항의 불을 붙일 수 없다. 집단적 이념 역시 응시가 증폭되어야만 한 점의 불꽃으로 작용할 수 있는 것이다.

식민지 시대에 문학과 예술이 매우 중요했던 것은 바로 그 때문이다.[41] 문학은 물밑의 네트워크의 은유이거니와 수면 밑 응시의 네트워크가 없다면 노동운동도 민족운동도 불가능한 것이다. 반면에 조직적 운동이 없어도 물밑의 응시의 네트워크는 은밀히 생성될 수 있다. 식민지란 응시의 부인과 귀환이 반복되며 긴장이 감도는 불길한 분열의 장소이다. 조직적 프로문학보다 서발턴으로서 앱젝트의 응시에 기초한 유민의 문학이 식민지적 장면들을 극적으로 형상화하는 것은 그 때문이다. 예컨대 〈나무리벌 노래〉, 〈바라건대는 우리에게 우리의 보습 대일 땅이 있었더면〉, 〈당신을 보았습니다〉, 〈고향〉, 〈물레방아〉, 〈과도기〉 등이다.

은유로서의 네이션은 민족의 기표를 특권화하지 않는다. 이미 살폈듯

---

41 문학과 예술은 비록 검열을 거치지만 식민지에서 유일하게 합법화된 은유로서의 공공성이다.

이 은유로서의 네이션은 식민지적 앱젝트의 응시에 기초한다. 그런데 식민지적 앱젝트란 계급과 인종, 젠더의 영역에 걸쳐 있는 죽음정치의 희생자들이다. 죽음정치란 계급의 영역이 인종과 젠더와 겹쳐질 때 생겨나는 존재론적 폭력의 행사이다. 그 때문에 응시의 네트워크는 그런 다중적 영역을 횡단하며 돌아오는 응시의 회생과 증폭에 기초한다. 은유로서의 네이션은 응시를 부인하는 식민권력에 저항하는 **다중적 네트워크**이다.

그런데 은유적 네이션이 저항했던 존재론적 폭력은 국가를 되찾은 후에도 사라지지 않았다. 포스트식민지 시대에도 신식민주의와 자본주의, 국가주의가 계속되었기 때문이다. 그런 중첩된 권력 하에서 피지배자를 앱젝트로 만들며 응시를 부인하는 생명정치와 죽음정치가 되살아 난 것이다. 그 때문에 인종과 계급, 젠더 영역을 횡단하는 물밑의 다중적 네트워크는 여전히 중요했다. 국가를 되찾은 후에도 유력한 저항의 근거였던 이 응시의 네트워크를 **은유로서의 정치**라고 부를 수 있을 것이다.

은유로서의 정치는 아감벤의 벌거벗은 생명의 딜레마를 넘어선다. 아감벤은 우리와 비슷한 관점으로 생명정치의 존재론적 폭력을 중시한다. 아감벤이 간과한 것은 앱젝트가 무의식적으로 **응시**를 흘리고 있다는 숨겨진 비밀이다. 벌거벗은 생명은 보이지 않을 뿐 아니라 혐오의 대상이 되기도 한다. 반면에 앱젝트는 무의식적으로 권력의 시선을 산란시키는 난반사의 응시를 흘리고 있다.[42] 그로 인한 혐오와 매혹의 양가성이 아감벤의 벌거벗은 생명과 구분되는 크리스테바의 앱젝트일 것이다. 앱젝트의 응시는 매혹인 동시에 고통의 호소이기도 하다. 우리는 그런 앱젝트의 존재가 젠더 영역뿐 아니라 인종과 계급의 영역에서도 매우 중요함을 강조한다. 특히 우리 사회처럼 지배권력이 복합적 영역을 관류해 작용하는 곳에서는 경제적 착취와 공모하는 존재론적 폭력이 주목되어야 한다. 존재론적 폭력에 대한 대응이 있어야지만 권력에 대한 저항이 시작될 수 있기

---

42 김철,《우리를 지키는 더러운 것들》, 뿌리와이파리, 2018, 92~94쪽.

때문에 그 희생자인 앱젝트의 응시가 반격의 근거가 되는 것이다.

존재론적 폭력의 희생자인 앱젝트는 권력의 비밀과 타자의 비밀이라는 두 가지 비밀과 연관된 존재이다. 그 두 가지 보이지 않는 비밀을 드러내는 것이 바로 은유로서의 정치이다. 지배자와 피지배자의 비밀이 드러나지 않을 때 지배체제는 침묵 속에서 영구적으로 계속된다. 은유는 그런 침묵에 대항하며 보이지 않는 비밀들을 눈에 보이게 시각화한다. 그처럼 두 개의 비밀이 은유를 통해 드러날 때 우리는 권력에 감춰진 것에 분노하며 피지배자의 응시의 비밀에 교감하게 된다. 이 분노와 사랑의 능동적 과정은 **상상적** 폭력의 희생자인 앱젝트가 응시의 증폭에 따라 **실재계**로 전위되는 과정이기도 하다.[43] 그 같은 위치이동, 즉 조용한 상상적 폭력(앱젝트)의 공간에서 사랑과 분노의 실재계(대상 a)로의 코페르니쿠스적 전회가 바로 **저항**이다.

이제까지 기존의 논의는 민족주의나 사회주의 같은 대서사에 근거한 저항을 중시해 왔다. 반면에 우리는 상징계-상상계에서 실재계로의 전위 과정과 물밑의 응시의 네트워크를 주장한다. 전자가 거시정치라면 후자는 미시정치일 것이다. 우리가 미시정치를 강조하는 것은 한국 사회처럼 지배권력이 다중적 영역에 중첩되어 있는 곳에서는 존재론적 정치가 매우 중요하기 때문이다. 존재론적 정치는 보이는 것과 보이지 않는 것, 시선과 응시라는 시각적 정치와 뗄 수 없는 연관을 이루고 있다. 그 때문에 미시정치에서는 보이지 않는 것을 보여주는 은유적 정치가 매우 중요하다. 그와 함께 앱젝트를 보이지 않게 만드는 데는 시각적 테크놀로지가 작용하기 때문에, 은유적 정치에서는 권력의 테크놀로지를 뚫고 나오는 응시의 승리가 더없이 소중하다.

식민지 시대부터 오늘날까지 우리는 그런 시각적인 응시의 다양한 전략들을 발견한다. 이미 언급한 의병 사진과 〈고향〉의 '조선의 얼굴'은 물

---

43 은유는 두 가지 비밀을 드러냄으로써 응시를 증폭시키며 앱젝트를 대상 a의 위치로 이동시킨다.

론 오늘날의 미투운동에서까지 시각적 대응은 매우 중요하다. 예컨대 우리 시대의 미투운동은 보이지 않는 희생자의 얼굴이 방송매체를 통해 보이게 해 시각권력을 뚫고나옴으로써 비로소 확산되었다. 〈고향〉의 '그'의 얼굴이 '조선의 얼굴'이라면 '미투운동의 희생자의 얼굴'은 '여성의 얼굴'이다. 1900년대에서 2010년대에 이르는 이 모든 시각적 전략들은 상상계에서 실재계로 선회하려는 전투적인 방식들이었다.

은유는 상상계가 숨기고 있는 **존재론적 비밀**을 시각화함으로써 우리의 삶을 실재계 쪽으로 이동시킨다. 상상적으로 고착화된 부동의 체제는 은유적 정치가 응시를 증폭시킴에 따라 물위의 도시[44]로 동요하게 된다. 거기서 더 나아가 응시의 네트워크가 작동되면 우리는 상상계적 고착화에서 실재계 쪽으로 움직이게 된다. 그처럼 고착화된 체제를 물위의 도시로 동요시키며 실재계에 연동된 움직임으로 전회시키는 것이 바로 **미시정치**이다. 미시정치란 상상적으로 고착화된 지배체제에 충격을 주며 실재계(태양)와 연관된 정치적 행성들(운동들)을 출현시키는 은유로서의 지동설이다.

우리는 식민지 시대부터 오늘날까지의 권력과 저항의 역사를 미시정치의 흐름으로 재조명하려 한다. 미시정치란 상징계-상상계적 거대서사에서 실재계적 미시서사로의 저항 개념 자체의 코페르니쿠스적 전회이다. 저항의 코페르니쿠스적 전회로서의 미시정치는 당대의 문학을 통해 매우 잘 암시된다. 미시정치가 문학과 미학을 통해 드러나는 것은 물밑의 정치란 은유적 정치이며 은유란 일종의 미학이기 때문이다. 우리는 이제까지 주목하지 않았던 물밑의 미시정치의 흐름을 문학과 현실을 통해 살펴볼 것이다.

문학과 현실을 통해 암시되는 미시정치는 집단적 운동의 거시정치보

---

44 물위의 도시에 대해서는 김철, 〈근대의 초극', 《낭비》 그리고 베네치아〉, 《'국민'이라는 노예》, 삼인, 2005, 101~104쪽 참조.

다 선차성을 지닌다. 만일 물밑의 미시정치가 고양되지 않는다면 어떤 이념적 깃발이나 선동적 구호도 무의미할 것이다. 반면에 미시정치는 사회운동이 없어도 물밑에 늘상 잠재했던 피지배자의 정치적 흐름을 알려준다. 단지 고조된 사회운동만이 저항의 증거라면 우리는 약간의 저항의 역사와 대부분의 패배의 역사를 가질 것이다. 그와 달리 미시정치의 존재는 암담한 시기에도 우리가 정치적 인격으로 살아남았음을 증언한다.[45] 보이지 않는 저항의 역사는 보이는 사회운동의 역사보다 더 근원적이며 지배권력의 체제가 실상은 은유적 정치라는 항시적인 정치의 공간이었음을 알려준다.

6. 앱젝트의 미학에서 대상 a의 미학으로

미시정치란 한마디로 상상계에서 실재계로의 전회이다. 상상적 폭력의 희생자란 앱젝트이며 앱젝트의 응시가 증폭될 때 우리는 실재계로 이동한다. 따라서 미시정치는 죽음정치(존재론적 폭력)의 희생자인 **앱젝트**와 앱젝트가 무의식적으로 흘리는 **응시**에 기초한다. 응시가 증폭되면 앱젝트는 그 순간 대상 a의 위치로 움직이게 된다.

여기서 서로 연관된 미시정치의 핵심적 요소는 앱젝트, 응시, 대상 a이다. 이들 셋은 위치이동과 연관이 있으며 그런 위치의 전회가 바로 **저항**이다. 앱젝트는 응시를 흘리기 때문에 벌거벗은 생명과 구분되며, 은유적 정치에 의해 응시가 증폭되면 대상 a의 위치로 전위된다. 그 때문에 응시를 발견하는 '앱젝트 미학'과 응시가 증폭되는 '대상 a의 미학'은 미시정치의 반복된 흐름을 이룬다. **앱젝트의 미학**이 '서발턴은 말할 수 있는가' 라고 질문하는 문학이라면, **대상 a의 미학**은 (말할 수 없는) 서발턴이 반복운동

---

45 아렌트가 말한 은유적인 정치적 인격은 미시정치가 정치의 근원성을 지님을 암시한다.

속에서 응시를 증폭시켜 대상 a를 은유로 표현하는 문학이다. 흥미로운 것은 우리 역사에서 미시정치와 연관된 그런 비슷한 패턴이 반복적으로 나타난다는 점이다.

실제로 우리는 식민지 시대부터 오늘날까지의 문학과 현실에서 그 두 가지 패턴을 발견한다. 예컨대 〈만세전〉[46]은 응시를 발견했지만 시각이 제약된 구멍(무덤)에 갇힌 앱젝트의 미학이다. 반면에 3·1운동은 응시가 증폭되며 구멍 밖으로 나온 대상 a의 미학이다. 3·1운동은 응시의 네트워크에 기초한 코페르니쿠스적 전회를 보여준다. 또한 3·1운동 이후의 〈고향〉은 가두의 운동이 일상의 곳곳으로 숨어든 물밑의 코페르니쿠스적 운동을 암시한다. 3·1운동에서는 태극기를 들었고 〈고향〉에서는 태극기도 애국가도 없었지만 가두와 물밑에서 코페르니쿠스적 전환이 일어난 점에서 양자는 (대상 a의 미학으로서) 일치한다. 〈고향〉에서의 응시의 네트워크는 피식민자의 공/사의 경계를 넘어선 항시적인 은유적 공공성의 존재를 증명한다.

미시정치는 이념을 앞세운 프로문학에서도 발견된다. 1920년대 중반에는 신경향파를 중심으로 민족적 궁핍화 현상을 그린 빈궁문학이 성행했다. 그런데 빈궁문학이란 죽음정치에 의해 조선인이 산 채로 사지에 유기된 앱젝트의 문학이었다. 1920년대의 앱젝트 문학은 피식민자가 '산 죽음'으로 살아가거나 극단의 기아로 죽음을 맞는 모습을 보여준다. 이 시기에 그런 앱젝트의 문학을 가장 잘 보여준 작가는 최서해였다. 최서해의 소설은 무덤, 토혈, 송장 등의 앱젝트에 대한 표현으로 넘쳐난다. 그의 소설이 인기를 끈 것은 무덤 속의 앱젝트들이 지주나 관리에 대한 목숨을 건 반항을 나타냈기 때문일 것이다. 그러나 최서해 소설의 반항은 원한과 증오의 표현으로서 실재계적 응시라는 미시정치적 저항의 개념과는 상이했다. 원한과 증오에 의한 살인, 방화, 폭행은 여전히 지배권력의 중력에

---

46 〈만세전〉은 1922년에 쓰이기 시작했지만 1918년을 배경으로 하고 있다.

서 벗어나지 못한 반작용적 심리의 표현이다. 고착화된 사회의 죽음정치적 폭력에 대한 즉자적인 대항폭력은 아직 상상계의 구멍에 갇힌 상태를 암시한다. 여기에는 미시정치적인 응시의 증폭 과정이 없기 때문에 실재계적인 전회가 일어나지 않는다.[47]

최서해의 소설이 상상계-상징계에 갇힌 미학이라면 그로부터 실재계적 전회를 보여준 것은 조명희의 〈낙동강〉(1927)이다. 〈낙동강〉의 박성운은 〈고향〉의 '그'처럼 폐허가 된 고향을 등지고 이역을 떠도는 죽음정치의 희생자였다. 박성운은 서북간도와 노령, 중국을 떠돌다 고향으로 돌아올 때 사회주의자가 되어 있었다. 그는 고향에서 낙동강 갈밭을 빼앗기지 않으려고 저항하다 감옥에 가게 된다. 모진 고문을 당한 그는 거의 죽음에 이르러서야 감옥에서 나오게 된다. 이처럼 박성운은 〈고향〉이나 최서해의 소설에서처럼 죽음정치 하에서 앱젝트의 위기에 처한 인물이었다.

그러나 박성운의 앱젝트의 운명은 최서해 소설과는 다르다. 이 소설의 서두는 서북간도로 떠나는 사람들이나 감옥에서 나온 박성운이 부르는 낙동강 노래의 장면이다. 박성운은 죽음에 임박하게 위중한 병인이 되어 고향으로 돌아온다. 그런데 참혹하게 야윈 박성운은 병원을 마다하고 낙동강으로 귀환한다. 구포 마을 사람들에게 긴 동안 젖줄이었던 낙동강은 지금은 일본에게 빼앗긴 젖꼭지가 되었다. 낙동강 젖꼭지는 라캉의 상실된 젖가슴이 집단적으로 증폭된 **대상 a**의 이미지이다. 죽음의 앱젝트의 위기에 처한 박성운이 낙동강으로 귀환하는 것은 그가 대상 a에서 시작되

---

47 최서해의 소설 중 유일하게 상상계적인 반작용적 충동에서 벗어난 것은 〈탈출기〉이다. 〈탈출기〉의 '나'는 무덤에 갇힌 송장 같은 상태에서 벗어나 사회운동 단체에 가담한다. 그 점에서 '나'는 다른 소설에서와는 달리 존재론적 폭력에 대응하는 응시에 대한 자의식을 지니고 있다. 그러나 '나'의 선택은 가족들을 사지에 유기하는 점에서 식민지의 죽음정치를 넘어서지 못하고 있다. '나'의 결단은 가족들과의 응시의 공감과는 아무 상관이 없이 독단적으로 이루어진 것이다. 그 때문에 '나'의 무덤의 탈출은 응시의 네트워크의 표현이기보다는 또 다른 사회적 상징계에 몸을 담은 것일 뿐이다. 〈탈출기〉에서 응시의 증폭에 의해 대상 a가 작동하는 은유적인 정치가 나타나지 않는 것은 그 때문이다.

는 응시의 자의식을 지닌 인물임을 암시한다. 앱젝트가 된 박성운이 낙동강의 품에 안긴다는 것은 응시가 증폭되며 대상 a가 작동된다는 은유이다. 낙동강에서 병인/앱젝트 박성운의 응시는 원한과 증오의 상상계에서 벗어나 실재계로 전회하는 과정이다. 박성운의 핏대 올린 낙동강 노래는 〈고향〉의 아리랑처럼 구포 사람들의 응시의 네트워크의 표현이다. 이 소설이 비슷한 시기의 리얼리즘들 중에서 유독 감동적인 것은 재현과 함께 서발턴(앱젝트)의 반복운동으로서 낙동강 노래가 응시의 연대를 증폭시키기 때문이다. 합창으로 노래를 부르는 순간 마을 사람들은 상실한 낙동강 젖꼭지(대상 a)가 되돌아오는 물밑의 은유적인 연대를 경험한다. 낙동강 노래와 물결은 그처럼 대상 a/젖꼭지가 은유적 이미지를 통해 귀환하는 실재계적 반격의 순간이다.

낙동강 젖꼭지의 시각적 반격은 박성운이 죽은 후 장례식 장면에서 정점을 이룬다. 장례식에서 박성운의 뒤를 따르는 만장은 그를 죽게 한 죽음정치에 맞서는 응시의 네트워크에 다름이 아니다. 만장은 단순한 재현이 아니라 서발턴의 반복충동에 의한 응시의 동요를 표현하는 이미지이다. 그렇기에 강 언덕을 향한 만장의 물결은 낙동강 젖꼭지의 도도한 흐름과도 같다. 낙동강 노래와 만장의 깃발에는 최서해 소설 같은 살인도 방화도 없지만 가장 강렬한 미시저항의 정점이 나타나 있다.

또 하나 중요한 것은 이 소설의 저항이 응시의 네트워크에 근거함으로써 식민지의 **다중적** 영역을 횡단한다는 점이다. 구포 마을의 사회운동이 사회주의에서 흔히 보는 파벌 싸움을 넘어서는 것은 그 때문이다. 박성운의 애인 로사는 장꾼들과 알력이 있던 형평사원이었다. 그러나 박성운의 사회운동은 농민, 백정, 장꾼, 여성의 다중적 영역을 횡단하는 응시의 미시저항에 기초해 있었다. 박성운은 낙동강 젖꼭지라는 응시의 물결에 근거함으로써 파벌 싸움을 극복할 수 있었던 것이다. 이 소설은 식민지의 고착된 동일성 체제를 이길 수 있는 것은 다수 체계성을 횡단하는 실재계적 응시의 네트워크임을 암시한다. 이념을 넘어선 저항으로서 그런 실재계적 응시의 작동을 표현하는 것은 모두를 품어 안는 낙동강 젖꼭지의 은유이다.

그 같은 은유적 정치를 통해 상상계에서 실재계로 전회할 때만 제국에 대항하는 정치가 시작될 수 있다. 그런 은유적 정치의 미묘한 강렬함은 '지면서도 이길 수 있는'[48] 저항인 점에서 확인된다. 박성운의 죽음은 패배이지만 이미 실재계로 선회하는 운동이 시작되었기 때문에 그의 뒤를 잇는 로사가 서간도로 가는 기차에 오를 수 있는 것이다. 제국의 기차가 상징계를 순환한다면 로사의 가차는 제국의 체제를 횡단하며 실재계로 선회한다. 로사의 기차는 제국의 권력의 테크놀로지(속도기계)를 뚫고 나가는 실재계적 응시의 승리를 보여준다.

미시정치는 사회운동의 부침과 상관없이 은유적 네트워크가 잠재하는 피지배자의 역사를 관류한다. 그 때문에 정치적 저항이 사라진 듯한 모더니즘에서도 미시운동은 잔존한다. 1930년대 중반 이후 일본의 파시즘화에 따라 리얼리즘이 쇠퇴하고 모더니즘이 나타났다. 그러나 모더니즘을 대표하는 이상의 문학에서도 앱젝트의 미학과 대상 a의 미학이 발견된다.

1930년대 중후반은 비판 담론이 억압되면서 체제의 상상적 고착화가 더욱 심화된 시기였다. 이 시기의 이상의 소설에서 박제, 시체, 해골 같은 앱젝트의 표현이 많이 나타나는 것은 그 때문이다. 이상의 앱젝트는 최서해나 조명희의 추방된 존재와는 달리 스스로 자기무력을 체감하는 존재였다. 그 이유는 제국의 상상적 고착화의 심화로 인해 어떤 능동적인 행동도 불가능했기 때문이다. 그러나 이상은 응시의 자의식을 지닌 앱젝트였으며 그 점에서 〈만세전〉의 이인화와 비슷한 점이 있었다. 그와 함께 이인화와는 달리 첨단의 근대성의 경험 속에서 고도의 감각적 혁신의 능력을 지니고 있었다. 이상의 소설에서 감각적 혁신은 심연에서 응시의 자의

---

48 신형철, 《몰락의 에티카》, 문학동네, 2008, 5쪽.

식이 회귀하는 과정에 상응한다. 이상 소설은 응시의 귀환을 표현하는 혁신된 은유를 통해 경직된 감성의 분할에 저항했다. 이상의 은유적 저항은 〈날개〉에서처럼 상실된 잔여물에 대한 열망에 의해 갱생의 소망을 나타내는 데까지 나아간다.

이상 소설은 박제의 무기력과 날개의 소망 사이에 동요하고 있었다. 그것은 고독 속에서 '동강난 말의 시야'(〈지주회시〉)에 갇힌 **앱젝트**와 응시의 자의식을 통한 **대상 a**의 열망(〈날개〉) 사이의 진동이기도 했다. 여기서도 구멍 속의 앱젝트와 거기서 탈주하려는 대상 a의 열망이 반복된다. 이상 소설은 무덤에 갇힌 앱젝트의 고독과 그 자기무력을 관통하는 응시에 대한 은유로 가득 차 있다. 이상은 물밑의 네트워크가 희미해진 시대에 다수 체계성에 근거해 응시를 회생시키려는 고독한[49] 은유로서의 저항을 보여준 작가였다.

1930년대 말에 오면 내선일체와 대동아공영에 의해 체제의 상상적 고착화는 극단에 이르게 된다. 이 시기의 특징은 트랜스내셔널한 방법을 통해 상상적으로 근대의 경계를 넘어서는 제국이 출현한 점이다. 그러나 전쟁을 통해 국경을 넘어 상상적으로 질주하는 권력은 불길한 파국을 예감하게 할 뿐이었다. 파국이 예감되는 종점을 향한 제국의 인공기관적 질주는 최명익의 소설에서처럼 달리는 특급열차로 은유된다.[50] 이광수가 열광한 속도기계는 이제 모든 사람과 사물을 회오리처럼 동원하는 폭력적 인공기관으로 변주된다. 전쟁으로 치닫는 제국의 속도의 독재가 총력전이라는 운동의 독재[51]를 낳은 것이다. 운동의 독재는 응시를 불가능하게 하는 극단의 시선의 독재인 동시에 종말을 향한 질주이기도 했다.

49　고립된 위치에서도 타자와의 교감이 없었던 것은 아니다. 그러나 이상의 타자와의 사랑의 관계는 절름발이의 관계였다. 그럼에도 이상은 절름발이의 관계일망정 운명처럼 끌어안음으로써 죽음정치에 대한 응시의 대응을 지속시키려 했다.

50　신형기, 《분열의 기록》, 문학과지성사, 2010, 116~119쪽.

51　폴 비릴리오, 이재원 역, 《속도와 정치》, 그린비, 2004, 92~93쪽, 218~222쪽.

제국의 **속도의 정치**는 타자의 응시를 부인하며 피식민자를 앱젝트로 만드는 방식으로 시작되었다. 그러나 〈만세전〉과 〈고향〉이 보여주듯이 부인된 응시는 제국의 기차에 올라탄 앱젝트에 의해 되돌아왔다. 이어 1930년대에는 응시의 귀환을 마비시키는 시각 장치들이 출현했지만, 이상의 소설에서처럼 시각기계와 속도장치에서 탈주한 사람에 의해 시선을 산란시키는 응시가 표현되었다.

그런데 1930년대 말 이후에는 속도의 독재가 운동의 독재를 낳으면서 특급열차에서 탈락한 사람들을 불길한 조난자로 만들었다. 이제 응시를 회생시키려는 유희적인 탈주자는 사라졌다. 1930년대 중반과 말엽 이후의 차이는 이상의 산책자의 응시와 최명익의 우울의 미학의 차이일 것이다. 최명익의 우울의 미학은 응시가 불가능한 시대의 가장 어두운 응시였다. 그는 감당할 수 없는 총동원 체제의 질주를 속도기계와 결합된 죽음정치에 대한 응시로 표현했다. 이 우울한 응시는 시선을 산란시키는 것이 불가능해졌다는 시각적 패배의 표현이자 죽음권력의 불투명한 암시이다. 최명익은 특급열차의 차창에 갇힌 풍경을 통해 한 터치의 오일로 고착된 조난자들을 표현하고 있다. 제국의 열차가 연출한 한 터치의 오일의 은유는 그의 소설에서 결핵환자, 아편중독자, 자살자 등의 앱젝트로 현실화되고 있었다. 최명익 소설은 특급열차의 탈락자들의 은유로서 차창 구멍의 죽음의 풍경화를 묘사한 우울한 **앱젝트의 미학**이었다.[52]

최명익의 우울한 앱젝트 미학은 상상적 제국의 극단화된 죽음정치의 산물이다. 최명익 소설은 제국 이전 시대 보다 더 상상계 쪽으로 이동하고 있음을 암시한다. 그러나 이 시기에 극단적 폭력과 시선의 권력에 대한 응시의 반격을 보인 문학이 없었던 것은 아니다. 일본어로 쓰여진 김사량의 소설은 근대적 네이션의 경계를 폭주하는 죽음정치에 맞서는 트

---

52 최명익의 소설 중에서는 단지 〈심문〉에서만 죽음을 대가로 한 아름다운 응시로서 '심문'이 표현된다.

랜스내셔널한 틈새의 대응을 암시한다. 김사량은 혼종성의 틈새에서 응시가 증폭되며 **대상 a**에 대한 소망이 귀환함을 보여준다. 네이션의 경계를 넘는 죽음권력에 대한 대응은 트랜스내셔널한 틈새에서의 응시를 통해 가능했던 셈이다.[53] 김사량 소설은 국경을 넘는 상상계적 권력에 대항한 트랜스내셔널한 실재계적 반격이었다. 김사량의 실재계적 반격은 최명익의 앱젝트의 유리 구멍을 돌파하려는 코페르니쿠스적 전회의 표현에 다름이 아니다. 최명익과 김사량의 소설은 어떤 응시의 대응도 어려워진 듯한 식민지 말에도 구멍에 갇힌 앱젝트 미학과 구멍을 횡단하는 대상 a의 미학이 반복되고 있었음을 보여준다.

7. 두 가지 미학의 반복과 변주

존재론적 폭력과 시각성이 결합된 배제의 정치는 식민지 시대만의 문제가 아니었다. 우리는 포스트식민지 시대에 국가를 되찾았지만 새로운 국민국가에서도 죽음정치적 폭력은 사라지지 않았다. 그것은 식민지의 배제와 폭력의 경험이 제대로 극복되지 않고 단지 삭제되었기 때문이다. 기억을 통해 넘어서지 않고 삭제된 것은 변주된 형식으로 메아리처럼 되돌아왔다.[54]

식민지 말이 전쟁으로 질주하는 동시에 정지된 시대였다면, 1950년대는 정적이면서도 냉전을 향해 달려가는 시대였다. 냉전과 반공을 향해 달리는 시대는 신식민지적 상황에서 또 다른 국가주의적 폭력을 낳았다. 1950년대 소설들은 국가주의적 국민국가 체제가 은밀한 죽음정치적 권력을 숨기고 있었음을 암시한다.

---

53 상상적으로 경계를 넘는 제국은 자신이 미처 점령하지 못한 경계에서 잠재적 응시의 반격에 직면하고 있었다.

54 테드 휴즈, 나병철 역, 《냉전시대 한국의 문학과 영화》, 소명출판, 2013, 37~40쪽.

예컨대 손창섭 소설은 최명익 소설처럼 국민의 소망이 트라우마의 기억으로 전락하는 비극을 보여주고 있다. 두 작가의 소설에서 국민이 되는 과정은 비국민을 생산하는 과정과 다름이 없다. 최명익의 비국민이 제국의 이름 아래서 나타났다면 손창섭의 경우에는 민족이 승인한 국가에서였다. 손창섭 소설에서 신체적으로나 정신적으로 불구화된 비국민들은 최명익의 앱젝트 미학의 반복인 셈이었다. **앱젝트**는 삶에서 유기된 동시에 시대가 만든 구멍에 갇혀 있다. 가령 손창섭의 〈미해결의 장〉에서 총탄구멍으로 안쪽을 들여다보는 주인공은 죽음정치 하에서 감성의 분할에 갇힌 앱젝트의 존재를 암시한다.[55] 최명익이 질주하는 제국의 열차 유리구멍에 갇힌 존재를 그렸다면, 손창섭은 한국전쟁이 남긴 냉전의 총탄구멍에 폐쇄된 앱젝트를 제시한다. 손창섭 소설은 그 같은 좁은 구멍을 들여다보는 앱젝트의 응시를 통해 권력의 감성적 치안을 방해하는 소음을 내고 있다.

그런데 손창섭 소설은 앱젝트 미학에 갇혀 있기만 한 것은 아니었다. 손창섭의 후기 소설은 포말 같은 앱젝트들이 은밀한 비밀을 나누며 응시의 눈빛을 교감함을 보여준다. 앱젝트의 은밀한 비밀이란 〈포말의 의지〉에서 성 노동자 옥화가 고백한 영실이라는 본명 같은 것이다. 영실이라는 본명은 그녀가 창녀도 상품도 아닌 자본 외부의 잔여물임을 뜻한다. 그런 보이지 않는 잔여물을 보여줌으로써 주인공들(영실과 종배)은 응시의 교감을 통해 죽음정치적 시각성의 그늘에서 벗어난다. 영실이 좋아하는 종소리 역시 그녀를 앱젝트로 배제하는 시선에 대한 응시의 증폭의 소망이었다. 영실을 사랑하는 종배는 그런 숨겨진 의미를 알지 못했지만 그녀가 죽은 후 자신도 모르게 교회로 달려가 사정없이 종을 울린다. 종배의 종소리는 영실과 함께 울리는 것이며 그런 교감 속에서 응시가 증폭됨을 알리는 것이었다. 그것은 물밑에서 고양되는 응시의 네트워크의 비밀을 메

55 테드 휴즈, 위의 책, 198쪽.

아리치게 한 은유로서의 정치였다. 4·19 전야(1959)에 울려 퍼진 이 은유의 종소리는 죽음정치적 독재 권력에 대항하는 저항의 폭발을 예감케 하고 있다.

4·19의 소망이 군사 쿠데타로 무산된 후 개발주의의 폭력에 대응하는 앱젝트 미학이 다시 나타났다. 예컨대 김승옥 소설은 청년들이 성장 과정에서 존재론적 폭력에 의해 생명성이 거세되는 고통을 경험함을 보여준다. 김승옥 소설에서 성인이 되는 것은 '악의 발견'이냐 '앱젝트'가 되느냐의 갈림길이다. 김승옥의 생명력을 잃은 앱젝트적인 자의식은 근대성의 갱신[56] 속에서 감각적 혁신을 수반함으로써 손창섭보다는 이상과 비슷했다. 존재론적 폭력과 근대적 시각성에 대한 감각적 응시인 점에서 1960년대의 김승옥은 30년대 이상의 반복이었다. 김승옥의 '감수성의 혁명'이란 앱젝트의 응시의 감각적 표현과 다름이 없다. 김승옥은 〈생명연습〉과 〈환상수첩〉에서 죽음충동에 시달리며 극기를 시도하는 사람들을 그리고 있다. 극기란 불가능한 응시의 시도이며 죽음충동은 극기에 실패한 사람들의 운명이다.

김승옥은 비밀의 왕궁(〈건〉)과 서커스단 소녀와의 사랑(〈환상수첩〉)이 무산된 후 새로운 죽음정치가 다가옴을 암시한다. 물론 김승옥 역시 이상처럼 앱젝트의 죽음충동에서 벗어나려는 소망을 가지고 있었다. 예컨대 〈역사〉와 〈염소는 힘이 세다〉에서의 빈민들에게 잠재된 힘에의 의지에 대한 갈망이 그것이다. 그러나 김승옥 소설은 빈민들(그리고 앱젝트)의 무질서를 추방하며 에로스의 동요마저 잠재우는 새로운 역사(개발독재)가 다가옴을 간과할 수 없었다. 김승옥은 〈역사〉에서 빈민촌의 물밑의 비밀과 그것을 진압하며 접근하는 권력의 비밀을 두 가지 '역사(力士)'의 은유로 표현하고 있다.

1970년대는 〈역사〉에서 할아버지로 표현된 '초자아의 역사'가 죽음정

---

56 자본주의 발전에 의한 근대성의 갱신은 그에 대응하는 미학적인 감각의 혁신을 가능하게 했다.

치적 본성을 드러낸 때였다. 개발주의라는 초자아는 민족중흥의 이름으로 국민을 소환했지만 동원된 사람들은 인권유린과 생명의 위협 속에서 낯선 타향을 떠돌아야 했다. 당시의 노동자들은 초국가적 맥락의 노동분할 속에서 값싼 임금과 존재론적 폭력에 시달리며 안정된 정착이 불가능했다. 국민을 동원한 시대가 뜨내기나 철거민 같은 앱젝트를 낳은 유민의 사회였던 것은 그 때문이다. 개발주의 시대의 국민의 유민화 현상은 식민지 시대의 민족적 디아스포라의 변주된 반복이었다. 1970년대의 떠돌이들은 식민지 시대와는 달리 내부의 유민이었지만 존재론적 폭력의 희생자인 점에서는 다름이 없었다. 그리고 그 중심에는 초국가적 맥락에 묶여 있는 불안정한 죽음정치적 노동[57]이 있었다.

이 시기의 전태일이 목격한 청계천 노동자의 실상은 당대의 죽음정치적 노동의 실태를 잘 보여준다. 청계천의 한 여성 노동자(영자[58])는 폐병 3기로 해고를 당한 후에도 공장을 떠날 수 없었다. 그 여성 노동자는 피를 토하면서도 공장에 남아 있으려 하다 비참한 죽음을 맞는다. 전태일이 분노한 것은 단순한 착취를 넘어서 생명을 유린하며 '산 죽음'의 상태를 강요하는 죽음정치적 노동의 현실이었다. 죽음정치적 노동이란 부유층과 사회의 개발을 위해 생명이 소모품처럼 이용되고 폐기되는 노동을 말한다. 여성 노동자는 산업 전사로 포섭된 후에 쓸모없는 앱젝트로 거세되고 폐기되어 사라진 것이었다. 전태일은 그런 낯선 두려움의 현실 속에서 마음의 고향(대상 a)으로 가기 위해 자신의 목숨을 희생했던 것이다.[59] 여성 노동자의 죽음이 공장의 구멍에 갇힌 **앱젝트**의 실상을 보여준다면, 전태일의 죽음은 그 구멍에서 벗어나려는 **대상 a**의 열망의 표현이었다.

민중의 앱젝트화와 앱젝트에서 탈출하려는 대상 a의 열망은 당대의 소

---

57 죽음정치적 노동에 대해서는 이진경, 《서비스 이코노미》, 앞의 책, 39~45쪽 참조.

58 1995년에 상영된 박광수 감독의 영화 《아름다운 청년 전태일》에서는 여자 노동자가 '영자'로 나온다.

59 신형기, 《시대의 이야기, 이야기의 시대》, 삼인, 2015, 369~398쪽 참조.

설에서도 잘 나타난다. 예컨대《난장이가 쏘아올린 작은 공》연작은 당시의 민중들이 왜소화되고 앱젝트화된 죽음정치의 희생자임을 보여준다. 단편 〈난장이가 쏘아 올린 작은 공〉에서 난장이의 아들 '나'(영호)는 집이 철거된 후에 낯선 두려움 속에서 잠에 빠져든다. '나'는 동생 영희가 팬지꽃 두 송이를 공장 폐수에 던져 넣는 꿈을 꾼다. 팬지꽃은 죽음정치에 대한 응수이다. 그러나 '나'에게 구멍이 뚫린 우리 집 이외의 세계는 모두 이상하고 알 수 없는 곳이었다. '나'의 개발주의의 폭력에 대한 응시가 더 증폭되지 못하는 것은 그런 그 보이지 않는 이상함 때문이다. 손창섭 소설의 총탄구멍이 전쟁에 의한 것이라면 '나'의 집의 구멍은 개발주의에 의한 것이었다. 그러나 '나'는 손창섭 소설의 주인공처럼 바깥이 잘 보이지 않는 구멍에 갇혀 앱젝트가 되어가고 있다.

〈난장이가 쏘아올린 작은 공〉이 구멍에 갇힌 앱젝트의 미학이라면《아홉 켤레의 구두로 남은 사내》연작은 구멍을 횡단하려는 열망을 보여준다. 단편 〈아홉 켤레의 구두로 남은 사내〉의 주인공 권 씨와 '나'(오 선생)는 두 번의 **나체화**의 장면을 목격한다. 그중 권 씨가 본 나체화란 앱젝트화된 입주민들의 응시의 발견과 다르지 않다. 응시란 어떤 이념도 구호도 없는 벌거벗은 얼굴에서 흘러나오는 생명적 존재의 잔여물이다. 응시를 발견한 순간 권 씨는 소시민적 이데올로기가 해체되며 타자의 보이지 않는 비밀을 보게 된다. 그와 함께 무의식적으로 교감이 증폭되면서 은유적인 정치적 인격의 생성을 경험한다. 증폭된 응시란 개발주의에 의해 잃어버린 대상 a에 대한 열망에 다름이 아니다. 그 점에서 권씨가 발견한 입주민의 나체화는 전태일이 목격한 피 흘리는 여공의 나체화와도 다르지 않다. 전태일의 죽음과 윤흥길 소설의 나체화는 독재정권을 무너뜨린 응시의 네트워크의 단초를 보여준다.

윤흥길과 황석영이 보여준 대상 a의 미학은 1920년대 리얼리즘의 변주된 반복으로 볼 수 있다. 〈고향〉(현진건)에서 피식민자의 응시의 교감이 지식인과 민중(서발턴)의 만남에 의해 생성되었다면, 〈아홉 켤레의 구두로 남은 사내〉의 응시의 네트워크는 소시민(중간층)과 민중의 만남으로 가능했다. 그와 함께 〈고향〉의 '그'가 제국의 기차를 횡단하는 아리랑 노래를 부르듯이, 〈삼포가는 길〉(황석영)은 산업화의 기차에 탑승한 사람의 상실된 고향(대상 a)에 대한 열망을 암시하고 있다.

민주화 운동에 의해 독재정치가 와해된 1990년대 이후에는 형식적 민주주의의 제도화가 이루어졌다. 그러나 형식적 민주주의의 과정은 자본주의가 미시적으로 침투한 진행이기도 했다. 프레드릭 제임슨은 그런 자본주의의 미시적 침투를 무의식의 식민화[60]라고 불렀다. 무의식의 식민화란 자본의 상품 논리가 감정, 무의식, 사랑, 문화의 영역까지 스며든 것을 말한다. 이 같은 인격성 영역의 상품화는 자아를 빈곤하게 만들며 사람들을 화려함 속에서 우울에 시달리게 만든다.

사회적 우울증(제도화된 우울)[61]과 우울의 미학은 운동의 독재 시대에 만연된다. 식민지 말이 전쟁으로 치닫는 총동원의 시대였다면 1990년대 이후는 자본에 회유된 또 다른 운동의 독재 시대였다. 두 시기는 파시즘과 민주주의, 암흑과 화려함으로 대비되지만, 총체적 동원의 시대인 점에서는 비슷하다. 전자가 전쟁 동원의 시대였다면 후자는 상품 동원의 시대이다. 식민지 말은 국경을 넘어 질주하는 전쟁과 파시즘에 의한 총동원체제였다. 반면에 오늘날의 동원은 인격성의 영역을 넘는 상품화와 식민화에 의한 것이며, 그런 미시적 식민화가 응시의 교감을 마비시켜 다시 우울의 미학을 낳은 것이다.

무의식이 식민화되면 타자에 대한 공감력이 약화되어 사건이 일어나도 아무도 동요하지 않는다. 배수아 소설은 친구가 자살을 하거나 가족이 생

---

60 프레드릭 제임슨, 〈《포스트모던의 조건》에 관하여〉, 라오타르, 유정완 · 이삼출 · 민승기 역, 《포스트모던의 조건》, 민음사, 1992, 22쪽.

61 제도화된 우울증에 대해서는 주디스 버틀러, 조현순 역, 《안티고네의 주장》, 동문선, 2005, 135쪽 참조.

활고로 죽음을 맞아도 아무 일도 일어나지 않는 **이상한 고요함**을 보여준다. 용산참사에서 일상의 사람들이 희생자들에게 침묵한 일 역시 배수아의 '이상한 고요함'과 다르지 않다. 자본은 전 사회를 스펙터클화했지만 그것은 타자를 보이지 않는 곳으로 추방한 진행이기도 했던 것이다. 이제 모든 것이 보이는 동시에 아무것도 보이지 않는 시대가 도래한 것이다.

예컨대 하성란의 〈곰팡이꽃〉에는 어안렌즈로 바깥을 바라보며 소통을 열망하는 남자가 나온다. 그는 일상에서도 습관적으로 어안렌즈로 세상을 보듯이 살아가고 있다. 남자의 어안렌즈는 그의 제한된 시각성과 빈곤해진 자아의 한계를 암시한다. 남자는 모든 것을 다 볼 수 있지만 실제로는 어안렌즈 바깥은 아무것도 보지 못하고 살아가고 있는 것이다.

배수아와 하성란은 개발 시대의 죽음정치적 노동이 사라졌지만 일상의 고요한 죽음정치는 그대로임을 암시한다. 1990년대 이후의 죽음정치는 침묵 속에서 고통받는 타자를 죽음에 유기하는 방식으로 작동된다. 용산참사에서 철거민의 죽음에 대한 이상한 침묵이야말로 죽음정치의 귀환을 암시한다.

흥미로운 것은 그런 죽음정치가 시각성의 테크놀로지와도 연관이 있다는 점이다. 우리 시대는 다양한 이미지 매체가 폭발적으로 개발된 시대이다. 그러나 이미지 기계가 일상을 점령한 시대는 보이지 않는 것이 더 많아진 시대이기도 했다. 뉴미디어의 이미지 테크놀로지는 동일성의 교감을 증폭시킨 반면 불평등성의 희생자(타자)는 오히려 보이지 않게 만들었다. 중요한 것은 그런 시각적 불평등성이 경제적 불평등성을 영구화시키는 기능을 하고 있다는 점이다. 신자유주의가 경제적 불평등성을 극단화했다면 후기자본주의의 시각적 테크놀로지는 감각적 불평등성을 심화시키고 있다. 그리고 그런 감각의 차별은 경제적 차별을 넘어서 신체와 존재 자체를 양극화시키고 있다.

오늘날은 권력의 감성적 테크놀로지에 의한 시각적 불평등성이 경제적 불평등성에 합체화된 시대이다. 그 같은 권력의 감성의 분할은 경제적 양극화는 물론 신체와 생명 자체를 차별적으로 분할하게 만든다. 우리는 두 가지 보이지 않는 비밀[62]이 보여야만 사회가 변화될 수 있음을 논의했다. 그런데 오늘날은 권력의 시각적 테크놀로지에 의해 그런 비밀이 점점 더 보이지 않는 시대로 가고 있다. 감각적 양극화는 두 가지 비밀을 절망적으로 밀봉시키고 있다. 즉 우리 시대는 첫 번째 비밀을 보지 못하게 하는 눈부신 캐슬의 시대인 동시에 두 번째 비밀을 불가능하게 하는 탈락된 투명인간의 사회이기도 하다. 우리 시대의 절망의 상당 부분은 두 가지 비밀이 보이지 않는 **시각적인 절망**이다.

그러나 시각적 차별과 죽음정치는 앱젝트의 응시를 완전히 진압할 수 없었다. 용산참사가 시각성이 제한된 구멍에 갇힌 앱젝트의 사건이었다면 세월호 사건은 구멍을 횡단하는 응시의 증폭을 보여준다. 앱젝트를 매장하는 시각적 구멍은 응시가 증폭되어야만 비로소 돌파될 수가 있다.

세월호의 반격은 권력의 시각적 테크놀로지를 횡단하는 응시의 역습으로 시작되었다. 응시의 역습이란 두 가지 비밀을 보여줌으로써 '이상한 고요함'을 동요시키는 것을 말한다. 목격자의 카메라에 찍힌 선장의 탈출 모습은 달아나는 모래인간의 모습과 다름이 없었다. 또한 학생들이 보내온 휴대폰 영상은 내면의 교감을 소망하는 인간의 비밀을 보여주었다. 그런 방식으로 두 가지 비밀이 은유적으로 보여진 과정은 후기자본주의의 시각 테크놀로지를 횡단하는 응시의 승리로 볼 수 있다.

세월호는 그런 응시의 승리를 보여주는 은유적 정치의 승리였다. 세월호 사건이 시각적 제한을 넘어설 수 있었던 것은 응시를 보여주는 은유를 통해 희생자들에 대한 교감이 이루어졌기 때문이다. 세월호 사건은 은유적 정치를 부활시키며 일상의 고요한 비식별성을 식별할 수 있게 해주었다. 비식별성이 해체되면서 응시의 교감이 증폭되면 앱젝트로 유기된 사

---

62 권력의 비밀과 피지배자의 비밀을 말한다.

람들이 대상 a의 위치로 귀환할 수 있다. 그처럼 버려진 앱젝트가 대상 a의 위치로 돌아오는 순간이 바로 광장의 촛불집회이다.

용산참사가 희생자를 앱젝트로 매장한 사건이었다면 세월호와 촛불집회는 매장된 사람들이 대상 a의 위치로 돌아오는 진행을 보여준다. 그 때문에 용산참사와 세월호의 차이는 배수아 소설과 박민규 소설의 차이이기도 하다. 〈그렇습니까? 기린입니다〉, 〈아, 하세요 펠리컨〉 등의 박민규 소설은 마치 세월호와 촛불집회에 대한 예언과도 같았다. 배수아 소설이 우울한 **앱젝트**의 미학이었다면 박민규 소설은 추방된 앱젝트들이 **대상 a**로 돌아오는 과정을 보여주고 있다.

박민규 소설에서 보트피플들의 심야전기는 물밑의 응시의 네트워크에 다름이 아니다. 세월호가 보이지 않는 비밀을 보여준 은유였듯이 박민규는 유원지의 오리배를 통해 은유적인 보트피플의 비극을 보여준다. 오리배 유원지는 권력의 시각적 테크놀로지를 반전시키며 인간의 비밀이 새어 나오는 장소였다. 이랜드와 디즈니랜드의 화려한 스펙터클 기계는 응시를 잠재우는 기능을 한다. 반면에 오리배 유원지는 권력의 스펙터클 장치를 뚫고 나오는 심야전기의 승리가 연출된 곳이었다. 그것은 세월호에서 시각적 테크놀로지를 뚫고 나오는 응시의 증폭 과정과 유사하다. 세월호와 오리배 유원지는 똑같이 시각적 테크놀로지를 횡단하는 응시를 은유로 표현하고 있다.

세월호와 보트피플의 은유는 비슷하게 심야전기를 통해 물밑의 응시의 네트워크를 고양시켰다. 그리고 죽은 사람이 귀환하며 오리배가 날아올랐듯이 세월호의 학생들이 돌아오며 광장의 촛불이 밝혀진 것이다. 박민규 소설의 심야전기와 세월호의 물밑의 교감은 '은유로서의 정치'의 귀환을 암시한다.

이제까지 살핀 것처럼 우리 문학에는 은밀하게 반복되는 두 가지의 리듬이 있다. 〈만세전〉에서 김사량 소설까지, 그리고 손창섭 소설에서 박민규 소설에 이르기까지, 우리는 두 가지 미학의 끝없는 반복을 발견한다. 그 둘의 이름은 **앱젝트의 미학**과 **대상 a의 미학**이다. 앱젝트 미학과 대상 a 미학은 **죽음정치**의 귀환과 **은유적 정치**의 귀환의 반복이기도 하다.

〈만세전〉의 무덤, 〈지주회시〉의 동강난 시야, 〈심문〉의 차창 구멍, 손창섭의 총탄구멍, 그리고 조세희의 구멍 난 집과 하성란의 어안렌즈는 시각성이 제한된 앱젝트의 미학이다. 여기서 주인공들은 거세공포(낯선 두려움)속에서 구멍에 갇힌 채로 응시의 자의식을 통해 소음을 내고 있다. 주인공들이 느끼는 낯선 두려움은 죽음정치에 의한 거세공포인 동시에 응시의 자의식의 단초이기도 하다. 그렇기 때문에 감성의 분할에 갇힌 상태에서도 방해의 소음을 내고 있는 것이다.

이처럼 식민지와 포스트식민지의 앱젝트들은 감성의 분할이라는 구멍에 갇힌 채 잡음을 내고 있었다. 이 상태에서 감성적 비식별성의 구멍을 횡단하게 해주는 것이 바로 은유로서의 정치이다. 은유로서의 정치가 진행되면 죽음정치에 대응하는 대상 a의 미학이 작동된다. 가령 〈고향〉의 조선의 얼굴, 〈낙동강〉의 낙동강 젖꼭지, 〈날개〉의 날개, 〈포말의 의지〉의 종소리, 〈역사〉의 역사. 그리고 〈아홉 켤레의 구두로 남은 사내〉의 나체화와 〈아, 하세요 펠리컨〉의 비상하는 오리배 등이다. 여기서는 은유를 통해 비식별성이 식별되면서 심야전기를 통해 물밑의 응시가 증폭된다. 주인공들이 느끼는 심야전기란 권력이 보지 못하는 물밑의 비밀이면서 증폭된 응시로서 대상 a의 작동이기도 하다. 물밑의 대상 a의 작동은 상상계에서 실재계로의 이동이기 때문에 고착된 죽음정치에 대항할 수 있는 것이다. 우리는 이런 죽음정치적 상상계에서 실재계적 대상 a로의 전회를 새로운 의미의 **저항**이라고 말할 수 있다.

그런 코페르니쿠스적 전회에서 시각적 테크놀로지를 횡단하는 과정은 매우 중요하다. 이미 1907년의 의병 사진은 시각기계를 뚫고 나오는 육체적 응시의 승리를 보여준다. 또한 〈고향〉의 아리랑 네트워크에서부터 〈날

개〉의 '날개'의 소망, 〈삼포 가는 길〉의 기차역에서의 고향의 열망과 〈아,
하세요 펠리컨〉의 오리배 네트워크에 이르기까지, 시각적 테크놀로지를
횡단하는 육체적 응시의 승리는 새로운 의미의 저항을 암시한다.

　우리의 논의는 문학의 시각성과 보이지 않는 비밀을 드러내는 두 가지
미학에 대한 것이다. 그처럼 미시정치로서의 앱젝트 미학과 대상 a 미학
을 말하는 것은 기존의 문학사와 정치사에 대한 도발이다. 그런 도발이
가능한 것은 이제까지 간과되었던 우리의 중층적인 사회적 구조를 주목
하기 때문이다.

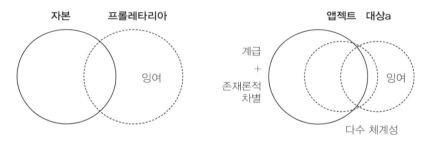

계급+존재론적차별

　계급과 인종, 젠더 영역의 모순이 중첩되었던 우리 사회에서는 단순한
착취를 넘어서 시각성과 결합된 존재론적 폭력이 작용하고 있었다. 식민
지와 포스트식민지를 관통하는 죽음정치는 계급의 영역에 인종과 젠더가
겹쳐질 때 발생하는 존재론적 폭력이다. 존재론적 폭력은 시각성과 결합
하여 보이지 않는 영역에서 폭력을 행사한다. 그런 방식으로 생명을 권력
의 처분 하에 놓는 죽음정치로 인해 우리 역사에서는 끝없이 **앱젝트**가 발
생해 왔던 것이다. 앱젝트는 경제적 착취와 함께 시각적 · 존재론적 권력
의 문제가 매우 중요함을 암시한다.

앱젝트는 잘 보이지 않기 때문에 그동안 사람들은 보다 잘 보이는 강력한 저항 주체를 말해왔다. 그러나 우리는 앱젝트야말로 권력과 저항의 관계에서 핵심적인 위치라고 주장한다. 아감벤의 말대로 **권력**은 앱젝트를 관리할 능력이 있어야만 체제를 지배할 수 있다. 우리는 아감벤에서 더 나아가 앱젝트의 응시를 발견할 때만 **저항**이 시작될 수 있음을 강조한다.

앱젝트의 응시를 발견한다는 것은 단순히 피지배자의 불온성을 말하는 것이 아니다. 앱젝트는 상상계적 죽음정치의 산물이지만 숨겨진 응시란 앱젝트 자신의 실재계적 요소이다. 아감벤이 벌거벗은 생명의 딜레마에 빠진 것은 앱젝트에 숨겨진 실재계적 요소를 간과한 때문이다. 앱젝트의 응시가 어떤 무기도 되지 못하는 자기 자신의 무기력의 한 부분임은 부인할 수 없다. 그러나 응시가 발견되고 증폭된다는 것은 사회의 장이 상상계에서 실재계로 이동하고 있다는 뜻이다. 권력이 응시를 숨긴 앱젝트를 추방하려 온힘을 다 쏟는 것 역시 그 때문이다. 반대로 숨겨진 응시를 식별되게 드러내는 것이 바로 은유로서의 정치이다. 은유적 정치에 의해 응시가 증폭되면 상상계에서 실재계적 대상 a로의 이동[63]이 시작된다. 여기서 중요한 것은 응시의 대응력의 크기가 아니라 **위치**의 문제이다. 실재계로의 전회가 시작된다는 것은 앱젝트 뿐 아니라 **모든 사람들**의 부인된 응시[64]가 귀환한다는 뜻이다. 아무런 저항력도 없는 앱젝트의 응시가 발견되면 그 즉시로 **순식간에** 물밑의 심야전기의 네트워크가 생성되는 것이다. 그 순간은 상상계를 장악한 권력의 시각성을 뚫고 나오는 실재계적 응시의 승리가 예견되는 순간이도기도 하다. 미학에서의 응시의 승리는 무의식의 고양이지만 그런 은유적 미학이 촛불집회나 미투운동에서처럼 현실에서 실행되면 행동의 승리로 이어진다.

우리는 그런 실재계로의 위치이동과 전회를 **저항**이라고 부른다. 저항

---

63 라캉은 응시를 대상 a라고 말한다.

64 죽음정치에 의해 부인된 응시를 말한다.

이란 고착되었던 행성들이 태양(실재계)의 주위를 돌기 시작하는 것과도 같다. 민중이나 민족 같은 보다 잘 보이는 저항 주체는 그런 행성들에 집합적 **이름**을 붙이는 것에 불과하다. 이름(기표)을 중심에 놓으면 정치적 행성들은 더 이상 태양의 주위를 돌지 않는다. 반면에 실재계적 전회에 의해 행성들이 태양의 주위를 돌기 시작하면 이름을 붙인 정치적 인격들이 폭발적인 의미작용을 시작한다.

앱젝트 미학과 대상 a미학을 중시한다는 것은 실재계적 전회를 저항으로 본다는 말과도 같다. 그 때문에 두 가지 미학은 죽음정치와 은유적 정치가 대치하는 사회적 장을 횡단한다. 앱젝트 미학과 대상 a미학은 식민지 시대와 개발주의 시대, 냉전 시대와 신자유주의 시대를 가로지른다. 또한 그때마다 권력의 시각적 테크놀로지를 뚫고 나오는 응시의 도발을 반복적으로 보여준다. 그와 함께 그런 반복에 상응하는 리얼리즘·모더니즘·포스트모더니즘을 관류하게 된다. 이처럼 두 가지 미학은 죽음정치와 은유적 정치, 그리고 권력의 시각성과 반대쪽 응시의 중첩된 틈새를 통해 변이와 생성을 반복한다. 그렇다면 그 둘은 양쪽의 다양한 변주를 연출하는 뜻밖의 장관을 보여줄 것이다. 이제 사회와 미학의 다중성을 횡단하며 상상계에서 실재계로의 전회를 시도하는 다양한 미학적 모험의 반복과 변주를 살펴보자.

제3장

상상적 제국과
계보학적 모더니즘

1. 시각적 제국과 식민지적 판타스마고리아

1910년대에서 1920년대로의 변화는 '요보'의 은밀한 인종주의적 전시에서 매혹적인 도시의 전시로의 전환이었다. 식민지적 시각장이란 제국의 인류학과 자본의 스펙터클의 시각적 결합일 것이다. 인류학이 신문명의 빛의 시선으로 어둠 속의 피식민자를 관찰했다면, 자본은 그들을 삶권력의 연출을 떠받치는 죽음정치의 희생자로 만들었다. 신문명(과학)과 자본이 빛을 낼수록 피식민자는 포섭되거나 배제된 존재로 강등되었던 것이다.

이제까지의 논의는 식민지 자본주의를 중시했지만 우리는 **인류학과 자본의 결합**을 강조한다. 과학(인류학)과 자본의 결합은 계급적 영역에 인종과 젠더가 겹쳐진 상상적 영토를 만들었다. 식민지적 앱젝트를 생산한 그런 중첩된 상상적 영토는 인류학과 자본주의의 공모로 설명될 수 있다. 식민지에서 인류학과 자본주의의 접합은 시기에 따라 변주되면서 존재론적·시각적 식민화의 효과를 내고 있었다.

1910년대는 자본주의를 위한 토지조사사업이 진행된 동시에 조선인에 대한 인류학적 조사가 이뤄진 시기였다. 해부학자 구보 다케시는 1915년에서 1921년까지 《조선의학잡지》에 방대한 분량의 논문을 발표했다. 그는 조선인을 행동이 느리며 아무 음식이나 잘 먹고 지적으로 결함을 지닌 종족으로 평가했다.[1] 구보의 이런 해부학적 판단은 조선인을 '요보'라는 이름으로 보이지 않는 철망에 가두는 과정에 상응한다. 조선인은 인류학에 의해 요보로 감금된 상태로 노동자로 팔려갔던 것이다.

1920년대에는 자본주의의 발전과 전시에 의해 인류학적 철망은 외견상 잘 보이지 않게 되었다. 그 대신 자본의 스펙터클을 떠받치는 죽음정

---

1   김철, 《우리를 지키는 더러운 것들》, 뿌리와이파리, 2018, 58~59쪽.

치의 희생자들이 도처에서 한순간에 늘어났다. 낯선 이역을 떠도는 유랑인과 잠재적 유민의 상태에 있는 농민·노동자들이 그들이었다.

그런데 이들 식민지 조선의 하위계층(서발턴)은 프롤레타리아보다 더 비천한 앱젝트에 가까웠다. 산송장이 된 〈고향〉의 '그'의 여자나 죽음이 임박한 〈낙동강〉의 박성운, '최면에 걸린 시체'였던 〈탈출기〉의 박군이 그것을 보여준다. 이들의 모습은 1920년대에도 인류학과 자본의 공모가 여전히 계속되고 있음을 보여준다. 조선인의 인류학적 감금은 더욱 내면화되었으며 그런 상태에서 자본주의에 의해 최면에 걸린 앱젝트의 굴레를 짊어져야 했던 셈이다.

그처럼 식민지의 서발턴이란 비천한 인종적 앱젝트였던 것이다. 이런 상황에 대한 대응에서 중요한 것은 민족이나 계급의 주체에 선행하는 숨겨진 응시의 네트워크였다. 서발턴과 앱젝트는 무력한 존재였지만 응시를 반복하면서 숨겨진 능동성의 소망을 암시할 수 있었던 것이다. 앞서 살폈듯이 3·1운동에서 '말할 수 없는 서발턴들'이 만세를 외친 것은 조직적 저항이기보다는 응시의 연대의 표현이었다. 1920년대의 문학이 발견한 은유들, '조선의 얼굴', '빼앗긴 들', '낙동강' 역시 응시의 네트워크의 표현이었다.

그런데 1930년대에 일본의 독점자본의 침투는 인류학과 자본의 공모를 또 다른 단계에 들어서게 했다. 1930년대에 접어들면서 급속한 인구의 증가와 함께 경성은 근대적 소비의 욕망이 넘치는 도시로 성장했다. 1920년대부터 이미 상품과 광고의 시대가 시작되었지만 1930년대에는 훨씬 더 매혹적인 방식으로 진전되었다. 예컨대 '상품 앞에서 누구나 자유롭다'는 한 광고는 현대적 평등이 실현된 듯한 환상을 불러일으켰다.[2] 경성의 조선인들은 일본 상점과 유흥가, 쇼윈도에 홀린 듯이 빠져들었다. 거리를 배회하던 모던보이와 모던걸들은 진고개 찻집이나 카페에 들러 칼피

2   권창규,《상품의 시대》, 민음사, 2014, 82쪽.

스와 아이스커피를 마시며 머리를 맞대고 사랑을 나누었다.[3]

이런 일련의 변화에서 당대의 도시를 상징하는 것은 **백화점**이었다. 경성에는 1930년 미쓰코시 백화점이 혼마치에 문을 연 것을 비롯해 미나카이(1933), 히라타(1926), 조지아(1929), 화신(1931) 백화점이 들어서서 고급 상권을 형성했다. 이 같은 백화점의 시대는 1920년대의 상품의 시대로부터의 새로운 도약을 암시했다. 상품 자체가 환상을 불러일으키지만 상품이 집합적으로 진열되어 조명 아래서 반짝거릴 때 이전과는 다른 스펙터클적 환각을 불러일으킨다. 벤야민은 상품의 성전이자 천국의 진열장인 아케이드를 판타스마고리아라고 불렀다. 백화점은 아케이드처럼 도시를 번쩍이는 진열장으로 만든다. 백화점은 마치 축소된 도시와도 같았으며 거리의 쇼윈도는 축약된 백화점과 다름이 없었다.

진열된 상품의 판타스마고리아는 아케이드, 백화점, 쇼윈도, 유곽, 만국박람회와 연관된다. 그와 함께 상품에 매혹되는 욕망을 거울처럼 반사하는 군중 자체도 판타스마고리아이다. 1930년대에 판타스마고리아로서 백화점과 군중의 출현은 제국의 새로운 단계의 시각적 장치를 암시한다.

판타스마고리아란 관찰하지만 상호작용하지 않는 시각적 경험이다. 그 때문에 이 유혹의 스펙터클은 시각적 전시의 극치로서 상상계적인 경험이다. 상상계적 경험은 물질적 차이의 반격에 부딪히기 때문에 가장 현란한 환각조차도 매혹과 우울의 양가성에 직면한다. 그런데 우울은 응시의 소망이 잠재하면서도 그것을 표현하기 어려울 때의 무력감이다. 리얼리즘의 시대가 시선과 응시의 교차의 시대였다면 매혹과 우울(1930년대)의 시대는 리얼리즘적 응시가 무력화된 시기였다. 1930년대의 시각 테크놀로지는 피식민자의 응시를 보다 더 무력화하는 장치였다. 제국의 시각기계는 총을 쏘는 듯한 공포의 테크놀로지(1910년대)에서 빛의 시각성(1920년대)으로, 그리고 응시를 마비시키는 장치(1930년대)로 변화했다. 피식민

---

3   노형석, 《모던의 유혹 모던의 눈물》, 생각의나무, 2004, 129쪽.

자는 응시가 부인된 신체에서 응시를 마비당한 존재로 변주되었다. 부인된 응시는 되돌아오지만 마비된 응시는 회귀하기 어렵다.

그런 변화와 연관해 중요한 것은 식민지의 판타스마고리아가 (1930년대의) 사상적 탄압과 동시적으로 출현한 점이다. 식민지의 사상적 탄압은 사회주의와 민족주의는 물론 불온한 조선인을 모두 검거하는 조치였다. 우리는 저항적 사상을 갖지 않았던 이상마저 '수상한 자'로 체포되어 감금되었던 사실을 알고 있다. 사상적 탄압이란 감시가 어려운 **피식민자의 응시**마저 검열하려는 과민한 치안이었던 것이다.

이제 사적 공간에서 잠재적인 공적 행위가 가능했던 은유적 공공성마저 어려워졌다. 기차간에서의 이야기(〈고향〉), 술집에서의 잡담(〈운수 좋은 날〉), 친구들 간의 격려(〈숙박기〉), 그리고 '네거리의 순이'의 연애(〈네거리의 순이〉)⁴마저 사라진 것이다. 판타스마고리아의 시대는 관찰할 수 있지만 **상호작용할 수 없는** 시대였다. 그것은 상호 교감의 근거인 보이지 않는 응시마저 미약해진 시대였다.

제국의 판타스마고리아 자체가 매혹과 우울의 양가성을 지녔지만 식민지의 경우는 우울을 훨씬 더 증폭시켰다. 그러면서도 감성권력의 상상계로의 선회로 인해 우울은 무기력 속에 가라앉아 조용히 침묵할 뿐이었다. 1920년대에는 도시의 환락에 빠져든 사람들과 함께 죽음정치의 희생자들(유랑인)을 생각하는 지식인이 병존했다. 그러나 1930년대 중반 이후에는 감성의 분할의 상상적 고착화 때문에 유랑인은 물론 도시의 지식인마저 응시의 교감이 어려움을 경험했다. 〈고향〉에서와 같은 기차간에서의 우연한 교감은 일어나지 않았다. 우울이란 응시의 증폭이 불가능하다는 음습한 심리일 것이다. 그처럼 응시의 귀환이 벽에 부딪힐 때 심리적인 앱젝트의 경험은 더없이 확대된다.

4　〈네거리의 순이〉(1929)는 임화의 시이다. 이경훈, 《오빠의 탄생》, 문학과지성사, 2003, 43~44쪽 참조.

이제 앱젝트는 서발턴에 국한되지 않는다. 서발턴/앱젝트 뿐 아니라 지식인마저 재현 불가능한 비천한 존재가 되었다. 이 시대에는 떠도는 유랑인은 물론 고립된 지식인들마저 앱젝트로 추락하는 경험을 하고 있었던 것이다. 1910년대에는 제국의 감시 권력 아래서 전조선인이 무덤 속의 구더기와도 같이 생존하고 있었다. 또한 1920년대에는 떠도는 유랑인이 음산한 얼굴로 산송장처럼 살아가고 있었다. 두 시기에 앱젝트화된 사람들과 교감을 시도한 것은 자의식이 있는 지식인이었다. 그런데 1930년대에는 지식인마저 박제와 시체, 해골이 된 것이다.

사상적 탄압과 함께 지식인의 무력화는 재현적인 리얼리즘을 점차 어렵게 만들었다. **재현의 위기**는 20세기 이후 총체성이 파편화되면서 모더니즘이 등장하게 된 흐름과 연관이 있다. 그런데 우리의 경우에는 서발턴에 이어 지식인마저 재현이 불가능해진 식민지의 비극적 운명을 말해주는 것이었다. 서구처럼 정점에 이른 문명의 타락이 아니라 지식인마저 박제와 해골이 됨으로써 재현이 어려워진 것이다.

임화는 1930년대 중반 이후의 이런 변화를 '말하려는 것과 그리려는 것'의 분열로 설명했다.[5] 당대의 재현적 문학(리얼리즘)의 침체가 더 이상 현실에서 '말할 수 없게 된' 상황에 원인이 있다고 생각한 것이다. 이제 서발턴에 이어 지식인마저 현실에 대해 **말할 수 없게 된 것**이다.

이상이 말한 '박제가 된 천재'란 현실에 대해 **말할 수 없게 된** 앱젝트에 다름이 아니다. 1930년대에 도시는 더 화려해졌지만 비천한 신체들은 오히려 더 많아진 것이다. 자본주의와 인류학의 결합에 의한 제국의 시각권력은 도시를 더 밝아진 동시에 어두워지게 만들었다.

서구 모더니즘은 매혹과 우울의 양가성 속에서 자아의 분열을 표현한 것으로 볼 수 있다. 그러나 식민지의 모더니스트들은 분열 속에서도 숨겨진 것을 말하려는 능동성에 대한 욕망이 더 강렬할 수밖에 없었다. 이상

5 　임화, 〈세태소설론〉, 《문학의 논리》, 학예사, 1940, 346쪽.

과 박태원은 백화점에 이끌렸지만 보들레르와 벤야민이 느꼈던 '천국의 도시'를 경험할 수 없었다. 그들은 판타스마고리아에 순수하게 매혹될 수 없는 다수 체계적인 식민지인이었기 때문이다. **다수 체계성**은 일본에 편입된 상태에서 피식민자가 은밀히 물밑의 독립을 향유할 수 있는 근거였다. 그러나 서발턴은 물론 지식인도 말을 할 수 없게 된 지금은 다수 체계성이 인류학적 열등함의 느낌으로 강요될 뿐이다.

〈실화〉에서 이상은 그런 좌절감을 정지용의 시를 빌려 '다락 같은 말'과 '이국종 강아지'로 표현하고 있다. '다락 같은 말'은 고귀한 물건들이 많지만 시대에 뒤떨어진 19세기 다락 같다'는 뜻이다. 또한, 이국종 강아지는 식민지 지식인의 이질감과 상실감을 표현하고 있다.[6] 제국의 인류학은 식민지인을 지나간 문화적 단계를 동시대에 보여주는 종족으로 분류한다.[7] 식민지 지식인의 좌절감과 슬픔은 그런 강요된 제국의 시선 때문이라고 할 수 있다. 이상은 '다락같은 말'이 슬픈 것은 20세기에 19세기 에토스만을 지녔기 때문이라고 말한다. 이상의 문학에 수없이 등장하는 '절름발이'라는 표현은 그런 불균등성의 운명을 암시하고 있다. 또한 '흠집투성이의 골동품'[8]이나 시대를 잃은 '피테칸트로프스의 골편'[9] 역시 비슷한 맥락을 지니고 있다.

그러나 이상이 제국의 인류학의 시선에 감금되어 박제가 된 것은 아니다. 이상은 동경의 농화장(濃化粧)이 치사한 비밀만을 감추고 있다고 생각했다. 20세기가 그처럼 진정성을 상실했다면 19세기적인 잔여물을 지닌 앱젝트가 열등하기만 한 것은 아닐 것이다. 제국의 인류학은 19세기적

---

6 〈실화〉는 동경을 무대로 하고 있다. 소래섭, 〈잃어버린 '말'과 이상의 사상〉, 《이상학회 창립기념 학술대회 자료집》, 2015. 12. 12 참조.

7 버나드 맥그레인, 안경주 역, 《인류학을 넘어서》, 이학사, 2018, 154쪽.

8 이상, 《12월12일》, 권영민 편, 《이상전집》 3, 태학사, 2013, 48쪽.

9 이상, 〈早春點描〉 김윤식 편, 《이상문학전집》 3, 문학사상사, 1993, 47~49쪽. 이경훈, 《오빠의 탄생》, 앞의 책, 227~230쪽 참조.

인 피식민자를 한 단계 뒤진 앱젝트로 강등시킬 뿐이다. 그러나 이상은 19세기와 20세기의 틈새라는 무중력 상태에서 제국의 중력에 저항하는 도발적인 실험을 할 수 있었다. 19세기와 20세기의 절름발이는 인류학적 앱젝트(박제)인 동시에 '날개'를 소망하는 근거이기도 했던 것이다.

이상의 절름발이 의식은 제국의 인류학에 대응한 **계보학적**[10] 응시였다고 할 수 있다. 이상은 20세기의 분열에 더해 식민지적 불균형성에 의한 소외와 불안을 경험하고 있었다. 그러나 절름발이라는 계보학적 응시를 통해 미결정적인 틈새의 공간에서 제국의 자본과 인류학에 대한 저항을 암시할 수 있었다.

제국의 인류학은 상상적 공간에서 피식민자를 한 단계 열등한 인종이 출현한 것으로 간주한다. 제국은 본토의 박물관에 전시된 골편을 피식민자에게 상상적으로 대입한다. 그런데 1930년대의 제국의 인류학은 현실 자체를 19세기와 20세기가 뒤섞인 박물관으로 연출했다. 도시가 현대화될수록 피식민자는 현실 자체에서 뒤떨어진 잡종으로 연출되고 있었던 것이다. 골편과 골동품을 모아놓은 박물관은 전시물의 직접적 상품화가 불가능한 점에서 백화점과 구분된다.[11] 그런데 식민지에서는 도시 자체와 백화점에서 박제와 피테칸트로프스[12]가 출현하고 있었다. 식민지에서는 제국 본토와는 달리 박물관의 골편들이 백화점과 거리로 돌아다니고 있었다. 이상은 박물관의 물건은 박물관으로 돌려보내라고 외쳤다. 하지만 식민지에서는 근대의 두 가지 쇼윈도인 백화점(자본)과 박물관(인류학)이 잡종적으로[13] 중첩되어 있었던 것이다. 더욱이 피테칸트로프스는 백화점에서 군중에 합류하지 못해 인류학적 철망에 갇힌 룸펜 지식인만이 아니

---

10 제국의 인류학이 동일성의 물신화라면 이상의 19세기와 20세기 사이의 틈새는 니체적 계보학을 암시한다.

11 이상은 골동품을 거래하는 것을 비판하며 골동품은 박물관에서만 가치가 있다고 말한다.

12 《12월12일》에서 표현된 '흙집 투성이 골동품'도 같은 맥락에 있다.

13 이 잡종은 19세기와 20세기의 잡종이기도 하다.

었다. 자세히 보면 군중 역시 시대에 뒤진 원주민인 피테칸트로프스와 다름이 없었다. 〈소설가 구보씨의 일일〉에서처럼 백화점이나 열차역의 군중들은 욕망의 존재인 동시에 파편화된 골편 같은 편린들이었다.[14] 다만 군중이 판타스마고리아이면서 잡종의 전시물이라는 것은 이상과 박태원 같은 지식인들만이 감지했다. 그들은 판타스마고리아에 이끌리는 순간 피테칸트로프스의 모습을 감지하며 박물관과 자기 자신에 대한 자의식을 가지게 되었다.

판타스마고리아는 상품을 자유롭게 가질 수 있다는 욕망의 환상이다. 백화점과 박물관은 비슷하게 살아 있는 생산관계를 숨기는 시각적 소비의 장치이다. 그러나 백화점에서는 상품이 인간관계를 감추지만 박물관에서는 대상 자체가 이미 박제화되어 있다. '산 물건'의 환상을 불러일으키는 백화점과 달리 박물관은 죽은 앱젝트로서만 관찰되는 포획된 전시이다. 식민지의 잡종들은 백화점과 쇼윈도에서 매번 자유의 환상으로부터 (박물관적인) 앱젝트의 미학으로 미끄러진다. 그런데 그런 미끄러짐의 전시는 응시의 자의식이 있는 모더니스트들만이 감지할 수 있었다.

인류학과 자본의 공모는 식민지의 판타스마고리아를 매혹의 진열장 대신 박물관과 수족관으로 만들었다. 수족관은 매력적이지만 '산 생명'이 갇힌 곳이기도 하다. 경성의 백화점과 열차역에서는 욕망을 반사하는 군중들이 미시권력에 생포된 '병든 생명'으로 발견된다.[15] 또한 수족관에서는 피식민자가 산 채로 사육되며 은유적 박물관에서는 박제된 채로 방치된다.

〈날개〉에서 이상은 미쓰코시 백화점의 수족관에 빠져들다가 거리의 군

---

14 나병철, 〈근대적 환등상 경험과 비동일성의 미학〉, 《한국현대문학연구》 49집, 2016. 8, 42~43쪽 참조.

15 당시의 광고는 조선인을 병든 자로 만들어 상품으로 치유하는 것으로 나타났다. 반면에 〈소설가 구보씨의 일일〉의 질병의 상상력은 제국이 말한 건강 자체에 질병이 있음을 말함으로써 감성의 분할에 소음을 냈다.

중들이 금붕어처럼 허비적거리고 있음을 발견한다. 수족관은 매혹적인 동시에 보이지 않는 줄에 걸린 생명들이 사육되는 곳이기도 했다. 이상 자신은 그런 수족관에서도 퇴출당한 살아 있는 골편이었다. 군중이 수족관의 금붕어라면 그것을 보는 이상은 은유적 박물관의 박제였던 것이다.

수족관의 금붕어는 절대로 수조 바깥을 보지 못한다. 반면에 퇴출된 박제는 '살아 있는 골편'으로서 수조 바깥에 있었던 기억의 잔여물이 있다. 식민지의 피테칸트로프스(앱젝트)는 그런 잔여물이 있기 때문에 판타스마고리아의 최면에 걸린 사람보다 더 중력에 저항할 수 있다. 그 같은 잔여물(대상 a)의 감각적 표현이 겨드랑이의 가려움, 즉 날개가 돋았던 자국이다.

판타스마고리아는 응시의 교감을 마비시키는 고도의 시각적 장치이다. 그렇다면 응시를 마비시키는 시각 장치 앞에서 어떻게 (잔여물의) 반격이 가능한가. 식민지의 판타스마고리아는 수족관처럼 잡종적인 사람들을 수조에 사육하는 장치이기도 했다. 아이러니한 것은 수조에서마저 퇴출된 이상이 잡종적 틈새로 인해 응시를 마비시키는 권력 앞에서도 기억의 잔여물을 감지하고 있었다는 점이다. 일본인과는 달리 식민지의 잡종들은 최상의 경우에도 사육당할 운명일 뿐이다. 그러나 바로 그 때문에 빼앗긴 수조 바깥의 기억이 완전히 사라질 수는 없는 것이다. 더욱이 박제가 된 다수 체계적인 잡종에게는 능동적인 바깥의 기억이 무의식 속에서 되돌아온다.

이상의 겨드랑이의 가려움은 잡종적인 식민지가 낳은 반전이다. 그것은 19세기와 20세기의 '사이에 낀 공간'에서만 가능한 감각적인 반격이다. 이상은 날개의 은유를 통해 식민지적 판타스마고리아의 역설을 보여준다. '날개'의 소망은 현란을 극한 판타스마고리아에 빠져든 '생포된 사람들'보다 '살아 있는 피테칸트로프스', 그 열등한 골편이 더 중력에 저항할 수 있다는 식민지적 역설이다.

2. 속도와 시각성
   — 재현의 미학에서 응시의 표현으로

우리 초기 근대문학의 시각적 특징은 이미 서구적 테크놀로지의 시각성이 내면화되어 있었다는 점이다. 1장에서 살폈듯이 20세기 이후에 늦게 식민화된 조선에서는 첨단의 테크놀로지가 재현의 시각성 자체에 스며들어 있었다. 그중에서 초기 문학에서 발견되는 가장 중요한 시각적 테크놀로지는 영화와 기차였다.

실제로 최초의 장편소설 《무정》은 여러 장면에서 마치 정신의 내부에서 영화 카메라가 작동되는 듯이 진행된다. 재현적 서사이기 때문에 영화적 특성이 덜 실감 나지만 《무정》에서는 이광수 자신이 "활동사진처럼"이란 말을 자주 반복한다. 이광수는 모더니스트에 앞서 내면의 영화 카메라를 통해 풍경을 발견한 최초의 작가였다.

이광수의 영화적 시각성의 또 다른 특징은 흔히 기차 차창을 통해 풍경을 보는 방식과 겹쳐진다는 점이다. 《무정》은 여러 곳에서 맨눈보다는 유리창을 통과한 시각성으로 대상을 보여준다.[16] 그중에서도 기차와 카메라의 유리는 투명하면서도 서구적인 기술화된 시각성에 의해 풍경을 보여준다. 이 유리창을 통한 기술화된 시각성은 소설 속의 장면을 눈에 보이는 듯한 선명한 풍경으로 '번역'한다.[17] 이광수의 소설은 마치 영화를 보는 듯한 투명한 시각성에서 단연 빛을 발한다. 그로 인한 시각적 선명성은 주인공 형식이 영어 번역체에 의존해 투명하고 산뜻한 문장을 구사하는 것과 유사하다.

그런데 이런 유리창의 시각성이 문제가 되는 것은 기차를 타고 달리는 사람의 시선에 의존할 때다. 기차 차창은 영화를 보는 듯한 풍경을 연출

---

16   이경훈, 《오빠의 탄생》, 앞의 책, 2003, 106쪽.

17   테드 휴즈, 나병철 역, 《냉전시대 한국의 문학과 영화》, 소명출판, 2013, 27쪽.

하면서도 질주하는 서구적 근대에 동화된 시선을 조성한다. 이광수의 인물들은 기차의 속도를 선망하는 동시에 자주 심리적으로 기차 차창이나 내면의 카메라로 풍경을 보는 듯한 상태에 빠진다. 이미 살폈듯이 《무정》의 후반부에서 유학을 가는 형식은 기차의 속도와 유리창의 시각성에 심취해 있었다. 그는 부산으로 가는 도중에 삼랑진에서 홍수를 만나 발발 떠는 수재민을 바라본다. 이때 그는 기차에서 내린 상태이지만 농민을 아이누족처럼 느끼는 시선은 내면의 유리창을 통해 보고 있는 것이다.

《무정》에 잠재해 있는 기차와 영화의 시각성은 매우 유사한 문명개화의 테크놀로지이다. 기차는 열차의 달리는 바퀴와 차창 자체가 영화와 매우 닮아 있다. 기계로 된 바퀴가 필름 롤처럼 빠르게 회전하면서 승객이 앉은 자리에서 흘러가는 풍경을 보는 점에서 기차는 영화와 비슷하다.[18] 기차가 영화와 다른 점은 목적지를 향해 질주한다는 점이며 그런 신문명을 상징하는 속도감 때문에 초기 소설에는 기차가 자주 등장한다.

염상섭의 〈만세전〉 역시 기차에 의존해서 서사가 전개되는 소설이다. 〈만세전〉이 《무정》과 다른 점은 주인공이 정신의 내부에서 서구적 테크놀로지의 시각성에만 의존하지 않는다는 점이다. 《무정》의 형식의 기차와 영화의 시선은 결국 제국과 같은 방향이었다. 반면에 〈만세전〉의 이인화는 기차에서 제국의 시선이 작용하는 것을 그 시선의 바깥에서 반대 방향으로 보고 있었다. 이인화처럼 제국의 시선 바깥에 있는 존재가 바로 **타자**이며 제국과는 반대 방향에서 시선을 가로지르는 것이 **타자의 응시**이다.

〈만세전〉에 나타난 타자의 응시는 이인화의 시각성을 통해 재현되고 있다. 여기서 이인화의 응시는 제국의 감성의 치안의 한계영역에 위치한다. 응시에 포함된 제국에 대한 불경한 비판은 허용될 수 없는 것이었지만, 그것이 제국의 시선과 교차되며 재현되기 때문에 감각의 검열을 통과하고 있는 것이다. 〈만세전〉은 재현의 검열을 통과한 미세한 감각의 승리

---

18 심은진, 〈영화에서의 기차 이미지〉, 《프랑스학연구》 47권, 2009, 250~251쪽.

라고 할 수 있다. 이 소설에서처럼 리얼리즘에서 재현의 승리는 **시선과 응시의 교차**라는 미학[19]의 산물이다.

그런데 1930년대 중반이 되면 제국의 기차의 속도가 빨라지면서 상황이 달라진다. 비릴리오에 의하면, 질주하는 체제의 속도는 피지배자의 공간과 존재 자체를 변형시킨다.[20] 예컨대 《무정》에서 조선 농민은 달리는 기차의 심리적 유리창을 통해 원주민으로 변주된다. 또한 〈만세전〉에서는 질주하는 제국의 기차 속에서 조선인이 공포에 짓눌린 무덤 속의 구더기가 된다.[21] 질주하는 속도는 서구적 시선의 독재를 낳는다. 〈만세전〉의 무덤 속의 구더기는 시선의 독재에 의해 버려진 존재를 이인화의 응시에 의해 시각화한 것이다.

그 같은 시선의 독재는 1930년대 중반에 오면 증폭된 속도감에 의해 시야 자체를 협소화시킨다. 예컨대 이상의 〈지주회시〉에서 '그'는 동강 난 마차 말의 시야로 살아간다. 또한 〈날개〉에서 '나'는 질풍신뢰의 속력으로 달리는 지구에서 내리고 싶어진다. 시야가 좁아지거나 아예 포기되는 것은 속도를 견디지 못하기 때문이다. 이인화가 제국의 속도를 견딜 수 있었던 것은 응시를 통해 자신의 존재감을 유보했기 때문이다. 그러나 가속화된 속도는 타자의 응시를 교란시켜 눈 가린 시야로 살아가거나 기차에서 내려버리게 한다.

이상이 경험한 것은 가중된 시선의 독재에 의한 감성의 분할의 협소화였다. 감성의 분할이란 정치권력에 의한 보이는 것과 보이지 않는 것 사이의 경계 설정이다.[22] 속도의 독재는 시선의 독재를 심화시켜 불온한 타자를 보이지 않는 소외된 공간으로 밀어낸다. 속도의 독재는 (앞 절에서 살

---

19 자크 라캉, 이미선 역, 〈그림이란 무엇인가〉, 《욕망이론》, 문예출판사, 1994, 236~240쪽. 라캉은 그림이 단순한 재현과는 다르다고 말한다.

20 폴 비릴리오, 이재원 역, 《속도와 정치》, 그린비, 2004, 120쪽, 224쪽.

21 이 경우에는 《무정》에서와는 달리 응시에 의해 발견된다.

22 자크 랑시에르, 오윤성 역, 《감성의 분할》, 도서출판 b, 2008, 14~15쪽.

핀) 응시를 무력화하는 우울한 식민지적 판타스마고리아의 시각성에 상응한다. 이상은 판타스마고리아에 매혹되면서도 응시를 마비시키는 속도의 독재를 감당하기 어려워 제국의 **기차에서 내려버린 사람**처럼 살아가고 있었다. 질주의 시대에 기차에서 내린 사람은 살아 있는 골편인 피테칸트로프스와도 같았다.

이상의 〈날개〉와 박태원의 〈소설가 구보씨의 일일〉에서 **경성역**이 중요한 산책의 장소로 그려진 것은 우연이 아니다. 모더니즘 주인공은 기차역에 다가가면서도 열차를 타지 않고 모차르트처럼 서글프게[23] 대합실의 승객을 바라본다. 그것은 마치 산책자가 군중에 이끌리면서도 행렬에 합류하지 않고 거리를 두는 것과도 같다.

이상과 박태원의 산책자들은 도시의 유혹에 이끌리면서도 그에 동화될 수 없는 사람들이다. 군중을 매료시키는 새로운 시선의 장치들은 도시에 환상적인 스펙터클을 유포시켰다. 백화점, 쇼윈도, 패션, 유곽 등의 판타스마고리아가 1930년대의 도시를 점령한 것이다. 기차 차창의 파노라마 같은 환상 장치들은 매혹적인 스펙터클로 군중을 사로잡아 응시를 마비시킨다. 이상이 판타스마고리아에 이끌리면서도 고독하게 거리를 둔 것은 그 때문이었다. 산책자는 고독을 대가로 보이지 않는 응시를 유보한다. 제국의 새로운 시선의 독재는 응시를 마비시켰지만 이상은 그 환상 장치에서 거리를 둠으로써 오히려 내면의 응시를 증폭시킨다. 도시의 환상 장치는 응시를 내려놓게 하기 위한 제국의 감성권력의 발명품이었다. 그러나 이상은 그 스펙터클이 유혹적일수록 동화될 수 없다는 심리가 커지면서 슬픈 응시가 고조되었다.

모더니즘은 시선의 독재에서 해방되려는 보이지 않는 응시의 표현이다. 〈만세전〉의 이인화의 응시는 시선과 교차되면서 재현적 서사를 통해 제시된다. 반면에 이상 소설의 보이지 않는 응시는 시선에 동화되지 않은

---

23 이상, 〈날개〉, 권영민 편, 《이상 전집》 2, 태학사, 2013, 93쪽.

상태에서 내면의 순수기억을 통해 이미지화된다. 순수기억이란 선적인 인과율에서 해방되어 자아의 일부가 된 시간들을 말한다. 〈만세전〉의 응시가 기차의 선로를 따라가는 중에 나타난다면 이상 소설의 응시는 기차에서 내린 사람의 순수기억에서 섬광처럼 번득이며 이미지화된다.

흥미로운 것은 그런 순수기억의 응시를 표현하는 데 다시 영화적 시각성이 작동된다는 점이다. 이상의 영화적 시각성은 선적인 시간에서 이탈된 순간에 특징적으로 증폭된다. 이광수는 흔히 회상 장면에서 영화적 시각성을 환기하는데, 이는 그의 영상적 기법이 선적인 재현의 시간의 제시임을 뜻한다. 반면에 이상 소설에서는 상처를 입거나 사랑을 할 때 선적인 시간이 정지되면서 영화적 이미지가 작동되기 시작한다. 선적인 선로에서 재현되는 이광수의 활동사진은 심리적으로 기차를 타고 가는 사람의 영상에 가깝다. 반면에 선적인 시간에서 이탈할 때 번득이는 이상의 영화는 일상의 기차에서 내린 사람의 이미지들이다. 이광수가 재현적인 영화에 의존했다면 이상은 순수기억의 섬광 같은 표현적인 영화를 작동시켰다. 전자가 시선의 일방적 독재에 편승한 것인 반면 후자는 시선에 동화될 수 없는 보이지 않는 응시를 표현했다. 이상의 영화적 기법은 속도의 독재에 대한 대응인 동시에 시선의 독재에 대한 보이지 않는 응시의 승리이다.

응시의 승리는 예술의 진화이자 시각권력에 대한 미학의 승리이다. 그러나 미학적 응시의 호소는 시선과 응시가 교차되며 재현을 통해 감성적으로 대응하는 것이 어려워졌다는 반증이기도 하다. 문학과 예술에서의 응시의 승리는 재현의 위기이자 일상에서의 응시의 패배이다.

이상과 박태원 소설에서 나타난 응시의 승리는 서구의 표현주의와 모더니즘에서도 나타난다. 예컨대 뭉크의 해골 같은 얼굴이나 달리의 녹아내리는 시계는 재현을 보증하는 의식의 주체에 대한 무의식적 욕망의 도발이다.[24] 그런데 식민지의 모더니즘은 거기서 더 나아간다. 일반적으로 모더니즘은 동일성의 권력에 대한 일상의 패배를 대가로 고독한 분열증적인 응시를 표현한다. 그러나 식민지 모더니즘에서는 〈날개〉의 '겨드랑이의 가려움'처럼 동일성의 역사를 뚫고 나가려는 육체의 흔적이 암시된다. 이 중력에 저항하는 능동적인 욕망은 제국의 비대해진 역사에 대한 생명적 존재의 대응[25]이다. 그런 저항이 가능했던 것은 앞서 살폈듯이 이상이 19세기와 20세기 사이의 계보학적 틈새에 위치했기 때문이다.

　서구와 다른 제국의 시각권력과 피식민자와의 관계는 이미 초기 문학에서부터 나타난다. 서구문학과는 달리 우리는 처음부터 제국의 기술적 시각성인 카메라에 대한 피사체의 운명에서 출발했다.[26] 《무정》에서의 기차와 활동사진에 대한 열광은 역설적으로 그것을 반증한다. 그러나 재현의 위기에 처한 1930년대 중반에 오면 놀라운 반전이 일어난다. 이상의 소설에서도 영화적 시각성이 표현되지만 그것은 시각권력이나 피사체의 위치가 아니라 제국의 유리창의 권력에서 탈출하려는 시도로 출현한다. 이상의 영화적 문학에서는 기차와 카메라, 수족관의 유리로부터 탈출하려는 생명적 욕망이 표현되고 있다. 이상의 영화는 기계와 렌즈인 동시에 육체였던 것이다. 여기에는 시각기계에서 육체로의 전환, 스크린에서 뇌막과 뇌엽으로의 반전이 있다.

　이제 우리는 그런 시각권력에 대항하는 한국적 모더니즘의 응시의 승리에 대해 살펴볼 것이다. 우리 모더니즘에서는 제국의 시선의 독재에 대항하는 응시의 표현이 분열을 넘어서서 **능동적인 욕망**으로까지 제시된다. 그런 응시의 표현은 영화적 이미지인 동시에 뇌막에서 번득이는 순수기억의 동요와 생성으로 드러나고 있었다. 모더니즘에서의 생성적인 응시의 갈망은 분열의 고통을 압도하지는 못하지만 역사의 폭력에 굴복하길

24　자크 라캉, 〈왜곡된 형상〉, 《욕망이론》, 앞의 책, 217쪽.

25　여기서는 '역사를 뚫고 나가는 육체'라는 니체의 논의를 읽을 수 있다.

26　예컨대 발자크의 소설에서는 《무정》에서와는 달리 기차나 영화에 대한 열광이 나타나지 않는다.

거부한 점에서 매우 귀중하다고 할 수 있다.

그 같이 비대해진 역사를 돌파하려는 육체의 흔적은 제국의 질주가 더 가속화된 때에도 나타난다. 1930년대 말에 오면, 이제 속도의 독재는 운동의 독재가 된다. 이 동원 독재의 시대에는 피식민자는 물론 기차, 영화, 비행기, 기관총 등 제국의 모든 테크놀로지가 동원된다. 그 같은 총동원 체제에서는 이상의 뇌막에서 번득이는 응시의 도발은 잔존할 수 없었다. 최명익의 〈심문〉에서 보듯이 이상의 '날개'는 허공을 퍼득거리는 '조롱 속의 종달새'가 된다. 그러나 종달새의 운명은 제국의 중력에 대한 단순한 항복이 아니었다. 자살한 여옥(여주인공)의 인당의 심문은 죽음의 순간에까지 역사의 조롱에서 탈출하려는 육체의 흔적을 보여준다. 이상 문학이 앱젝트와 대상 a 사이의 진동이었다면 최명익 소설은 비명을 지르는 종달새 같은 앱젝트 미학이었다. 그러나 최명익의 앱젝트 미학에서조차 역사의 철망에 제 몸을 부딪치는 응시의 도발이 그치지 않거니와, 그런 감성의 독재에 저항하는 시각적 반전은 한국적 모더니즘에서 특이하게 나타나는 응시의 승리라고 할 수 있다.

3. 질주하는 화폐물신의 시대와 앱젝트의 응시
   ─〈지주회시〉

제국의 질주는 이상과 최명익의 시대에 각기 다르게 시각화된다. 이상이 화폐물신의 질주를 경험했다면 최명익은 전쟁의 동원의 질주를 표현하고 있다. 두 작가는 그 두 가지 질주 속에서 속도의 독재가 식민지 공간과 피식민자의 존재를 어떻게 변형시켰는지 드러내고 있다.

이상의 〈지주회시〉, 〈날개〉, 최명익의 〈심문〉의 공통점은 정신적으로 감당할 수 없는 속도가 표현되고 있는 점이다. 〈지주회시〉에서는 '눈 가린 마차 말'로, 〈날개〉에서는 질풍신뢰의 지구로, 〈심문〉에서는 특급열차의 속도로 제시된다. 속도의 권력은 질주의 시각성과 물신화된 권력을 통해 시선의 독재를 낳는다. 일상에서 응시를 빼앗는 시선의 독재는 세 소설의 인물들을 비천한 존재로 전락시킨다. 〈지주회시〉의 거미, 〈날개〉의 '박제', 〈심문〉의 조롱 속의 종달새는 그런 비천한 신체의 은유이다. 역설적인 것은 인물들이 비천한 신체가 된 것은 시선의 독재 앞에서 응시를 포기할 수 없기 때문이라는 점이다. 상상적 질주 속에서 감성의 독재에 순응하지 않음으로써 경계로 밀려난 그들은 크리스테바가 말한 앱젝트가 된다. 세 소설의 앱젝트는 질주하는 제국에 의해 비천한 몸으로 유기된 존재들이다. 흥미로운 것은 그런 무력함 속에도 질주에 저항하는 앱젝트의 미세한 반전이 표현되는 점이다. 〈지주회시〉의 참새의 환생, 날개의 '날개'의 소망, 심문의 아름다운 '심문'이 그것이다.

　〈지주회시〉는 세 소설 중에서 아직 일상에 미련을 가지고 있는 인물의 이야기이다. 〈날개〉가 기차 대합실의 소설이고 〈심문〉이 열차의 낙오자의 서사라면 〈지주회시〉에는 맹목 같은 마차에나마 승차한 사람이 등장한다. 그 때문에 〈지주회시〉의 '그'(거미)는 부르주아적인 돼지를 만나는 것이며, 거미란 앱젝트인 동시에 화폐물신의 그물에 걸려 있는 존재이다. 〈지주회시〉는 〈날개〉와 달리 화폐물신의 세계의 거미줄에 포획된 사람들의 이야기이다. 〈날개〉가 일상의 끈끈한 줄에 엉켜 있는 사람들을 응시하는 소설이라면 〈지주회시〉에서는 '그' 자신이 거미줄에서 헤어나지 못하고 있다.

　그러나 〈지주회시〉에서도 '그'의 좁아진 시야와 함께 그런 답답함 속에서 응시가 나타난다. '그'가 일상에 적응한 인물과 다른 점은 동강난 시야로 인해 공포 속에서 살아가고 있다는 점이다. 이는 속도에 부적응했기 때문이며 그런 상태에서 심연으로부터 응시가 작동되고 있다. '그'는 불안한 시야로 일상을 살아가면서 자신과 아내를 화폐물신의 줄에 걸린 거미로 응시한다.

'그'의 응시는 의식의 흐름인 동시에 단편적인 이미지들의 연쇄로 나타나고 있다. 그처럼 언어적 논리성을 초과한 점에서 '그'의 계속되는 응시는 영화적 이미지의 연쇄와 유사하다. 그런데 '그'의 정신의 내부에서의 영화는 재현적인 이미지가 아니라 파편적인 몽타주의 연속처럼 번득인다. 이는 카메라가 시각권력의 시선이 아니라 타자의 응시의 위치에서 작동되기 때문이다. 이처럼 재현적인 활동사진보다는 (표현주의적) 몽타주의 연쇄처럼 응시의 위치에서 카메라가 작동되는 것이 이상의 영화적 시각성의 특징이다.

'그'의 응시의 시각성은 무의식의 유출이면서 환상적 이미지의 연속이다. '그'는 현실을 불안하고 좁은 시야로 보는 동시에 수시로 환상 같은 응시에 사로잡힌다. 이런 현실과 환상의 병존 상태가 〈지주회시〉의 서사의 중요한 특징이다. '그'의 환상적인 응시는 현실의 공포에서 벗어나기 위한 것인데 끝내 현실과 환상의 병치에서 탈출할 수 없기 때문에 다시 공포로 돌아온다.

〈지주회시〉에서 빠르게 돌아가는 세계는 증권거래소의 불붙는 전화와 방안지로 제시된다. 증권거래소(A 취인점)에는 '그'의 친구 오가 근무하고 있다. 미술가였지만 방안지의 세계에 적응한 오와 달리 '그'는 새빨갛게 단 전화에서 불타 죽을 듯한 공포를 느낀다.

눈에 핏줄-새빨갛게 달은 전화-그의 헙수룩한 몸은 금방 타 죽을 것 같았다. 오는 어느 회전의자에 병마개 모양으로 멎쳐 있었다. 꿈과 같은 일이다. 오는 장부를 뒤져 주소씨명을 차곡차곡 써 내려가면서 미남자인 채로 생동생동 (살고) 있었다. 조사부라는 패가 붙은 방 하나를 독차지하고 방 사벽에다가는 빈틈없이 방안지에 그린 그림 아닌 그림을 발라놓았다.

(…중략…)

오는 완전히 오 자신을 활활 열어젖혀 놓은 모양이었다. 흡사 그가 오 앞에 서나 세상 앞에서나 그 자신을 첩첩이 닫고 있듯이. 오냐, 왜 그러니 나는 거미다. 연필처럼 야위어 가는 것-피가 나지 않는 혈관-생각하지 않아도 없어지지 않는 머리-칵 막힌 머리-코 없는 생각-거미 거미 속에서 안 나오는 것-내다 보지 않는 것-취하는 것-정신 없는 것-방-버섯처럼 생긴 방이었다. 안 해였다. 거미라는 탓이었다.[27]

'그'는 속도의 세계를 견디지 못하고 내면을 닫아거는데 그 순간 거미의 환상이 나타난다. 그러나 거미의 환상이 불안한 현실을 대체하는 것은 아니다. '그'는 내면을 닫아걸지만 완전한 몽상의 세계는 불가능하기 때문에 위에서처럼 환상과 현실이 병치되는 시각성으로 살아간다.

프로이트는 환상과 현실의 경계가 없어질 때 **낯선 두려움**이 느껴진다고 말했다. 환상으로 도피하지도 현실의 문을 열어젖히지도 못하는 '그'는 화폐의 세계에서 거세될 듯한 낯선 두려움을 느끼고 있다. 낯선 두려움은 어린 시절 아버지의 세계에서 경험한 불길한 거세공포에 기원을 두고 있다. 어린이가 환상적인 우화에 빠져드는 것은 그런 공포에서 벗어나기 위해서이다. 위에서 오와 달리 화폐의 세계에 적응하지 못한 '그'는 어린 시절로 퇴행하듯이 낯선 공포에 빠져든다. '그'의 거미의 환상은 마치 우화와도 같이 낯선 두려움에서 벗어나려는 무의식적 시도이다. 그러나 어린이와 달리 현실에서 완전히 떠날 수 없는 그는 다시 낯선 두려움으로 돌아오고 있다.

'그'의 거미의 환상이 어린이의 우화와 다른 것은 그처럼 낯선 두려움에서 해방시켜주지 못한다는 점이다. 그와 함께 '그'의 우화적 환상의 또 다른 특징은 영화적 이미지처럼 번득인다는 점이다. 영화적 이미지의 우화는 어린이의 우화와는 달리 환상과 현실이 병치되는 몽타주로 작동

---

27 이상, 〈지주회시〉, 《이상 전집》 2, 앞의 책, 59쪽.

된다.

어린이의 우화와 달리 '그'의 거미의 환상은 화폐의 세계로부터 문을 닫아거는 데 실패한다. 거미라는 이미지 자체가 이미 화폐로부터 탈출하는 데 실패할 수밖에 없도록 되어 있다. 그 점에서 '거미가 돼지를 만나다'라는 우화는 거미라는 앱젝트가 돼지의 화폐의 세계에 패배한 이야기이다. 다만 〈지주회시〉에는 한순간 화폐물신의 중력에서 탈출하려는 상황이 표현되는데 그것이 바로 아내의 사건이다.

잠시나마 반전을 일으킨 점에서 아내의 사건은 이 소설에서 유일한 사건이다. 아내의 사건이란 아내가 카페 층계에서 손님에게 발로 차여 굴러떨어진 일이다. 손님이 아내에게 '왜 이렇게 빼빼 말랐냐'고 말하자 아내는 손을 뿌리치며 '당신은 왜 양돼지처럼 살이 쪘소'라고 대꾸했다. 그러자 손님은 '에이 발칙한 것' 하면서 발로 차 아내를 층계에서 굴러떨어지게 했다.

이 일이 유일한 사건인 것은 그 순간만은 아내가 거미가 아니었기 때문이다. 층계에서 굴러떨어진 순간 아내는 화폐물신의 거미줄에서 굴러떨어진 것이다. 화폐라는 권력의 손안에서 돌아가던 세계는 아내의 낙상과 함께 한순간 멈춰 섰다. 그와 동시에 '그'의 거미의 우화 역시 잠시 반전을 일으켰다.

아내의 사건은 게으른 '그'에게 유일한 상처였다. '그'가 층계의 사건을 여러 번 반복해서 되뇌는 것은 그 때문이다. 혼돈된 의식 상태에서도 아내의 아픔이 '그'에게 전해져 온 것이다. 더욱이 아내와 손님이 있는 경찰서에 가자 아내처럼 거미였던 여급과 보이, 이바다들[28]이 아내를 동정하고 있었다.

그런 '그'와 카페 사람들의 동정으로 인해 그날 밤 아내는 거미에서 참새로 환생했다. '그'는 아내를 거미라고 생각했지만 내심 그녀가 거미인

---

28 이바다는 조리사를 말한다.

것이 못마땅했다. 거미는 화폐물신의 노예인 동시에 퇴출당할 위기에 있는 '빼빼 마른' 앱젝트이기 때문이다. 그런데 아내는 양돼지의 입과 발에 걸어차여 실제로 말라빠진 앱젝트로 퇴출당하듯이 굴러떨어진 것이다. 거미처럼 보였던 아내는 거미줄에서 떨어진 순간 '그'의 동정으로 인해 이제 신열을 앓는 참새가 된다. 참새의 환생은 화폐물신의 시선의 독재에 대한 보이지 않는 저항적인 응시이다.

신열을 앓는 참새는 사랑의 회복으로 인해 '날개'의 소망으로 이어질 수 있는 가능성을 갖고 있다. 그것은 〈날개〉에서 '내'가 또 다른 아내의 사건으로 일상에서 굴러떨어진 후 비상에의 의지를 표현한 것과 같은 맥락에서이다. 아내의 참새의 신열은 〈지주회시〉에서 황폐한 현실을 뚫고 나가려는 유일한 육체의 흔적이었다.

그러나 환생한 아내는 얼마 버티지 못했다. 카페의 손님은 오의 증권거래소의 전무였다. 손님은 오를 통해 합의금으로 20원을 보내왔다. 중력과 싸우며 신열을 앓던 참새는 여전히 아프다고 했지만 돈을 받고 즐거워하며 재재대었다. 그 순간 잠시 동정받던 날개를 지닌 생명체는 '그'의 앞에서 구더기로 변신한다. 아내는 '그'에게 꽃(사랑)인 적도 있었고 한순간 참새로 환생했지만 다시 구더기와 거미의 운명으로 되돌아간 것이다.

아내의 사건은 참새의 비상으로 진전되는 대신 양돼지의 돈에 의해 봉합되었다. 양돼지는 균열을 봉합하는 선수였다. 거미와 양돼지의 차이는 단지 외양에만 있는 것이 아니었다. 거미는 언젠가는 굴러떨어질 운명인 반면 양돼지는 사건의 봉합의 선수이자 또 다시 앱젝트를 밀어뜨릴 존재인 것이다.

아내가 다시 구더기와 거미로 돌아가자 '그' 역시 거미로 귀환했다. '그'는 아내가 준 20원을 갖고 카페 여급 마유미에게로 간다. 그리고 마유미가 20원을 다 써도 응하지 않거든 아내가 다시 양돼지라고 욕하고 층계에서 굴러떨어지길 바라고 있다.

이 소설의 제목 '거미가 돼지를 만나다'의 의미는 이중적이다. 먼저 거미처럼 손님의 돈을 노리던 아내가 손님에게 걷어차여 낙상한 사건을 의미한다. 이 사건은 아내를 참새로 환생시키면서 화폐권력의 시선의 독재에 저항하는 응시를 잠깐 보여주었다.

그와 함께 '지주회시'[29]는 아내가 앱젝트로 추락한 사건이 언제든지 양돼지에 의해 봉합된다는 또 다른 의미를 내포한다. 그 때문에 삐삐 마른 거미는 늘상 추락하면서도 화폐물신의 세계를 벗어나지 못한다. 반면에 양돼지는 앱젝트를 낙상시키면서도 매번 아무 일도 없는 일상으로 귀환한다.

〈지주회시〉는 그런 두 가지 의미를 통해 감성권력과 시선의 독재에 둔감한 사람들에게 충격을 준다. 식물처럼 조용한[30] 일상이란 실상은 감성의 분할에 무디게 예속된 상태일 뿐이다. 동강난 시야란 그에 상응하는 무력한 자아의 제약된 상태를 뜻한다. 이 소설은 거미의 환상을 통해 그런 시선의 독재에서 벗어나려는 고통스러운 응시를 드러낸다. 거미의 우화는 앱젝트로 추락하며 돈을 버는 사람들과 그들을 떨어뜨리며 태연하게 살아가는 사람들을 보여준다. 그런 방식으로 동강난 시야의 비밀을 말하며 감성의 분할에 소음을 내는 것이다. '그'는 거미의 우화를 통해 그런 갇힌 세계의 거세공포에서 벗어나려 하지만 냉엄한 화폐의 세계 앞에서 다시 거세공포에 사로잡힌다. 이것이 환상을 통해 해방감을 느꼈던 유년의 우화와 구분되는 어른의 우화로서 인간-거미의 낯선 두려움의 미학이다. 어른의 우화는 영화의 몽타주처럼 환상과 현실의 병치로 제시되면서 낯선 거세공포를 표현한다. 영화적 몽타주는 능동적인 생성의 미학으로 발전될 수도 있지만, 〈지주회시〉는 중력에 저항하는 참새에서 다시 구더기와 거미로 돌아가는 낯선 두려움의 귀환(그리고 앱젝트 미학)을 반복

---

29 지주회시는 '거미가 돼지를 만나다' 라는 뜻이다.

30 이상, 〈지주회시〉,《이상 전집》2, 앞의 책, 56쪽.

한다.

3. 화폐물신에 대한 육체적 응시의 승리
─〈날개〉

〈날개〉의 '나'는 거리의 외출에서 자주 경성역을 찾아간다. '나'는 열차를 타기 위해서가 아니라 대합실에서 시간을 보내기 위해서 기차역으로 향한다. '내'가 그처럼 역의 대합실의 티룸(tea room)을 찾는 것은 현기증 나는 일상의 기차에서 하차한 사람의 심리를 나타낸다. 〈지주회시〉의 '그'는 눈 가린 시야로나마 일상의 대열에 승차하고 있지만 〈날개〉의 '나'는 한 번도 삶을 달려본 적이 없다.

'나'의 행선지 경성역 대합실은 상징적이다. 일상의 사람들은 대합실이 출발점이지만 '나'는 그곳이 **목적지**다. 여객들은 시계를 보고 기차를 타러 가는 반면 '나'는 시계 시간에 맞춰 귀가한다. '나'는 총총한 여객들의 분위기에 이끌리면서도 그들 중 아무와도 눈을 마주치지 않는다. 기차 소리와 여객들의 움직임이 서글프게 마음에 들었지만 '나'는 티룸에서 항상 빈자리와 마주 앉는다.

'나'는 아무것도 없는 것과 마주 앉아서 메뉴를 읽으며 유희를 즐긴다. 그 점에서 경성역 티룸은 '나'의 골방과 정반대인 동시에 서로 비슷한 면이 있다. '나'의 골방과 아내 방이 있는 유곽은 집이 거리가 되어버린 가외가(家外家)와도 같다. 반면에 티룸의 빈자리는 거리가 골방이 되어버린 가외가(街外街)[31]이다.

'나'는 어느 날 아내 방에서 돈을 주고 잠을 잔다. 반면에 '나'는 경성역

---

31 '街外街'는 이상의 〈街外街傳〉에서 따온 말임. 〈街外街傳〉에 대해서는 이상, 신범순 편, 《이상시 전집》1, 나녹, 2017, 418~429쪽 참조. 또한 街外街와 家外家에 대해서는 이경훈, 《이상, 철천의 수사학》, 소명출판, 2000, 248~263쪽 참조.

이 행선지인 거리에서 한 번도 돈을 쓰지 않고 집으로 돌아온다. 돈이 불필요한 곳에서 돈을 쓰는 것이 家外家라면 돈을 써야 할 곳에 쓰지 못하는 것은 街外街이다.

家外家(방)와 街外街(거리)의 소외와 공포를 견디게 하는 것이 바로 어린이와도 같은 유희이다. 〈지주회시〉의 '그'가 유년기처럼 우화에 빠져든다면 〈날개〉의 '나'는 어린이 같은 유희에 탐닉한다. '나'의 유희는 시계와 돈 같은 규율화된 기표를 망각하는 데서 온 즐거움이다. 그러나 유희는 규율화에 의한 억압과 균열을 극복한 것이 아니라 괄호 안에 넣은 것일 뿐이다. 그 때문에 골방과 경성역 티룸에서의 유희는 어린이의 유희와는 달리 즐거운 동시에 쓸쓸하다.

경성역과 집 사이에서는 여전히 시계와 화폐라는 규율이 '나'를 초조하게 만든다. '나'는 시계에 맞춰 아내 방을 지나가야 하는데 아내 방에는 '내'가 망각하고 있는 '화폐의 스캔들'[32]이 숨겨져 있다. 시계의 규율은 귀찮을 뿐이고 아내의 직업은 유희로 해소될 수 없는 것들의 존재를 암시한다. '나'는 유희의 불충분성 때문에 화폐와 아내의 직업에 대한 연구를 시작한다.

'나'의 연구는 응시의 갈망이지만 자아의 무력함 때문에 낯설게 하기로 진행된다. 낯설게 하기는 어린이가 처음으로 성인의 세계를 엿보듯이 대상을 드러내는 것이다. 여기서는 지각이 지연되는 대신 일상의 관습에서 벗어난 시각 때문에 긴장감이 증폭된다.

'나'의 연구는 시계와 화폐에 부적응한 상태에서 진행된다. 그리고 바로 그런 부적응 때문에 밀봉된 아내의 비밀에 틈새가 생겨나기 시작한다. '나'는 시계의 규율에 적응하지 못한 탓에 이른 시간에 귀가하며 아내와 손님을 목격한다. 몇 번의 외출에서 아내와 손님을 목격하는 과정은 망각된 화폐의 스캔들이 시각화되는 과정이다. 그리고 마침내 유희와 연구로

---

32 '화폐의 스캔들'에 대해서는 이상, 〈街外街傳〉, 위의 책, 425쪽 참조.

는 감당할 수 없는 장면을 목격하게 된다.

그랬더니 이건 참 너무 큰일 났다. 나는 내 눈으로는 절대로 보아서는 안 될 것을 딱 그만 보아버리고 만 것이다. 나는 얼떨결에 그만 냉큼 미닫이를 닫고 그리고 현기증이 나는 것을 진정시키느라고 잠깐 고개를 숙이고 눈을 감고 기둥을 짚고 서자니까 일 초 여유도 없이 휙 미닫이가 다시 열리더니 매무새를 풀어헤친 아내가 불쑥 내밀면서 내 멱살을 잡는 것이다. 나는 그만 어지러워서 게서 그만 나동그라졌다. 그랬더니 아내는 엎어진 내 위에 덮치면서 내 살을 함부로 물어뜯는 것이다. 아파 죽겠다. 나는 사실 반항할 의사도 힘도 없어서 그냥 넓적 엎디어 있으면서 어떻게 되나 보고 있자니까 뒤이어 남자가 나오는 것 같더니 안해를 한 아름에 덥석 안아 가지고 방으로 들어가는 것이다. 안해는 아무 말 없이 다소곳이 그렇게 안겨 들어가는 것이 내 눈에 여간 미운 것이 아니다. 밉다.[33]

절대로 보아서는 안 될 것은 家外家의 시각화이다. 아내 손에 돈을 쥐여주고 잔 것이 유희적인 家外家라면 위의 장면은 시각적인 폭력이 된 家外家이다. 家外家는 家에 숨겨져야 할 것인데 한순간에 눈앞에 드러난 것이다. 프로이트는 일상에서 숨겨야 할 것이 드러났을 때 낯선 두려움을 경험하게 된다고 말했다. 家外家는 숨겨지지 않고 시각적 폭력이 될 때 낯선 두려움(unhomely)을 낳는 것이다. '나'는 유희적인 상태에서 벗어나 혼돈과 낯선 두려움에 사로잡힌다.

〈지주회시〉에서 낯선 두려움이 영화적인 응시를 작동시켰듯이 〈날개〉의 '나'도 심연에서의 시각적 이미지들의 연쇄를 경험한다. 위의 아내의 배신은 〈날개〉의 유일한 사건이다. 〈지주회시〉에서 아내의 사건이 참새의 환상을 낳은 것처럼, 〈날개〉에서 아내의 또 다른 사건은 집을 나온 후 날

---

33 이상, 〈날개〉, 《이상 전집》 2, 앞의 책, 97~98쪽.

개의 소망으로 이어지는 이미지들의 연쇄를 생성한다.

물론 〈지주회시〉의 아내의 사건이 양돼지의 폭력이라면 〈날개〉의 아내의 배신은 '나'에 대한 폭력이다. 그러나 '나'는 거리를 쏘다니며 아내에 대한 생각을 멈추지 않는다. 아내의 배신은 결국 화폐 스캔들의 폭력이며 아내와 '나'는 그로 인해 절름발이가 된 것이기 때문이다.

'나'의 아내에 대한 사랑은 집을 나오기 전 '연심이!'의 호명에서 확인된다. '연심이!'는 상품도 창녀도 아닌 '나'의 심연의 잔여물에 대한 호명이다. 절대로 보아서는 안 될 것의 목격으로 인해 아내와의 사랑은 실패했다고도 볼 수 있다. 그러나 '내'가 본 것은 화폐 스캔들에 걸려든 상품에 불과하기에 심연의 아내의 잔여물은 여전히 남아 있다.

시각적 폭력에 의해 파괴될 수 없는 잔여물 때문에 '나'의 내면에는 아내의 이미지가 계속 떠오른다. 아내의 모가지와 아스피린은 아내의 잔여물과 교섭하며 오해를 풀려는 이미지들이다. 흥미로운 것은 이런 심리적 잔여물의 이미지화가 〈지주회시〉에서보다 더 능동적이라는 점이다. 〈지주회시〉에서 아내는 잠시 참새로 환생했다가 다시 구더기와 거미로 되돌아간다. 그러나 〈날개〉에서는 '나'의 박제 같은 빈약한 자아가 이미지들의 연쇄를 통해 존재론적 팽창을 경험하는 과정이 나타난다.

그 점은 〈지주회시〉의 그가 화폐의 그물에 걸려든 상태인 반면 〈날개〉의 '나'는 화폐로부터 유리된 점과 연관이 있다. '나'는 집을 나올 때 아내 방에 돈을 모두 놓고 내달린다. 그래서 '나'는 거리에 나섰지만 외출 때와 달리 돈이 하나도 없다. 거리에서 돈을 쓰지 못하는 것이 유희적인 街外街라면, 돈이 필요한 곳에서 돈이 없는 것은 보다 불길한 街外街이다. '나'는 '아내의 장면'의 충격으로 인해 차에 치일 뻔하면서도 경성역을 찾아간다. 차에 치일 뻔 한 것은 일상에서 하차한 사람의 거세공포이거니와 그런 동요를 달래기 위해 경성역을 향한 것이다. 그러나 돈이 없기 때문에 아뜩함을 느끼며 얼빠진 사람처럼 이리저리 왔다 갔다 한다.

예전의 외출 때와는 달리 경성역에 갈 수 없다는 것은 시간의 인과적 궤도에서 이탈한 상태를 되돌릴 수 없다는 뜻이다. 이제 '나'는 아내와의 불화를 해소하기 위해 선적인 시간을 반성하기보다는 '나'의 전 존재가 출렁이는 순수기억의 바다에 빠져든다. 家外家와 街外街, 그 방과 거리의 폭력으로 인한 낯선 두려움이 심연의 응시를 작동시킨 것이다.

〈날개〉의 심연의 응시가 〈지주회시〉와 다른 점은 생성과 사유의 이미지로 팽창해간다는 점이다. 〈지주회시〉에서는 화폐의 그물에서 벗어나지 못하기 때문에 거미의 이미지는 영화적 우화에 그친다. 반면에 〈날개〉에서는 家外家에 돈을 버리고 나온 상태에서 시각적 폭력에 의한 상처들이 시간 이미지로 작동되기 시작한다. 시간 이미지란 나이테나 눈사람처럼 과거의 시간이 순수기억의 바다에서 자아의 존재로 전이된 이미지이다.[34] 예컨대 아내의 모가지는 실수로 방문을 열었을 때 '내' 정신의 공간에 떨어진 이미지이다. 또한 아달린은 아내와의 불화가 처음 시작된 이미지이다. 그러나 그 상처의 이미지들은 인과적으로 재배열되는 것이 아니라 '나'의 전 존재의 바다에서 섬광으로 번득인다. 그처럼 시간 이미지가 순수기억의 소우주에서 물결치며 눈사람처럼 부풀어가는 것은 '내'가 절름발이일망정 사랑을 긍정하기 때문이다. 절름발이의 사랑은 발이 성기의 상징인 점에서 거세공포(낯선 두려움)를 견디려는 사랑이다. 불구가 된 사랑을 끌어안는 것은 낯선 두려움을 주는 현실에 대응하는 응시의 방식으로 심연이 동요하고 있음을 뜻한다. 사랑의 실패는 家外家와 街外街, 때문이기에 심연의 사랑의 잔여물이 살아남는 것이다. 그 잔여물과 교섭하려는 열망으로 인해 시간 이미지들은 상처의 이미지에서 날개의 소망으로 팽창해가는 것이다.

이런 시간 이미지의 연쇄의 과정은 〈지주회시〉에서의 파편적인 우화적 이미지와 구분된다. 시간 이미지는 존재와 사유를 이미지들의 연쇄로

---

34 시간 이미지에 대해서는 들뢰즈, 이정하 역, 《시간-이미지》, 시각과언어, 2005 참조.

표현하는 점에서 영화적 이미지의 일종이다. 그러나 〈지주회시〉와는 달리 뇌막의 파편이 아니라 뇌엽의 성숙과 이미지들의 연결망으로 이어진다. 〈지주회시〉에는 빈곤한 사유의 팽창이 없지만 〈날개〉에서는 뇌엽(그리고 이미지)의 연결이 왕성해지면서 육체의 갈망으로까지 지속된다. 그 때문에 〈지주회시〉가 영화기계적인 소설이라면 〈날개〉는 뇌엽이 동요하며 육체를 열망하는 소설이다.

이 같은 기계적 이미지에 대한 육체의 승리는 미쓰코시 백화점에서부터 시작된다. 경성역이 시계가 있는 도피처라면 백화점은 상품들의 집합을 통해 쾌락을 고조시키는 장소이다. 백화점은 군중을 사로잡아 일상의 응시를 마비시키는 장치이다. 그러나 일상에서 패배한 대신 심연의 잔여물이 남아 있는 '나'의 경우에는 내면의 동요가 멎지 않는다. 시선의 독재가 빛의 향연으로 찬란해질수록 시신경의 흥분으로 인해 패배한 사람의 응시도 고조되는 것이다. 경성역의 도피처가 위험한 응시를 내려놓게 하는 반면 백화점은 쏟아지는 빛을 난반사하는 방식으로 오히려 응시를 증폭시킨다.

백화점, 수족관, 군중, 유리, 강철, 지폐는 식민지 자본주의의 시각적 장치이자 환상적인 발광체들이다. 그와 함께 그것들은 구경(관찰)을 허용하지만 교섭은 불가능한 장치들이다. 더욱이 시계와 화폐를 잃어버린 '나'에게는 아무런 인생의 제목도 붙여주지 않는다. 그러나 '나'는 아직 교섭을 열망하는 잔여물이 남아 있기에 '나'를 무(無)로 만든 발광체의 빛들을 난반사하는 것이다. 시선의 향연이 시신경을 자극할수록 응시의 난반사도 증폭된다.

수족관의 금붕어들은 매력적인 동시에 보이지 않는 줄에 엉켜 허비적거리는 군중으로 산란된다. 백화점 전망대는 역판옵티콘으로 전도되어 회탁의 거리를 되비춘다. 거리의 군중은 닭장 속에서 푸드득대며 활개를 치는 닭들의 집합으로 흔들린다. 유리와 강철과 지폐는 근대성의 신전과 신인 동시에 소란을 피우는 소음이자 거품이다.

　　이때 뚜- 하고 정오 사이렌이 울었다. 사람들은 모두 네 활개를 펴고 닭처
럼 푸드덕거리는 것 같고 온갖 유리와 강철과 대리석과 지폐와 잉크가 부글
부글 끓고 수선을 떨고 하는 것 같은 찰나, 그야말로 현란을 극한 정오다.
　　나는 불현듯이 겨드랑이가 가렵다. 아하 그것은 내 인공의 날개가 돋았던
자족이다. 오늘은 없는 이 날개, 머릿속에서는 희망과 야심의 말소된 페이지
가 딕셔너리 넘어가듯 번뜩였다.
　　나는 걷던 걸음을 멈추고 그리고 어디 한번 이렇게 외쳐보고 싶었다.
　　날개야 다시 돋아라.
　　날자. 날자. 날자. 한 번만 더 날자꾸나.
　　한 번만 더 날아보자꾸나.[35]

　　이 도시의 정오의 풍경은 시선의 해체를 알리는 표현주의의 응시의 승
리와도 비슷하다. '나'는 거리에서 보이지 않는 응시를 보여주는 섬광 같
은 은유의 소용돌이 속에 놓여 있다. 그와 함께 그런 시선의 혼란의 대가
로 관찰자는 일상적 존재의 해체를 반성할 수밖에 없다. 제국의 표현주의
는 뭉크처럼 시선의 호명에 응하지 않고 응시의 반란에 휩쓸린 사람을 절
규하는 해골로 보여준다. 희망과 야심의 말소된 페이지 역시 일상의 선적
인 시간의 박제화된 표현이다. 〈날개〉의 박제가 〈절규〉의 해골과 다른 점
은 아직 교섭을 열망하는 심리적 잔여물(대상 a)이 남아 있다는 점이다.
　　순수기억 속의 사랑의 잔여물은 19세기와 20세기 사이의 계보학적 틈
새에 잔존하는 타자성이기도 했다. 은유로서의 응시의 소란 속에서 이제
'나'의 사랑의 잔여물(연심이!)은 중력에 저항하는 비상에의 의지로 상승
한다. '나'는 '절름발이'라는 계보학적 공간에서 촉감적인 몸의 기억에 사

35　이상, 〈날개〉,《이상 전집》2, 앞의 책, 100쪽.

로잡힌다. 불현듯 감지된 겨드랑이의 가려움은 '나'를 박제로 만든 황폐한 역사(제국의 자본과 인류학)를 뚫고 나가려는 육체의 흔적을 감각화한다. 아무런 제목도 없는 인생의 패배는 시간 이미지와 뇌엽의 팽창을 통해 수족관의 유리를 뚫고 비상하려는 의지로 반전된다. 박제에서 날개로의 전환은 시선의 독재에 저항하며 존재의 생성을 소망하는 한국적 모더니즘의 응시의 승리를 시각화한다.

천국의 진열장을 가질 수 없었던 군중들은 현란한 욕망의 소음을 일으키고 있다. 반면에 '나'는 아무런 행동도 하지 않지만 그들보다 강렬하게 움직이고 있다. 상상계에서 실재계로의 전회, 이 부동의 심리적 동요야말로 **계보학적 모더니즘**이 보여준 감각의 전쟁으로서 응시의 도발을 통한 코페르니쿠스적 전회였다.

4. 조롱 속의 종달새와 동원될 수 없는 심문(心紋)
   ― 〈심문〉

〈심문〉의 특급열차는 〈지주회시〉의 마차 말이나 〈날개〉의 질풍신뢰의 속력을 넘어선 엄청난 속도를 표상한다. 주인공 명일은 열차의 조난자들이 한 터치의 오일로 허공의 벽에 붙어버릴 것이라고 상상한다. 속도의 독재가 운동의 독재를 낳는 시대에는 총동원 체제에 동원되지 못한 사람을 폐허의 그림으로 만들어버리는 것이다.

열차 차창을 바라보는 명일의 이 상상은 속도의 시대에 미리 예견된 질주의 끝을 암시한다.[36] 열차 차창은 필름 롤 같은 바퀴의 회전과 함께 유리창의 풍경을 영화처럼 상영한다. 그러나 명일의 특급열차에는 차창 너머의 매혹적인 풍경도 스쳐 지나가는 파노라마도 없다. 그 대신 그는

---

36 신형기, 《분열의 기록》, 문학과지성사, 2010, 118~119쪽.

속도에 떠밀리며 질주가 빚은 종결된 미래의 어두운 그림을 미리 보는 것이다. 이는 명일이 속도의 독재와 시선의 독재에 부적응한 상태에서 이상의 인물들처럼 뇌막에 비친 응시를 보고 있음을 뜻한다. 이상의 인물과 다른 점은 어쨌든 기차에 탑승한 상태에서 속도 자체가 빚은 파국을 보고 있다는 것이다.

여기서 그가 보는 허공의 캔버스란 자기 자신의 뇌막이기도 하다. 명일이 보는 그림은 속도의 기계가 그린 것이면서 차창 풍경이 그의 뇌막에 부딪혀 응시로 돌아온 것이기도 하다. 이광수의 《무정》의 기차는 문명의 속도에 뒤처진 사람들을 열등한 신체로 연출했었다. 반면에 〈심문〉의 특급열차는 낙오된 사람을 캔버스에 붙은 오일로 상상하게 한다. 《무정》의 형식은 문명의 열차에 자신을 일치시키며 수재민을 원주민처럼 보고 있다. 반면에 〈심문〉의 명일은 특급의 속도를 감당할 수 없어 재현의 시선 대신에 심연의 응시로 대응하고 있다. 전자의 열등한 신체가 시각적 권력의 피사체였다면 후자의 한 터치의 오일은 피식민자의 뇌막에 되비쳐 돌아온 응시의 그림이다. 응시의 그림으로서 한 터치의 오일에는 제국의 속도기계의 **폭력**이 각인되어 있다.

그 점에서 오일 덩어리는 〈지주회시〉의 거미나 〈날개〉의 박제의 은유의 연장선상에 있다. 〈심문〉의 첫 장면은 마치 응시의 연쇄를 보여주는 표현주의 영화처럼 상영되고 있다. 〈심문〉의 표현주의는 이상의 뇌수의 영화보다 더 파국적이다. 속도의 독재와 운동의 독재 때문에 〈심문〉의 오일 덩어리는 이상의 인물들보다도 더 비참한 앱젝트가 된 것이다. 이 소설은 명일이 기차에서 내려 현실에서 실제로 비천한 조난자를 목격하는 과정을 그리고 있다. 아편중독자로 전락한 과거의 사회주의자 현혁과 여옥이 바로 한 터치의 오일인 것이다.

〈심문〉에는 명일의 상상적 그림을 포함해서 세 개의 그림이 제시된다. 하나는 아내가 죽은 후 상심의 나날을 보내는 명일의 그려지지 않은 그림이다.[37] 명일은 여옥과 연인처럼 지내며 그녀를 모델로 삼지만 아내를 잊지 못해 그림을 그리지 못한다.

두 번째 그림은 기차 차창에 연출된 이미지인데 이 그림 역시 완성된 것으로 볼 수 없다.

차창의 그림은 명일의 뇌막에 비친 것이며 무서운 속도 때문에 차창을 보는 뇌막(상상의 캔버스)에 달라붙어 캔버스로 옮겨지지 못할 것이기 때문이다. 그 점은 실제의 조난자인 여옥과 현혁이 속도의 독재로 인해 제국의 철망과 유리창에서 해방될 수 없는 것과 마찬가지다.

마지막 그림은 여옥이 죽은 후 명일이 본 아름다운 인당의 심문이다. 여옥의 심문은 죽음을 대가로 속도의 기계를 뚫고 나온 육체의 흔적이다. 이 육체를 캔버스로 한 그림만이 〈심문〉에서 유일하게 실제로 그려진 그림이자 응시의 승리일 것이다.

명일은 기차의 목적지인 하얼빈에서 연인이었던 여옥을 만난다. 여옥은 명일을 떠난 후 하얼빈의 카바레에서 댄서를 하고 있었다. 그녀는 그곳에서 옛 애인 사회주의자 현혁을 만나 동거를 하고 있었다. 명일은 두 사람이 아편중독자가 되어 폐허에 남겨진 조난자 같은 생활을 하는 것을 발견하게 된다.

여옥이 현혁을 잊지 못하는 것은 명일이 죽은 아내를 그림에서 지우지 못하는 것과 비슷하다. 그러나 여옥의 청년기의 현혁에 대한 기억에는 명일보다 더 절박한 소망이 담겨 있었다. 지식인이자 화가인 명일은 현실에 부적응하면서도 그럭저럭 일상을 살아가는 무위도식자이다. 반면에 여옥은 현혁의 강권으로 아편중독자가 되었지만 아직 시대의 중력에서 벗어나려는 소망을 놓지 않고 있었다. 그 점은 여옥이 기르는 조롱 속의 종달새의 모습을 통해 암시된다.

---

37 명일이 몇 점의 그림밖에 그리지 못하는 것 역시 속도 및 동원의 시대와 연관이 있다. 그는 모델인 여옥에게 사로잡히지 못하고 계속 죽은 아내를 닮은 그림을 그린다.

"뒷발톱이 어지간히 길죠?"

"병신스럽고 징그러운걸."

"병신이라면 병신이지만, 그래도 배안의 병신은 아니래요. 제 손톱두 그렇구요."

여옥이는 빨간 손톱을 가지런히 들어 보이며 웃었다.[38]

여옥은 종달새의 병신스러운 발톱을 자신의 예쁜 긴 손톱에 비유한다. 그와 함께 그 새가 배안의 병신은 아님을 애써 강조하고 있다. 여옥은 자신이 무력한 생활을 하고 있지만 원래는 그렇지 않았음을 말하고 싶은 것이다. 그렇기에 그녀에겐 다시 날아보고 싶은 소망이 있으며 종달새를 기르는 것도 그 때문이다. 종달새의 날갯죽지가 미적거리는 것은 날고 싶은 열망의 표현이거니와 그것은 여옥의 소망이기도 하다. 명일('나')이 그 모습에서 초조해하는 것은 무위도식자인 자신마저 심연에서는 날고 싶은 소망이 있음을 뜻한다.

종달새의 미적거림은 〈날개〉의 '나'의 겨드랑이의 가려움과도 비슷하다. 〈날개〉의 '나'는 박제처럼 살아가지만 심연 속의 날개는 갱생의 소망을 잃지 않고 있다. 그러나 종달새는 조롱에 갇혀 있으며 그것은 여옥의 심연의 소망이 감금되었다는 상징이다. 여옥은 초조한 명일과 달리 심연의 종달새가 있지만 그 새는 〈날개〉에서와는 달리 조롱에 갇혀 있다.

나는 오싹 등골에 소름이 끼쳐서 머리를 싸쥐고 눈을 감았을 때, 머리 위의 조롱이 푸득거리며 찍찍하는 쥐 소리 같은 것이 크게 들렸다. 놀라 쳐다본즉, 종달새가 가름대에서 떨어져 조롱바닥에서 몸부림을 하는 것이었다. 새는 다시 날려 몸을 솟구다가는 또 떨어지고 그때마다 그 긴 발톱과 모지라진 날개로 헤적이면서 쥐 소리 같은 암담한 비명을 지르는 것이었다. 새는 몇 번인가

---

38 최명익, 〈심문〉, 신형기 편, 《최명익 단편선》, 문학과지성사, 2004, 183쪽.

조롱이 흔들리도록 몸을 솟구다 못하여 그만 제똥 위에 다리를 뻗고 눈을 감 아버린다.

(…중략…)

한 손에 조롱을 든 여옥이는 한 손으로 쓸어 더듬듯이 담을 의지하고 방 윗 목에 쳐 놓은 판장 병풍 속으로 들어갔다. 들어가자, 침실인 듯한 그 안에서는 판장 위로 담배연기가 무럭무럭 떠오르기 시작하고, 무슨 동물성 기름 태우는 듯한 냄새가 풍겼다. 그리자 푸드득거리는 날개 소리가 나고 쫑쫑하는 맑은 소리가 들렸다.

다시 살아난 조롱을 들고 나와 제자리에 걸어놓고 앉은 여옥이는

"제가 지금 웃지요?" 하고 어색한 듯이 빨개진 얼굴의 웃음을 더욱 뚜렷이 지어 보이며

"……웃잖아요 이렇게 뻔뻔스럽게" 하고는 웃음소리까지 내었다.[39]

여옥의 웃음은 자포자기에서 오는 실소(失笑)만은 아니다. 조롱 속에 서라도 날아오르려는 종달새는 여옥의 뇌엽에서 생성된 이미지이기도 하 다. 그러나 아편중독이 뇌를 점령한 그녀는 〈날개〉의 '나'와 달리 뇌엽에 서 생성된 응시를 은유화할 수 없다. 종달새는 불가능한 '날개'의 은유를 대신해서 그녀가 영화처럼 현실에서 연출한 이미지이다. 여옥의 웃음은 표상 불가능한 응시를 종달새가 대신 표현해준 데서 오는 해방감을 뜻한 다. 그녀는 아편의 힘으로나마 맑은 날갯소리를 들은 후 순수기억 속의 응시의 해방감에서 웃고 있는 것이다.

이 소설이 명일의 시점으로 되어 있고 여옥과 종달새를 그의 눈으로 보여주는 것 역시 여옥의 자아의 무력화 때문이다. 물론 종달새에서 알 수 있듯이 여옥의 우울함은 현혁과 달리 심연 속의 날개를 포기하지 않는 데서 온 것이다. 다만 아편중독 속에서 자신의 시점을 갖기 어려워 무력

---

39 최명익, 〈심문〉, 《최명익 단편선》, 앞의 책, 185~186쪽.

감에 빠져 있는 것이다. 반면에 내면의 시점을 지녔지만 그림을 그리지 못하는 명일은 종달새를 갈망하면서도 매번 날개의 부재를 확인한다. 〈날개〉의 '나'의 소망은 〈심문〉에서 여옥의 불가능한 소망과 명일의 시점으로 분열되었다. 시점과 이미지(종달새)의 분열 때문에 여옥의 종달새에서는 항상 신경을 예민하게 만드는 긴장감이 흐르고 있다. 명일은 자신이 갈망하는 종달새를 여옥이 방안에 연출한 이미지를 통해 초조하게 보고 있다. 넋이 빠진 듯한 명일은 여옥의 뇌엽의 연출과 종달새의 이미지를 대신 은유적으로 전달하고 있다.

명일은 여옥과 동거하는 현혁을 만나는데 현혁의 아편중독 역시 종달새를 통해 표현된다. 현혁이 흰 약을 궐련에 찍어 빨자 그 누르지근한 냄새를 맡은 종달새가 은방울 굴리는 듯한 울음을 울었다. 혁명가 현혁의 아편중독은 사회주의적 신체에 대한 파렴치한 배신이다. 약에 취한 동안 종달새처럼 날며 과거로 돌아가지만 그런 향락은 신체와 정신의 파국이기도 하다. 향락인 동시에 파국인 점에서 아편중독은 탈영토화하면서 재영토화하는 파시즘의 부정적 음화[40]와도 같다.[41]

그런데 여옥과 현혁의 아편중독에는 중요한 차이가 있었다. 현혁은 현실을 잊고 과거의 추억에 취하기 위해 '모히' 연기에 빠져드는 것이다. 반면에 여옥은 다시 날개를 펴려는 소망을 버리지 않는다. 다만 조롱 속의 종달새처럼 날아오르려 솟구치다 떨어져 아편의 힘으로만 날 수 있는 것이다. 현혁이 과거의 꿈에 갇혀 있다면 여옥은 아편의 연기와 조롱에 갇혀 있다. 전자의 아편중독이 패배자의 자포자기라면 후자의 병증은 벗어나려 하면서도 벗어던질 수 없는 시대의 질곡이다.

그 때문에 여옥의 병증은 명일의 보이지 않는 상처에 공명을 주고 있었다. 종달새의 미적거림에 대한 초조함과 조롱에 갇힌 고통에 대한 예민

---

40 이 부정적 음화는 라캉이 말하는 증상이기도 하다.

41 나병철, 《감성정치와 사랑의 미학》, 소명출판, 2017, 126쪽.

제3장 상상적 제국과 계보학적 모더니즘   165

함이 그것을 말해준다. 여옥이 현혁과의 사랑에 연연해 하고 명일이 아내의 인당에 매여 있지만[42] 두 사람은 비슷하게 속도의 시대의 희생자이다. 여옥과 명일은 사랑의 순수기억[43]의 잔여물을 통해 갱생을 소망하고 있다. 그러나 상상적 속도의 시대는 순수기억의 힘으로 비상하려는 두 사람을 심리적 조롱 속에 갇히게 만든다. 다만 날개가 없는 명일에 비해 여옥의 종달새가 더 강렬하기에 그녀를 찾을 때마다 조롱 속의 종달새에 눈길을 주는 것이다.

여옥은 하얼빈에서 마지막으로 현혁과의 사랑에 기대를 걸고 있었다. 〈날개〉의 '내'가 절름발이 사랑일망정 끌어안겠다고 한 것처럼 여옥은 아편중독자 현혁을 품 안에 안으려고 했다. 그러던 중 명일이 하얼빈에 나타난 후 현혁과의 애정의 정체가 드러나게 된 것이다. 명일과 여옥은 서로 사랑하는 것은 아니지만 속도의 시대의 희생자인 점에서 자포자기에 빠진 현혁과는 달랐다. 반대로 현혁에게는 여옥에 대한 미련이 남아 있었으나 그는 여옥과 달리 조롱 속의 종달새마저 품고 있지 않았다. 여옥이 현혁을 떠나는 것은 그의 옆에서는 영원히 '날개'의 소망이 불가능함을 깨달았기 때문이다

현혁은 명일에게 돈을 받고 여옥의 집 열쇠를 주려하고 있었다. 이때의 그의 심리는 절망보다는 모욕감이었고 그것은 과거의 투쟁자의 자존심이었다. 그러나 그 순간 여옥은 현재의 생존과 연관된 더 큰 좌절감을 느끼고 있었다. 두 사람의 상처의 차이는 과거에 연연해 하는 자와 현재의 사랑을 갈망하는 사람의 차이였다. 여옥은 현혁의 장례비용으로 남겼던 돈[44]을 명일에게 주며 현혁에게 자신의 몸값으로 주라고 말한다. 현혁의 장비(葬費)는 여옥의 몸값이 되었지만 그것은 현혁의 자존심의 장례 비용이기

---

42 명일은 아내의 인당을 잊지 못해 여옥을 모델로 하면서도 그림을 잘 그리지 못한다.
43 순수기억이란 선적인 시간의 궤도를 넘어서서 심연의 무의식 속에서 자아를 따라오는 기억을 말한다.
44 이 돈은 명일이 여옥에게 준 보석을 판 돈이다.

도 했다. 말할 것도 없이 이때의 여옥의 치욕감은 현혁에 비교할 수 없을 만큼 참담했다. 여옥은 몸을 솟구치다 제 똥 위에 뻗는 종달새의 모욕감을 어느 때보다도 더 절감해야 했던 셈이다.

침실이라고 생각되는 판장 병풍 뒤에는 푸득거리는 소리와, 이어서 찍찍하는 소리가 들렸다 첫날 와서 들은 그 암담한 비명이었다. 그대로 두면 또 제 똥 위에 다리를 뻗고 누워버릴 것이다. 여옥이가 와서 마약을 뿜어주지 않으면 그대로 죽어버릴 것이다. 또 몸을 솟구치는 모양으로 푸둑거리고 쥐 소리를 지른다. 여옥이는 어디를 갔나? 나는 초조한 생각에, 별도리는 없을 줄 알면서도 보기라도 할밖에 없었다.

판장문을 열었다. 그 안에 여옥이가 있었다. 비좁은 침실이라 빼곡 찬 더블 베드 한가운데 그린 듯이 누운 여옥이는 잠들어 있었다. 조롱도 그 침대 앞에 놓여 있었다.[45]

여옥의 죽음은 현혁에 대한 미련이 아니라 '날개'의 불가능성에 대한 절망 때문이었다. 암담한 비명을 지르는 종달새는 여옥이 죽기 직전의 좌절감을 녹화된 필름처럼 이미지화하고 있다. 조롱이 여옥이 자살한 침실 위에 놓여 있는 것은 그녀가 마지막까지 종달새를 버리지 않으려 했음을 암시한다.

여옥이 몸부림치는 새로 남겨졌음은 현실의 삶 속에는 어디에도 갱생의 소망이 없음을 뜻한다. 여옥은 죽은 후에야 비로소 심연에 품고 있던 갱생의 의미를 보여준다. 여옥의 인당의 아름다운 심문(心紋)은 회생의 날개이자 사랑의 잔여물이다. 그것은 현혁도 잊어버린 목숨을 건 도약(비

---

45 최명익, 〈심문〉, 《최명익 단편선》, 앞의 책, 218쪽.

상)의 순수기억[46]을 간직하려 애쓴 흔적이기도 하다.[47]

그러나 여옥의 자살로 끝나는 〈심문〉에는 〈날개〉와 달리 앱젝트에서 '날개'로의 전환이 없다. 그것은 질주하는 시대의 속도가 도약과 비상을 시도하려는 응시의 갈망마저 폭력적으로 해체했기 때문이다. 여옥은 속도의 시대의 이면에 숨겨진 운동의 독재와 죽음정치의 희생자였다. 속도의 시대는 〈날개〉에서의 방의 유희와 거리의 배회마저 불가능하게 만든다. 질주하는 열차가 점점 속도를 낼수록 조난자를 한 터치의 오일로 만드는 죽음정치는 더 비정해지는 것이다.

그 점에서 여옥이 자살한 침실은 상징적이다. 기차간과 거리는 물론 침실에까지 미시권력이 침투해 있었던 것이다. 속도의 정치는 운동의 독재이며 상상적으로 국경을 넘는 제국의 운동 이외의 모든 도약을 불가능하게 만든다. 끝까지 도약의 소망을 버리지 않았던 여옥은 침실에서 **家外家**와 **낯선 두려움**(unhomely)이 한계점에 이른 풍경을 연출하고 있었다.

그럼에도 여옥이 한 터치의 오일처럼 조롱 속의 앱젝트로 추락한 것만은 아니다. 여옥은 특급의 차창과 조롱의 철망을 뚫고 나가려는 육체의 흔적을 남겼기 때문이다. 쥐 소리를 내는 종달새와 침대요를 그러쥐고 있는 여옥의 차이는 인당의 아름다운 심문에 있다. 종달새를 통해 뇌엽의 이미지를 연출하던 여옥은 마지막 순간에 자신의 육체를 통해 그림을 그린 것이다. 속도의 독재와 운동의 독재의 시대에는 어디에서도 사랑의 응시를 표현하는 그림이 그려지지 않는다. 다만 여옥의 죽은 신체만이 한 점의 티도 없는 영원회귀의 그림을 남긴 것이다. 인당의 심문은 속도의 시대에 대항하는 육체의 흔적으로서 명일이 그리려던 죽은 아내의 인당의 귀환이기도 하다. 그림을 그리지 못한 명일은 아내의 인당을 회귀시킬 수 없었지만 여옥은 죽음을 불사하고 영원회귀의 이미지를 남긴 것이

---

46 현혁과의 사랑과 혁명의 기억을 말한다.

47 장수익 《최명익》, 한길사, 2008, 67쪽.

168

다.[48] 여옥이 죽음을 지불하고 그린 이 그림은 총동원의 시대에도 동원할 수 없었던 사랑의 무의식, 그 제국의 속도기계를 뚫고 나가려는 육체적 응시의 승리를 표현하고 있다.

---

48 그 점에서 여옥의 죽음충동은 에로스의 열망과 결합되어 있었다.

제4장

국경을 넘는 권력과
트랜스내셔널한 응시

1. 근대의 초극을 넘어서는 경계선상의 춤

1930년대 말엽에 이르면 〈지주회시〉의 동강난 시야는 국경을 넘는 특급열차의 질주의 시각성으로 전환된다. 중일전쟁(1937) 이후 전시체제기에 들어서면서 화폐물신의 상상력이 전쟁의 동원의 시각성으로 변주된 것이다. 예컨대 《군용열차》(1938)는 인간과 테크놀로지의 결합으로서 인공기관적(prosthetic) 열차의 '질주의 상상력'을 표현하고 있다. 〈무성격자〉(1937), 〈심문〉(1939), 〈장삼이사〉(1941) 등 최명익의 소설에 달리는 기차가 자주 등장하는 것도 그와 무관하지 않다.

1930년대 중반의 독점자본의 질주는 현란한 시각 장치를 통해 도시의 군중들을 호명하고 동원했다. 반면에 1930년대 말에는 전쟁으로 질주하는 체제가 특급열차에 탄 사람들을 국민(황국신민)으로 총동원하는 운동의 독재를 연출했다. 전자에서 도시의 다양한 시각 테크놀로지들이 군중을 호명했다면 후자에서는 질주하는 테크놀로지 자체가 인간과 결합하여 인공기관적 열차로 달리고 있었다. 소비적인 백화점과 상품광고가 전시체제의 군용열차와 지원병 현수막으로 변주된 것이다. 군용열차와 지원병 현수막은 속도기계와 시각기계의 결합을 보여준다. 이제 시각적 권력은 인공기관적 속도기계와 구분되지 않으며, 질주하는 체제의 소환에 응하지 않는 사람들은 비참한 조난자로 버려진다.

1930년대 중반이 백화점, 쇼윈도, 수족관의 유리창의 시대였다면, 1930년대 후반에는 질주하는 열차의 차창이 또 다른 유리창의 시각성을 제공했다. 그런데 백화점과 쇼윈도의 판타스마고리아가 분열과 우울로 귀착되었듯이, 열차의 유리창은 '한 터치의 오일'[1] 같은 고착된 조난자들을 암

---

1   최명익, 〈심문〉, 신형기 편, 《최명익 단편선》, 문학과지성사, 2004, 164쪽, 166쪽.

시했다.[2] 한 터치의 오일이란 총동원 시기[3]의 죽음정치에 의해 신체와 생명이 시대의 캔버스에 달라붙은 존재를 뜻한다.

빛이 현란할수록 배제된 앱젝트가 많아지듯이 질주의 상상력은 수많은 탈락자를 만들어낸다. 그 점은 1920년대부터 1940년대 전반까지 큰 차이가 없었다. 1920~30년대의 삶권력의 빛을 떠받치는 것은 죽음정치였으며 유랑자와 실직자들의 존재가 그것을 말해준다.

그런데 전쟁으로의 질주의 시대에는 보다 극단적인 죽음정치에 의해 삶이 고착화된 사람들이 곳곳에 생겨났다. 속도기계와 결합한 이 시기의 죽음정치는 이탈자들이 산 채로 죽음이 되는 총동원 체제의 종말론적 신화를 만들었다. 최명익 소설은 특급의 속도 속에서 종말에 이른 죽음정치를 우울한 표현주의적 장면들을 통해 보여준다.

흥미로운 것은 그 같은 전쟁의 질주 시대에 일본이 표면으로는 동양평화와 **내선일체**를 주장한 점이다. 일본은 민족 말살을 내세우는 대신 조선의 문화를 보존해주겠다고 약속했다. 일체와 협화를 주장한 일본은 오히려 조선의 매력적인 문화를 찾아내 인정해주는 척했다. 1910년대에 인류학적으로 열등한 신체가 문화의 부재를 뜻했다면 이제 조선은 제국에 의해 자기 자신의 고유한 문화를 승인받은 것이다. 그 이유는 내선일체의 동반자가 야만인일 수는 없었기 때문일 것이다. 일본은 내선이 통합되더라도 조선적인 것은 영구히 보존될 것임을 약속했다.

그런데 일본이 제시한 보존방식은 조선 문화를 로컬 컬러(local colar)로 승인해 보이지 않는 **박물관**에 진열하는 것이었다. 질주하는 제국의 열차 속에서 말소를 모면한 조선의 잔여물은 정지된 속도로 인해 로컬 컬러로 강등된 것이다. 특급열차인 일본에 대비되는 정적인 조선의 정체성은 박물관의 유리창에 갇힌 문화로서 승인받을 수 있었다.

---

2 주인공 명일은 유리창으로 밀려나는 사람과 풍경을 보며 캔버스에 한 터치의 오일이 되는 것을 상상한다.

3 일본의 총동원 체제는 1938년부터 시작되었다.

이 박물관은 **탈주자** 이상을 박제로 감금한 진열장이 아니라 제국의 열차에 **동승한 자**(동화된 자)에게 허용된 특별한 유리창이었다. 동승한 자의 포섭의 박물관에는 탈주자의 감금 장치와는 달리 응시를 유보하는 틈새가 없다. 박물관의 이상(박제)은 계보학적 틈새를 통해 응시의 자유를 유보했지만 로컬 컬러의 박물관은 계보학과 응시를 모두 배제하는 장치였다.[4] 로컬 컬러는 앱젝트(박제)보다 매력적이었으나 그것이 허용된 대가로 탈주자의 도발적인 응시는 불가능해졌다. 이제 탈주자란 거세된 산 죽음이었으며 열차에 동승한 사람 역시 타자성의 상실로 인한 거세공포를 피할 수 없었다.

조선 문화가 박물관의 전시물이 된 것은 속도의 차이에 의한 것이었다. 제국의 속도에 대비되는 정지된 시간 때문에 조선 문화는 보이지 않는 진열장 속에서 연명하는 명령을 받은 것이다. 그와 함께 이제 일체가 되었기 때문에 비판이 거세된 상태에서 조용한 공포와 폭력에 시달리게 되었다. 내선일체란 반세기 후 배수아가 말한 '이상한 고요함'[5]의 폭력이 전쟁의 질주 속에서 나타난 예외상태[6]의 체제였다. 다만 소실점을 향해 달리는 초합리적 속도에 빠져들 때 환각처럼 잠시 불안과 공포를 망각할 수 있었다.[7]

내선일체란 가짜 정체성을 주는 동시에 모든 것을 무자비하게 빼앗는 역설적 체제였다. 조선인은 일본의 페티시(로컬 컬러)와 부품(강제동원[8])으로서 국민이 되었으며 그 이상의 이질적 타자성은 가혹하게 배제되었다. 이 아이러니한 권력은 일체를 주장하고 경계를 넘는 척하며 조선인을 더

---

4   이상의 박제가 계보학적 틈새에서의 피테칸트로프스였다면 로컬 컬러는 동일성의 하위분류로서 박물관의 진열품이었다.

5   나병철, 《미래 이후의 미학》, 문예출판사, 2016, 407쪽 참조.

6   예외가 일상이 된 상태를 말함. 조르조 아감벤, 박진우 역, 《호모 사케르》, 새물결, 2008, 60~61쪽.

7   군용열차에서 달리는 열차를 자주 보여주는 것은 그 때문이다.

8   이 강제동원은 내선일체라는 이름 아래 자발성으로 위장되었다.

큰 공포 속에 몰아넣었다.

그런 맥락에서 내선일체와 함께 이율배반적인 모순을 드러낸 것은 **근대초극론**이었다. 질주광과 운동의 독재 시대에 일본은 민족의 경계를 넘는 근대의 초극을 주장했다. 근대초극론은 오늘날에도 중요한 근대적 경계를 넘는 사유로서 단순한 전쟁 이데올로기만은 아니었다. 근대의 초극 논쟁에 참여한 논객들은 제국 쪽에서 보면 위험한 사상가이기도 했을 것이다. 실제로 교토 학파는 국가와 세계를 연결하는 탈경계적 '블록권역'을 철학적으로 의미화하려 했다.[9] 그러나 초극의 논의가 초월적인 천황과 국체와 연관되는 순간 철학적 논의들은 국경을 넘는 전쟁을 승인하는 제국의 이데올로기로 환원되었다.

그처럼 근대초극의 지성적 극점에 기대는 듯하며 제국을 확장시키는 시대는 모든 저항이 무효화되는 시대이기도 했다. 제국은 비판 사상을 근대초극의 자장(磁場)으로 빨아들이면서 이제 어떤 견제도 불가능해진 총동원 체제를 작동시켰다. 근대의 경계를 넘는 최고 지성의 유연한 사상이 가장 경직된 전쟁의 무기로 전용되었던 것이다. 최명익 소설이 보여주는 병자와 질병의 세계는 그런 경직된 질주의 시각성을 산란시키는 죽음의 음화의 응시였다. 최명익은 〈심문〉에서 죽음을 불사하고 육체의 캔버스에 '심문'을 그렸지만 나머지 소설들에서는 정신적 · 육체적 폐허 자체를 응시할 뿐이었다. 이제 응시는 죽음정치의 음화를 통해서만 가능하게 되었으며 그런 암흑의 세계는 조난자가 미리 보여주는 종말론적 파국과도 같았다.[10] 세계가 폭력적으로 질주할수록 조난자는 물론 탑승한 사람조차 움직일 수 없는 죽음의 공포를 경험한 것이다. 이상의 〈날개〉가 행동하지 않으면서 움직이고 있었다면, 최명익의 소설들은 움직일 수 없는 삶을 통해 질주의 시각성을 죽음의 음화로 난반사해 보여준다.

---

9   가라타니 고진, 〈근대의 초극에 대하여〉, 히로마쓰 와타루, 김항 역,《근대초극론》 241쪽, 247쪽.

10 신형기,《분열의 기록》, 문학과지성사, 2010, 116~119쪽.

그러나 내선일체 시기에 피식민자가 모두 유리창에 진열되거나 죽음의 음화에 갇혀 있었던 것은 아니다. 이런 광적인 질주와 운동의 독재 시대에 은밀하게 전복적으로 대응한 것은 김남천과 김사량이었다. 김남천은 〈경영〉, 〈맥〉에서 여성 타자의 시점을 역이용해 신체제가 타자를 환자로 배제하는 순간 체제 자체가 물위의 도시로 흔들림을 암시했다. 또한 김사량은 추방된 타자가 트랜스내셔널한 경계를 넘어 탈경계의 감각으로 되돌아옴을 시사했다.

김사량의 탈경계적 소설은 경계 부근의 타자가 전멸된 시대에 어떻게 타자성을 회생시킬 수 있는지 많은 시사점을 제공한다. 김사량은 시대의 틈새에서 사유하면서 국경을 넘는 권력에 대응해 **진짜로** 경계를 넘을 것을 주장했다. 그는 제국의 비판에서 더 나아가 민족주의조차 넘어서서 암흑의 시대를 극복하려 했다. 신체제가 전쟁을 통해 국경을 돌파했다면 김사량은 사랑과 평화를 통해 근대의 경계를 넘어서려 했다.

일본이 국경을 넘는 방식은 조선인에게 유사 정체성을 주는 동시에 진짜 정체성을 제거하는 것이었다. 김사량은 그 과정에서 제국의 유리창에 갇힌 로컬 컬러가 박물관에 진열된 도자기와도 같은 운명이라고 생각했다. 전시체제기에 조선 문화를 '박물관의 도자기'로 감금한 것은 응시가 마비된 상태에서 제국의 질주에 동참하게 만드는 방식이었다. 조선 문화란 원래 낙동강 젓꼭지나 아리랑 노래처럼 제국의 자본과 인류학을 통해서도 제거할 수 없는 잔여물(대상 a)이었다. 그런 조선 문화를 박물관에 가두는 것은 심연의 응시의 근원인 **대상 a**[11]를 **감금**하는 것과도 같았다. 일본은 로컬 컬러(유사 정체성)를 주는 동시에 응시의 근원 대상 a를 빼앗았던 것이다. '낙동강 젓꼭지'와 '박물관의 도자기'의 차이는 후자에서의 응시의 근거인 대상 a의 감금이었다. 그런 대상 a의 상실의 심리적 효과가 바로 **우울증**이었으며, 조선인은 범아시아로 질주하는 제국의 소모품이 되거

---

11 라캉의 대상 a는 실재계적 잔여물이자 에로스와 윤리의 근거인 순수욕망의 원인이다.

나 정체성의 혼돈 속에서 우울에 시달려야 했다. 1910~20년대와 전시체제기의 차이는 무덤 속의 분열된 앱젝트와 폭력적으로 동원된 우울한 앱젝트의 차이였다.

앞에서 우리는 앱젝트가 실재계적 대상 a로 이동할 때 비로소 저항이 생성됨을 강조했다. 그런데 식민지 말에는 참혹한 앱젝트가 많아졌을뿐더러 대상 a의 작동을 금지하는 박물관 장치에 의해 위치이동이 힘들어졌다. 다만 대상 a란 감금된 조선 문화일 뿐 아니라 조선인의 아득한 심연의 순수기억이기도 했다. 감금된 대상 a는 완전히 상실된 것이 아니라 두레박이 닿지 않는 심연의 샘물로 남아 있었던 것이다.

그것을 감지한 것은 김사량이었으며 그는 사상이나 이념에 근거한 기표보다 깊은 심연의 대상 a를 움직여야 한다고 생각했다. 김사량은 당대에 우울과 낯선 두려움(unhomely)[12]에 시달리는 조선인이 고향(home)을 향한 충동을 버리지 않고 있음을 간파했다. 조선인은 고향을 열망하면서도 심연의 보물 같은 잔여물(대상 a)이 상상의 박물관에 갇혀 파손된 상태에서 비명을 지르고 있었다. 〈향수〉의 '나'(이현)는 그런 조선인의 구조 요청에 응답하면서 북경의 유리창(골동품 거리)에 갇힌 조선 자기를 구출해낸다.[13] '나'는 북경에서 폐인처럼 살아가는 누나와 매부를 직접 구출할 수 없었기 때문에 **은유적으로** 도자기를 구원한 것이다. 하지만 그런 은유적 저항이야말로 제국의 총동원 체제에 대한 대응의 시작이었다. 고향길의 열차 속에서 '내'가 조선 자기를 품고 있는 것은 누나의 심연에 남은 조선의 잔여물을 안고 있는 것이기도 했다. 그 순간 제국이 감금한 대상 a가 은유의 작동을 통해 구출되기 시작한 것이다. 강제로 감금되었어도 제국의 상상계에 동화될 수 없는 것(대상 a)을 품에 안음으로써 '나'는 심연의

---

12 낯선 두려움은 〈만세전〉의 이인화도 느꼈으며 모더니즘의 주인공들도 경험했지만 식민지 말에 오면 보다 절망적으로 감지된다.

13 북경의 유리창(琉璃廠)에서 구출해내지만 실상은 일본 제국의 박물관에서 누나를 구원하는 일의 은유라고 할 수 있다.

응시를 동요시킬 수 있었다. 그 점은 귀향하는 이현('나')을 전송하는 누나도 마찬가지였다. 불꽃 같은 눈으로 서로를 지켜보는 동안 얼어붙은 응시가 귀환하고 있었다. 응시의 귀환은 민족주의의 부활이 아니라 대상 a의 구원이었다. 실재계적 대상 a는 다중적 관통을 허용하기 때문에 그 순간 조선뿐 아니라 중국과 일본의 칸막이마저 넘어서는 (실재계로의) 위치이동이 시작되었다. 조선 자기의 박물관의 전시가 상상계적 공간이라면 도자기를 품에 안고 국경을 넘는 순간은 실재계로 움직이는 코페르니쿠스적 전환의 순간이었다.

코페르니쿠스적 전환은 제국중심적인 범아시아 천동설에서 동아의 별들이 움직이는 지동설로의 선회였다. 그런 선회의 순간은 (대상 a가 감금된 채) 상상적 제국의 경계에 버려진 앱젝트가 실재계적 대상 a를 회생시키는 순간이었다. 1920년대의 소설들이 현실에서 앱젝트를 대상 a로 전위시키려 시도했다면, 김사량은 심연에서 감금된 대상 a를 회생시키려는 내면의 춤을 보여준다. 김사량의 모든 소설들은 경계선상에 버려진 앱젝트들이 어떻게 마비된 응시를 회생시켜 춤을 출 수 있는가에 대한 응답들이다. 그것은 감금된 대상 a를 구출하면서 앱젝트를 대상 a로 전위시키려는 내면의 코페르니쿠스적 춤이다. 그 점에서 최명익 소설이 죽음정치의 음화이자 대상 a가 감금된 앱젝트의 미학이었다면, 김사량 소설은 죽음정치에 갇힌 앱젝트를 회생시키려는 존재론적 대상 a의 미학이었다.

2. 빛 속에서 추는 코페르니쿠스적인 춤
  ─〈빛 속으로〉

식민지 말은 그 이전보다도 한층 비식별성이 확장된 시대였다. 비식별성이 확장되면 차별의 폭력이 심해져도 아무도 동요하지 않는 이상한 정적의 사회가 된다. **비식별성**이란 상상적 동일성에 고착되어 **타자에 대한 공감을 상실한 상황**을 말한다.[14] 상상적으로 경계를 확대하는 체제는 경계 부근에 남은 이질적 존재(타자)를 공감이 단절된 섬으로 만들어 폭력적으로 배제한다. 이제 차별의 폭력이 행사되어도 타자에 대한 공감의 상실 때문에 아무도 동요하지 않는 '이상한 고요함'의 상황이 된다.

비식별성이란 생명적 존재가 법질서의 내부인 동시에 외부에 놓이는 영역이다.[15] 법질서 내부의 국민들은 법이 보호하는 옷을 입지 못한 비국민과 난민에게 잘 공감하지 못한다. 그처럼 법의 경계에 놓인 타자를 공감의 외로운 섬으로 만드는 것이 바로 비식별성의 장치이다. 아감벤은 비식별성의 위치에 있는 사람들은 합법인지 불법인지 불분명한 폭력에 의해 조용하게 배제된다고 말한다.

국민국가에서는 국민과 난민이 비교적 쉽게 구분되므로 비식별역은 넓지 않다.[16] 그런데 상상적으로 국가가 신성시되는 국가주의 사회에서는 비식별성이 난민뿐 아니라 국민의 영역에서도 확장된다. 국가주의에서는 국가의 동일성이 신성시되기 때문에 국민 중에도 비국민(난민)이 있으며 양자의 경계가 모호한 경우가 많아진다. 바로 그 모호한 비식별성의 영역에서 탈락자들이 소리 없이 폭력적으로 처리되는 것이 국가주의 사회이다.

식민지 말의 국가주의에서는 인종의 영역을 매개로 그런 비식별성이 확장되었다. 이 시기에는 내선일체에 의해 조선인의 타자성(정체성)이 무의미해지면서 모두가 일본인처럼 되어야 법적 보호를 받을 수 있었다. 황국신민되기는 상상적 일본인이 되는 것이었기 때문에 조선인은 국민으로 보호받을 수 있는지 불분명할 수밖에 없었다. 인종적 차이가 완전히 소멸

---

14 비식별성의 상황에서는 타자가 마치 없는 사람처럼 여겨진다.

15 조르조 아감벤, 《호모 사케르》, 앞의 책, 76쪽.

16 국민국가의 경우에도 내부의 난민이 있기 때문에 비식별성의 경계가 분명하지는 않다.

될 수는 없는 상태에서 조선인의 흔적은 빈번히 신민의 거부로 치부될 수 있었다. 그런 모호한 비식별성의 상태로 인해 조선인으로 눈에 띄는 사람은 차별과 폭력의 대상이 되었다. 비식별성의 시대란 상상적 동일성에 의해 타자성이 추방되면서 배제된 타자에 대한 혐오와 폭력이 묵인되는 시대이다. 아감벤의 국민국가와 국가주의, 내선일체의 공통점은 타자의 추방과 잔존하는 타자성의 혐오이다. 그중에서 내선일체 시대는 그런 타자성에 대한 폭력이 극에 달한 시기였다. 동일성이 물신화된 사회에서는 그처럼 **타자성**이 **혐오**와 동의어가 되는 것이다. 비식별성의 희생자(타자)는 공감의 눈으로 보이지 않는 존재인 동시에 혐오의 시선으로 잘 보이는 존재였다.

김사량의 모든 소설은 그런 비식별성의 시대에 대응하려는 시도라고 할 수 있다. 〈빛 속으로〉에서 동경에 거주하는 '나'와 혼혈인 하루오는 일본과 조선의 경계에 놓인 인물들이다. 두 사람은 비식별성 속에서 아무도 모르는 어둠의 고통을 겪지만 누구에게도 그것을 표현할 수 없다. 이 소설은 두 주인공이 서로의 고통을 확인하며 비식별성의 어둠에서 빛 속으로 나오는 이야기라고 할 수 있다.

비식별성의 시대에 어둠에서 빛으로 나오는 것은 타자를 민족적 특징으로 식별 가능하게 하는 일로 충분하지 않다. 조선적 타자성이 말소된 시대에 조선인을 민족으로 식별해 구출하는 것은 불가능했기 때문이다. 그렇다면 내선일체의 시대에 어떻게 비식별성의 어둠에서 타자를 구출할 수 있는가.

타자란 민족의 인종적 특수성뿐 아니라 동일성 체제에 동화될 수 없는 실재계적 요소를 지닌 존재이다. 타자가 어둠에서 빛 속으로 나온다는 것은 타자성을 무화시키는 상상적 비식별성에서 벗어나 **실재계적 태양** 주위에서 움직임을 뜻한다. 타자를 식별한다는 것은 상상계 쪽에서 실재계 쪽으로 **이동**하는 것이며 실재계의 태양의 주위를 도는 위상학이 시작된다는 뜻이다. 김사량의 〈빛속으로〉나 〈광명〉의 빛은 민족주의적 이념이 아니라 실재계적 태양이었다.

〈빛 속으로〉는 혼혈인 하루오를 통해 그런 **공간적인 이동**을 시각화하고 있다. '내'가 처음 보았을 때 하루오는 불길한 얼굴에 어둡고 그늘진 눈을 보이고 있었다.[17] 하루오의 어둠은 상상적 제국의 중력에 짓눌린 흔적이며 그런 그늘은 자신의 한쪽 조선 피에 원인이 있었다. 상상적 제국에서는 조선의 타자성이 무화되기 때문에 그는 항상 내부의 조선 피를 눈에 보이지 않게 억눌려야 한다. 그런데 물질적 차이의 근거[18]는 없어질 수 없기에 하루오는 조선인을 혐오함으로써 오염의 공포에서 벗어나 상상적으로 일본인을 확인한다.

하루오가 '나'를 따라다니며 조센징이라는 비하의 말을 내뱉는 것은 그 때문이다. 그가 '나'에게 '조센징 바까(바보)'라고 외치는 순간 그는 불길한 위치에서 벗어나 **상상적 제국**으로 이동한다. 그런데 하루오는 '나'에게 비하의 말을 하면서도 언제나 '내' 곁을 맴돌고 있었다. 그것은 자신도 모르게 상상적 일본인에서 다시 **이상한 불길함**으로 회귀하는 움직임이 있음을 뜻한다.

하루오는 동경 빈민 구호단체에서 조선인임을 밝히지 않고 미나미로 살아가는 '나'를 심리적 탈출구로 느꼈을 것이다. 그는 자신과 비슷한 상황에 있으면서 보다 더 분명한 조선인인 '나'를 희생양처럼 비하하려 한 것이다. 그러나 '나'를 심리적 표적으로 삼는 데는 유사한 고통이라는 동류의식도 작용했던 셈이다. '나'는 자신을 경원하면서도 주위를 빙빙 도는 그런 불안한 암시를 일종의 애정으로 느끼고 있었다. 하루오의 애증의 심리는 비식별성 속에서 타자성이 부인된 사람들끼리의 양가적 심리를 암시한다. 이 소설은 그런 양가성 속에서 두 사람이 타자성을 부인하는

---

17 김사량, 〈빛 속으로〉,《20세기 한국소설》12, 창비, 2005, 205~206쪽.
18 차이의 근거로서의 하루오의 피는 혈통이라기보다는 타자성을 의미한다.

182

상상계에서 벗어나 실재계적 빛 속으로 나아가는 과정을 그리고 있다.

하루오가 상상계적 질서에 갇혀 있음은 그의 가족들을 통해 보다 분명히 밝혀진다. 하루오의 아버지와 어머니는 서로 반대되는 위치에서 내선일체의 상상적 연극을 연출하고 있었다. 아버지 한베에 역시 혼혈인이었지만 그는 내지인 행세에 아무런 동요도 없는 야비한 폭군이었다. 그가 조선인과 아내에게 욕설과 폭력을 행사하는 것은 하루오가 '나'를 조센징으로 비난하는 행위와 비슷했다. 한베에가 조선인 아내를 둔 것 역시 얼마간이든 조선에 대한 향수가 남아 있음을 암시했다. 그러나 한베에에게는 하루오와 같은 심리적 동요가 없으며 그의 상상적 일본인의 고착화는 폭력의 정도에 비례했다.

상상적 정체성의 고착화는 하루오의 어머니조차 다르지 않았다. 어머니는 내지인과 결혼한 사실을 자랑으로 여기며 노예처럼 남편의 폭력을 감수하고 있었다. 그녀는 자신이 조선인임을 서글프게 생각하면서 하루오가 일본인이라고 완강하게 주장하고 있었다.

하루오 역시 조센징은 우리 엄마가 아니라고 외치며 어머니의 병실에도 찾아오지 않는다. 그러나 하루오는 '나'의 방에 찾아와 마음대로 다가갈 수 없는 어머니를 대신하는 위안으로 삼는다. 어머니 정순 역시 하루오의 일본인 정체성을 말하면서도 그가 조선인인 그녀를 따른다고 내심 흐뭇해한다.

이처럼 은밀히 표현된 하루오와 어머니의 숨겨진 교감은 **어둠 속의 춤**이라고 할 수 있다. 어머니는 하루오가 혼자서 춤을 추는 것을 좋아한다고 말한다. 스스로 일본인이라 우기면서도 놀림을 당하는 하루오는 어둠 속에서 홀로 춤을 추며 울곤 한다.

하루오의 춤은 단순히 무용수가 되려는 장래의 꿈의 표현만이 아니다. 춤이란 끝없이 중력에 저항하며 규범에 억눌린 세계를 뚫고 나오려는 육체적 승리의 표현이다. 어머니가 하루오의 춤을 말하는 순간은 일본인 중심의 상상계에서 외로운 하루오를 인정하며 실재계로 나오는 순간이다. 하루오가 춤을 추는 순간 역시 상상적 정체성과 놀림의 고통에서 벗어나 실재계의 무대로 이동하는 순간이다. 하루오는 혼자서 어둠 속에서만 육체의 승리를 확인할 수 있기 때문에 울음을 우는 것이다.

이 소설에서 하루오의 춤은 심연에서 두레박이 닿지 않는 샘물을 길어 올리려는 무의식적 동요와 다름이 없다. 〈빛 속으로〉는 춤의 **은유**를 통해 하루오가 금지된 샘물을 퍼 올리는 과정을 그린 소설이다. 하루오의 춤은 금지된 소망을 은밀히 표현할 수 있는 유일한 승인된 행위였으며, 그는 남(南)선생의 도움으로 그 춤을 현실에서 몰래 추려는 진행으로 나아가게 된다. 춤의 은유는 하루오 자신도 부인한 심연의 소망을 확인시켜주면서 그 갈망이 현실로 조금씩 흘러나오게 해준다.

이 소설은 하루오의 춤뿐만 아니라 그의 행동 자체에서 상상계에 저항하는 춤이 연출되는 순간을 보여준다. 병실에 누운 어머니는 작은 인기척이 들리자 경련이 일어나듯이 몸을 일으켰다. 어머니는 하루오가 몰래 오는 소리라고 생각하고 정신이 이상해진 것처럼 헐떡였다. '나'는 긴장감으로 온몸이 땀투성이가 되어 소리 죽여 병실문 밖으로 나왔다.

그때 나는 누군가의 조그만 그림자가 복도 모퉁이를 황급히 가로지르는 것을 본 것 같았다. 누군지 확실히는 보이지 않았지만 혹시 정말로 하루오가 아닌가 하는 생각이 퍼뜩 머리를 스쳤다. 나는 얼른 모퉁이까지 뛰어가 주위를 둘러보았다. 내 짐작은 틀린 것이 아니었다. 이층으로 올라가는 계단 뒤쪽의 어두컴컴한 구석에 야마다 하루오가 몸이 굳어버린 듯이 서서 눈을 반짝이고 있었던 것이다.

(…중략…)

아이는 한층 더 거세게 고개를 저었다. 나는 안타까워 아이의 몸을 잡아당겼다. 아이는 여전히 오른손을 등 뒤에 감춘 채였다. 뭔가 하얗고 조그만 종이 꾸러미를 꼭 쥐고는 숨기려 드는 것이었다. 순간 야마다 하루오가 자기 어머

184

니를 주려고 뭘 가져온 거라고 나는 생각했다. 자기 어머니를 병문안 와서도 남의 눈을 꺼리고 들키지 않으려 한다는 것은 얼마나 슬픈 일인가.[19]

어머니의 정신 나간 듯한 헐떡임이나 하루오의 고개를 젓는 부인은 상상계의 무대에서 연출된 풍경과 다름이 없다. 하루오의 들키지 않으려는 서글픈 행동 역시 상상적 무대가 강요하는 한 편의 연극임이 분명하다. 그런 무대의 뒤편에서 종이 꾸러미를 꼭 쥐고 몰래 어머니를 찾는 행동은 어둠 속에서 혼자 추는 또 다른 춤일 것이다. 하루오는 강요된 내선일체의 연극과 무대 뒤 심연의 비밀의 춤을 동시에 보여주고 있었다. 그는 상상적 무대가 요구하는 대로 고개를 저으면서도 어둠에 숨어서 어머니에게 다가가는 춤을 추고 있었다.

아버지가 강제하는 일본인이 상징계이고 일본 중심의 동일성의 물신이 상상계라면 어머니에게 다가가는 하루오의 움직임은 실재계적 춤이다. 하루오는 내선일체 체제에 충실히 따르면서도 완전히 동화될 수 없는 틈새에서 해방을 갈망하는 심리적 무용수가 된다. 비식별성의 시대에 그처럼 불확실한 틈새에서 용기를 내게 된 것은, 하루오가 혼자 추는 어둠 속의 춤이 중요한 계기가 되었을 것이다. 이 소설은 하루오의 춤의 은유가 현실에서 조금씩 은밀한 행동으로 옮겨지는 과정을 탐색하고 있다.

멀어지는 듯 다가서는 하루오의 춤은 어머니에게서 떨어진 후 무의식 속에서 대상 a를 갈망하는 포르트 다(fort-da) 놀이[20]와도 같다. 내선일체가 어머니를 빼앗아 갔지만 숨겨진 무의식 속의 놀이는 미처 빼앗지 못한 것이다. 하루오가 어둠 속에서 울면서 춤을 추는 것은 춤을 통해 비로소 심연의 능동성을 확인하는 시간이다. 그리고 이제 현실에서 조금씩 그런 춤을 행동으로 옮기고 있는 것이다. 대상 a를 감금하는 내선일체의 상상

---

19 김사량, 〈빛 속으로〉,《20세기 한국소설》 12, 앞의 책, 241쪽.

20 포르트 다 놀이는 어린이가 어머니에게서 멀어진 후 상실의 고통과 어머니와의 기억(대상 a)을 반복하는 놀이이다. 하루오의 어둠 속의 춤은 대상 a가 갇혀 있음을 암시한다.

적 무대를 벗어날 수 없는 하루오는 어둠 속에서만 아무도 보지 않는 실재계적 춤을 추고 있다. 단지 '나'만이 하루오의 어둠 속의 춤을 확인해 줌으로써 고착된 체제가 금지한 어머니와의 사랑을 선물처럼 돌려준다. '나'는 하루오의 심연의 구조 요청에 응답함으로써 교감의 이중주를 통해 그의 심리적 춤을 구원한 것이다. 더 나아가 '나'는 하루오가 갖가지 빛 속에서 발을 뻗고 팔을 펴며 춤을 추는 모습을 생각해본다. 그런 생각 자체가 '나'의 온몸 구석구석을 환희와 감격으로 넘쳐흐르게 했다.

그만큼 하루오의 춤과 어머니의 선물은 '나'의 숨겨진 심리적 춤이기도 했던 셈이다.[21] 하루오와 '나'는 상상계의 어둠에서 나와 실재계의 빛으로 이동하려는 내면의 춤을 공유하고 있었다. 춤이란 절망의 무대에서 희망을 꿈꿀 수 있는 미묘한 해방의 행위이다. 춤의 육체적 은유성은 절대적 권력의 무대에서 미처 벗어나지 못했어도 중력에 저항하는 몸짓을 가능하게 해준다. '나'는 하루오의 춤을 인정함으로써 그가 일본인 중심의 무대에서 살면서도 심연에서는 어머니를 사랑하고 춤을 출 수 있게 해준다. 그리고 이번에는 하루오 쪽에서 '나'의 내면의 선물에 대한 답례를 한다.

'나'와 하루오는 학생들이 야영을 간 사이에 함께 우에노 동물원으로 향한다. 두 사람이 유원지에 가는 것은 하루오와 어머니, 그리고 '나'와 하루오의 사이의 심리적 해방을 의미할 것이다. 그러나 두 사람은 무심코 동물원을 지나쳐 연못이 있는 데까지 와버린다. 비슷한 유원지이지만 둘만의 연못은 학생들의 야영이나 우에노 동물원과는 다른 의미를 지닌다. 야영이나 동물원은 사람들에게 기쁨과 위안을 주면서 내선일체의 동일성 체제를 안정화시킨다. 반면에 두 사람만의 어둠이 깃든 연못은 상처받은 심연에서 불이 켜지는 사랑의 정동을 작동시킨다. 연못으로 내려가면서 하루오가 '나'에게 심리적 답례를 한 것은 그 때문이다.

아이는 나보다 한 단 더 내려서서 마치 늙은이라도 데리고 가는 것처럼 조

---

21 실제로 '나' 역시 무용가가 되고 싶어 창작무용을 해본 적이 있었다.

심스레 내 손을 이끌고 가는 것이었다. 그러다가 계단 중간쯤에서 갑자기 멈춰 서더니 내 몸에 착 달라붙어 나를 올려다보며 응석이라도 부리듯 이렇게 말했다.

"선생님, 나 선생님 이름 알아요."

"그래?"

나는 겸연쩍게 웃으며 말했다.

"말해보렴."

"남선생님이죠?"

하고 말한 아이는 제 옆구리에 끼고 있던 윗옷을 내던지듯 내 손에 맡기고는 혼자서 신나게 돌계단을 달려 내려갔다.

나도 안도하며 가벼운 걸음으로 타다닥 하고 그의 뒤를 따라 내려갔다.[22]

하루오를 어머니에게로 이끌 때와는 달리 이번에는 하루오가 '나'를 인도하는 듯이 느껴진다. 그처럼 하루오가 적극적인 것은 어머니라는 선물에 대한 답례를 하기로 마음을 먹었기 때문이다. 선물과 답례는 동일성의 교환과는 달리 조금 다른 것을 주고받으며 인격성을 교감한다. 하루오는 '나'에게 남선생이라고 불러주는데 이는 민족적 동일성의 확인을 넘어선 인간적 해방을 선물한 것이라고 할 수 있다.

하루오가 주도적일 수 있었던 것은 그가 혼혈인의 입장에서 '나'에게 해방감을 선물하기 때문일 것이다. 혼혈인이란 '나'보다 한층 복잡한 동시에 동일성 세계의 타자로서 실재계에 더 가까이 있는 존재이다.[23] 그런 그가 '나'를 남선생으로 부르는 순간은 단순히 민족성의 기표(상징계)가 말해진 것이라고 볼 수 없다. 남선생의 호명은 상징계로의 이동이기보다는 대상 a를 감금하는 상상계에서 벗어나 조선과 일본이 차별 없이 실재

---

22 김사량, 〈빛 속으로〉, 《20세기 한국소설》 12, 앞의 책, 249~250쪽.

23 혼혈인이 앱젝트로 버려지는 것은 물신화된 상상계에서는 실재계적 타자에 대한 거부감이 커지기 때문이다.

계(대상 a) 주위를 도는 영역으로 이동한 순간일 것이다.

실재계적 **대상 a**는 상상계적 내선일체와는 달리 **다중적인 기표**(민족)들의 운행을 가능하게 하는 자리이다. 하루오는 '내'가 일상(내선일체)에서는 그렇지 않더라도 표상할 수 없는 심연(대상 a의 위치)에서는 남선생으로 살아가고 있음을 인정한 것이다. 그처럼 '나'를 대상 a의 위치로 전위시켜준 것은 민족적 타자성을 확인해주면서 현실에서 일본 이름(미나미)으로 살더라도 심연의 위치는 상실되지 않았음을 말해준 것이다. 이 순간 하루오의 남선생에 대한 존경심의 표현은 상상계에 감금된 대상 a를 회생시키며 두 사람을 실재계 쪽으로 이동시킨다.[24]

그들 이외의 다른 일본인들이 여전히 상상계에 있기 때문에 두 사람의 능동적인 교감은 아직 해방의 소망에 그친다. 그러나 그 순간에 실재계의 태양으로 이동하는 것이야말로 진정한 트랜스내셔널한 선회의 시작일 것이다. 그런 능동적 선회를 혼혈인이 주도하는 것은 그가 '나'보다 실재계적 감각에 더 다가서 있기 때문이다. 혼혈인인 하루오는 실재계적 전회가 이루어지지 않으면 결코 해방될 수 없는 존재인 것이다.

'나'의 안도감은 하루오와의 민족적 동질성이 아니라 트랜스내셔널한 위치에서 죄책감이 면제된 데서 온 것이다. 민족주의는 정반대인 내선일체와 비슷한 (동일성의) 형식으로 '나'의 미나미의 호명에 죄의식을 부착시킨다. 반면에 하루오는 '내'가 미나미로 불리더라도 여전히 떳떳한 조선인임을 확인해준 것이다. 미나미란 실재계의 태양을 돌며 조선인이 일본과 교섭할 때 생긴 호명에 다름이 아니다. 그런 트랜스내셔널한 상황을 전제로 (미나미인) '내'가 남선생으로서 당당할 수 있음을 말하는 것이기에 혼혈인인 그가 주도하고 있는 것이다. 하루오가 혼혈인이면서도 조선인 어머니를 사랑할 수 있듯이 '나'는 트랜스내셔널한 상황에서 남선생으로 살아갈 수 있는 것이다.

---

24 이는 처음에 하루오가 '나'를 조센징으로 비하했을 때와는 정반대의 상황이다.

그 점에서 하루오의 사랑의 호명은 민족주의자 이 군의 이데올로기적 호명과 구분된다. 이 군은 '나'에게 왜 조선인 어머니를 배신한 하루오를 감싸고 도냐고 항의한다. 그 말은 '내'가 학교에서 미나미로 불리며 남이라는 이름을 말하지 않는 사실에 대한 비판이기도 했다. 이 군은 '내'가 '조센징'에 대한 차별에 당당히 맞서지 못함을 질책하고 있는 것이다.

하루오가 '나'를 남선생으로 불러줌으로써 '나'는 이 군의 비판에서 벗어난다. 그러나 핵심적인 것은 '나'와 하루오의 교감이 단순한 혈통적 정체성의 확인을 넘어서는 해방을 암시한다는 점이다. '내'가 하루오의 뒤를 따라가는 결말은 선명한 민족의식 보다는 트랜스내셔널한 위치에서 경계를 넘는 해방의 교감을 암시한다. '남선생'이 혼혈인을 존중하며 뒤따르듯이 조선인은 트랜스내셔널한 위치를 뒤좇아야 실재계의 태양이 비치는 진정한 해방을 얻을 수 있다. 하루오는 여전히 혼혈인의 위치에서 경계를 넘어 조선인 어머니와 사랑을 나눌 수 있게 되었다. 마찬가지로 '나'는 동경의 트랜스내셔널한 상황[25]에서 조선인 남선생으로 살아갈 수 있게 된 것이다.

물론 '내'가 내선일체의 왜곡된 차별조차 감수하려는 것은 아닐 것이다. '내'가 소망하는 것은 잘못된 내선일체를 바로잡고 진정으로 경계를 넘어서는 상황일 것이다. 내선일체가 일본을 붙박이로 한 무대 위에서 연출되는 상상적 연극이라면, '내'가 꿈꾸는 하루오의 춤의 무대는 그런 체제의 중력에 맞서며 빛 속으로 나아가는 몸짓이다. 내선일체가 고착된 천동설인 반면 하루오의 춤은 유동적인 지동설이다. 내선일체는 일본 중심의 일체화된 상상적 무대를 오염시키지 않기 위해 실제로는 조선인을 혐오하는 어둠을 연출한다. 반면에 하루오의 빛 속에서의 춤은 조선인과 혼혈인, 일본인이 서로 교감하며 실재계의 태양을 도는 코페르니쿠스적인

---

25 현실적으로는 상상계이지만 두 사람 사이에서는 트랜스내셔널한 상황이 교감의 전제로서 인정된다.

춤을 꿈꿀 것이다.

3. 비식별성의 어둠을 해체하는 슬픔의 이중주
  — 〈무궁일가〉

〈무궁일가〉(1940)와 〈광명〉(1941)은 비식별성의 어둠에서 빛의 소망으로 나오는 과정을 그린 점에서 〈빛 속으로〉의 연장선상에 있다. 〈빛 속으로〉가 혼혈인 하루오에게 초점을 맞추고 있다면 〈무궁일가〉와 〈광명〉은 동경의 조선인 가족과 내선결혼 가족의 문제를 다루고 있다. 후자의 두 작품은 시대의 어둠에 의해 점차 벌거벗은 생명이 되어가는 사람들이 인간적인 연대를 회복하는 과정을 그리고 있다.

〈무궁일가〉는 동경을 무대로 최동성과 강명선 두 일가의 삶을 다루고 있다. 여기서 초점이 맞춰진 것은 30년 전 이주한 최동성 부친과 내선일체 시대의 강명선 동생의 대비이다. 최동성 부친은 민족주의자와 친일파(윤천수)의 구분이 뚜렷한 시기를 살아왔다. 반면에 내선일체 시대를 사는 강명선 동생(소년)은 민족애를 지닌 사람마저 암담한 어둠에 묻히는 비식별성의 상황에 놓여 있었다. 그가 최동성 부친과는 달리 모호한 태도로 삶을 살아가는 것도 그 때문이었다. 가족에게 등을 돌리는 이기심을 지닌 점에서 소년은 친일파 윤천수와도 비슷한 면이 있었다. 그러나 그의 이기심은 조선인이 몰락하는 시기에 살아남기 위한 방편인 점에서 친일파와는 달랐다.

최동성 부친은 몰락하는 시대의 어둠이 불쾌했으며 가장 못마땅한 것은 강명선의 동생이었다. 그 소년은 토역꾼으로 고생하는 형처럼 살지 않겠다며 자신은 학문을 하는 고학생이라고 외친다. 최동성 부친은 소년의 이기심에 분노해 그가 공부를 못하게 하겠다며 전기미터기를 때려 부순다. 이후로 최동성과 (그에게 기식하는) 강명선의 셋집은 죽음 같은 어둠에 휩싸이는데, 이 암흑이야말로 내선일체 시대의 **비식별성의 늪**을 은유하는 것으로 볼 수 있다.

동포애가 넘쳤던 최동성 부친은 자포자기 상태에서 알코올 중독자가 되어버렸다. 마침내 그는 울분을 참지 못하고 전기시설을 박살냄으로써 무의식으로 감지되던 비식별성의 어둠을 현실화한다. 비식별성이란 진정성과 이기심, 인간애와 비인간성이 불분명하게 된 상태를 말한다. 그런 모호성이 생긴 것은 조선적 타자성을 추방하고 일본 제국에 동화되어 살아가게 한 내선일체에 의한 것이다.

내선일체에서는 윤천수와 강명선 종형처럼 내지인으로 사는 소수의 사람 이외에 민족적 잔여물을 버리지 못한 조선인은 배제의 공포에 시달릴 수밖에 없었다. 그런 상황에서 조선적 타자성이 부인되었기 때문에 전시기와는 달리 울분을 표현할 공간이 없어진 것이다. 최동선과 강명선은 가족과 함께 있어도 고립된 느낌을 버릴 수 없었으며 끝없이 전락하며 구렁텅이 안에서 발버둥칠 뿐이었다. 반면에 강명선 동생은 벌거벗은 생명이 되어가는 두 일가의 운명을 부인하며 자신은 그들과 다르게 살겠다고 아우성을 친다.

전기가 단절된 셋집의 어두운 비식별성은 시각적 불평등성의 암시이기도 했다. 강명선 동생은 노동을 하면서도 함바집에서 자기 자리에만 전기를 달아놓고 학문을 하고 있다고 우긴다. 그가 달아놓은 전기는 공부하기 위한 것이지만 그와 함께 세상에서 '보이는 사람'이 되겠다는 선언과도 같다. 그는 시각적 불평등성과 시대적 비식별성에 저항하는 소년다운 노기등등함을 드러내고 있는 것이다. 다만 그의 시각적 저항의 방식은 비식별성의 어둠에 있는 같은 민족을 외면하는 문제점을 지니고 있었다.

강명성 동생의 특징은 다른 가족들에 비해 시각적 불평등성에 민감하다는 점이었다. 그 이외의 다른 사람들은 어둠에 묻혀 조용히 살아가는 희생자일 뿐이다. 내선일체 시대는 인공적 빛과 비식별성의 어둠으로 대비되는 시각적 불평등성의 세계였다. 예컨대 최동성은 윤천수가 서생을 모집한다는 광고를 보고 그의 집을 찾아간다. 윤천수의 집은 석조물의 대문으로 위풍당당하게 빛나고 있었다. 그러나 최동성은 내지인 현관 당번에게 내쫓겨 문지방에도 얼씬하지 못하는 투명인간 같은 존재가 된다.

이런 인공적 빛과 비식별성의 어둠의 관계는 강명선과 그의 사촌 형 사이에서도 나타난다. 강명선의 사촌 형은 Z가의 딸과 아카사카 산노 S호텔에서 **눈부신** 결혼식을 올린다. 반면에 강명선은 사촌 형에게 퇴직금 40엔을 떼인 채 그에게 따돌림을 당하고 아무도 모르게 홋카이도 광산으로 떠난다. 홋카이도 산 속에는 가장 비인간적인 **어둠의 공간**인 감옥 방의 위험이 기다리고 있었다.

강명선은 감옥 방으로 떠나기 전부터 일상에서 이미 조용한 어둠의 공간에서 살고 있었다. 야간 전문부를 꿈꾸다 운전수와 토역꾼으로 전락해 가는 최동성과 강명선은 셋집에서뿐 아니라 집 밖에서도 어둠 속에서 살아가는 셈이었다. 두 사람의 가족은 가난으로 고통을 겪을 뿐 아니라 **보이지 않는 사람**으로 살아가고 있는 것이다. 최동성과 강명선 일가가 살고 있는 셋집은 전기가 나가기 전에도 이미 어둠 속에 잠긴 것과도 같았다. 전기가 끊긴 후 콘크리트 바닥의 두 첩 방에 기거하는 강명선 동생은 의리와 인정이 남아 있는 최동성 부친에게 셋집이 돼지우리와 다름없다고 소리친다.

"의리와 인정을 버린 놈은 돼지와 다를 게 없어! 돼지와 말이야!"

"어째서 내가 돼지예요. 돼지냐고요?" 하며 소년은 극심한 공포를 느끼면서도 아버지의 팔을 풀어주지 않으려는 듯 몸을 아래로 지탱하면서 얼굴을 들이밀고 절규했다.

"의리 인정을 지켜서 아저씨는 이렇게 훌륭하게 살고 계신가요? 저는 하나도 부럽지 않습니다. 여기야말로 돼지우리 아니고 뭐에요. 돼지우리라고요. 돼지우리."

(…중략…)

"나는 윤, 윤천수처럼 개 같은 놈과는 달라. 알겠냐. 네놈은 윤천수 눈깔이라도 빼올 정도로 지독한 놈이렷다! 제길. 나가. 썩 나가라!"[26]

최동성 부친이 소년(강명선 동생)에게 돼지라고 말한 것은 인간다움을 상실했다는 뜻이다. 이에 대해 소년은 의리와 인정을 지킨 대가로 두 일가가 오히려 비천한 돼지로 전락했다고 외친다. 소년이 말하는 돼지우리는 벌거벗은 생명과 앱젝트가 되어가는 상황을 지적한 것이다.

두 사람이 서로를 돼지라고 비난하는 것은 인간과 비인간(돼지)의 구분이 불분명해진 비식별성의 상황을 재연하는 것과도 같다. 그 때문에 노인과 소년의 두 가지 돼지의 표현의 타당성을 따지는 것은 무의미하다. 인정이 남아 있는 부친과 최동성은 윤천수를 미워하면서도 그에 대적하지 못하고 비천한 존재가 되어간다. 반면에 부친의 말이 암시하듯이 소년이야말로 윤천수와 비슷하면서도 그의 눈을 빼 올 수 있을지도 모르는 것이다.

노인이 말한 '눈'은 시선과 거세의 흥미로운 대비를 암시하고 있다. 윤천수는 시선의 권력을 지닌 자이지만 부친에 의해 거세되어야 할 존재로 지탄받고 있다. 그런데 현실에서는 윤천수가 출세가도를 달리는 반면 인간다움을 소망하는 사람들은 생활고 속에서 실제로 거세되어 가고 있다. 비인간적인 사람은 인간의 지위를 누리는 반면 인정이 남아 있는 사람들은 비인간이 되어가고 있는 것이다. 그런 모순으로 인해 인간과 비인간의 구분이 모호해진 것이 시각적 불평등성을 지닌 비식별성의 시대의 특징이다. 비식별성의 시대에는 비인간적인 사람들이 승승장구하는 반면 인간적인 사람들은 비인간으로 몰락해간다.

---

26 김사량, 〈무궁일가〉,《김사량, 작품과 연구》4, 역락, 2014, 312~313쪽.

그런 인간과 비인간의 모호성은 인공적 빛과 어둠의 관계에서도 마찬가지였다. 인정을 품은 사람을 어둠에 매장하며 당당해진 인공적 체제는 진짜로 빛나는 사회가 아닐 것이다. 반대로 비식별성의 어둠에 매몰된 사람들이야말로 진짜 빛에 대한 소망을 지니고 있었다. 그 때문에 비식별성의 시대를 해체하기 위해서는 빛과 어둠의 관계에서 반전이 필요하다.

이 소설의 후반부는 인공적인 빛과 비식별성의 어둠의 관계에서 반전이 일어나는 과정을 암시한다. 이 소설은 비식별성의 상징인 셋집의 어둠이 전기 빛(인공적 빛)이 아닌 다른 빛을 얻는 과정을 그리고 있다. 인공적인 전깃불이 상상계의 빛이라면 이 소설이 암시하는 또 다른 빛은 〈빛 속으로〉에서처럼 실재계적 빛이다.

그런 반전의 계기는 강명선 아내의 출산과 소년의 귀환이다. 강명선 아내는 남편이 말없이 홋카이도로 떠났을 때 출산의 산고를 겪고 있었다. 남편의 홋카이도행은 아내의 출산으로 생활고가 심해질 거라는 우려 때문이었고 새 생명의 탄생은 축복이 될 수 없었다. 어둠 속에서 아내가 내지르는 비명은 모두의 고통과 복잡한 난국을 함축하고 있는 것 같았다.

최동성은 새로운 작은 생명을 걱정하는 사람들을 보며 어둠 속의 촛불을 구원의 빛으로 생각하려 애쓴다. 그는 강명선의 동생에게 출산을 알리러 함바집에 가면서 토역꾼 미륵과 함바집 노파의 인정에서 작은 격려를 얻는다. 그러나 그런 의리와 인정은 단지 심리적 위안일 뿐이다. 그가 어둠 속에서 진짜 구원의 빛을 느낀 것은 집으로 오는 길에 발견한 배회하는 소년(강명선 동생)의 모습에서였다.

자신의 집 주위에 한 사내의 검은 그림자가 배회하고 있는 것이 보였다. 어두운 밤이어서 그게 누군지 확실히 보이지는 않았다. 하지만 직감적으로 그것이 명선의 동생이라는 것을 알았다. 어느새 그 그림자는 현관 앞으로 가더니 몸을 문간에 착 기대더니 움직이지 않았다. 함바집 노파에게 이야기를 듣고 역시 마음이 움직여서 여기까지 온 것이리라. 형수의 신음소리에 귀를 쫑긋

세우고 있는 것이 틀림없다. 동성은 잠시 동안 깊은 감동에 몸을 맡겼다. 전신이 찡하고 마비되는 것 같은 기분이 들었다.

(…중략…)

그때 동성은 소년의 얼굴에 두 줄기 눈물이 흘러내리는 것을 봤다.

"이 녀석 바보같이." 하고 자신도 모르게 목이 막혀 울면서 외쳤다. "이제 돌아와. 이 녀석 아. 바보 같이 굴지 말고 돌아오라고."

소년은 팔로 눈물을 닦더니 뛰어갔다. 동성은 잠시 동안 우두커니 선채로 그 검은 그림자가 멀리 사라지는 것을 바라보고 있다가 혼잣말로 중얼거렸다.

"난 혼자가 아니야. 난 혼자가 아니야."[27]

강명선의 동생은 가족에 대한 의리를 부정했지만 자신도 모르게 형수의 출산을 걱정하며 발길을 옮기고 있었다. 소년이 형수의 출산과 새 생명 앞에서 도망치려는 듯 다가서는 모습은 그의 심리적 동요의 표현이다. 소년의 어둠 속의 배회는 인공 빛 아래서만 존재를 승인하는 상상계적 장치 때문에 위축된 행위일 것이다. 반면에 형수의 신음에 대한 귀 기울임과 두 줄기 눈물은 그의 심연으로부터 흘러넘치고 있는 것이다.

소년은 가족을 부인하는 듯했지만 윤천수처럼 출세에 물신화되지 않았고 하루오(〈빛 속으로〉)처럼 양가성을 지니고 있었다. 그 점에서 소년은 혼혈인이 아니지만 하루오 만큼이나 복합적이고 다중적인 심리의 존재였다. 하루오와 소년의 공통점은 내선일체에 따르는 듯하면서도 어린 영혼이 체제에 결박당할 수 없었다는 점이다. 하루오에게 잔존하는 것이 어머니였다면 소년에게는 새 생명이었다. 새 생명은 벌거벗은 생명이 되어가는 그의 가족과 다르기 때문에 애틋함이 남아 있었으며, 자신도 모르게 그에 다가가는 반복적인 심리적 춤을 추고 있었던 것이다. 소년의 귀환은

---

27 김사량, 〈무궁일가〉, 위의 책, 327쪽.

내선일체의 상상계와 실재계적 무의식 사이에서 동요하는 점에서 하루오의 코페르니쿠스적 춤과도 유사하다.

그 같은 소년의 귀환은 단순히 현실을 포기하고 가족을 선택한 것이 아니다. 그는 인위적으로 만들어진 비식별성의 체제의 경계를 넘는 도정에 있다고 할 수 있다. 여전히 저쪽(인공 빛)에 발 딛고 있는 그가 도망친 것은 체제로의 회귀가 아니라 아직 혼자서는 빛과 어둠의 경계를 반전시킬 힘이 없기 때문이다. 소년의 눈물은 자신이 발 디딘 인공 빛의 체제를 반전시키려는 갈망이며 그것은 진짜로 경계를 넘고 싶은 소망의 표현이기도 하다

소년의 귀환은 자신이 부인했던 의리와 인정의 귀환으로 볼 수 있다. 그러나 그의 인정의 의미는 자포자기에 빠진 최동성의 부친과는 상이하다. 의리를 지킨 대가로 비천한 존재가 된 최동성의 부친은 감성적 타자를 돼지로 만드는 시대에 대응할 힘이 없다. 회고적으로 반복되는 그의 인정은 변화된 시대에 대적할 무기가 되지 못한다. 반면에 소년은 시대의 한복판에 던져졌다가 물밑에서 실재계적 무의식으로 선회하는 또 다른 반복을 보여준다. 최동성 부친의 인정이 되돌아올 수 없는 의리에 대한 향수라면 소년의 인정은 실재계로의 선회 속에서 새로운 능동성을 생성하는 의미를 지닌다.

소년은 내선일체로부터 선회하기 때문에 역설적으로 이 소설의 모든 인물 중에서 가장 잠재적으로 다수 체계적이다. 내선일체가 가짜 다수성이라면 그것을 뒤집는 소년의 선회는 진짜 다수 체계성 속에서의 움직임이다. 소년은 가짜 트랜스내셔널로부터 선회하며 진짜로 경계를 넘으려하기에 단순한 인정과는 달리 실재계로의 전회가 가능한 것이다. 실재계로 접근한다는 것은 다수 체계성의 경계를 횡단한다는 뜻이며 그것이 소년의 귀환이 하루오와 같은 코페르니쿠스적 춤으로 보이는 이유이다.

최동성 부친과는 달리 소년의 의리의 귀환이 우리를 감동시키는 것도

그 때문이다. 실재계적 접근이라는 것은 인공 빛과는 다른 새로운 빛을 향해 선회하기 시작했음을 뜻한다. 소년이 향하고 있는 빛은 내선일체의 인공 빛은 물론 최동성 부친의 인정과도 다른 '전회의 빛'이다. 소년의 실재계적 전회의 빛은 상상계에 갇힌 고독한 사람들을 타자로 회생시킬 틈새의 공간을 만들 수 있다. 소년은 인기척을 느끼며 도망쳤지만 최동성은 이미 그 새로운 틈새와 빛을 보았기에 목이 막히며 소년과의 내면의 교감을 확신했다. 눈앞에서 달아났음에도 불구하고 소년이 최동성의 내면을 동요시키며 혼자가 아니라는 확신을 준 것은 그 때문이다. 최동성의 감격은 자신이 혼자가 아님을 발견한 데 있었다.

비식별성의 시대는 체제의 인공 빛(상상계적 동일성)에 동화되지 않은 사람을 혼자로 만들어 어둠의 늪에 몰아넣는다. 그처럼 비식별성의 장치란 타자를 어둠의 존재로 배제하며 연대를 불가능하게 해 동일성의 체제를 공고히 하는 권력이다. 실제로 최동성 부친뿐 아니라 두 가족들은 모두 그런 비식별성의 체제에서 외롭게 비천한 어둠 속으로 몰락하고 있다.[28]

그 같은 고독한 몰락을 중단시킨 것은 소년의 귀환이다. 현실에 발 딛고 있는 소년이 반전을 일으킴으로써 최동성과의 사이에서 **슬픔의 이중주**를 연주할 수 있는 틈새가 열린 것이다. 결말의 '나는 **혼자**가 아니라'는 최동성의 감격의 말은 이 소설에서 가장 감동적인 전회의 순간이다. 그 순간 최동성은 소년의 코페르니쿠스적인 춤에 의해 고취되는 동시에 그의 불안한 춤에 확신을 주면서 어두운 셋집에서 새로운 빛에 다가선다.[29]

어두운 셋집이 우울한 것은 타자성과 대상 a가 감금된 상태에서 같이 있어도 쓸쓸했기 때문이다. 내선일체란 심연 속의 실재계인 대상 a를 감

---

28 그 때문에 그들이 주고받는 얼마간의 인정은 고립된 몰락의 느낌을 구원하지 못한다.

29 타자를 고립시켜 배제하는 시대에는 무력한 최동성도 불안한 소년도 혼자서는 구원을 얻지 못한다. 최동성이 소년의 불안을 구원해주고 소년이 최동성의 무력한 고립감을 해소해주는 이중주만이 서로를 해방시키는 연대를 생성할 것이다.

금해 우울한 사람들이 실재계 쪽으로 움직이지 못하게 하는 장치이다. 그런 상황에서 경계를 넘어 실재계로 선회하는 소년의 귀환은 감금된 대상 a를 다시 움직이며 공감을 회생시키고 있다. 셋집의 어둠 속의 사람들이 연민의 손을 잡는 것은 '전회'의 의미를 생성하지 못한다. 그와 달리 〈빛속으로〉에서처럼 대상 a의 구원이 관건이기에 다수 체계적인 경계선상의 인물의 (실재계적) 선회를 통한 공감의 이중주가 요구되는 것이다.

배제된 타자를 대상 a의 위치로 전위시키는 것은 상상계에서 실재계로의 위치이동의 문제이다. 소년은 민족감정으로 체제를 부인하기보다는 다수 체계적으로 내선일체를 넘어서며 상상계에서 벗어나 대상 a를 회생시킨 실재계로 이동한다. 이처럼 상상계에 물신화된 내선일체는 탈주나 부인을 통해서가 아니라 전회를 통해서만 전복된다. 전회란 상상계로부터 실재계로의 위치이동을 말한다. 구원이란 단순히 민족애나 인정이 많아지는 것이 아니라 현실에 발 디딘 사람이 경계를 넘어 선회할 때, 그리고 그 위치이동의 순간 희생자와 이중주를 연주할 때 생겨난다.

비식별성의 체제는 감성적 타자를 벌거벗은 생명으로 **고립**시켜 영구적인 식민지를 만드는 것을 목표로 한다. 반면에 소년과 최동성 사이의 감성적 **연대**는 우울한 고립에서 벗어나서 어두운 비식별성을 관통한다. 〈무궁일가〉는 비식별성의 어둠에서 고립된 사람들이 코페르니쿠스적인 이중주를 통해 구원을 암시받는 소설이다. 내면의 이중주의 순간이야말로 인공적인 전깃불이 아닌 실재계에 메아리치는 심연의 영원한 빛이 생성되는 시간이다. 두 사람 사이의 슬픔의 이중주는 비인간적인 영구적 식민지에 저항하는 인정 어린 영원한 무궁일가를 암시하고 있다.

4. 제국의 인류학과 피식민자의 골상학
   ─〈광명〉

〈광명〉(1941)은 주인공 '내'가 골상학을 통해 일본인 행세를 하는 조선인을 판별하는 삽화로 시작된다. '내'가 의혹의 눈빛으로 조선인을 구별해내는 것은 일본인과 조선인의 구분이 불분명해진 비식별성의 상황을 해체하기 위한 것이다. 일본인과 조선인의 **차이**가 불분명한 비식별성의 상황이란 부주의하게 조선의 흔적이 드러난 사람을 냉혹하게 **차별**하는 현실을 뜻한다. 이 시기에 동경에서 일본인 행세를 하는 조선인이 많아진 것은 조선인에 대한 차별과 혐오가 극심해졌기 때문이다. '나'의 골상학은 그런 상황에 대응해 조선인을 당당하게 조선인으로 보게 하기 위한 것이다. 그 점에서 '나'의 타자의 골상학은 제국의 인류학과 대비된다.

제국의 인류학은 카메라와 메스, 인체측정기를 통해 조선인을 열등한 신체로 발견해내는 방법이었다. 조선인은 그런 근대과학의 에피스테메를 통해 행동이 느리고 지적 결함을 지닌 존재로 측정되었다.[30] 일본인과 조선인의 차별성을 과학으로 입증하는 이 인류학적 시선은 내선일체 시대까지 지속되었다고 할 수 있다. 내선일체 시대는 일방적인 시선에 의한 조선인의 폭력적 차별이 오히려 더 심해진 시기였다.

결연의 환상을 내세운 내선일체 시대에 인류학적 편견에 근거한 차별이 극심해진 것은 역설적이었다. 물론 1930년대 이전에도 제국의 보이지 않는 카메라와 편견 앞에서 조선인은 침묵할 수밖에 없었다. 그러나 그때는 제국의 시각적 장치들을 관통하는 조선인의 물밑의 응시가 표현되었고 그것을 입증하는 것이 문학이었다.

반면에 내선일체는 결연의 환상을 통해 응시를 마비시키고 피식민자의 타자성을 부인하는 방식이었다. 일본은 일체를 말하며 식민 상태를 부인

---

30 김철, 《우리를 지키는 더러운 것들》, 뿌리와이파리, 2018, 58~60쪽.

했지만 실상은 피식민자의 타자성과 응시가 부인된 셈이었다. 그처럼 이제는 결연의 환상으로 피식민자의 타자성이 부인되었기 때문에 차별받는 조선인에 대한 공감은 표현되기 어려웠다. 내선일체란 일체를 주장하는 동시에 조용한 비식별성 속에서 인종적 차별이 극심해진 시대였다. 내선일체와 제국의 인류학의 역설적 결합이 바로 조용한 비식별성이었다.

'조용한 비식별성'은 식민지 말의 비극의 상황을 요약한다. 일체의 환상이 타자에 대한 공감을 무효화했기 때문에 조선인 타자는 아무도 항의하지 않는 가운데 고통에 시달려야 했다. 일본인의 가면을 쓴 조선인이 많아진 것 역시 그처럼 '이상한 고요함' 속에서 차별이 행해지기 때문이었다.

〈광명〉의 '나'의 골상학은 그런 '조용한 비식별성'의 상황에 대응하려는 노력으로 볼 수 있다. 과거 일본의 차별의 시선에 대한 응시의 흐름은 피식민자를 구출하려는 잠재적 소망을 지니고 있었다. 반면에 '나'의 골상학은 피식민자를 구출하려는 것이 아니라 비식별적 상황의 피해자를 구원해내려는 시도였다. '조용한 비식별성'이란 일본인으로 일체화되는 시대에 식민지인이기 이전에 일본인이 아니라는 이유만으로 차별의 폭력이 행사되는 상황을 말한다. '나'의 골상학은 그런 비식별성의 폭력에 맞서 인종적 '차이'를 구원하려는 것이었다. '내'가 구출하려는 피해자에는 조선인뿐만 아니라 일본인과 중국인도 포함되어 있었다.

내선일체가 경계를 넘는 주장이었다면 차별의 폭력이란 자기 자신의 극단적 예외인 셈이었다. 조용한 비식별성이란 예외의 일상화에 다름이 아니다. 비식별성은 차별이 심해져도 아무도 말하지 않고 내선일체가 진행되는 듯이 느끼게 하는 환각의 장치였다. 일상이 된 예외적 차별은 혐오 장치에 의해 보이는 동시에 환각 장치에 의해 보이지 않았다.

그에 대응해 비식별성을 해체하려는 것은 예외적 폭력을 **예외**로 보게 하기 위한 것이다. 그리고 그런 이상한 폭력에서 벗어나 예외의 일상화 대신 진짜로 경계를 넘을 것을 주장한 셈이었다. 비식별성이 경계를 불분명하게 만들면서 조선인 타자를 조용히 폭행하는 장치라면, '나'의 골상학은 경계선상의 타자를 당당하게 보이게 만들어 진짜로 경계를 넘으려는 시도였다.

비식별성의 시대의 폭력과 혐오는 **경계선상**에서 가장 극심해진다. 조선인 식모에 대한 시미즈 큰딸의 학대와 혐오가 그 대표적인 예이다. 내선결혼을 한 시미즈는 원래 조선인이었으며 전처 소생인 큰딸 역시 조선 출생이었다. 그런데 시미즈 가족 중에서도 큰딸이 동족인 조선인 식모를 가장 가혹하게 학대하고 있었다. 일본인 행세를 하는 큰딸이 식모 토요를 혐오하는 것은 자신의 경계선상의 존재로 인한 심리적 오염의 공포 때문이었다. 그것은 마치 〈빛 속으로〉에서 혼혈인 하루오가 자신의 조선 피를 지우기 위해 어머니를 부인하는 것과 비슷했다. 큰딸 역시 하루오처럼 '내' 앞에서는 애원과 호소를 하는 듯한 애처로움을 보이고 있었다.

'나'의 골상학은 시미즈 큰딸과 식모 토요의 조선 출생을 판별해내는 것에서 시작된다. 이어 '나'는 같은 동네에 사는 문 군과 함께 시미즈 가족에게 학대받는 식모 토요의 문제를 의논하고 있었다. 두 사람의 토요에 대한 걱정은 민족주의적 동포애라기보다는 침묵 속에서 차별을 당하는 이질적 골상학 타자에 대한 염려였다.

마침내 시미즈 쪽에서 문 군이 토요를 빼돌렸다고 경찰에 붙잡히게 만들자 '나'는 더 참지 못하고 시미즈 집을 방문한다. 이때의 '나'의 시미즈 가족들과 승강이는 흥미롭게도 내선융화를 둘러싸고 진행된다. 논쟁 중에 내선융화는 숭고한 이상과 암울한 현실 사이에서 동요하고 있었다.

시미즈는 기세가 등등해서 문 군을 내선융화의 암적인 존재라고 장중하게 말했다. 또한 시미즈 부인은 문 군 같은 사상이 불온한 자가 붙잡힌 것은 자업자득이라고 떨면서 중얼댔다. 시미즈의 장중한 내선융화의 발언은 일본의 숭고한 이데올로기에 대한 경외심의 표현이었다. 그에 반해

부인의 숨이 막히는 듯 떨리는 목소리는 비록 일본인이지만 여성적인 유연함이 작용한 탓이었다.

시미즈는 아내의 더듬거리는 말을 가로채며 위엄 어린 말을 이어갔다. 그는 자신이 고등관에 상응하는 자리에 있으며 자비로운 마음으로 조선인 처녀를 거뒀던 것이라고 말했다. 시미즈의 위엄은 그가 제국의 공적인 담론을 녹음기처럼 재현하고 있다는 안전성에서 나온 것이었다. 그와 함께 장중한 위엄의 과도함은 비식별성의 장치에 의거해 폭력적 차별을 숨겨야 한다는 강박감의 암시이기도 했다. 시미즈는 숨겨져야 할 차별을 드러낸 문 군을 암적인 존재로 혐오함으로써 다시 내선융화의 안정성을 회복하려 하고 있었다.

그러나 '내'가 마치 **골상학자**처럼 위선적인 시미즈가 조선 출신임을 말하자 시미즈 부부에게 동요와 혼란의 빛이 감돌기 시작했다. 골상학이란 내선일체와 제국의 인류학의 결합에 의한 비식별성을 식별하려는 **응시**였다. '나'의 골상학은 제국과 시미즈가 공모하는 비식별성의 장치를 해체하며 시미즈의 위태로운 위치를 폭로하고 있었다. 시미즈가 일본인인 척하는 것은 은밀히 조선인을 학대하며 오염의 공포에서 벗어나려는 상상적 환각의 시선과도 같은 것이었다. 반면에 시미즈가 조선인임을 밝히는 '나'의 골상학적 응시는 그의 위험한 위치와 함께 숨겨야 했던 학대의 사실을 드러내고 있었다. 시미즈는 제국의 상상적 **인류학**과 손을 잡고 일본인의 환상 속에서 인종차별을 비천한 신체에게 베푼 자비라고 진술한 것이다. 반면에 '나'의 골상학은 제국의 인류학과 상상적 내선융화가 숨기고 있는 현실적 폭력을 노출하고 있었다. 시미즈의 인류학의 시선이 **상상계적** 위선이라면 '나'의 골상학의 응시는 **실재계로의 전회**였다. 시미즈 부부의 불안과 폭력 역시 제국의 상상적 인류학에 근거한 내선일체의 자기모순에서 비롯된 것이었다. 상상적 일본인인 시미즈는 자기모순적인 불안한 위치에서 겪는 고통을 오염의 위험을 주는 조선인을 혐오함으로써 해소하려 했던 것이다. '나'의 실재계적 골상학의 응시는 그런 위험과 폭력의 폭로였다.

나는 다만 이러한 의미의 말을 하고 싶었다. 방금 당신은 내선융화라고 말했습니다. 과연 지금 그 문제를 몸으로 통절하게 생각하고 괴로워하지 않는 인간은 한 사람도 없을 것이오. 그런데 선생은 댁의 식모에게 그러한 태도를 보이는 것이 진정으로 내선융화를 꾀한다고 생각하느냐고. 하지만 나는 겨우 중얼거리듯 이렇게 말할 따름이었다. "……조선인 여자라고 소나 돼지처럼 다뤄도 좋다니요. 봉급을 주지 않아도 그만이고. 그래도 한 가지 그 처녀가 조선인으로서 조선인과 어울림이 선생 댁에는 폐가 돼서 곤란한 것인가요."

그러자 사내는 얼굴이 적동색으로 변하며 부루퉁해져서 후유 하고 숨을 가쁘게 쉬며, 몸을 부들부들 떨었다. 그리고는 지금이라도 숨이 끊어질 듯한 목소리로,

"경관을 불러. 완전한 억지다."[31]

시미즈는 숨겨야 할 것이 드러난 불안 때문에 '나'의 말을 부인하며 경찰을 부르려 한다. 내선일체와 인류학의 상상적 공모는 실재의 은폐를 위해 치안의 권력을 필요로 하고 있었다. 시미즈의 내선융화란 가면무도회를 하듯이 숨겨야 할 것을 잘 감추며 차별에 침묵하게 만들어야 성공할수 있었다. 반면에 '나'는 제국과 시미즈가 숨겨야 하는 것, 바로 그 가면뒤의 차별과 혐오를 드러내고 있었다. 그것을 통해 '내'가 진짜로 말하려던 것은, 내선융화란 차별을 멈추고 조선인과 일본인이 진정으로 경계를 넘는 것이라는 점이었다.

시미즈는 '나'의 말을 부인하면서도 심연의 고통은 숨길 수 없었기에눈빛이 흐리멍덩해졌다. 반면에 시미즈의 딸과 아내는 이미 내가 꺼내놓

---

31   김사량, 〈광명〉, 《김사량, 작품과 연구》 3, 역락, 2013, 240~241쪽.

은 고통의 비밀을 더 이상 감추기 어려웠다. 시미즈의 큰딸의 고통스러운 얼굴은 마치 내게 무엇을 호소하며 구원을 요청하는 듯 보이기까지 했다.

그런데 갑자기 묘한 일이 벌어졌다. 그녀가 갑자기 앞치마에 얼굴을 파묻더니 격렬하게 흐느끼기 시작했다. 그걸 보더니 남편은 미치기라도 한 사람처럼 멍한 표정을 짓고 일어서더니 휘청거리며 밖으로 나갔다. 그와 엇갈려 전처 자식인 장녀가 갑자기 방 안으로 뛰어 들어와서 "와악" 하고 다다미 위에 쓰러져 울었다. 각기 다른 고뇌를 짊어진 이 두 여자의 슬피 우는 모습을 앞에 두고, 나는 뭐라 할 수 없는 감동을 해서 그 자리에서 움직일 수 없었다.[32]

'나'는 시미즈 일가를 질책하는 대신 그들의 불안한 위치에서의 고통을 드러냄으로써 여학생 소녀와 여성의 공감을 얻어가고 있었다. 그것은 큰딸의 무언의 호소와 구조 요청에 대해 응답하는 과정이기도 했다. 시미즈 큰딸과 아내의 조선인 학대는 그녀들이 시미즈보다도 더 견디기 어려운 불안한 위치에 있다는 반증이었다. '나'는 그녀들이 혼자서 감당할 수 없는 비밀의 장벽을 함께 걷어가면서 비식별성을 해체하고 있었다.

'나'의 골상학이 제국의 비식별성의 장막을 해체할 수 있었던 것은 일차적으로는 내선결혼한 시미즈 일가의 경계선상의 위치 때문이었다. 그러나 주목되는 것은 시미즈보다도 큰딸과 아내가 '나'의 말에 격렬한 동요를 일으키기 시작한 점이다. 시미즈는 제국의 상상적 인류학과 동일성의 환상에 대한 반성이 여전히 미흡하다. 반면에 아직 성인의 문턱에 있는 큰딸에게는 경직된 상상적 동일성에 예속되기 어려운 유연함이 남아 있었다. 또한 비록 일본인이지만 시미즈 아내에게도 내선일체의 동일성에 완전히 포획되기 어려운 여성적 다수 체계성(상징계-기호계)이 잠재하고 있었다.

---

32 김사량, 〈광명〉, 위의 책, 243쪽.

내가 한 일은 잠재적 불안에 시달리는 큰딸과 아내가 환각에서 벗어나 스스로가 겪고 있는 고통을 직시하도록 한 것이었다. 위에서 두 여성이 오열하는 장면은 억압된 고통이 돌아오며 경직된 상상계에서 보이지 않는 실재계로 선회하는 순간이다. 그것은 **상상적 인류학**에 세워진 내선융화에서 **실재계적 골상학**에 의한 차이와 화해로의 전회였다. 그런 전회만이 여성 타자가 꿈꿨던 진정한 융화와 화해에 접근할 것이었다. 그 순간의 그녀들의 벅찬 울음과 그에 대한 '나'의 감동은 여성들의 감성과 '나'의 골상학적 분별력이 서로를 구원해주는 이중주의 울림이었다. '나'와 그녀들의 감성의 이중주는 내선융화와 인류학의 균열을 뚫고 나오며 또 다른 화해의 소망에 접근하고 있었다. 그 같은 맥락에서 또 한 번 이중주가 연주된 것은 여성들의 물 나르기 장면이다.

그런데 또 놀란 것은 마침 그 옆 옆에는 우연히도 누님이 대기하고 있으면서 자기 차례를 기다리고 있었다. 누님이 물통을 받아들고 있을 때, 갑자기 내 일 간(間) 정도 앞 군중 사이에서 빨간 양복을 입은 혜가 익살을 부리듯이 손뼉을 치면서 덩실대며 뛰어나왔다.
"아- 아- 아- "
그때, 잇달아서 노부코와 사치코도 자신의 어머니를 발견했다고 기뻐하면서, 혜를 따라하며 그 주변을 작은 토끼처럼 뛰어다녔다. 이제 완연히 저녁이 돼 불에 연기가 피어올랐고 또한 그것은 빛이 부족한 듯 붉은빛을 내며 타오르고 있었다.
"아- 아- 아- "
"아- 아- "
"아- "[33]

방공훈련의 물 나르기에서 '나'를 재차 감동시킨 것은 여성들과 어린이

---

33 김사량, 〈광명〉, 위의 책, 256쪽.

였다. 그중에서도 가장 눈에 띄는 것은 시미즈 큰딸과 누님의 어린 혜였다. 시미즈 큰딸은 조선인을 가장 학대하던 여학생이었고 반대로 혜는 학교에서 아이들에게 따돌림을 당하고 있었다. 이처럼 큰딸과 혜는 정반대의 위치에 있었지만 환각 같은 내선융화의 상상계에 예속된 점에서는 동일했다. 그와 함께 경직된 체제를 감당하기 힘들어하는 그들은 둘 다 남성들보다도 내면에 유연함이 잠재하고 있었다.

정반대의 위치에 있던 큰딸과 혜가 어울리는 모습은 '나'에게 감동을 불러일으켰다. 이 두 번째의 감동의 이중주는 여성들의 화해의 소망과 '나'의 연대의 소망의 결합이었다. 여성들은 내선융화의 무서운 환각의 세계(상상계)에서 벗어나 진정으로 화해하려는 소망을 표현하고 있는 것이다. 그 순간 경직된 상상계로부터 선회가 일어나고 있음은 중국인 혼혈아 노부코와 일본인 시미즈 부인이 함께 어울리고 있는 장면에서도 확인된다. 여성들과 아이들은 환각과 혐오의 상상계에서 진짜로 경계를 넘는 실재계로 선회하고 있는 것이다. 아무도 보지 않았지만 '나'의 골상학적 응시만이 경계선상의 타자와의 이중주를 감지하고 있었다. 그 순간 '나'의 가슴에서 이중주로 울리고 있는 것은 조선인, 중국인, 일본인이 함께 어울리는 트랜스내셔널한 연대의 소망이다.

물 나르기의 선회는 일본 땅에서 조선과 중국이 보인다는 시각적 해방[34]인 동시에 어두운 환각에서 벗어난 광명의 소망이기도 하다. 그 점에서 혜와 노부코, 사치코, 어머니들의 덩실대는 몸짓은 코페르니쿠스적인 춤과도 같다. 〈광명〉의 물 나르기는 〈빛 속으로〉의 하루오의 춤이 확대된 집단적인 군무이다. 여성들과 어린이는 전쟁의 불을 끄려는 화해의 물을 나르며 환각 같은 비식별성의 어둠에서 실재계의 광명으로 나오려는 춤을 추고 있는 것이다.

---

34 서두에서 아이들을 들어 올려주기 하는 장면에서 암시되고 있다.

5. 서발턴의 경계선상의 춤
— 앱젝트에서 대상 a로

김사량의 하층민을 다룬 소설에는 〈물오리섬〉, 〈풀숲 깊숙이〉, 〈벌레〉, 〈십장꼽새〉 등이 있다. 이 중에서 〈물오리섬〉은 민중의 이상향인 대동강의 아름다운 섬을 잃어버리는 이야기이다. 또한 〈풀숲 깊숙이〉에서는 내선일체 시대에 오지의 숲속에서 사는 화전민의 삶이 그려진다. 내선일체 시대는 경계선상의 존재들이 배제되는 비식별성의 시대였지만 〈풀숲 깊숙이〉의 숲속 오지는 그런 차별과 혐오의 장치마저 불필요한 공간이다. 이곳에서는 의미화가 불가능한 경악스러운 '식민지적 무의미'[35]가 연출되면서 화전민 스스로 비식별성의 존재가 되어가는 모습이 드러난다.

〈물오리섬〉과 〈풀숲 깊숙이〉가 조선을 배경으로 하고 있다면 〈벌레〉와 〈십장꼽새〉는 일본에 이주한 조선인 서벌턴(하위계층)의 이야기이다. 후자의 두 소설은 조선인들이 비천한 신체로 살아가면서도 어떻게 종말론적 어둠을 넘어서고 있는지 그리고 있다. '벌레'와 '꼽새'라는 제목이 암시하듯이 일본의 조선인 토역꾼들은 비천한 앱젝트의 삶을 살아가고 있었다. 조선인-벌레는 아감벤이 벌거벗은 생명의 예로 들고 있는 무젤만[36] 곧 차별받는 이슬람교도[37]로 불리기도 한다.

벌레이자 이슬람교도인 조선인 토역군들은 조용한 침묵 속에서 고통스럽게 살아가는 비식별성의 존재였다. 그러나 벌레로 불리는 지기미 노인과 불구적 신체인 십장꼽새는 뜻밖의 낙천적인 모습 속에서 익살스런

---

35 '식민지적 무의미'란 문화의 이질성에 의해 생긴 불길함을 말한다. 호미 바바, 나병철 역,《문화의 위치》, 소명출판, 2012, 271~304쪽 참조.

36 조르조 아감벤, 정문영 역,《아우슈비츠의 남은 자들》, 새물결, 2012, 61쪽.

37 김사량은 당시 일본에서 유행하던 이슬람 문화를 (일본의 국책과는 달리) 이화된 존재로 변주시켜 표현하고 있다. 곽형덕,《김사량과 일제 말 식민지문학》, 소명출판, 2017, 237~240쪽 참조.

춤을 추며 살아간다. 두 소설은 벌레와 이슬람교도가 어떻게 비식별성의 어둠을 뚫고 해학적인 모습으로 회생하고 있는지 보여준다.

냉정한 눈으로 보면 이주민 토역꾼들의 삶은 비참하기 그지없다. 하지만 1인칭 지식인 화자는 해학적인 응시를 통해 이주민들의 깊은 심연에 잠재한 인간에 대한 그리움을 발견해낸다. 토역꾼과 화자 사이의 그런 은밀한 교감의 이중주는 공감의 단절 속에서 비정하게 매장되는 앱젝트들을 다시 회생시킨다. 〈벌레〉와 〈십장꼽새〉에서 인간을 벌레로 짓밟는 종말론적 삶을 넘어서는 것은 인간에 대한 그리움에 근거한 해학의 이중주이다.

내선일체 시대란 조선 문화의 잔여물마저 상상적 경계 속에 영어시킨 체제였다. 그러나 비천한 민중들과 이주민 토역꾼들에게는 깊은 곳에 공동체적 인정의 샘물이 한 모금 남아 있었다. 〈벌레〉에서 '나'는 마치 모르핀 중독증에 걸린 것처럼 고독 속에서 인간이 그리워진다고 생각한다.[38] '내'가 고난과 노역이 가득한 시바우라 해변을 조선인 이주민의 메카라고 말하는 것도 그 때문이다. 이주민 토역꾼들 속에 있으면 왠지 모르게 풍성한 논 속에 있는 듯이 따끈따끈한 기분이 드는 것이다. 이런 인정이라는 주제는 〈무궁일가〉에서와도 같으며 여기서도 이주민들을 통해 인정을 다시 회생시키는 방법을 보여준다.

물론 〈무궁일가〉에서 보듯이 인정의 회생은 쉽지 않다. 실제로 '내'가 토역꾼들과 친밀하고 따뜻하게 지내는 것은 아니다. 오히려 그들은 고양이와 쥐 같은 꼴로 헤매는 '나'를 기피의 대상처럼 여기는 듯하다. 그처럼 마치 들개와도 같이 천애의 고독 속에 놓인 것은 지기미 노인도 마찬가지였다.

지기미는 토역꾼들에게 홀대를 당할 뿐 아니라 벌레처럼 꿈틀거리며 모욕을 당하기도 한다. 토역꾼들에게는 아편중독에 걸린 지기미가 오염

---

38 감사량, 〈벌레〉, 《김사량, 작품과 연구》 3, 앞의 책, 313쪽.

돼서는 안 될 기피인물의 표본으로 느껴졌을 수 있다.[39] 지기미는 내선일체에서 타기해야 할 인물일 뿐 아니라 조선인들에게조차 따돌림을 당하고 있었던 것이다.

하지만 이주민 서벌턴은 민중적 해학을 통해 반전을 보이기도 한다. **해학**이란 상황의 희생자이기 때문에 생기는 비천한 존재에 대한 공감의 반전이다. 지기미는 따돌림을 당하는 존재인 동시에 가장 명랑한 인물이기도 하다. 그는 누가 깨워달라는 것도 아닌데 '회-잇, 회잇' 기묘한 장단으로 외치며 토역자들을 기상시킨다. 그의 위세 좋은 울림 소리에 의해 인부들이 아메리카 바람이 부는 새벽 해안으로 우글우글 나온다. 지기미는 몇십 년간을 매일 빼먹지 않고 이 필사적인 호령으로 자신이 없어서는 안 될 필요한 인물임을 알리고 있다. 실제로 지기미의 호령에 의해 인부들이 식당으로 몰려가고 골목골목의 제등과 아세틸렌 램프의 불이 켜진다.

> 사방에서는 증기선 기관들이 으르렁대는 소리가 들려오기 시작하고, 암흑에 덮힌 하늘을 뚫고 여기저기서 기적이 울린다. 그러고 보니 지기미는 마치 모든 것을 지배하는 예언자이기도 하며 신처럼 보인다. 그래서 이 시바우라 해변을 이주 조선인들의 메카 혹은 메시나라고 한다면, 그를 코란 속의 알라라고 할 수 있다. 그야말로 영원 고독한 독신자로 "낳지 않고 태어나지도 않았다."[40]

지기미는 벌레 같은 이슬람교도인 동시에 코란 속의 알라와도 같았다. 그는 고통스러운 노역자들의 암흑이면서 조선인 메카의 예언자였던 것이다. 지기미의 이런 역설적인 양가적 위치는 단지 과장된 해학만은 아니다. 내선일체란 따돌림의 시대인데 그 극단에 있는 지기미는 오히려 따돌림

---

39 남현정, 〈김사량 소설에 나타난 탈식민주의〉, 한국교원대학교 석사 논문, 2009. 2, 87~88쪽.
40 김사량, 〈벌레〉, 《김사량, 작품과 연구》 3, 앞의 책, 322쪽.

의 불안에서 자유를 얻고 있는 것이다.

지기미는 자신이 아편중독 때문에 따돌림당한다고 생각하고 다른 사람들에게도 모르핀을 권한다. 지기미가 고독을 견디지 못하고 모르핀에 빠진 것은 상상적 체제에서 구원받을 수 없는 희생자임을 암시한다. 하지만 지기미의 모르핀에는 아이러니가 숨겨져 있다. '나'의 고독이 모르핀 중독증으로 느껴졌던 것처럼 지기미의 아편은 그의 고독의 중독증의 크기를 암시한다. 지기미가 모르핀을 권하는 것은 극단적으로 버려진 위치에서 아편의 위험이 겁나지 않는 반면 고독이 더 무서운 것임을 알기 때문이다. 그의 모르핀의 권유는 실제로는 어쩔 수 없는 강요된 고독 앞에서 인간에 대한 그리움을 표현하는 것인 셈이다. 인정이 남아 있는 사람도 고독을 피할 수 없는 상황에서 그는 역설적으로 고독보다 나은 모르핀의 자유로움을 표현하고 있다. 고독이 모르핀보다 더 무서운 내선일체의 상황에서 모르핀은 역설적으로 인정의 잔여물을 나타내는 전도된 대상 a의 은유이다. 모르핀을 통해 인간적 정을 회복하기는커녕 중독자는 비인간적인 수렁에 빠질 것이다. 그러나 모르핀 같은 고독의 심리를 아는 '나'는 지기미의 전도된 해학적인 은유를 읽어낸다.

시바우라 노역을 경험한 한 대학생이 앙분과 고통을 견디지 못하고 거의 발광에 이른 적이 있었다. 그때 지기미는 그에게 작은 아편을 먹여 다시 살려낸다. 대학생이 회복되자 지기미는 '그것 봐라, 그것 봐라' 하며 기뻐 날뛰었다.

대학생이 먹은 아편은 대상 a였다. 지기미는 그것을 모르고 날뛰었지만 '나'는 대학생을 배웅하고 온 지기미의 서글픈 마음을 통해 그의 숨겨진 인정을 발견한다. 지기미는 대학생이 햇살 속에서 발광했음을 기억해내고 건조대 바닥에 햇살이 새어 나오는 시간 때마다 그곳에 누워 있곤 했다. 고독을 피할 수 있었던 대학생과의 기억이 소중했기 때문에 햇살 속의 발광이 오히려 그리웠던 것이다.

모르핀과 발광을 통해서만 고독을 피할 수 있는 시대는 구원받기 어려운 고독의 희생자의 시대이다. 비식별성의 시대에 모르핀보다 더한 고독을 경험한 지기미와 '나'만이 그것을 알고 있었다. 그 때문에 지기미와 '나'의 해학의 이중주는 모르핀 중독자와 벌거벗은 생명을 상황의 희생자로 회생시킨다. 해학이란 터무니없는 상황이 실상은 극단적인 부조리 때문임을 알리는 미학이다. 토역군의 고통과 대학생의 발광, 지기미의 중독은 모두 내선일체의 비식별성의 상황이 낳은 희생의 산물이었다. 비식별성의 권력은 상황의 희생자를 동정받지 못하는 벌거벗은 생명으로 만들어버린다. 반면에 고독 속에서의 은유적 과장과 해학의 이중주는 공감력을 회생시켜 벌거벗은 생명을 상상적 체제의 희생자로 되돌린다.

　　모르핀 중독이 상상적 체제의 패배자의 모습이라면 모르핀으로 회생한 대학생은 체제의 암흑을 뚫고 나오는 실재계적 타자의 암시이다. 대학생이 발광했던 건조대 햇살 아래의 지기미는 실상은 어둠의 일식을 관통하는 실재계의 태양을 소망하고 있는 것이다. 비식별성의 암흑의 희생자인 지기미는 건조대에서 힘겹게 실재계의 태양을 보는 유일한 인물이다.

　　인부들을 태우고 앞바다에서 돌아오는 전마선을 맞으러 갔다. 이럴 때 그의 모습을 보면 조금 전에 건조대 위에서 자고 있을 무렵과 비교해 보면, 어디에서 그런 기력이 나오는 것이 괴이할 정도로 기력이 넘쳐났다. 선창에 나가 보니, 적 앞으로 상륙하려고 하는 군함을 찍은 영화처럼 무수하게 많은 전마선이 기적을 울리면서 이쪽으로 몰려드는 것이 보인다. 거기에는 시꺼먼 사내들이 한가득 실려서 이쪽을 응시하고 있다. 지기미는 기쁜듯이 한 손을 추어올리며 "휘-잇, 휘-잇" 하며 소리를 지르기 시작했다. 네 시 무렵이 되면 이러한 전마선은 모두 원래 있던 해안가 후미로 돌아온다. 그것을 맞으며 환희하며 작약하는 지기미의 모습은 석양을 받아서 마치 하늘을 합장 배례하는 이슬람 교도마냥 아름다웠다.[41]

토역군에게 홀대당하는 지기미는 실상은 그들의 심연에 잠재하는 그리움의 확대된 표현이다. 중독자이자 예언자인 지기미는 양가적 존재라고 할 수 있다. 지기미는 토역자들이 그처럼 되고 싶지 않은 마지막인 인물일 것이다. 그와 동시에 그는 토역자들이 버리지 못한 인간에 대한 그리움을 숨기지 않는 유일한 존재이다. 그는 모두가 그리워하면서도 퍼 올릴 수 없는 깊은 인정의 샘물을 두려움 없이 길어 올린다. 그 때문에 '나'의 해학의 이중주는 고통스러운 토역자의 배에서 환희 작약하는 지기미의 모습을 이슬람교도처럼 아름다운 모습으로 묘사하고 있다.

앱젝트의 양가성을 증폭시켜 심연의 잔여물(대상 a)을 길어 올리는 또 다른 작품은 〈십장꼽새〉이다. 흥미롭게도 〈십장꼽새〉의 1인칭 화자는 자신이 〈벌레〉의 작가임을 스스로 밝히고 있다. '나'의 소설을 읽은 친구 O 군은 X시 조선인 이주민 운동회에 '나'를 초청한다. 그런데 O 군은 이주민을 벌레와 이슬람교도로 부르고 있으며 '나'는 같은 벌레인 자신도 참석하겠다고 화답한다.

여기서 지기미 노인을 지칭하던 벌레는 조선인 이주민의 은유로 확대되고 있다. 그와 함께 비천한 신체에 대한 혐오발화인 벌레가 해학 속에서 조선인에 대한 공감의 언어로 변주되고 있다. 일본인이 조선인 이주민을 벌레로 부르는 것은 오염의 공포와 공감의 단절을 표현하는 혐오발화이다. 반면에 '나'와 O 군이 주고받는 해학의 이중주는 '벌레'를 감염의 기쁨과 공감의 회생을 나타내는 은유로 변화시킨다.

해학은 희생제물이 될 수 없는 벌거벗은 생명을 상황의 희생자로 부활시킨다. 또한 혐오스러운 앱젝트의 표현을 공감을 증폭시키는 은유로 변주시킨다. O 군과 '내'가 자신들과 조선인 이주민을 벌레로 부르는 순간은 그들 사이의 공감의 연대가 증폭되는 시간이다. 그런 해학의 순간 '벌레'는 자신들이 제국의 폭력의 희생자임을 은어처럼 암시하며 교감하는

---

41 감사랑, 〈벌레〉, 위의 책, 337쪽.

단어가 된다. 그 때문에 해학적 변주는 '나'와 O 군을 상상계의 앱젝트에서 공감의 근거인 실재계적 잔여물을 발견하는 위치로 이동시킨다.

이런 해학에 의한 위치이동은 X시 토역자들의 구심점 역할을 하는 십장꼽새와의 만남에서 더 확대된다. 십장꼽새는 20대 후반의 젊은 노동자로서 조선인 토역꾼들의 정신적인 지주 역할을 하고 있었다. 〈벌레〉의 지기미가 고독과 공감의 양가성을 지닌 반면 이 소설의 십장꼽새는 조선인 토역자들의 연대의 상징이었다.

그러나 여기서도 또 다른 방식의 해학적인 양가성이 작동되고 있다. 십장꼽새는 곱사등이에다 절름발이이며 외견상으로는 벌레라는 혐오발화의 대상처럼 보인다. 그런 그가 조선인을 홀대하는 일본인 담배가게 주인에게 호통을 치며 대들자 '나'는 범상치 않은 인물임을 짐작한다. 십장꼽새는 왜소화되고 불구화된 조선인 토역자의 상징으로 여겨질 수 있다. 하지만 일본인에게 벌레로 혐오될 수 있는 그가 이주민 중에서 가장 수완이 좋고 활동적이라는 사실은 역설적이다. 십장꼽새는 조선인의 핍박받는 위치와 내면의 숨겨진 활력을 상징적으로 확대해 보여주는 양가적인 인물이다.

십장꼽새는 **서발턴은 말할 수 있는가**에 대한 또 다른 응답이다. 하층민은 물론 지식인마저 모두 무력화된 시대에 십장꼽새는 경계선상의 춤을 보여준다. 김사량은 지식인뿐 아니라 서발턴 역시 진짜로 경계를 넘는 방식으로 능동성의 소망을 표현함을 암시한다. 십장꼽새가 경계를 넘으며 타자성을 회생시키는 방식은 '곱사춤'과 '열두 가지 웃음'의 반복의 유희였다. 반복의 유희란 사상도 규칙도 없는 무매개적 상태에서 흘러나오는 능동적인 힘에의 의지의 표현이다.[42] 반복은 자아의 위기의 상태에서 몸의 기억을 통해 절망을 넘어서려는 충동을 표현한다. 십장꼽새의 반복의 춤은 말할 수 없는 서발턴이 어떻게 능동성의 소망을 표현하는지 보여

---

42 질 들뢰즈, 김상환 역,《차이와 반복》, 민음사, 2004, 35~39쪽.

준다.

〈십장꼽새〉에서 양가적인 반복의 유희를 가장 잘 보여주는 것은 해학적인 곱사춤이다. 조선인 토역자들은 일본의 국책에 따라 남방으로 떠나야 할 처지에 있었다. 십장꼽새는 떠나는 사람들을 위해 송별연을 열고 손을 펼쳐 강동강동 곱사춤을 추고 있었다.

구석에서 한 사내가 장구를 치고, 방 중앙에는 방금 전 십장꼽새가 일어서서 한창 춤을 추는 때였다. 그 춤인 즉 등에 난 혹을 흔들어대며, 손을 펼쳐서 강동강동 추는 모습인데 이는 틀림없는 이른바 곱사춤으로, 내게 그것은 도저히 웃음을 참을 수 없는 것이었으나, 다른 치들은 역시 십장의 춤이고 보니, 웃음을 터뜨리지도 못하고, 자못 집중해서 노랫소리를 지르고, 함께 어깨를 들썩거리고 있었다. 노래는 서로 사랑하는 이가 헤어진다는 슬픈 속요였다.

작별은 불이 되어
타들어가는 이 내 마음
눈물이 비가 되어도
불을 꺼뜨리지 못하니
한숨은 바람이 되어
마음만 더더욱 타들어간다.

"실은 오늘 저자들이 남쪽으로 돈벌이를 하러 간다네. 그래서 우리 십장이……." 하고 O 군은 꼽새를 아래턱으로 가리키면서, 내 귀에 속삭였다.[43]

곱사춤의 매력은 벌레처럼 혐오스러운 혹을 흔들면서 중력에 저항하는 몸짓을 하는 데 있다. 남방으로 떠나는 토역자들은 자신들이 그곳에서

---

43 김사량, 〈십장꼽새〉,《김사량, 작품과 연구》2, 역락, 2009, 149쪽.

벌거벗은 생명처럼 취급당할 것임을 잘 알고 있다. 그 때문에 비천하고 혐오스러운 혹에 오히려 공감을 일으키며 지상에 저항하는 몸의 리듬에 빠져드는 것이다. 곧이어 여기저기서 사내들이 중앙으로 춤을 추러 나와 난무(亂舞)가 연출되고 있었다. 곱사춤과 그에 공감하는 난무는 흥겨움과 비통함이 구분할 수 없는 감정임을 느끼게 하고 있었다. 토역꾼들의 난무는 혐오스러운 앱젝트들이 공감의 연대를 연출하며 유쾌함 속에서 슬픔을 느끼는 해학의 공간을 열었다. 즐거우면서도 비통한 해학의 순간 토역꾼들은 상상계의 혐오의 대상에서 실재계적 타자로 회생하고 있었다.

해학의 양가성은 십장꼽새의 열두 가지 웃음에서도 나타난다. 십장꼽새는 늘상 "헤헤헤"하고 웃지만 그의 웃음에는 열두 가지 감정의 변주가 녹아들어 있다. 그중 송별회에서 곱사춤을 추면서 보여준 킹콩 같은 웃음은 슬픔에 젖어 들면서 웃는 웃음이었다. 그의 열두 가지 웃음은 해학의 열두 가지 변주라고도 할 수 있다.

마침내 십장꼽새는 '나'의 목덜미를 질질 끌며 "춤춰!"하고 탁한 목소리로 호통을 쳤다. 토역군과 지식인이 헝클어진 조선인 이주민의 춤은 경계선상의 춤이었다. 경계 저쪽으로 벌레처럼 버려진 사람들이 다시 일어나 이쪽저쪽의 틈새에서 춤을 추고 있는 것이다. 이 흥미로운 장면이야말로 **서발턴**은 말을 할 수 없지만 **반복의 춤**을 출 수 있음을 보여준다. 일본은 대동아공영의 구호에 따라 국경을 넘어 남방으로 진출했다. 그러나 일본 제국은 결국 경계선을 지키며 끝없이 직진하는 체제였을 뿐이다. 그런 직선적이고 배제적인 체제는 동료 토역꾼에게로의 접근을 가로막는 파수꾼을 통해 이미 암시된다. 남방으로 떠나는 토역꾼에게 타월을 주기 위해 부두 구내로 들어가던 십장꼽새는 파수꾼에게 걸려 대기소로 내던져졌다. 십장꼽새가 벌레처럼 내던져진 것은 남방으로 가는 토역자의 운명을 미리 암시하는 것과도 같다. 그러나 십장꼽새는 포기하지 않고 다시 일어나 파수꾼이 자리를 비운 새에 구내로 달려갔다. 그의 질주는 말할 수도

항의도 할 수 없는 **서발턴**의 포기를 모르는 **반복의 춤**이었다. 흰 타월을 팔랑거리며 절름발이로 상하로 움직이는 그는 옆으로 달리는 게와도 같았다. 국경을 넘는 제국의 질주가 앱젝트를 내팽개치는 파수꾼의 행위라면, 동료에게 다가가는 십장꼽새의 질주는 경계를 옆으로 횡단해 넘는 필사적인 게의 춤이었다.

제5장

보이는 국가와
보이지 않는 타자

1. 되찾은 국가에서의 시각적 불평등성

일본 제국으로부터의 해방은 상실한 영토의 회복과 국가의 수립을 가능하게 했다. 영토와 국가가 부활했다는 것은 식민지적 차별에서 벗어나 독립된 민족적 주체성을 되찾았음을 뜻했다. 그런데 진정한 해방이란 그런 눈에 보이는 것이 전부가 아니었다. 식민지 말의 시각적 폭력은 국경을 넘는 질주 속에서 제국의 상상적 경계 바깥을 보지 못하게 하는 것이었다. 그런 시각적 제한 속에서 제국의 지역성에 갇히게 되면 주체적인 능동적 인격성도 상실하게 된다. 식민지 말은 신체제라는 역사의 미로 속에서 정체성의 미로를 경험한 시기였다. 따라서 영토의 독립뿐 아니라 제약된 시선에서 탈출해 해방된 시야 속에서 주체성을 회복하는 시각적 해방도 매우 중요했다.

그러나 영토와 국가는 되찾았지만 **시각적 해방**은 되돌아오지 않았다. 시각적 해방 속에서 인격적 주체가 된다는 것은 보이지 않는 어둠의 영역에서 탈출하는 것을 뜻한다. 그런 해방은 앞서 살폈듯이 제국의 고착된 천동설에서 벗어나는 코페르니쿠스적 전회를 통해서만 가능하다.

예컨대 식민지 말 김사량의 소설은 제국의 상상계 영역의 (보이지 않는) 앱젝트들이 실재계의 광명을 향해 경계선상의 춤을 추는 서사들이었다. 모두가 소망했듯이 조선의 광복은 영토를 되찾은 사람들이 해방의 춤을 추게 했다. 그러나 영토는 되찾았지만 김사량이 꿈꾸었던 '**지역성**에서 **주체성**으로'의 전회는 이루어지지 않았다.

1948년에 국가가 수립되었지만 그것은 냉전의 구도 속에서 또 다른 지역성으로 편입되는 과정이기도 했다. 국가의 수립은 한국이 다시 정적인 지역성으로의 예속되는 것을 막을 수 없었다. 식민지 말에 조선인들은 국민의 지위를 승인받은 동시에 제국의 보편주의의 지역적 부속품으로 편입되었다. 그와 비슷하게 한국인들은 국민국가를 인정받는 것과 함께 기지의 제국이 이끄는 자유주의의 지역성으로 편입되었다. 이번에 우리를 부속물로 포함한 것은 자유주의를 내세워 상상적으로 질주하는 기지의 제국의 고착된 천동설이었다. 코페르니쿠스적 전회에 의한 독립적인 주체적 행성의 '광명'은 오지 않았다.

기지의 제국에 의해 지역성이 되었다는 것은 **수동적인 시각성**으로 살아가야 한다는 뜻이다. 자유주의의 리더 기지의 제국이 질주할수록 한국의 시각적 제약은 증대되었다. 새로운 시각적 제약은 바로 눈앞에 '보이지 않는 영역'이 생겨난 사실에서 뼈아픈 실감을 얻고 있었다. 새롭게 경계선을 만들며 나타난 보이지 않는 영역은 우리와 같은 민족인 북한이었다. 경계선에서 해방되는 순간 뜻밖의 새로운 경계선이 생긴 것이다. 과거의 경계선이 '대동아'였다면 지금은 자유주의의 분할선이다. 더욱이 새로운 경계선은 같은 민족을 분할해 보이지 않는 공간으로 만들고 있었다. 과거의 경계선이 포섭하는 동시에 배제했다면 지금의 경계선은 미리 반쪽을 배제하면서 나머지를 포섭한다.

새로운 시각적 제약은 단지 분단으로 북한 땅을 볼 수 없게 되었음을 뜻하는 것만이 아니었다. 분단의 선은 자유주의적 경계의 최전선이었으며 우리는 분할된 지역성을 벗어나지 못하는 감시의 시선 아래 놓이게 되었다. 북한은 영토적으로뿐만 아니라 이데올로기적 시각성에 의해 보이지 않는 국가가 되었다. 새로운 제국의 선전과 프로파간다[1] 속에서 한반도 내에도 보이는 것과 보이지 않는 것의 분할이 생기게 된 것이다.

그런 시각적 분할을 낳은 시선은 바로 냉전적 반공주의이다. 이제 반공주의는 공산주의 북한을 배제할 뿐 아니라 자유주의의 지역성에서 이탈한 불온한 타자를 색출하는 감시의 시선이 되었다. 남한의 불온한 타자는 공산주의라는 악마적 타자와 내적으로 연결된 존재였다. 반공주의는 감

---

1   기시 도시히코·쓰치야 유카 편, 김려실 역, 《문화냉전과 아시아》, 소명출판, 2012, 20~33쪽.

성의 분할을 새롭게 고착화했으며 이번에는 악마적 외부 공산주의(그리고 북한)가 내부의 앱젝트를 배제하는 근거였다.

테드 휴즈에 의하면, 분단 이후 북한은 단지 적대적 공간이 아니라 미지의 보이지 않는 장소가 되었다. 북한과 그곳의 사람들은 부재상태에서 차츰 유령 같은 존재로 이미지화되고 있었다. 북한의 새로운 개념은 어떤 죽음과의 조우, 더 정확하게는 살아 있는 죽음과의 조우로 특징지어졌다.[2]

한국전쟁은 38선을 무너뜨린 동시에 시각적 경계선도 와해시켰다. 전쟁은 북한과 북쪽 사람들을 다시 눈에 보이는 존재로 만들었다. 그 후 휴전과 함께 냉전이 지속되자 북한과 공산주의자는 재차 보이지 않는 존재로 되돌아갔다. 그런데 이번에는 공산주의자가 보이지 않는 동시에 바로 옆에 있는 듯 편재하는 것으로 느껴지게 되었다.[3] 이제 빨갱이는 마치 숨어 있는 벌레나 병균처럼 주변의 박멸 대상이 된 것이다.

중요한 것은 그런 편재하는 보이지 않는 존재가 빨갱이와 불온한 타자를 쉽게 동일시하게 만든 요인이 된 점이다. 공산주의자가 아니라도 자유주의를 어지럽히고 이적행위를 하는 불온한 존재는 빨갱이와 크게 다르지 않았다. 불온한 타자는 벌레나 병균 같은 존재인 점에서 빨갱이처럼 자유주의를 위협하는 유사 빨갱이였다.

빨갱이가 어디에도 있지만 보이지 않는 존재라면 불온한 타자는 보이면서 보이지 않는 존재이다. 불온한 타자는 공산주의자와는 달리 눈에 보이기 때문에 유사 빨갱이인 것이다. 그러나 빨갱이를 박멸해야 하듯이 유사 빨갱이 역시 제거해야만 자유주의와 국가가 안전하게 유지될 수 있다.

불온한 존재를 죽음에 이르게 하거나 보이지 않는 존재로 만드는 것이 바로 죽음정치이다. 공산주의자에 대한 죽음정치는 남한의 시민을 관리하는 또 다른 죽음정치[4]로 이어지고 있었다. 북한이 죽음의 공간이 되자

---

2   테드 휴즈, 나병철 역,《냉전시대 한국의 문학과 영화》, 소명출판, 2013, 168~169쪽.

3   테드 휴즈, 위의 책, 169~170쪽.

4   죽음정치에 대해서는 이진경, 나병철 역,《서비스 이코노미》, 소명출판, 2015, 39~45쪽과 Achille

남한에서는 의심스러운 타자가 죽음정치의 대상이 된 것이다. 그런 죽음정치와 생명정치가 묶인된 것은 자유주의적 경계선의 최전선에 있는 우리의 긴박한 상황 때문이었다.

이제 국가는 자유주의를 위한 최후의 보루로서 신성한 것이 되었다. 식민지에 대한 악몽이 친일파에 대한 증오와 애국심을 동일시하게 했듯이, 한국전쟁의 트라우마는 유사 빨갱이를 만들면서까지 국가를 신성시하게 했다.[5] 국가의 안전성을 어지럽히는 존재라면 빨갱이는 물론 모든 타자가 배제의 대상이 된다. 이처럼 자유주의가 신성시되는 상황에서 보이는 것은 **국가**였으며 보이지 않는 것은 **타자**였다.

신성한 자유주의를 위해 타자를 보이지 않는 영역에 배제하는 체제는 시각적 제약을 지닌 사회이다. 질주하는 자유주의만을 보면서 타자성과 비판 의식을 잠재우는 사회에서는 정해진 궤도 이외에는 보이지 않는다. 신성한 자유주의를 지키는 것은 국가이며 국가를 위해 모든 것을 총동원해야 한다.

이처럼 타자를 추방하는 국가주의는 식민지 말의 제국적 국가주의의 변주된 귀환이었다. 그때와 다른 점은 제국에서 독립한 국가가 있다는 점이었다. 그러나 자유주의를 지키는 보루로서 국가가 신성시된 것이며 국민의 삶은 자유주의의 부속물로서 지역성에 불과했다. 지역적 부속물로서 남한 국민의 가장 큰 꿈은 기지의 제국인 미국으로 유학가는 것이었다. 비극적인 것은 자유주의의 지역적 부품으로서 국민의 삶은 기지의 제국처럼 질주할 수 없었다는 점이다. 〈유년의 뜰〉(오정희)과 〈미해결의 장〉(손창섭)은 공허한 꿈과 비참한 현실의 거리를 매우 잘 보여준다. 〈유년의 뜰〉은 '홧 아 유 두잉'으로 시작되며 〈미해결의 장〉에서 '나'(지상)의 가족은 미국 유학 병에 걸려 있다. 두 소설에서 보듯이 남한의 국민은 영어를

Mbembe, "Necropolitics", *Public Culture* 15, no.1, 2003 참조.
5 김철,《우리를 지키는 더러운 것들》, 뿌리와이파리, 2018, 158~179쪽.

배워 미국에 가는 꿈을 꾸었지만 실제로는 그런 몽상과 괴리된 비천한 삶을 살고 있었다. 이는 제국의 국민이 되는 꿈을 꾸는 동시에 지역성으로서 비천하게 배제되는 삶을 살았던 식민지 말과 매우 비슷했다.

식민지 말의 국가주의처럼 1950년대의 또 다른 국가주의 역시 시각적 제약을 강요했다. 이범선의 〈오발탄〉에서 노모가 북녘의 고향으로 가자고 외치자 철호는 '남한에는 자유가 있지 않아요'라고 말한다. 철호는 범법자 영호와 양공주 명순 같은 불온한 타자를 보지 않으려 애쓰면서 살아간다. 그러나 잘못된 길을 부정하던 그는 스스로 자신이 가야 할 곳을 보지 못하게 되는 상황을 맞게 된다. 자유의 길을 믿었던 사람의 이 아이러니한 부자유는 자유주의 남한 사회의 시각적 제약을 암시한다.

〈오발탄〉은 **앱젝트**와 **시각성**의 관계를 매우 잘 드러낸 소설이다. 고향으로 가자던 어머니는 정신이상에 걸려 시체와도 같은 존재가 된다.[6] 상이군인인 동생 영호는 '외팔이, 절름발이, 무식한 놈, 죽다 남은 놈들'과 술을 마시며 세월을 보낸다. 여동생 명숙은 양공주 노릇을 하다 수시로 경찰에 걸려 철호에게 신원보증을 요구한다. 시체, 죽다 남은 놈, 신원보증이 안 되는 존재는 자유주의 사회의 앱젝트이다. **앱젝트**는 이중적으로 시각적 제약을 지닌 존재이다. 사람들에게 경멸의 시선을 받는 앱젝트는 자유로운 사회에서 자신이 가야 할 길을 보지 못하는 존재이다. 가족 중에서 오직 철호만이 자유주의의 규범 속에서 자기가 나아가야 할 길을 보고 있다.

그러나 이 소설은 가장 자유로운 철호가 어디로도 갈 수 없는 오발탄 같은 부자유에 부딪히는 아이러니를 보여준다. 오발탄이란 총탄 세계에서의 앱젝트일 것이다. 1950년대는 뜨거운 전쟁이 끝났지만 여전히 차가운 전쟁 속에서 총탄 같은 직선적인 길만이 강요되는 사회였다. 자유주의 사회는 눈앞의 자유로운 길로 유인하는 동시에 탈락자는 물론 체제에 동

---

6   이범선, 〈오발탄〉, 《이범선 단편선》, 문학과지성사, 116쪽.

승한 사람도 오발탄 같은 존재가 되는 세계였다. 노모와 영호, 명숙은 아예 처음부터 쏘아 올릴 수 없는 불량 탄알이었다. 그러나 아무 문제가 없는 듯이 보였던 철호마저 오발탄의 존재가 되고 만 것이다. 가장 자유주의를 신봉하던 철호가 시각성을 잃고 외면받는 앱젝트가 되는 역설은 자유주의의 시각적 부자유를 암시한다. 앱젝트의 부자유란 자신의 갈 길을 보지 못하는 동시에 다른 사람의 눈에 보이지 않게 된 비존재를 말한다. 포스트식민지 시대의 남한은 그런 앱젝트가 많아진 사회였다. 식민지에서 해방된 남한은 도달할 수 없는 자유를 꿈꾸는 동시에 시각적 제약 속에서 비천하게 배제되는 삶을 벗어날 수 없는 곳이었다.

해방된 시각성을 선전하는 자유주의 체제는 시각적 제약을 지닌 사회였다. 북한이 보이지 않게 되면서 남한 역시 **타자가 보이지 않는 사회**가 되어가고 있었다. 국가만 보이고 타자가 보이지 않는 사회는 제약된 길만 보게 하면서 실제로는 시각적 자유를 제한하는 사회였다. 자유주의가 선전하는 자유는 남한을 동반자로 승인하며 남한 사람들을 끝없이 선망하게 만드는 기지의 제국에서만 이루어질 것이었다. 남한의 자유주의는 시각적으로 제약된 동시에 정신적·물질적으로 불평등한 사회였다.

시각적 제한은 자아의 빈곤화와 함께 인격성의 제약을 가져온다. 남한에서 시각적 제약 속에서 살아간다는 것은 아직 인격성이 해방되지 않았다는 뜻이다. 공산주의를 배제하기 위해 국가에 예속된 사회는 시각성과 인격성이 제약된 사회였다. 식민지에서 해방되면서 '조센징'에서 벗어났지만 기지의 제국과 지역적 국가에 예속됨으로써 또 다른 인격성의 속박이 생겨난 것이다. 국가의 수립은 시각적 해방을 가져올 수 없었으며 아직 인격성은 해방되지 않았다.

〈오발탄〉에서 오발탄의 시각적 장애는 손창섭 소설에서 **총탄구멍**의 '보이지 않음'으로 이어진다. 〈미해결의 장〉의 주인공 '나'(지상)는 보이지 않는 인물인 동시에 스스로 시각적 제약을 안고 살아간다. '나'의 총탄구멍을 들여다보는 습관은 그런 시각적 제약에 대한 은유이다. 모든 사람은 영어를 공부하며 미국을 바라보며 살지만 '나'는 그 궤도에서 벗어나 외면받는 존재가 된다. '나'에게는 주변의 모든 것이 문제이면서도 그것을 스스로 해결할 수 없다는 무력감이 느껴질 뿐이다. 그런 무력감은 마치 한국전쟁 때 생긴 총탄구멍의 바깥이 눈에 보이지 않는 것과도 같았다. 그러나 '나'는 그 미해결의 자의식 때문에 예외적으로 자유주의의 모순을 감지하며 〈오발탄〉의 철호처럼 구조 요청을 할 수 있었다.

2. 전쟁의 총탄구멍과 감성적 불평등성
─ 미해결의 자의식

손창섭 소설에서는 이범선 소설에서 암시된 앱젝트와 시각성의 관계가 보다 강력하게 제시된다. 이범선 소설은 당대 현실을 살아가는 생활인이 자신도 모르게 앱젝트로 추락하는 아이러니를 드러낸다. 반면에 손창섭은 처음부터 우울한 앱젝트에서 시작해서 궤도를 이탈한 위치에서 시각적 한계에 대한 자의식을 강렬하게 드러낸다.

손창섭 소설의 강렬함은 시대적 증상의 포착에 있었다. 손창섭이 생활인 대신 **앱젝트**(병자나 불구적 존재)를 그린 것은 1950년대 자유주의 세계의 **증상**을 드러내기 위해서였다. 증상이란 체제의 원리가 작동되면서 생겨난 체제 자체의 병리적인 불균형을 말한다. 증상은 체제의 원리가 잘못 작동되어 나타난 것이 아니라 체제 스스로가 만든 필연적인 병리적 균열이다.[7] 예컨대 〈오발탄〉에서 자유주의 체제를 충실하게 살아온 철호가 경험하는 오발탄은 당대 사회의 증상이다. 누구보다도 자유의 소중함을 말해온 철호가 오발탄이 되는 과정은 자유주의 체제 자체의 필연적인 균열

---

7   슬라보예 지젝, 이수련 역, 《이데올로기라는 숭고한 대상》, 인간사랑, 2002, 49쪽.

을 암시한다. 증상은 체제의 불평등성과 함께 존재론적 모순을 드러낸다. 사람들에게 오발탄으로 배제되는 철호는 비단 가난 때문이 아니라 존재 자체가 강등됨으로써 추방되고 있다. 〈오발탄〉은 모범적인 시민 철호를 통해 전후 사회의 빈곤과 함께 인격적인 황폐화를 암시한다.

증상은 체제가 은폐하고 있는 병리적 불균형을 보여줌으로써 억압된 진정한 삶의 소망을 시사하기도 한다. 〈오발탄〉은 자유주의 이념이 숨기고 있는 '오발탄'을 드러냄으로써 체제의 시각적 한계를 넘어선 삶을 갈망한다. 마찬가지로 손창섭 소설은 앱젝트의 자의식을 통해 잠재적으로 인격성의 훼손에서 벗어난 삶을 소망한다.

그러나 손창섭은 이범선에 비해 인격적 황폐화에 더 초점을 맞춰 증상의 암흑을 보다 선명하게 드러낸다. 지배권력은 자유주의의 신성함과 그 체제에서의 자유를 선전하며 증상을 은폐하거나 배제한다. 반면에 손창섭은 감성적 차별에 의해 추방된 앱젝트를 증상을 드러내는 **주인공**으로 등장시킨다.[8] 손창섭이 앱젝트를 증상으로 드러내는 것은 국가의 신성함을 내세운 결과로 실제로는 국민의 인격을 황폐화하는 체제가 되었음을 강조하기 위해서이다.

한마디로 손창섭 소설은 전후 사회에서 신체와 인격이 훼손된 사람들을 통해 암시된 증상의 귀환이다. 그 점에서 손창섭은 1950년대에 다시 나타난 최명익이라고 할 수 있다.[9] 최명익이 병자, 자살자, 아편중독자를 통해 제국의 국가주의의 환부를 암시했듯이, 손창섭은 환자와 불구자를 통해 냉전시대의 또 다른 국가주의의 증상을 드러낸다.

증상의 귀환으로서의 앱젝트는 일상의 사람들의 내면에 잠재하는 불안과 공포를 거울처럼 비춰준다. 그런 과정에서 보이는 것과 보이지 않는 것, 안정성과 불안감의 질서가 흔들리게 된다. 손창섭은 병자나 부적응자

---

8 감성적 차별이 앱젝트를 상상적으로 혐오하며 배제한다면 손창섭 소설은 그 비천한 존재를 실제계적 증상의 귀환으로 드러낸다.

9 테드 휴즈, 《냉전시대 한국의 문학과 영화》, 앞의 책, 196~197쪽.

같은 앱젝트를 보여줌으로써 감성의 치안을 위해 앱젝트를 배제하는 국가주의의 감성적 질서에 소음을 낸다.

손창섭 소설의 앱젝트는 전후의 자유주의의 사회가 인격성이 강등된 수용소 같은 공간을 만들고 있었음을 암시한다. 수용소란 정신적·신체적으로 훼손된 앱젝트를 비정하게 외면하는 감성적 차별의 공간이다. 그런 감성적 차별에 의한 인격성의 훼손은 시선의 독재가 심화된 사회에서 나타난다.

전후의 자유주의 사회는 사회적 출세를 위해 한쪽으로의 길만 보여주는 **시선의 독재** 사회였다. 북한과 공산주의를 죽음의 영역으로 여기는 사회는 신성한 자유의 공간과 그 자유를 지키기 위한 국가만이 보이는 시선의 독재 체제를 만들었다. 그처럼 시선의 독재가 심화되면 응시의 마비와 함께 타자가 추방되는 냉혹한 사회가 나타난다. 그런 사회에서는 추방된 타자로서의 앱젝트가 많아지지만 훼손된 신체는 아무에게도 동정을 얻지 못한다.

손창섭의 〈미해결의 장〉은 그런 시각적 제약의 사회를 매우 잘 보여준다. 전후의 남한은 지구적으로 팽창하는 기지의 제국의 지역성으로서, 미국에서만 가능한 풍요로운 자유를 선망하는 사회였다. 〈미해결의 장〉의 '나'의 가족들 역시 미국 유학열에 들떠서 가난하고 비천한 삶은 외면하고 살아간다. '나'의 가족들이 보고 있는 유일한 길은 대학에 입학한 후 미국 유학을 다녀와서 매판 엘리트('장관') 대열에 합류하는 것이다.

> 그는 나를 경멸하고 있는 것이다. 그것은 내가 미국 유학을 단념했다는 데 있는 것이다. 어이없게도 우리 집 식구들은 온통 미국 유학열에 들떠 있는 것이다.
>
> (…중략…)
>
> "얘 미국이구 뭐구 밥부터 먹어야겠다. 목구멍에 풀칠도 제대로 못 하는 주

제에 미국은 다 뭐니"

이러한 어머니를 대장은 점잖게 나무라는 것이다.

"원 저렇게라야 아 아이들의 웅지를 북돋아 주지는 못할망정 그 무슨 좀된 소리요. 그러니까 한국 사람은 천생 이 꼴을 못 면하는 거여!."

그러나 삼 남매는 일제히 어머니를 몰아세우는 것이다. 비록 밥을 굶는 한 이 있더라도 미국 유학만은 꼭 해야 한다는 것이다. 정계나 학계의 출세한 사람들의 이름을 여럿 들어 보이며 그들은 모두 미국 유학을 했다는 것이다.[10]

아버지가 강권하는 미국 유학과 엘리트 코스는 미국에 예속된 의존적 자본주의와 국가주의가 구조적으로 강요하고 있는 것이다. '나'의 가족은 시선의 독재에 사로잡혀 응시가 마비된 채 자신들과 타자의 가난한 삶을 스스로 외면한다. 웅지(雄志)를 품은 가족의 대장 아버지는 실상 넝마 무더기를 추려내며 굶지 않으려 버둥대는 넝마 직공일 뿐이다. 그런데도 가족들은 점심을 굶고 저녁을 우유죽으로 때우면서 몽상 같은 미국 유학열에서 벗어나지 못한다.

가족들의 시각적 제약은 대학과 미국 유학을 무의미하게 느끼는 타자를 경멸하는 데서 더 분명히 확인된다. 공허함을 느끼며 대학을 그만둔 '나'에게 여동생 지숙은 '뭐하러 사는지 모른다'며 경멸의 시선을 보낸다. 또한 아버지는 '나'를 볼 때마다 '죽어라, 죽어'를 외치며 고무장갑 같은 손으로 따귀를 때린다.

시선의 독재에 예속된 사람들의 특징은 얼굴에 웃음이 없다는 것이다. 니체는 비극을 아는 존재만이 웃음을 웃을 수 있다고 말했다. 타자의 고통의 의미를 아는 사람만이 환대의 웃음을 웃을 수 있는 것이다. 그러나 타자를 경멸하며 시선의 독재에 상상적으로 종속된 사람들은 유연성을 상실한 탓에 웃음을 웃지 않는다.

---

10 손창섭, 〈미해결의 장〉, 《손창섭 단편선》, 문학과지성사, 2005, 151~153쪽.

'나'는 웃지 않는 가족에게 외면당한 채 언제나 웃는 광순을 찾아간다. 성 노동자인 광순은 이 소설에서 유일하게 웃음을 웃는 인물이다. 그녀는 자신이 타자일 뿐 아니라 고통받는 타자를 환대하는 웃음을 웃을 줄 아는 유연함을 갖고 있다.

그러나 광순이 '나'의 해결책은 아니었다. '나'의 근심과 애수는 광순의 미소 바닥으로 흘러가 버리지만 완전히 지워지지는 않는 것이다.[11] 광순의 웃음은 타자를 환대하는 데 조금 부족한 점이 있었는데 그것은 광순 자신도 알고 있었다. 그렇기에 그녀는 '나'를 만날 때마다 위자료를 준다며 삼백 환을 건네는 것이다. 삼백 환은 타자를 환대하는 데 부족한 부분을 채우는 자본주의적 대용물이다. 광순은 환대의 웃음과 위자료, 타자의 응시와 자본주의의 시선 사이에 있는 것이다.

그것을 아는 '나'는 광순을 만나러 가는 길에 고민되는 문제를 해결하려는 병리학자의 일에 착수한다. '나'는 국민학교를 지나며 한국전쟁 때 담장에 생긴 총탄구멍을 들여다본다. 마치 현미경을 관찰하는 병리학자처럼 지구의 질병을 치료하기 위해 병원체를 발견해내려 하는 것이다. '내'가 구멍으로 보고 있는 것은 자유주의가 은폐하고 있는 **사회적 증상**이다. 그러나 증상이 인간 박테리아에 의한 질병인 점은 알았지만 그 해결책과 치료책에서는 매번 막막함을 느낀다. 그런 '나'의 미해결의 답답함은 한국전쟁이 만든 총탄구멍에 의해 **시야**가 좁아져버린 점과 연관이 있을 것이다.

'나'는 담장을 들여다보지 않을 때도 습관처럼 총탄구멍으로 세상을 보며 살아가는 셈이었다. 미국 유학만을 바라보는 가족들과는 달리 '나'는 사회적 균열과 증상을 감지하며 해결책을 고민한다. 하지만 '나'는 구조적인 시야의 제한에 의해 미해결의 상태에서 매번 우울함을 느낀다. '나'는 가족들 못지않게 정반대의 위치에서 시각적 제약의 시대를 살고

---

11 손창섭, 〈미해결의 장〉, 위의 책, 160쪽.

있는 것이다. 무표정한 가족들이 시선의 독재에 예속되어 시각이 제한되었다면, 우울한 '나'는 응시의 무력감 속에서 총탄구멍에 갇힌 듯한 시각적 한계를 느낀다.

'나'는 대장이 지시하는 시각적 궤도에서 벗어나 있는 점에서 오발탄과도 같은 시대의 앱젝트이다. 그러면서도 습관적으로 총탄구멍을 들여다보는 '나'는 예외적으로 증상에 대한 자의식이 있는 앱젝트이다. 이 소설에서처럼 시선의 독재에 의해 은폐된 증상은 '나'처럼 외면 받는 앱젝트에 의해서만 드러날 수 있다. 그러나 '나' 역시 시선의 독재에 의해 응시가 제약되고 있기 때문에 증상의 원인과 해결책은 보지 못하는 것이다.

'내'가 광순의 웃음에서 위안을 느끼는 것은 총탄구멍의 바깥을 보지 못하는 답답함을 얼마간 해소해주기 때문이다. 총탄구멍의 제약이 시선의 독재에 의한 것이라면 광순에게 기대하는 것은 타자성의 갈망일 것이다. 그러나 광순과의 만남에서조차 타자성과 에로스가 회생하지는 못하며 '나'는 이미 그 점을 감지하고 있었다. '나'는 총탄구멍으로도 광순의 웃음으로도 해결책을 찾지 못하는 것이다.

총탄구멍과 광순 사이에서 고민하던 '나'는 마침내 광순에게 답답함을 호소한다. 광순에게서도 문제가 해결되지 않음을 느낀 '나'는 그녀에게 자기와의 관계에 대해 묻는다. 그것은 '나' 자신의 고민과 해결책에 대한 심연에서의 물음이기도 할 것이다.

슈미즈 바람으로 광순은 경대 앞에 앉아 있었다. 졸지에 나는 몹시 불안해지기 시작했다. 광순의 희멀건 피부가 나를 압박해오기 때문이다. 나는 어느새 도로 상반신을 일으키고 있었다. 그리고 나는 떨리는 음성으로 중얼거린 것이다.

"나두 무슨 목적이 있어야 하지 않습니까? 광순이를 찾아오는 무슨 뚜렷한 목적 말입니다."

광순은 내게로 얼굴을 돌렸다. 그저 언제나 다름없이 웃는 얼굴이다.

"오빠가 한번은 날더러 지상이하구 연애하느냐구 합디다. 지상이를 사랑하느냔 말예요."

"그래서, 그래서 뭐랬소?"

"버얼써 연애가 끝났다구 했죠. 그래서 지상이는 나한테 위자료를 받으러 다닌다구 그랬어요."[12]

'내'가 말하는 '목적'이란 이 세상에는 어디에도 없는 에로스이다. '나'는 광순을 만나러 가면서 가족들에게 미국에 간다고 말한다. 가족들이 미국에 의존하듯이 '나'는 광순에게서 삶의 의미를 느끼므로 그녀는 '나'의 미국인 셈이다. 하지만 가족들의 미국이 타자에 대한 에로스를 추방하는 반면 '나'의 미국인 광순은 추방된 에로스를 회생시켜준다. '나'는 에로스의 회생이라는 무목적의 목적을 말하며 광순에게 동의를 구하고 있는 것이다.

광순이 '나'의 질문에 응답하지 못하는 것은 손님의 요구에 응해야 하는 주어진 상황 때문이다. 마치 〈날개〉에서와도 같이 광순과 '나'는 상황에 의해 주어진 운명적인 절름발이 관계에 있다. 더욱이 광순과 '나'는 〈날개〉에서와 달리 아직 사랑을 시작하지도 못했기 때문에 더 우울할 수밖에 없다. 광순의 위자료는 '나'에게 그런 우울을 안겨준 데 대한 보상일 것이다.

손님들에게 인기가 있는 광순의 매력은 상실한 에로스의 갈망을 대용품으로 채워주는 데 있다. 광순은 특별히 '나'에게 손님한테보다 훨씬 더 진품에 가까운 것을 준다. 하지만 그것 역시 에로스가 아니라 위자료가 필요한 대리물인 것이다. 그런 한계는 '내'가 총탄구멍의 바깥을 보지 못하는 시각적 한계와 등가적 관계에 있다. 에로스의 제약은 총탄구멍처럼 시선의 독재에 의해 응시가 무력화된 데서 기인하고 있는 것이다.

---

12 손창섭, 〈미해결의 장〉, 위의 책, 183~184쪽.

〈미해결의 장〉은 극단적인 시각적 불평등성의 세계에서 벌어진 비극을 그린 소설이다. 시각적 불평등성의 세계에서의 불화는 **미국행**과 **에로스** 사이에서 벌어진다. 미국행이 상상계적이라면 에로스는 실재계적이다. '나'와 광순은 그 둘 사이에서 춤을 추지 못하고 상상계적 시각성의 압력에 의한 고통을 호소하는 데 그친다. 살림의 유일한 도구인 재봉틀을 잃은 후에 '나'는 광순에게 미국행의 돈에 대해 횡설수설한다. 그것은 에로스의 응시가 미국행의 시각성에 의해 압도당했음을 알리는 우울한 비명에 다름이 아니다.

자본주의적 상상계와 시선의 독재가 응시를 마비시키는 극단적 시대에는 〈심문〉에서처럼 죽음 후에야 에로스가 눈에 보인다. 〈심문〉처럼 〈미해결의 장〉이 우울한 것은 그와 비슷하게 삶 속에서 에로스가 회생되지 않기 때문이다. 결말에서 '내'가 광순을 부르고 있는 것은 실상은 아름다운 '심문'을 부르고 있는 것이나 마찬가지이다. '나'는 죽고 난 다음이 아니라 삶 속에서 '심문'을 보고 싶은 것이다.

〈심문〉이 '제국의 질주'와 '심문'의 대결이라면 〈미해결의 장〉은 미국행과 에로스의 싸움이다. 두 싸움의 승패는 제국이 주도하는 시각성에 의해 결정된다. 〈심문〉에서 에로스를 갈망하는 여옥이 한 터치의 오일이 되는 것은 질주하는 제국의 시각적 폭력 때문이다. 마찬가지로 〈미해결의 장〉의 '내'가 에로스를 갈망하면서도 백치처럼 횡설수설하는 것은 감성적인 구조적 폭행의 산물이다. 전후의 손창섭 소설은 식민지 말의 최명익 소설의 귀환이다. 해방이 되고 국가가 수립되었지만 비슷한 감성적 폭력이 되돌아온 것이다. 시선의 독재와 감성적 차별의 시대에는 에로스를 소망하는 사람이 보이지 않는 공간에서 인간 이하로 강등된다. 앱젝트로 강등된 타자는 교감의 회생을 시도하지만 에로스는 총탄구멍 같은 시각적 한계에 갇혀 있다. 그처럼 에로스의 응시를 총탄구멍의 한계에 제한하는 것은 일본의 질주와 미국행의 시각성이다.

식민지 말의 일본은 물러갔지만 그 자리는 미국으로 대체되었다. 제국의 내선일체는 기지의 제국의 자유주의적 동맹으로 교체되었다. 자유를 내세우는 동맹은 내선일체처럼 주는 동시에 빼앗는다. 즉 상상적인 자유의 희망을 주는 동시에 총탄구멍 같은 시각적 부자유에 제한시킨다.

그러나 질주하는 상상계란 극단적인 실재계의 결여이기 때문에 불현듯 억압된 증상이 회귀한다. 최명익과 손창섭의 소설은 배제된 앱젝트를 주인공으로 내세움으로써 실재계적 증상의 귀환을 드러낸다. 증상은 체제의 은폐된 불균형인 동시에 균열을 통해 암시되는 잠재적 잉여이기도 하다. 그런데 최명익과 손창섭은 증상의 암흑이 짙은 만큼 잉여적 소망을 직접 드러내지 못한다. 그들은 잠재적인 잉여를 절망의 음화로서만 간신히 암시한다. 죽음 후의 '심문'과 삶 속에서의 '광순이!'의 구조 요청은 어둠을 대가로 치르며 체제의 시각적 질서를 방해하는 실재계의 감성적 잉여이다. 〈심문〉이 시선의 독재에서 추방된 에로스가 죽음 후에 귀환함을 드러냈다면, 〈미해결의 장〉은 총탄구멍에 갇힌 상태에서 타자의 구조 요청의 비명이 되돌아옴을 암시하고 있다.

3. 인간동물원과 비식별성의 시대

감성적 차별과 폭력이 자행되는 공간은 구조적으로 수용소와도 비슷하다. 감성적인 폭행이란 감성의 치안에 맞서 에로스를 갈망하는 사람을 냉혹하게 배제하는 것을 말한다. 〈미해결의 장〉의 인물들은 감성적 폭력이 일상화된 수용소와도 같은 공간에서 살아간다. 그것은 무표정한 얼굴로 미국을 바라보는 가족들이나 광순이를 향해 구조 요청을 하는 '나'나 마찬가지이다.

손창섭 소설의 일상의 수용소를 상징적으로 압축한 소설은 〈인간동물원초)이다. 푸코가 파놉티콘을 근대적 규율사회의 상징으로 말했듯이 손창섭은 〈인간동물원초〉에서 수용소 같은 감방을 전후 사회의 은유로 제시한다. 그런데 손창섭이 보여주는 전후의 감방은 구조적으로 푸코의 파놉티콘과는 매우 다른 공간이다. 푸코는 감옥의 감시장치를 규율기관의 구조로 말했지만 손창섭의 감방은 인격성에 대한 폭력이 자행되는 수용소 같은 공간이다.

감옥이 순치된 신체의 장소라면 수용소는 앱젝트의 공간이다. 그처럼 앱젝트의 공간인 수용소를 전후 사회를 보여주는 상징으로 그런 점에서 손창섭은 아감벤과 유사한 점이 있다. 아감벤은 근대적 국가를 유지하는 데 푸코의 감옥보다도 수용소가 더 핵심적이라고 말했다.[13] 국민국가는 규율화되지 않은 사람을 교화하는 감옥 이외에 불온한 타자를 제거하는 수용소를 필요로 한다. 아감벤에 의하면 **출생**과 **국민국가** 사이에는 수용소라는 간극이 있다. 국민국가가 (감옥을 필요로 하는) 법적 질서의 공간이라면 수용소는 법이 다루지 못하는 불온한 타자들을 처리해 국민국가의 질서를 유지하는 장치이다. 불온한 타자는 설령 살해하더라도 법적 공간에 있는 사람의 동정을 받지 못하며, 그런 죽여도 좋은 생명을 처리하는 수용소 장치에 의해 법적 통치가 이루어지는 것이다.

손창섭이 그리는 수용소 공간이 아감벤과 다른 점은 국민국가의 (간극이 아니라) 내부에서도 수용소 상황이 연출된다는 점이다. 손창섭의 경우 출생과 국민국가의 간극이 아니라 **생명**과 **국가주의** 사이에 수용소가 있다. 여기서는 신성한 국가를 위해 국가주의에 무릎을 꿇고 있는 국민들 모두가 수용소 상황을 감수해야 하는 것이다. 물신화된 국가주의에서는 무력화된 국민들 자신이 폭력에 무방비상태인 불온한 타자와 앱젝트로 쉽게 강등된다. 그런 국가주의적 상황에 놓인 점에서 전후의 국민국가는 식민지 말의 절대주의의 변주였던 셈이다.

---

13 조르조 아감벤, 박진우 역, 《호모 사케르》, 새물결, 2008, 64쪽.

특별한 수용소 상황은 1950년대의 자유주의 체제의 구조적 산물이라고 할 수 있다. 신성한 자유주의를 지키기 위해 남한은 국가주의가 되었지만 실제의 국민국가의 삶은 자유주의의 부속품이 되었을 뿐이다. 남한 사람들은 상상적 국가주의를 통해서만 자유세계에 연결되며 일상의 삶은 그런 일방적 시각성에 억압된 정적인 어둠 속에 있었다. 식민지 말의 지역성(로컬 컬러)이 국민국가로 변주되었지만 지역적 부속물로서 정적인 어둠에 함몰된 점은 비슷했다. 〈미해결의 장〉에서처럼, 일방적인 궤도에서 탈락한 '나'는 물론 미국만을 바라보는 가족 역시 일상에서는 비천한 삶을 살고 있다. 이런 구조에서 응시와 비판 의식이 마비된 채 감성적 치안에 구속된 비천한 삶은 수용소와도 비슷했다.

그처럼 전후의 남한은 아감벤의 수용소 상황이 보다 더 일상화된 사회였다. 그런데 손창섭은 일상화된 수용소를 다루는 방법에서도 아감벤과는 다른 점이 있었다. 아감벤이 수용소를 무의미한 죽음의 공간으로 보았다면 손창섭은 그와 달리 사회의 **증상**으로 보고 있다. 사회의 증상은 체제에 소속된 동시에 체제에는 없는 잉여를 지니고 있다. 손창섭의 일상화된 수용소가 아감벤의 수용소와 다른 점은 비천한 존재들의 응시가 완전히 제거되지는 않았다는 점이다. 손창섭의 수용소는 아감벤('간극')에 비해 일상 전체로 확대된 대신 아직 심연에 응시가 남아 있는 것이다. 〈인간동물원초〉에서 감방 안의 사람들은 창살 사이로 하늘을 바라보는데 이는 잔여물로 남은 응시의 갈망의 표현이다.

응시의 갈망은 〈인간동물원초〉뿐 아니라 수용소 같은 일상을 그리는 손창섭 소설의 곳곳에 나타난다. 예컨대 〈생활적〉에서 죽어가는 순이의 신음은 아직은 살아 있음을 보여주는 잠재적 응시를 암시한다. 또한 〈혈서〉에서 규홍은 수용소 같은 방에서 '혈서'의 시를 쓰는데, 아무 데도 실리지 않고 누구도 읽지 않는 그의 시는 응시의 안간힘이다. 순이의 신음과 규홍의 시는 〈인간동물원초〉에서 무력하게 바라보는 창살 밖의 하늘과도 같다. 손창섭의 인간-동물의 수용소에서는 아감벤의 수용소와는 달리 아무도 보지 않는 응시가 흘러나오고 있었다.

손창섭 소설의 응시의 잔여물은 최명익의 〈심문〉에서의 조롱에 갇힌 종달새와도 비슷하다. 신음소리와 시와 푸른 하늘은 조롱 속의 종달새이다. 종달새가 날아오르려다 비명을 지르며 제 똥 위에 누워버리듯이, 순이는 구더기가 사타구니에 달라붙은 상태에서 죽음을 맞는다. 또한 규홍은 '모가지를 뎅경 잘라 혈서를 쓸까'라는 불길한 시를 짓는데 그친다. 푸른 하늘을 내다보던 사람들도 짙은 안개가 자욱한 창밖과 대면하게 된다.

그러나 조롱 때문에 날 수 없던 종달새는 여옥이 죽은 후에 심문으로 귀환한다. 그와 비슷하게 〈생활적〉에서 순이가 죽자 '나'는 그녀의 주검에 눈물을 흘리며 키스를 한다. 〈혈서〉에서도 규홍은 암흑 같은 삶에도 불구하고 끝까지 자기만의 시를 포기하지 않는다. 〈인간동물원초〉에서 역시 감방 안의 사람들은 안개 때문에 보이지 않는 푸른 하늘을 바라본다. 죽은 육체에 그려진 '심문'은 명일의 뇌엽에서만 보이며 '나'와 순이의 키스는 죽음성애적[14] 유희이다. 또한 안개 때문에 보이지 않는 푸른 하늘의 응시는 실상 뇌수에 각인된 이미지를 보는 것이다. 심문, 키스, 시, 푸른 하늘은 죽음을 바라보며 육체를 잃어가는 사람들의 육체의 일부가 되었다. 삶 속에서 '심문'을 볼 수는 없지만 죽어가는 육체는 본능적으로 자신의 뇌수에서 심문을 응시하고 있다. 시각적 폭력에 의해 육체가 송장과 동물로 강등되는 시대에, 뇌엽에 숨겨진 응시는 어둠과 죽음권력을 관통하는 잠재적인 육체적 회생을 암시한다. 여기에서 암유되는 것은 시선의 독재 시대에 죽음을 대가로 유보된 심연의 응시의 승리이다. 막을 수 없는 죽음의 패배 속에서 유보된 심연의 승리, 이것이 최명익과 손창섭의 일상의 수용소가 아감벤의 죽음의 수용소와 다른 점이다.

---

14 죽음성애(시체성애)란 죽음을 승인하는 죽음정치에 저항하는 의미를 지닌다. 죽음성애의 저항적인 응시의 의미에 대해서는 테드 휴즈, 《냉전시대 한국의 문학과 영화》, 앞의 책, 191~193쪽 참조.

손창섭의 수용소와 아감벤의 수용소의 차이는 비식별성의 장치에서도 발견된다. 비식별성의 영역은 법의 안과 밖이 구분되지 않는 동시에 추방된 타자가 잘 보이지 않는 수용소 같은 공간이다. 그 때문에 국가주의 체제에서는 수용소가 일상으로 확대되는 동시에 비식별성의 영역도 확장된다.

국민국가는 법적 질서의 공간이면서 불법행위를 찾아내는 시선의 권력의 장소이다. 그런 법적 질서가 유지되려면 불온한 타자를 처리하기 위해 합법과 불법이 뒤섞인 비식별성의 영역이 필요하다. 그런데 국가주의에서는 법적 질서의 공간 자체가 법이 정지되는 수용소 같은 곳이면서 그것이 잘 보이지 않는 비식별성의 영역이었다. 비식별성의 장치는 타자를 추방하는 권력의 비밀과 타자 쪽의 인간의 비밀을 은폐하는 것을 목적으로 한다. 손창섭 소설은 그런 **두 가지 비밀**을 드러내기 매우 어려운 국가주의에서의 암담한 미해결의 장을 그리고 있다.

권력의 비밀과 인간의 비밀은 타자와 교감하는 순간 암시된다. 그런데 타자가 앱젝트로 추방되는 손창섭의 국가주의에서는 그 두 가지 비밀을 암시하는 것이 매우 지난한 일이 된다. 흥미로운 것은 손창섭 소설이 그처럼 비식별성이 확대된 사회를 그리면서도 미해결의 장에서 **비밀**을 알아내려는 불가능한 시도를 지속한다는 점이다. 아감벤의 벌거벗은 생명은 비식별성에 묻힌 무의미한 존재일 뿐이다. 아감벤이 국민국가를 염두에 두건 국가주의를 말하건 그 점은 변함이 없다. 반면에 손창섭은 아감벤과는 달리 확대된 절망의 상황에서도 **응시의 잔여물**을 찾아내려 안간힘을 쓰고 있다. 손창섭의 비식별성의 공간은 (확대된) 미해결의 장인 동시에 무의미한 절망이 유보된 미결정적인 공간이기도 하다.

예컨대 〈생활적〉에서 동주는 순이의 신음을 들으며 타자와 교감하려하지만 수용소 같은 방에서 무력감을 느낄 뿐이다. 마찬가지로 〈미해결의 장〉에서 '나'는 웃음을 보여주는 광순을 찾아가지만 그녀를 만나는 이유를 알아내지 못한다. 그러나 〈생활적〉의 동주는 순이가 죽음에 이르자 왈칵 주검을 끌어안으며 입술에 키스를 한다. 또한 〈미해결의 장〉의 '나'는 지식인 탕아들에게 폭행을 당하면서도 광순에게 구조 요청의 외침을 그치지 않는다.

죽은 순이와의 성애나 성 노동을 하는 광순의 호명은 타자와의 교섭은 아니다. 그렇기에 손창섭 소설에서 미해결의 장은 여전히 비밀이 은폐된 비식별성의 영역에 놓여 있다. 그것은 〈미해결이 장〉의 '내'가 총탄구멍을 현미경처럼 들여다보면서도 구멍의 바깥을 볼 수 없는 것과도 같다. 이것이 지배권력의 감성적 폭력으로 인해 시각성이 제한된 **우울의 미학**이다. 하지만 손창섭의 우울의 미학은 시각성의 제약인 동시에 총탄구멍에서 눈을 떼지 않는다는 신호이기도 하다. 손창섭의 총탄구멍의 자의식은 고통스러운 응시에 대한 갈망을 시사하고 있다. 시각적 무력감(총탄구멍)인 우울의 미학은 권력의 비밀과 인간의 비밀을 알아내기 위해 타자와 교섭하려는 소망을 포기할 수 없다는 암시이기도 하다.

4. 법을 정지시키는 또 다른 방법과 '길 없는 길' ― 〈설중행〉

손창섭 소설의 무력한 앱젝트들은 역설적으로 인간의 비밀을 갈망하는 존재들이다. 전후의 비식별성의 역설은 인격을 갈망할수록 앱젝트로 강등되는 반면 체제에 동화된 사람들은 타자에 공감하지 못하는 인격으로 살아간다는 점이다. 추방된 타자가 인격성을 갈망하는 인간 이하의 존재로 생존한다면 동화된 사람들은 인격성이 마비된 채 인간의 지위로 살아간다. 전자가 시각적 제약의 문제성을 알면서도 해결하지 못하는 반면 후자는 인격성의 마비를 스스로 의식하지 못하는 위선적인 사람들이다.

그런데 1950년대 중반에 이르면 그처럼 파멸된 인격을 조장하는 비식별성 체제의 비밀을 누설하는 사람들이 등장한다. 이른바 죄의식을 느끼지 않는 **위악적인 인물**들이 그들이다. 이들은 인격적 타락에 무감각한 점에서 일상의 사람들과 비슷하지만 자신의 부도덕을 감추지 않는 점에서 위선적이지 않다. 위악적인 인물들은 물신화된 세태를 인정하면서 그에 따르는 자신의 태도에 당당해한다. 파멸된 인격이 일상의 상태라면 위악적 인물들은 그런 예외화된 일상에 자신의 방식으로 적응한 사람들이다. 그들은 인격의 파멸을 부끄러워하지 않는 동시에 그런 당당함을 무기로 약자의 위치에서 도발적으로 지위의 상승을 시도한다.

비식별성이란 법이 정지된 상황을 만들면서도 그 희생자를 희생자로 보지 못하게 공감을 마비시키는 장치이다. 시각적 제약의 장치인 비식별성은 법의 정지와 윤리의 마비가 공모하는 방식인 것이다. 위악적인 인물은 그런 권력의 방식을 자신의 위치에서 모방하는 사람들이다. 불법과 비윤리가 묵인되는 세태의 흐름을 잘 알고 있는 그들은 자신의 행동에 조금도 죄책감을 갖지 않는다. 위선적인 사람들이 불법과 비윤리를 사회적 질서로 포장한다면 위악적인 인물들은 그럴 필요를 느끼지 않는다. 부조리의 늪에 빠진 시대에 비윤리를 속이며 살아가는 사람보다 자신이 더 떳떳하다고 생각하는 것이다. 그 때문에 그들은 비식별성 속에 은폐된 비윤리성을 드러내는 데 중요한 역할을 한다. 사회적 모순이 만연된 이상한 고요함의 시대에 위악적인 인물의 등장은 매우 흥미롭다. 만연된 사회적 부조리가 침묵 속에 감춰지는 시대에 역설적으로 그들은 비식별성을 식별하게 해주는 역할을 하기 때문이다.

예컨대 〈오발탄〉에서 영호는 권총 강도로 붙잡힌 후 '법률 선은 넘었는데 인정 선을 넘지 못했다'고 말한다. 위악적인 인물은 법률은 물론 양심까지 내던지고 살아가는 일에 죄의식을 느끼지 않는다.[15] 영호는 자신이 법은 벗어던졌는데 양심을 버리지 못해 권총 강도에 실패했다고 생각한다. 그가 그처럼 위악적으로 살아가는 일을 당당하게 생각하는 것은 비식별성의 시대가 법의 정지와 윤리의 마비가 일상이 된 시대임을 알기 때문이다.

비식별성의 시대는 비윤리가 체제 내부에서 감춰지는 시선의 독재의 시대이기도 하다. 예컨대 〈미해결의 장〉에서 '나'의 가족은 미국 유학만을 바라보며 일상의 비윤리적인 일들에는 무관심하다. 비식별성의 체제란 한쪽만을 보여주는 상상적 시나리오(시선의 독재)에 의해 법의 정지와 윤리의 마비가 묵인되는 사회이다. 전후 사회의 상상적 시나리오란 미국 유학과 의존적 자본주의, 국가주의였다. 이런 사회에서는 미국 유학을 하고 부유하게 사는 것이 지상선이며 타자성이나 윤리는 무의미하다고 생각하게 된다.

위악적인 인물들은 그런 위선적인 인물들의 과잉된 허세와 자기모순을 참지 못하는 사람들이다. 위악은 〈미해결의 장〉의 가족들과는 달리 자신이 미국 유학을 통해 부유해지는 게 불가능함을 인지한 사람의 행동이다. 위악적인 인물들은 미국 유학이 허구적인 시나리오이며 미국에 갔다 온 지배층이 실상은 법과 윤리의 정지에 의존해 부유해짐을 알고 있다.

그러면서도 그들은 비판 의식을 갖는 대신 윤리가 무용한 구습 같은 것이 되었다고 생각할 뿐이다. 위악적인 인물들은 비윤리가 **게임의 법칙**이 된 세계에 대해 자의식을 지닌 사람들이다. 그들은 물신화된 체제에서 벗어날 수 없음을 인지하기 때문에 게임의 법칙에 따르듯이 또 다른 비윤리적인 방식으로 체제에 기생하려 시도한다. 즉 위악적인 인물들은 다른 시나리오를 통해 **법과 윤리를 마비시키는 방법**으로 당당하게 부를 절취할 수 있다고 생각한다. 비식별성의 권력이 법을 정지시키는 방법의 발명인 것처럼, 위악적인 인물들은 법의 정지의 또 다른 방법을 탐지해내려 한다.

---

15 영호는 "우리도 남들처럼 다 벗어 던지고 홀가분하게 달려보자"고 말한다. 이범선, 〈오발탄〉, 《이범선 단편선》, 앞의 책, 123쪽.

그들은 합법과 불법의 틈새에 **기생**하기 위해서는 미국행을 대신하는 어떤 다른 시나리오가 필요함을 잘 알고 있다.[16]

〈설중행〉에서 관식과 귀남이 인생 자체가 **시나리오** 같은 연극이라고 생각하는 것은 그 점과 연관이 있다. 관식의 여자 친구 귀남은 연극에 관심을 가지고 희곡을 쓰려는 꿈을 꾸고 있다. 그런데 두 사람은 귀남이 희곡을 쓰기 전에 현실 자체에서 희곡과 시나리오를 쓰게 되는 과정을 보여준다. 그런 일이 일어난 것은 두 사람이 실제로 **현실**과 **연극**이 따로 구분되지 않는다고 믿고 있기 때문이었다.

> "인생이 숫제 연극인걸요."
>
> 야, 요년 봐라, 하는 생각이 고 선생에겐 들었다. 젊은 사람의 입에서 인생이니, 인류니 하는 말이 튀어나올 적마다 고 선생은 본능적으로 입에서 신물이 돌았다. 그러나 이번만은 안 그랬다.
>
> "그럴까? 인생은 모두가 연극일까? 좀 더 진실한 인생두 있지 않을까"
>
> "그저 진실한 채 해보이는 거죠. 뉘게나 진실하게 보이리만큼, 진실한 체하기란 용이한 일이 아닐 거예요. 상당한 수련이 필요할 거예요. 연기란 결국 게까지 가야 되니까요."
>
> 고 선생은 적이 놀랐다. 덮어놓고 발그라지거나 건방진 소리로만 들리지 않고 어딘가 신선한 맛이 느껴지기 때문이었다.[17]

현실이 연극이라고 믿는 두 사람과 달리 관식의 스승 고 선생은 각본이 없는 현실이 있다고 생각한다. 그는 연극이란 진정성이 없으며 미리 짜이지 않은 현실이 진실한 인생이라고 믿는다. 그러나 고 선생은 그것이

---

16 1950년대의 위악적인 인물들은 21세기의 양극화된 시대의 '기생충'들과 비슷하다. 《기생충》(봉준호 감독)에서 기택은 기우에게 "아들아 너는 계획이 다 있구나"라고 말하는데 기택이 말한 '계획'은 위악적인 인물의 죄의식 없는 '시나리오'와 비슷하다.

17 손창섭, 〈설중행〉, 《손창섭 단편선》, 앞의 책, 254쪽.

'진실이 아니라 진실의 연기'라는 귀남의 말에 신선한 충격을 받는다. 고 선생은 자신이 진실하게 살았다고 생각하지만 현실의 혼란한 경험은 진실의 의미를 모호하게 만들었기 때문이다.

고 선생은 위악적인 인물에 비해 윤리적이면서도 시대의 혼란 때문에 타자와의 관계에서 위축된 인물이다. 법과 윤리의 마비가 일상이 된 시대에 그는 윤리적으로 되려고 불가능한 노력을 쏟는 사람이다. 그런 그에게 '진실의 연기'라는 귀남의 말은 더없이 신선하게 들린 것이다.[18]

일본인 모친을 둔 혼혈인 귀남은 이제 인간은 위선을 벗어버릴 필요가 있다고 말한다. 귀남은 지금 같이 혼탁한 시대에는 지키지도 못하는 도덕에 집착하는 것도 위선이라고 외치고 있었다. 관식과 귀남이 당당하게 고 선생에게 기식하는 것은 그런 당돌한 생각 때문일 것이다. 고 선생은 그들의 몰염치에 불쾌했지만 귀남의 '위선도 타락'이라는 말에서 색다른 경이를 느꼈다.

실제로 화가인 고 선생은 현실에서도 그림에서도 제구실을 못하며 살고 있었다. 그는 그림을 그리기 때문에 완전한 파탄자는 아니지만 정신적으로는 비천한 존재였던 셈이다. 고 선생의 문제점은 도덕을 개인의 문제로 생각하며 타자를 유기하는 시대적 제약을 보지 못하는 데 있었다. 그의 공허하고 위선적인 도덕은 권력의 비밀과 타자의 비밀을 알아낼 수 없었다. 그 때문에 그는 〈미해결의 장〉의 '나'처럼 무력한 인물은 아니면서도 여전히 총탄구멍의 바깥은 보지 못하고 있었다.

고 선생이 경이를 느낀 것은 귀남의 말이 그의 시각적 제약인 총탄구멍을 여지없이 박살 내고 있기 때문이었다. 위선적으로 개인의 윤리를 지키려는 고 선생은 시각적 한계 이상을 보지 못한다. 반면에 법과 윤리를 홀가분하게 내던진 관식과 귀남은 지금이 어떤 시대인지를 분명히 보여

---

18 고 선생이 귀남이 자는 사이에 그림을 그리다 말고 키스를 한 것은 귀남이 자신의 시각적 한계를 넘어서는 말을 한 것과 관련이 있다.

주고 있었다. 고 선생은 꾸밈이 없이 진실한 인생을 살려고 하면 할수록 시대와 자신의 간극을 극복할 수 없었다. 하지만 현실이 시나리오임을 말하는 관식과 귀남은 권력의 비밀을 누설하면서 현실의 간극에서 또 다른 시나리오가 필요함을 알려주고 있었다.

관식과 귀남의 문제점은 고 선생의 도덕의 무용함을 말할 뿐 타자의 위치에서의 진실에 대해서는 생각하지 않는 것이다. 그들은 인정을 믿고 고 선생을 찾아왔으며 스승의 고결함을 존중해 그를 이용하려고 하지는 않는다. 하지만 고 선생의 고결함이 가난을 해결할 수 없다고 생각하고 그것이 융통성 없는 고 선생의 위선의 한계라고 믿는다. 그 때문에 그들이 생각해낸 시나리오는 위선에서 벗어나서 타락한 권력의 비식별성의 장치를 비슷하게 모방하는 연극이었다. 즉 합법과 불법의 틈새에서 법과 윤리의 정지를 통해 부와 상승을 꾀하는 또 다른 계획을 세우고 있었다. 고지식한 고 선생이 관식과 귀남이 만든 시나리오에 동참할 수 없었음은 물론이다.

흥미로운 것은 관식과 귀남의 **계획**이 신자유주의를 배경으로 한 《기생충》의 기택과 기우의 계획과 비슷하다는 점이다. 기택은 기우의 사기 취업의 생각을 들으며 "아들아 너는 계획이 다 있구나"라고 말한다. 그와 비슷하게 관식과 귀남은 자신들의 시나리오에 몰두하며 아무런 계획도 없는 고 선생을 내심 조소한다.

1950년대와 양극화된 오늘날의 공통점은 연극 같은 각본과 계획이 필요함을 말하는 사람들이 나타난 점이다. 기만적인 계획에서 죄의식이 없어진 것은 합법과 불법, 진실과 거짓이 잘 구분되지 않는 비식별성의 시대의 특징이다. 〈설중행〉은 《기생충》처럼 관식과 귀남이 만든 연극이 현실에서 실제로 연출되는 과정으로 진행된다. 관식은 부유한 화장품상 여주인을 데려와서 고 선생이 그녀와 결혼할 것을 종용했다. 화장품상 변여인은 월남한 후 수차례 화장품 밀수입에 성공하여 천여만 환의 재산을 장만한 여자였다. 관식은 변 여인이 물욕이 없고 이해에 어두운 고 선생을 좋아한다며 결혼 후에 큰돈을 돌려쓸 생각을 한다.

그러던 어느 날 변 여인은 그녀를 따라다니며 결혼을 강요하던 임모(任某)에 의해 피살을 당한다. 그 사건으로 관식이 계획한 시나리오에는 차질이 생긴 셈이었다. 그러나 관식은 자기가 꾸몄던 연극의 연출을 멈추지 않으려 했다. 그는 고 선생에게 약혼자라고 우기라면서 먼 일가 한 사람과 친구들로부터 한몫 뜯어와야 한다고 말한다. 그 말에 화가 난 고 선생은 난생처음으로 폭력을 행사하며 관식의 뺨을 때렸다. 하지만 무엇엔가 사로잡힌 듯한 관식과 귀남의 태도는 변함이 없었다.

"아무래도 난 가 봐 주야가시오."

잠시 뒤 관식은 그 한마디를 남기고 나가려고 했다. 귀남이가 얼른 따라 일어섰다.

"나두 가. 인간이 가질 수 있는 예식 가운데서 난 장례식을 젤 좋아해. 구경 갈 테야!"

"가라! 가라! 어서 가! 썩 가서 아주 송장하구 같이 타 죽구 들어오지들 마라!"

고 선생은 미친 듯이 소릴 질렀다. 치미는 분노를 누를 수가 없었다. (…중략…) 왜 이렇게 분한지 알 수가 없었다. 평생 처음 부당한 모욕을 당한 것 같은 생각이 막연히 들었을 뿐이었다. 고 선생은 분을 가라앉히기 위해 밖으로 나갔다. 밖에는 눈이 내리고 있었다. 펑펑 쏟아지는 함박눈이었다. 고 선생은 눈을 맞으면서 한참 걸어갔다. 얼마 뒤 발밑에 한강이 내려다보였다. 한강 얼음판 위에도 눈은 내렸다. 고 선생은 한강을 끼고 길 없는 언덕을 눈 속에 그냥 걸어갔다.[19]

---

19 손창섭, 〈설중행〉, 《손창섭 단편선》, 앞의 책, 272쪽.

관식을 따라 일어서는 귀남은 이미 자신이 맡은 역할에 몰입된 배우와도 같았다 '인간의 예식 중에 장례식을 제일 좋아한다'는 귀남의 말은 자신이 감정이입된 연극의 대사를 연상시킨다. 홀린 듯이 자리를 일어선 그들에 대해 고 선생은 치미는 분노를 억누를 수 없었다.

그러나 고 선생은 미친 듯이 소리를 질렀지만 자신이 왜 울분을 느끼는지 알 수 없었다. 고 선생의 분노는 특정한 이유도 표적도 잘 느껴지지 않았다. 다만 분명한 것은 그가 비단 관식과 귀남를 향해서만 화를 내는 것이 아니라는 점이었다.

그 순간 고 선생은 법과 윤리를 내던진 두 사람을 통해 이제껏 잘 보지 못했던 세태와 한꺼번에 마주하게 된 것이다. 관식과 귀남의 패륜적 행동과 함께 고 선생의 시각적 제약이었던 총탄구멍이 파괴되고 있었다. 고 선생이 본 것은 두 사람이 단지 홀가분하게 남들처럼 법과 윤리를 벗어던질 뿐이라는 것이다. 관식과 귀남의 태연한 행동은 수시로 법의 정지를 연출하는 비식별성의 세태를 식별하게 해주고 있었다. 자신의 행동이 연극 같음을 의식하는 그들은 실제의 연극의 무대인 현실을 보여주는 역할을 하고 있었다. 비식별성의 체제에 동화된 사람들은 타자를 도구로 이용하는 세태를 마치 공기처럼 숨 쉬며 살아간다. 반면에 세태를 모방하는 위악적인 사람들은 그와 달리 계획된 '법의 정지'를 연기하는 것이기 때문에 **위악의 연극**을 통해 숨겨진 권력의 모순을 암시하게 된다.

고 선생이 그런 관식과 귀남에게서 경련하듯이 느낀 모멸과 울분은 우울보다는 비애에 가깝다. **우울**이 진정성을 퍼 올릴 수 없는 무력감이라면 **비애**는 황폐한 세상과 대면할 때의 슬픔이다.[20] 고 선생은 관식과 귀남으로 인해 그림 속에서 외면했던 세상과 마주하기 때문에 비애를 느끼는 것이다. 그의 분노는 자신에게 슬픔을 주는 피폐한 세상을 참을 수 없다는 거부감이다. 분노의 출구를 모르는 고 선생은 세상에 대한 울분의 힘으로

---

20 지크문트 프로이트, 윤희기 역, 〈슬픔과 우울증〉, 《프로이트 전집》 13, 열린책들, 1997, 252쪽.

더럽혀지지 않은 순결한 눈길을 걷는다.[21] 〈생활적〉의 동주나 〈미해결의 장〉의 '내'가 우울하게 자기 방으로 되돌아오는 반면 고 선생은 세상으로부터 탈주하듯이 언덕길을 걷고 있다.

　　고 선생이 걷고 있는 '길 없는 언덕'은 아직 지나다니는 사람이 없는 '길 없는 길'과도 같다. 루쉰의 〈고향〉에서처럼 길 없는 길을 갈 수 있게 하는 것은 심연에서의 타자와의 교섭이다. 그런데 고 선생에게는 그림을 통한 진정성의 추구는 있지만 타자와의 교섭이 없다. 위악적인 인물을 통해 황폐한 세상과 대면하게 됐으나 타자와의 교섭이 없기에 그는 비식별성의 비밀을 완전히 알진 못한다. 고 선생의 눈 내리는 언덕은 루쉰의 '아득한 길'[22]보다 더 어두운 앞이 보이지 않는 길이다.

　　〈미해결의 장〉의 절박한 구조 요청은 〈설중행〉에서 고독한 설중행으로 변주되었다. 전자가 미국행에서 등을 돌린 사람의 우울한 비명이라면 후자는 황폐한 세상에 분노하는 자의 길 없는 길이다. 〈미해결의 장〉의 '내'가 미국행을 무시한 대가로 인간 이하로 강등된 반면 고 선생은 인격성을 포기하지 않기 위해 눈길을 걷는다. 고 선생의 순결한 눈길은 미국행을 반대하는 손창섭 소설에서 처음 나타난 또 다른 길이다. 그러나 고 선생은 인격적인 고결함을 지키는 대가로 앞을 보는 동시에 보지 못한다. 그는 미국행의 시각적 제약에서 벗어나 길 없는 길을 가고 있지만 타자와의 교섭이 없기에 세상이 감추고 있는 인간의 비밀은 아직 못 보고 있는 것이다.

21　고 선생은 울분을 가라앉히기 위해 눈길을 걷지만 그가 이처럼 순결한 길을 마음으로 바라보게 된 것은 세상에 대한 분노의 힘이라고 할 수 있다.

22　루쉰, 정석원 역, 〈고향〉, 《아Q정전·광인일기》, 문예출판사, 2006, 188쪽.

5. 층계의 비밀과 타자의 외출
   — 〈층계의 위치〉

눈길을 걷는 〈설중행〉의 고 선생은 총탄구멍의 바깥을 보는 동시에 보지 못한다. 고결한 그는 〈미해결의 장〉의 '나'의 우울에서 벗어났지만 여전히 분노의 출구와 인간의 비밀을 알지 못하고 있다. 손창섭 소설에서 〈설중행〉 이후에도 비식별성의 비밀을 탐구하는 서사가 계속되는 것은 그 때문이다.

〈층계의 위치〉는 고 선생이 보면서도 보지 못한 총탄구멍 바깥의 비밀을 파헤치려는 소설이다. 이 소설의 '나'는 자신의 하숙집에서 뒤 창문으로 건너편 3층 건물의 비밀을 탐구한다. '나'의 2층 하숙집은 집이라고도 말할 수 없을 정도로 초라한 판잣집이다. 반면에 건너편 3층 집은 전쟁 때 일부 파괴되었지만 두 개의 가게와 외국 군인을 맞는 화려한 옷차림을 한 여자들의 방이 있다.

그런데 '내'가 관심이 있는 것은 요란한 차림새의 여자들이 아니라 3층 집의 층계의 구조였다. '내'가 3층 집을 관찰하는 것은 시각적으로 잘 보이지 않는 것을 보려는 **응시**의 행위라고 할 수 있다. 그처럼 전쟁의 흔적이 있는 건물의 구조를 탐구하는 것은 총탄구멍을 들여다보는 행위와도 비슷하다. 그러나 〈미해결의 장〉에서는 총탄구멍 바깥을 볼 수 없는 응시의 무력감이 표현되지만 〈층계의 위치〉에서는 건물의 구조를 알아내려는 응시의 행위가 지속된다.[23]

'내'가 3층 건물에 관심을 가지게 된 것은 그 건물이 이상한 내부 구조를 지니고 있었기 때문이다. 즉 건물의 안에서 2층으로 올라갈 때 등을 보였던 여자가 다시 3층으로 올라갈 때도 또 등을 보이는 것이다. 여자는 3

---

23 테드 휴즈, 《냉전시대 한국의 문학과 영화》, 앞의 책, 200~204쪽. 테드 휴즈가 논의한 '되돌아보기'는 시선에 동화되지 않은 응시의 행위이다.

층으로 올라갈 때 당연히 '내' 쪽으로 향해야 하고 층계에 가려서 보이지 않아야 할 것이다.

전쟁의 흔적, 외국 군인, 페티시화된 여자들은 3층 건물이 전후 사회체제의 상징임을 암시한다. 그렇다면 이상한 건물의 '층계의 위치'는 미국행, 시각적 제약, 응시의 무력화로 설명되는 남한 사회의 구조를 시사한다. 그것은 시선의 독재와 비식별성으로 인해 서로 등을 보이며 얼굴을 볼 수 없게 만드는 모순된 사회구조이다.

뒤 창문의 관찰만으로는 내부 구조를 알 수 없다고 생각한 '나'는 직접 건물을 찾아간다. 이런 능동성은 무위도식자에서 직업을 가진 사람으로 바뀐 손창섭 소설의 주인공의 변화와 연관된다. 앱젝트에서 화가(〈설중행〉)와 인쇄소 직공(〈층계의 위치〉)으로 전환되면서 차츰 황폐한 사회와 대면하게 되고 응시의 갈망이 커지는 것이다. 이는 사회 모순이 심화됨에 따라 잘못된 사회구조의 인식과 그에 대한 응시의 갈망이 증폭되는 과정을 암시한다.

그러나 '나'는 가게 주인 노파와 깡패 같은 청년이 제지하는 바람에 건물의 진입에 실패한다. 다만 '나'는 3층 방에 사는 여자가 가출한 여동생과 닮았음을 알게 된다. 3층 여자의 얼굴은 '나'의 응시의 갈망을 증폭시키는 동시에 지나친 흥분으로 건물의 진입을 포기하게 했다. 이런 진입의 실패는 개인적인 응시의 갈망만으로 층계의 비밀을 알아내기 어렵다는 암시로 볼 수 있다.

그러던 어느 날 '나'는 집 뒤란에서 무엇이 떨어져 실내의 사람들이 그쪽으로 몰린 틈에 건물의 진입에 성공한다. 간신히 2층으로 올라간 '나'는 열린 방문으로 나체의 여자와 외국 군인이 꽉 껴안고 있는 장면을 목격한다. '나'는 놀라 비켜서며 얼떨결에 3층으로 뛰어올라오고 말았다.

3층 방문은 열려 있었고 실내에는 아무도 없었다. '나'는 야릇한 향기가 나는 방에서 푹신한 침대 위에 그대로 누워버렸다. 한참이나 누워 있다 층계를 조사할 것을 잊은 '나'는 아래층으로 향하다 밑에서 올라오는 발소리에 쫓기게 된다. '나'는 무의식 중에 다시 3층 방으로 들어와 문을 잠그고 침대에 눕는다.

피한다는 것이 나는 무의식 중에 방으로 들어와 버리고 말았다. 발소리가 점점 가까워왔다. 나는 어찌할 도리가 없었다. 방문을 닫았다. 다행히 안으로 고리가 있었다. 급히 그놈을 잠가버렸다. 다음 순간 나는 모든 것을 단념한 듯이 천천히 걸어서 침대 위에 가 누웠다. 이불 속에 몸이 푹 잠겼다. 문밖에서는 황급히 문을 흔들어보고 아래층을 향하여 소리를 지르고 법석이었다. 나는 할 수 없다고 체념했다. 이 3층 건물의 내부 구조와 함께, 사회의 일분자로서의 나라는 개체가 풍기는 생명의 비밀이 외부와 차단된 채, 영원히 이대로 누워 있어도 좋다고 나는 생각하는 것이다.[24]

'나'는 포근한 침대에 눕는 대가로 두 개의 비밀을 잃어버린다. 하나는 **층계의 비밀**이며 다른 하나는 **타자의 비밀**이다. 한국전쟁 때 파괴되고 남은 3층 건물의 층계의 비밀은 사람들의 등만 보여주는 모순된 사회구조이다. 등만 보여주고 얼굴을 보여주지 않는 체제는 비식별성의 사회이다. 누이를 닮은 여자는 페티시화된 원색의 옷들로 치장하고 있지만 실상은 얼굴이 없는 비식별성의 사회의 타자이다. 3층 방의 여자는 페티시화된 모습만 보여주고 영원히 얼굴을 노출하지 않은 채 살아야 하는 타자인 것이다.

그런데 페티시만을 보여주는 비식별성의 사회에서 타자는 3층의 빈방처럼 부재의 상태이다. '나'는 응시의 갈망으로 3층 방의 침대에 눕지만 그 대신 층계의 비밀도 여자도 만나지 못한다. 방문을 잠그고 침대에 눕는 것은 건물을 점령한 문밖의 사람들과 차단되려는 심리이다. 하지만 타

---

24 손창섭, 〈층계의 위치〉, 《손창섭 단편 전집》 1, 가람기획, 2005, 371쪽.

자와의 만남이 없기 때문에 건물의 비밀도 생명의 비밀도 차단당하고 있다. 건물의 비밀은 타자와의 교섭에서 그 모순이 드러나며 생명의 비밀은 여자와의 얼굴의 대면에서 얻어질 것이다.

타자와의 만남이 있다면 다시 2층으로 내려가지 않아도 층계의 비밀을 알 수 있다. 또한 타자의 얼굴과의 대면은 희미해진 '나'의 개체적 생명의 비밀을 알려줄 것이다. 그런데 지금 '나'는 여동생을 닮은 여자가 외출했기 때문에 아무도 없는 빈방에 들어와 있다. '나'는 두 개의 비밀을 차단당한 상태에서 부재한 타자의 품에 안기려는 욕망으로 언제까지나 침대에 누워 있는 것이다. 3층 건물은 총탄구멍과는 달리 우울의 장막에서 탈출했지만 페티시즘과 그 시선의 권력을 지키려는 사람들로 포위되어 있다. 채색된 총탄구멍인 3층 건물에서 시각성을 회복하려면 시선의 권력의 페티시즘에서 벗어난 타자와의 만남이 부활해야 한다.

6. 응시의 이중주와 비밀의 종소리
─ 〈포말의 의지〉

전후의 비식별성의 시대는 사회 모순이 심화되어도 체제가 변화되지 않는 경직된 구조의 세계였다. 비식별성이란 이른바 미국행과 매판자본의 길만 보여주고 사회 모순의 희생자는 보이지 않게 만드는 장치였다. 사회 모순에 대한 대응이 생성되려면 체제가 보여주는 시각성이 허구로 드러나면서 시선의 독재에 의해 추방된 타자가 회생해야 한다. 〈미해결의 장〉에서 〈설중행〉과 〈층계의 위치〉를 거쳐 〈포말의 의지〉에 이르는 과정은 그런 비식별성의 해체를 잘 보여준다. 여기서 중요한 것은 **시선**의 독재가 해체되면서 회생된 타자의 **응시**가 나타나는 시각성의 변화이다. 1950년대의 암담한 사회를 움직이게 한 핵심은 무엇보다도 **시각성**의 문제였다.

〈설중행〉은 위악적 인물들을 통해 미국행 시나리오에 숨겨진 물신적 사회를 보여주며 황폐한 세계와 대면하게 하고 있다. 또한 〈층계의 위치〉는 제한된 시각적 한계에서나마 모순된 사회의 구조를 탐구하려는 능동적인 의지를 드러내고 있다. 이런 시각성의 변화는 앱젝트에서 화가와 인쇄소 직공으로 시각적 대응의 위치가 변화된 흐름과도 연관이 있다.

그러나 〈설중행〉과 〈층계의 위치〉가 암시하는 것은 개인의 시각적 능동성도 중요하지만 보다 핵심적인 것은 타자와의 만남이라는 점이다. 〈설중행〉은 〈미해결의 장〉과는 달리 황폐한 세계와 대면하고 있지만 아직 무엇이 대응의 추동력(인간의 비밀)인지 알지 못한다. 또한 〈층계의 위치〉는 사회구조를 탐구하려 하면서도 시선의 권력의 치안을 뚫지 못한다. 두 소설의 그런 시각적 한계는 모두 타자의 부재와 연관이 있다. 반면에 〈포말의 의지〉는 시선의 권력에 대응하기 위해 개인의 의지 이상으로 타자의의 교섭이 일차적임을 암시한다.

〈포말의 의지〉의 주인공들은 초기 소설에서처럼 인간 이하로 강등된 앱젝트들이다. 앱젝트란 무력화된 타자이며 좀처럼 지배권력에 대응하지 못한다. 그러나 이 소설이 암시하는 것은 앱젝트가 타자로 회생할 때 희생자들의 연대가 이뤄지며 순식간에 동요의 물결이 생성된다는 점이다.

황폐한 세계에 맞서서 정신적 고결함을 확인하거나 세계의 모순된 구조를 탐구하는 것은 매우 중요하다. 그러나 눈 같은 고결함이나 구조적인 탐색이 직접 동요의 흐름을 만드는 것은 아니다. 그에 앞서서 중요한 것은 호모 사케르 같은 존재가 희생자로 회생하며 타자성을 부활시키는 것이다.

앱젝트가 희생자(타자)로 회생한다면 눈길을 걷거나 층계를 내려가지 않아도 동요의 흐름을 생성할 수 있다. 배제된 존재가 희생자로 회생한다는 것은 감성의 분할이 동요하며 시각장이 전복된다는 뜻이다. 감성의 분할의 동요란 희생자에 대한 공감의 물결의 반란이며, 시각장의 전복이란 배제된 존재가 눈에 보이게 되었음을 의미한다. 그런 감성적 변화는 자아의 빈곤화에서 벗어나는 인격의 회생을 뜻하거니와, 그 순간 시선의 독재에 대한 저항은 걷잡을 수 없이 증폭된다.

〈포말의 의지〉는 앱젝트가 시선의 독재 속에서 어떻게 회생하는지 보여주는 소설이다. 이 소설에서 종배는 포말처럼 불안하게 살아가고 있었으며 매음녀인 영실은 인간 이하로 강등된 채 생존하고 있었다. 어렸을 때 어머니를 잃은 종배는 탁류 속에서 우울하고 무력하게 살아가는 거품 같은 존재였다. 그는 길에서 매춘녀 영실을 만나는데 그녀는 자신보다도 더 비참하게 살아가는 모습을 보여준다.

재촉을 받고야 종배는 산짐승이 동굴에 몸을 숨기듯 기어들어갔다. 그것은 정말 방이라기보다 굴이었다. 군데군데 찢어진 채 먼지와 그을음에 그을린 벽지는 차리리 이끼 돋은 바위다. 한구석에는 사과 상자 같은 궤짝, 그 위에 허술한 이부자리가 한 채, 물 항아리가 놓여 있는 머리맡에는 풍로며 냄비, 식기 등속이 차근차근 챙겨져 있다. 장판도 여러 군데 신문지로 때운 자국이 있었다. 종배는 여기서 동물 냄새를 맡았다. 동물적인 표정, 동물적인 대화, 동물적인 행동만이 반복되어온 동굴, 정신적인 요소를 필요로 하지 않는, 인간과 동물의 완충지대 같은 데다.[25]

인간-동물로 강등된 영실은 초기소설의 인물들과 같은 앱젝트였다. 그러나 그녀는 자신의 얼굴을 통해 드러내는 응시의 시각성에서 초기 인물들과 다른 점이 있었다. 영실은 종배에게 수줍은 듯 벌거벗은 웃음을 보여주는데 거기에는 거부할 수 없는 인간적 약점의 매력이 있었다. 영실의 웃음은 시선의 독재에서 해방된 인간의 얼굴이었으며 구조 요청을 하는

25 손창섭, 〈포말의 의지〉, 《손창섭 단편 전집》 2, 가람기획, 2005, 168~169쪽.

동시에 상대에게 진정성을 보여주는 표정이었다. 이런 영실의 표정은 비천한 삶에서 유일하게 유연함을 보여주는 〈미해결의 장〉의 광순의 웃음과도 비슷했다.

그런데 광순의 웃음은 타자를 환대하는 표정이면서도 상품성이 있는 매력의 표현이기도 했다. 반면에 어린애까지 업은 영실은 **상품 가치를 잃은** 비직업적인 웃음을 짓고 있었다. 그녀에게는 페티시가 없는 대신 그녀 자신의 벌거벗은 타자의 흔적이 있었던 것이다. 영실의 웃음은 자신의 약점을 감추지 않으려는 나체화의 미소였으며 그런 수줍은 듯 물러서는 얼굴에 종배는 빠져들어간 것이다.

물론 1950년대는 타자의 나체화에 공감하기 어려울 만큼 자아가 무력화된 사회였다. 그럼에도 종배가 영실과 가까워진 것은 그녀와 아이의 모습이 종배의 기억을 소환하는 은유로 작용했기 때문이다. 영실의 아이는 어린 시절 어머니가 매춘녀였던 종배를 거울처럼 비추고 있었다. 종배는 주먹을 빨며 짐승 같은 소리를 내는 아이에게서 자신의 상처 난 모습을 보았다. 종배의 상처란 상실한 어머니의 기억이기도 했지만 아이를 안는 영실의 모성이 종배의 상처를 품으며 그를 움직인 것이다. 그 순간은 영실과 아이가 상처를 통해 종배의 내면에 들어오는 과정이었으며 **은유**를 통해 종배의 빈곤한 자아가 증폭되는 시간이었다.[26]

이처럼 또 다른 종말론적 상황인 1950년대에 구원의 문을 연 것은 심연에 있는 기억의 경첩이었다. 식민지 말의 김사량의 〈향수〉에서는 '엄마 손'과 '조선 자기'의 기억의 경첩을 움직이며 구원의 좁은 문을 열려는 전개가 나타난다. 타자성이 추방된 또 다른 국가주의로 암담한 상황에서, 종배는 어린 시절 기억의 경첩을 움직이며 어머니의 순수기억을 통해 영실과 가까워진다. 어머니가 매음녀였던 종배는 그동안 '죄악의 씨'였으나 영실의 모성에서 상처가 치유되며 순진한 아이와 어머니의 모습이 섬광

---

26 은유를 통한 타자와의 교감은 빈약한 자아를 증폭시켜 준다.

같이 스쳐 간 것이다. 영실의 모성이 종배의 순수기억을 회생시키고 다시 종배가 영실의 앱젝트의 고통을 구출해주는 구원의 이중주가 연주되기 시작한 것이다.

그와 함께 종배와 영실이 마음으로 교감하게 된 결정적인 계기는 종소리였다. 영실은 동굴 같은 집으로 이사 온 이유가 교회의 종소리를 듣기 위해서였다고 말한다. 그녀는 종소리를 들으면 왠지 마음이 이상해지는 걸 느낀다고 고백했다. 종배는 그녀의 말에 처음에는 자신도 모르게 거부감을 느꼈다. 종배의 이모와 이모부는 교회의 집사와 장로였지만 그들의 신앙은 자신들의 욕심만을 소망하는 모습으로 보였기 때문이다. 그러나 종배는 영실의 종소리가 그들과 달리 사형수가 물 한 모금을 원하는 '최후의 소망' 같은 것임을 알게 된다.

그처럼 종소리에는 두 가지가 있었던 것이다. 시선의 독재와 규범에 얽매인 교인들의 종소리와 고통받는 타자를 환대하는 영실의 종소리가 그것이다. 영실이 종소리를 들으며 이상하게 울고 싶어지는 것은 그 순간 심연의 응시가 회생하기 때문이었다.

종소리는 혼자 들어도 누군가와 같이 듣는 듯한 느낌이 들게 한다. 영실에게 누군가는 자신같은 비천한 타자와 교감할 존재였으며 그녀의 슬픈 종소리는 타자성 회생의 신호이다. 그런 종소리가 감지된 것은 시선의 독재에 얽매여 그녀 같은 여자(매춘녀)를 배제하는 감성의 분할이 동요함을 암시한다. 영실은 종소리를 들으며 실상은 내면에서 누군가와 교감하고 싶은 마음이 고조되었을 것이다. 마음이 이상해지는 것은 시선의 독재에서 해방되어 내면이 열리는 순간이며, 울고 싶은 것은 마음속에서 종소리를 같이 들을 사람이 아직 없기 때문이다.

이 소설에서 종소리는 1950년대의 사회에서 타자성의 갈망이 증폭되는 과정을 은밀히 암시한다. **종소리**는 시선의 독재 속에서 어둠이 깊어짐에 따라 어디에선가 새벽을 갈망하는 사람들이 생겨나고 있음을 **은유**한다. 시선의 독재가 감시할 수 없는 종소리는 물밑에서 들려오는 시대의 울림이었다. 〈포말의 의지〉에서는 어린 시절의 비애를 기억하는 포말 같은 사람들에게서 그런 물밑의 동요가 시작된다. 이 소설의 종배와 영실은 고결한 정신도 사회구조에 대한 관심도 가지고 있지 않았다. 그런데도 그들 사이에서는 타자성의 갈망을 통해 시대를 동요시키는 울림이 시작되고 있었다. 일상의 포말인 종배가 탁류에서도 배제된 영실로부터 〈설중행〉(고 선생)과 〈층계의 위치〉('나')의 인물들이 발견할 수 없었던 타자성의 갈망을 감지해가는 과정은 흥미롭다.

이 소설에서 타자성을 발견하는 과정을 보여주는 것은 일상의 포말인 종배이다. 그러나 어린 시절을 기억하는 종배뿐 아니라 종소리를 갈망하는 영실 역시 타자성을 그리워하고 있었다. 영실은 종배에게 자신의 본명이 옥화가 아니라 영실이라고 비밀처럼 들려준다. 영실이라는 본명은 그녀가 상품도 앱젝트도 아닌 인간이라는 비밀을 알려주는 신표였다. 시선의 독재와 페티시즘의 시대에 영실이라는 이름은 간신히 심연의 잔여물로 숨겨져 있었다. 영실은 그 깊은 곳의 샘물을 퍼 올리려는 목숨을 건 도약을 소망하고 있었던 것이다.

그런 도약의 갈망은 비식별성의 시대에는 인간의 자격을 상실한 사람들만이 인간의 비밀을 교감할 수 있다는 역설을 보여준다. 〈설중행〉의 고 선생 역시 도약을 갈망하지만 고결한 그는 포말의 사람들도 타자의 비밀도 발견할 수 없었다. 또한 〈층계의 위치〉의 '나'는 포위된 상태에서 부재하는 타자를 기다리면서도 감시하는 사람들을 뚫고 나오는 용기를 내지 못한다. 반면에 포말 같은 종배와 영실은 탁류의 흐름에서 어떤 것도 기대할 것이 없기 때문에 목숨을 건 도약이 가능한 것이다. 그들의 목숨을 건 도약은 아무런 맥락도 없는 타자와의 관계에서의 교감이기도 하다. 1950년대에서 타자성의 회생은 권력의 비밀을 탐구하는 고 선생이나 '나'(〈층계의 위치〉)와 함께 타자의 비밀을 드러내는 종배와 영실에 의해 가능해지고 있었다. 타자성이 회생되어야만 고 선생이나 '내'가 탐구하고 있는 '층계의 비밀' 역시 사랑과 분노와 함께 드러날 수 있을 것이었다.

영실과 가까워지면서 종배도 종소리가 가슴에 스며드는 것을 느낄 수 있었다. 그러나 과거의 상처에서 미처 벗어나지 못한 그에게 종소리는 아직 종소리로만 들렸다. 그러던 어느 날 영실이 예기치 않은 열병으로 죽음을 맞자 종배는 자신도 모르게 그녀 대신 교회로 달려간다. 그리고 무서운 힘에 빨려들듯이 안에 들어서서 영실을 잃은 슬픔의 힘으로 막혔던 가슴이 터질 듯한 종소리를 울린다.

종배의 종소리는 규칙의 위반이었다. 떠들썩한 소리와 함께 규칙에 물화된 교인들이 달려오고 있었지만 종배는 취한 듯이 계속 종 줄만 잡아당기고 있었다. 종배는 규칙을 위반함으로써만 시선의 권력이 은폐하는 비밀을 드러낼 수 있었기 때문이다.

종을 울리는 종배를 향해 교인들이 달려오는 순간은 〈층계의 위치〉에서 '내'가 시선의 권력에 포위된 상황과 비슷하다. 그러나 이번에는 영실과 함께 울리는 **응시의 이중주**였기 때문에 고함이 두렵지 않았다. 종배는 규칙과 감성을 치안하는 사람들에 맞서서 가슴의 비밀을 누설하며 감성의 분할을 위반하는 동요를 증폭시켰다.

종배의 종소리는 두 가지 비밀을 퍼뜨리고 있었다. 먼저 그와 영실을 비천하게 만든 시선의 독재의 비밀, 규칙에 물신화된 채 법을 정지시키는 비밀, 그리고 영실을 상품화했던 페티시즘의 비밀이 누설되고 있었다. 그와 동시에 그의 종소리는 목숨을 걸고 영실과 교감했던 인간의 비밀이 울려 퍼지게 하고 있었다. 이 두 가지 비밀은 〈층계의 위치〉에서 '내'가 타자의 부재 때문에 알아내려 하면서도 알아내지 못했던 비밀이다.

포말 같은 종배가 그런 비밀을 드러낼 수 있는 것은 영실과의 도약의 시간 때문이다. 그런 지난한 과정과 함께 두 가지 비밀이 누설되면서 이 소설은 **앱젝트의 미학**에서 **대상 a**의 미학으로 선회한다. 비식별성의 시대에 앱젝트 미학이 **우울**을 시대의 증상으로 드러낸다면, 대상 a 미학은 **슬픔**을 통해 시선의 독재에 대항한다. 비식별성의 시대란 규칙에 물화된 길만을 보여주며 그에 동화되지 않은 타자를 앱젝트로 추방하는 시선의 독재 사회이다. 그런 시선의 독재 앞에서 종배의 종소리는 회생한 타자와 교감하며 응시의 이중주로 대항하고 있다. 종배는 심연에 대상 a로 남겨진 영실과 교감함으로써 비로소 시선의 권력에 맞서고 있는 것이다. 종배가 달려오는 사람들을 상관 않는 것은 자신과 영실의 구원의 이중주가 규칙의 시각장을 뚫고 나가는 육체적 응시의 승리임을 예감하기 때문이다. 그 순간의 종의 감동적인 울림은 타자성의 육체적 응시를 감각화하는 공명의 음향일 것이다. 그런 응시의 승리가 거리의 사람들과 독자들을 끝없이 동요시키기 때문에 종배를 포말로 만드는 시선의 독재에 대항할 수 있는 것이다.

손창섭의 소설이 앱젝트의 미학에서 대상 a의 미학으로 선회하는 과정은 상상계에서 실재계로 이동하는 전개이다. 앱젝트 미학은 어둠과 죽음 앞에서 뇌수에 숨겨진 응시와 잠재적 응시의 유보된 승리를 암시한다. 반면에 대상 a 미학은 삶 속에서 대상 a와 교섭함으로써 응시의 이중주를 통해 주인공과 독자를 상상계에서 실재계로 이동시킨다. 종배는 종을 울리면서 그를 포말로 만든 상상계에서 벗어나 실재계로 이동하는 모험을 감행한다. 위압적으로 달려드는 교인들을 아랑곳하지 않는 종배의 종소리는 가장 낮은 곳에서 울리는 **코페르니쿠스적인 춤**이었다. 시선의 독재에 저항하는 종배의 코페르니쿠스적인 춤은 1년 후 실제로 정치적 독재에 저항하는 현실의 춤과 행동으로 이어졌다.

제6장

개발주의의 질주와
나체화의 윤리

1. 개발독재의 시선과 타자의 응시의 회생

1970년대는 전후의 정체된 혼란에서 벗어나 '조국 근대화'와 경제개발을 위해 전력으로 질주하는 시대였다. 해방 후 냉전체제로의 전환에 의한 자유의 경계선의 위치는 예전과 큰 변함이 없었다. 그러나 냉전의 질주가 자유주의의 지역성으로서의 참여였다면 산업화의 질주는 보다 역동적으로 경제성장을 가져왔다. 기지의 제국의 정적인 부속물이었던 과거와 달리 1970년대는 남한 사회 자체가 빠르게 질주하는 시대였다.

이 시기가 **질주의 시대**였음은 1970년 7월 7일 경부고속도로의 개통에서 상징적으로 드러난다. 독일의 아우토반에서 큰 감명을 받은 박정희는 군사작전을 방불케 한 방식으로 전쟁을 치르듯 고속도로를 건설했다.[1] 개발주의와 군사주의의 합작품인 경부고속도로는 도시와 농촌에 많은 변화를 가져왔다.

질주의 시대는 시선의 독재와 국가적 동원의 시대이기도 했다. 속도의 독재는 조국 근대화에 시선을 집중시키며 운동의 독재를 낳고 있었다. 빠른 속도로 농촌 인구가 도시로 이동하며 경제개발을 위한 국민의 동원이 시작된 것이다.

정치적 독재와 속도의 독재가 시선을 한쪽으로만 제약시킨 것은 과거와 다름없었다. 1950년대의 시선의 독재가 자유주의의 길을 보여주었다면 1970년대는 민족중흥과 경제개발의 길을 선전했다. 이제 손창섭 소설의 미국행은 황석영 소설의 도시행으로 변주되었다. 과거의 국가주의는 자유의 일원이 되는 신성한 이념이었지만 지금은 민족적 산업 전사와 수출의 성전에 연결되었다. 그처럼 국가주의적 질주는 유례없이 민족 개발주의의 이름으로 속도를 내게 되었다.

---

1   강준만,《한국현대사 산책》1970년대 편 1권, 인물과사상사, 2002, 69~76쪽.

그런데 민족의 이름으로 장식된 개발주의는 동시적으로 자유주의의 지역성으로서 세계 자본주의에 편입되는 과정이었다. 과거의 국가주의가 자유주의의 리더 기지 제국의 지역성이었다면 지금은 세계 자본주의의 지역성으로의 편입이었다. **민족의 신체는 자본주의화**됨으로써 자유주의의 일원이 될 수 있었으며 그런 방식으로 다시 기지 제국의 지역성으로 남은 것이다. 자본주의적 경제개발은 민족을 빛나게 하는 동시에 트랜스내셔널한 자유주의의 부속물로 편입되게 만들고 있었다.

국가주의적 질주는 민족중흥의 실현과 자유주의적 부속물의 이중적 과정이었다. 그런 이중적 진행에서 가장 큰 희생자는 세계 자본주의에서 값싼 노동을 담당한 하층민들이었다. 민족의 산업 전사는 국제적 노동분할에 의해 고통받는 빈민들이기도 했던 것이다.

세계 자본주의에의 편입은 계급적 착취가 인종과 젠더 영역에 겹쳐진 비참한 상황을 만들었다. 그런 조건에서 1970년대의 노동자와 하층민들은 이진경이 말한 죽음정치적 노동[2]의 고통을 경험해야 했다. 자랑스러운 민족중흥을 제창한 박정희는 죽음정치적 노동의 판매자이기도 했던 셈이다. 후자를 은폐하고 전자를 빛나게 하기 위해 그는 군사주의와 개발주의를 결합한 구호들을 퍼뜨렸다. 즉 "싸우면서 건설하자"와 "잘살아 보세", "하면 된다" 등이다. 죽음정치적 노동의 기원인 군사주의가 노동자의 비참함을 은폐하면서 민족 개발주의와 결합된 것이다. 이런 상황에서 개발주의의 빛에 감춰진 하층민들은 희생자로도 인정받지 못하는 비천한 앱젝트로 강등되고 있었다.

죽음정치적 노동은 생명과 신체를 권력의 처분하에 두고 죽음에 이르도록 착취하다 쓸모없어지면 폐기하는 노동이다. 1970년대의 죽음정치적 노동자는 단순한 프롤레타리아가 아니라 인간 이하로 강등된 앱젝트였다. 식민지에서 해방되었을 뿐 아니라 민족의 번영을 외치게 되었지만 인

---

2 이진경, 나병철 역, 《서비스 이코노미》, 소명출판, 2015, 39~45쪽.

간-동물로 강등되어 살아가는 사람이 많아진 것은 달라지지 않았다.《전태일 평전》에 묘사된 닭장 같은 열악한 환경과 14시간의 살인적인 노동은 그 점을 실감 나게 한다.[3]

그런 맥락에서 1970년대를 특징짓는 두 가지 사건은 개발주의가 유신으로 이어진 과정과 전태일의 분신이다. 이 두 사건은 서로 반대쪽에서 1970년대의 긴장감 있는 역동성을 표현한다. 고속도로가 질주의 상징이었다면 10월 유신은 체제의 상상적 질주의 선언이었다. 반면에 전태일의 분신은 노동자뿐 아니라 학생과 지식인의 양심을 강타한 실재계적 사건이었다. 1970년대는 이 두 사건을 횡단하며 상상계와 실재계 사이에서 동요하고 있었다고 할 수 있다.

당대의 문학은 그런 보이지 않는 동요를 역동적으로 표현하고 있었다. 상상계와 실재계 사이에서 동요하는 시대는 앱젝트 문학과 대상 a 문학이 둘 다 역동성을 얻은 시대이기도 했다. 예컨대 조세희의《난장이가 쏘아 올린 작은 공》연작은 개발주의의 상상적 질서 속에서 인간 이하로 살아야 했던 사람들의 고통을 그린 앱젝트의 문학이다. 반면에 윤흥길의《아홉 켤레로 남은 사내》연작과 황석영, 조선작의 소설들은 하층민에 대한 공감을 드러낸 실재계적 대상 a의 문학이다.

앱젝트의 미학과 대상 a의 미학이 반복적·중첩적으로 나타나는 것은 우리 문학의 중요한 특징이다. 1970년대의 특징은 그런 두 유형의 문학이 모두 역동성을 얻고 있었다는 점이다. 그와 함께 이 시기의 문학이 식민지 말이나 1950년대와 다른 점은 비교적 쉽게 앱젝트가 타자로 회생하며 연대가 이루어졌다는 사실이다. 그 이유는 1970년대에 계층 간의 이동이 역동적이었으며 그런 유연성이 하층민에 대한 공감을 낳았기 때문이다. 그처럼 하층민이 타자로 회생하며 공감의 대상이 되는 과정을 그린 것이 바로 대상 a의 미학이다. 1970년대는 두 유형의 문학이 역동적으로 공존

---

3   조용래,《전태일 평전》, 아름다운전태일, 2009, 90~91쪽.

하면서도 대상 a의 문학이 특징적으로 부각된 시대였다.

계층 간의 이동이 역동적이라는 것은 상상계적 고착화가 아직 물신화되지 않았다는 뜻이다. 상상계적 고착화란 실재계적 응시를 마비시키는 상황을 말한다. 반면에 계층 간의 유연성은 시선과 응시의 양가성을 지닌 중간층을 역동적으로 만든다. 중간층은 우월한 시선으로 하층민을 비하하기도 하지만 빈곤층의 고통에 공감하기도 한다. 계급 이동의 역동성이 공동체 의식을 잔존하게 했기 때문에 중간층은 비천해진 하층민을 여전히 인간의 눈으로 볼 수 있었다. 1970년대에는 그런 중간층의 양가성 때문에 개발주의의 시선 독재에 대한 응시가 회생할 수 있었다.

사회가 상상계에 고착화되면 계층적 유연성과 중간층의 양가성이 사라진다. 그처럼 지배층과 피지배층 사이의 유연성이 사라지면 경직된 상상계에서 벗어나기 힘든 우울의 미학의 시대가 된다. 식민지 말의 민족 차별과 1950년대의 국가주의는 지배와 피지배 사이의 관계를 고착화하며 우울한 앱젝트 미학의 시대를 낳았다. 1970년대 역시 국가주의의 시대였지만 이 시기의 계급적 문제는 두 시대와 상이했다. 민족 차별과 달리 계급적 관계에는 유동성이 있었으며 1950년대와 달리 70년대의 자본주의는 역동적이었다.

계층 간의 역동성과 중간층의 유동성이 얼마나 중요한지는 오늘날의 양극화 사회를 보면 실감이 난다. 과거에는 1970년대의 역동성을 프롤레타리아와 노동자 주체에서 찾았지만 우리의 논의는 **계층 간의 유연성**을 강조한다. 계층 간의 유연성은 비천한 계급을 타자로 회생시켜주며 연대를 통해 저항 주체의 생성을 가능하게 했다. 우리 사회의 변혁을 위해서 계급적 주체의 출현만큼 중요했던 것은 타자의 회생이었다. 1970년대의 역동성은 양극화된 오늘날에 비해 공감의 연대를 통해 비천한 계층이 쉽게 회생할 수 있었기 때문이다.

그런 이유로 1970년대에는 희생자도 되지 못하는 앱젝트를 시대의 희생자이자 타자로 회생시키는 문학이 성행했다. 군건한 저항적 주체 대신 비천한 앱젝트를 주인공으로 그린 것은 다른 시대와 비슷했다. 우리 문학에서 비천한 주인공이 자주 등장한 것은 정치적 독재가 시선의 독재와 감성적 차별을 동반하기 때문이다. 인종과 계급 영역의 착취가 시선의 독재를 전제로 행해지면 프롤레타리아 대신 인간 이하로 강등된 앱젝트가 많아진다. 시선의 독재란 타자에 대한 공감이 어려워지게 만드는 것이며 그로 인해 외면당한 타자는 비천한 앱젝트로 강등된다. 산업화 시대인 1970년대 역시 군건한 노동자 주체보다는 시선에서 외면당한 비천한 사람들이 늘어나고 있었다.

그러나 1970년대에는 계층 이동의 역동성으로 인해 중간층의 하층민에 대한 공감이 쉽게 회생할 수 있었다. 그 때문에 1970년대에는 인간 이하로 강등된 존재를 인간으로 복귀시키는 문학이 성행하고 있었다. 시선의 독재로 보이지 않게 된 앱젝트가 보이게 된 순간은 타자가 회생하는 시간이다. 타자와의 교섭을 윤리(레비나스)라고 한다면 앱젝트가 타자로 회생하며 교감이 시작된 것은 윤리의 회생이다. 그 때문에 1970년대는 **윤리를 미학적 원리**로 한 문학이 가장 성행했던 시기였다. 이 시대는 레비나스의 윤리가 시각적으로 보여지며 사람들을 감동시킨 공감의 문학의 전성기였다.

가장 극심한 개발독재의 시대가 윤리적 미학의 시대였다는 것은 아이러니이다. 개발독재는 죽음정치를 은폐하는 시선의 독재였는데 윤리적 미학은 그런 시선의 권력에 대응해 보이지 않는 희생자들을 보이게 만들고 있었다. 이 시기에 특징적인 윤리적 미학이란 **시각적 반격**이었다. 즉 윤리적 미학은 개발독재의 시선의 권력에 대한 응시의 대응이었다.

개발주의가 진행될수록 고속도로와 공장이 잘 보이는 동시에 값싼 노동자와 달동네의 빈민들은 잘 보이지 않게 되었다. 1970년대의 개발주의가 성공할 수 있었던 것은 그런 시선의 독재에 의해 개발주의의 희생자를 보이지 않게 만들 수 있었기 때문이다. 고층 아파트가 즐비해진 시대는 보이지 않는 곳에서 집을 잃은 철거민이 많아진 시대이기도 했던 것이다. 역설적인 것은 경제개발이 성공하며 계층 이동이 유동적이 됨으로써 사회 전체가 역동성을 얻었다는 점이다. 사회가 역동적이 되었다는 것은 계층 이동의 유연성과 함께 중간층의 하층민에 대한 관심이 회생하고 있었다는 뜻이다. 그런 역동성에 근거해 당대에 큰 사회적 영향력을 지녔던 문학은 시선의 독재에 대항하는 응시를 부활시키고 있었다. 문학은 앱젝트가 타자로, 벌거벗은 생명이 희생자로 되돌아오는 과정을 생생하게 보여주고 있었다. 개발독재가 시선의 독재였기 때문에 **응시**를 **회생**시키는 문학은 시대를 역동적으로 만드는 데 매우 중요한 역할을 할 수 있었다.

1980년대의 민주화 운동이 성공할 수 있었던 데에는 1970년대의 공감의 문학이 큰 역할을 했다. 독재정치에 대한 민주화 운동의 이면에는 시선의 독재에 저항하는 응시의 회생이 핵심적이었던 것이다. 1970년대의 앱젝트의 문학과 대상 a의 문학은 그런 **시각적 과정**을 잘 보여준다.《난장이가 쏘아올린 작은 공》연작은 시선의 폭력에 의해 왜소화된 하층민이 어떻게 불가능한 희망을 쏘아 올렸는지 보여준다. 또한《아홉 켤레의 구두로 남은 사내》연작은 비천한 신체의 나체화를 통해 타자에 대한 공감이 회생하는 과정을 제시한다. 개발독재가 죽음정치를 은폐한 시각적 독재였다면 당대의 문학은 죽음정치에 의해 인간 이하로 강등된 사람을 되살리는 응시의 미학이었다. 이 시기의 문학은 독재정치를 변혁하려면 시선의 독재에 대응하는 응시가 회생하며 보이지 않는 비밀을 보여주는 물결이 일어야 함을 알리고 있었다.

2. 죽음정치적 노동에 대한 시각적 반란
― 난장이와 벌레

《난장이가 쏘아올린 작은 공》과《아홉 켤레의 구두로 남은 사내》연작에는 하층민의 연대와 저항은 그려지지 않는다. 이 작품들을 포함한 1970년대 소설은 행동적인 저항보다는 **응시의 저항**을 담고 있다고 할 수 있다. 응시의 저항은 엄혹한 시선의 독재의 시대에도 피지배자들의 물밑의 연대가 이루어졌음을 알리는 시각적 시위이다.

응시의 저항에는 앱젝트의 미학과 대상 a의 미학이 있다.《난장이가 쏘아올린 작은 공》은 감성의 분할의 경계에 갇힌 상태에서 하층민의 응시를 드러내는 앱젝트의 미학이다. 앱젝트란 감성의 분할이 만든 경계와 구멍에 갇힌 비천한 존재를 말한다. 예컨대 벌레라는 앱젝트는 감성적 치안에 의해 경계 저쪽으로 배제되어 어두운 구멍에 갇힌 존재이다. 경계 저쪽으로 추방되었기 때문에 사람들에게 잘 보이지 않을 뿐 아니라 구멍에 갇혔기 때문에 자신의 시야도 제한되어 있는 것이다.

그러나《난장이가 쏘아올린 작은 공》에서 난장이와 벌레의 은유는 단순한 혐오발화와는 다른 미학적인 기능을 한다. 부유층은 하층민을 벌레처럼 혐오하지만 실제로 벌레라는 말을 널리 유포시키진 않는다. 시선의 독재는 경제부흥의 환상을 보여주는 동시에 그 희생자를 혐오감 속에서 보이지 않는 존재로 만든다. 그와 함께 희생자를 진짜로 인간 이하의 존재로 여기면서도 벌레라고 말하는 대신 오히려 산업 전사로 포장한다. 만일 개발이 진행될수록 벌레들이 생겨난다면 민족중흥의 역사에 큰 흠집이 생길 것이기 때문이다. 1970년대의 혐오발화는 희생자들에게 조용히 말해지는 동시에 일상인에게는 잘 들리지 않았다. 경제부흥의 환상이 찬란한 빛을 내려면 혐오스러운 죽음정치적 희생자는 눈에 보이지 않아야 하는 것이다.

반면에 〈난장이가 쏘아올린 작은 공〉은 보이지 않는 앱젝트를 보이게 만들어 경제개발의 환상에 균열을 낸다. 희생자들에게만 들리던 앱젝트의 은유를 일상인에게 들리게 만들어 경제부흥 사회의 환부를 알리는 것이다. 그와 함께 암암리에 앱젝트도 인간임을 말하며 인간을 벌레로 만든 권력에 분노하게 한다. 난장이와 벌레의 은유는 배제된 앱젝트가 인간을 소망하며 회귀하는 시각적 반란이다. 그런 방식으로 시선의 독재에 균열을 내는 응시를 표현하는 것이다.

여기서 중요한 것은 그런 충격이 중간층에게 가장 민감하다는 점이다. 하층민은 벌레라는 말을 수없이 들어왔지만 투명인간 같은 그들의 분노는 잘 들리지 않는다. 반면에 중간층은 산업 전사로 포장된 하층민이 벌레로 드러나는 순간 심리적 충격을 받게 된다. 중간층은 하층민을 비하하는 경우에도 잘 보이지 않는 미미한 존재로 여기고 있었다. 그런데 보이지 않았던 환부가 충격적으로 드러났을 때 산업사회에서 자신도 막연히 느꼈던 불안이 증폭되기 시작하는 것이다. 연작 중 처음 발표된 〈칼날〉(1975)에서 소시민 신애를 등장시킨 것은 그런 민감한 위치 때문이다.

소시민 신애는 수도를 고치는 난장이에게 자신도 난장이라고 말한다. 중간층인 신애 가족은 사람들의 눈에 난장이나 벌레로 보이지는 않는다. 그럼에도 '저희들도 난장이'라고 말하는 것은 그녀도 계급적 불평등성에 의해 상처를 받는 경험을 했기 때문이다.

사나이는 한 마리의 **벌레**를 다루듯 난장이를 다루었다. 그는 난장이의 배 위에 발을 얹었다. 그리고, 너 왜 이 동네에 와서 자꾸 기웃거리니, 안 나오는 물을 너는 어떻게 하겠다는 거야, 꼭 우물을 팔 집만 찾아다니면서 초칠을 하는 이유가 뭐야, 아직 몸이 성해서 그렇지, 그렇지, 그렇지…… 하면서 난장이의 배를 짓밟았다. 난장이의 얼굴은 피범벅이 되었다. 숨 몇 번 쉴 사이에 일어난 일이었다. 신애는 사나이가 난장이를 죽인다고 생각했다. 사나이는 이제 난장이의 옆구리를 걷어찼고, 난장이는 두 번 몸을 굴리더니 자벌레처럼 움츠

러들었다. 신애는 난장이를 살려야 했고, 그래서 뛰었다. 한걸음에 마루로 뛰어올라 부엌으로 들어갔다. 그녀는 큰 칼과 생선칼을 집어들었다.

(…중략…)

신애는 인공조명을 받고 있는 닭장 속의 닭들을 생각했다. 달걀 생산을 늘리기 위해 사육사들이 조명 장치를 해놓은 사진을 어디선가 보았었다. 닭장 속의 닭들이 겪는 끔찍한 시련을 난장이도, 저도, 함께 겪고 있다고 생각했다.

(…중략…)

"아저씨."

신애는 낮게 말했다.

"저희들도 난장이랍니다. 서로 몰라서 그렇지, 우리는 한편이에요."

그녀는 피 묻은 생선칼을 새로 단 수도꼭지 밑에 놓았다.[4]

신애가 폭행당하는 난장이를 도우려 칼을 든 것은 자신도 정신적 폭행을 경험했기 때문일 것이다. 신애는 자신도 인공조명을 받는 닭장 속의 닭이라고 생각한다. 사람들이 소시민인 그녀를 벌레나 닭으로 비하하진 않지만 산업사회에서의 비인간적인 심리적 상처는 남아 있는 것이다. 사내가 난장이를 한 마리의 벌레처럼 다루는 장면은 신애의 내면의 상처를 증폭시켜 보여주는 이미지이다. 난장이와 벌레는 신애의 내면의 불안을 비추는 은유의 거울이며 폭력의 순간 신애는 낯선 두려움을 느낀다. 낯선 두려움은 약자를 벌레처럼 거세시키는 죽음정치적 폭행에 대한 자의식이다. 신애는 만연한 심리적 불안(거세공포)이 증폭되며 폭력적 비밀이 드러난 순간 낯선 두려움을 느끼고 있는 것이다.

위에서 신애의 칼을 든 행동은 단지 죽음에 대한 공포 때문만은 아니다. 신애를 자극한 것은 난장이를 벌레처럼 취급하고 자벌레처럼 움츠러들게 만든 죽음정치적 폭력의 실상이다. 죽음정치란 단순한 살인의 악행

---

4 조세희, 〈칼날〉,《난장이가 쏘아올린 작은 공》, 이성과힘, 2000, 55~57쪽. (강조-인용자).

이 아니라 인간의 생명을 벌레처럼 만들어 제거하는 **감성적 폭행**의 장치이다. 죽음정치의 감성적 폭행은 하층민이 비참하게 희생되어도 그를 벌레 같은 존재로 여겨 배제하게 만드는 장치이다. 그러나 신애 같은 불안한 중간층에게는 그런 배제의 장치가 잘 작동되지 않는다. 신애는 감성적 폭력을 느끼며 불안과 공포 속에서 오히려 난장이에 대한 공감대가 생기게 된다. 신애와 같은 불안하면서도 감성적인 유연성을 지닌 중간층의 존재는 오늘날의 양극화된 사회에서는 어디서도 찾아보기 어렵다. 신애는 조세희의 연작소설에서 비중이 작은 인물이지만 오늘날의 사회의 거울로 보면 가장 필요로 하는 존재일 것이다. 자본가도 노동자도 그대로 있지만 신애야말로 역사 속으로 사라진 우리 자신의 모습일 것이다.[5] 신애 같은 유연한 중간층의 존재는 그 시대를 역동적 사회를 만든 중요한 요인의 하나였다.

감성적인 폭력은 물리적 폭력에 선행하는 인격에 대한 폭행이다. 감성적 차별(감각적 차별)이 중요한 것은 그에 대해 저항하지 않으면 경제적 착취와 차별이 영원히 계속되기 때문이다. 오늘날의 양극화된 사회는 그런 '시간의 식민지'[6]를 매우 잘 보여준다. 반면에 1970년대에는 감성적 폭력에 대한 분노가 있었기 때문에 사회를 변화시키려는 민주화 운동이 일어날 수 있었던 것이다.

1970년대의 죽음정치와 죽음정치적 노동은 경제적 차별에 앞서 **인격**을 **착취**하는 장치였다.[7] 노동자와 하층민을 인간 이하의 존재로 여겼기 때

---

5 우리는 독자로서만 잠시 신애의 위치로 돌아간다. 혹은 '우리가 김진숙이다', '우리가 김용균이다' 같은 은유를 통해 그 위치로 귀환한다. 신애의 '**우리도 난장이**'라는 말은 오늘날 저항운동의 구호가 되었다.

6 시간의 식민지는 인격성의 영역이 식민화된 사회를 말한다. 프랑코 베라르디 비포, 강서진 역,《미래 이후》, 난장, 2013, 42~43쪽.

7 오늘날은 죽음정치적 노동은 많이 없어졌지만 쓸모없는 사람을 죽음에 유기하는 죽음정치는 오히려 많아졌다. 그러면서도 그에 대한 대응은 잘 일어나지 않기 때문에 양극화된 사회가 계속되는 비극이 일어나고 있다.

문에 아무런 죄의식도 없이 비열한 착취가 행해진 것이다. 신애는 난장이가 닭장 속의 닭과도 같으며 달걀 생산을 위해 인공조명을 받는 점에서 그와 자신은 같다고 생각한다. 소시민 신애의 하층민에 대한 공감대는 인간을 동물처럼 다루는 감성적 폭력에 대한 분노에서 생겨나고 있었다.

《난장이가 쏘아올린 작은 공》 연작에서 신애는 이후에 〈육교 위에서〉 외에는 중요한 역할로 등장하지 않는다.[8] 그 점에서 이 연작소설은 소시민과 하층민의 연대를 주제로 한 작품은 아니다. 그러나 난장이 가족이 죽음정치적 상황에서 벌레처럼 살아가는 모습은 계속 그려진다. 그리고 이제는 신애 대신 독자가 그녀의 위치에서 하층민(난장이 가족)을 벌레처럼 다루는 감성적 폭력을 보게 된다. 독자는 처음부터 끝까지 난장이와 자신과의 관계를 생각하지 않을 수 없게 된다. 이 연작소설은 독자들이 신애처럼 '우리도 난장이랍니다.'라는 말을 하게 만들기 위해 진행되는 서사적 과정이다. 1970년대의 앱젝트의 미학은 그처럼 독자에게 감성적 충격을 주는 방식으로 잠재된 응시를 증폭시킨다.[9]

이 소설에서 첫 번째 충격적인 사건은 난장이의 집이 재개발 계획에 의해 강제로 철거된 일이다. 난장이의 딸 영희는 전매된 아파트 입주권을 되찾기 위해 아무도 몰래 집을 나간다. 영희는 입주권을 산 젊은 남자를 따라가 그의 성적 노예 역할을 하면서 입주권을 빼내 온다. 집이 철거된 후 되돌아온 영희는 신애의 집에서 아버지가 돌아가셨다는 말을 듣는다. 그런데 영희는 그 말을 듣고도 자리에서 몸을 일으킬 수 없었다.

"아버지는 돌아가셨어. 벽돌 공장 굴뚝을 허는 날 알았단다. 굴뚝 속으로 떨어져 돌아가신 아버지를 철거반 사람들이 발견했어."
그런데- 나는 일어날 수가 없었다. 눈을 감은 채 가만히 누워 있었다. **다친 별**

---

8 이후에도 신애가 나오지만 그녀가 주요 인물의 역할을 맡은 것은 〈칼날〉뿐이다.
9 그 때문에 이 연작소설은 최명익과 손창섭의 우울한 앱젝트의 미학보다 역동적이다.

레처럼 모로 누워 있었다. 숨을 쉴 수 없었다. 나는 두 손으로 가슴을 쳤다.[10]

영희는 아버지의 죽음을 들으며 자신이 다친 벌레와도 같다고 생각한다. 그녀는 숨을 쉴 수 없는 상태에서 헐린 집 앞에 피를 뚝뚝 흘리며 서 있는 아버지를 본다. 아버지가 죽은 벌레라면 영희 자신은 '다친 벌레'인 것이다. 영희가 생각한 '다친 벌레'의 이미지에는 철거된 집과 죽은 아버지, 그리고 성노예로서 자신의 신체에 가해진 **폭력**이 새겨져 있다. 영희는 울면서 "아버지를 난장이라고 부르는 악당은 죽여버려"라고 말한다. 그녀는 가난과 폭력과 철거로 고통스러웠지만 가장 참을 수 없는 것은 감성적 폭행이었던 것이다. 아버지를 난장이라고 부르는 사람은 벌레의 이미지에서 아무런 동요도 못 느끼는 죽음정치의 가해자들이다. 반면에 그녀는 자신과 가족에게 가해진 폭력에 고통스러워하면서 난장이와 벌레의 이미지가 환기하는 감성적 폭행에서 가장 큰 비참함을 느낀다. 벌레라는 은유는 영희가 감당했던 폭력의 강도를 (감성적으로) 느끼게 해준다. 물리적 폭력도 참을 수 없지만 감성적 폭력은 가장 고통스러운 인격의 살인이다. 감성적 폭력은 대부분 물리적·경제적 폭력 기제의 은폐 수단으로 진행되기 때문에 더 견딜 수 없는 것이 된다.

영희처럼 감성적 폭력을 피해자의 입장에서 생각하는 것은 혐오의 이미지에 숨겨진 은폐된 폭력을 드러내는 것이기도 하다. 가해자들은 영희의 가족을 벌레처럼 다루면서도 벌레로 강등된 사람들이 겪는 폭력에 대해 생각하지 않는다. 감성적 폭행이란 물리적·경제적 폭력을 은폐한 채 영희 가족을 희생자도 되지 못하는 벌레처럼 여기게 만드는 것이다.[11] 〈난장이가 쏘아올린 작은 공〉은 그런 가해적인 이미지를 피해자의 입장에서

---

10 조세희, 〈난장이가 쏘아올린 작은 공〉,《난장이가 쏘아올린 작은 공》, 앞의 책, 143쪽. (강조-인용자).

11 이것이 바로 혐오발화이다. 혐오발화는 난장이 가족을 희생자도 되지 못하는 벌거벗은 생명으로 만든다.

272

반복하며 시각적 반전을 보여준다. 신애와 영희처럼 '벌레'를 피해자의 입장에서 반복하는 앱젝트/벌레 미학이야말로 폭력에 대한 능동적인 대응일 것이다. 앱젝트 미학은 벌레에 가해진 **폭력**과 인간이 되려는 벌레의 **소망**을 보여주는 감성적 반란이다. 영희 머리에 떠오른 난장이와 벌레라는 단어는 감성적 폭행에 맞서 은폐된 죽음정치를 드러내려는 감성적 도발을 표현하고 있다.

난장이 가족은 집이 철거된 후 공장이 있는 은강으로 이사를 한다. 난장이의 큰아들 영수는 은강 자동차에 취직해 트렁크에 구멍을 뚫는 일을 했다. 영수는 권총 모양의 두 가지 공구를 사용해 구멍을 뚫고 나사못과 고무 바킹을 넣었다. 공장의 노동자들은 영수를 쌍권총의 사나이로 불렀다. 쌍권총의 사나이는 기계의 속도에 속박되어 인간 이하로 강등되어 가고 있었다.

기계가 작업속도를 결정했다. 나는 트렁크 안에 상체를 밀어넣고 두 가지 작업을 동시에 해야 했다. 트렁크의 철판에 드릴을 대면, 나의 작은 공구는 팡팡 소리를 내며 튀었다. 구멍을 하나 뚫을 때마다 나의 상체가 파르르 떨었다. 나는 나사못과 고무 바킹을 한입 가득 물고 일했다. 구멍을 뚫기가 무섭게 입에 문 부품을 꺼내 박았다.

날마다 점심시간을 알리는 버저 소리가 나를 구해주고는 했다. 오전 작업이 조금만 더 계속되었다면 나는 쓰러졌을 것이다. '쌍권총의 사나이'는 점심 식사를 제대로 할 수 없었다. 혓바늘이 빨갛게 돋고, 입에서는 고무 냄새와 쇠 냄새가 났다. 물로 양치질을 해도 냄새가 났다. 큰 식당에 가 차례를 기다려 밥을 타지만 수저를 드는 나의 손은 언제나 떨리기만 했다.[12]

고속도로가 질주의 시대의 상징인 것처럼 기계의 속도는 속도의 독재

---

12 조세희, 〈은강 노동 가족의 생계비〉, 《난장이가 쏘아올린 작은 공》, 앞의 책, 202쪽.

제6장 개발주의의 질주와 나체화의 윤리   273

의 표상이었다. 속도의 독재는 세계 자본주의에 편입된 죽음정치적 노동자의 위치를 결정했다. 쌍권총의 사나이는 "싸우면서 건설하는" 산업 전사인 동시에 신체를 기계의 속도의 처분에 맡기는 존재로 강등되고 있었다. 생명과 신체를 권력의 처분에 맡기는 것이 바로 죽음정치적 노동이다. 박정희는 속도의 독재자로서 민족중흥의 질주를 위해 죽음정치적 노동자를 세계 자본주의의 부품으로 바친 것이다. 쌍권총의 사나이라는 산업 전사는 인간 이하로 강등되어 입에서 고무냄새를 흘리며 손을 떨 수밖에 없다.

여기서 죽음정치적 노동자들은 신체가 기계에 내맡겨져 인간 이하로 강등된 것이지 인격 자체가 앱젝트인 것은 아니다. 영수가 느끼는 것은 자신의 인격을 앱젝트로 만드는 죽음정치의 폭력이다. 그러나 시선의 독재에 취한 자본가들의 눈에는 노동자들이 진짜 앱젝트로 보여진다. **속도의 독재**는 경제부흥만을 보게 하고 희생자를 혐오의 대상으로 만드는 **시선의 독재**를 낳는다. 은강 그룹 총수와 주주들은 자신들이 낙원을 이루어간다고 생각하고 있었다. 그들은 경제성장만을 보면서 죽음정치적 노동자들을 낙원 밖에서 썩어가는 쓰레기들로 여길 것이었다.

그들은 낙원을 이루어간다는 착각을 가졌다. 설혹 낙원을 건설한다 해도 그것은 그들의 것이지 우리의 것이 아니라는 생각을 나는 했다. 낙원으로 들어가는 문의 열쇠를 우리에게는 주지 않을 것이다. 그들은 우리를 낙원 밖, 썩어가는 쓰레기더미 옆에 내동댕이쳐둘 것이다. 그들은 냉·온방기를 단 승용차에 가족을 태우고 나가다 교외로 이어진 도로 옆에서 우리를 발견할 것이다. "더럽기도 해라!" 그들의 부인이 말할 것이다.[13]

쓰레기 더미에 내동댕이쳐진 더러운 노동자들은 희생자로도 보이지 않

13 조세희, 〈잘못은 신에게도 있다〉, 《난장이가 쏘아올린 작은 공》, 앞의 책, 221쪽.

는다. 아감벤은 희생제물로도 바칠 수 없는 인간 이하의 존재를 벌거벗은 생명이라고 불렀다. 입에서 고무 냄새가 나고 쓰레기로 버려지는 노동자들은 경제부흥의 낙원에서 희생자도 될 수 없는 보이지 않는 존재가 된다. 보이지 않는 벌거벗은 생명이기 때문에 아무도 모르는 바깥에 버려지는 것이다. 개발의 속도(속도의 독재)를 위해 생명을 부품으로 소모시킨 사람들은 이제 보이지 않는 쓰레기 같은 존재(시선의 독재)가 된다.

그러나 영수는 앱젝트에 대한 자의식이 있기 때문에 아감벤의 벌거벗은 생명과는 달랐다. 영수는 공장에서 내쫓긴 퇴직자 명단의 게시판을 보며 자신이 난장이인 아버지보다 작은 몸이 되었다고 생각한다. 그런 앱젝트의 자의식은 방직공장 노동자들도 갖고 있었다. 그들 역시 살인적인 노동을 견디기 위해 반장이 옷핀으로 찌르자 "우리는 벌레가 아니"라고 외친다. "벌레가 아니"라고 외친 것은 벌레처럼 취급당하고 있다는 뜻이기도 하다. 영수는 난장이가 아니고 노동자들은 벌레가 아니지만 난장이와 벌레처럼 되어가고 있는 것이다. 그들의 난장이와 벌레에 대한 생각은 자신들을 비천하게 만드는 죽음정치적 노동에 대한 감성적 대항이다. 권력자들이 '벌레'를 폭력의 은폐의 수단으로 사용하는 반면 노동자들은 '벌레'란 인간에게 과도하게 행사된 **폭력**이라고 항의하는 것이다. 권력자들은 노동자들을 신체적 혐오감 때문에 보이지 않는 곳에 폐기되는 존재로 생각한다. 반면에 영수와 노동자들은 자신들의 신체에서 앱젝트를 감지하며 그들을 쓰레기로 만든 환경에 대해 분노한다. 그들은 원래 인간이었으나 공장에 들어오는 순간 앱젝트가 된 것이다.

영희는 청력장애를 일으켰다. 직포와 작업현장의 소음이 영희를 괴롭혔다. (…중략…) 그날 작업장 실내 온도는 섭씨 삼십구 도였다. 은강방직의 기계들은 쉬지 않고 돌았다. 영희의 푸른 작업복은 땀에 젖었다. 영희가 조는 동안 몇 개의 틀이 서버렸다. 반장이 영희 옆으로 가 팔을 쿡 찔렀다. 영희는 정신을 차리고 죽은 틀을 살렸다. 영희의 작업복 팔 부분에 한 점 빨간 피가 내배

었다. 새벽 세 시였다.[14]

예문은 죽은 기계를 살린 대가로 벌레 같은 죽음정치적 노동자가 되어 가는 모습을 그리고 있다. 기계의 속도는 인간-벌레가 탄생하는 희생을 필요로 했다. 그런데 기계의 속도에 물신화된 사람들은 그런 벌레의 탄생을 희생으로도 보지 않는다. 낙원 밖 쓰레기 더미에서 노동자를 발견하는 사용자들은 그들을 죽은 기계를 살리는 희생제물로도 여기지 않는다. 반면에 영수와 영희, 노동자들은 '원래는 인간'이라는 앱젝트의 자의식을 통해 인간으로 살고 싶은 소망을 암시한다. 이제 권력자의 눈에 비친 비천한 벌레는 개발기계의 폭력에 의해 구타당한 신체, 즉 두통, 구토, 호흡장애, 청력장애, '바늘에 찔린 몸'으로 반전된다. 이것이 노동자를 시야에서 폐기하는 시선의 독재에 대항하는 앱젝트의 능동적인 미학적 응시이다. 너무 쉽게 벌레처럼 취급되는 노동자-앱젝트들은 아직 연대의 힘을 발휘하지 못한다. 그러나 앱젝트의 미학은 벌거벗은 생명을 희생자로 되돌리는 응시의 자의식을 통해 시선의 독재에 균열을 내며 인간으로 회생하고 싶은 구조 요청을 하고 있다.

《난장이가 쏘아올린 공》은 단순한 노동자 소설이기 보다는 **죽음정치적 노동**의 형식으로 가해진 폭력을 그린 작품이다. 죽음정치적 노동은 경제적 고문에 덧붙여 인격성을 파괴하는 시각적 고문을 수행한다. 이 소설이 난장이, 벌레, 쓰레기의 이미지를 표현하는 **앱젝트의 미학**이 된 것은 그 때문이다.

그러나 앱젝트 미학이면서도 하층민의 응시와 분노가 적극적으로 표현된 점에서 이 소설은 최명익이나 손창섭의 소설과는 구분된다. 보다 더 무력화된 최명익과 손창섭의 소설이 우울의 미학이라면 《난쏘공》[15]은 슬

---

14 조세희, 〈잘못은 신에게도 있다〉, 위의 책, 218쪽.

15 《난장이가 쏘아올린 작은 공》 연작의 줄임말.

픔과 분노의 미학이다. 우울의 미학이 무력화된 자아와의 대면으로 회귀한다면 슬픔과 분노의 미학은 비정한 세상과의 대면을 드러낸다.

그처럼 잔혹한 세상과 대면하고 있는 점에서《난쏘공》의 앱젝트 미학은 〈만세전〉과 비슷하게 리얼리즘적 요소를 지니고 있다. 〈만세전〉은 (앱젝트 미학이면서도) 3·1운동의 전야를 그리고 있으며 1920년대의 리얼리즘 소설의 전개를 예고하고 있다. 그와 비슷하게《난쏘공》의 비참한 상황은 1970~80년대를 관류하는 리얼리즘과 변혁운동의 전개를 암시한다.

그런데 〈만세전〉에서는 피식민자가 앱젝트로 표현된 반면《난쏘공》에서는 노동자와 하층민이 벌레처럼 되어가는 과정을 그리고 있다. 그 때문에 〈만세전〉이 해결해야 할 문제가 지식인과 민중의 만남이었다면《난쏘공》에서는 하층민과 중간층의 연대라고 할 수 있다.《난쏘공》은 그 문제를 소시민 신애와의 만남으로 그리는 한편 소설 전체가 독자의 공감을 유도하는 형식으로 되어 있다.

그러나《난쏘공》은 일반 리얼리즘 같은 감정이입의 소설은 아니다.《난쏘공》은 리얼리즘처럼 공감을 유도하는 형식과 함께 모더니즘적인 충격효과를 사용하고 있다. 그것은 1970년대가 30년대처럼 속도와 시선의 감각을 쇄신하는 테크놀로지의 시대였기 때문이다. 테크놀로지의 쇄신은 세상을 현란하게 변화시키는 동시에 미학에서도 감각적 혁신을 낳는다. 그로 인한《난쏘공》의 독특한 특징은 리얼리즘을 넘어서서 모더니즘처럼 생생하게 응시의 연쇄를 감각화하는 점이다. 이 소설이 그런 형식을 사용한 것은 아직 저항적인 리얼리즘이 나타나기 어려운 단계에서 응시 이미지를 통해 충격효과를 전달하기 위해서였다.《난쏘공》은 그런 특이하고 복합적인 방식으로 응시를 증폭시키면서 우리를 비정한 세상과 대면하게 하고 있다.

3. 낯선 두려움과 동화적 환상

개발주의 시대가 속도의 독재와 시선의 독재의 시대임은 이 소설의 콜라주와 몽타주 기법을 통해서도 나타난다. 이 소설에서 자주 사용되는 콜라주 기법은 개발독재가 시선의 권력에 의존하고 있음을 생생하게 드러낸다. 난장이 가족은 철거 계고장을 받는데 그 장면은 모더니즘적인 콜라주 기법으로 제시된다. 여기서 콜라주화된 계고장의 위압적인 제시와 어머니(난장이의 아내)의 침묵은 시각적 권력에 대한 하층민의 무력감을 암시한다.

어머니는 식사를 중단했다. 나는 어머니의 밥상을 내려다보았다. 보리밥에 까만 된장. 그리고 시든 고추 두어 개와 졸인 감자.
나는 어머니를 위해 철거 계고장을 천천히 읽었다.

낙원구

주택: 444.1———   197X.9.10.
수신: 서울특별시 낙원구 행복동 46번지 1839 김불이 귀하
제목: 재개발 사업 구역 및 고지대 건물 철거 지시
귀하 소유 아래 표시 건물은 주택 개량 촉진에 관한 임시조치법에 따라 행복 3구역 재개발지구로 지정되어 서울특별시 주택 개량 재개발 사업 시행 조례 제15조, 건축법 제5조 및 동법 제42조의 규정에 의하여 197X.9.30일까지 자진 철거할 것을 명합니다. 만일 위 기일까지 자진철거 하지 않을 경우에는 행정 대집행법의 정하는 바에 의하여 강제 철거하고 그 비용은 귀하로부터 징수하겠습니다.

철거 대상 건물 표시
서울특별시 낙원구 행복동 46번지의 1839
구조   건평   평
                    끝

낙원구청장

어머니는 조각마루 끝에 앉아 말이 없었다. 벽돌공장의 높은 굴뚝 그림자가 시멘트 담에서 꺾어지며 좁은 마당을 덮었다. (…중략…)어머니는 두 무릎을 곧추세우고 앉았다. 그리고 손을 들어 부엌 바닥을 한 번 치고 가슴을 한 번 쳤다.[16]

콜라주는 '난장이 가족'과 '계고장' 간의 단절을 시각화한다. 어머니는 메워질 수 없는 단절감을 느끼며 계고장에 의해 시각적으로 압도된다. 시선의 독재는 어머니를 침묵시키고 손으로 가슴을 치게 했다. 어머니의 침묵과 슬픔은 시선의 권력에 대한 하층민의 대응의 무력화를 나타낸다. 동네 사람들이 뭐라고 떠들어대지만 난장이 아들 영수('나')[17]는 그것이 소용없는 짓임을 이미 알고 있다.

그러나 난장이 가족의 침묵과 슬픔은 심연에서 응시를 포기할 수 없다는 신호이기도 하다. 어머니가 가슴을 치는 것은 가슴의 동요를 행동으로 옮길 수 없다는 무력감의 표현이다. 그런데 그 무력감은 숨길 수 없는 생명적 존재의 '반복'[18]이기도 한 것이다. 반복이란 상처받은 사람이 자아의 능동성을 회생시키려는 소망을 나타내는 운동이다. 부엌 바닥을 치고 가슴을 치는 반복운동에서는 시선의 권력에 대응하는 **잠재적인 응시**가 표현되고 있다. 이 소설은 그처럼 계고장에 대응하지 못하는 대신 심연의 응시를 파편적인 이미지로 드러내는 기법을 사용한다.

이 소설이 표현주의 영화와도 같은 몽타주 기법을 자주 사용하는 것도 그 때문이다. 마치 스타카토와도 같은 이 소설의 인상적인 문체는 몽타주 이미지들의 연쇄에서 기인한 것이다. 시각적 권력에 압도되는 무력한 상

---

16 조세희, 〈난장이가 쏘아올린 작은 공〉, 《난장이가 쏘아올린 작은 공》, 앞의 책, 81~92쪽.

17 단편 〈난장이가 쏘아올린 작은 공〉의 일인칭 화자는 영수와 영호, 영희로 변주된다.

18 반복운동은 수동적 고통을 능동적인 감성으로 전이시키려는 시도이다. 물론 어머니가 가슴을 한 번 치는 것으로 중단된 것에서 알 수 있듯이 어머니의 응시는 자아를 능동적으로 전환시키는 데는 미흡하다.

황에서 이상의 〈지주회시〉처럼 심연의 응시를 파편적인 이미지들의 제시로 드러내는 것이다. 이 소설은 〈지주회시〉와는 달리 리얼리즘과 모더니즘의 결합이지만 부분적으로 영화적인 몽타주 기법을 사용하고 있다.

시선의 독재에 대한 비동일성의 대응[19]인 모더니즘적 응시는 낯선 두려움과도 연관이 있다. 시선의 독재는 응시를 포기할 수 없는 사람에게 일상에서 거세될 듯한 **낯선 두려움**을 느끼게 한다. 프로이트에 의하면, 낯선 두려움은 권력(모래인간)의 규범을 지키지 않는 사람이 느끼는 눈을 빼앗길 듯한 거세공포이다.[20] 철거 계고장을 받은 후 아버지는 음성이 이상해지는데 아버지의 병명은 낯선 두려움이었다. 집(home)에 있어도 낯선 두려움(unhomely)을 느끼는 것은 따를 수 없는 계고장의 철거명령에 대한 무력한 응시의 동요 때문이다. 낯선 두려움은 거세공포인 동시에 **응시의 눈**으로 감지한 일상에 숨겨진 위험한 비밀의 암시이다.

시선의 권력에 대한 일상적 대응이 무력한 아버지는 자주 낯선 응시에 사로잡힌다. 아버지는 영수에게 장님이라고 말하는데[21] 이는 그의 동화같은 말을 믿지 않는 영수가 응시의 장님이라는 뜻이다.[22] 난장이의 달나라행 이야기는 낯선 두려움에 대응하는 애니미즘적 상상력이다.[23] 영수가 그런 난장이의 동화를 믿지 않는 것은 그의 응시의 눈이 이미 거세된 것이나 다름없다. 영수는 지섭(지식인)이 준 책(《일만 년 후의 세계》)을 읽으며 벽돌공장 굴뚝 위에서 종이비행기를 날리는 아버지를 이해할 수 없었다.

---

19 무력화된 일상에 동화되지 않는 내면의 응시의 대응을 말한다.

20 지크문트 프로이트, 정장진 역, 〈두려운 낯설음〉, 《프로이트 전집》 18, 열린책들, 1996, 112~113쪽.

21 조세희, 〈난장이가 쏘아올린 작은 공〉, 《난장이가 쏘아올린 작은 공》, 앞의 책, 99쪽.

22 아버지는 눈이 거세될 듯한 낯선 두려움을 느끼는 동시에 숨겨진 응시의 눈으로 동화적 상상력을 전개한다. 그런데 영수에게는 고통만 있을 뿐 거세공포 속의 응시의 눈이 아예 없는 것이다.

23 애니미즘은 어린 시절 어린이의 낯선 두려움을 달래주던 동화적 상상력의 근거이다. 모더니즘적 동화란 성인이 된 후의 또 다른 낯선 두려움 앞에서 예전의 애니미즘을 다시 작동시키는 것이다. 그러나 성인의 동화는 어린이의 동화와는 달리 합리적 세계에서 완전히 이탈할 수 없기 때문에 낯선 두려움에서 벗어나지 못한다.

아버지의 말을 믿지 못하는 것은 둘째 영호도 마찬가지였다. 그러나 영호는 집이 헐린 후에 계고장(시선의 독재)이 폭력으로 실현되는 이상한 세계에 대한 심연의 동요를 감지한다. 부서진 대문 위에 엎드려 꿈을 꾸며 영호는 불현듯 낯선 두려움 속에서 떠오르는 응시의 이미지를 보게 된다.

> 나는 더 이상 견딜 수가 없었다. 잠이 나를 눌러왔다. 나는 부서진 대문 한 짝을 끌어내 그 위에 엎드렸다. 햇살을 등에 느끼며 나는 서서히 잠에 빠져들었다. 우리 식구와 지섭을 제외하고 세계는 모두 이상했다. 아니다. 아버지와 지섭마저 좀 이상했다. 나는 햇살 속에서 꿈을 꾸었다. 영희가 팬지꽃 두 송이를 공장 폐수 속에 던져넣고 있었다.[24]

영호('나')가 세계를 이상하다고 느낀 것(낯선 두려움)은 지나치게 합리적인 시선의 독재의 세계에서 비합리적인 폭력이 나타났기 때문이다. 영호의 낯선 두려움(unhomely)은 비단 집(home)이 헐렸기 때문만은 아니다. 낯선 두려움이란 합리적 세계의 극단에서 비합리성이 나타날 때 느껴지는 심리이다. 영호는 그런 낯선 두려움을 막연히 이상하다고 표현했지만 스스로 그 심리를 응시의 연쇄적 이미지로 드러내고 있다. 팬지꽃과 공장 폐수의 몽타주는 권력의 비밀이 누설되는 낯선 두려움의 순간을 표현주의 영화처럼 드러낸다.

난장이는 영호에게서 한발 더 나아가 낯선 두려움의 심리적 응시를 동화적 환상으로 표현하고 있었다. **동화적 환상**은 낯선 두려움에 대응하는 모더니즘의 적극적인 미학적 방법이다. 난장이는 살기가 너무 힘들다며 달에 가 천문대 일을 보기로 했다고 말했다. 미국 휴스턴 우주센터에서 답장이 오면 우주 계획 전문가들과 함께 달에 가게 될 것이라는 것이다.

아버지의 동화적 환상은 낯선 두려움 속에서 어린 시절의 애니미즘적

---

24 조세희, 〈난장이가 쏘아올린 작은 공〉, 《난장이가 쏘아올린 작은 공》, 앞의 책, 126쪽.

상상력으로 되돌아가는 것과도 같다. 그것은 〈지주회시〉에서 화폐의 세계에 적응하지 못한 주인공이 우화적 상상력을 작동시키는 것과 비슷하다. 〈지주회시〉의 우화가 증권회사의 방안지에 대응하는 이미지라면 난장이의 동화는 철거 계고장에 대한 응시이다. 두 소설의 동화적 상상력이 어린 시절과 다른 점은 마치 표현주의 영화처럼 현실과의 틈새에서 나타난다는 점이다. 환상세계로 여행함으로써 거세공포를 달랬던 과거의 동화와는 달리, 난장이의 동화는 현실과 환상이 병치되는 긴장감 속에 놓여 있다. 그처럼 현실과 환상의 경계가 없는 상태에서 동화적 상상력이 작동되기 때문에 난장이는 낯선 두려움에서 완전히 벗어나지 못한다.[25]

난장이의 동화적 환상과 낯선 두려움의 혼재 상태는 나중에 영희의 환상을 통해 표현된다. 영희는 집에 돌아온 후 아버지의 죽음 소식을 들으며 스스로 벌레가 된 신체를 느낀다. 그리고 어머니가 그랬듯이 두 손으로 가슴을 친다.

나는 두 손으로 가슴을 쳤다. 헐린 집 앞에 아버지가 서 있었다. 아버지는 키가 작았다. 어머니가 다친 아버지를 업고 골목을 돌아 들어왔다. 아버지의 몸에서 피가 뚝뚝 흘렀다. 내가 큰 소리로 오빠들을 불렀다. 오빠들이 뛰어나왔다. 우리들은 마당에 서서 하늘을 쳐다보았다. 까만 쇠공이 머리 위 하늘을 일직선으로 가르며 날아갔다. 아버지가 벽돌공장 굴뚝 위에 서서 손을 들어보였다.[26]

영희는 아버지가 쏘아올린 쇠공이 하늘로 날아가는 환상과 피 흘리는 아버지를 동시에 본다. 이처럼 모더니즘의 어른의 동화는 어린이의 동화와는 달리 환상과 현실, 꿈과 거세공포의 병치로 나타난다. 그 이유는 어

25 프로이트는 환상과 현실의 경계가 사라질 때 낯선 두려움이 느껴진다고 말한다. 지크문트 프로이트, 〈두려운 낯설음〉, 《프로이트 전집》 18, 앞의 책, 137쪽.

26 조세희, 〈난장이가 쏘아올린 작은 공〉, 《난장이가 쏘아올린 작은 공》, 앞의 책, 143쪽.

린이와는 달리 어른은 합리적 세계에서 완전히 벗어날 수 없기 때문이다. 그런 상황에서 아버지처럼 환상을 꿈꾼 사람은 시선의 권력에 의해 현실에서 실제로 거세되어 버려진다. 다만 아버지의 응시는 영희에게 전염되어 상처의 기억과 함께 내면의 동요를 불러일으킨다.

낯선 두려움과 동화적 환상의 연계는 후반부에서 은강의 노동자가 된 영수를 통해 계속된다. 난장이의 아들 영수 역시 은강으로 온 후 아버지가 겪었던 낯선 두려움을 더 증폭되게 경험한다. 아버지가 가난한 사람을 벌레로 취급하는 죽음정치에 시달렸다면 영수는 자동차 공장에서 죽음정치적 노동의 고통을 겪는다. 죽음정치적 노동은 속도의 테크놀로지에 의해 인간을 기계의 부품으로 만들어 신체와 생명을 착취하는 노동이다. 영수는 입에서 고무 냄새와 쇠 냄새가 날 뿐 아니라 작업이 끝난 후에도 몸이 떨리는 신경조직으로 변해 있었다.

옥상에 올라가면 바다가 보였다. 더러운 바다였다. 은강 내항은 언제나 썩은 바다로 괴어 있었다. 항만관리청 소속의 작은 청소선 하나가 항내의 부유물을 제거했다. 그때 산화철 생산 공장에서 내뿜는 유독가스가 내가 앉아 있는 옥상을 지나갔다. 나는 그 가스 속에 앉아 부들부들 떨고 있는 내 몸을 진정시켰다.[27]

영수의 부들부들 떨고 있는 몸은 생명이 거세될 듯한 낯선 두려움의 신체적 반응이다. 영수는 신체의 신경조직적인 거세공포를 오염된 바다와 유독가스 속에서 진정시킨다. 오염된 바다와 유독가스는 자연마저 죽음정치에 물들어감을 암시한다. 유독가스는 동네와 골목과 집의 일상까지 오염시켰다.

그런 죽음정치와 죽음정치적 노동이 계속되는 것은 부당한 일에 대한

---

27 조세희, 〈은강 노동 가족의 생계비〉, 《난장이가 쏘아올린 작은 공》, 앞의 책, 202쪽.

항의가 불가능하기 때문이었다. 영수는 잘못된 일을 지적하다가 괴롭힘을 당하고 방직공장으로 옮기게 된다. 그처럼 항의가 불가능할 뿐 아니라 법적으로 허용된 노조도 무력하게 와해되어 갔다. 법이 정지되는 순간이 일상적으로 일어나는 은강은 노동자들이 벌거벗은 생명으로 취급되는 비식별성의 지대였다. 은강에서는 노동자들의 비천한 신체가 비윤리적으로 다뤄질 뿐 아니라 법조차 일상적으로 외면되고 있었다. 그런 공장도시의 비식별성은 시선의 독재 시대의 또 다른 유독가스였다.

그러나 영수가 벌거벗은 생명과 다른 점은 시선의 권력이 보지 못하는 응시를 작동시킨다는 점이다. 아버지가 낯선 두려움 속에서 **달나라의 동화**를 말했듯이 영수는 **장님의 우화적 상상력**을 작동시킨다. 영수가 보기에 은강에는 유달리 장님이 많았다. 사람들은 장님이 많다는 것을 모르고 있었지만 영수에게는 그런 사람마저 장님으로 보였다.

영수가 말하는 장님은 응시의 장님이다. **낯선 두려움**이 응시의 갈망 때문에 시선의 권력으로부터 눈을 빼앗길 듯한 거세공포라면, 그런 낯선 두려움을 모르고 살아가는 은강의 장님은 **응시의 장님**이었다. 아버지는 예전에 영수에게 장님이라고 말한 적이 있는데 은강에서는 영수가 아버지처럼 장님을 발견한다. 영수는 장님들이 눈을 가져야 한다고 생각한다.

그런데 뜻밖에도 한쪽 눈만 갖고 세상을 잘 보는 노인이 있었다. 그 애꾸눈 노인은 응시의 달인이었다. 애꾸눈 노인의 나무껍질 벽보에는 지명수배자의 명단이 붙어 있었다. 어머니는 조합 활동에 깊게 관여한 영수가 블랙리스트에 올랐음을 알려주었다. 애꾸눈 노인은 자신이 죽을 것이라고 알고 있었으며 죽은 후에 삶이 좋아질 것이라고 생각했다. 그 노인의 한계는 아버지처럼 죽은 후에야 평온을 얻을 것이라는 점이었다.

영수는 노인과는 달리 현실에서 노동자의 삶이 좋아지길 원했다. 은강에 온 후 영수는 노동자 교회에서 사람들을 만나고 대학 부설 기관 교육을 받으며 자신이 눈을 떠간다고 생각했다. 그러나 지섭은 영수에게 현실에 대해 아는 일이 눈을 뜨는 것이 아니며 현장에 있어야 장님이 되지 않는다고 말했다.[28] 지섭의 충고는 이론과 현실에 관한 것이었다. 현실을 변혁하려면 이론으로 아는 것보다 노동 현장에서 자본가(사용자)와 부딪히는 일이 중요하다는 것이다.

지섭의 말은 이론이란 또 다른 시선이며 그보다는 현장에서 노동자의 **응시**가 증폭되어야 한다는 뜻이다. 지섭의 충고는 〈난장이가 쏘아올린 작은 공〉 연작 자체에도 적용된다. 이 소설은 앱젝트의 미학과 비판적 담론이 결합된 소설이다. 그러나 앱젝트의 응시와 비판적 이론을 결합시키는 것은 아직 쉽지 않은 일이었다. 이 소설에서는 구멍에 갇힌 앱젝트의 한계를 넘어서서 현실에 대한 비판이 제시되지만 그것을 현장에서의 응시의 증폭으로 드러내진 못한다. 영수는 이론적으로 성장했지만 현장에서 노동자들의 응시를 증폭시켜 삶을 변화시키는 데는 성공할 수 없었다.

실패로 끝난 은강 그룹 회장에 대한 영수의 복수는 시선의 독재를 해체하지 못했다. 시선의 독재는 법이 정지되는 비식별성의 상황을 만들어 은강 사람들을 장님으로 거세시켰다. 그런 상황에서 가장 밝은 눈을 가진 것은 애꾸눈 노인이었지만 그 역시 현실의 변화를 만들지 못했다. 노인의 한계를 알고 있는 영수는 공부를 하고 조직을 결성하며 두 눈을 부릅뜨려 했다. 그러나 영수의 노력은 한계에 부딪히고 그는 응시의 증폭 대신 복수심의 눈으로 회장의 동생을 살해하는 데 그친다.[29]

영수의 실패는 시선의 독재에 대응하는 방법은 응시의 증폭에 있음을 반증한다. 응시의 증폭에 의한 연대만이 사람들을 장님에서 눈을 뜨게 하며 변혁을 가능하게 하기 때문이다. 가장 응시가 증폭된 난장이와 영수가 죽음으로 끝나는 이 소설은 앱젝트의 한계를 넘어서려는 동시에 다시 앱젝트 미학으로 귀환한다. 두 사람은 **달나라의 환상**과 **장님의 우화**를 통해

---

28 조세희, 〈클라인 씨의 병〉, 위의 책, 256쪽.

29 영수는 회장 동생을 회장으로 잘못 알고 그를 살해한다.

비슷하게 **응시의 갈망**을 표현했다, 그러나 달나라의 환상은 낯선 두려움으로 회귀했으며 장님의 우화는 응시의 개안에 이르지 못했다.

죽음정치적 시선의 독재에 대한 응시의 대응의 실패는 죽음을 가져왔다. 난장이와 영수의 응시의 대응이 실패한 이유는 연대를 이루지 못한 고독한 싸움이라는 데 있을 것이다. 응시는 물밑에서 증폭되면서 네트워크를 이루어야 시선의 독재에 대한 저항이 될 수 있다. 그렇지 못할 때 두 사람처럼 앱젝트의 구멍을 횡단하는 데 실패할 수밖에 없게 된다. 죽음의 방법은 달랐지만 난장이와 영수는 비슷하게 벌레라는 앱젝트에서 주검이라는 앱젝트로 돌아온다. 벌레로 살다가 주검에 이르는 과정에서 난장이와 영수는 앱젝트의 한계 이상으로 많은 비판적 담론들을 들려준다. 그러나 그 담론들이 현장에서의 응시와 행동으로 이어지진 못한다.

그 대신 이 소설은 표상할 수 없는 응시의 비밀을 수많은 동화와 우화의 상상력으로 표현하고 있다. 이 소설의 동화와 우화는 모더니즘적 낯선 두려움을 수반하지만 우주인, 클라인 씨의 병, 반딧불 등의 알레고리를 통해 그 제한을 넘어서기도 한다. 그런 복합적 방식으로 이 소설은 앱젝트의 미학에 갇힌 동시에 그 한계 이상으로 상상력을 전개한다. 난장이와 애꾸눈의 동화에서는 환상적 꿈과 함께 낯선 두려움이 전경화되지만, 소설 전체를 장식하는 과학자, 교사, 우주인의 배경적 우화는 모더니즘적 낯선 두려움을 넘어선 지평을 암시하고 있다.

4. 보이지 않는 두 가지 비밀을 드러내기
― 일상의 상실과 응시의 윤리

이 소설은 리얼리즘과 모더니즘의 결합인 동시에 낯선 두려움의 미학과 화해의 미학의 접합이다. 낯선 두려움의 미학은 화해를 형상화하지 못하고 불화를 경험한 후에 내면에 남은 화해를 감지하는 문학이다. 그런데 특이하게도 이 소설의 앱젝트의 미학은 알레고리적 이미지들을 통한 화해의 미학과 파편적으로 결합되고 있다.

이 소설의 동화와 우화는 앱젝트의 구멍에 갇힌 서사와 그것을 넘어선 또 다른 알레고리 서사로 나타난다. 전자는 아버지의 달나라행 동화와 영수의 장님의 우화이며 후자는 지식인, 과학자, 교사의 우화이다. 아버지와 애꾸눈 노인은 사랑을 꿈꾸었지만 죽음 후에야 평화를 얻는 사람들이다. 그 점에서 그들의 사랑과 평화는 〈심문〉의 여옥의 심문과 유사한 점이 있다. 여옥과 다른 점은 아버지와 노인이 앱젝트의 구멍에 갇혔으면서도 우울에 빠지지 않고 환상을 통해 미래에 대한 신념을 굽히지 않은 점이다. 아버지와 노인은 내면의 신념으로는 밖을 보고 있으면서도 자기 자신은 그것을 실현할 수 없는 현실 안에 갇혀 있었다.

두 사람과는 달리 과학자와 교사는 안에서 밖으로 나아가는 **길 없는 길**이 있음을 알고 있다. 그들은 난장이와 애꾸눈 노인과는 달리 일시에 탈주하는 것이 불가능하며 안에 있어야 밖으로 나갈 수 있다고 생각한다. 그처럼 안에 있으면서 밖으로 나가려는 사람의 '심문'은 클라인 씨의 병과 반딧불이다.

반면에 과학자와 교사의 한계는 난장이와 영수와는 달리 현장에 발을 딛고 있지 않다는 점이다. 그 때문에 과학자와 교사의 우화는 단순화된 파편적인 알레고리로 이미지화된다. 난장이의 동화 역시 파편적이지만 그는 현실의 고통을 알리면서 낯선 두려움의 서사를 제시한다. 그와 달리 과학자와 교사의 우화는 소설 전체를 감싸는 더욱 추상적인 배경적 장식물로 제시된다.

이제 난장이/영수와 과학자/교사의 두 개의 알레고리적 서사를 비교해 보자. 먼저 난장이의 달나라행은 지구에 대한 시각적 전환의 선언이다. 그는 내부에 고착된 천동설의 체제에서 지구와 천체들이 운행하는 지동설의 세계로 전회하려 시도했다. 난장이의 그런 코페르니쿠스적 전회가 실패한 이유는 일시에 내부에서 탈출하려 했기 때문이다. 난장이에게는 코페르니쿠스적인 춤이 없었다. 가난이라는 경제적 고문과 벌레라는 시각적 고문을 견디지 못한 그는 〈심문〉의 여옥처럼 죽음을 통해서 '심문'을 보여주려 했을 뿐이다.

난장이는 응시의 증폭을 통해 권력의 비밀과 타자의 비밀을 감지한 사람이다. 그가 낯선 두려움에 시달린 것은 역설적으로 일상에서 '권력의 비밀'이라는 천기(天機)를 엿들었기 때문이다.[30] 권력의 비밀이란 죽음정치로 고통받는 하층민을 벌레로 만들어 체제를 안전하게 유지하는 시선의 독재이다. 시선의 독재는 법이 정지되는 비식별성의 상황을 형성해 은강 사람들 같은 장님이 많아지게 한다. 권력은 경제적 고문을 은폐하기 위해 피지배자의 응시의 눈을 빼앗는 모래인간이다.

또한 난장이는 낯선 두려움의 미학의 주인공이면서도 그것을 넘어선 타자의 비밀을 알고 있다. 난장이는 거세공포를 극복하는 것이 사랑이라는 것을 알고 있는 점에서 총탄구멍에 갇힌 〈미해결의 장〉과 〈층계의 비밀〉의 주인공들과 구분된다. 그러나 난장이는 현실에서 사랑이 실현될 수 없다고 생각하기 때문에 여전히 앱젝트의 구멍에 갇혀 있다.

난장이는 불가능한 사랑으로 인해 괴로워한 사람이었다. 그는 사랑으로 꽃핀 세계를 꿈꾸었지만 그런 사랑이 현실에서는 불가능하다고 생각했다. 지나친 부의 축적은 사랑의 상실 때문인데 그런 부유층이 법을 내세워 지배하는 체제는 사랑이 없는 세계이다. 사랑 없는 법에 의해 법이 정지되는 상황을 무수히 경험한 난장이는 사랑을 법제화한 세계를 꿈꾸게 된다.

지나친 부의 축적을 사랑의 상실로 공인하고 사랑을 갖지 않는 사람의 집에

---

30 낯선 두려움은 일상에 숨겨진 것이 드러났을 때 느껴지는 심리이다.

내리는 햇빛을 가려버리고, 바람도 막아버리고, 전깃줄도 잘라버리고, 수도선도 끊어버린다. 그런 집 뜰에서는 꽃나무가 자라지 못한다. 알아 들어갈 벌도 없다. 나비도 없다. 아버지가 꿈꾼 세상에서 강요되는 것은 사랑이다. 사랑으로 일하고 사랑으로 자식을 키운다. 사랑으로 비를 내리게 하고, 사랑으로 평형을 이루고, 사랑으로 바람을 불러 작은 미나리아제비꽃줄기에까지 머물게 한다. 그러나 아버지가 그린 사회도 이상사회는 아니었다. 사랑을 갖지 않는 사람을 위해 법을 제정한다는 것이 문제였다. 법을 가져야 한다면 이 세계와 다를 것이 없다. 애가 그린 세상에서는 누구나 자유로운 이성에 의해 살아갈 수 있다. 나는 아버지가 꿈꾼 세상에서 법률 제정이라는 공식을 빼버렸다. 교육의 수단을 이용해 누구나 고귀한 사랑을 갖도록 한다는 것이 나의 생각이었다.[31]

난장이가 꿈꾼 사랑을 법제화한 세계는 현실에서 이탈하지 않는 한 불가능하다. 그 점을 알고 있는 영수는 불가능한 사랑의 법 대신 사람들 사이에서 사랑이 많아져야 함을 생각한다. 그러나 영수는 공업도시 은강에서 절망적인 현실을 경험한 후 확신을 잃게 된다. 그 도시에는 응시의 장님이 많았으며 거기서 벗어난 애꾸눈 노인마저 아버지처럼 사랑의 불가능성을 알고 있었다. 영수는 그런 현실적 한계 때문에 사람들 사이에서 사랑이 많아지게 하는 일이 요원한 것임을 깨닫는다.

난장이와 영수의 한계를 넘어서는 것이 바로 과학자의 클라인 씨의 병이다. 클라인 씨의 병은 난장이처럼 안에서 밖으로 탈출하는 것도 영수처럼 밖을 안으로 끌어들이는 것도 아니다. 안에 갇혔다는 생각 자체가 권력의 시선의 독재 때문이며 안에서 체제의 한계지점(벽[32])을 따라가다보면 밖으로 나갈 수 있는 것이다.

---

31 조세희, 〈잘못은 신에게도 있다〉, 《난장이가 쏘아올린 작은 공》, 앞의 책, 213쪽.
32 체제의 한계는 클라인 씨의 병의 벽이다.

과학자의 클라인 씨의 병은 마르크스주의에 대한 미시적 해석과 비슷하다. 자본주의는 노동자의 도움을 필요로 하며 필연적으로 내부의 노동계급을 발생시킨다. 그러나 노동자는 자본주의 체제에 적합하지 않은 예외적인 잉여를 가지고 발생된다. 노동자의 잉여란 자본가의 착취로 인한 고통과 그 고통을 넘어서려는 사랑이다. 노동자의 고통과 사랑은 체제 바깥의 표상할 수 없는 실재계와 연관된다. 그 때문에 자본주의의 내부에서 그 한계선인 노동자의 삶을 따라가다 보면 체제의 바깥으로 나가게 되는 것이다.

그런데 자본가는 시선의 독재를 통해 바깥으로 나가는 한계선과 잉여를 보지 못하게 만든다. 신체 자체가 자본의 한계인 동시에 잉여인 노동자만이 그런 잉여를 볼 수 있다. 노동자는 탈주와 교육보다는 **자기 자신의 신체** 자체에 대해 알게 될 때 클라인 씨의 병을 볼 수 있다.

하지만 영수는 과학자의 클라인 씨 병의 논리를 현실에서 실현하지 못한다. 노동계급의 잉여를 보지 못하게 현실에서 시선의 독재가 엄혹할 뿐더러 하층민 자신도 장님과 앱젝트에서 벗어나지 못하기 때문이다. 1970년대 한국에서 마르크스주의 노동 서사가 원활하지 않은 것은 경제적 착취에 인격적 착취가 결합된 **죽음정치적 노동** 때문이다. 앱젝트로 강등된 한국의 죽음정치적 노동자가 회생하기 위해서는 노동의 서사 그 이상이 것이 필요하다. 죽음정치의 사회에서 노동계급의 잉여를 보기 위해서는 노동자 자신의 위치뿐 아니라 시선의 독재를 해체하게끔 **사회 전체**의 **응시의 증폭**이 필요한 것이다.

사회 전체의 응시의 증폭의 필요성은 이 소설이 노동자 이외에 과학자와 교사, 소시민을 등장시키고 있는 점에서도 확인된다. 핵심은 노동의 위치에 있지만 노동자, 과학자, 교사, 소시민 중 어느 곳에서 시작하기보다는 서로의 접합이 필요한 것이다. 과학자는 클라인 씨의 병의 논리를 알고 있으나 자기 자신은 모순된 현실에서 거리를 두고 있다. 현장에 있는 사람은 낯선 두려움에서 벗어나지 못하며 진리를 알고 있는 사람은 추상적 논리의 위치에 있는 것이다. 이 소설이 낯선 두려움의 미학과 화해를 소망하는 우화적 장식물의 접합으로 구성된 것은 그 때문이다.

그 대신 이 소설은 낯선 두려움의 미학의 강렬한 충격과 화해의 우화의 특이한 구성을 통해 독자들을 동요시키고 있다. 이 소설의 서사는 은강의 장님을 눈뜨게 하는 데는 한계가 있으나 **독자 스스로**가 충격 속에서 장님의 상태에서 벗어나게끔 해준다. 낯선 두려움의 미학이 세계의 폭력을 우리에게 각인시킨다면 화해의 미학은 앱젝트가 된 희생자에게 공감하게 만든다. 그 때문에 〈칼날〉의 신애는 더 등장하지 않지만 독자는 '우리도 난장이'라고 말한 신애와 같은 위치에 놓이게 된다. 그런 위상학 속에서 노동자와 과학자, 교사는 서로 내적으로 접합되면서 독자의 응시를 증폭시킨다.《난장이가 쏘아올린 작은 공》연작은 우리의 다층적인 상황에 기반한 미학의 백화점과도 같은 소설이다. 이 소설은 모더니즘과 리얼리즘, 충격효과와 공감의 효과가 접합된 다양한 방식으로 응시의 윤리를 증강시킨다. 그런 방식으로 시선의 독재에 의해 일상에서 총체성의 서사가 부서졌음을 보여주면서, 다층적인 파편들의 접합을 통해 더욱 강렬해진 응시의 귀환을 암시하고 있다.

5. 하층민의 나체화와 육체적 윤리의 승리
—《아홉 켤레의 구두로 남은 사내》연작

《아홉 켤레의 구두로 남은 사내》연작은 시선의 독재에 저항하는 또 다른 강력한 서사를 보여준다.《난장이가 쏘아올린 작은 공》연작이 노동자의 잉여(실재계적 요소)를 보려는 응시들의 접합이라면,《아홉 켤레의 구두로 남은 사내》연작은 노동자의 위치와 연관된 사회 전체의 응시를 증폭시키는 서사이다. 그 점에서 후자의 소설은 전자에서 난장이와 신애의 관계, 그리고 인물들과 독자의 관계에 초점을 맞춘 소설이다.

실제로 단편 〈아홉 켤레의 구두로 남은 사내〉에서 '나'는 주인공 권씨의 이야기를 들으며 강렬한 응시를 경험한다. 이 소설에서 가장 중요한 장면은 철거민 이야기를 하는 권씨와 그 사건을 듣는 '나'의 위치에서 제시된다. 또한 이 소설의 두 번의 핵심적 사건은 권씨가 철거민의 나체화를 보는 장면과 '내'가 권씨 자신의 나체화를 보는 장면이다. 그런 방식으로 하층민의 고통에 공감하는 소시민의 응시의 생성을 통해 사회 전체의 **응시의 증폭**을 암시하고 있다.

그처럼 일상에서의 응시의 증폭이 중요한 것은 변혁운동이 가능하려면 사람들 사이에서 하층민의 고통에 대한 공감이 일어나야 하기 때문이다. 노동자들이 동요해도 일상의 사람들이 은강의 장님처럼 눈을 감고 있으면 사회적 변혁은 일어나지 않는다.《아홉 켤레의 구두로 남은 사내》연작은 바로 그 일상의 문제, 즉 은강의 장님들이 어떻게 눈을 뜨는가에 대한 답변이라고 할 수 있다.

〈아홉 켤레의 구두로 남은 사내〉의 '나'와 권씨 역시 처음에는 응시의 장님처럼 살아간다. 이 소설은《난쏘공》처럼 개발주의 이데올로기가 위세를 떨치던 시선의 독재의 시대를 배경으로 하고 있다.《난쏘공》의 난장이가 달에 가서 천문대 일을 보겠다고 한 것은 지구에서는 시선의 독재에서 벗어나기 어려웠기 때문이다. 〈아홉 켤레의 구두로 남은 사내〉에서 역시 이데올로기에 회유된 일상의 사람들은 하층민의 고통에 민감하게 공감하지 못한다.

시선의 독재란 개발에 의한 성과만 보여주고 죽음정치적 희생자는 보이지 않게 만드는 장치이다. 고속도로와 아파트 단지, 발전된 도시만 보이고 달동네와 철거민, 닭장에 갇힌 노동자는 잘 보이지 않았다. 그러나 이 시대는 아직 그런 시선의 독재가 화석처럼 물신화된 시대는 아니었다. 시선의 독재는 하층민을 난장이와 벌레, 장님처럼 취급했으며 그처럼 경제적 고문에 감성적 고문이 수반되고 있었다. 하지만 계층 간의 이동이 역동적이었기 때문에 아직 하층민의 강등된 인격 자체가 고착화되지는 않았다. 하층민이 벌레처럼 보이기도 했지만 회생 가능성이 전멸된 것은 아니었기에 인격 자체는 벌레가 아니었던 것이다. 소시민인 신애가 난장이를 벌레처럼 혐오하는 대신 인간을 벌레로 만드는 폭력에 대해 분노한 것은 그 때문이다. 계층 이동이 유동적이었기 때문에 자기 자신이 벌레처럼 취급된 경험이 있는 신애는 난장이와 자신을 다른 인격으로 생각할 수 없었던 것이다.

그런 이유로 1970년대의 중간층은 유동적인 양가성을 지니고 있었다. 〈아홉 켤레의 구두로 남은 사내〉의 '나'와 권씨 역시 부유층과 하층민 사이에서 양가적으로 동요하는 인물들이다. '내'가 소시민적 지식인이라면 권씨는 하층민과 소시민 사이에 끼어 있는 인물이다.

그처럼 중간층을 두 종류로 세분화해 등장시킨 것은 이 소설이 **공감의 연대**의 문제를 다루고 있음을 뜻한다. 이 소설은 두 종류의 중간층을 통해 '은강의 장님'이 눈뜨는 과정을 매우 세심하게 제시하고 있다. 두 차원의 '사이에 긴 인물들'이 응시의 눈을 뜨는 과정은 하층민과 중간층의 연대의 문제를 미시적으로 섬세하게 제시한다.

이 소설이 1인칭 인물 시점의 프리즘으로 제시되고 있는 것도 그와 연관이 있다. 인물 시점은 주석적 서술과는 달리 인물 매체의 프리즘을 통해 장면을 직접 보는 듯한 느낌을 준다. 그와 함께 프리즘의 색채를 통해 인물 매체의 생각과 성격을 매우 생생하게 전달한다. 〈아홉 켤레의 구두로 남은 사내〉는 인물 시점이면서 '내'(오 선생)가 주인공 권씨를 관찰(감시)하는[33] 형식으로 되어 있다. 그 때문에 독자는 인물 매체의 프리즘을

---

33 '나'의 관찰자적 시점이 아니라 경찰의 부탁에 따라 사찰 대상인 권씨를 주의 깊게 주목하는 위치이다.

통해 권씨를 직접 보는 듯한 느낌 속에서 '나'(인물 매체)의 생각을 동시적으로 감지한다. 여기서는 소시민 '나'와 도시빈민 권씨 사이의 거리와 공감의 관계가 세밀하게 전달된다.

그런 서술 상황에서 이 소설의 핵심 장면에서는 권씨가 '나'의 프리즘 속에서 마치 1인칭 화자처럼 말을 하기 시작한다. 권씨는 이야기 속에 등장한 하층민에 대해 또 하나의 프리즘으로 '나'와 독자에게 핵심적인 사건을 전달한다. 이처럼 프리즘 속의 프리즘이 작동되면서 우리는 하층민의 참상을 권씨와 '나'의 이중적 렌즈 속에서 보게 된다. 여기서는 하층민-'사이에 낀 인물'-소시민 간의 거리와 공감의 관계가 동시적이면서도 중층적으로 감지된다.

그런 프리즘의 유희[34]와 함께 중요한 것은 인물 매체의 렌즈가 주관적 색채에서 투명함에 이르는 변주의 스펙트럼이다. 인물 매체의 스펙트럼은 '나'와 권씨, 권씨와 하층민 간의 거리와 공감의 관계를 감성적 유희로서 연출한다. 그 같은 미세하면서도 이중적인 감성의 유희야말로 1970년대 소설만이 보여줄 수 있는 계층을 관통하는 심리적 드라마일 것이다. 우리는 그런 드라마의 정점에서 인물 매체가 투명해지는 순간에 생생한 윤리적 스펙터클을 보게 된다. 이 소설의 핵심은 응시의 윤리를 담론이 아닌 생생한 스펙터클로 연출해 보여주는 **육체적 시각성의 승리**에 있다.

'나'의 인물 매체의 이중성은 1970년대의 중간층이 얼마나 유연성을 지녔는지 잘 드러낸다. 이 소설의 인물 매체의 유동성은 시선의 독재의 시대이기 때문에 오히려 더 미묘한 변주의 유희로 나타난다. 1970년대의 시선의 독재는 '나'에게 권씨를 사찰할 것을 명령하고 있었다. '나'는 권씨가 이사 오던 날 이 순경으로부터 권씨가 사찰 대상자이므로 동태를 관찰해 달라는 부탁을 받는다. 곤혹스러워하는 '나'에게 이 순경은 앞으로 권씨를 사랑하게 될 것이라고 덧붙인다. 그때 '나'는 누구를 사랑하는 일이

---

34 이런 중간적 인물들의 프리즘의 유희는 2000년대 이후 을들의 전쟁으로 변화된다.

얼마나 힘들고 어려운 일인가를 생각하고 있었다. 이처럼 어쩔 수 없는 사찰 명령 앞에서 사찰 대상자에 대한 사랑을 고민하는 유연성은 '나'의 인물 매체의 탄력성을 암시한다.

'내'가 사랑을 괴로운 감정으로 생각하는 것은 《난장이가 쏘아 올린 작은 공》의 난장이나 영수와 비슷하다. 사랑 때문에 괴로워하는 것은 황폐한 현실에서 심연에 있는 샘물을 퍼 올리는 일이 고통스럽기 때문이다. 그러나 이 소설의 '나'는 그런 고통에도 불구하고 자신도 모르게 실제로 권씨를 사랑하게 되는 미묘한 상황에 이른다.

권씨를 사찰 대상으로 삼는 것은 개발주의 시대의 이데올로기와 시선의 독재가 소설의 인물 매체에까지 스며들었음을 뜻한다. 하지만 이 시대의 시선의 독재는 유동적인 중간층이 은밀히 생성한 응시의 반격을 미처 봉합할 수 없었다. 관찰(감시)과 공감은 처음부터 뒤섞여 있었으며 마침내 권씨의 심리에 이입되는 순간 '나'는 응시의 증폭을 경험한다. 이런 시선과 응시의 교차와 응시의 반격, 그 **중간층 프리즘의 역동성**이야말로 지금은 사라진 1970년대의 서사적 능동성의 매력일 것이다.

이 소설의 '나'는 아내보다는 덜하지만 소시민적인 삶에 미련을 가지고 있는 인물이다. '나'와 아내는 자기 집에 대한 애정을 버리지 못하기 때문에 개발주의 이데올로기에 저항하지 않는다. 그러나 성남시 교사인 '나'는 소시민이면서도 자기 반성력을 지닌 지식인이기도 하다. '나'는 이 순경의 말대로 권씨를 관찰하지만 그처럼 세심히 살피는 과정에서 오히려 그의 인간적인 면모를 발견하게 된다. 권씨에 대한 사찰의 임무가 역설적으로 그의 숨겨진 연약한 부분을 보게 만들었던 것이다.

그런 시점의 아이러니는 이 소설의 해학적인 어조에 상응한다. 해학은 대상 인물에 거리를 두면서도 저도 모르게 그에게 공감하는 서술방식이다. '나'는 기습적으로 이사를 단행한 권씨 일가가 배가 불룩한 비닐 가방을 나르는 진풍경을 신기하게 바라본다. 또한 '나'는 유난히 열중에서 구두를 닦는 권씨의 모습에서 입술이 두툼한 학교의 '썰면' 선생을 떠올린다.

이 같은 해학은 계층적 타자일 뿐 아니라 사찰 대상이기까지 한 권씨가 동시적으로 동정의 대상이 됨을 의미한다. 그것은 웃음거리인 권씨의 지나친 행동에 실상은 인간적인 삶의 소망이 숨겨져 있기 때문이다. '나'는 권씨에게 거리를 두는 동시에 자신도 모르게 인간적인 공감을 느끼게 된다.

그런 양가성은 권씨가 소중히 여기는 아홉 켤레의 구두에도 해당한다. 가난한 권씨가 아홉 켤레나 되는 구두를 지니고 매일 광발을 올리는 것은 터무니없는 행동에 불과하다. 그러나 그가 구두에 광을 내는 것은 사람들의 시선에 자신이 인간 이하의 존재로 비치는 것이 너무나 두렵기 때문이었다. 소시민인 척하지만 실제로는 빈민인 그는 하층민이 일상의 시선에서 어떤 수모를 당하는지 낱낱이 알고 있었다. 권씨의 구두는 빈민들이 겪는 인격적 비하의 **시각성**에 대한 방어적인 표현이다. 권씨는 《난쏘공》의 하층민처럼 벌레로 취급당하는 일이 너무도 무서워서 필사적으로 구두에 광발을 올리고 있는 것이다.

이제 '나'의 해학은 권씨의 양가성에 연관된 인간적인 고민으로 발전한다. 권씨 같은 도시빈민이 은연중에 겪는 인격적 수모는 '나'의 가족들의 빈민들에 대한 태도에서도 나타나고 있었다. 아내는 심한 욕설을 퍼부으며 동네 사람들과 싸움을 일삼는 오두막집 고물장사 마누라를 짐승처럼 꺼려 했다. 아내가 고물장사 마누라를 공격성을 지닌 동물로 여겼다면 아들 동준이는 그 집 아들을 인간 이하로 비하했다. 동준이는 고물장사 아들 깜장이를 땅바닥에 양팔을 짚고 개구리처럼 폴짝폴짝 뛰게 했다. 그리고 과자를 공장 폐수와 오물이 흐르는 하수도에 던지고 깜장이가 달려가 집어 먹게 했다.

'나'의 가족들은 무의식중에 성남시의 빈민들과 선을 긋고 그들을 인격적으로 비하하는 일에 아무런 가책이 없었다. '나'의 고통은 그들이 동물처럼 비하되더라도 인격성 자체는 아직 인간임을 뼈저리게 느끼고 있다는 데 있었다. 1970년대 중간층의 고민은 자신도 모르게 하층민을 벌레처럼 보는 **시선**과 그들이 여전히 인격적 존재라는 **응시**의 자의식 사이에서 생겨난 것이다.

소시민이면서도 하층민의 고통을 알고 있는 '나'의 의식의 프리즘은 복합적인 심리적 색채로 물들어 있었다.[35] 앞서 말했듯이 그런 유동성과 복합성은 하층민을 벌거벗은 생명과 벌레로 보는 시선의 독재를 해체하는 근거가 된다. '나'의 고민을 넘어서서 시선의 독재를 해체하는 근거는 소시민과 하층민 사이에 낀 권씨의 존재로 인해 구체화된다. 권씨는 단지 이중적인 인물이 아니라 나의 인격적 고민을 더욱 발전시키는 매개적인 존재이다.

권씨는 도시빈민이면서도 일상의 시선이 두려워 자신을 소시민으로 연출하는 데 필사적이다. 상투어인 '이래 봬도 나 안동 권씨요'와 '대학까지 나온 사람이오'는 아홉 켤레의 광발처럼 그런 필사적 사투의 산물이다. 권씨는 하층민을 비하하는 일상의 시선이 헐벗은 가난보다도 훨씬 더 두려웠던 것이다. 가난은 경제적인 고문이었지만 비하의 시선은 인격성 자체의 거세였기 때문이다.

이 소설의 표제 '아홉 켤레의 구두'[36]에는 단순한 허위의식을 넘어서서 인간으로 취급받고 싶은 초조함이 담겨 있다. 마찬가지로 권씨의 허세를 떠는 성격 역시 소시민적 망상보다는 하층민에 대한 비하의 폭행에 예민해진 인물로 볼 수 있다. 그의 '아홉 켤레'의 과잉 시각성은 그만큼 **시선의 폭력**을 막기 어렵다는 과잉방어 심리를 뜻한다. 그와 함께 그의 시선의 폭

---

35 '나'는 램과 디킨즈 사이에서 고민하는데, 램은 평생 독신으로 정신분열증에 걸린 누이를 돌본 반면, 디킨즈는 나중에 부유해지자 빈민가의 아이들을 지팡이로 내쫓았다.

36 결말에서 집을 나간 권씨의 구두는 모두 열 켤레인데 한 켤레는 자신이 신고 나가서 아홉 켤레가 남겨진다.

력에 대한 방어의식은 기묘하게도 중간층과 하층민 사이에 '하층민 중간층'이라는 방패막을 만들고 있었다.

그러나 출판사에서 해직되고 막노동하는 현장이 발각되자 권씨는 부득이 자신의 기이한 위치에 대해 설명하기 시작한다. 여기서부터 이 소설은 권씨의 구어적 말과 회상의 프리즘으로 비춰지며 전개된다. 이 소설의 핵심 사건이 이처럼 '프리즘 속의 프리즘'으로 비치는 역동성은 경직된 시선의 독재를 해체하는 원천이 된다. 사람들의 관심이 상층으로만 쏠려 있는 사회에서는 시선의 독재가 결코 해체되지 않는다. 반면에 이 소설의 겹 프리즘 구조는 사람들의 관심이 **중간의 틈새**에 있음을 알리며 그런 시각으로 하층민에게 다가간다. '나'의 시각성이 권씨의 시각성으로 이동하는 과정은 '나'와 독자의 관심이 비천한 사람들에게로 옮겨가는 진행이다. 이야기가 진행되며 권씨는 틈새의 위치에서 방어적 의식(방패막)을 거두고 하층민에게 접근하는데, 그 순간 우리는 시선의 독재를 거스르는 진행 속에 있게 된다.

권씨는 집 없는 하층민들과 똑같이 국회의원 선거 이벤트의 희생자였다. 그는 선거가 진행될 무렵 철거민의 광주단지 입주권을 전매해 내 집 마련의 꿈에 부풀어 있었다. 그러나 광주단지는 선심성 이벤트였으며 선거가 끝나자 보름 후 집을 지으라고 하고 다시 보름 후 계약금을 내라는 통지서가 날아왔다. 이제 권씨는 광주단지 입주민들과 똑같은 처지가 되고 말았다. 게다가 '대학까지 나온' 권씨는 대책위원과 투쟁위원을 겸임하게 되었다.

그때까지도 권씨는 여전히 하층민들과 자신은 다르다고 생각했고 투쟁위원을 감당할 능력도 생각도 없었다. 광주단지에서 시위가 벌어지자 권씨는 서울로 도망하기 위해 택시를 타고 있었다. 권씨의 택시는 자신과 같은 처지인 하층민에게서 멀어지려는 소시민적 심리의 표현이었다.

그런데 택시는 광주단지를 벗어나는 관문에서 살기등등한 시위대 청년들의 검문에 걸렸다. 청년들에게 발각된 권씨는 그들로부터 마음을 돌리라는 도덕적인 설교를 듣게 된다. 이어서 청년들이 '저것 좀 보라'고 소리치자 권씨는 빗속에서 벌어진 최루탄과 투석의 대결을 보게 된다. 그러나 청년들에게 이끌려 시위대에까지 다가갔지만 아직도 권씨의 마음은 움직이지 않았다. 권씨의 내면에서는 시위대의 시각성이 개발 이데올로기의 시각성을 해체하지 못하고 있었던 것이다.

그 순간 권씨를 움직인 것은 시위대와는 구분되는 또 다른 시각성이었다. 권씨는 그 충격적인 장면을 설명하기 위해 '나'에게 '저기 저쯤이었다'라고 소리친다.[37] 권씨의 손가락질은 그때의 장면이 뇌리에 각인되어 있으며 그 이미지의 시각성이 중요함을 환기하고 있었다. 권씨의 내면에 깊이 기입된 시각성은 청년들이 보여준 투석전과는 다른 장면이었다.

"(…전략…) 누렇게 익은 참외가 와그르르 쏟아지더니 길바닥으로 구릅디다. 경찰을 상대하던 군중들이 돌멩이질을 딱 멈추더니 참외 쪽으로 벌떼처럼 달라붙습디다. 한 차 분이나 되는 참외가 눈 깜짝할 새 동이나 버립디다. 진흙탕에 떨어진 것까지 주워서는 어적어적 깨물어 먹는 거예요. 먹는 그 자체는 결코 아름다운 장면이 못되었어요. 다만 그런 속에서도 그걸 다투어 주워 먹도록 밑에서 떠받치는 그 무엇이 그저 무시무시하게 절실할 뿐이었죠. 이건 정말 **나체화**구나 하는 느낌이 처음으로 가슴에 팍 부딪쳐옵디다. 나체를 확인한 이상 그 삶들하곤 종류가 다르다고 주장해온 근거가 별안간 흐려지는 느낌이 듭디다. (…후략…)"[38]

권씨의 심장을 강타한 것은 굶주림에 의해 고통을 당해온 사람들의 적

---

37 권씨는 시위가 벌어진 곳을 말하면서 손가락질을 했지만 실제로는 시위대가 보여준 나체화 장면에 사로잡혀 있었다.

38 윤흥길, 〈아홉 켤레의 구두로 남은 사내〉, 《아홉 켤레의 구두로 남은 사내》, 문학과지성사, 1997, 181~182쪽. (강조-인용자).

나라한 시각성이었다. 참외를 먹고 있는 입주민들은 배고픔의 고통 때문에 자기방어가 불가능한 벌거벗은 모습을 보여주고 있었다. 권씨가 벌거벗은 모습을 본 순간은 현실의 시각성은 물론 시위대와도 아무런 상관이 없는 무맥락성에 놓인 존재가 다가오는 때였다. 그들의 모습은 어떤 매개도 보호막도 없이 굶주린 생명이 본능적으로 고통을 호소하는 순간을 보여주고 있었다. 권씨가 목격한 것은 반복해서 그의 심장을 자극하며 굶주림의 고통을 호소하는 나체화였다. 나체화란 생명적 존재가 상징계의 **공백**에서 공실존의 욕망을 자극하며 다가오는 상호신체적인 실재계적 장면의 연출이다.

고통을 호소하는 나체화는 심장을 강타하며 머리가 만든 설계도를 지워지게 만든다. 나체화는 개발 권력 뿐 아니라 시위대도 무의미해지게 만들었다. 시위대가 개발 이데올로기의 허위성에 저항하는 또 하나의 상징계였다면, 고통을 당해온 사람들의 적나라한 나체화는 실존적인 실재계였다.

그런 입주민들의 낯선 장면은 존재론적인 위치이동이 일어남을 암시하고 있었다. 권씨가 나체화를 본 것은 그의 시각적 프리즘에서 개발 이데올로기(상상계)가 해체되며 투명해지는 순간이었다. 권씨의 시각 프리즘이 투명해지는 심리는 상상계에서 실재계로 전회하는 위치이동에 상응한다. 현실의 상징계/상상계에서 또 다른 상징계로의 설득은 권씨에게 아무런 감동도 일으키지 않았다. 반면에 방어막을 상실한 채 호소하는 나체화가 시선의 독재(개발 이데올로기)를 해체하는 투명한 프리즘을 작동시킨 것이다. 투쟁의 투석전 보다 공실존을 자극하는 실재계적 나체화가 시선의 이데올로기를 백지화했던 것이다.

여기서 권씨의 **나체화**는 아감벤의 벌거벗은 생명과는 구분된다. 만일 개발 이데올로기의 눈으로 본다면 하층민들은 희생제물도 될 수 없는 벌거벗은 생명에 불과하다. 그러나 권씨는 고착된 시각성의 인물이 아니기 때문에 이데올로기에서 미끄러지며 나체화를 보게 된 것이다. 아감벤의 벌거벗는 생명은 일상의 사람들의 프리즘이 불투명해지는 순간이다. 불투명한 프리즘이 나체화를 보지 못하기 때문에 법이 정지되며 인권 유린의 순간이 묵인되는 것이다. 시각적 프리즘이 불투명해지면 심리적 셔터가 내려지며 참외를 먹는 사람이 상상계에 갇힌 벌레가 된다. 반면에 프리즘의 투명성은 실재계로 이동하는 과정이며 시각적 투명성은 고통받는 사람을 벌거벗은 타자로 회생시킨다. 그 순간 희생제물도 될 수 없는 사람들은 굶주림의 고통을 호소하는 희생자로 되돌아온다.

위의 장면은 아감벤의 벌거벗은 생명이 레비나스의 **벌거벗은 얼굴**로 전이되는 순간이다. 벌거벗은 얼굴은 벌거벗은 생명과는 달리 고통의 호소를 통해 우리의 가슴을 강타한다. 입주민들의 나체화는 권씨의 심장을 타격했으며 권씨의 이야기는 독자의 가슴을 두드렸다. 권씨의 회상을 통해 이제 우리는 레비나스의 윤리를 생생하게 시각적인 육체적 장면으로 보게 된다. 그것이 가능한 것은 권씨의 시각적 프리즘이 자신도 모르게 투명해졌기 때문이다. 양가적인 프리즘이 투명해지며 나체화를 보는 순간 권씨는 상호신체적인 공실존의 욕망에 따라 스스로도 이데올로기를 벗은 신체가 된다. 권씨가 시위대에 참여한 것은 이데올로기적 공백 속에 던져져서 나체화에 공명하는 신체가 되었기 때문이다. 권씨의 투쟁은 설교도 위협도 무용지물이었던 순간의 육체적 윤리의 승리를 입증한다.

멈췄던 시위의 물결은 다시 시작됐지만 권씨가 참여한 이후의 투쟁은 전과 구분된다. 나체화 이전의 시위가 조직적인 또 다른 상징계의 행동이었다면 육체적 윤리의 승리로서의 시위는 적나라한 실재계적 표현이다. 육체적 윤리의 승리는 벌레로 강등된 벌거벗은 생명에 대한 벌거벗은 얼굴의 승리이기도 하다.

1970년대의 변혁운동은 단순한 조직적 행동이 아니라 **나체화의 발견**을 통한 **실재계적 운동**이었다. 나체화의 순간은 상상계를 실재계로, 벌레를 인간으로 되돌리는 순간이다. 1970년대는 일상에서 벌레를 인간으로 되돌리는 나체화의 순간이 많아지면서 변혁운동의 물결이 일어나게 된 때였다.[39]

이 소설에서는 권씨와 '나' 사이에서 또 한 번의 나체화의 순간이 제시된다. 자신도 모르게 시위대에 끼어든 권씨는 감옥에 갔다 온 후 경찰의 감시까지 받는 신세가 된다. 한순간 존재론적 전위를 경험했던 권씨는 이제 다시 냉정한 현실로 돌아온다. 그는 전보다 더 비참해졌지만 오히려 그 때문에 비하의 시선에 대한 방어심리는 더 강화된다.

권씨는 '나'에게 아내 수술비를 부탁했으나 여유가 없는 '나'는 들어줄 수 없었다. 거절당한 권씨는 큰 아픔을 감추듯이 움찔거리며 휘적휘적 걷기 시작했다. "이래 봬도 나 대학 나온 사람이오"라는 그의 말은 조용히 쏟아지는 하층민에 대한 비하의 시선을 힘겹게 막아내려는 목소리였다.

권씨가 느끼는 아픔은 비단 경제적 고통만이 아니었다. 경제적 고문을 당하는 사람에 대한 (벌레로 보는) 비하의 시선을 막아내고 **시각적 고문**을 피하기 위해 그는 입술을 움찔거렸던 것이다. 그 순간의 권씨의 무력한 방어적 표현은 역설적으로 그가 아무런 자기방어의 능력도 지니지 못한 인물임을 입증하고 있었다. '내'가 휘청거리는 그를 나체화로 느낀 것은 경제적 고문과 시각적 고문에 시달리는 무방비 상태의 사람을 보았기 때문이다. 그 순간 '나'는 소시민적 이중성에서 벗어나 상호신체적인 실재계에 위치하게 된다.

두 번째 나체화는 프리즘 속의 프리즘으로 보았던 참외의 나체화와 함께 시각적 고문을 견디는 벌거벗은 타자의 고통으로 심장을 강타했다. 권씨의 나체화의 순간은 그가 무방비 상태에서 고통으로 인한 반복운동[40](움찔거림)을 흘리는 시간이었다. 그 순간의 나체화의 윤리는 이데올로

---

39 반대로 2000년대 이후에는 김애란의 〈벌레들〉에서처럼 배제된 사람들에게 셔터가 내려지고 중간층의 무의식에 하층민의 잔여물이 벌레로 몰려든다.

40 반복운동이란 상처를 입은 사람이 고통 속에서 능동적 자아를 소망하며 아픈 기억을 반복하는 움

기의 공백을 만들며 투명한 응시(그리고 공감의 소망)를 통해 벌거벗은 생명(벌레)을 만드는 시선의 독재를 해체한다. 고통 속에서 꿈틀거리며 비틀대는 사람이 벌레가 아님을 뚜렷하게 알기 때문에 시각적 프리즘이 투명해질 수밖에 없었던 것이다. 이 소설은 두 번의 나체화[41]를 통해 희생자도 되지 못하고 벌레처럼 외면당하는 사람들이 어떻게 벌거벗은 타자로 회생하며 일상의 사람들을 움직였는지 보여주고 있다.

6. 감성의 분할을 넘어서는 두 가지 윤리
── 나체화와 실천이성

권씨는 아내의 수술비 마련을 위해 어설픈 도둑질을 하다 정체가 탄로나자 집을 나가 돌아오지 않는다. 그는 아홉 켤레의 구두로 남겨지지만 우리에게는 두 번의 나체화로 남겨진다. 두 번의 나체화는 '나'와 독자의 내면에 영원히 각인된 이미지로 잔존하는 순수기억[42]이 되었다고 할 수 있다. 순수기억으로서의 나체화는 다른 상황에서 우리 자신의 프리즘을 투명하게 만드는 순간을 다시 만들 것이다. 그런 계급을 관통하는 나체화라는 시각적 윤리의 울림이 1970년대 이후의 변혁의 물결을 형성했다고 할 수 있다.

여기서 시각화된 윤리가 계급을 넘어선 울림을 생성하는 과정은 매우 의미심장하다. 하층민을 혐오하게 만드는 시선의 독재는 지배권력의 감성의 분할을 통해 시각화된다. 예컨대 《난장이가 쏘아올린 작은 공》에서

직임이다.

41 《기생충》에는 이 같은 나체화의 순간이 없다. 《기생충》은 나체화를 상실한 시대에 은유를 작동시키며 권력의 비밀과 타자의 비밀을 암시하는 영화이다.

42 순수기억이란 과거 전체의 시간이 선적인 회로에서 벗어난 현재의 나와 교섭하는 이미지 기억을 말한다. 나체화는 순수기억 중에서 심연에 각인된 시간 이미지가 된다.

사람들이 난장이를 벌레처럼 여기는 것은 그가 감성의 분할에서 밀려나며 시각화되기 때문이다. 〈아홉 켤레의 구두로 남은 사내〉의 권씨는 그처럼 시각적 분할에서 밀려나지 않기 위해서 열 켤레의 구두에 공을 들였던 것이다.

그러나 아홉 켤레(열 켤레)의 구두는 감성의 분할을 결코 해체하지 못한다. 광발이 올려진 구두는 전시용이지 권씨의 육체화된 시각성이 아니기 때문이다. 권씨는 감성의 분할의 불안한 한계선에서 힘겹게 구두닦이를 반복할 수밖에 없다.

그와 달리 권씨 자신의 육체화된 시각성이 회복되어야만 그를 밀어내는 감성의 분할에 저항할 수 있다. 감성의 분할은 빈민들에게 불투명한 셔터를 내리는 시각성이며 그 때문에 가난한 권씨의 육체는 내내 불길함에 시달리는 것이다. 그가 육체화된 시각성을 회복하려면 그를 밀어내는 감성의 분할의 셔터가 투명해지게 만들어야 한다. 불투명한 분할을 넘어서서 시각적 프리즘이 투명해지는 순간을 통해 감성의 분할에 저항하는 것이 바로 나체화의 윤리이다.

나체화라는 육체적 윤리는 하층민에서 권씨-'나'(오 선생)-독자에게로 번져갈수록 시선의 독재를 거슬리며 감성의 분할을 해체해나간다. 그처럼 감성의 분할이 해체되어야만 계급의 분할에 항의하는 운동이 번져갈 수 있다. 계급적 분할이 경제적 고문을 만든다면 **감성의 분할**은 시각적 고문을 자행한다. 시각적 고문을 당하는 사람들은 개인적으로 분노할 수는 있지만 상호신체적 울림의 물결을 만들 수는 없다. 반면에 나체화라는 육체적 윤리는 벌레를 인간으로 되돌리며 상호신체적 공실존의 욕망을 고양시켜 시각적 고문과 경제적 고문에 대항한다.

《아홉 켤레의 구두로 남은 사내》연작은 그처럼 시각적 윤리가 권력의 감성의 분할을 해체하는 과정을 그린 소설이다. 이 연작소설은 그것을 위해 나체화의 윤리 외에 반성적 윤리라는 또 다른 무기를 사용한다. 나체화의 윤리와 반성적 윤리는 연작소설들에서 모두 생생하게 시각화되어 있다. 감성의 분할이 시각적이듯이 윤리의 반격 역시 시각성을 지녀야만 저항의 무기가 될 수 있기 때문이다.

도둑질의 실패로 위신이 추락된 권씨는 〈직선과 곡선〉에서 더 이상 구두에 집착하지 않는다. 집을 나온 권씨는 매춘녀 신양과의 동반자살에 실패한 후 다시 귀가해 구두를 태운다. 구두를 태우는 것은 과거와는 다른 삶을 살겠다는 선언이며 〈직선과 곡선〉에서 권씨의 반성적 서술이 많아진 것은 그 때문이다.

〈직선과 곡선〉은 이야기 세계의 경계에 있는 '나'(자아)의 서술과 경험자아('나')의 시각이 결합된 1인칭 시점 소설이다. 여기서는 서술자아의 서술이 편집 기능을 하지 않고 경험자아에 침투해 반성의 기능을 하기 때문에 넓은 의미의 내부 시점이 전개된다. 서술자아와 경험자아가 혼재된 반성적 서술은 빈번히 프리즘이 투명해지면서 이데올로기적 공백을 만드는 윤리적 기능을 한다. 이 소설에서의 반성적 윤리 역시 인물 시점과 내부 시점의 프리즘이 무(無)에 접근하며 (이데올로기가 무화된) 실재계와의 교섭을 표현한다.

그러나 **나체화 윤리**의 투명성과 **반성적 윤리**의 투명성은 비슷하면서도 상이하다. 두 가지 윤리는 시점의 프리즘이 투명해지면서 비슷하게 이데올로기적 공백에서 윤리를 시각화한다. 〈아홉 켤레의 구두로 남은 사내〉처럼 〈직선과 곡선〉 역시 감성의 분할에 맞서는 윤리의 시각화의 흐름을 보여주고 있다. 그러나 전자에서는 프리즘의 투명성이 육체적 응시로 상승하는 반면 후자에서는 시각적 투명성이 이성적 반성의 흐름으로 전개된다.

육체적 응시가 상호신체적 공실존의 욕망을 생성한다면 이성적 반성은 자기 자신의 내부로부터의 명령을 듣는다.[43] 불투명한 감성의 분할에

---

43 이마누엘 칸트, 백종현 역,《실천이성비판》, 아카넷, 2002, 90~95쪽. 90쪽.

맞서는 투명한 윤리의 승리를 지향하는 점에서는 양자에서 비슷하다. 그러나 전자의 윤리의 승리가 육체적 상호신체성을 통해 번져가는 반면 후자의 윤리적 반성은 자기 자신의 내부의 목소리를 확인하는 것이 일차적이다.

나체화의 윤리가 **레비나스**의 타자 윤리의 시각화라면 반성적 윤리는 **칸트**의 실천적 이성의 시각화이다. 양자 모두 감성의 분할 및 상징계 외부의 실재계를 영역으로 한다. 실재계에 근거해 상징계에 충격을 주며 변화를 요구하기 때문에 두 심급은 윤리적 프리즘인 것이다. 하지만 그 충격의 파동과 진동의 방식은 서로 다르다.

반성적 윤리의 장점은 자아 내부의 각성으로 인한 신념의 변화가 뚜렷하다는 점이다. 〈아홉 켤레의 구두로 남은 사내〉에서 권씨는 두 번의 나체화와 연루되지만 아직도 구두에 집착하며 감성의 분할에서 자유롭지 않다. 반면에 〈직선과 곡선〉에서 권씨는 자살 시도 이후 구두를 불태우고 동림산업의 공원이 되기로 결심한다. 그가 동림산업에 취직하게 된 것은 교통사고를 낸 회사 사장의 술책이었지만 권씨는 이번 기회를 자신의 변화의 계기로 삼기로 한다.

"(…전략…) 오 선생 생각은 오 선생이 경험한 바탕 안에서만 출발하고 멈춥니다. 자기 경험만을 바탕으로 남의 생각까지 재단하기에는 애당초 무립니다. 오 선생은 보름 안에 자기 손으로 집을 지어 본 적 있습니까? 배고프다고 시위하다가 말고 엎어진 트럭에 벌떼 같이 달려들어서 참외를 주워먹는 인생들을 본 적 있습니까? 죽었다가 살아난 경험은요? 그리고 생명만큼이나 아끼던 자기 구두를 태우는 아픔요? 이건 결코 자랑이 아닙니다. 내가 경험한 이런 일 모두가 사회 탓이라고 세상을 원망하는 것도 아닙니다. 내가 모자란 탓에 자업자득으로 그런 거니까. 뒤늦게나마 좀 넉넉해보자는 겁니다. 보기 나름이고 생각하기 나름입니다. 후회를 하더라도 아주 나중에 하겠습니다. 오 선생더러 박수를 쳐달라고 그러는 게 아닙니다. 산속으로 끝까지 가봐도 길이 없으니까 이제부터 되돌아서 들판 쪽으로 나와 보려는 것뿐입니다."[44]

사장의 술책을 탓하는 오 선생에게 권씨는 하층민의 현실을 경험하는 것이 중요하다는 논리로 반박한다. 권씨의 반성적 사고는 현장에 있는 것이 장님이 되지 않는 길이라는 〈난쏘공〉에서 지섭의 생각과도 일치된다. 흥미로운 것은 그런 논쟁의 과정에서 나체화의 윤리가 반성적 윤리로 변주되고 있다는 점이다. 권씨는 성남시의 굶주린 이주민을 나체화의 윤리로 말했었는데 여기서는 똑같은 것을 반성적인 실천이성으로 말하고 있다.

권씨가 열거하고 있는 것은 개발 이데올로기의 목적이 되지 못하고 그늘에서 도구적으로 이용되는 사람들의 모습이다. 타인을 도구적으로 이용하지 말고 삶의 목적을 지향하라는 내면의 명령이 바로 실천이성이다.[45] 권씨는 실천이성의 명령에 따라 현장에서 도구적 삶을 사는 사람들의 편에 서겠다는 말을 하고 있는 것이다.

윤흥길의 연작소설은 권씨가 반성적 윤리에 입각해 노동자의 계급의식에 이르는 여정을 하나의 축으로 한다. 이처럼 실천이성의 명령에 따라 마르크스주의적 계급의식에 이르는 과정은 가라타니 고진의 신윤리에 대한 설명과도 비슷하다.[46] 연작이 계속될수록 권씨가 반성적 인물로 변모되며 노동자의 삶에 접근하는 진행은 그 점을 보여준다.

그러나 이 연작소설에서 반성적 윤리에 의한 각성 과정은 하나의 측면에 불과하다. 비록 권씨가 이성적 자각에 의해 '무섭게 변모'했더라도 나체화의 윤리가 이성적 윤리보다 약한 심급이라고 볼 수는 없다. 레비나스의 나체화 윤리의 특징은 감성의 분할을 해체하며 순식간에 사람들을 육

44 윤흥길, 〈직선과 곡선〉, 《아홉 켤레의 구두로 남은 사내》, 앞의 책, 244쪽.

45 이마누엘 칸트, 이원봉 역, 《도덕 형이상학을 위한 기초 놓기》, 책세상, 2002, 90~96쪽. 이마누엘 칸트, 《실천이성비판》, 앞의 책, 90~95쪽.

46 가라타니 고진, 송태욱 역, 《윤리 21》, 사회평론, 2001, 6~9쪽.

체적으로 동요시키는 파급력에 있다. 나체화의 윤리는 강렬한 시각화를 통해 권씨에서 오 선생으로, 그리고 우리 모두에게 한순간의 **울림**으로 전파된다. 반면에 권씨의 이성적 자각은 나체화의 경험이 반성적으로 내성화되면서 내면의 명령으로 되돌아오는 과정이다. 내면의 정언명령을 들었기 때문에 권씨는 급진적인 자각에 이를 수 있었을 것이다. 하지만 그 명령은 오 선생에게 쉽게 전파되지 못하며 권씨의 이성적 선택을 옹호하는 우리 역시 크게 동요하지는 않는다.

윤흥길의 연작소설은 외견상 반성적 윤리에 의해 진행되지만 실상은 나체화의 윤리에 의한 소용돌이가 우리를 사로잡는다. 그 점은 동림산업 공장 안에서의 또 하나의 고통스러운 나체화 장면을 통해서도 확인된다. 여공의 팔이 잘린 나체화 장면은 권씨를 매개로 소시민 민도식에게 전해져 계층의 경계를 넘어서는 파동을 일으킨다. 우리는 철거민의 나체화와 공장의 나체화가 계급의 벽을 넘는 동요의 과정에서 변혁운동의 전야를 경험하게 된다.

1970~80년의 변혁운동 역시 이성적 자각과 노동자의 계급의식에 의해서만 성취된 것은 아닐 것이다. 개발독재의 죽음정치적 희생자들은 노동자였지만 그들의 고통이 인간의 비밀을 누설하며 나체화를 통해 전파되었기에 곳곳의 모든 사람이 동요했던 것이다. 반면에 아무리 노동운동이 활발해도 일상의 사람들이 외면하면 어떤 변화도 일어나지 않는다. 내 안의 벽을 헐어 계급의식의 자각을 갖는 것도 중요하지만 계층의 벽을 넘는 소용돌이를 일으키는 나체화의 윤리가 사회를 변화시키는 원동력일 것이다. 식민지 시대부터 오늘날까지 우리의 사회적 차별은 경제적 고문에 덧붙여 시각적 고문을 수반해왔다. 피지배자들은 비참하게 굶주리는 동시에 인간 이하의 존재로 외면당해야 했다. 그런 이중적 차별에 대항하며 벌레를 인간으로 되돌리는 **나체화의 윤리**야말로 변혁을 위한 1970년대의 최고의 발명품이었다고 할 수 있다.

7. 공장 안의 나체화와 윤리적 소용돌이

반성적 성찰에 의한 권씨의 변화는 한 번에 이루어지지 않고 조금씩 계속된다. 권씨의 선택은 목적론적 계급의식이 아니라 윤리적 실천이성에 의한 각성이었기 때문이다. 칸트는 실천이성이 구성적으로 작용해서는 안 되며 규제적으로 사용해야 한다고 논의했다. 실천이성을 구성적으로 사용하면 목적론적 기획이 되어 그 목적에 이르는 과정에서 사람들은 다시 도구적 수단이 된다. 반면에 실천이성의 규제적 사용이란 도구적으로 이용되는 사람들을 해방시키기 위해 그들의 편에서 끝없이 노력함을 뜻한다. 권씨가 동림방적의 잡역부가 된 것은 자신과 같은 하층민의 편에 서서 살겠다는 뜻이었다. 그런데 권씨는 처음부터 계급의식을 가지기보다는 노동자의 삶을 위해 이성적으로 반성하며 각성되는 과정을 계속하게 된다.

〈창백한 중년〉이 3인칭 인물 시점으로 된 것은 그와 연관이 있다. 3인칭 인물 시점은 변화된 공장의 환경 속에서 권씨의 세밀한 관찰과 반성을 잘 보여준다. 권씨는 노동자에 대한 동류의식보다는 한 사람의 고통받는 타자를 사랑하는 일에 더 관심을 가지고 있었다.[47] 그 때문에 권씨가 처음 가까이 하게 된 사람은 폐결핵을 앓고 있는 여공 안순덕이었다. 공장에서의 '중식'은 부자유한 집단이 먹는 식사인 점에서 일상적인 '점심'과 달랐다. 그런데 창고 벽에 기대고 호젓이 '중식'이 아닌 '점심'을 먹고 있는 여공이 있었다. 권씨는 그녀가 자유로운 점심을 먹는 것이 아니라 폐결핵 때문에 중식의 조직에 끼지 못한 환자임을 알게 된다.

안순덕은 권씨가 사장의 스파이인 줄 오해하고 그에게 접근하지만 그녀의 노력은 소용이 없었다. 마침내 엑스레이 검진에 의해 안순덕이 근무자 명단에서 제외되자 같은 여공들은 문둥이를 피하듯이 그녀를 멀리했다.

---

47 윤흥길, 〈창백한 중년〉, 《아홉 켤레의 구두로 남은 사내》, 앞의 책, 277쪽.

안순덕은 노동자들에게마저 동정을 받지 못하는 벌거벗은 생명이 된 것이다.

그런데도 안순덕은 필사적으로 출근을 해 하루 전에 자신이 맡았던 재단기 앞에 서 있었다. 그녀는 재단기에 대신 앉은 여공이 중식 채비를 하는 틈을 타 기계 앞에 앉았다. 두 여공이 실랑이를 하는 중에 여공들의 몸뚱이 사이로 날카로운 비명이 새어 나왔다. 권씨가 어깨 너머로 기계 쪽을 보았을 때 하늘색 원단 위에는 안순덕의 마네킹처럼 잘린 팔이 얹혀 있었다.

이때 두껍게 바람벽을 친 여공들 몸뚱이와 몸뚱이 사이로 귀청을 찢는 비명이 새어나왔다. 권씨가 아무래도 예사롭지 않은 비명소리를 듣고 재단기 쪽으로 쫓아갔을 때는 이미 상황이 끝나 있었다. 그는 질겁을 하면서 허둥지둥 뒤로 물러서는 여공들 어깨 너머로 그만 못 볼 것을 보아버렸다. 하루나 이틀쯤 후면 수출용 스포츠 웨어로 탈바꿈해 있을, 자르다 만 선명한 하늘색 원단 위에 마치 마네킹의 그것인 양 뭉뚝 잘린 팔 하나가 얹혀져 있었다.

중상을 입고 기절한 안순덕 양이 건강한 남자 공원들 손에 들려 병원으로 떠나고 나자 온통 공장 안이 뒤집혀 술렁거렸다. 일부러 제 팔목을 잘랐을지도 모른다는 추측이 나돌기도 했다. 법에 의해서 폐결핵은 보상을 못 받아도 잘려 나간 팔은 보상이 가능한 업무상의 상병(傷病)에 해당된다는 게 추측의 근거였다.[48]

권씨가 본 것은 극심한 가난과 조직의 폭력에 의해 신체를 훼손당한 나체화였다. 그런데 이 나체화의 장면에 공장은 일시 술렁였지만 동요는 일어나지 않았다. 공장 안에는 레비나스의 윤리의 시각화가 연출되지 않았다. 폐품이 된 사람을 배제하는 죽음정치적 이데올로기는 소시민적 삶

48 윤흥길, 〈창백한 중년〉, 위의 책, 292쪽.

뿐 아니라 공장 안에도 스며있었던 것이다.

일부러 제 팔목을 잘랐다는 추측은 안순덕에 대한 동정이 아니라 물건을 계산하는 듯한 시선이었다. 공장의 나체화의 장면에서는 상호신체적인 공실존과 사랑의 열망이 생겨나지 않았다. 노동자들의 시선의 프리즘은 오히려 불투명해졌고 그 때문에 안순덕은 여전히 희생자도 될 수 없는 벌거벗은 생명일 뿐이었다.

시각적 프리즘이 투명해지며 나체화를 본 것은 권씨와 박환청 뿐이었다. 안순덕의 애인 박환청은 나체화의 충격으로 인해 사장의 끄나풀로 오해한 권씨를 구타하고 있었다. 권씨는 박환청의 분노를 이해하기 때문에 그의 타격에서 오히려 청량감이 느껴졌다. 구타를 당하면서 권씨는 자신의 할 일이 훨씬 더 분명해졌다.

권씨는 안순덕이라는 문둥이 같은 벌거벗은 생명을 인간으로 되돌리기 위해 사장을 만나려 하고 있었다. 권씨가 사장을 만나는 과정에서 부딪힌 것은 회사 제복에 항의하는 민도식 일행이었다. 〈날개 또는 수갑〉은 권씨의 '잘린 팔의 문제'와 민도식의 '제복의 반대'가 두 개의 화두로 제기되는 소설이다. 권씨의 팔과 민도식의 옷은 둘 다 개발 권력이 시선의 독재와 연관되어 있음을 암시한다.

권씨가 제기하는 '팔의 문제'란 나체화를 통해 폭로된 죽음정치적 노동의 실상을 말한다. 죽음정치적 노동은 신체와 생명을 담보로 착취하다 쓸모없어지면 폐기하는 방식이다. 이는 생명을 관리하는 생체 통제 권력인 동시에 신체가 훼손되면 보이지 않게 배제하는 시각권력이기도 하다. 안순덕처럼 훼손된 신체가 벌거벗은 생명으로 보이지 않게 배제되기 때문에 개발독재가 별 항의 없이 유지되는 것이다.

그에 비해 제복의 문제는 생명의 문제만큼 절실하게 생각되지는 않는다. 그러나 제복은 동일성의 일체감을 통해 타자성을 배제하는 역할을 하는 점에서 은밀히 죽음정치와도 연관된다. 제복은 시각적 프리즘을 집단적으로 경직되게 만들어 나체화를 보지 못하게 한다.[49] 권씨와 박환청만이 나체화를 본 것은 사랑과 관심으로 인해 시각적 프리즘이 투명해졌기 때문이다. 반면에 다른 공원들은 경제적 계산에 얽매여 프리즘이 불투명해지며 안순덕의 나체화를 외면한다. 회사의 제복은 사원들의 프리즘을 더욱 불투명하게 만들어 타자와 희생자를 보지 못하게 하는 역할을 한다.[50]

소시민적인 문제로 보였던 제복을 그처럼 죽음정치의 맥락에 보게 된 것은 바로 민도식이었다. 민도식 일행은 처음에 권씨와 논쟁의 관계에 있었으며 권씨는 소시민적 벽에 의해 그들에게 무시당한다. 그러나 민도식만은 권씨와 만나는 중에 '권씨의 팔'이 환기하는 나체화에 감염되기 시작한다.

〈날개 또는 수갑〉은 민도식이 유일하게 제복의 대열에서 빠지게 되는 결말로 끝난다. 그런데 그가 끝까지 제복을 거부한 것은 역설적으로 권씨의 나체화의 윤리가 일으킨 소용돌이 때문이었다. 민도식은 옷과 팔, 자유와 생존이 똑같이 중요하다는 일행의 말을 거슬려 하고 나체화의 윤리에 흔들리는 모습을 보여준다. 그는 자신이 나체화의 동요 때문에 제복 문제를 포기할까봐 아예 치수를 재지 않는다. 그 때문에 제복을 입을 수 없게 된 그는 회사 체육대회 개회식에서 혼자 밀려난 외돌토리가 된다.

공장 정문 철책 너머로 검정 곤색 일색의 운동장을 넘어다보는 순간 민도식은 갑자기 숨이 턱 막혀옴을 느꼈다. 새로 맞춘 제복으로 단장한 남녀 전사원이 각 부서별로 군대처럼 질서 정연하게 도열해 서서 연단에 선 지휘자의 손끝을 우러러보며 사가를 제창하기 직전에 예비 운동으로 목청을 가다듬는 헛기침들을 하고 있었다. 이윽고 공장 일대를 한바탕 들었다 놓는 우렁찬 노래

---

49 그것은 중식이라는 집단적 식사가 점심의 맛을 모르게 만드는 것과 비슷한 원리이다.
50 이데올로기에 감염되어 투명한 나체화를 보지 못하게 되는 것이다.

가 터지기 시작했다. 노래 부르는 사원들 모두가 작당해서 지각한 사람을 야유하는 듯한 기분이 들었다. 검정곤색의 제복들이 일치단결해가지고 사복 차림으로 꽁무니에 따라 붙으려는 유일한 사람을 완강히 거부하는 듯한 기분에 사로잡혔다. 세상 전체가 온통 제복투성이인 가운데 저 혼자만 외돌토리로 떨어져 있는 셈이었다.[51]

민도식은 제복을 소시민적 문제로 생각하기 시작했지만 결과적으로는 자신이 가장 강력하게 제복을 반대한 셈이었다. 아이러니하게도 권씨의 나체화가 민도식을 소극적으로 만든 동시에 능동적으로 행동하게 한 셈이었다. 민도식이 흔들린 것은 권씨의 나체화 때문이었지만 오히려 나체화에 감염되었기에 제복을 반대하는 결과에 이른 것이다.

이제 민도식의 제복의 문제는 단순한 간섭의 문제가 아니라 죽음정치에 반대하는 자유의 문제가 되었다. 지금 민도식 자신이 제복 불착용으로 배제되는 일 자체가 죽음정치의 한 단계일 것이다. 죽음정치의 고통은 노동자들이 감당하지만 그 불화의 연쇄는 소시민에게까지 연결되어 있다. 그처럼 소시민의 자유 역시 노동자 문제의 진동과 무관하지 않았던 것이다.

이처럼 민도식이 권씨의 나체화에 감염되어 더욱 깊은 응시의 시각성을 갖게 되는 과정은 매우 의미심장하다. 민도식은 권씨에 의해 노동자의 계급의식을 갖게 된 것이 아니라 소시민의 위치에서 계층을 넘는 나체화의 소용돌이 속에 있게 된 것이다. 안순덕의 나체화의 충격은 박환청의 분노와 권씨의 사랑으로 변주되어 별 관련이 없는 듯한 민도식에게까지 전해지기에 이른다. 민도식은 그런 심리적인 소용돌이를 겪었기 때문에 위에서처럼 제복의 집단에서 배제된 외로움을 견디고 있는 것이다.

민도식의 나체화의 충격에 의한 감염의 연쇄는 성남시의 나체화가 전

51 윤흥길, 〈날개 또는 수갑〉,《아홉 켤레의 구두로 남은 사내》, 앞의 책, 276쪽.

염되는 과정과 비슷하다. 나체화는 죽음정치의 희생자들에게서 시작되지만 계층을 넘어 그 충격이 전파되는 과정 역시 매우 중요하다. 개발독재가 희생자들을 매장하는 시선의 독재에 의존한다면 나체화의 윤리는 일상을 동요시키며 인간 이하의 존재를 인간으로 되돌린다. 그처럼 희생자도 될 수 없는 사람들을 희생자로 복귀시킴으로써 사랑과 분노에 의해 전 사회적 규모의 연대를 생성하는 것이다.

나체화란 개발 이데올로기에 용해될 수 없는 인간의 비밀의 잔여물(대상 a)이다. 그러나 나체화는 희생자의 적나라한 나체만으로 연출되는 것이 아니다. 만일 고통받는 하층민(철거민과 노동자)의 벌거벗은 모습에 어떤 시각적 프리즘도 반응하지 않는다면 그 잔여물은 벌레나 문둥이가 될 뿐이다. 벌레나 문둥이를 인간으로 되돌리는 것은 그들을 보는 시각적 프리즘이 투명해지며 동요하는 순간이다. 그처럼 프리즘이 무(無)에 이르며 이데올로기의 옷을 벗을 때 인간의 비밀이 요동치기 시작하는 것이다. 그 때문에 나체화의 윤리는 육체적 윤리의 승리이기도 한 것이다.

1970년대는 권씨와 오 선생, 민도식처럼 나체화의 윤리에 감염된 사람이 일상에서 불현듯 출현하는 시대였다. 그처럼 개발 이데올로기의 시대가 나체화의 윤리의 시대였다는 것은 역설적인 일이다. 그러나 개발에 의해 계층 이동이 역동적으로 되었기 때문에 일상의 사람들은 이데올로기에서 미끄러지며 시각적 프리즘이 투명해지는 순간을 경험할 수 있었다. 계층 이동을 꿈꾼다는 것은 계급적 사다리를 올라가려는 소망과도 같다. 그런데 사다리가 끊어지지 않았기 때문에 오히려 사회적 역동성과 중간층의 유연성이 빛을 발할 수 있었던 것이다. 유동적인 사회에서는 인격 프리즘이 유연하기 때문에 중간층의 상승적 욕망과 인간의 비밀의 소망이 논쟁적으로 병존할 수 있었다. 〈아홉 켤레의 구두로 남은 사내〉의 오 선생처럼 중간층은 늘상 램과 디킨즈의 딜레마[52] 속에 있었던 것이다. 반

---

52 고통받는 사람을 환대한 램과 부의 욕망으로 하층민을 외면한 디킨즈 사이의 고민을 말한다.

대로 하층민 역시 '우리도 난장이다'라고 말하는 신애 같은 중간층이 잠재했기 때문에 클라인 씨의 병 같은 출구를 감지할 수 있었다.

개발독재 시대의 죽음정치적 노동자는 인간의 비밀이라는 실재계적 잉여를 포기할 수 없는 위치였다. 그것을 잘 아는 개발주의는 시선의 독재를 통해 〈창백한 중년〉에서처럼 노동자마저 프리즘이 불투명한 장님으로 만들었다. 기계도시 은강(〈클라인 씨의 병〉)에서처럼 장님의 세상이 되면 죽음정치적 노동자의 나체는 벌거벗은 생명이 된다. 《아홉 켤레의 구두로 남은 사내》 연작은 그런 장님 세상과 시선의 독재에 저항하는 응시의 투쟁을 보여준다. 개발독재의 사회는 공동체가 파괴되며 계층 간의 경계가 생겨난 사회였다. 응시의 투쟁으로서 나체화의 윤리는 계층 간의 경계에 저항하며 하층민과 중간층 사이에서 공명한 인간의 비밀의 이중주였다. 윤흥길의 소설들은 계층의 벽을 넘는 나체화 윤리의 울림을 통해 이데올로기에 용해될 수 없는 인격성의 비밀이 메아리치게 하고 있다. 그의 연작소설은 시선의 독재가 개발의 스펙터클 때문에 잘 보지 못하는 윤리적 소용돌이를 보여주며 임박한 변혁운동을 예고하고 있다. 개발주의 시대는 상상계적 장치들이 많아진 세계였지만 **나체화의 윤리**라는 발명품으로 인해 육체적 응시의 승리를 증명하며 실재계적 잉여 속에서 변화된 세상을 꿈꿀 수 있었다.

제7장

신자유주의의
시각성과 새로운
윤리적 마술쇼

1. 나체화 윤리의 상실과 무의식의 식민화

1970년대는 질주의 시대인 동시에 뒤처진 사람들을 회생시키는 인간의 비밀이 작동되는 시대였다. 개발의 질주는 경제적 차별과 함께 시각적 불평등성을 수반했다. 시각적 불평등성이란 가난으로 고통받는 사람을 투명인간이나 혐오의 대상으로 보는 감성의 분할을 말한다. 시각적 불평등성의 대상은 인간 이하의 삶을 사는 죽음정치적 노동자들이었으며, 그들은 경제적 고통과 함께 벌레나 문둥이로 강등되는 시각적 차별에 시달렸다.

그러나 죽음정치는 개발독재의 과잉폭력이었기 때문에 중간층은 유연한 다수 체계성에 의거해 죽음정치적 노동자에게 공감하고 있었다. 일상의 사람들은 과잉폭력의 대상을 벌거벗은 생명에서 벌거벗은 얼굴로 소생시키는 시각적 기제를 가동시켰다. 우리는 그런 시각적 반전의 기제를 자아의 프리즘이 투명해지는 **나체화의 윤리**라고 불렀다.

1990년대의 이후에는 경제성장과 민주화에 의해 이제 죽음정치적 노동자들의 착취는 없어졌다.[1] 그러나 형식적 민주주의는 신자유주의에 의한 자본주의의 무한한 팽창을 막을 수 없었다. 신자유주의의 새로운 질주는 냉전의 종식과 함께 사회 전체와 지구 전체로 확장되었다. 그와 동시에 자본주의의 질주가 지식과 문화, 사랑, 무의식이라는 인격성 영역의 상품화로 확대되었다.

신자유주의 시대는 전 사회의 공장화와 함께 자본의 질주가 극에 달한 사회이다. 이제 제조업만이 공장이 아니며 지식, 문화, 감정이 사회적 공장에서 만들어지는 상품이 되었다. 오늘날 사회의 일원이 된다는 것은 전 사회적 공장에서 자본 경영에 합체되어 화폐로 전용될 수 있는 상품을 만

---

[1] 죽음정치적 노동은 이주노동자들이나 비정규직 노동자들이 이어받고 있다.

들려 질주한다는 뜻이다.

질주의 독재는 시선의 독재를 낳으며 필경 경제적 차별과 함께 시각적 불평등성을 야기한다. 그런데 신자유주의 시대에는 시각적 불평등성이 **새로운 차원**에 진입하기 시작했다. 신자유주의와 후기자본주의는 인격성의 영역을 상품화했기 때문에 인격의 토대인 시각적 프리즘 자체가 위기에 처하게 되었다. 시각적 프리즘의 영역이 상품화되면 사랑과 친절조차도 매혹적으로 상품화된다. 그 때문에 신자유주의와 후기자본주의는 일상의 곳곳에서 친밀한 서비스가 넘쳐나는 시대를 맞이하게 했다. 그러나 친밀성이 상품화된 시대에는 인격성의 식민화로 인해 자아의 프리즘이 투명해지는 순간이 쉽게 오지 않는다.

자아의 프리즘이 투명해지는 순간 우리는《아홉 켤레의 구두로 남은 사내》에서처럼 이데올로기의 공백 속에서 상호신체적 공실존과 윤리적 상승을 경험한다. 그러나 오늘날은 고통받는 사람 앞에서도 좀처럼 자아의 프리즘이 윤리적 나체화를 보지 못한다. 우리는 친밀성이 넘치는 시대에 살게 된 동시에 인격의 프리즘이 쉽게 투명해지지 않는 세계에 살게 되었다. 인격성 영역의 상품화가 자아의 프리즘을 자본에 예속된 경직된 상태로 만들었기 때문이다. 유동성을 잃은 자아의 프리즘은 상품화된 친밀성에 쉽게 반응하는 한편 고통받는 사람 앞에서는 잘 투명해지지 않는다. 프리즘이 무화(無化)된 시각성이 실재계적 잉여의 순간이었다면 우리 시대의 상품화된 프리즘은 상상계적 시각성에 예속된 상태이다.

신자유주의는 상품물신화와 함께 상상계적 시각성이 특화된 세계이다. 특화된 상상계는 환상적인 친절을 유포시키는 한편 고통받는 타자에게 냉혹하게 눈을 감는다. 그런 타자에 대한 냉정함은 죽음정치에 의해 고통받는 사람이 없어졌기 때문이 아니다. 그렇기는커녕 전 지구적 차원에서 상상적으로 질주하는 신자유주의는 불가피하게 수많은 루저와 탈락자들을 만들어낸다. 그 때문에 민주화된 사회에서 죽음정치적 노동자가 적어진 대신 탈락한 루저들이 새로운 죽음정치의 위험에 직면하게 되었다. 그처럼 고통받는 타자는 오히려 많아졌지만 사회가 상상계로 기울어져 보이지 않는 실재계적 타자에게 눈을 감는 것이다. 특화된 상상계란 친절의 환상인 동시에 비정한 시선이기도 하다. 과거의 죽음정치가 신체와 생명을 볼모로 죽음에 이르도록 착취했다면, 새로운 죽음정치는 쓸모없어진 사람들을 폐품처럼 죽음의 위기에 유기한다.

새로운 죽음정치의 탈락자들 역시 경제적 고통과 함께 시각적 차별에 시달린다. 그런데 과거의 죽음정치적 노동자들의 앞에는 시각적 프리즘이 투명해지며 나체화의 윤리를 작동시키는 사람들이 존재했다. 반면에 새로운 죽음정치적 탈락자들은 인격성의 상품화와 함께 물신화된 프리즘에 둘러싸이게 되었다. 친밀성이란 상품화이기도 하기 때문에 쓸모없는 신체에까지 친절을 나눠주는 일은 생기지 않는 것이다. 그 때문에 인격 프리즘의 상품화와 결합한 새로운 죽음정치의 상황에서는 나체화의 윤리가 더 이상 작동되지 않는다. 벌거벗은 생명을 구원하는 나체화 윤리의 시대는 고착화된 시각성과 함께 구원의 순간이 쉽게 오지 않는 **비식별성의 시대**[2]가 되었다.

우리 시대는 양극화와 함께 경제적 차별이 시각적 차별과 합체되어 작동되는 시대이다. 경제적 차별이 시각적 · 감성적 차별과 합체되면 사회적 변화는 쉽게 일어나지 않는다. 고통받는 사람에게 공감하는 투명한 프리즘과 나체화의 윤리가 작동되지 않기 때문이다.

시각적 · 감성적 차별은 인격성의 불평등성을 의미한다. 오늘날의 경제적 차별은 인격성의 불평등성과 함께 영원한 무의식의 식민지를 만들고 있다. 예컨대 영화《기생충》에서 냄새에 의한 차별은 시각적 · 감성적 불평등성과 함께 인격성의 차별을 암시한다. 1970년대에도 시각적 차별이 있었지만 그때에는 프리즘의 반전에 의한 응시의 반격이 가능했다. 즉 그

---

2   비식별성의 시대란 앱젝트로 전락한 타자를 외면하는 시대를 말한다.

시대[3]에는 하층민을 벌레로 보는 시각적 차별이 나체화의 윤리에 의해 반전되어 인간으로의 회생이 가능했다. 반면에 나체화의 윤리를 상실한 시대에는 탈락자를 냄새나는 존재로 보는 감성적 차별이 좀처럼 반전되지 않는다.

감성적 불평등성의 시대에 인격성이 강등된 하층민을 표현하는 기생충은 매우 상징적이다. 나체화의 윤리의 시대에는 벌레와 난장이는 있었지만 기생충은 없었다. **기생충**이란 나체화의 윤리의 상실과 함께 인간으로 되돌아올 수 없어진 앱젝트의 표현이다. 나체화의 윤리라는 응시의 반격이 무력화된 세계는 앱젝트가 인간으로 회생되기 어려워진 시대이다. 그런 세계에서 앱젝트는 응시를 흘리는 대신 상류층의 숙주에 기생하는 기생충이 된다. 기생충이란 일상에서 사람과의 교신이 어려워진 지하 벙커의 앱젝트이다. 구조 요청이 들리지 않는 기생충의 시대에서는 시각적·감성적 반전이 힘들기 때문에 경제적 불평등성이 감성적 차별로 먼저 감지된다. 그처럼 경제적 차별이 감성적 차별로 먼저 느껴지는 사회는 인격성의 식민화와 함께 영원히 불평등성이 고착화된 상상계적 세계이다.

인격성의 식민화는 일상의 사람들이 인격의 프리즘의 유동성을 상실한 상황에 상응한다. 그처럼 자아의 프리즘이라는 인격성의 영역이 자본에 예속된 시대를 제임슨은 **무의식의 식민화**[4]라고 불렀다. 무의식이 식민화된 시대에는 프리즘이 투명해지는 윤리적 순간이 잘 오지 않는다. 이제 중간층은 하층민을 앱젝트에서 타자로 구원해주는 심리적 역동성을 상실한다. 또한 앱젝트로 강등된 사람조차 구원의 소망을 상실한 상태에서 상류층을 선망하며 기생충처럼 살아간다. 〈아홉 켤레의 구두로 남은 사내〉, 〈영자의 전성시대〉, 〈몰개월의 새〉에서처럼 나체화의 순간에 앱젝트가 타자로 회생하며 우리를 동요시키는 순간은 오지 않는다. 그처럼 나체화의

---

3   1970년대는 공동체 의식이 붕괴되고 경제적 차별이 시작된 시대이다.

4   프레드릭 제임슨, 〈'포스트모던의 조건'에 관하여〉, 장프랑수아 리오타르, 유정완·이삼출·민승기 역, 《포스트모던의 조건》, 민음사, 1992, 22쪽.

윤리가 감염력을 잃고 전파되지 않기 때문에 사회상황은 변화되지 않는다. 그런 상태에서 중간층이나 하층민은 유동성을 상실하고 질주하는 신자유주의 열차에 수동적으로 매달리게 된다. 또한 루저와 탈락자들은 죽음정치적 상황에 유기되거나 간신히 기생충처럼 상류층에 기식하며 살아가게 된다.

이처럼 질주하는 속도의 독재가 시선의 독재를 낳는 상황은 식민지 말과 비슷한 점이 있다. 식민지 말은 파시즘의 시대였고 지금은 민주주의적 사회이다. 그러나 질주의 독재가 응시를 마비시키며 한쪽만 보게 하는 **시각적 독재**를 수행하는 점에서 둘은 겹쳐진다. 속도의 독재와 시선의 독재가 극단화되면 피지배자는 인격성이 식민화된 채 자발적으로 체제의 열차에 탑승한다. 그 때문에 물신화된 속도의 독재 시대는 **자발적 동원의 시대**이기도 하다. 식민지 말이 전쟁 동원의 시대였다면 지금은 상품 동원의 시대이다.

그런데 신자유주의적 동원의 시대에는 한 차원 더 진전된 중요한 테크놀로지적인 전환이 있다. 질주의 시대는 속도의 테크놀로지의 시대이지만 오늘날은 그와 함께 **시각적 테크놀로지**가 극도로 진화된 사회이다. 경제적 차별이 시각적 차별에 의해 수행되면 타자가 외면받으며 한 방향의 질주만이 계속된다. 물신화된 시각적 차별은 나체화의 윤리(그리고 응시)를 마비시켜 타자를 추방하기 때문에 시각적 차별의 시대에는 모두가 한 방향만을 볼 수 있게 되는 것이다. 흥미로운 것은 오늘날에는 시각 테크놀로지 자체가 응시를 마비시키며 시선의 독재를 수행하는 데 참여한다는 점이다. 응시를 마비시키는 시각 테크놀로지는 인격성의 영역을 상품화하는 후기자본주의의 최대의 발명품이다. 인격성의 상품화와 결합한 시각 테크놀로지는 우리의 자아의 프리즘을 빈약한 렌즈로 만들고 있다.

카메라, 기차, 쇼윈도 등 뇌수에 충격을 가하는 과거의 시각 테크놀로지에서는 응시의 반전이 가능했다. 반면에 감시 카메라, 인터넷, 스마트폰

등의 시각적 테크놀로지는 사람들의 인격 프리즘 자체에 무의식적으로 영향을 미친다. 하성란은 〈당신의 백미러〉에서 상품매장 점원의 인격성이 감시 카메라의 렌즈를 닮아가는 과정을 그리고 있다. 하성란 소설에서는 스펙터클 사회의 시각적 테크놀로지에 의해 사람들의 인격성 자체가 빈약한 프리즘이 되어가는 진행이 나타난다.

과거에는 영화의 충격이 루쉰의 책의 반격을 막을 수 없었다. 또한 제국의 기차는 열차간에서의 조선인의 아리랑이라는 지하방송을 중단시킬 없었다. 그러나 오늘날 인터넷과 스마트폰은 책과 소설의 위력을 약화시키고 있다. 또한 감시 카메라는 하성란 소설에서처럼 인격 프리즘 자체를 빈약하게 만들고 있다.

시각적 테크놀로지가 발전한 사회는 일상의 사람들의 인격 프리즘이 빈약해지는 세계이기도 하다. 시각적 테크놀로지는 놀라운 스펙터클적 성과이지만 아직 인격 프리즘의 유연성과 역동성을 대체하지는 못한다. 인터넷과 스마트폰은 새로운 매체의 가능성을 열었지만 과거의 인격 프리즘과는 달리 근본적으로 감시장치에서 자유롭지 못하다. 벌거벗은 얼굴의 상실과 함께 그런 감시의 기제 때문에 응시의 반전은 약화될 수밖에 없다. 그로 인해 인격의 상품화와 결합된 새로운 시각 테크놀로지들은 오히려 인격 프리즘을 빈약해지게 만든다. 인격 프리즘이 불투명하고 얇아지면 앱젝트를 구원하는 나체화의 순간은 연출되지 않는다. 그처럼 나체화의 윤리가 작동되지 않으면 사건이 일어나도 아무도 동요하지 않는 '이상한 고요함'(배수아)의 세상이 오게 된다.

그러나 인격 프리즘이 렌즈처럼 빈약해진 시대에도 응시의 반전이 아주 불가능한 것은 아니다. 1970년대에 나체화의 윤리는 경제적 고문과 시각적 고문을 당하는 앱젝트를 벌거벗은 얼굴로 회생시켰다. 반면에 인격 프리즘만으로는 (나체화와의 대면과) 응시의 증폭이 어려워진 오늘날에는 직접 심연(무의식)과 뇌수에 충격을 가하는 시각적 반격의 방식들이 발명된다. 예컨대 희망버스에서의 김진숙의 고공 투쟁이나 미투운동에서의 서지현 검사의 JTBC 화면 같은 것이다. 희망버스에서 김진숙이 고공에 오름으로써 시각 프리즘을 통한 맨얼굴의 대면은 오히려 더 어려워졌다. 그러나 고공의 김진숙은 신자유주의의 예속화에서 탈출해 사건을 회생시키는 무맥락적인 **시뮬라크르**로 이미지화되었다. 그런 김진숙의 시뮬라크르가 심연을 강타해 '우리가 김진숙이다'라는 구호를 외치며 사람들을 모여들게 한 것이다. 시뮬라크르는 맨얼굴의 대면 대신 우리의 심연과 뇌수에 직접 충격을 주는 이미지이다. 시뮬라크르는 희미해진 사건을 회생시키며 '우리가 김진숙이다'라는 은유를 작동시켜 사람들의 빈약한 자아를 고양시켰다.[5]

마찬가지로 서지현 검사 역시 맨얼굴로 고백했을 때는 2차 피해의 대상이 되었을 뿐이다. 그러나 JTBC 화면에 모습을 드러냄으로써 사람들의 뇌수를 강타해 '나도 서지현이다'를 외치는 미투운동을 가능하게 했다. TV 화면의 서지현의 얼굴은 벌거벗은 얼굴이기보다는 일상의 맥락에서 벗어나 전기 에너지를 통해 회생한 시뮬라크르였다. 벌거벗은 얼굴이 불가능한 시대에는 시뮬라크르가 일상의 맥락을 뚫고 우리의 심연에 충격을 가함으로써 공감을 가능하게 한다. 이 심야전기 같은 시뮬라크르는 '나도 서지현이다'라는 은유를 통해 사람들의 빈약해진 자아를 회생시키며 미투운동에 불을 붙였다.

시뮬라크르와 은유는 나체화를 상실한 시대에 응시를 회생시키는 새로운 무기이다. 그런 응시의 시각적 변혁은 문학과 현실에서 동시에 나타났다. 예컨대 박민규는 시뮬라크르와 은유를 통해 새로운 리얼리즘을 발명함으로써 뉴미디어에 의해 침체된 소설의 귀환을 가능하게 했다.

박민규의 〈아, 하세요 펠리컨〉에서 오리배 유원지를 찾는 사람들은 일

---

5 이 시뮬라크르를 통한 '우리가 김진숙이다'라는 은유의 작동은 맨얼굴의 대면을 통해 '저희도 난장이랍니다'라고 외친 1970년대의 나체화의 윤리와 대비된다.

상에서 투명인간처럼 살아가는 보이지 않는 사람들이다. 그러나 그들은 유원지에서 일상의 맥락에서 벗어나 세상의 외곽에서 보트를 타는 사람의 얼굴을 보여준다. 오리배를 타는 실직자, 파산자, 외국인 노동자의 얼굴은 맨얼굴이기보다는 지구화 시대의 보트피플들의 시뮬라크르였다. 지구 어디에도 자신을 의미화해주는 맥락을 갖지 못한 그들은 무맥락적인 유원지에서 뇌수에 충격을 주는 심야전기를 흐르게 했다. 오리배 유원지에 흐르는 심야전기는 오리배 시민연합의 은유와 환상을 통해 우리의 빈약한 자아를 팽창시켰다. 박민규는 맨얼굴의 대면 대신 무맥락적인 시뮬라크르를 통해 뉴미디어에 의해 무뎌진 응시를 증폭시키는 방법을 발명했다. 루쉰이 영화의 충격을 흡수하고 책의 반격을 펼쳤듯이 박민규는 신매체를 뚫고 나오는 신세대의 새로운 소설을 탄생시켰다.

1970년대의 **나체화의 윤리**는 1990년대 이후 **시뮬라크르와 은유의 윤리**로 변주되었다. 시뮬라크르와 은유는 물밑에서 은밀히 상호신체성과 에로스의 열망을 증폭시키는 방식이다. 신자유주의 시대는 한순간에 자아가 고양되는 투명한 나체화의 윤리가 상품화의 불투명성에 의해 차단되는 시대이다. 그처럼 응시의 교감은 차단되지만 심연에는 에로스의 샘물이 여전히 잔존해 있다. 다만 일상에서는 무의식의 식민화와 자아의 빈곤화 때문에 샘물에까지 두레박이 잘 닿지 않을 뿐이다. 시뮬라크르와 은유는 심연에 충격을 가해 두레박에 물이 차게 샘물을 동요시키며 자아를 고양시킨다.

그런 시뮬라크르와 은유가 고양되어 지상으로까지 흘러넘친 것이 바로 촛불집회일 것이다. 오리배 시민연합은 유원지라는 신자유주의의 틈새 공간에서 연출된 이미지들이다. 그와 비슷하게 촛불집회의 다중의 연대는 현실의 틈새 공간인 광장에서 연출된 운동이다. 양자에서 시뮬라크르와 은유를 통해 에로스적 연대의 열망을 회생시키는 과정은 서로 비슷하다. 과거에는 윤흥길 소설처럼 나체화의 윤리가 곧바로 가두시위에 참여하는 행동력으로 생성되었다. 그러나 지금은 심연에서 에로스를 증폭시키는 과정과 틈새 공간에서 변혁을 열망하는 과정이 동시적으로 진행된다. 박민규는 시뮬라크르와 은유를 통해 생성된 심야전기가 시선의 독재의 비식별성을 해체할 때까지 에로스를 고양시키는 이미지들을 연출한다. 그와 유사하게 촛불광장에서는 지상에까지 고양된 에로스의 열망이 타자들의 연대를 회생시켜 세계를 변화시킬 때까지 **은유로서 정치**가 계속된다.

2. 물신화된 시각 테크놀로지와 보이지 않는 사람
   — 하성란의 〈깃발〉

신자유주의는 자본에 의한 인격의 식민화와 시각 테크놀로지에 의한 자아의 빈곤화가 동시적으로 진행된 시대이다. 인격을 예속화하는 테크놀로지의 역사는 이미 20세기 초반의 공간적 식민지 시대부터 시작되었다. 제국은 피식민자에게 무기를 사용하는 동시에 정체성을 거세시키기 위해 카메라와 메스를 이용했다. 그러나 식민지 시대에는 인격을 예속화하는 제국의 시선에 대한 조선인의 은밀한 응시가 가능했다. 제국은 카메라를 내면화한 시각적 총을 쏘며 인격을 식민화했지만 조선인은 응시의 총을 쏘며 테크놀로지를 뚫고 나오는 반격의 연대를 보여주었다. 그와 달리 인격의 식민화에서 벗어나기 힘들어진 것은 제도상의 식민지가 아닌 신자유주의 시대에 와서였다.

신자유주의는 공간적인 식민지가 아니지만 피지배자의 인격성이 어느 때보다도 식민화된 사회이다. 그 이유는 이 시기에는 **시각적 테크놀로지** 자체가 직접 인격성의 프리즘에 작용하기 때문이다. 식민지 시대의 인격의 예속화는 시각 테크놀로지를 내면화한 제국의 식민지적 시각장에 의

한 것이었다. 반면에 신자유주의는 다양한 테크놀로지를 통해 피지배자의 인격 프리즘 자체가 자신도 모르게 빈곤해지게 만든다. 그런 시각 테크놀로지에 의한 인격의 빈곤화는 자본과 권력에 의한 무의식의 식민화와 연계되어 있다. 테크놀로지에 의한 자아의 빈곤화와 자본에 의한 무의식의 식민화는 피지배자의 **응시**를 무력화하는 것을 목적으로 한다.

하성란의 소설은 그런 시각 테크놀로지와 시선의 독재의 연계성을 잘 보여준다. 신자유주의 물신화된 시선의 독재는 권력이 연출한 것만을 보여주며 지배적 시각성을 위협하는 존재를 **앱젝트**로 배제한다. 그런 **시각적 차별**을 통해 경제적으로 불평등한 사회를 영원히 유지하는 것이 신자유주의의 전략이다. 그 때문에 신자유주의에서는 시각적 연출만큼이나 배제된 앱젝트를 어떻게 처리하느냐도 매우 중요하다. 신자유주의에서는 '화려한 연출'과 '앱젝트의 배제'를 위한 두 가지 테크놀로지가 모두 필요하다.

신자유주의의 화려한 스펙터클은 쇼윈도와 광고판, 네온사인 등으로 연출된다. 쇼윈도는 이미 1920~30년대에 출현했지만 신자유주의는 전 사회의 판타스마고리아라는 새로운 차원을 보여준다. **전 사회적 판타스마고리아**는 사회적 극장을 만들며 보이는 것과 보이지 않는 것 사이의 시각적 위계화를 수행한다. 시각적 극장의 주역들이 눈부시게 빛나는 동안 피지배자는 환상적 스펙터클에 매혹되면서도 스스로는 보이지 않는 사람으로 살아가야 한다.[6]

신자유주의에는 그 같은 시각적 질서에 적응하지 못한 앱젝트를 배제하는 장치 역시 매우 발달되어 있다. 신자유주의는 곳곳에 감시장치가 만연된 사회인데 이는 불온한 앱젝트의 배제와 연관이 있다. 일방적인 시선의 기제인 감시장치는 이미 식민지 시대부터 작동되고 있었다. 식민지 시대의 감시장치도 불온한 타자가 스스로 앱젝트로 배제되게 만들었다. 그

---

6 이런 시각적 불평등성의 비극을 보여주는 것이 바로 하성란의 〈깃발〉이다.

러나 신자유주의의 감시장치는 불온한 타자의 배제에서 더 나아가 우울한 심리적 부적응자를 색출하는 기능을 하는 것이 특징적이다.

1930년대의 스펙터클적 장치도 매혹과 우울의 양가성을 낳았지만 우울한 사람을 퇴출하는 장치는 없었다. 하지만 신자유주의에서는 우울한 부적응자를 퇴출시켜 사회를 빛나게 하는 장치가 테크놀로지적으로 발달되어 있다. 그런 테크놀로지 장치와 시각적 불평등성의 관계를 그린 소설이 바로 〈당신의 백미러〉이다. 놀랍게도 〈당신의 백미러〉에서는 감시 카메라가 질서의 위반자뿐 아니라 우울한 부적응자를 색출하는 은밀한 기능을 한다. 여기에는 권력의 시각 테크놀로지와 연관된 신자유주의의 새로운 차원이 있다. 이제 시각적 불평등성을 보여주는 〈깃발〉과 앱젝트를 배제하는 장치를 그린 〈당신의 백미러〉를 차례대로 살펴보자.

〈깃발〉은 광고판 같은 환상에 매료된 세상에서 부속품처럼 살아가는 사람의 파국을 그린 소설이다. 이 소설에서 '나'는 고층빌딩의 광고판과 쇼윈도의 환상에 감정적으로 예속된 생활을 하고 있다. 하성란 소설에서의 광고판과 쇼윈도는 배수아 소설의 디즈니 영화와 크리스마스 TV 특선 같은 상상계적 환상의 기능을 한다.

신자유주의 시대는 사회 전체가 상상계 쪽에 기울어져 있는 세계이다. 1930년대는 백화점, 쇼윈도, 군중이 '꿈 물신'[7]의 판타스마고리아를 연출하기 시작한 때였다. 또한 1970년대에는 도시 문화와 섹슈얼리티 이미지들이 영화적인 아이콘으로 퍼뜨려지고 있었다.[8] 그러나 1990년대 이후의 신자유주의의 상상계적 환상은 **새로운 차원**에 진입한 시각성을 연출했다. 〈깃발〉에는 바닥부터 천장까지 전체가 통유리로 되어 있는 쇼윈도가 그려진다. 이 벽면 전체의 쇼윈도는 전 사회적 판타스마고리아를 상징하는데, 여기서는 환상의 주인공과 유리 바깥의 구경꾼의 위계화에 의해 사람

---

7   꿈을 환상 이미지로 연출해 보여주는 것을 말함. 수잔 벅 모스, 김정아 역,《발터 벤야민과 아케이드 프로젝트》, 문학동네, 2004, 63쪽.

8   이진경, 나병철 역,《서비스 이코노미》, 소명출판, 2015, 193~195쪽.

들이 시각적 불평등성의 사회를 살아가야 한다.

〈깃발〉에서의 주인공의 불행도 보이는 것과 보이지 않는 것의 고착화된 시각성에서 기인하고 있다. 이 소설에서 '나'는 영화배우 이민재가 그려진 광고판에 매료되어 꿈 물신의 환상에서 벗어나지 못한다. 천국의 꿈을 연상시키는 또 다른 판타스마고리아는 '내'가 담당하고 있는 크라이슬러 자동차가 전시된 쇼윈도였다.

이 소설의 불행한 사건은 이민재와 '나' 사이의 시각적 불평등성에 의해 빚어진다. 어느 날 이민재는 광고판에서 걸어 나온 듯이 쇼윈도를 들여다 보다가 매장 안으로 걸어 들어왔다. 영업 사원인 '나'는 쇼윈도의 승용차에 매혹된 이민재와 대화할 수 있는 기회를 얻게 된다. 그러나 이민재와 대화를 한다 해도 매혹의 아이콘 이민재와 달리 '나'는 자동차의 부속물로서 서비스하는 것일 뿐이다. '나'는 환상 속에서 이민재를 만날 수 있지만 보이지 않는 경계 때문에 현실에서는 영원히 만날 수 없다. 그것은 마치 사람들이 쇼윈도 속의 승용차에 매료되면서도 유리창 때문에 만질 수 없는 것과도 같다. 신자유주의에서는 환상을 꿈꾸는 자유와 그 경계에 부딪힌 부자유 사이의 갈등이 은폐되어 있다. '나'와 이민재 사이에는 환상과 현실, 보이는 것과 보이지 않는 것을 치안하는 경계가 있다. 그런 경계는 유리창처럼 보이지 않기 때문에 일상의 사람들은 '나'처럼 환상 속에서 아무 일도 없는 듯이 살아간다. 그러나 무의식중에 경계를 넘으려는 순간 불행한 사건이 일어난다. 환상 속의 주인공인 이민재는 현실에서도 주인공이지만, '나'는 환상을 꿈꿀 수 있을 뿐 현실에서는 부속품이며 유리 같은 경계를 넘는 순간 문제가 생기는 것이다.

이런 신자유주의 시대의 시각성의 비극은 환상 극장의 주연과 부속물 사이의 **시각적 불평등성**에 의해 생겨난 것이다. '내'가 환상의 연출의 부속물임은 서두의 영업 사원의 규범에서도 암시된다. 쇼윈도의 연출에 모든 것을 바쳐야 하는 영업 사원은 유리창 안에서 인간적인 행동을 할 수 없다. 언제 어디서 누군가의 시선이 들여다볼지 모르기 때문에 매 순간 환상적인 자동차의 연출에 전념해야 한다.

이처럼 일방적인 시선에 노출되어 있는 상황은 마치 푸코의 감시장치와도 유사하다. 그러나 푸코의 감시장치가 요구하는 것은 규율화된 신체이지만 '내'가 강요받는 것은 **보이지 않는 존재**가 되는 일이이다. 하성란은 푸코의 규율 권력에서 한발 더 나아가 부속품과 보이지 않는 존재의 불안을 암시한다.

그런 보임과 보이지 않음의 경계는 고착화되어 있지만 유리창 때문에 아무도 감지하지 못한다. 우리 시대의 유리창과 쇼윈도는 환상을 연출하는 동시에 '보임/보이지 않음'의 경계를 고착화시키는 역할을 한다. 그 때문에 환상에 빠져들 자유는 있지만 유리의 경계를 넘어서는 것은 위험한 위반이 된다. 우리 시대의 일상의 사람들은 환상 속에서 극장의 주연을 빛내는 부속품으로서 보이지 않게 살아가야 하는 것이다.

'나'는 자동차를 사러 들어온 이민재와 반갑게 대화를 나눈다. 이민재는 자신을 알아본 것에 기뻐하면서도 '내'가 선을 넘지 못하게 백미러에 비친 얼굴로 코웃음을 친다.[9] 그런데 '나'는 이민재의 시승을 도우며 운전을 하다 쇼윈도의 유리창을 깜빡 잊는다. 평소에 유리창을 너무 깨끗하게 닦은 탓에 무의식적으로 착각을 일으킨 것이다. 유리창을 맑게 빛낸 것은 환상의 연출을 위한 것이었지만 이민재와 시승하며 환상에 빠진 탓에 잠시 경계를 잊은 것이다.

'내'가 경계를 위반한 대가는 환상이 깨진 현실처럼 참담했다. 유리창 사건으로 목뼈가 어긋난 이민재는 석고 칼라를 한 채 병원에서 TV를 보고 있었다. 그녀는 '나'를 보고 고함을 지르며 '내'가 사간 장미꽃 다발을 내휘둘렀다.

이 사건은 '내'가 경계를 넘을 수 없는 보이지 않는 존재임을 알려주었

---

9 하성란, 〈깃발〉, 《옆집 여자》, 창비, 1999, 59쪽.

다. '나'의 무의식적인 착각은 우연한 실수였지만 환상과 현실의 혼돈이 빚은 불행의 암시이기도 했다. '나'는 꿈 물신의 한계를 감지하면서 선을 넘는 순간 환상이 깨지며 자신이 벌거벗은 생명이 됨을 알게 된다.

'내'가 파국을 맞은 것은 환상과 현실을 혼동해서이지만 벌거벗은 생명이 된 것은 자아의 프리즘이 엷어진 사람들이 '나'를 외면하기 때문이다. 그것을 알고 있는 '나'는 전신주 위에 올라가 옷을 다 벗은 후 팬티를 꼭대기에 건다.[10] 나의 전신주의 시위는 마치 오늘날의 고공 투쟁의 예고편과도 같다.

전신주 위의 알몸의 사내('나')는 고층빌딩의 환상적인 이민재의 광고판과 대비를 이루고 있다. 이민재의 광고판은 전 사회적 판타스마고리아이지만 '나'의 전신주는 광고판의 빛 때문에 보이지 않는 그늘의 공간이다. '내'가 전주 꼭대기에 올라간 것은 환상세계에서 보이지 않는 자신의 존재감을 드러내려는 행동일 것이다. 그러나 덧없는 환상의 시선에 대한 응시로서 전신주에 팬티를 걸었지만 사람들은 벌거벗은 생명에게 이무런 관심이 없다. '나'의 응시는 여전히 꿈 물신에 빠져 있는 일상의 사람들에게 별다른 동요를 일으키지 못한다. '나'는 보이는 존재로 회생하기 위해 전주에 올라 나체가 되었지만, 여전히 보이지 않는 존재로 남겨진 채 **나체화의 윤리**는 어디에도 없는 것이다.

3. 조립품의 시각성과 응시의 향수
― 〈당신의 백미러〉

〈깃발〉은 물신화된 환상의 외부는 없으며 사회적 극장의 주연 이외의 사람들은 부속품처럼 살아가야 함을 암시한다. 그처럼 환상극장이 물신

---

10 이 삽화는 액자 형식의 외화로서 또 다른 1인칭 화자에 의해 전달된다.

화된 것은 경계를 넘는 이탈자가 사람들로부터 외면당하기 때문이다. 신자유주의는 '환상극장의 주연들'과 '환상을 꿈꾸지만 실현할 수는 없는 부속품들'이 함께 살아가는 사회이다.

신자유주의에서 물신화된 상상계로부터 이탈할 수 없는 또 다른 이유는 이탈자를 감시하는 장치가 작동되고 있기 때문이다. 푸코는 파놉티콘 같은 감시장치에 지배되는 근대의 규율사회에 대해 말하고 있다. 그런데 신자유주의는 단순한 규율사회가 아니라 상상계적 장치에서 이탈한 사람을 감시하는 물신적 사회이다. 신자유주의란 상품사회의 환상을 위한 연출 권력과 탈락자에 대한 은밀한 감시 권력의 합작품이다. 신자유주의는 규율사회보다 **자발적인 복종**을 강조하기 때문에 감시장치는 규율화보다 이탈한 부적응자를 색출하는 데 중점이 주어진다. 〈당신의 백미러〉는 그처럼 상품사회의 꿈 물신에서 이탈한 사람을 감시하는 시각적 장치에 대한 비밀을 알려준다.

1930년대의 꿈 물신의 판타스마고리아는 매혹과 우울을 동시에 느끼게 하는 양가성을 지니고 있었다. 아케이드와 백화점의 판타스마고리아는 우리를 환상적으로 유혹하는 한편 자본과 노동의 관계나 유통과정에서의 관계를 감추고 있다. 그처럼 상품 이면의 사회적 관계의 균열을 숨기고 있기 때문에 사람들은 환상에 빠지면서도 무의식적으로 권태와 우울을 느끼는 것이다. 그런 이중적인 양가성은 환상세계에 매료되면서도 일정한 거리를 두고 있는 이상과 박태원 같은 산책자가 생겨나게 했다. 산책자는 일상의 군중들과는 달리 환상극장의 스펙터클(시선의 연출)에 대응하는 뇌막의 응시를 연출했다.

그런데 신자유주의 시대가 되자 꿈 물신의 환상이 더욱 화려해지는 동시에 **우울한 이탈자**를 색출하는 장치가 작동하기 시작했다. 신자유주의 시대의 감시장치의 비밀은 푸코가 말한 파놉티콘적인 규율화의 시각 장치를 넘어선 기능을 한다는 점이다. 환상 장치와 함께 작동되는 감시장치는 규율의 위반과 더불어 불온한 심리적 이탈자마저 치안하는 역할을 한다. 〈당신의 백미러〉에서의 감시 카메라와 인간 카메라 역시 우울한 이탈자를 색출해내는 은밀한 기능을 하고 있다. 이처럼 감정과 심리를 감시하는 사회에서는 이상과 박태원 같은 산책자나 탈주자가 출현할 수 없게 된다.

권력의 역사에서 카메라는 처음에 피식민자의 뇌수에 충격을 가하는 방식으로 등장했다. 그리고 다음에는 피식민자의 신체를 해부해 인격을 열등하게 강등시키는 장치로 기능했다. 그런데 오늘날에는 인격의 프리즘과 뇌막 자체를 감시하는 장치로 작동하기 시작했다.

〈당신의 백미러〉에서 쇼핑몰의 감시 카메라와 인간 카메라는 외견상 물건을 훔치는 사람을 잡아내는 기능을 한다. 그러나 감시 시스템이 내면화되었기 때문에 실제로 도둑질을 위해 물건을 훔치는 사람은 많지 않다. 이 소설에서 감시 담당자에게 자주 적발되는 최순애 역시 도벽보다는 우울증 때문에 물건을 훔친다. 신자유주의 상품사회의 이탈자는 도둑질보다도 **심리적 도주**가 더 문제적인 것이다.

이처럼 심리적 이탈자를 감시하는 장치가 작동되는 사회에서는 상품사회에 대응하는 응시가 불가능해진다. 쇼핑몰의 판타스마고리아 역시 1930년대의 백화점처럼 매혹과 우울의 양가성을 지니고 있다. 다만 그때와 다른 점은 신자유주의에는 우울한 이탈자를 감시하는 장치가 작동되고 있어서 쇼핑몰에 **산책자**가 나타날 수 없다는 것이다. 1930년대의 백화점에는 이상과 박태원이 출현했지만 1990년대의 쇼핑몰에는 그런 산책자마저 감시장치의 표적이 된다. 감시장치는 범죄자와 함께 심리적 이탈자인 산책자도 퇴출시킨 것이다.[11] 상품사회의 군중들만 있고 산책자가 없는 사회는 내면의 **응시**조차 무력화된 사회이다.

내면에서의 뇌막의 응시조차 힘들어진 시대는 사람들이 상품사회의 동

---

11 감시장치는 산책자의 알리바이를 승인하지 않는다.

일성의 부속품으로 살아가는 사회이다. 쇼핑몰의 판타스마고리아는 여전히 양가적이지만 이탈을 감시당하는 사람들은 우울에 빠질 자유가 없다. 신자유주의 상품사회에서는 매혹적인 환상만이 보이고 우울한 응시는 보이지 않는다. 응시의 자유를 상실한 사람들은 자아의 프리즘이 빈곤해진 채 상품사회의 부속품으로 살아가게 된다.

상품사회의 부속품이 된 것은 감시 담당자인 주인공 남자 역시 마찬가지이다. 남자는 원통형 고정대 위에 서서 감시장치의 사각지대를 단속하는 역할을 맡고 있다. 그의 임무는 자동차의 백미러를 보조하는 거울과도 같기 때문에 동료들에게 '보조 백미러'라는 별명으로 불리고 있다. 쇼핑몰 사장의 감시의 도구인 그는 마치 감시 카메라에 부속된 조립품과도 같다. 남자는 보조 백미러 역할을 하는 중에 실제로 자신의 자아의 프리즘 자체가 카메라 렌즈처럼 얇어져 버린다. 이 소설의 남자의 인물 시점이 단조로운 렌즈처럼 작동되고 있는 것도 그와 연관이 있다.

그러나 남자는 쇼핑몰의 손님과는 달리 상품세계의 환상에 빠져 있지 않기 때문에 손님의 물결이 단조로운 파노라마처럼 보인다. 같은 장소에서 똑같은 노래를 들으며 마네킹 사이에 서 있는 남자는 규율에서 벗어난 것에 대한 향수를 가지고 있다. 그가 일반 손님과는 다른 최순애에게 관심을 가지게 된 것은 그 때문이다.

여자에게는 뭔가 묘한 구석이 있다. 네모들 속에 섞인 세모 같다. 여자는 다시 매장을 한 바퀴 돈다. 건성건성 진열대를 눈으로 훑으면서 **산책** 나온 사람처럼 느릿느릿 걷는다.

(…중략…)

여자가 진열대를 등지며 천천히 돈다. 핸드백을 들지 않은 여자의 한 손이 아주 재빠르게 진열대 위를 훑는다. 여자의 손에 어느새 CD 한 장이 들려 있다. 여자의 두 손이 엑스 자 모양으로 교차한다. 맞물린 여자의 두 손목이 서로 떨어진다. 여자의 두 손은 열 개 스무 개로 보이다가 돌고 있는 선풍기의 날개처럼 보이지 않기도 했다. 여자의 두 손은 바이올린 선율에 맞춰 느려지다 빨라진다. 남자는 숨을 죽이고 여자를 내려다본다. 주먹을 쥔 여자의 손가락이 꽃잎 열리듯 새끼손가락부터 천천히 열린다. 여자의 손에 방금 전까지 들려 있던 CD가 어디론가 사라지고 형광등 아래 활짝 편 손바닥은 텅 비어 있다. 여자의 하얀 손바닥만 반짝인다. 모든 것이 아주 짧은 순간에 일어났다. 검이 공중을 가르는 순간, 잠자리가 풀잎에 앉았다 날아오르는 순간. 여전히 바이올린의 선율은 '집시의 다리' 부분에 머물러 있다. 하지만 남자는 십 년이라는 시간이 단 몇 분 동안 자신을 관통하고 빠져나간 것 같다.[12]

최순애의 '묘한 구석'이란 **산책자**와도 같은 행동을 한다는 것이다. 신자유주의의 감시장치에 의해 퇴출된 산책자가 1930년대로 되돌아간 듯이 다시 나타난 것이다. 산책자는 상품의 환상에 이끌리는 듯하면서도 그로부터 거리를 두는 양가적인 존재이다. 최순애가 네모 속의 세모처럼 다른 손님들과 구분되게 눈에 띈 것은 그 때문이다.

산책자는 환상세계를 산란시키는 내면의 응시를 연출하는 사람이다. 그런데 산책이 불가능한 물신화된 시대에 최순애의 산책은 1930년대와는 다른 방식으로 표현된다. 최순애의 산책은 응시를 불가능하게 만드는 감시를 위반하는 방식으로 연출된다. 감시장치의 시선을 위반하는 것은 쇼핑몰의 물건을 훔치는 것이다. 그런데 최순애의 순간적인 손놀림은 도둑질이기보다는 시선을 산란시키는 현란한 **마술쇼**와도 같다. 최순애의 마술 같은 손놀림은 그녀의 우울에서 기인한 내면의 응시의 욕망을 시각적으로 표현한 것이다. 최순애는 감시장치에 의해 사라진 우울의 자유를 회생시키며 뇌막의 응시를 마술 같은 도둑쇼로 보여주고 있다.

남자는 최순애의 행동을 도둑질이 아니라 **응시의 표현**으로 보았기 때문에 그녀를 눈감아준다. 남자가 눈을 감는 것은 시선의 독재를 정지시켜

---

12 하성란, 〈당신의 백미러〉, 《옆집여자》, 앞의 책, 145~146쪽, 149쪽. (강조-인용자).

최순애의 위반의 욕망과 응시의 표현을 승인하는 것이다. 그렇게 함으로써 인간 조립품에게 금지된 응시의 향수를 달래는 것이다. 남자가 최순애의 행동을 묵인하며 십 년의 시간이 관통함을 느낀 것은 시선의 독재에 의해 고착된 선적인 시간에서 벗어나 응시의 누적된 욕망이 해소되었기 때문이다.

남자는 최순애가 또 다른 감시 담당자에게 들킨 후에야 그녀를 붙잡아 창고로 데려간다. 그러나 남자는 창고에서 최순애를 풀어주었고 최순애는 그녀가 마술쇼를 하는 라스베가스 라이터를 건네준다. 남자는 최순애의 산책과 도둑쇼를 감상하고 위반을 용서해주며 자신을 부품으로 만든 시선의 독재에 대항한 것이다. 그 순간 최순애 역시 마술쇼 라이터로 교감을 표현하고 있었다. 남자의 응시의 향수가 감시장치에 의해 퇴출된 우울한 감정을 지닌 최순애와의 교감을 가능하게 한 것이다.

최순애의 우울은 산책이 금지된 채 응시의 욕망이 퍼 올려질 수 없는 고통과도 같았다. '나'는 라스베가스로 찾아가 최순애와 대화를 나누며 그녀의 눈을 **두레박이 가닿지 않는 깊은 우물**처럼 느낀다. 그처럼 두레박이 닿지 않는 우물을 퍼 올리려는 욕망의 표현이 바로 마술쇼이다. 최순애의 쇼핑몰에서의 산책과 도둑쇼 역시 마술쇼처럼 두레박을 길어 올리려는 욕망의 표현이었을 것이다.

최순애의 마술쇼와 도둑쇼는 신자유주의의 감시 카메라와 대비된다. 마술은 카메라 테크놀로지와는 다른 응시의 기제를 내포하고 있다. 벤야민은 화가의 그림과 카메라의 사진을 비교하며 그 둘이 마술사와 외과의사의 관계와도 비슷하다고 말한다. 카메라는 외과의사처럼 인간을 대상화시켜 신체를 파편화된 조립품으로 만든다. 반면에 화가는 마술사처럼 인간 대 인간으로 접근하여 신체를 전체로서 이해한다.[13]

마술은 그림처럼 시선과 응시의 교차 속에서 은밀한 비밀이 실행된다.

---

13 발터 벤야민, 이태동 역,《문예비평과 이론》, 문예출판사, 1987, 280~281쪽.

반면에 카메라는 외과의사처럼 인간을 시선으로 대상화시켜 파편화된 조립품으로 만든다. 물론 예술 카메라는 바르트가 푼크툼(Punctum)[14]이라고 말한 타자의 응시를 시선 자체에 틈입시킨다. 그러나 감시 카메라는 일방적인 시선이 허용하지 않는 이물질을 제거하는 역할을 한다. 감시 카메라는 마치 인체에서 종양을 제거하는 외과의사와도 같으며 이때의 종양은 이질적인 응시이다.

감시 카메라는 최순애를 외과의사가 제거해야 할 종양처럼 취급할 것이다. 반면에 최순애의 마술[15]은 감시의 시선을 따돌리고 지배적 시선과는 다른 어떤 은밀한 시각성의 환상을 만든다. 감시 카메라는 시선에서의 이탈자를 앱젝트로 만들어 눈에 보이지 않게 제거한다. 반면에 마술은 시선의 독재에 저항하며 다른 방식으로 응시의 갈망을 채워주고 보이지 않는 존재를 보이게 만든다. 마술은 시선의 위계를 넘어서면서 아무리 초라한 존재라도 사람들의 눈이 집중되게 한다.

감시 카메라의 조립품으로 살며 존재감이 없어진 남자가 최순애의 마술에 매료된 것은 그 때문이다. 남자는 라스베이거스와 환타지아에서 최순애의 조수 역할을 하며 마술쇼에 몰입한다. 그는 새벽까지 마술쇼를 하는 바람에 쇼핑몰에서 보조 백미러의 역할을 소홀히 하게 된다. 사장은 '삼 년이면 백미러에 녹이 낄 때도 됐지'라고 말하며 남자의 월급을 20퍼센트 삭감한다. 한 여고생이 입시 스트레스 때문에 코트 안에 많은 물건들을 훔친 것을 놓친 후의 일이었다.

감시 카메라는 우울증이나 입시 스트레스에 걸린 사람을 앱젝트로 배제하는 장치이다. 그리고 이번에는 마술쇼에 매료된 남자가 사장의 감시에 걸려 앱젝트로 배제될 위기에 처한다. 그러나 남자와 최순애는 마술쇼를 끝낸 새벽에 매장의 보안장치를 정지시키고 삭감된 월급만큼 물건을

---

14 푼크툼이란 사진에서 시선을 해체하는 응시가 표현된 것을 말한다.

15 최순애의 마술은 벤야민이 말한 치료의 마술과는 다르지만, 일방적인 시선과 다른 기제를 사용하는 점에서는 일치한다.

훔친다. 남자와 최순애의 **도둑쇼**는 한밤의 마술쇼의 연장선상에서 행해진 것이었다. 마술쇼가 시선을 따돌리는 스펙터클인 것처럼 도둑쇼 역시 감시장치의 시선의 독재에 대한 응시의 저항이었다.

남자와 최순애는 부산의 미라보 관광호텔에서 마술쇼를 하기로 하며 꿈에 부푼다. 그러나 두 사람의 마술쇼는 세상에 만연된 감시장치의 시선의 독재에 저항하는 데는 한계가 있었다. 그들은 시선의 독재에서 벗어나 마술쇼를 하는 순간 억압된 응시가 회생하며 서로 교감할 수 있었다. 하지만 마술쇼는 두 사람만의 비밀이기 때문에 전염력이 있는 나체화처럼 응시를 증폭시키지는 못한다. 그 때문에 세상의 곳곳에 숨겨져 있는 감시장치에 대응하는 데는 두 사람의 비밀 쇼만으로는 부족했다.

그런 마술쇼의 한계는 그들이 부산으로 가는 도중에 교통사고를 당했을 때 드러난다. 교통사고 후에 남자는 버스의 백미러로 최순애를 보며 그녀의 사타구니에 불룩 솟은 군살 덩어리를 발견한다. 남자는 사고의 후유증으로 일시적인 기억상실에 걸리고 파편처럼 최순애라는 단어가 떠오른다. 그러나 사고로 병원에 입원한 환자 중에 최순애라는 여자는 없었다. 남자는 복도를 꺾어서 가다가 반대편에서 나오는 장발의 한 사내와 부딪힌다. 사내는 남자를 발견하고 활짝 웃지만 '날 아느냐'고 묻자 두 눈동자가 우물 속처럼 어두워진다.

두 눈이 두레박이 닿지 않는 우물처럼 보이는 사내는 우울증이 있는 최순애[16]였다. 병원의 외과의사라는 감시장치가 응시를 마비시켜 최순애를 다시 우울증으로 되돌린 것이다. 외과의사는 최순애의 신체를 대상화해 그녀의 여성적 남성의 인격을 파편적인 불량한 조립품[17]으로 만들었다. 조립품이 되었기 때문에 다시 어두운 우물 속의 샘물이 퍼 올려지지 않는 것이다. '나'의 기억이 퍼즐 조각이 되었듯이 최순애는 완제품이 아닌 인

---

16 최순애는 다른 이름으로 입원해 있어 남자가 찾지 못했던 것이다.

17 불량한 조립품은 최순애처럼 우울을 숨길 수 없는 존재를 말한다.

간 이하로 강등된 파편이 되었다. 백미러와 외과의사라는 감시장치가 그녀를 분류가 불가능한 이물질로 만든 것이다. 그것은 쇼핑몰의 감시 카메라와 인간 카메라가 우울증과 입시 스트레스에 걸린 사람을 앱젝트로 추방하는 것과도 비슷했다.

남자와 최순애는 마술쇼와 도둑쇼를 하며 쇼핑몰의 감시장치에 대항할 수 있었다. 그러나 마술쇼와 도둑쇼는 사람들을 조립품으로 만드는 전 사회적 외과의사의 테크놀로지는 감당할 수 없었다. 사회 전체에 만연된 외과적 테크놀로지는 일방적인 시선으로 신체를 파편화시켜 상품사회의 조립품으로 만든다. 조립품으로 고착화된 존재는 자아의 프리즘이 투명해질 수도 에로스의 샘물을 퍼 올릴 수도 없다. 마술쇼는 시선의 독재를 한순간 견디는 응시의 향수였지만 자아의 프리즘 자체를 회생시킬 수는 없었다. 인간을 우울한 부속품으로 만드는 전 사회적 테크놀로지에 대항하기 위해서는, 강렬한 응시의 증폭을 통해 인격성을 회생시키는 새로운 윤리적 마술쇼가 필요할 것이다.

4. 응시의 회생을 위한 새로운 윤리적 마술쇼

새로운 윤리적 마술쇼는 어떻게 연출될 수 있는가. 벌거벗은 얼굴과 나체화는 회생될 수 있는가. 하성란 소설은 응시의 갈망을 마술쇼나 도둑쇼, 가볼로지의 곰팡이꽃으로 표현한다. 여기에는 아직 맨눈으로 벌거벗은 얼굴을 만나려는 인격 프리즘에 대한 향수가 있다. 반면에 배수아 소설은 특별한 이벤트가 없는 대신[18] 뇌막에 비친 파편적 이미지들로 응시의 향수를 암시한다. 예컨대 '포도 상자에 담긴 절름발이 염소'나 '우물에 던져진 노란 스커트', '강가에 부는 깊은 한숨' 등이다. 이런 구절들에는 자연

---

18 〈프린세스 안나〉에서 안나와 핑크의 질주가 나타날 뿐이다.

처럼 평화로울 수 없는 '이상한 고요함'의 세상에 대한 응시가 담겨 있다. 이미지 소설은 무미건조한 렌즈의 반사인 동시에 어두운 심연에서의 응시의 향수이다. 하성란 소설이 아무도 보지 않는 응시의 이벤트라면 배수아 소설은 몰래 엿보는 응시의 영화이다.

하성란의 응시의 이벤트에는 아직 인간 대 인간으로 만나려는 나체화에 대한 향수가 있다. 반면에 배수아의 뇌막(뇌의 스크린)에 비친 응시의 이미지들은 인물의 맨눈으로 보는 시각성이라고 볼 수 없다. 예컨대 마술쇼와 도둑쇼는 최순애와 남자의 응시를 증폭시키려는 이벤트의 장이다. 그에 반해 배수아의 응시의 갈망은 '한낮의 일식'이나 '영화의 마지막 장면'처럼 맨눈으로 본 것이 아니라 무의식적으로 떠오른 은유와 환상의 이미지이다. 이 심연의 스크린에 비친 이미지들 역시 하성란의 마술쇼처럼 응시의 갈망을 은밀히 표현하고 있다. 하성란의 마술쇼가 무대 위에서 일어난다면 배수아의 또 다른 마술쇼는 무의식의 심연과 뇌의 스크린에서 연출된다. 하성란과는 달리 배수아의 마술쇼는 맨눈의 시각성을 사용하지 않는 스크린의 마술이다. 그처럼 빈곤해진 인물 프리즘을 대신해 아득한 심연의 스크린에 비치는 이미지들을 뇌막의 응시라고 부를 수 있을 것이다.

뇌막의 응시는 합리적 인과율의 선적인 궤도에서 풀려난 순수기억(무의식) 이미지들의 유출이다. 배수아의 뇌막의 응시는 뭉크의 '해골'이나 달리의 '녹은 시계'처럼 뇌수의 스크린에 비친 이미지들과도 같다. 배수아의 응시의 향수가 뭉크나 달리와 다른 점은 일상에서 탈주한 위치가 아니라 일상을 살아가는 중에 나타난다는 점이다. 표현주의의 응시는 일상적 시선의 해체와 함께 나타나지만 배수아 소설의 응시는 빈곤한 일상의 시선에 대한 답답한 순응 속에서 나타난다. 뭉크와 달리가 시선을 해체하는 응시의 승리라면 배수아는 시선의 해체가 불가능해진 일상(이상한 고요함)에서의 응시에 대한 향수이다.

배수아 소설에서 표현주의와 달리 시선의 해체가 불가능해졌다는 것은 탈주가 불가능해졌다는 뜻이다. 그와 함께 '이상한 고요함'과 응시의 향수의 결합은 이제 현실에서는 맨눈의 응시가 어려워졌음을 암시한다. 용산참사에 대해 응시의 동요가 없었던 것처럼 배수아 소설에서는 사건이 일어나도 아무도 동요하지 않는다.[19] 그러면서도 배수아 소설은 표현주의와도 같은 이미지들을 전경화하며 탈주가 불가능한 상황에서 남아있는 응시의 향수를 드러낸다.

배수아 소설의 무력한 응시의 향수는 단순히 무의미한 것은 아니다. 표현주의가 응시의 승리를 성취한 것은 아직 무의식의 식민화가 진행되지 않았기 때문이다. 표현주의는 비동일성의 의식 속에서 일상에서 이탈해 무의식과 교감함으로써 시선을 해체한다. 그러나 잔여적 무의식에 근거한 이 (표현주의의) 응시의 승리는 일상의 이탈을 대가로 하기에 시선의 독재를 해방시킨다고 볼 수는 없다. 배수아 소설은 거기서 더 나아가 무의식의 식민화로 인해 응시의 회생이 더욱 어려워진 상황을 암시한다. 그런 중에도 상실된 것에 대한 향수를 그치지 않음으로써 맨눈의 시각성과는 다른 방식으로 응시가 회생되어야 함을 시사하고 있다.

신자유주의와 후기자본주의의 무의식의 식민화는 감성의 분할을 통해 응시를 승인하지 않는 방식이다. 무의식을 예속화하는 감성의 분할을 통해 응시가 무력화되었기 때문에 이제 타자의 얼굴에 맨눈으로 공감하기 어려워진 것이다. 그처럼 보이는 영역에서 승인되지 않은 응시를 회생시키기 위해서는 보이지 않는 시각성을 되살리는 진행이 필요하다. 배수아 소설의 응시의 향수는 맨눈이 아닌 다른 시각성을 통해 보이지 않는 것을 회생시키려는 시도이다.

예컨대 〈포도 상자 속의 뮤리〉에서 엄마를 잃고 다리를 저는 염소는 포도 상자 속에서 길러진다. 오래된 상표가 붙은 포도 상자 속에서는 처음

---

19 그 점에서 배수아 소설은 용산참사의 예고편이다.

부터 아무것도 보이지 않는다. 그런데 상자에 갇혀 세상이 너무 빨리 어두워지는 것은 아기 염소 뮤리 만이 아니다. 저녁에 태어나 보육원에서 자라난 여자아이는 약혼자가 오랫동안 전화도 하지 않는다. 사람들은 여자 회사의 공인회계사인 남자가 다른 사무실의 여비서와 저녁을 먹는 것을 보았다고 말한다. 석양을 보며 태어난 여자아이는 언제나 세상이 영화의 마지막 장면과도 같다. 여자아이의 시야는 포도 상자 속처럼 처음부터 가려져 있었다. 포도 상자 속의 뮤리처럼 여자아이는 너무 빨리 어두워지는 세상에서 아무것도 알지 못한다.

〈포도 상자 속의 뮤리〉는 **맨눈의 응시를 상실한** 후기자본주의의 일상을 암시한다. 여자아이는 세상을 모두 보는 동시에 포도 상자 속에서처럼 아무것도 보지 못한다. 그런 중에도 엄마를 잃은 뮤리에게 관심이 있는 것은 상실한 응시에 대한 자의식 때문이다. 뮤리는 심연의 거울에 비친 여자아이의 시각성의 자의식이다. 이제 여자아이는 포도 상자 속에서 시야가 가려진 채 보이지 않는 것에 대한 자의식을 흘릴 뿐이다. 상자 밖의 세상에는 어둡고 이름을 알 수 없는 큰 새들이 날아다닌다. 너무 큰 검은 새들의 그림자와 저녁의 어둠 때문에 포도 상자에 갇힌 여자아이는 날 수가 없는 것이다. 이제 어둠에 비치는 응시의 자의식만이 마지막 영화처럼 번득일 뿐이다.

'이름을 알 수 없는 어두운 새'나 '영화의 마지막 장면'은 맨눈의 시각성이 아니라 은유와 환상을 통한 응시에 대한 향수이다. 포도 상자 속에 갇혀 맨눈의 응시를 상실한 인물들은 상자에 드리워진 어둠 때문에 세상에서 아무것도 알지 못한다. 다만 심연의 스크린에 비친 이미지들을 통해 보이지 않는 것을 보려는 응시에 대한 향수를 드러낸다.

배수아 소설에서 그런 맨눈의 응시의 상실은 **벌거벗은 얼굴의 상실**에 상응한다. 처음부터 석양에서 살게 된 배수아의 인물들은 사건의 순간에도 벌거벗은 얼굴 대신 거세된 타자와 대면한다. 예컨대 〈내 그리운 빛나〉

에서 빛나는 애인이 'TV로 중계되는 먼 나라 전쟁'으로 떠나자 '한낮의 일식'을 경험한다. 해가 뜬 다음에도 먼지바람이 부는 나날을 보내던 빛나는 마침내 어느 날 몽롱한 햇빛 속으로 돌아온 검은 남자를 본다. 남자는 스포츠 게임 같은 먼 나라 전쟁에서 죽은 것이다.

그런데 죽은 남자는 벌거벗은 얼굴 대신 두 눈이 없는 어두운 얼굴을 보여주고 있었다. 남자는 빛나의 두 손을 잡고 입을 맞추며 자신의 두 눈을 선물로 준다. 빛나는 애인의 죽음이라는 사건을 경험하지만 남자의 벌거벗은 얼굴 대신 두 눈이 없는 검은 얼굴을 본다.

해가 떠도 응시의 어둠을 경험하듯이 빛나는 사건의 순간에도 나체화(벌거벗은 얼굴) 대신 남자의 거세된 검은 얼굴과 마주하게 된다. 한낮에도 일식을 경험하는 시대는 벌거벗은 얼굴 대신 두 눈을 잃은 타자와 대면하는 세상이기도 하다. 벌거벗은 얼굴은 맨눈의 응시에 조응하지만 거세된 검은 얼굴은 심연과 뇌막의 응시로 겨우 엿본 것이다.

돌아온 검은 남자를 비추는 몽롱한 햇빛은 빛나가 응시의 빛을 되찾았음을 뜻하는 것이 아니다. 한낮의 일식은 계속되었지만 남자는 심연의 스크린의 응시 이미지로 되돌아온 것이다. 사건의 순간은 '마지막 영화'가 정점에 이른 순간이다. 〈내 그리운 빛나〉는 일식이 정점에 이른 순간 사라진 희생자가 뇌막의 영화로 되돌아옴을 보여준다.

남자아이가 선물한 두 눈은 (〈모래인간〉에서처럼) 빛나가 심연의 스크린에서 나와 다시 세상으로 돌아갈 수 있게 해수도 있을 것이다. 그러나 빛나는 그 선물을 갖고 이상한 고요함의 세상으로 되돌아갈 수가 없다. 〈모래인간〉에서는 두 눈이 가슴에 던져진 순간 원환의 불이 일어나지만 배수아의 이상한 고요함의 세상에서는 여전히 아무 일도 일어나지 않는다. 다만 남자아이의 '깊은 한숨'이 죽음 같은 햇빛 속에서 '강가에 부는 바람'으로 느껴질 뿐이다.

배수아의 '한낮의 일식'과 '강가에 부는 깊은 한숨'은 감성의 치안에 대한 불길한 응시의 표현이다. 그러나 그것은 벌거벗은 얼굴이 눈 없는 '검은 얼굴'이 되었으며 타자에 대한 응시의 교감이 불가능해졌음을 뜻하는 것이기도 하다. 배수아의 **검은 얼굴**과 **검은 영화**(응시의 향수)는 나체화와 맨눈의 응시를 상실한 시대에 대한 자의식인 셈이다. 여기에는 윤흥길의 나체화의 순간은 물론 이상의 '날개' 같은 모더니즘적 응시의 승리도 없다.

그 점에서 배수아의 응시의 향수는 하성란의 '두레박이 닿지 않는 눈동자'와도 같다. 깊은 심연의 에로스의 샘물은 남아 있지만 아무리 퍼 올리려 해도 두레박이 닿지 않는 것이다. 〈내 그리운 빛나〉에서 빛나는 남자아이의 검은 얼굴을 보며 심연에서 두레박질을 하지만 아득한 곳의 샘물은 퍼 올려지지 않는다.

이는 무의식의 식민화로 자아가 빈곤해져서 희생된 타자에 대한 응시의 교감이 잘 일어나지 않기 때문이다. 그렇다면 맨눈의 응시와 나체화의 윤리는 영원히 불가능해진 것일까. 이제 맨눈의 상실과 함께 사건의 희생자는 보이지 않는 곳으로 추방되었는가. 우리 시대의 최대의 질문은 희생된 타자와의 교감이 어떻게 다시 회생할 수 있는가일 것이다.

〈내 그리운 빛나〉에서 빛나는 남자아이의 눈이 어두워가는 세상을 다시 밝게 만들지 못함을 알고 있다. 그처럼 가슴에 던져진 눈이 다시는 원환의 불을 만들지 못하게 된 세계는 '마지막 영화'인 동시에 '세상의 마지막'이기도 하다. 레비나스가 미래라고 말한 타자를 검은 얼굴로 만나는 세상은 마치 어두운 **종말론적 세계**와도 같다. 배수아는 종말의 감각을 '한낮의 일식'이나 '영화의 마지막 장면'으로 표현한다. 그런 어두운 영화에서 벗어나는 것이 타자와의 응시를 회생시키는 일이지만, 배수아는 그것이 맨얼굴의 대면으로는 불가능함을 알고 있다. 희생된 남자의 얼굴은 이미 **두 눈을 상실한 거세된 얼굴**이며, 그것이 바로 무의식이 식민화된 세계의 풍경이기 때문이다.

이제 남자아이가 선물한 눈은 어떻게 다시 가슴의 불을 일으킬 수 있을까. 한강과 박민규의 소설은 그런 배수아의 질문에 대한 응답인 셈이다. 벌거벗은 얼굴이 사라진 시대에는 나체화의 윤리 대신에 빈곤해진 자아를 다시 일으켜 세우는 진행이 필요하다. 그런 진행은 희생된 타자에 대한 응시의 공감을 부활시키려는 지난한 과정이기도 하다. 박민규는 맨얼굴의 대면이 불가능해진 시대에 어떻게 다시 응시의 교감을 회생시킬 수 있는지 그 응답을 암시한다.

타자성의 응시의 상실은 소설의 죽음과도 연관이 있다. 가라타니 고진이 말한 신자유주의 시대의 소설의 죽음은 타자와의 교감이 상실된 결과일 것이다. 벤야민은 소설이란 타자성을 따라가는 것이라고 말했는데,[20] 오늘날은 그것의 불가능성, 즉 **타자의 죽음** 때문에 소설의 죽음이 생긴 시대이다. 박민규는 그에 대응해 추방된 타자와의 교감을 회생시킴으로써 **소설의 귀환**을 보여준다.

나체화의 소설인 윤흥길이 '소설의 전성시대'를 상징한다면 박민규는 '소설의 귀환'을 암시한다. 양자의 차이는 타자와의 관계를 다루는 방식에 있다. 소설의 전성시대는 타자와의 교감이 가슴의 원환의 불이 되는 시대이다. 반면의 소설의 귀환은 불가능해진 가슴의 원환의 불을 어떻게 회생시키는가에 있다.

《아홉 켤레의 구두로 남은 사내》연작에서 권씨는 철거민이 참외를 먹는 장면이나 여공의 팔이 잘리는 장면에서 나체화를 보게 된다. 나체화의 순간은 인물 시점이 투명해지며 내면이 동요하고 응시가 증폭되는 시간이다. 권씨는 응시의 증폭을 느끼며 시위대에 끼어들거나 사장에게 항의하러 발길을 옮긴다. 이처럼 나체화를 통한 응시의 증폭은 고조된 감정 속에서 몸을 움직이게 만든다. 응시의 증폭이 가슴에 숯불이 던져진 순간

---

20 벤야민, 이태동 역, 〈스토리 텔러〉, 《문예비평과 이론》, 앞의 책, 105쪽. 벤야민은 소설이란 통약불가능한 것을 극단적으로 쫓아가는 것이라고 말하고 있는데, 통약불가능성이란 타자성을 의미하는 것으로 볼 수 있다.

이라면 몸의 움직임은 원환의 불이 일어난 순간이다.

반면에 〈아, 하세요 펠리컨〉에서 '나'는 오리배를 타던 파산자가 자살한 장면에서 가슴에 숯불이 던져진 나체화를 경험하지 못한다. 자살한 파산자는 배수아 소설에서처럼 세상의 고요함을 느끼게 했을 뿐이다. 다만 배수아 소설과는 달리 '세상의 고요함'은 우울함이 아니라 아련한 애틋함으로 전해진다. '나'는 이상한 고요함 속에서도 심연에서 약한 전류와도 같은 미동을 느낀 것이다. '나'의 가슴에 던져진 파산자의 두 눈은 미세한 심야전기로 회생하고 있었다.

'내'가 심야전기를 감지할 수 있었던 것은 오리배 유원지가 '보트피플'들의 틈새 공간이었기 때문이다. 이랜드 같은 유원지가 응시를 내려놓게 한다면 오리배 저수지 같은 마이너 유원지는 일상에서 추방된 응시를 감지하게 해준다. 보트피플들의 오리배 유원지는 배수아가 언뜻 느끼면서도 붙잡지 못한 아련한 전류를 가슴의 심야전기로 느끼게 해주었다.

박민규의 심야전기의 미동은 가슴에서 원환의 불로 타오르지는 않는다. 〈아, 하세요 펠리컨〉의 '나'는 심연에 마동이 일어났지만 윤흥길 소설의 인물들처럼 고조된 감정으로 몸을 움직이지는 않는다. 그 대신 '나'는 차츰 심연의 순수기억으로부터 이미지들의 증폭 과정을 경험한다.

'나'의 순수기억의 미동은 주둥이에 페인트가 벗겨진 오리배의 표정으로 이미지화된다. 그 후 '나'는 죽은 사람이 탔던 '라-57호'에 페인트를 칠하며 남자의 구명조끼의 촉감이 유성도료처럼 선명하게 남았음을 감지한다. 마침내 태풍이 불던 날 '나'는 오리배들을 묶으며 '라-57호'가 주둥이를 끄덕이며 '나'를 쳐다봄을 느낀다. 바로 그날 밤 오리배 세계 시민연합이 유원지를 찾아오는 장관을 목격할 수 있었다. 페인트가 벗겨진 오리배, 유성도료의 선명함, 주둥이를 끄덕이는 '라-57호', 이런 이미지들의 연쇄가 바로 심연의 순수기억이 증폭되며 응시가 회생하는 과정이다. 날아오르는 오리배는 이미지와 은유의 연쇄의 과정 속에서 순수기억의 증폭과 응시의 회생을 암시한다.

　박민규의 이미지들의 연쇄와 응시의 회생 과정은 배수아의 뇌막의 응시의 연장선상에 있다. 즉 그것은 윤흥길의 나체화가 아니라 심연의 스크린과 뇌수의 영화로 상영된 것이다. 박민규는 타자의 검은 얼굴에서 나체화를 보지 못한 대신 가슴에 던져진 타자의 눈을 심연의 전류로 수신한 것이다. 그리고 그 심야전기를 증폭시키는 이미지와 은유의 연쇄를 통해 자아의 빈곤화에서 벗어난다. 그는 그처럼 자아의 빈곤화에서 벗어나 타자와 교감함으로써 우리 시대의 소설의 귀환을 가능하게 하고 있다.

　소설의 귀환은 벌거벗은 얼굴의 회생이 아니라 심야전기의 증폭을 통해 가능해진다. 이미지와 은유의 연쇄를 통해 빈약해진 순수기억을 증폭시킴으로서 타자와의 교감을 회생시키는 것이다. 박민규 소설은 타자의 회생인 점에서 윤흥길 소설의 귀환이지만 그 방법은 배수아 소설의 연장선상에 있다. 배수아 소설이 파편적인 뇌막의 응시라면 박민규 소설은 순수기억을 증폭시키는 뇌엽의 팽창이다. 박민규 소설에서 순수기억의 증폭은 현대 뇌과학의 용어로 '뇌엽의 팽창과 증식'으로 설명할 수 있다. 박민규의 뇌엽의 팽창은 뇌수의 빈곤화인 우울에서 벗어나 타자와의 교감을 가능하게 해준다.

　윤흥길 소설에서 박민규 소설로의 전환은 **나체화**에서 **이미지 기억(그리고 은유)의 연쇄**로의 변화이다. 나체화에서 이미지 기억으로의 변화는 행동적 리얼리즘에서 존재론적 리얼리즘으로의 전환을 암시한다. 존재론적 리얼리즘은 행동을 하기 이전에 빈곤한 자아를 부풀리는 과정을 먼저 제시한다. 박민규 소설의 은유와 환상의 퍼포먼스는 빈곤해진 인격성을 부활시킬 수 있는 새로운 길(윤리적 마술쇼)을 암시한다. 새로운 리얼리즘은 행동으로 나아가기 전에 이미지들을 통해 연쇄적인 윤리적 마술쇼를 연출한다.

　윤리가 실종된 시대에 새로운 윤리적 마술쇼는 어디서 연출되는가. 베르그송은 시선에 순응하지 않는 능동적 대응이 생성되는 공간을 '눈'이 아니라 '뇌의 간격'에 찾고 있다.[21] 뇌의 간격에서 이미지(이미지 기억)들을 연출하며 시선에 대한 기계적 대응을 연기시키는 것이 바로 능동적 반응의 순간인 것이다. 박민규는 타자의 죽음에 직접 반응하는 것이 아니라 뇌의 간격에서 대응을 지연시키는 이미지의 연쇄를 통해 빈약한 자아를 부풀린다. 뇌의 간격에서 반응시간을 연기하며 연출되는 이 은유와 환상의 퍼포먼스야말로 새로운 윤리적 마술쇼이다. 응시의 회생을 위한 새로운 윤리적 마술쇼는 맨눈의 시각성이 아니라 뇌수의 공간에서 이미지와 은유의 연쇄로 연출된다.

5. 인격의 회로에서 뇌의 회로로
 ― 신매체를 뚫고 나오는 응시의 반격

흥미로운 것은 배수아와 박민규 소설에 암시된 뇌엽의 퍼포먼스가 신자유주의에서의 시각성 전체의 변환을 암시한다는 점이다. 윤흥길의 인물 시점 소설은 맨눈을 통한 인격 대 인격의 대면을 정점의 순간으로 제시한다. 반면에 박민규 소설에서는 희생자가 가슴에 일으킨 파문이 보이지 않는 심야전기로 감지되며 그것이 뇌수의 스크린에서 이미지로 연출된다. 양자의 차이는 **인격의 회로**에서 **뇌의 회로**의 변화로 설명될 수 있다.

들뢰즈는 영화를 철학적으로 설명하면서 '뇌는 스크린이다'라고 말했다.[22] 소설의 시대가 사유를 인격 매체를 통해 전달하는 때였다면 우리 시

---

21 이런 베르그송의 논의는 이미지 매체와 인공지능을 이해하는 데 많은 암시를 제공한다. 우리의 지각은 단순한 감각적 반사가 아니라 눈을 통한 지각과 뇌에서의 미결정성의 물질적 이미지들의 복잡한 연결을 통해 창발(emergence)된다. 베르그송의 뇌의 간격에서의 대응의 논의는 눈의 패러다임에서 뇌의 패러다임으로의 변환이라고 할 수 있다.

22 그래그 램버트, 박성수 역, 〈영화와 외부〉, 그래고리 플랙스먼 편, 《뇌는 스크린이다》, 이소출판사, 2003, 420쪽.

대는 빈번히 영화적 이미지가 그것을 대신하는 시대이다. 오늘날은 사유를 이미지화하기 위해 뇌의 회로에서 스크린이 작동되고 있는 시대인 것이다. 박민규는 이미지 매체가 아니라 소설을 통해 사유를 표현하지만 마치 뇌의 스크린이 작동되는 듯한 이미지들의 연쇄를 보여준다.

그런 맥락에서 소설의 전성기가 인격의 회로의 시대였다면 소설의 귀환은 심연과 뇌수의 공간에서의 이미지의 퍼포먼스로 가능해지고 있다. 이런 소설에서의 시각적 연출의 변화는 두 시대 사이의 시각성 전체의 변환을 상징한다. 윤흥길의 시대가 인격적 대면의 시각성의 세계였다면 박민규의 시대는 물질적 이미지의 연쇄를 통해 대면이 가능해지는 세계이다.

그 같은 변화는 신매체의 등장에서 실감을 얻는다. 후기자본주의는 인격성 영역의 기계화로 인해 시각성 전체에 혁명적 전환이 일어난 시대이다. 오늘날 현실이나 시각 매체(영화, 인터넷, 스마트폰)에서 인격적 대면보다 물질적 이미지들로 뇌의 회로에 자극을 주는 시각성들이 많아진 것은 우연이 아니다. 우리 시대의 신매체의 등장은 인격의 회로에서 뇌의 회로로의 전환을 상징한다.[23]

인격의 회로에서 뇌의 회로로의 전환은 '맨눈'에서 '이미지'로의 변화이기도 하다. 그런 변화는 신매체와 예술 매체(소설, 영화) 양쪽에서 확인된다. 우리는 직접 만나기보다 스마트폰으로 자주 접촉하며 대면할 때도 인증샷에서 더 기쁨을 느낀다. 그런데 신매체를 통한 이미지의 대면은 아직은 인격적 대면을 대체하지 못한다. 그것은 신매체의 이미지가 인격적 자아의 풍부함을 모두 담아내지는 못하기 때문이다. 가령 인증샷[24]은 빈약해진 순수기억을 보완하는 기능을 하지만 순수기억과는 달리 창의적인

---

23 이런 변화는 일상에서뿐 아니라 군사와 의료, 전자 쇼핑몰 등에서도 확인된다.

24 배수아 소설의 폴라로이드 즉석 사진 역시 비슷한 기능을 한다. 맨눈의 대면을 대신하는 이미지를 통한 소통은 이미 배수아의 초기 소설에서도 암시되고 있다. 배수아, 〈천구백팔십팔년의 어두운 방〉, 《푸른 사과가 있는 국도》, 고려원, 1995, 57쪽.

타자성의 능력이 부족하다. 그런 이미지 시각성의 기원은 배수아 소설에서의 폴라로이드 즉석 사진에서 시작되었다. 폴라로이드 사진처럼 스마트폰의 대화나 인증샷의 기쁨은 타자성을 발견하는 응시의 교감은 아닌 것이다. 신매체들은 화려한 스펙터클을 연출하면서도 **응시를 시각화는 능력**은 아직 미흡하다. 그 때문에 신매체로 인해 나체화(그리고 벌거벗은 얼굴)의 순간들이 적어지는 흐름은 결과적으로 시선에 대한 응시를 빈곤화시키고 있다.

소설의 귀환의 시대의 문학적 대응들은 그런 시각적 테크놀로지에 대한 반격이라고 할 수 있다. 문학은 폴라로이드 사진이나 인터넷, 스마트폰 같은 즉각적인 시각적 매체는 아니다. 그 대신 문학은 시각 매체의 취약점인 응시의 감응과 증폭을 독창적으로 수행할 수 있다. 응시의 증폭은 박민규 소설에서처럼 잔여물로 남은 타자인 대상 a와 은유적으로 교감하는 과정에서 이루어진다. 즉 페인트가 벗겨진 표정, 유성도료 같은 구명조끼의 촉감, 응답하는 오리배의 주둥이 등이다. 대상 a란 가슴에 던져진 죽은 남자의 눈 같은 것이다.[25] 박민규는 은유를 통해 **대상 a와의 교감**을 연쇄적으로 표현함으로써 **타자**의 벌거벗은 얼굴을 대신해서 심연에서 **타자성**을 증폭시키는 방법을 발견했다. 박민규의 소설에서 이미지와 은유의 연쇄를 통한 순수기억의 증폭은 타자를 상실한 시대에 타자성을 따라가는 소설을 부활시킨다. 화려한 이미지 매체의 시대에 문학을 하고 소설을 쓴다는 것은 시각성에서 서재로의 후퇴일 수도 있다. 그러나 박민규는 문학의 장점인 은유를 통해 타자성의 응시를 부활시키며 응시가 미흡한 신매체의 뚫고 나오는 새로운 시각적 대응을 보여준다. 새로운 방법은 신매체가 상실한 맨얼굴로 돌아가는 대신 신매체와 비슷한 이미지들을 그와 다르게 은유적으로 증폭시켜 응시를 회생시킨다. 이처럼 신매체와 소설은 응시의 '상실'과 '회생'의 차이를 보이지만 양자 모두에서 맨눈의 시각

---

25 대상 a는 배수아 소설 〈내 그리운 빛나〉에서 죽은 남자가 선물한 두 눈이기도 하다.

성을 대신하는 새로운 시각적 흐름이 나타나고 있다.

소설의 전성시대의 인물 시점은 윤흥길 소설처럼 맨눈의 시각성의 풍부함과 복합성을 보여주었다. 반면에 소설의 귀환의 시대의 또 다른 인물 시점은 이미지와 은유의 연쇄를 통한 새로운 시각성을 암시한다. 새로운 소설의 귀환은 맨눈의 인격의 회로에서 이미지 기억의 뇌의 회로로의 전환으로 가능해지고 있다. 앞서 살폈듯이 1990년대 말 이후 배수아의 뇌막의 응시가 증폭되면서 타자의 잔여물(대상 a)과 교섭하려는 뇌엽의 팽창으로 이어지는 흐름이 나타났다. 뇌엽의 팽창이란 박민규와 한강, 최인석의 소설들에 나타난 순수기억의 이미지들의 연쇄를 말한다. 예컨대 〈아, 하세요 펠리컨〉의 '오리배 시민연합'이나 〈내 여자의 열매〉의 '진초록색 몸', 〈내 사랑 나의 귀신〉에서의 '나비처럼 날아오르는 아이들'같은 것이다.

이 예들에서의 은유와 환상은 **응시**를 증폭시키는 순수기억의 동요로서 맨눈이 아니라 뇌수의 눈으로 포착된 것이다. 이미 강조했듯이 응시의 순간은 권력의 비밀과 타자의 비밀이 누설되며 시각성이 반전되는 시간이다. 그것을 가장 잘 보여주는 것이 윤흥길 소설에서의 나체화이다. 그런데 우리 시대에는 그 두 가지 비밀이 나체화를 통해서가 아니라 직접 머릿속에 떠오른 이미지들을 통해 암시된다.

예컨대 〈내 여자의 열매〉에서 '피멍과 낭종이 생긴 몸'이나 '진초록색 몸' 같은 표현이다. 낭종의 몸이 권력의 비밀과 연관된다면 진초록색 몸은 타자의 비밀을 누설하고 있다. 그런 방식으로 응시를 증폭시켜 '이상한 고요함'을 연출하는 동일성의 세계에 저항하는 것이다. 1990년대 이후의 소설에서 은유와 환상[26]을 이미지화하는 소설이 많아진 것은 그처럼 응시의 회생과 연관이 있다. 회복하기 어려워진 인격 프리즘보다 뇌수와

---

26 앞서 살핀 시뮬라크르 역시 맨눈으로 본 대상이기보다는 심연과 뇌수에 충격을 주는 연출된 이미지이다.

심연에서 충격적인 이미지들을 연출해 자아의 인격성과 응시를 다시 회생시키려는 시도가 나타나고 있는 것이다.

이런 새로운 응시의 대응 과정이 중요한 것은 후기자본주의적 시각성의 회로의 중요한 변환을 암시하기 때문이다. 윤흥길의 맨눈의 인물 시점이 **인격의 프리즘**이라면 뇌엽을 팽창시키는 한강의 환상소설의 인물 시점은 **뇌의 간격**에서의 퍼포먼스이다. 인격성의 식민화로 인해 맨눈의 프리즘이 약화된 시대에는 뇌의 회로(베르그송)에서 응시의 반격이 시도되는 것이다. 베르그송은 물질적 이미지가 우리에게 전달될 때 그 시선에 저항하며 대응하는 것이 '뇌의 미결정성의 간격'[27]이라고 말했다. 뇌의 간격에서 이미지들이 변주되며 대응 시간을 지연시킬수록 시선에 대한 응시의 대응은 강화된다. 즉 뇌의 간격에서 대상의 수동적 반영을 넘어서는 이미지들이 흘러넘치면 응시의 강화와 함께 자아는 풍부해진 부피를 얻게된다.

물론 시선에 대해 즉각 강렬한 응시가 나타날 수도 있는데 그것이 바로 인격의 회로에서의 나체화의 순간이다. 그러나 배수아와 하성란이 보여주듯이 신자유주의에서는 시각 프리즘의 빈곤화로 인해 그런 나체화의 순간이 불가능해진다. 이런 시대에는 맨눈의 나체화 대신 뇌의 간격에서 이미지들을 연출하며 시선에 맞서는 응시를 생성하는 모험들이 나타난다. 그처럼 뇌의 간격에서 이미지들의 퍼포먼스를 통해 시선에 대응하는 것이 바로 한강과 박민규 소설에서의 시뮬라크르와 은유, 환상이다.

우리 시대는 맨눈의 대면보다는 이미지를 통한 시각성이 점점 많아지는 시대이다.[28] 그런데 그런 시대에 대응하는 미학적 응시에서도 맨눈의 인격적 대면보다 물질적 이미지(시뮬라크르)와 뇌의 회로의 표현이 많아지고 있다. 한강과 박민규의 소설은 책으로 재탄생한 응시의 신매체라고 할

---

27   뇌의 미결정성의 간격에 대해서는 앙리 베르그송, 박종원 역, 《물질과 기억》, 아카넷, 2005, 60~63 쪽 참조. 베르그송은 응시의 능동성을 '생명체의 독립성의 몫'이라고 불렀다.

28   언택트적인 원격 이미지와 디지털 매체가 많아지는 것은 그 점을 보여준다.

수 있다. 신매체는 스펙터클이 화려한 대신 응시가 빈곤하지만 두 사람의 소설은 응시의 회생을 위해 신매체처럼 맨눈보다 뇌의 회로를 활성화시키고 있다. 마치 루쉰이 영화의 충격을 흡수하며 응시의 문학을 창조했듯이 100년 후에도 신매체의 도전에 대응하는 문학의 **응시의 반격**이 나타나고 있는 것이다.

이미지들이 능동적으로 연출되며 뇌엽이 팽창한다는 것은 우울증에서 벗어나 자아를 확장시킨다는 뜻이다. 우울증이란 인간적 교감의 상실 때문에 엉성해진 **뇌엽의 빈곤화**에 다름이 아니다. 후기자본주의 시대의 소설들은 그런 뇌엽의 빈곤화에 저항하는 이미지들의 연출을 통해 인간적 교감을 회생시키는 방식을 취한다. 한강과 박민규의 소설은 빈곤해진 뇌엽을 활성화시켜 사회적 우울증을 치료해준다.

우리 시대는 무의식의 식민화와 함께 테크놀로지적으로 뇌의 회로를 단순화시키는 시대이다. 그러나 맨얼굴에서 뇌의 회로로의 전환이 자아의 단순화로 귀결되는 것만은 아니다. 베르그송이 말했듯이, 뇌의 회로의 간격은 시선의 독재에 저항하고 실재계와 접속하며 반격을 준비하는 응시의 근거지이기도 하다. 뇌의 간격에서 이미지들의 응시의 퍼포먼스가 증폭되면 시선의 독재는 저항을 받는다. 우리는 한강과 박민규, 황석영, 최인석의 소설에서 그처럼 뇌의 회로를 통해 응시를 부활시키려는 흐름을 찾아볼 수 있다. 식물의 파들거림, 오리배의 비상, 소년들의 날아오름 같은 복수 코드적 환상은, 응시를 회생시키려는 새로운 윤리적 마술쇼이다. 새로운 윤리적 마술쇼는 무대에서가 아니라 머릿속의 뇌엽의 연결망에서 연출된다. 여기서는 시선의 독재에 맞서는 응시의 증폭이 나체화가 아니라 뇌엽을 통한 이미지들의 퍼포먼스로 상영된다. 신매체가 단순한 이미지들의 회로를 통해 뇌엽을 빈곤화시킨다면, 새로운 윤리적 마술쇼는 응시의 이미지들로 뇌엽을 팽창시켜 우울증에서 벗어나게 해준다.

하성란과 배수아 소설에서 한강과 박민규 소설로의 변화는 새로운 윤리적 마술쇼의 탄생을 암시한다. 윤리적 마술쇼는 뇌엽의 증식과 연결을 통한 이미지들의 윤리적 퍼포먼스이기도 하다. 배수아 소설은 은유와 환상을 통해 응시의 향수를 표현하는 데 그친다. 반면에 한강과 박민규 소설은 은유와 환상 이미지의 연쇄를 통해 뇌의 회로에서 응시를 회생시켜 (맨눈을 대신해) 타자와의 만남을 부활시킨다. 그 같은 타자와의 만남의 부활은 윤리의 회생인 동시에 소설의 귀환이기도 하다. 〈아홉 켤레의 구두로 남은 사내〉가 인격의 눈을 통한 인간의 비밀의 발견이라면, 〈내 여자의 열매〉(한강)는 뇌엽의 팽창을 통한 상실된 타자의 비밀의 회생이다. 전자가 소설의 전성시대에 인격 프리즘으로 나체화의 윤리를 보여주는 반면, 후자는 소설의 귀환의 시대에 뇌수의 스크린에서 이미지들의 연쇄를 통해 새로운 윤리적 퍼포먼스를 암시한다.

6. 몸의 응시와 뇌의 퍼포먼스
— 한강 소설의 윤리적 마술쇼

배수아 소설에서 세상이 단조로운 렌즈를 통해 제시되는 것은 인물 프리즘의 빈곤화 때문이다. 반면에 한강의 〈내 여자의 열매〉의 인물 매체가 비교적 역동적인 것은 남편(1인칭 화자)의 시점에 아내의 자연의 꿈과 교감했던 기억이 스며있기 때문이다. 한강 소설에는 배수아 소설보다 타자(아내)의 거세 과정이 더 혹독하게 그려지는 대신 추방된 타자가 자연을 꿈꾸었던 기억이 어딘가에 남아 있다. 배수아 소설이 거세공포에 시달리는 사람들을 그리고 있다면 한강 소설은 승인되지 않은 꿈을 기억하는 사람이 실제로 거세되는 과정을 보여준다. 한강 소설의 역동성은 혹독한 거세 과정과 함께 사라진 것의 이미지를 시각 프리즘에 담아내는 데 있다.

그것을 위해 한강은 거세된 존재를 바라보는 일상의 시점을 도입하고 있다. 한강 소설에서는 추방된 타자와 함께 상실된 타자의 꿈을 감지하는 일상인의 이중 시점이 작동된다. 〈내 여자의 열매〉의 남편은 평범한 일상 인이지만 그에게도 아내의 자연이나 몸 자체와 교섭했던 기억이 잔존한 다. 그 때문에 남편의 1인칭 인물 프리즘에는 상실한 아내의 응시에 대한 교감이 녹아들어 있다.

'나'(남편)는 아내와 달리 삭막한 세계에 잘 적응하지만 심연에서는 아 내의 자연의 꿈에 교감하고 있었다. 바닷가 빈촌 출신인 아내는 햇빛 속 에서 옷을 벗고 자유로운 공기를 숨 쉬고 싶어 했다. '나' 역시 결혼 전에 아내의 꿈에 호응하며 베란다에 화초를 키우겠다고 약속했다. 결혼 후 화 초는 잘 자라지 않았지만 '나'의 심연에는 아내의 자연에 대한 공감이 남 아 있었다. '나'의 시각 프리즘이 유연성을 지닌 것은 그런 아내의 꿈이 무의식적으로 흘러나오기 때문이다.

만일 '나'의 소시민적 프리즘으로만 지속되었다면 이 소설은 배수아 소 설보다 조금 나은 평면적이고 단조로운 시점이 되었을 것이다. 반대로 아 내의 시점이 주도적이었다면 모더니즘처럼 분열된 시각성의 제시로 나타 났을 것이다. 그 둘과 달리 일상에서 거세되어 가는 아내를 '나'의 잠재적 응시의 시각으로 그렸기 때문에 인물 시점이 은밀한 이중성과 유연성을 얻고 있다. 1970년대의 일상인의 인물 매체의 역동성이 이데올로기와의 관계에서 나타났다면, 한강 소설의 유연성은 식민화된 자연과 자연의 꿈 의 이중성에 의해 발현된다.

'내' 안에 스며든 아내의 감성이 밖으로 섬세하게 표현되기 시작한 것 은 아내의 몸이 점점 빛을 잃어가기 시작했을 때였다. "붉은 물이 오르기 시작한 풋사과 같던 아내의 뺨은 주먹으로 꾹 누른 것처럼 깊이 패어" 있 었다. "연한 고구마순처럼 낭창낭창하던 허리, 보기 좋게 유연한 곡선을 그리던 배는 안쓰러워 보일 만큼 깡말라"가고 있었다.

풋사과와 고구마 순은 자연의 햇살처럼 '나'의 시각에 머물던 아내의 꿈의 세계이다. 그런 이미지들이 일상에서 자꾸 빠져나가기 때문에 '나'는 사라지는 것들을 섬세한 은유로 표현하고 있다. 아내의 몸이 말라가고 피멍이 생기기 시작한 것은 단지 신체가 병들어가는 것만은 아니다. '나'의 유연한 프리즘은 아내의 몸이 황폐해지는 과정을 자연의 꿈이 빠져나가는 응시의 시각으로 표현한다.

여기서 '나'의 인물 시점이 생생한 것은 아내와 공유한 자연의 기억과 그것의 거세가 몸의 이미지로 시각화되기 때문이다. 아내는 똑같은 공간과 삶에 동일한 질서가 부여된 신자유주의의 도시에 적응하지 못했다. 아내의 동일성의 세계에 대한 부적응은 몸이 차츰 거세되는 과정으로 나타났던 것이다. 그것을 보는 '나'에게 아내의 몸의 거세과정은 잔존하는 자연의 기억을 상실하는 진행이었다. 흥미로운 것은 그 순간의 '나'의 시각적 고통이 아내의 몸에서 사라져 가는 자연의 기억을 매만지는 듯한 감각적 은유로 표현된 점이다. '나'는 아직 아내와의 순수기억 속에 남아 있는 아름다운 자연과 이별하지 않고 있었던 것이다.

그런데 아내의 거세가 더 진행됨에 따라 '나'의 시각 매체 역시 자연의 은유가 점점 사라져 가는 프리즘이 된다. '나'는 "우울질의 피가 흐르는" 아내의 "깡마른 몸뚱이를 더 이상 참을 수 없었다."[29] 아내는 "혈관 구석 구석에 낭종처럼 뭉쳐 있는 나쁜 피를 갈고 싶다"고 말했다. '나'의 프리즘은 햇빛과 자연 대신 아내의 고통스러운 표현을 인유하기 시작한다.

이처럼 아내의 몸이 거세되면서 '나'의 시각성 역시 자연의 감각을 상실해가고 있었다. '나'의 인물 시점에 연출된 그런 과정은 신자유주의의 일상의 삶이 자연의 햇빛을 잃어가는 진행에 상응한다. 아내의 자연은 베란다를 거쳐 '나'의 기억과 시각 프리즘에 잠시 머물렀다 몸의 거세와 함께 사라지고 있는 것이다. 그 때문에 아내가 아프기 시작한 처음에는 오히려 신선한 자연의 감각이 표현되었지만 이제는 부조화와 불화의 분위

---

29 한강, 〈내 여자의 열매〉, 《내 여자의 열매》, 문학과지성사, 2018, 24쪽.

기에 빠져들게 된다.

물론 아내가 거세된다는 것은 그녀의 몸에서 자연이 소멸되었음을 뜻하는 것은 아니다. 그렇기는커녕 아내는 오히려 자연의 꿈을 버리지 못하기 때문에 감성의 치안에 의해 피멍이 든 몸으로 거세되어 가고 있다. 동일성 세계의 시각성이 아내의 꿈을 금지하기 때문에 거세의 이미지로서 몸이 낭종투성이의 시든 채소가 되어 가는 것이다. 이제 신자유주의(그리고 후기자본주의)는 인간 안의 숨겨진 자연마저 승인하지 않는다. 아내가 마른 시래기가 되어가는 과정은 감성권력에게 승인받지 않은 식물의 몸으로 버려지는 진행이기도 했다. 인격의 자연성을 포기하지 않은 대가로 자연을 인간화하는 신자유주의의 감성의 질서에 의해 쓸모없는 몸으로 폐기되고 있는 것이다.

그런 아내를 바라보는 '나'는 그녀처럼 위험한 무의식을 지닌 인물은 아니다. 그러나 평범한 감성의 질서에 예속되었으면서도 심리적 반응은 일상의 감성의 분할과 조금 달랐다. '나'는 점차 푸른 빛깔의 아내를 병든 환자의 몸으로 느끼게 되었다. 하지만 멍든 낭종의 신체보다 더 고통스러운 것은 그녀의 보이지 않는 혈관 속의 우울한 감성이었다. 그처럼 보이는 것의 고통보다 보이지 않는 감성에 대한 고통이 더 컸던 것이 '나'의 시각성의 특징이었다. 아내가 되돌아오기 어려워졌음을 느낀 순간까지 '나'의 시각성은 여전히 보이지 않는 것을 보려는 노력을 그치지 않았던 것이다.

이런 이중적 진행에서 '나'의 유연한 시각 프리즘의 작용은 매우 중요하다. 시각성은 단순히 사람과 사물을 렌즈처럼 반사하는 것과는 상이하다. 우리의 감각의 지각 과정에는 유연하게 증감되는 카오스적인 배경의 이미지들이 따라붙는다.[30] 더욱이 시각성에서는 눈에서 대뇌피질에 이르

---

30 크리스토프 코치, 김지선 역, 〈머릿속의 영화〉, 사이언티픽 아메리칸 편집부 편, 《의식의 비밀》, 한림출판사, 2017, 43쪽.

는 동안 대규모의 병렬적 처리 과정이 일어난다.[31]

하성란 소설의 렌즈화된 시각성은 제도화된 우울증에 의해 카오스적 배경과 병렬적 처리 과정이 대폭 생략된 결과이다. 반면에 한강의 〈철길을 흐르는 강〉에서는 우울한 인물 매체('나')가 등장하면서도 어머니의 잔여물을 품고 있어 렌즈화된 인격에서 벗어난다. 〈내 여자의 열매〉의 '나'(남편)의 프리즘은 거기서 더 나아가 아내와의 자연의 교감의 기억 때문에 항상 배경의 이미지들 속에서 작동된다.

'나'의 프리즘에는 아내의 자연을 잃은 듯이 보이는 순간에도 실상은 잠재적으로 배경의 이미지들이 따라다니고 있었다. 그런 잠재적 이미지 때문에 '나'는 아내에게 화를 내면서도 보이지 않는 것을 보려는 노력을 계속하고 있었던 것이다. 추방된 타자와 타자가 꿈꾸었던 상실된 기억, 그런 이중적 시각이 단조로운 배수아의 렌즈화된 시각을 넘어서는 비밀일 것이다.

일상에서의 '나'의 이중적 시각의 은밀성이 정점에 이른 것은 출장에서 지쳐 돌아왔을 때였다. 그때 '나'는 쓰레기처럼 변해가는 집안 살림과 아내의 몸 때문에 가장 큰 고통을 느끼고 있었다. '나'는 구두를 벗으며 유난히 싸늘한 집안 공기를 느꼈고 몇 발짝 들어서기 전에 역한 냄새를 맡았다. 냉장고 안에서는 호박과 오이가 썩어가고 있었고 전기밥솥에는 오래된 밥이 말라붙어 있었다. 허기와 피로 속에서 '나'는 외로움과 분노를 느꼈다. 그런데 이 분노는 아내의 부재로 증폭되었지만 출장에서 겪은 신자유주의의 메마른 질서에 더 근본적인 원인이 있었다. '내'가 아득하게 들리는 초인종을 계속 누른 것은 자신을 맞이할 누군가가 필요했음을 뜻한다. 그 때문에 울분의 순간은 냉혹한 렌즈를 요구하는 신자유주의의 감성의 질서에 대한 분노의 시간이기도 했다. '나'는 화가 날수록 점점 규율화된 감성의 질서에서 벗어난 불안을 느끼고 있었고 억압된 무의식이 동

---

31 크리스토프 코치, 위의 책, 46쪽.

요하기 쉬운 시간이 흐르고 있었다. 가장 고통스러운 그 순간 '나'의 이중적 시각이 은밀히 동요하고 있었던 것이다. 그것은 마치 최인호의 〈타인의 방〉에서 출장에서 돌아온 '그'가 심연이 요동치며 방 안의 물건들의 환상을 보는 순간과도 같다.

환상이란 심연에 억압되었던 카오스적 이미지들의 반란이다. '내'가 고독 속에서 존재를 상실한 듯한 느낌에 빠지는 순간은 카오스적 미시 이미지들이 심연에서 출렁이는 순간이기도 했다. 렌즈처럼 딱딱해지는 대신 분노 속에서 사랑의 갈증을 느끼고 있는 '나'의 모습은 그것을 암시한다.

그 순간 '나'의 사랑의 갈증은 아내와의 인격적 대면이 어려워진 상황에서 맨눈의 프리즘 보다는 뇌수의 시각성(뇌의 간격)이 작동하며 표현된다. 눈에서 대뇌피질에 이르는 동안의 과정에서, 눈의 프리즘 대신 뇌수의 카오스적 미시 이미지들과 순수기억이 동요하기 시작한 것이다. 그것은 시각적 반란의 순간이기도 했다. 그때 아내의 가냘픈 목소리가 들려왔고 이어서 '나'는 아내의 알몸을 보게 된다.

아내의 알몸은 인간의 나체화가 아님은 물론 무의미한 벌거벗은 생명과도 달랐다. 이미 거세된 알몸은 비천한 앱젝트였지만 '나'는 아내를 낭종투성이의 몸과는 다르게 지각한다. 출장에서 지쳐 돌아온 후 '나'는 아내를 기다리며 열쇠로 문을 열기 싫었으며 자신의 말을 들어줄 누군가가 필요했다. 그런 사랑의 갈증 때문에 어딘가에 숨겨져 있을 '인간 안의 자연'을 다시 긍정하고 싶었던 것이다. '나'는 마침내 거세된 표상 대신 보이지 않는 것을 보기 시작한다.

보이지 않는 것을 보기 시작하는 것은 존재의 위기 속에서 심연에서 출렁이던 카오스적인 이미지들이 반란을 일으키는 순간이다. 더욱이 아내는 〈타인의 방〉의 사물과 다르게 '나'와 자연의 꿈을 공유하던 기억이 남아 있기에 한층 더 소통의 간절함이 있었다. 심연에서 식물 이미지들을 공유하는 점에서 앱젝트로 변해가던 아내는 단순히 썩은 채소들과는 달랐던 것이다. 그런 아내가 '나'와 소통하는 유일한 생명으로 나타나자 배경으로 억압되었던 식물 이미지들이 전경화되고 있었다. '나'는 눈이 아니라 뇌수로 아내를 보기 시작한다. 피멍이 든 몸은 진초록색 상록활엽수로 반들거렸고, 시래기 같은 머리카락은 싱그러운 들풀 줄기의 윤기를 흘렸다.

아내의 알몸을 뇌수의 눈으로 본다는 것은 아내와 교감했던 순수기억이 흘러나오기 시작했다는 뜻이다. 그처럼 나체화를 상실한 시대에 추방된 타자와의 기억(순수기억)을 증폭시켜 빈약한 자아의 공감력을 팽창시키는 것이 새로운 윤리적 마술쇼의 비밀일 것이다. 여기서 보이지 않는 것을 보이는 것에 연결시키는 것은 이미지와 은유의 연쇄이다. 불가능해진 나체화의 윤리 대신 은유의 연쇄와 도약이 작동되고 있는 것이다.

신자유주의적 시각성에서 앱젝트였던 아내는 감성의 치안에서 벗어나 '나'의 뇌수에 식물 타자로 비치고 있었다. 아내의 변신은 거세의 과정인 동시에 식물로의 회생이었던 것이다. 여기서 중요한 것은 탈주한 아내가 일상에 있는 '나'에게 다시 생생한 생명의 이미지로 보이고 있다는 점이다. 그런 은유적 도약의 근거는 동요하고 있는 '나'의 이중 시점(보이는 것과 보이지 않는 것)이다. 보이지 않는 것이 보이기 시작함으로써 아내가 〈변신〉(카프카)의 주인공처럼 버려지지 않고 식물 타자로 회생하고 있는 것은 이 소설의 환상 표현의 독특한 특징이다.

〈변신〉의 벌레되기와 이 소설의 식물되기의 차이는 매우 흥미롭다. 아내는 식물이기 이전에 피멍이 든 거세된 몸이기도 했다. 그런 아내가 푸른 식물로 살아남은 것은 상징계의 일상에 발을 딛고 있는 '내'가 인물 시점의 공감력을 잃지 않았기 때문이다. 〈내 여자의 열매〉가 모더니즘 환상 소설과 다른 점은 탈주 공간 속의 아내를 보고 있는 일상의 '나'의 공감적 시점이 작용한다는 것이다. 〈변신〉과 〈타인의 방〉에는 탈주자를 보는 지속적인 프리즘이 없다. 반면에 〈내 여자의 열매〉에서 '나'는 끝까지 현실에서 보이지 않는 것을 보려는 노력을 그치지 않는다.

마침내 일상의 '나'는 위기의 순간 카오스적 이미지의 회귀 속에서 아내의 생명과 교감하며 환상의 반란을 경험한다. 그 순간 '내'가 현실에 발을 붙이고 있기 때문에 탈주한 아내의 환상이 우리에게 일상의 반란으로 느껴지는 것이다. 〈변신〉과 〈타인의 방〉에서처럼 시각성이 뇌의 탈주 공간(분열 공간)에 갇혀 있다면 탈주자는 환상의 대가로 일상에서 거세될 뿐이다. 이 경우 우리는 탈주자의 진실에 공감하지만 그가 실재(the Real)[32]에 발 디딘 대가로 더 이상 상징계에서 표상될 수 없음을 느낀다.

그러나 〈내 여자의 열매〉에서는 일상의 상징계에 남아 있는 '내'가 탈주한 아내에게 공감하고 있다. 그처럼 일상 속의 '내'가 뇌수의 눈으로 보며 환상세계의 아내와 교감했기 때문에 두 세계를 건너뛰는 도약의 순간이 표현되는 것이다. 그 순간의 **목숨을 건 도약**은 일상의 사람이 코드화된 세계에서 벗어나 타자를 만날 수 있는 유일한 행위이다. 그런 목숨을 건 도약의 사랑의 힘으로 일상에서 거세된 존재(앱젝트)가 틈새 공간의 타자로 회생할 수 있었던 것이다.

'내'가 황폐한 몸을 상록활엽수로 본 것은 거세를 넘어서서 '나'와 소통하는 생명에 대한 **은유**이다. 여기에서처럼 은유는 보이지 않는 것을 보이는 것으로 나타내는 감성적 반란의 미학이다. 그것은 이쪽에서 저쪽으로 건너뛰는 이미지의 도약이다. 보이지 않는 것을 보려는 '나'의 노력은 이제 감성적 도약의 행위로 고양된다. 아내는 신자유주의적 감성의 외부에서 살아남은 유일한 생명이기에 '내'게 진초록색 식물(은유)인 것이다. 은유는 그처럼 일상의 사람이 탈주자와 공감할 때만 반란을 표현할 수 있다. 즉 일상의 사람과 탈주자(희생자)와의 **이중주의 교감**만이 은유의 반란을 일으킬 수 있다. 그런 이중주의 교감은 '나'의 은밀한 이중 시각이 핵심적 장면에서 은유를 통해 증폭과 도약을 경험한 결과이다.

이 소설의 시각성의 이중 구조는 '나'와 아내의 두 개의 시점이 교차되

---

32 라캉의 실재(계)는 표상될 수 없는 영역이다.

는 진행으로도 알 수 있다. 아내의 도약은 '나'의 식물의 은유만큼 잘 표현되지는 않는다. 그러나 '나'의 시각성이 인간과 교감하듯 식물 아내를 대하는 것처럼, 아내는 식물이 되어서도 인간의 뇌로 고통스러워하고 있다. '내'가 일상에서 환상으로 도약하듯이 아내 역시 식물의 몸에서 인간의 뇌로 도약하고 있는 것이다.

만일 〈변신〉이나 〈타인의 방〉에서처럼 환상 속의 인물과 교감하는 사람이 없다면 일상에서의 탈주는 거세로 귀결된다. 반면에 〈내 여자의 열매〉는 그런 모나드적 환상과는 다른 **이중주의 환상**으로 연주되고 있다. 이중주로 된 환상은 이쪽과 저쪽, 상징계와 실재계를 연결하는 거대한 은유이기도 하다. 상징계에서 퇴화되어가던 아내는 실재계와 교섭하는 상록활엽수였던 것이다.

그때 나는 아내의 알몸을 보고 말았다.

아내는 베란다의 쇠창살을 향하여 무릎을 꿇은 채 두 팔을 만세 부르듯 치켜올리고 있었다. 그녀의 몸은 진초록색이었다. 푸르스름하던 얼굴은 상록활엽수의 잎처럼 반들반들했다. 시래기 같던 머리카락에는 싱그러운 들풀 줄기의 윤기가 흘렀다.

(…중략…)

아내는 고통스러운 몸짓으로 낭창낭창한 허리를 좌우로 흔들었다. 새파란 입술 속에서 퇴화된 혀가 수초처럼 흔들렸다. 이빨은 이미 흔적도 남아 있지 않았다.

……물.

아내의 희끗한 입술이 오므라들며 신음에 가까운 외마디가 새어 나왔다.

나는 홀린 듯이 싱크대로 달려갔다. 플라스틱 대야에 넘치도록 물을 받았다. 내 잰걸음에 맞추어 흔들리는 물을 왈칵왈칵 거실 바닥에 쏟으며 베란다로 돌아왔다. 그것을 아내의 가슴에 끼얹은 순간, 그녀의 몸이 거대한 식물의 잎사귀처럼 파들거리며 살아났다. 다시 한번 물을 받아와 아내의 머리에 끼얹었다. 춤추듯이 아내의 머리카락이 솟구쳐 올라왔다. 아내의 번득이는 초록빛 몸이 내 물세례 속에서 청신하게 피어나는 것을 보며 나는 체머리를 떨었다.

내 아내가 저만큼 아름다웠던 적은 없었다.[33]

위에서처럼 '나'는 현실과 환상의 사이의 틈새에 끼어 있다. 만일 '내'가 아내의 환상세계에 합류했다면 일상과 환상의 분리에 의해 아내와 '나'는 거세의 회로를 따라가게 된다. 반면에 '나'의 틈새적 시각의 이중성은 배경에 숨어 있던 이미지가 감성의 치안을 따돌리며 전경에 나타나는 과정이다. 동일성 세계를 지키는 감성의 분할이 억압했던 미시 이미지들(분자적 이미지들)이 **아내의 생명**을 긍정하기 위해 반란을 일으키고 있는 것이다. 그 순간 틈새의 위치에서 시선의 독재로부터 벗어나는 응시의 승리가 가능해지고 있다. 또한 그런 '나'의 틈새의 위치와 시각의 이중성 때문에 아내 역시 거세에서 벗어나기 위해 구조 요청을 할 수 있다.

아내는 싱그러운 식물인 동시에 고통스럽게 신음하는 퇴화된 몸이었다. 아내의 구조 요청은 퇴화된 몸을 '나'와 꿈꾸던 식물의 생명으로 꽃피게 하려는 요구였다. 〈변신〉과 〈타인의 방〉에는 아무도 듣지 않는 비명을 지르는 고독한 탈주자가 있을 뿐이다. 반면에 〈내 여자의 열매〉에서는 두 세계의 틈새에 끼어 있는 '나'의 존재로 인해 아내의 구조 요청에 응답하며 목숨을 건 도약을 시도할 수 있다. 아내의 몸에 싱크대의 물을 끼얹는 목숨을 건 도약은 생명을 긍정하려는 에로스의 표현이다. 이제 은유의 반란과 도약은 두 개의 공간을 건너뛰는 에로스적 행동의 도약을 의미화한다. 그런 에로스적 도약의 힘으로 아내는 청신하게 피어나며 이제까지 보지 못했던 아름다운 몸을 보여준다.

아내가 식물이 되어서야 가장 아름답게 피어난 것은 신자유주의가 생

---

33 한강, 〈내 여자의 열매〉,《내 여자의 열매》, 앞의 책, 29~30쪽.

명성을 억압하는 체제임을 반증한다. '나'의 필사적인 에로스적 도약은 신자유주의와는 다른 세계에서만 생명의 아름다운 발화가 가능함을 나타낸다. 이 앱젝트가 생명으로 꽃피는 순간이야말로 신자유주의의 감성에 분할에 대항하는 육체적 응시의 승리의 순간이다.

하성란의 〈곰팡이꽃〉에서도 앱젝트가 꽃으로 피는 순간이 그려지고 있다. 그러나 곰팡이꽃은 여전히 감성의 치안에서 벗어나지 못한 앱젝트의 꽃이다. 여기서는 목숨을 건 도약이 없기 때문에 감성의 검열이 시들게 한 에로스의 꽃은 회생하지 않는다. 이 소설에서 남자의 시각 프리즘은 여전히 신자유주의의 답답한 어안렌즈의 시각성[34]으로 살아가야 한다.

반면에 〈내 여자의 열매〉의 '나'의 프리즘은 에로스적 도약에 의해 아내의 생명과 교감하는 역동성을 얻고 있다. '나'는 이제 출장에서 돌아온 피로한 저녁뿐 아니라 일상 자체에서 식물 아내와 교섭한다. 에로스란 진부한 세계에서 멀어진 타자와 공감하는 모험적인 행동이다. 아내는 물신화된 동일성 세계에서 앱젝트로 추방되었으나 '나'의 은유적 모험과 에로스의 도약에 의해 식물 타자로 회생한다. 아내는 신자유주의의 외부에 놓여 있지만 '나'와의 교감에 의해 타자로서 존재를 입증한다. '나'는 아내와의 교감을 통해 생명성이 억압된 세계에서 유일하게 에로스적 도약을 감행하는 인물이다.

이제 아내의 몸은 두 발 동물의 흔적을 잃고 포도알 같던 눈동자마저 다갈색 줄기 속에 파묻힌다. 그러나 '나'는 베란다에 들어서면 아내의 몸에서 흘러나오는 형언할 수 없는 전류를 느낄 수 있었다. 겨울이 되자 아내는 손과 머리카락이었던 잎사귀마저 떨구어내고 오그라붙었던 입을 벌리며 열매를 쏟아냈다. 하지만 '나'는 연두색 열매를 맛보며 아내의 아랫도리에서 와락 피어나던 싱그러운 풀냄새를 생각한다.

이 같은 '나'와 아내의 끝없는 교감은 신자유주의에서는 불가능한 **존재**

---

34 하성란, 〈곰팡이꽃〉,《옆집 여자》, 창비, 1999, 170쪽 참조.

전체의 교섭이다. 이 소설의 존재론적 교감은 〈철길을 흐르는 강〉에서의 내면의 교섭을 넘어선다. 〈철길을 흐르는 강〉의 내면의 교감은 에로스를 회생시킬 수 없었으며 '나'는 남편의 강을 안지 못했다. 반면에 〈내 여자의 열매〉에서는 상호신체적 몸의 교감을 시도하고 있으며 '나'는 아내의 존재 전체에서 피어나는 감각을 곱씹는다.

〈철길을 흐르는 강〉에서의 내면의 영화는 감성의 독재에 대응하기 어려운 정신적인 교감일 뿐이다. 〈내 여자의 열매〉에서 감성적 도발이 가능한 것은 아내가 인간으로 거세되었지만 몸의 교감을 그치지 않기 때문이다. 몸의 교감은 존재 전체의 교섭을 가능하게 해주는 육체적 응시의 방식이다.

몸의 교감이란 단순한 감각의 차원을 넘어선 **뇌의 교섭**이기도 하다. 뇌는 육체적 감각기관과 연결된 신경세포의 결집이며 몸이란 뇌의 신경들의 말단이 비대해진 감각 수용체이다. 아내에게서 느낀 아련한 전류와 싱그러운 풀 냄새는 몸으로 향유된 것인 동시에 뇌에서 창발된 지각이다. 우리의 지각은 단순한 감각적 반사가 아니라 비환원성과 미결정성의 물질적 미시단위들의 복잡한 연결을 거쳐 창발(emergence)된다.[35]

신자유주의는 그런 미시 물질성의 복합적 연결을 단순화시킨다. 그 같은 감성의 분할의 독단에 의해 시각 프리즘이 렌즈처럼 빈약해지는 것이다. 〈내 여자의 열매〉는 신자유주의의 감성의 독재에 저항해 몸의 교섭을 부활시킨다. 신자유주의의 억압 때문에 몸의 교섭은 다른 회로와 새로운 연결망을 통해서만 회생할 수 있다. 위축된 신자유주의의 감성 지도의 이쪽과 저쪽을 건너뛰며 도약하는 것이 바로 **은유의 모험**이다. 신자유주의란 〈철길을 흐르는 강〉에서처럼 내면의 영화를 상영해도 몸속을 흐르는 강을 안을 수 없는 세계이다. 이런 상황에서는 은유의 모험을 통해 일상의 감성에서 새로운 신경망의 감각으로 건너뛰는 감성의 도약이 필요하

---

35 조창연, 《기호학과 뇌 인지과학의 커뮤니케이션》, 커뮤니케이션북스, 2014, 186~187쪽.

다. 일상에서 사라진 복숭아 같은 햇빛은 아련한 전류와 연두색 열매의 맛을 통해서 간신히 다시 향유할 수 있게 된다.

그런 향유의 대가로 식물이 된 아내는 인간으로서는 '나'와 만날 수 없게 되었다. 식물 아내는 '나'와 교감하며 '인간 안의 자연'을 지켜냈지만 인간 세상 자체를 자연으로 회생시키진 못했기 때문이다. '나'와 아내가 식물적으로 교감하며 인간으로 만날 수 있으려면 인간 세상 자체의 감성의 지도가 변화되어야 한다. 세상의 감성의 지도가 바뀌려면 우리의 빈약해진 인격이 회생해야 하며 그것은 뇌엽이 팽창하고 새로운 연결망이 만들어지는 과정이기도 하다. 세계를 바꾸는 뇌엽의 변화를 위해서는 우리의 심연에서 배경으로 억눌린 카오스적인 미시 이미지들[36]이 동요해야 한다. 그 순간 낭종이 진초록색 잎사귀로, 마른 채소의 머리카락이 윤기 나는 들풀 줄기로 반전되며 신자유주의의 감성의 분할이 흔들리기 시작할 것이다.

〈내 여자의 열매〉는 그런 감성의 지도의 변화를 위한 예고편이다. 이제 1970년대처럼 맨얼굴과 나체화를 통한 윤리적 동요와 연대는 어려워졌다. 그 대신 '내'(남편)가 일상과 환상의 틈새를 건너뛰며 목숨을 건 도약을 할 때마다 '나'와 독자들의 뇌엽은 팽창의 자극을 받게 된다. 그 순간 심연의 이미지들과 에로스의 샘물이 퍼 올려지며 물밑의 세계가 동요하게 된다. 한강 소설은 그런 새로운 윤리적 마술쇼를 보여주며 다시 물결치는 응시의 동요를 일으킨다. 감성적 도약을 통한 이 새로운 윤리적 마술쇼는 후기자본주의의 경직된 감성의 빗장을 열어젖힌다. 자연을 식민화한 감성의 분할이 인간 안의 자연을 피멍과 낭종으로 거세시킨다면 윤리적 환상 미학은 추방된 자연의 꿈이 에로스로 피어나는 인간의 자연화를 주장하고 있다.

---

36 이는 베르그송의 순수기억과 같은 이미지 기억들이다. 순수기억은 과거의 기억이 선적인 회로에서 벗어나 무의식 속에서 이미지의 형식으로 잠재하며 다양한 이미지 기억들의 교섭으로 생성된다. 앙리 베르그송, 《물질과 기억》, 앞의 책, 261~265쪽 참조.

7. 나체화에서 몸의 은유로
— 복수 코드적 환상의 소설들

〈내 여자의 열매〉에서 아내의 열매는 인간 타자로 회귀하지 못했을 뿐 아니라 아직 꽃으로도 피어나지 않았다. 그 점에서 아내의 열매는 쏘는 듯한 맛과 풀냄새로 남겨진 대상 a라고 할 수 있다. 이 소설은 대상 a와 교감하는 에로스적 모험을 기다리는 결말로 끝난다. 앱젝트 꽃이 피어도 여전히 쓰레기에서 벗어나지 못하는 〈곰팡이꽃〉이 앱젝트의 미학이라면 〈내 여자의 열매〉는 대상 a의 미학이다. 〈내 여자의 열매〉는 상상계적 동일성 세계에서 피멍이 들어가던 몸이 실재계적 대상 a로 전위되는 코페르니쿠스적 전회를 보여준다.

상상계적 시선의 독재에서 실재계적 저항으로 전위되는 과정은 1970년대의 나체화의 윤리에서도 나타났었다. 그러나 〈내 여자의 열매〉에서의 대상 a의 미학은 1970년대 소설에서의 대상 a의 미학과는 조금 다른 면이 있다. 전자의 존재론적 미학과 후자의 나체화의 윤리는 어떤 차이가 있는 것일까.

예컨대 〈아홉 켤레의 구두로 남은 사내〉는 철거민들이 벌거벗은 생명 (상상계)에서 벌거벗은 얼굴(실재계)로 전위되는 과정을 그린 소설이다. 벌거벗은 생명이 금지된 동요라면 벌거벗은 얼굴은 존재 전체가 동요하는 파문이다. 벌거벗은 얼굴이란 뇌의 동요와 몸의 감각이 합쳐진 육체적 파문의 전파를 말한다.[37] 얼굴은 감각기관이 집결된 곳이며 뇌와의 연결 속에서 생명성 있는 인격을 증명하는 신체이다. 벌거벗은 얼굴과의 대면은 감각기관의 동요 속에서 신체를 만지는 듯한 상호신체적 교섭의 순간이다. 권씨는 철거민의 얼굴을 보지 않았지만 벌거벗은 얼굴을 본 것이나

---

37 얼굴은 감각기관이 집결된 몸인 동시에 뇌에 가장 근접한 신체이다. 얼굴은 뇌와 몸의 결합을 표현한다. 벌거벗은 생명이 감성적으로 차별받는 몸이라면 벌거벗은 얼굴은 뇌와 몸이 결합된 생명력으로 호소한다.

다름없었다. 그는 인격 프리즘이 작동하며 뇌의 동요가 몸의 감각으로 전해져 오는 순간 상호신체적 공실존의 열망에 사로잡히고 있었다. 그 순간은 개발 이데올로기에 의해 억제되었던 권씨의 인격 프리즘이 다시 유동성을 되찾는 시간이었다. 나체화의 순간 이데올로기에서 풀려난 인격 프리즘이 작동되면서 권씨는 감성적 동요가 몸 전체에서 물결치는 것[38]을 경험한다. 그처럼 나체화의 윤리는 몸 전체에서 요동치기 때문에 전염력을 지닌 동시에 행동으로 이어지는 것이다.

신자유주의는 그런 나체화의 윤리가 다시 나타나지 못하게 감성의 치안이 강화된 사회이다. 이제 이데올로기의 구호는 시각적인 인격성의 식민화로 전환된다. 자본의 논리가 문화, 사랑, 무의식에까지 침투했기 때문에 시각 프리즘이 빈곤해지며 투명한 나체화의 순간이 오지 않는 것이다.

신자유주의의 무의식의 식민화에 대응하기 어려운 것은 인격 프리즘뿐만 아니라 감각과 연결된 뇌엽 자체를 빈곤하게 만들기 때문이다. 벌거벗은 얼굴을 상실한 시대는 뇌엽이 빈곤해진 시대이기도 하다. 뇌엽이 빈곤해졌다는 것은 시각 프리즘이 불투명해지며 신경세포들 사이의 전기적 연결이 둔화된 것을 말한다. 그처럼 신경세포가 빈곤해지고 시냅스의 연결이 원활하지 않은 것이 바로 **우울증**이다.[39] 우울증이 만연된 사회에서는 사람들의 눈동자가 두레박이 닿지 않는 우물처럼 되기 때문에 나체화의 윤리를 회생시키기 어려워진다. 그러나 〈내 여자의 열매〉에서처럼 아직 억압된 카오스적인 이미지들은 심연의 순수기억의 샘물로 남아 있다. **은유**의 이중주는 그 카오스적인 이미지와 순수기억의 샘물을 동요시키는 것에서 시작된다.

---

38 베르그송은 몸 전체에서 물결치는 것을 감정이라고 논의한다. 나체화의 윤리는 감성적 윤리라고 할 수 있다. 들뢰즈의 논의에서 더 나아가 능동적인 정동을 전제로 할 때 나체화의 윤리를 감성적인 윤리로 볼 수 있다.

39 리처드 레스탁, 임종원 역, 《새로운 뇌》, 휘슬러, 2004, 126~127쪽. 1970년대는 독재의 시대였지만 사람들이 우울해지는 않았다. 반면에 오늘날은 민주주의의 시대이면서도 더 많은 사람이 우울해하고 있다.

〈내 여자의 열매〉에서 '나'는 출장에서 돌아온 후 왠지 모를 분노와 사랑의 갈망을 느낀다. 그 순간의 감정은 신자유주의에서 벗어난 틈새이지만 세상에 공감할 대상이 부재하기에 '나'는 존재의 위기감에 빠져든다. 그때 '내'가 들은 것이 바로 아내의 웅얼거림이다. 인간과 식물이 혼재된 이 **카오스적 순간**을 다시 한번 살펴보자.

웅얼거림은 사람의 말소리가 아니지만 아직 생명으로 남아 있다는 신호였다. 아내의 웅얼거림은 신자유주의 외부에서 유일하게 교감할 수 있는 생명을 의미했다. 그와 함께 아내는 신자유주의에서 추방된 채 간신히 잔존하는 자연의 존재였다. '나'는 문득 감성의 분할 외부에 놓인 아내의 알몸을 보며 심연의 동요를 감지한다.

> 언제 어디서나 혼자이며 아무도 나를 사랑하지 않는다면 이미 나는 존재하지 않는 것이나 다름없는 것이다.
>
> 가냘픈 대답이 들려온 것은 그 찰나였다.
>
> 소리 나는 쪽으로 몸을 돌렸다. 아내의 음성이었다. 정확히 알아들을 수 없는 **웅얼거림**이 베란다로부터 들려오고 있었다.
>
> (…중략…)
>
> 그때 나는 아내의 **알몸**을 보고 말았다.
>
> 아내는 베란다의 쇠창살을 향하여 무릎을 꿇은 채 두 팔을 만세 부르듯 치켜올리고 있었다. 그녀의 몸은 진초록색이었다. 푸르스름하던 얼굴은 상록활엽수의 잎처럼 반들반들했다. 시래기 같던 머리카락에는 싱그러운 들풀 줄기의 윤기가 흘렀다.[40]

아내의 웅얼거림을 들으며 벌거벗은 알몸을 보는 순간 '나'는 아내와의 교감의 욕망이 고조된다. 하지만 아내의 **알몸**은 〈아홉켤레의 구두로 남은

---

40 한강, 〈내 여자의 열매〉,《내 여자의 열매》, 앞의 책, 29쪽. (강조-인용자).

사내〉의 나체화의 순간과는 다르다. **나체화**는 인격의 프리즘이 투명해지며 개발 이데올로기에 의해 점령되었던 정신과 몸이 해방되는 순간이다. 반면에 아내의 알몸은 유연성을 잃은 '나'의 인격의 프리즘 대신 베르그송이 말한 뇌의 회로(뇌의 간격)를 직접 동요시킨다.

투명한 프리즘을 통한 나체화의 윤리란 이데올로기의 공백에서의 인간 대 인간의 대면이다. 그와 달리 아내의 알몸은 상징계(그리고 상상계) 외부에서 **표상 이전**의 순수지각 이미지[41]와 '나'의 뇌엽의 대면이다. 아내가 진초록색 몸과 상록활엽수의 얼굴이 된 것은 인격 프리즘이 아니라 **뇌의 스크린**에서 영화가 상영되는 것과도 같다. 그것은 '나'의 눈에 비쳐진 것이기보다는 전류화된 이미지가 새로운 뇌엽을 팽창시키는 과정이다.

내가 아내의 공간에 들어선 순간은 아내의 기억과 심연의 카오스적 이미지들이 동요하며 교감의 욕망을 자극하는 시간이다. 그러나 아내의 전류가 '나'의 뇌엽을 팽창시키고 몸 전체에서 동요한다는 것은 이제 새로운 회로에서 식물이 된 생명과 교감하는 셈이다. 식물 아내는 기존의 표상이 아니라 특이하게 '인간의 기억을 가진 자연'이기 때문에 또 다른 회로에서만 창발될 수 있다. 그처럼 '나'는 단순히 억압에서 벗어나는 것이 아니라 새로운 뇌엽을 생성하면서 거세의 위협에 대처하고 있다. 그 순간 승인된 감성의 공간과 새로운 뇌엽 사이에서 이중주로 동요하는 것이 바로 **몸의 은유**이다. 아내의 퇴화된 몸이 기존의 표상체계에 의한 지각이라면 싱싱한 식물 아내는 새로운 **뇌엽의 스크린**에 비친 이미지이다. 이처럼 몸의 은유는 새로운 뇌엽의 생성에 조응한다. 시래기 같은 머리카락은 싱그러운 들풀 줄기처럼 윤기를 흘리고 있었다. 아내의 몸과 '나'의 뇌에서 은유가 창발되면서 아내의 퇴화된 몸이 생명력 있는 식물로 피어나고 있었던 것이다.

---

41 물질이 상징계의 표상으로 지각되기 전에 뇌의 간격에 전달된 이미지를 말함. 베르그송은 뇌와 신경계란 표상이 아니라 미결정성(간격)을 위해 구성된다고 말한다. 앙리 베르그송, 《물질과 기억》, 앞의 책, 63쪽.

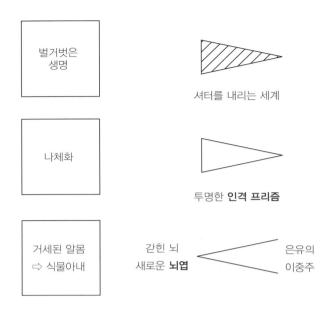

도표에서처럼 **벌거벗은 생명**은 셔터를 내리는 세계에서의 타자의 배제이다. 또한 **나체화**는 인격 프리즘이 투명해지는 순간의 타자와의 대면이다. 반면에 은유적 모험은 인격 프리즘이 투명해지지 않는 상태에서 벌거벗은 생명(앱젝트)을 타자로 회생시키려는 시도이다. 아내의 **알몸**은 앱젝트인 동시에 응시를 흘리면서 '나'에게 도약을 호소한다. 그런데 '나'는 나체화 윤리에서처럼 직접 인격 프리즘을 동요시키는 대신 은유를 작동시킨다.[42] **은유**는 인격 프리즘을 작동시키기 어려운 상황에서 아내의 응시에 대응하며 **새로운 연결**을 만들어 뇌엽을 팽창시킨다. 그처럼 새로운 연결을 만들기 때문에 나체화와는 달리 뇌수에 진동을 일으키는 **이중주**가 필요한 것이다. 이 은유의 이중주의 연쇄는 미학적 환상으로 발전한다. 미학적 환상이란 경직된 표상체계에 대한 베르그송의 뇌의 간격에서의 은

---

42 나체화의 윤리에서도 실재계적 타자와 교섭하는 과정에서 은유가 필요하다. 이 경우 벌거벗은 얼굴과의 윤리적 대면과 은유의 작용은 거의 동시적이다. 반면에 나체화를 상실한 시대에는 은유가 먼저 작동되어야 타자와의 교섭이 회생할 수 있다.

유적 반격에 다름이 아니다.

그 과정에서 아내와 함께했던 자연의 꿈과 순수기억은 매우 중요하다. 자연의 꿈은 베란다에 머물렀다가 '나'의 프리즘에 스며들었고 이제 다시 베란다의 아내의 전류로 남겨졌다. 아내의 자연은 뇌의 전기신호로 간신히 잔존하게 된 것이다. 아내의 응시는 (나체화처럼) 벌거벗은 얼굴로 호소할 수 없고 그처럼 **전류**가 되었기 때문에 '나'의 뇌의 회로에서 은유와 이미지의 작동이 필요해진 것이다.

그런 신호마저 사라지고 남은 마지막 흔적이 아내의 열매였다. 아내의 열매는 생명의 전류(응시)를 방출시켜 '나'의 새로운 뇌엽을 더 증폭시킬 **실재계적 씨앗**(대상 a)이다. '내'가 아내의 잔여물과 교감하며 은유를 통해 새로운 뇌엽을 팽창시키는 과정은 심연의 자연과 에로스의 샘물을 퍼 올리는 진행에 상응한다. 그처럼 아내와의 기억인 자연(에로스)을 퍼 올리는 것은 식물이 된 아내와 교감하기 위한 목숨을 건 도약의 과정이기도 하다.

그런 목숨을 건 도약은 나체화와는 달리 인간세계와 식물세계라는 두 개의 영역 사이에서 일어난다. 인간세계에서 에로스가 힘들어졌다고 '내'가 에로스를 소망하는 것이 인간을 버리고 자연으로 탈주하는 것은 아니다. 인간을 버린 자연으로의 탈주는 또 다른 분열 상태에서 벗어나지 못한다. 그와 달리 에로스란 표상세계 바깥의 아내의 자연과의 사랑이지만 그 사랑은 인간으로 남아 있어야만 가능하다. 인간세계에서는 자연의 사랑이 어려우며 식물세계에는 인간의 감각이 희미해져 있다. 그 때문에 자연을 회복한 인간의 사랑을 위해서는 **두 개의 영역**이 필요하게 된 것이다. '나'의 도약에 의해 아내는 거세된 존재에서 벗어나 미지의 새로운 코드(식물세계) 속에 존재하게 된다. '나'의 인간세계와 아내의 식물세계, 그 두 개의 영역을 횡단하는 순간, '나'는 비로소 에로스의 시간을 경험하게 된다.

아내의 잔여물인 대상 a는 자연의 몸인 동시에 인간의 전류를 흘리고 있다. '나'의 에로스란 아내의 자연의 사랑인 동시에 인간의 사랑이기에 두 개의 코드를 관통하는 은유가 요구되는 것이다. 그 순간 아내의 잔여물 실재계적 대상 a는 **다중적 코드의 관통**을 허용한다. 은유를 통해 아내의 몸이 자연의 생명으로 살아남음으로써 이제 '나'에게 세계는 두 가지 코드로 움직이게 되었다. 하나는 신자유주의의 세계이며 다른 하나는 아내의 식물세계이다. **복수 코드**란 세계를 **실재계**와 연관된 것으로 이해할 때만 작동될 수 있다. 〈내 여자의 열매〉에서 합리적 세계와 탈합리적 세계는 실재계와 연동된 두 개의 코드들이다.

합리적 세계에서 실재계와의 교섭이 잘 이뤄지고 있다면 또 다른 코드를 작동시킬 이유는 별로 없다. 그러나 신자유주의는 너무나 상상계에 기울어 있기 때문에 심연에 실재계에 대한 갈망이 잠재하게 된다. 신자유주의는 아내를 앱젝트로 거세시킴으로써 '이상한 고요함'의 운행을 계속한다. 그러나 '나'의 심연에서의 실재계적 동요는 앱젝트가 된 아내를 은유로 회생시키면서 두 개의 코드를 작동시킨다. 아내의 식물세계는 미학적 환상이지만 상상계적 일상 보다 더 실재에 접근한 이미지이다. 한순간의 투명한 (실재계적) 감동이 가능했던 나체화 시대와는 달리 우리 시대는 실재에 접근하기 위해 **은유의 이중주**와 **복수 코드**의 작동이 필요해진 시대이다.

은유를 통한 복수 코드적 환상의 작동은 새로운 뇌엽의 생성과 맥락을 같이 한다. 나체화의 순간이란 인격 프리즘에 숨어 있던 억압된 인간의 비밀의 귀환이다. 반면에 인격 프리즘과 뇌엽이 빈곤해진 우울증의 시대에는 새로운 회로의 생성을 통한 은유의 창발이 필요하다.

우리 시대의 신자유주의적 동일성 세계는 직접 대항하기 어려울 만큼 견고한 캐슬이 되었다. 우리가 잊고 있는 것은 그런 캐슬을 떠받히며 불평등성을 영구화하는 것이 감성의 물신화라는 점이다. 《스카이 캐슬》(극본 유현미, 연출 조현탁 · 김도형)이 아무리 현실을 비판해도 일상의 사람들은 오히려 캐슬의 입주를 선망한다. 이런 감각(시각성)의 예속화야말로 신자유주의의 성곽을 영구화하며 감성의 독재가 지속되는 이유이다. 캐슬에 입주하기 전에 이미 사람들의 **뇌의 회로**가 캐슬에 갇혀 있는 것이다.[43]

베르그송은 뇌의 간격이 작동될 때 세계의 자극에 대한 반응이 사물처럼 자동적이 되지 않고 능동성을 얻는다고 말했다. 그러나 오늘날은 뇌의 간격이 캐슬을 선망하는 이미지들에 점령되어 자아의 능동성이 상실된 세계이다. 그런 상황에 대항하려면 물신화된 감성의 질서를 흔들기 위한 새로운 뇌엽의 생성과 **은유의 이중화**가 필요하다. 거세된 알몸(앱젝트)을 생명의 신체로 되돌리는 은유적 도발을 통해서만 인격성과 신체가 능동성을 되찾으면서 신자유주의의 캐슬을 해체하는 저항을 시작할 수 있다.

예컨대《기생충》에서 지하의 앱젝트는 모스부호로 교신하며 캐슬의 밀봉된 절대적 환상을 은유적으로 해체한다.[44] 〈내 여자의 열매〉의 식물 아내는 거기서 더 나아가 에로스적 교감을 통해 캐슬을 물위의 도시로 동요시킨다. 마침내 식물 아내가 꽃으로 돌아오는 촛불광장에서는 감성의 분할을 해체하는 은유적 정치가 시작될 수 있을 것이다.

신자유주의의 성곽이 공고해질수록 식물 아내는 베란다에서 피멍이 든 몸으로 시들어갈 것이다. 은유는 간신히 잔존하는 아내의 이미지를 자연적 생명의 신호로 수신해 **뇌의 회로를 이중화한다.** 하나는 캐슬이 각인된 뇌이며 다른 하나는 식물 아내에게 도약하는 뇌이다. 은유의 이중주는 일상의 회로와 새로운 뇌엽을 횡단하며 세계를 복수 코드로 만든다. 복수 코드적 환상은 퇴화된 수초로 남겨진 아내를 다시 생명으로 귀환시키면서 상상의 캐슬에서 해방된 존재들이 꽃으로 돌아오는 은유로서의 정치를 발전시킨다.

---

43 감성의 흐름과 행동의 흐름이 일정한 뇌의 회로를 따라가고 그 회로가 상상의 캐슬에 갇혀 있으면 자극과 반응이 예측가능하며 그 사회는 변화되지 않는다.

44 《기생충》에서는 지하의 교신 자체가 캐슬의 절대성을 은밀히 해체하는 신호로 볼 수 있다.

8. 섬광기억과 시간 이미지

모더니즘과 포스트모더니즘은 무력화된 응시를 회생시키는 미학적 방법들이다. 물신화된 시선의 독재의 시대에는 응시가 회생되어야만 두 가지 숨겨진 비밀이 돌아온다. 그런데 중요한 것은 두 가지 비밀 중에서 **에로스의 귀환**은 복수 코드가 작동되는 중에만 가능하다는 점이다. 〈변신〉에서는 환상을 통해 (부인된) 권력의 비밀이 누설되지만 에로스의 비밀은 돌아오지 않는다. 반면에 〈내 여자의 열매〉에서는 일상과 환상을 횡단하는 은유의 이중주 속에서 권력의 비밀과 함께 에로스의 비밀이 귀환한다.

에로스의 비밀의 귀환은 복수 코드적 환상의 핵심적인 특징이다. 에로스가 회생하기 때문에 시든 채소로 거세되어가는 아내가 식물 타자로 귀환할 수 있는 것이다. 이런 미학적 상황은 반대로 말해질 수도 있다. 즉 현실세계에서 에로스가 상실되었기 때문에 또 다른 코드의 세계가 필요해진 것이며, 두 개의 코드의 틈새를 건너뛰는 필사적 도약이 요구되는 것이다.

〈내 여자의 열매〉, 〈나의 사랑 나의 귀신〉, 〈아, 하세요 펠리컨〉에서처럼 복수 코드적 환상에서는 반드시 에로스적 도약의 과정이 나타난다. 코드들의 틈새도 목숨을 건 도약도 없는 모더니즘 환상에서는 에로스의 회생이 없기에 회귀하지 못한 타자가 앱젝트로 거세된다. 반면에 두 개의 코드의 틈새에서 **목숨을 건 도약**이 감행될 때 에로스가 부활하면서 앱젝트가 타자로 돌아온다.

에로스란 코드화되지 않은 틈새를 건너뛰는 목숨을 건 도약이다. 1970년대처럼 일상에 틈새가 남아 있을 때는 나체화의 순간에 에로스를 경험할 수 있었다. 반면에 신자유주의에서는 에로스가 추방되었기 때문에 거세된 타자와 다른 코드로 교섭하는 복수 코드적 환상이 나타난 것이다. 복수 코드적 환상에서는 아내에게 물세례를 퍼부을 때뿐 아니라 매 순간

도약이 있는 셈이다. 그 때문에 여기서는 '어떻게 그런 도약이 가능한가' 라는 두 세계의 횡단의 비밀이 중요하다.

〈내 여자의 열매〉에서 '나'는 아내의 자연의 시간이 '나'의 존재로 전이된 기억을 가지고 있다. 아내는 신자유주의의 시간 속에서 낭종투성이의 몸으로 거세되어간다. 그러나 '나'의 심연에는 신자유주의의 시간에 예속되지 않은 아내에 대한 기억이 남아 있다. 그 기억은 체제의 선적인 시간에서 벗어나 '나'의 심연에 각인되었기 때문에 거세의 시간에 저항한다. 권력에 의해 작동되는 선적인 시간에 저항하는 그런 기억이 바로 섬광기억이라고 할 수 있다. 거세에 저항하는 섬광기억이야말로 코드의 틈새를 도약하게 하는 원동력이다.

섬광기억은 선적인 시간에서 이탈해 자아의 심연에 기입되었기 때문에 특이한 선명함과 생동감으로 영원회귀[45]한다.[46] 자아의 존재에 강렬한 흔적을 남긴 섬광기억에는 상처의 기억과 사랑의 기억이 있다. **상처의 기억**과 **사랑의 기억**은 권력의 시간에 저항하며 자아의 존재를 증명하는 존재론적 기억이다. 자아에게 섬광기억이 떠오르는 순간은 권력의 각본으로 전개되는 선적인 시간에서 벗어나 존재를 팽창시키는 시간이다. 예컨대 〈내 여자의 열매〉에서 아내는 신자유주의의 시간 속에서 거세되면서 마침내 형언할 수 없는 아련한 전류로 남겨진다. 그 순간 '나'는 아내의 아랫도리에서 와락 피어나던 싱그러운 풀냄새를 기억한다. 아내의 자연의 시간이자 '나'의 존재의 일부인 그 풀냄새는 '내'가 일상에서 환상으로 도약하게 하는 기억의 비밀이다. '나'는 섬광기억을 통해 빈약한 존재를 부풀릴 수 있기 때문에 신자유주의의 거세의 시간에 저항하며 아내와의 교감을 계속할 수 있는 것이다.

'나'는 아내가 열매로 남겨졌을 때 다시 한번 아내의 풀냄새를 떠올린

---

45 섬광기억은 끝없이 다시 돌아오며 현재와 교섭해 미래의 시간을 열어준다. 그런 방식으로 니체의 영원회귀를 증명한다고 할 수 있다.

46 주디스 러스틴, 노경선 · 최슬기 역, 《몸 뇌 마음》, 눈출판그룹, 2016, 85쪽.

다. 영원회귀하는 섬광기억의 생생함과 강렬함은 아내와의 교감이 끝없이 계속될 것임을 암시한다. 그런 끝없는 교감은 거세의 권력에 저항하며 앱젝트가 된 아내를 **타자**로 회생시키는 추동력이다. 그 때문에 아내와의 교감이 지속되는 동안 권력의 비밀과 에로스의 비밀이 암시될 수 있는 것이다.

벤야민은 현실의 위기의 순간에 **섬광처럼** 번쩍이는 어떤 기억을 움켜잡아야 한다고 말했다.[47] 벤야민이 말한 위기를 구원해주는 기억이 바로 섬광기억이라고 할 수 있다. 구원의 문은 섬광기억의 불꽃을 점화시켜 **기억의 경첩**을 움직일 때 열리게 된다. 기억의 경첩이란 〈내 여자의 열매〉에서 현실과 환상 사이의 도약을 지속시키는 풀냄새와도 같은 것이다. 풀냄새를 기억하며 교섭과 도약을 계속할 때 앱젝트로 추방된 타자가 구원을 얻는 것이다.

구원의 문이 섬광기억과 기억의 경첩에 의해 움직인다면 그것은 사변적인 사상이 아닌 **이미지 기억**으로 열리는 셈이다. 〈내 여자의 열매〉에서 '나'는 아내의 열매를 화분에 심으며 향긋하고 특이한 풀냄새를 곰곰이 생각한다. 이 소설은 생각과 사유를 사변적으로 드러내는 대신 이미지들의 연결을 통해 은밀히 암시한다. 여기서 **이미지들의 연쇄**를 통해 시사되는 '나'의 구원의 사유는 권력의 비밀과 인간의 비밀에 관한 것이다. 이처럼 사유를 이미지를 통해 표현하는 것을 들뢰즈는 **시간 이미지**라고 불렀다. 시간 이미지는 심연에서 무수한 이미지들과 교섭하는 존재와 정체성의 중요한 일부이다. 그것은 과거가 현재가 되고 시간이 존재로 전이된 섬광기억에 다름이 아니다. '나'는 시간 이미지를 통해 거세라는 권력의 비밀과 구원이라는 에로스의 비밀에 대해 **생각**하고 있는 것이다.

시간 이미지는 선적인 연결에서 벗어난 한순간의 영상인 동시에 고도의 선명성과 복합성을 갖고 있다. 시간 이미지가 이미지들의 교섭을 통해

---

47 발터 벤야민, 《문예비평과 이론》, 앞의 책, 296쪽.

사유를 발생시키는 것은 엄청난 미세 기억(정보)들과 정서적 단서들을 내포하고 있기 때문이다.[48] 그런 시간 이미지에 내포된 기억의 잠재적 복합성은 베르그송의 **순수기억**의 논의에서 암시된다.

베르그송은 선적인 시간의 회로에 기계적으로 적응하지 않는 것이 생명적 존재의 특징이라고 생각했다. 생명적 존재는 시간의 인과적 회로에 놓여 있지만 그와 함께 지난 시간을 나이테처럼 자신의 존재로 전이시키는 과정을 지속한다. 그 때문에 우리의 존재는 시간이 갈수록 실재의 사면을 구르며 눈사람처럼 부풀어가는 것이다. 베르그송은 마치 나이테나 눈사람처럼 성숙해가는 존재론적 시간을 순수기억이라고 불렀다.

우리가 인과적 궤도를 지나가는 동안은 심연에서 순수기억이 부풀어가는 과정이기도 하다. 일상에서 시간의 수평적 축이 진행되는 동안 순수기억은 수직적 팽창을 계속한다. 그 때문에 우리가 일상의 선적인 시간을 경험할 때도 (습관기억에 의한) 대상의 표상화와 함께 매 순간 순수기억의 메아리 같은 내포적인 감성과 의미가 포개진다.

이처럼 우리는 선적인 인과성과 순수기억의 공명이라는 두 축이 결합된 삶을 살고 있다. 물론 일상에서 선적인 시간이 주도적일 때는 순수기억의 잠재성의 실현은 제한적이다. 하지만 상처나 사랑 같은 강렬한 경험을 할 때 우리는 마치 시간이 정지된 듯한 느낌을 갖게 된다. 그것은 시간이 우리의 심연에 각인되어 궤도를 이탈한 채 선적인 회로로 잘 돌아오지 않기 때문이다. 이제 지난 시간은 다음 시간에 차례를 넘겨주는 대신 우리의 중요한 존재의 일부로서 동행하게 된다.[49] 이처럼 시간이 섬광기억으로서 우리의 심연에 특별한 이미지로 각인된 것이 바로 시간 이미지이다. 시간 이미지는 순수기억의 일종이지만 순수기억처럼 선적인 궤도의 배경으로 따라오기만 하는 것이 아니다. 영원회귀하는 시간 이미지는 특

---

48 주디스 러스틴,《몸 뇌 마음》, 앞의 책, 86쪽.

49 선적인 시간이 완전히 정지된 것은 아니지만 다음 시간 앞에서 과거로 물러나는 대신 심연에 각인된 이미지 기억으로 동행하게 된다.

별한 순간에 시간의 선적인 진행을 잠시 멈추고 시각적 대상을 복합적 이미지들의 미시운동으로 전이시킨다.

이처럼 선적인 궤도를 정지시키고 순수기억의 복합적 층위를 동요시키는 전경화가 바로 **은유**와 **환상**이다. 시간 이미지가 미시 기억의 복합성을 지니는 것은 그런 순수기억의 동요 때문이다. 시간 이미지에 의해 발동된 은유와 환상은 선적인 시간에 **저항**하는 동시에 **도약**을 통해 다른 시간의 회로를 생성시킨다.

이처럼 시간 이미지가 영원회귀하는 과정은 과거의 순간으로 되돌아가는 것과는 다르다. 예컨대 〈내 여자의 열매〉에서의 풀 냄새는 '내'가 아내의 식물세계로 도약하게 하는 시간 이미지이다. 하지만 도약의 순간 '나'는 과거로 돌아가는 것이 아니라 아내의 몸이 **새로운 세상**에서 소생하길 소망하고 있는 것이다. 아내의 열매가 붉은 꽃으로 피어난다는 은유는 풀 냄새(시간 이미지)에 의해 발동된 이미지들이 연결과 도약을 통해 꽃이라는 다른 시간의 소망을 생성하는 과정이다.

마찬가지로 촛불집회에서 사람들을 도약하게 하는 시간 이미지는 세월호 사건에서의 학생들의 이미지이다. 여기서도 우리는 학생들이 휴대폰으로 보내온 이미지를 기억하며 도약하지만 그것은 단지 지나간 기억을 추모하는 것이 아니다. 우리는 학생들의 시간 이미지가 꽃으로 돌아오는 것(은유)을 보기 때문에 신자유주의에 저항하며 촛불을 들 수 있는 것이다. 꽃으로 돌아온 타자는 촛불의 은유와 함께 새로운 시간의 소망을 암시한다. 이런 일련의 변주와 창발이 은유를 통한 시간 이미지의 영원회귀의 의미일 것이다. 촛불집회는 시간 이미지의 영원회귀에 의해 도약하며 다른 시간의 생성을 소망하는 목숨을 건 에로스의 퍼포먼스다.

9. 뇌의 간격과 광장의 간격

포스트모던 리얼리즘으로 불릴 수 있는 박민규의 〈아, 하세요 펠리컨〉은 존재론적 미학을 통해 신자유주의에 대응하는 과정을 매우 분명히 암시한다. 박민규의 '오리배의 비상'과 광장의 '촛불집회'는 시간 이미지를 통해 뇌의 간격을 동요시키는 비슷한 존재론적 미학을 보여준다. 〈아, 하세요 펠리컨〉의 '나'는 '라-57호' 오리배에서 자살한 사내의 시간 이미지를 통해 오리배의 비상으로 도약한다. 그와 비슷하게 사람들은 죽은 백남기 농민의 시간 이미지를 통해 도약하며 촛불집회에서 신자유주의의 변화를 소망한다. 박민규 소설과 촛불집회의 시간 이미지를 통한 존재론적 도약은 예전의 나체화 윤리와 연관된 사회운동과는 다른 면이 있다.

예컨대 〈창백한 중년〉(윤흥길)에서 권씨는 안순덕이 마네킹처럼 팔이 잘리는 장면을 본 후 회사 사장을 찾아간다. 여공의 나체화가 권씨의 인격 프리즘을 동요시켜 저항적 행동을 하게 만든 것이다. 그러나 오늘날은 사건이 일어나도 인격 프리즘이 쉽게 동요하지 않는다. 이런 시대에는 존재론적 미학을 통해 영화처럼 뇌의 간격을 활성화시켜 인격을 회생시켜야 한다. 예컨대 우리는 쓰러진 백남기 농민을 나체화로 보는 것이 아니라 밀밭을 거닐며 징을 치는 영화로 본다. 우리 시대는 뇌의 회로에서 존재론적 영화가 상영되어야만 저항이 시작될 수 있는 사회이다. 오늘날은 변혁운동에서 시적 은유와 영화적 이미지가 매우 중요해진 시대이다. 나체화가 **인격 프리즘**을 통한 변혁운동의 무기라면 존재론적 미학의 이미지는 **뇌의 간격**을 활성화시키는 또 다른 변혁운동의 무기이다.

나체화도 시간 이미지가 되지만 나체화 윤리에서는 최초의 지각 이미지가 매우 중요하다. 반면에 존재론적 미학의 시간 이미지는 시간이 갈수록 뇌의 간격에서 이미지가 변주되며 심연의 영화로 상영된다. 인격 프리즘과 뇌의 간격, 나체화와 충격과 시간 이미지의 상영은 과거와 오늘날에 사람들을 움직이는 변혁운동의 무기가 조금 달라졌음을 암시한다.

인격 프리즘과 달리 뇌의 간격이 무엇인지는 잘 실감 나지 않을 수 있다. 인격의 회로와 뇌의 회로의 차이는 소설과 영화의 차이와도 같다. 소설은 흔히 시점(의식)-사건-감성적 동요-감정이 부과된 이미지로 진행된다. 반면에 영화는 미결정적 이미지-감각과 감정-심리와 운동으로 나아간다.[50] 소설은 아무리 객관적이라도 감성과 의식에 젖은 상태에서 출발하며 직접 묘사를 통해 사건을 제시한다. 반면에 영화는 무언지 알 수 없는 물질적 이미지[51]에서 시작해서 점차 감성과 행동을 인지하게 하는 쪽으로 진행한다. 인격적 시각을 사용하는 소설은 사건과 인격 프리즘이 교섭하는 나체화의 윤리를 시각화하는 데 유리하다. 반면에 인격을 통과하지 않은 물질 쪽의 이미지에서 시작하는 영화는 뇌의 간격에서 일어나는 존재론적 사건들을 섬세하게 이미지화할 수 있다.

영화에서도 롱테이크를 많이 사용하면 소설처럼 인격 프리즘이 작동하는 서사가 펼쳐진다. 그러나 김기덕 영화처럼 물질적 이미지의 충격에 의존하는 영화에서는 인격을 통과하지 않은 이미지가 뇌의 간격에서 벌이는 퍼포먼스가 중요하다. 예컨대 《빈집》에서 세 사람이 동거하며 벌이는 복화술(複話術)의 연출은 (인격의 눈이 아니라) **뇌의 간격**에서 진행되는 이미지 게임이다. 《빈집》은 뇌의 간격에서 벌어지는 퍼포먼스를 통해 빈곤해진 존재를 팽창시키는 미학이다.

인격 프리즘이 인간의 눈에 비친 이미지로 세계를 본다면, 뇌의 간격은 물질적 이미지의 연출을 통해 세계와 인격을 생성한다. 후자의 물질적 이미지[52]의 연출과 생성은 흔히 **시뮬라크르**라고 불린다. 우리 시대는 인격을

---

50 나병철, 《영화와 소설의 시점과 이미지》, 소명출판, 2009, 39~41쪽 참조.

51 물질적 이미지는 물질 자체는 아니지만 인격의 회로를 통과한 이미지와는 달리 물체 쪽의 미결정적 이미지로서 작용한다.

52 이 물질적 이미지는 표상적인 사물의 이미지가 아니라 표상 이전의 순수지각 이미지이다. 그처럼 사물 이전의 이미지이기 때문에 시뮬라크르는 비물질적 이미지라고 불리기도 한다.

통과한 이미지보다 물질적 이미지의 연출이 더 많아진 시뮬라크르의 시대이다.[53]

물질적 이미지의 연출은 권력의 시뮬라크르(보드리야르)와 사건의 시뮬라크(들뢰즈)로 구분된다. 권력의 시뮬라크르는 연출가의 승리로 불리며 디즈니랜드나 《트루먼 쇼》의 세트 같은 것으로 나타난다. 반면에 사건의 시뮬라크르는 권력에 의해 비식별적이 된 것을 식별케 해주는 시각적 사건으로 나타난다. 예컨대 JTBC 화면에 서지현 검사가 등장한 것은 보이지 않는 희생자를 보이게 해준 시각적 사건이었다. 서지현 검사의 화면은 빈곤해진 인격 프리즘을 대신해서 우리의 뇌의 간격에 충격을 주는 사건의 시뮬라크르였다.[54] 사건의 시뮬라크르는 감성의 치안을 뚫고 솟아오른 시각적 생성의 순간이다. 감성의 치안이 실재계적 타자를 앱젝트로 추방한다면 서 검사의 시각적 생성은 다시 타자로 돌아오는 순간이다. 서 검사는 JTBC 화면에 등장한 순간 권력이 연출한 공간(상상계)에서 벗어나 실재계에 접속한 이미지로 이동하는 순간을 보여주었다.[55] 우리의 충격은 그 실재계적 이미지의 파열적인 진동과 파문에 있었다.

마찬가지로 김진숙의 고공 투쟁은 노동자의 시뮬라크르를 생성시킨 시각적 사건이다. 김진숙의 고공 투쟁은 해직 노동자가 보이지 않는 앱젝트로 추방되었을 때 시작되었다. 고공 투쟁은 먼 거리 때문에 벌거벗은 얼굴을 보여주기 어려우며 인격 프리즘의 작동에는 오히려 불리하다. 그런데도 김진숙이 고공에 오름으로써 보이지 않던 노동자의 얼굴이 비로소 보이기 시작했다. 그처럼 앱젝트로 추방되었던 노동자가 돌아오게 된 것은 고공 투쟁이 김진숙을 상상계에서 실재계로 이동시켰음을 뜻한다. 실재계에서 생성된 크레인 위의 김진숙은 시각적 사건으로서의 시뮬라크

---

53 이점은 전쟁과 의료, 일상에서 확인할 수 있다.

54 이처럼 뇌의 간격에 충격을 주기 때문에 거세회로에 저항할 수 있다.

55 이 순간은 앱젝트의 위치에서 타자와 대상 a의 위치로 돌아오는 시간이다.

르이다. 김진숙은 눈의 프리즘으로 보인 것이 아니라 뇌의 간격에 각인된 시뮬라크르로 작동된 것이다. 김진숙은 감성의 치안을 따돌리고 사람들에게 시각적 사건으로서 보이게 하기 위해 크레인에 오른 셈이다. 인격 프리즘이 빈곤해진 시대에 김진숙의 시뮬라크르는 사람들의 뇌의 간격에서 순수기억의 동요를 불러일으킨다. 그렇게 함으로써 자아를 부풀리고 신자유주의의 거세의 회로에 저항하는 것이다. 저항의 단초로서의 김진숙의 시각적 사건은 우리 시대가 나체화의 시대가 아니라 시뮬라크르의 시대임을 암시한다.

1970년대가 나체화의 시대였던 것은 역동적인 인격 프리즘을 통해 이데올로기의 공백에서 타자를 회생시킬 수 있었기 때문이다. 반면에 인격 프리즘이 빈곤해진 신자유주의 시대는 앱젝트로 추방된 타자가 되돌아오는 길이 없어진 사회이다. 이런 시대에는 빈약한 인격 프리즘 대신 물질적 이미지를 구성해 **상상계적** 감성의 치안을 따돌리고 **실재계**와 교섭하는 시뮬라크르를 생성해야 한다. JTBC 화면에 나타난 서지현이나 고공의 김진숙은 물질적 이미지의 연출을 통해 생성된 실재계적 시뮬라크르이다. 서지현의 화면은 일상에서는 (인격 프리즘으로) 보면서도 보지 못하던 희생자를 (관심이 쏟아지는) TV의 이미지로 송출함으로써 우리의 뇌의 간격에 충격을 주고 있다.[56] 고공의 김진숙 역시 크레인을 통해 심리적 불안과 고통을 보여줌으로써 무관심한 노동자를 실재계적 타자로 회생시키고 있다. 두 경우 모두 인격 프리즘으로 보이지 않던 사람들이 뇌의 간격에서 타자로 회생해 순수기억을 동요시킨다. 과거에는 인격 프리즘이 투명해지는 순간 (회생된) 타자의 고통에 공감할 수 있었지만 지금은 시뮬라크르의 생성이 있어야만 뇌의 간격에 충격을 줄 수 있는 것이다.

---

56 TV의 이미지는 흔히 진상을 감추는 연출을 하기도 하지만 서지현의 JTBC 화면은 반대로 일상에서 보이지 않던 것을 보여주고 있었다. 이는 상상계에서 실재계로 전회하는 이미지 사건(시뮬라크르)이라고 할 수 있다.

인격 프리즘을 통한 교감

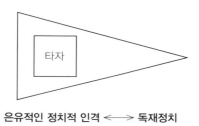

은유적인 정치적 인격 ⟷ 독재정치

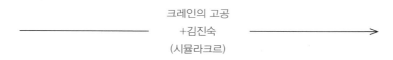

뇌의 간격에서의 시뮬라크르

은유적인 정치적 인격 ⟷ 신자유주의

　신자유주의 시대의 저항의 출발점은 인격 프리즘에서 **뇌의 간격**으로 이동했다. 뇌의 간격이란 외부세계의 자극에 대한 주체의 반응을 지연시키는 공간이다. 사회적 회로에서 어떤 자극이 주어졌을 때 그 즉시 반응해야 한다면 우리는 사물이나 기계처럼 능동성을 잃어버린다. 반대로 뇌의 회로가 복잡화되고 뇌엽이 팽창해 있을 때 반응은 지연되며 우리는 능동적 주체가 된다. 신자유주의는 모든 것을 상품화함으로써 우리를 물신화된 회로에 즉시로 반응하게 만든다. 신자유주의가 우리의 뇌엽을 빈곤하게 만들어 우울증을 발생시키는 것은 그 때문이다. 이런 시대에 능동적 주체성을 되찾기 위해서는 뇌의 간격에서의 특별한 작업과 운동이 필요하다.

뇌의 간격이 중요해진 근본적인 이유는 인격 프리즘이 빈곤해졌기 때문이다. 인격 프리즘이 활성화되면 뇌의 간격에서의 운동도 역동적이 된다. 그러나 신자유주의는 인격성의 영역을 상품화함으로써 하성란 소설에서처럼 시각 프리즘을 렌즈화한다. 이런 상황에서는 빈약한 인격 프리즘 대신 직접 뇌의 간격에 충격을 주는 이미지들을 생성해내야 한다. 그처럼 인격 프리즘 대신 직접 뇌의 간격을 자극하는 이미지가 바로 시뮬라크르이다.

어떤 사회이든 뇌의 간격이 활성화되어야만 사회적 억압에 저항할 수 있다. 그런데 신자유주의 시대는 두 가지 이유로 인격 프리즘을 통해 뇌의 간격을 활성화하기 어려워진 시대이다. 첫째는 사회가 상상계 쪽에 기울어 있어 앱젝트가 된 타자를 돌아오게 하는 길이 막혀 있다.[57] 둘째는 용산참사에서처럼 사건이 일어나도 인격 프리즘이 반응하지 않기 때문에 타자는 이상한 고요함 속에서 앱젝트로 사라진다. 우리가 체제의 모순을 넘어서 새로운 사회로 가는 길은 희생자인 타자와 교감하는 것이다. 그러나 신자유주의는 인격의 회로를 통해 타자와 교감하기 가장 어려워진 시대이다.

그 때문에 오늘날은 빈곤한 인격의 회로 대신 직접 뇌의 간격을 활성화하는 운동이 필요한 시대이다. 그처럼 뇌의 간격을 활성화해 주체의 능

---

57 혐오발화, 막말, 가짜뉴스는 우리 시대가 상상계 쪽에 기울어 있음을 나타낸다.

동성을 되찾는 운동이 바로 존재론적 미학과 정치이다. 우리가 살펴본 **시간 이미지, 시뮬라크르, 은유의 이중주** 등은 우리 시대에 매우 중요한 존재론적 운동의 요소들이다.

실제로 오늘날은 존재론적 운동과 결합해야만 사회운동이 회생할 수 있는 시대이다. 예컨대 미투운동은 시뮬라크르와 시간 이미지, 은유의 이중주를 통해 나타난 새로운 사회운동이다. 미투운동은 서지현 검사가 JTBC 화면에 등장함으로써 비로소 불붙기 시작했다. 서 검사가 일상에서 피해를 말했을 때는 관심이 적었으며 2차 피해의 대상이 되었을 뿐이다. 일상세계는 남성중심적 상상계에 의해 지배되어 왔으며 신자유주의에서는 더욱 그렇기 때문이다. 이런 사회에서는 직접적인 얼굴의 대면보다도 신뢰성 있는 전파가 송출한 이미지가 더 파괴력을 지닌다. 물론 전기에 실린 이미지는 한강의 베란다의 전류나 박민규의 '불쌍한 유원지'의 심야 전기처럼 막연한 것일 수도 있다. 그러나 서 검사의 화면은 베란다와 32킬로미터의 거리[58]를 건너뛰어 우리의 안방에까지 전기 이미지를 흘려보냈다. 그 순간 동시에 확산된 이미지들이 수동적인 시각 프리즘 대신 뇌수를 강타했기 때문에 연쇄적인 공감의 증폭을 일으킨 것이다. JTBC 화면은 신자유주의의 시각 테크놀로지를 뚫고 나오는 시뮬라크르의 승리였다. 시뮬라크르는 비물질적이지만 뇌의 회로를 통해 몸을 진동시키는 물질적 육체성을 지니고 있기도 하다. 그 때문에 서검사와 우리를 신자유주의의 상상계를 꿰뚫는 실재계적 육체성의 위치로 이동시킨 것이다.

더욱이 희생자의 검사의 신분은 상징계-법의 균열을 통해 실재계를 노출시켰다. 신자유주의는 상징계의 균열을 상상계로 봉합해 안정된 운행을 계속하는 사회이다. 그러나 서 검사는 법적 조직이 법의 균열을 포함함으로써 남성중심적으로 더욱 강력해짐을 보여주었다. 그런 방식으로

---

58 32킬로미터의 거리는 박민규의 〈아, 하세요 펠리컨〉에 나오는 서울에서 오리배 유원지까지의 거리를 말함.

법적 질서를 포장했던 환각 같은 침묵(상상계)을 실재계에 접촉한 균열로
식별하게 해준 것이다. 이제 서 검사의 JTBC 화면은 보이지 않는 여성들
의 고통을 보여주는 은유로 작용하기 시작했다. 은유의 이중주는 순수기
억을 증폭시켜서 서 검사와 여성들을 서로 구원해주며 남성중심적 인격
의 식민화에 저항했다.

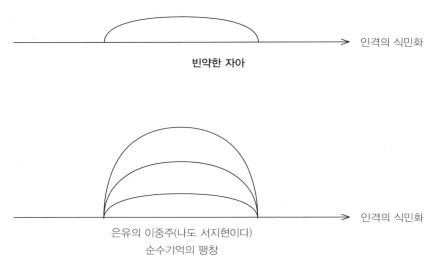

빈약한 자아

은유의 이중주(나도 서지현이다)
순수기억의 팽창

심연의 틈새(뇌의 간격)에서의 자아의 도약

성폭력은 트라우마를 남기지만 일상에서 상처의 기억을 억압해야 하기
때문에 자아를 위축시킨다. 미투운동은 일상에서 솟구친 시뮬라크르(서
검사)에 공명하는 은유("나도 서지현이다")를 통해 위축된 자아를 팽창시켰
다. 그런 과정에서 순수기억을 동요시키며 증폭된 에로스의 힘으로 거세
의 회로에 저항했다. 여기서는 (비)물질적 이미지인 시뮬라크르가 실제 얼
굴보다 더 감염력을 지니고 있었다. 여성들은 자아의 빈곤화에서 벗어나
능동적 주체로서 권력의 비밀과 에로스의 비밀을 발설할 수 있었다.

미투운동은 꺼진 자아를 다시 켜면서 작동되는 점에서 촛불집회와 유사하다. 탄핵 촛불집회 이후 미투운동이 다시 불붙은 것은 우연이 아니다. 촛불집회가 광장의 틈새에서 다중의 자아를 부풀린다면 미투운동은 심연의 틈새에서 여성의 존재를 팽창시킨다. 미투운동에서 여성들은 촛불집회처럼 광장에서 물리적으로 만나지는 않는다. 그러나 심연과 뇌의 틈새에서 서로 공명하며 자아를 회생키는 것은 광장의 소등 퍼포먼스와 매우 비슷하다. 미투운동은 일상으로 돌아온 후 자아의 심연의 틈새에서 다시 켜진 촛불 시즌 2라고 할 수 있다.

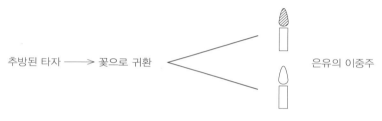

추방된 타자 ──▶ 꽃으로 귀환   은유의 이중주

촛불집회의 소등 퍼포먼스

과거의 변혁운동에서는 맨얼굴로 동지애를 느끼며 연대감 속에서 구호를 외칠 수 있었다. 나체화와 맨얼굴을 확인할 수 있었기 때문에 가슴에서 사랑과 분노가 흘러나왔던 것이다. 그러나 지금은 모르는 사람끼리 광장의 틈새에서 섬광 같은 (순수)기억의 공명을 느끼며 권력과 에로스의 비밀을 확인한다. 광장이라는 체제의 틈새에서 물결치는 촛불집회는 거세 회로의 틈새에서 연주되는 여성의 은유의 이중주와 매우 유사하다. 여성들은 맨얼굴이 아니라 심연과 뇌의 틈새에서 순수기억의 공명을 통해 손을 잡는다. 그처럼 심연의 틈새에서 교감하는 것은 은유적 가면을 쓴 항공사 집회에서도 마찬가지였다. 그들이 가면을 쓴 것은 자본가의 거세 회로에 간극을 만드는 저항임을 암시했다. 또한 집회가 진행되며 가면을 벗은 것은 거세의 두려움을 떨치고 자아의 촛불이 더 밝아졌음을 뜻했다.

촛불집회의 광장이라는 틈새에서의 도약은 뇌와 심연의 간격에서 번져 나온 존재의 팽창의 집단적 표현이다. **광장의 간격**은 **뇌의 간격**의 집단적 구현이다. 광장의 간격으로 나올 때 우리는 이미 뇌의 간격에서 자아의 촛불이 켜지는 것을 경험하기 시작한다. 항공사 집회, 미투운동, 촛불집회 는 (뇌의 간격에서) 자아의 촛불이 켜져야만 간격(광장)을 수놓는 저항이 시작되는 점에서 서로 겹쳐진다. 우리 사회는 촛불집회와 촛불 시즌 2가 교차되며 신자유주의에 대항하는 새로운 변혁운동을 회생시켰다. 거대한 신자유주의가 인격을 식민화하는 미시권력을 퍼뜨린다면, 새로운 사회운 동은 지배 회로의 간격에서 흘러나온 미시저항을 통해 유동적인 집단적 움직임을 물결치게 한다.

제8장

'쇼룸'의 시각성과
타자에 대한 갈망

1. 신자유주의의 '쇼룸'과 소비의 시뮬라시옹

우리 사회는 촛불집회를 통해 정치적 변혁의 첨단적인 방식을 보여주었다. 촛불집회는 인격을 식민화하는 신자유주의에 대응하는 새로운 창조적인 응답을 암시한다. 신자유주의가 미시권력의 신(新)발명인 만큼 촛불집회역시 미시저항의 첨예한 신무기인 셈이다.

그러나 촛불집회는 신자유주의를 단숨에 무너뜨릴 수는 없다. 그 이유는 신자유주의란 전 지구를 관통하는 연쇄적 자본주의이기 때문이다. 지구적 자본주의에서는 세계가 변화되지 않는 한 우리 사회가 혼자서 한꺼번에 변혁될 수는 없다. 지구적 자본주의란 세계화인 동시에 강대국들의 국가주의이기도 하다. 신자유주의는 한동안 전 지구적 자본주의라는 세계화의 흐름으로 이해되어 왔다. 하지만 자본주의적 부에 따라 서열이 매겨지는 신자유주의에서는 강대국들의 배타적이고 공격적인 행동이 갈수록 강화된다. 오늘날 지구 곳곳에서 전투적인 국가주의가 출몰하는 것은 우연이 아니다. 자본주의가 순조로울 때는 신자유주의는 강대국 중심의 세계화를 부드럽게 운행시킨다. 그러나 어딘가 고장이 나기 시작하면 세계적으로 연결된 자본주의의 문제점을 외부로 돌리며 폭력적인 국가주의가 고조된다. 그 점에서 우리 시대는 20세기 중반이 유령처럼 되돌아온 시대이기도 하다.

강대국의 국가주의는 약소국의 예속화를 강요하면서 지구적 신자유주의의 흐름에서 벗어나지 못하게 만든다. 더욱이 신자유주의적 식민화의 방법은 시간이 갈수록 새롭게 진화하고 있다. 신자유주의는 인격의 식민화를 영구화하면서 세계와 존재를 상품사회의 전시장으로 만든다.

그런 전시사회에 적응하지 못한 사람은 전 사회적 쇼윈도와 쇼룸에서 퇴출된다. '쇼룸'이란 인격성과 사적인 영역에 상품사회의 논리가 침투한 것을 말한다. 쇼윈도가 사회적 나르시시즘의 연출이라면 쇼룸은 나만의 나르시시즘의 중독이다. 양자에서 퇴출되는 것은 상품물신화와 소비의 나르시시즘에 적응하지 못한 타자이다.

쇼윈도는 이미 모더니즘 시대부터 성행한 꿈-물신의 은유이다. 벤야민은 쇼윈도, 백화점, 아케이드를 천국의 환상을 연출하는 판타스마고리아라고 불렀다. 신자유주의 시대의 쇼윈도의 특징은 하성란의 〈깃발〉이 보여주듯이 벽 전체가 쇼윈도라는 점이다. 그런 전 사회적 판타스마고리아의 시대에는 꿈-물신의 환상에서 거리를 두는 모더니즘적 산책자가 출현할 수 없다.

그런데 쇼룸은 쇼윈도에서 한발 더 나아가 우리를 환상극장에서 결코 벗어나지 못하게 만든다. 쇼룸은 21세기 신자유주의의 새로운 발명품이다. 쇼윈도가 관찰하지만 상호작용하지 않는 환상이라면 쇼룸은 자기 스스로가 연출하는 이미지이다. 쇼윈도의 판타스마고리아는 매혹과 우울의 양가성을 지닌다. 반면에 쇼룸은 자기 스스로가 연출가가 되기 때문에 환상이 현실이 되었다는 느낌을 갖게 한다.

쇼룸은 신자유주의의 양극화가 진행되면서 보다 완벽한 환상을 연출할 필요에 따라 출현했다. 배수아의 소설에서는 프린세스의 환상을 꿈꾸는 사람들이 성장의 모퉁이를 돌아설 때 환멸을 경험하게 된다. 쇼윈도와 TV의 환상극장은 '영화의 마지막'이나 '한낮의 일식' 같은 환멸이기도 하다. 배수아와 하성란 소설의 인물들은 두레박이 닿지 않는 우물 같은 고통을 느낀다.

반면에 쇼룸은 자신이 연출한 이미지 속에서 즐거움을 **지속**시킬 수 있게 한다. 〈물건들〉(김의경)의 '나'는 남자(영완)와 동거를 하며 그가 쇼룸(다이소)에서 사온 물건들로 서랍장을 꾸며주었을 때 행복을 느낀다. 쇼룸의 물건들로 방의 연출이 가능한 사회에서는 쇼핑과 사랑이 구분되지 않는다. '나'는 방을 꾸미며 남자와 함께할 때 외로움에서 벗어나 사랑을 느긴다. 방을 연출하는 것은 '나'의 정체성을 연출하는 것이다. 사랑과 쇼핑은 정체성과도 같은 방에서 매 순간 고독을 잊게 해주기 때문에 행복을 지속시켜준다.

〈물건들〉의 '나'는 배수아 소설의 인물들처럼 우울하기 때문에 쇼핑을 하고 남자를 만난다. 그런데 사랑의 기쁨을 알지 못하는 배수아의 주인공과는 달리 〈물건들〉의 '나'는 사랑의 결핍을 느끼지 않는다. 자신의 일부로 연출된 방 때문에 돈이 없어도 남자와 사랑을 하고 있다고 믿는 것이다.

쇼룸은 연출을 위한 것이기 때문에 거기에도 물건 값에 따라 계급이 있다. 명품관이 있는가 하면 이케아 같은 중저가 쇼룸과 다이소 같은 값싼 매점이 있다. 그러나 값싼 물건들도 매혹적인 환상을 불러일으키기 때문에 소비를 통해 평등의 감각을 보상받는 것이다.

쇼룸의 환상이 깨지는 것은 순간의 고독을 잊는 것 이상을 소망했을 때이다. 〈물건들〉의 '나'는 아이를 갖고 싶어 하지만 동거하는 영완은 아무런 관심이 없다. 영완은 아이뿐만 아니라 집에서 키우는 애완견(초롱이)에게도 사랑을 베풀지 않는다. 아이와 애완견은 '쓸모'를 중시하는 신자유주의 사회에서는 타자라고 할 수 있다. 영완과의 사랑은 타자에 대한 관심이 모두 사라진 나르시시즘적 사랑이었던 것이다. '나'와 그의 애정은 비슷한 취향으로 방을 꾸미는 일과도 같았으며 그 이상의 것은 없었다. 그는 '나'의 예민한 피부에 대해서도 아무런 배려를 하지 않았으며 시간이 갈수록 서로 사는 물건이 달라졌다.

사는 물건이 달라질수록 사랑이 식어간 것은 이제까지 물건들이 사랑을 연출해주었음을 암시한다. 인격의 교환 대신 물건의 연출이 사랑을 대신하는 것은 쇼룸의 시대의 특징이다. 영완과 동거하며 우울에서 벗어날 수 있었던 것은 사랑을 교감하며 성숙해졌기 때문이 아니다. 쇼룸의 물건들이 빈곤한 자아를 채워주며 사랑의 환상을 불러일으켰을 뿐이다.

배수아 소설의 인물들도 사랑을 갈망하지만 빈약한 인격성 때문에 사랑은 지속되지 않는다. 배수아 소설이 (감정이입이 잘 안 되는) 빈약한 감정의 이미지 소설이 된 것은 인물들의 내면의 지속이 없기 때문이다. 베르그송은 심연(뇌의 간격)[1]에서 매 순간 순수기억이 부풀어갈 때 새로운 시간 속에서 인격성이 발현된다고 말했다. 그처럼 자아가 발현되며 성숙해가는 과정은 인격의 지속의 과정이기도 하다. 그런데 배수아 소설에서는 순수기억의 성숙도 지속의 시간도 없다. 신자유주의 시대의 인격성의 상품화로 인해 자아가 렌즈처럼 빈약해졌기 때문이다.

반면에 김의경 소설에서는 배수아 소설과는 달리 연인과의 사랑이 지속되는 것처럼 보인다. 렌즈처럼 얇아졌던 자아는 다시 정상적인 인격으로 작동된다. 그러나 〈물건들〉에서 드러났듯이 자아를 작동시킨 것은 순수기억의 인격이 아니라 물건들이었다. 순수기억의 인격은 타자와 교섭할 때 내면이 팽창하며 자아가 창조적으로 성숙해간다. 그에 반해 빈자리에 물건이 대신 채워진 인격에서는 타자의 교섭에 대해 냉담해진다. 그리고 물건이 연출하던 환상이 깨지면 사랑의 지속도 사라진다.

쇼룸은 빈곤한 순수기억을 대신 채워주는 **지속의 환상**이다. 배수아 소설과 구분되는 김의경 소설의 특징은 쇼룸의 지속의 환상 때문에 자아의 프리즘이 정상적으로 작동된다는 느낌을 준다는 점이다. '나'는 우울할 때 쇼핑을 하며 쇼룸의 물건으로 방을 연출한다. '내' 방에 연출된 물건들은 비어 있는 순수기억의 자리를 환상적인 이미지로 채워준다. 그 때문에 '나'는 박봉에 시달리면서도 불평등한 사회에 불만이 없으며 영완과도 사랑을 하고 있다고 믿는다. 그러나 '나'는 빈곤한 자아에서 벗어난 것이 아니라 물건들의 환상으로 잠시 잊고 있었을 뿐이다. 오히려 물건의 연출로 우울에서 벗어날 수 있었으므로 '나'는 중독된 사람처럼 물건들을 '나'의 일부로 여긴다.

---

1 무의식(심연)은 뇌의 간격에서 타자와의 관계가 계속될 때 역동적이 된다.

쇼룸은 21세기의 양극화의 시대에 불평등성의 불만을 잠재우는 환상의 장치이다. 다이소의 물건도 백화점 상품 못지않게 환상적이기 때문에 쇼룸은 감성적인 불평등성 마저 잠재운다. 그처럼 감성적인 불평등성에 둔감해질 때 경제적 차별은 영원히 계속된다. 쇼룸은 불평등한 사회에서도 꿈을 꿀 수 있게 만듦으로써 신자유주의의 인격의 식민화를 영구화한다.

신자유주의의 상품물신화에 저항하는 것은 박민규의 오리배 유원지 같은 틈새의 공간이다. 오리배 유원지나 촛불집회 같은 틈새의 공간은 순수기억이 부푸는 '뇌의 간격'의 공간적 표현이기도 하다. 쇼룸은 오리배 유원지나 촛불집회가 순수기억을 팽창시키기 전에 빈 간격에 미리 들어선 물건들의 이미지이다. 촛불집회와 미투운동이 **사건의 시뮬라크르**에 의해 촉발된다면 쇼룸은 간격의 빈자리를 대신 차지하고 있는 **소비의 시뮬라크르**이다. 〈물건들〉에서처럼 쇼룸의 물건들이 우울한 빈 틈새를 이미지로 점령하는 한 사건의 시뮬라크르의 반격은 어려워진다.

신자유주의는 심연과 뇌의 간격을 점령하는 두 가지 시뮬라크르를 발명해 냈다. 하나는 디즈니랜드 같은 유원지이며 다른 하나는 쇼룸의 물건들이다. 디즈니랜드가 (순수)기억의 놀이의 대체물로 상처를 잊게 만든다면[2], 쇼룸은 순수기억의 빈자리를 물건들의 이미지로 연출해준다. 더욱이 꿈-물신을 현실화하는 쇼룸은 쇼룸에만 있는 것이 아니다. 디즈니랜드가 전사회의 유원지화의 은유인 것처럼, 쇼룸 역시 일상 전체에서 우리의 빈 간격을 채워준다. 명품관, 이케아, 다이소뿐만 아니라 우리의 빈 간격을 대신 채워주는 소비적 퍼포먼스의 이미지들은 사회 전체에 널려 있다.[3]

---

2 디즈니랜드의 놀이의 연출은 빈약해진 순수기억을 대신 채워주는 소비의 시뮬라크르라고 할 수 있다.

3 우리 시대에 다양한 퍼포먼스가 많아진 것은 우연이 아니다. 퍼포먼스에도 사건의 시뮬라크르와 소비의 시뮬라크르가 있다고 할 수 있다. 소비적인 퍼포먼스는 쇼룸처럼 행복의 **지속의 환상**을 연출한다. 소비적인 쇼룸과 퍼포먼스의 이미지는 지속의 환상 속에서 우리의 정체성의 일부로 연출되는 점에서 쇼윈도의 이미지와 구분된다.

촛불집회와 미투운동 같은 존재론적 운동은 환상적 꿈-물신의 이미지로 우리의 '뇌의 간격'을 선점한 은유적 쇼룸의 마법에 직면해 있다.

명품관
이케아
다이소 ⟶ 신자유주의의 상품사회
(탈락자 거세)

쇼룸의 물건의 연출

우울한 뇌의 간격을 채우는 이미지

2. 쇼룸의 나르시시즘과 타자의 부재
   ─ 김의경의 〈물건들〉

쇼룸의 물건들은 신자유주의에서 빈곤해진 우울한 인격들을 이미지로 대신 채워준다. 이제 우울한 사람들은 쇼핑을 하면서 진짜로 자아가 풍성해진 것처럼 활기를 얻는다. 쇼룸의 쇼핑은 자기 방의 연출이기도 하기 때문에 기분전환을 넘어서서 자아가 풍부해진 느낌을 갖게 한다.

〈물건들〉의 '나'는 다이소 매장에서 물고기처럼 반짝거리는 물건들을 쇼핑하는 것을 즐긴다. 어느 날 '나'는 전국 최대 다이소 매장에서 우연히 예전에 알던 영완을 만난다. 그곳의 다이소 매장은 종로서적이 있던 자리에 추억의 공간을 밀어내고 들어선 것이었다.[4] 추억의 공간을 잃은 것은 아쉬웠지만 모든 것이 다 있는 드넓은 5층 매장을 구경하다 보면 서운함

---

4   우리의 뇌의 간격을 채웠던 책(인문학)을 밀어내고 환상적인 물건들이 대신 자리를 차지한 변화를 상징한다고도 볼 수 있다.

은 사라진다. 그처럼 활력적인 공간에서 영완과 만났기 때문에 '나'는 그와 쉽게 가까워질 수 있었다.

전국 최대 다이소 매장이 추억의 공간 대신 들어선 것은 상징적인 일이었다. '나'는 그곳에서 영완과 만나 사랑을 하게 되지만 그와의 연애는 추억을 만드는 사랑은 아니었다. '나'는 연애란 고독과 허무를 잠시 잊게 해주는 그 무엇이라고 생각한다. 뜨거운 열정도 영원한 기억도 소용없기 때문에 '나'의 연애에서는 '내'가 필요로 하는 타이밍이 중요하다. '이거다!'라는 타이밍이 중요한 '나'의 연애는 다이소의 쇼핑과 매우 유사하다. '나'는 추억의 공간을 밀어낸 다이소에서 추억이 필요 없는 쇼핑 같은 사랑을 시작한다.

쇼핑 같은 '나'의 연애는 원하는 것을 거울에 비춰보는 나르시시즘적 사랑이라고 할 수 있다. 나르시시즘적 사랑은 빈약한 자아는 그대로인 채 거울 속의 이미지가 나를 채워주는 연출일 뿐이다. 그 점은 영완도 마찬가지였다. 영완은 애완견 코너에서 만났는데 그가 개에 관심을 가진 것은 외로움을 달래기 위해서였다. 그는 '나'와 동거를 하면서 애견에 대한 사랑이 없어지는데 그것은 이제 외로움을 '내'가 채워주기 때문이었다.

'나'는 영완이 쇼룸의 물건으로 방을 연출해주는 순간 사랑을 느낀다. 물건들이 '나'의 공허를 채우면서 그가 '내' 빈곳을 메워주었기 때문이다. 그러나 그 순간 영완은 '내' 안에 들어온 것이 아니라 물건들처럼 환상을 연출해 주는 존재일 뿐이다. 환상을 연출하는 물건의 이미지들은 시간이 아무리 지나도 기억으로 쌓여가지 않는다. 물건들은 오히려 낡아가고 다른 물건으로 대체될 것이다. 마찬가지로 영완의 사랑도 순간적인 매혹일 뿐 나의 순수기억으로 전이되지 않는다.

'나'는 공허에서 벗어났다는 환상 속에 있을 뿐 '나'의 순수기억은 여전히 빈곤하다. 그와 똑같이 불평등에 의한 '나'의 빈곤함 역시 조금도 개선되지 않았다. 다만 쇼핑과 사랑의 환상이 '내' 방을 천국처럼 연출해 자아의 공허와 경제적 빈곤을 잊게 해준다. 자아를 활력적으로 만드는 물건들은 '나'의 정체성처럼 느껴지지만 그것은 여전히 빈곤한 자아가 환상의 연출에 중독된 것일 뿐이다.

이처럼 물건의 이미지가 공허를 잊게 해주는 한 자아를 빈곤하게 만드는 세상은 달라지지 않는다. 빈곤해진 순수기억의 자리를 상품의 이미지가 대신 차지하면 자아 자신이 물건처럼 되어갈 뿐이다. '나'는 물건이 내 마음이고 나 자신이기도 하다고 느낀다.[5]

영완과 '나'의 사랑 역시 공허를 잊게 해주는 물건 이상의 역할을 하는 것이 아니었다. 그런 나르시시즘적 사랑은 자아의 결핍을 채워주는 환상이므로 타자에 대한 관심이 없다. 영완은 너만 있으면 된다고 말하는데 너란 거울에 비친 자기 자신이기도 했다.

레비나스는 타자와의 교감을 에로스와 일치시키면서 타자가 나에게 들어올 때 능동적인 시간이 온다고 말했다. 타자와의 교섭이란 닫힌 나르시시즘적 자아를 깨뜨리며 존재를 유연하고 풍부하게 만드는 것을 말한다. '나'와 영완의 동거는 서로를 활력적으로 만들어주는 점에서 에로스적 사랑과 비슷했다. 그러나 영완은 타자로서 '내' 안에 들어온 것이 아니라 '나'를 만족시키는 거울의 역할에 충실할 뿐이다. 두 사람은 서로를 비추는 환상이 될 때 활력적이 되는 것이며 타자와 교섭하며 자아가 부풀어가는 에로스와는 달랐다.

그래도 '내'가 영완과 다른 점은 막연히 공허한 나르시시즘을 자각하는 점이다. 나는 아이 때문에 잠을 설쳤다는 친구의 불평을 들으며 그의 진짜 삶이 부러웠다. '나'는 쳇바퀴처럼 돌아가는 단조로운 일상에서 벗어나기 위해 아이를 갖자고 한다. 여성에게 아이는 타자와의 사랑의 출발점이다. 아이는 혈육인 동시에 결코 나와 일치될 수 없는 타자인 것이다.

그러나 영완은 아이를 원하지 않았다. 아이를 키울 돈이 없을 뿐 아니

---

5 김의경, 〈물건들〉, 《쇼룸》, 민음사, 2018, 46쪽.

라 그의 빈약한 자아에는 타자가 침입할 공간이 없었던 것이다. 영완은 아이는 물론 애완견 초롱이에게도 아무런 애정이 없었다. 그 대신 그는 승진을 해서 초롱이가 뛰어 놀 수 있는 더 큰 집을 마련하겠다고 말했다. 신자유주의의 나르시시즘적 사랑은 집과 물건들을 계속 업그레이드 할 때만 유지될 수 있는 것이었다.

'나'는 영완이 승진할 가능성이 없음을 알고 있었지만 그 때문에 사랑이 식은 것은 아니었다. 영완에게는 아이뿐 아니라 자신과 다른 타자를 받아들일 공간이 없었던 것이다. 싸움을 할 때면 영완은 '내'가 사들인 젖병과 딸랑이, 배냇저고리를 마구 내던졌다.

두 사람은 쇼룸(다이소)에서 만났고 싸움 후에 화해를 한 곳도 그곳이었다. 그리고 지금도 가슴이 답답한 일이 있으면 쇼룸의 물건들을 사들인다. 그러나 그들은 점점 더 같은 공간에서 다른 물건들에 둘러싸이게 되었다. 영완이 참지 못한 것은 바로 그 다른 물건들이었으며 특히 고급 애견용품과 유아용품이었다.

그처럼 쇼핑과 물건에 문제가 생기면서부터 사랑에도 금이 가게 되었다. 두 사람은 아무 대화도 없이 서로의 짐을 싸기 시작했다. 필요 없는 물건들은 버렸지만 '나'는 애견용품과 아기용품들은 버릴 수 없었다. '나'에게 애견용품은 특별한 의미가 있었다. 두 사람은 애견용품 코너에서 만났는데 이별도 그곳에서 하게 되었다.

우리는 10분 후 애견용품 코너에서 만나기로 하고는 헤어졌다.

여전히 반짝거리는 물건들이 눈앞에 펼쳐진다. 저 멀리 소실점처럼 보이는 곳이 애견용품 코너. 그곳까지 천천히 걸어가며 필요한 물건을 물색한다. 발을 옮길수록 물건들이 조금씩 윤기를 잃어가는 것 같다. 나는 귀걸이 뒤꽂이를 만지작거린다. 원래는 조잡한 분홍색 귀걸이의 짝이었던 뒤꽂이. 짝을 잃은 귀걸이를 어디에 두었더라? 10분이 지났지만 필요한 것을 찾지 못했다.

사야 할 것이 있었는데 뭐였더라……? 고개를 굽혀 블루베리 향이 나는 초를 들여다보는데 오른쪽 코너에 독특한 색감의 물건이 시선을 잡아끈다. 빠른 걸음으로 물건을 향해 다가갔는데 지난번에 봤던 것과 비슷한 물건이다. 사 놓고 몇 번 쓰지도 않고 버린 물건. 그렇게 몇 바퀴를 돌다가 시계를 보니 20분이나 지났다.

성급히 애견용품 코너로 갔지만 영완은 보이지 않는다. 이리저리 고개를 돌려 보지만 영완은 없다.[6]

영완과 '나'는 서로 원하는 것을 선물로 주기로 하고 쇼핑을 한다. 그들의 마지막 선물은 이제까지의 물건들과는 다른 의미를 지니는 것이었다. 두 사람이 사들인 물건들은 순간의 만족을 위한 것이었지만 선물은 오래 기억하기 위한 물건이었다. 서로 헤어지더라도 애견용품 코너 역시 선물과 함께 기억될 것이었다.

그러나 영완은 10분을 기다리지 못하고 사라졌다. 그에게는 10분 동안 그를 붙잡아둘 애견용품 코너의 기억이 없었던 것이다. 최초의 기억에 대한 애정인 선물의 계획은 실패했다.

똑같은 물건의 교환이 결례인 선물은 타자를 환대한다는 표시이다. 선물이 의미가 있는 것은 '나'와 다른 타자와 교감한 시간만이 기억되기 때문이다. 그런 순수기억만이 빈곤한 자기성의 자아를 부풀릴 수 있을 것이다. 그 때문에 선물을 주고받는 동안에는 물건 대신 인격이 오고 간다,

그러나 애견용품 코너의 기억도 선물의 진정성도 없는 영완에게는 타자를 받아들일 공간이 없다. 타자에 대한 배려를 담은 선물이 인격성의 표시라면 그것이 결여된 영완은 인격보다는 물건 쪽에 더 가깝다. 시간이 지나면 기존의 물건이 더 좋은 물건으로 바뀌듯이 영완은 관심은 직장에서의 승진에 있다. 승진은 긴요하지 않은 타자의 기억 보다는 촌음을 다

---

6 김의경, 〈물건들〉, 위의 책, 50~51쪽.

투며 성과를 내는 시간을 요구한다. 쇼룸에서의 선물의 실패는 신자유주의의 타자성의 실패이다. 영완은 타자성을 은유하는 선물의 기억의 시간 대신 10분도 기다릴 수 없는 신자유주의의 시간을 선택한 것이다. 영완의 부재는 우리 시대의 타자의 부재를 알려주고 있다.

3. 우울한 소품과 기억에 대한 애정
   ― 〈이케아 룸〉, 〈이케아 소파 바꾸기〉

쇼룸의 물건들은 소비의 시뮬라크르로서 내 방을 꿈-물신의 환상으로 연출해준다. 방은 자아의 심리적 상관물이기 때문에 나는 연출된 방에서 빈약한 자아가 풍성해진 환상을 느낀다. 그처럼 쇼룸의 물건은 마치 나의 정체성의 한 부분으로 느껴지지만 물건들은 결코 나의 순수기억으로 쌓여가지 않는다. 오히려 내가 물건처럼 빈약한 자아를 지니고 환상의 연출 속에서 불평등한 신자유주의를 잘 살아가게 되는 것이다.

그 때문에 쇼룸은 경제적 불평등성을 잊게 할뿐 아니라 감각적 불평등성에 둔감해지게 만든다. 쇼룸의 환상은 감각적 불평등성을 완화하고 경제적 차별에 무뎌지게 만들어 불평등성을 영구화하는 장치이다. 우리는 상대적으로 감각적 불평등성에 예민하지 않기 때문에 경제적 차별이 감성적 차별로 전이되어 숨겨지면 그럭저럭 참고 지내게 된다.[7] 예컨대 명품으로 치장한 상류층에 대한 반감은 경제적 차별의 고통과 비교해 뼈아프게 느껴지지는 않는다. 더욱이 쇼룸의 환상은 중저가 물건들도 꿈-물신의 효과를 내기 때문에 계급적 불평등성에 대한 불만이 완화된다.

그러나 물건들의 환상 속에서 불평등을 견디는 것은 우리 자신이 물건

---

7   그러나 반대로 감성적 차별에 숨겨진 인격의 모독을 자각하게 되면 《기생충》에서처럼 경제적 차별보다도 더 참지 못하게 된다.

들처럼 차별에 둔감해졌기 때문이다. 《쇼룸》에 실린 소설들은 자신이 쇼룸의 물건의 환상에 빠지는 동안 스스로가 물건처럼 빈약한 자아로 살아감을 드러낸다. 〈물건들〉에서처럼 연인과의 사랑도 나를 그런 물건의 지위에서 구출하지 못한다. 〈물건들〉은 환상적인 사랑의 연출이 쇼룸의 연출과 다르지 않음을 드러낸다.

쇼룸의 환상 속에서 인격이 물건으로 전락하는 것은 상류층과 사랑에 빠졌을 때 더 분명해진다. 〈이케아 룸〉에서 '나'는 대학 2학년 때 아르바이트를 하다 그 회사 부장과 사랑에 빠지게 된다. 부장과 '나'는 한눈에 반했고 '나'는 열여덟 살 차이가 나는 그를 오빠라고 불렀다. '나'는 아르바이트를 그만둘 때쯤 그가 유부남임을 알았지만 급발진 차처럼 질주를 멈출 수 없었다.

부장의 '나'의 선택은 '첫눈에 꽂히는 것'을 사는 쇼룸의 쇼핑 같았고 '나'도 비슷했다. 그래도 '나'는 부장의 지위 때문에 그를 만난 것은 아니었고 어쨌든 그와 인생에 남을 추억을 만들고 싶어 했다. 그가 마련해준 오피스텔의 가구를 사기 위해 이케아를 찾은 것은 60개의 쇼룸을 구경하며 추억을 만들기 위해서였다.

하지만 부장의 나르시시즘적 사랑은 좋아하는 물건을 갖고 싶은 소유의 사랑일 뿐이었다. 단지 '내'가 환상에서 깨어나지 않도록 끝없이 '나'를 감동시키려고 노력하고 있었다. 그는 둘만의 공간을 원했고 사람들의 눈에 띄는 것을 싫어했다. 부장에게는 이케아의 쇼룸이 추억의 공간이 아니라 사람들의 눈을 피해 빨리 나가고 싶은 곳이었다.

'나'는 이케아를 구경하는 동안 부장에 대한 자신의 위치를 조금씩 깨닫기 시작한다. 부장은 '내'가 9만 원짜리 예쁜 소파에 앉자 "꼭 너 같다"라고 말했다. '나'는 그 말이 '예뻐서'가 아니라 '싸구려여서' 그렇다는 것처럼 들렸다. '나'는 쇼룸을 구경하며 둘의 관계가 들킬까봐 넋이 나간 듯한 그의 무표정에 화가 치밀었다.

'나'는 부장이 출장간 사이에 오피스텔에서 그와 자신의 관계를 되돌아 보게 된다. 부장이 회사에서 가까운 곳에 오피스텔을 구한 것은 생활이 없는 섹스만을 원해서였다. 그럴수록 '나'는 이케아에서 배달된 가구들을 배치하며 호텔방과 다르게 하려고 애를 썼다. 그러나 쇼룸에서 환상적으로 보였던 물건들은 어딘가 조잡하고 유치해 보였다.

환상적인 물건들이 싸구려로 보인 것은 오피스텔에서의 생활 없는 섹스가 부장에게 소품의 만족일 뿐이라는 생각 때문이었다. 쇼룸의 물건들이 나르시시즘적 욕망의 소품인 것처럼 오피스텔의 '나' 자신 역시 싸구려 소품과도 같았다. '나'는 쇼룸의 물건들이 '나'의 사랑을 화려하게 장식해주길 원했지만 '나' 자신의 사랑이 그 물건들과 같았던 것이다. '나'의 우울함은 오피스텔 안에는 소품 이상의 것은 없으며 사랑도 그와 같다는 생각 때문이었다.

소품의 만족감에 그치는 사랑은 나르시시즘적 욕망일 뿐이다. 이케아 전신 거울에 비친 '나'의 모습은 여전히 아름다웠다. 그러나 빨간 드레스를 입은 '나'에게 느끼는 부장의 아름다움은 빨간 소파와 거울이 만드는 이미지와 다름없을 것이었다. 그런 생각이 들자 전신 거울은 '나'의 내면까지 비추면서 아름다운 청춘이 소품이 되어가고 있음을 알려주었다. '나'는 소품에서 빠져나오기 위해 황망히 오피스텔에서 달려 나왔다.

〈물건들〉이 인격을 물건으로 강등시키는 사랑을 그렸다면, 〈이케아 룸〉은 소유의 사랑이 자아를 소품으로 전락시킴을 보여준다. 〈이케아 룸〉에서 소품으로의 전락은 상류층에 의한 일방적인 페티시즘인 점에서 더 우울하다. 페티시즘이란 남성이 여성의 인격을 매혹적인 소품으로 전락시키는 것을 말한다.

신자유주의 시대의 계급적 관계는 젠더 관계의 페티시즘과 비슷하다. 〈이케아 룸〉의 '내'가 예쁜 소파에 비유되듯이 신자유주의의 피지배자들은 상류층에게 쓸모 있는 상품으로 환영받는다. 그러나 쇼룸의 물건처럼 상품화된 인격은 상류층에게는 싸구려 소품에 불과하다. 이처럼 인격이 싸구려 소품으로 강등될 때 엄습하는 것은 참을 수 없는 우울감이다.

〈물건들〉과 〈이케아룸〉의 공통점은 신자유주의의 쇼룸의 시대는 물건처럼 빈곤해진 인격으로 살아가는 시대라는 점이다. 쇼룸은 쇼윈도와는 달리 내가 스스로 환상을 연출해 빈약한 자아를 활기차게 만드는 장치이다. 그러나 쇼룸의 물건들은 순수기억으로 쌓여가지 않기 때문에 자아를 물건에서 구출하지 못한다. 우리가 물건이나 소품에서 벗어나려면 쇼룸의 환상이 필요 없도록 순수기억을 팽창시켜야 한다.

그처럼 물건에서 벗어나는 방법이 기억에 있음을 암시하는 소설이 〈이케아 소파 바꾸기〉이다. 이 소설에서 대학 동기인 세 명의 여자는 동질감과 불편함을 동시에 지닌 채 동거를 시작한다. 20평 빌라는 사라의 소유였지만 사라 역시 '나'처럼 카페 아르바이트를 하는 취준생이었다. 가장 스펙이 좋은 미진은 대기업 계약직이었으며 빌라에서도 혼자서 독방을 썼다. 그러나 셋 중 가장 우울한 것은 회사에서 스트레스를 받는 미진이었으며 그녀는 습관처럼 죽음에 대해 이야기하곤 했다.

세 여자는 가구를 사기 위해 이케아 개점일에 쇼룸을 구경하고 있었다. 쇼룸의 물건들은 화려하고 매혹적이었지만 '나'는 엄청난 창고에 구호품처럼 쌓여 있는 가구들을 보고 놀라지 않을 수 없었다. 쇼룸에서 꿈-물신의 환상이었던 가구들은 결국 사갈 주인을 기다리는 물건들이었던 것이다. '나'는 이케아에 온 사람들이나 '나' 자신 역시 주인을 기다리는 소품들 같다는 생각을 한다.

이케아 가구의 매력은 값이 싸기 때문에 얼마간 쓰다 바꿔 기분 전환을 하게 해준다는 것이었다. 이런 이케아의 매력은 신자유주의 시대의 소비문화의 가치를 암시한다. 우리는 모든 것을 주기적으로 새것으로 바꿔 활기를 얻는 시대에 살고 있다. 이런 시대에는 오래된 것에 대한 기억은 별로 필요가 없다.

그러나 이케아의 매력은 인격의 영역에는 적용되지 않는다. 가구처럼 주인을 기다리는 물건으로 살아가는 시대에는 주기적인 교체가 미진처럼 우울을 낳는 것이다. 신자유주의란 이케아의 주기적인 교체의 원리가 인격성의 영역에서까지 실행되는 시대이다. 미진은 신선함을 원하는 주인에 의해 버려질 위기에 처해 있었으며 그런 소품으로의 전락은 우울감을 가져왔다. 계약직으로 언제 교체될지 모르는 미진은 물론 취준생인 사라 역시 시간이 갈수록 자신이 제초제를 뿌린 잔디로 느껴졌다. 상품화된 인격으로 살아가는 시대에는 나이가 들어도 자아가 성숙해지지 않기 때문에 젊은 후배를 볼 때 우울감이 더해졌다.

이케아는 그런 우울한 현실을 쇼룸의 연출을 통해 잊게 해주는 환상 장치이다. 쇼룸의 가구로 방을 새롭게 연출하는 동안 자기 자신이 우울에서 벗어난 듯이 느껴지는 것이다. 자신의 방에 연출된 쇼룸의 가구는 쇼윈도처럼 기분 전환에 그치지 않고 마치 자기 자신이 새로워진 듯이 여겨지게 해준다.

세 여자는 이케아의 가구로 방을 꾸미면서 여름에는 기분전환을 위해 새 소파로 바꾸자고 의견을 나눴다. 하지만 소파는 새 것으로 교체되기 전에 버려져야할 운명에 처하게 되었다. 크리스마스이브를 만취된 상태로 보낸 후 소파가 불에 탄 것으로 발견되었던 것이다. 술에 취해서 소파를 태운 것이 미진의 담배였는지 다른 사람의 양초였는지 알 수 없었다. 어쨌든 그날의 사건 때문에 결국 새로운 소파를 다시 사오게 되었다.

그런데 회색 대신 새로 사온 노란 소파에 미진이 화를 냈다. 미진이 노란 색에 화를 낸 것은 새것으로 교체된 느낌이 우울감을 주었기 때문이다. 아직 바꿀 때도 되지 않았는데 새 것으로 바뀐 소파는 미진을 화가 나게 했다. 미진은 맥주를 마시며 회사에서 계약 연장이 안 돼서 백수가 되었음을 고백했다. 새로운 소파는 우울에서 벗어나게 하지만 이번에는 오히려 미진을 더 우울하게 만들었던 것이다.

'나'와 사라도 핸드폰 문자로 카페 사장의 해고 통고를 받는다. 세 사람은 이유 없는 해고를 당했지만 한숨을 쉴 뿐 아무 일도 없었다는 듯 침묵만이 흐른다. 이처럼 해고된 사람들이 버려진 소품들처럼 아무렇지도 않게 배제되는 것이 신자유주의의 '이상한 고요함'이다.

신자유주의에서는 인격 프리즘이 빈약해졌기 때문에 이상한 고요함을 깨뜨릴 수 있는 사람은 아무도 없다. 인격이 소리 없이 물건처럼 버려지는 것에 저항할 수 있는 것은 앞서 살펴본 **은유**의 장치뿐이다. 세 여자는 불탄 소파를 다시 가져와 발코니에 두기로 한다. 버려진 화형당한 의자는 해고당한 세 여자의 은유였던 것이다.

그냥 버리라는 사라의 말에도 아랑곳없이 미진은 다시 해체된 소파를 조립했다. 나도 미진을 도왔다. 화형당한 소파를 조립하는 데는 35분이나 소요되었다. 조립하는 우리도 힘이 빠진 상태였고 화형당한 소파도 힘이 없이 제 모습을 찾기가 힘들었다. 우리는 끙끙대며 다시 조립한 화형당한 소파를 발코니로 옮긴 다음 소파에 나란히 앉아 담배를 피우고 맥주를 마셨다. 와인이 쏟아진 부분에 앉아 있던 나는 갑자기 웃음이 터져 나왔다. 사라가 담배 연기를 내뿜으며 말했다.

"얘 왜 이래?"

웃음을 멈추려 했지만 허파에 구멍이 난 것처럼 멈추어지지 않았다. 나는 눈가에 눈물이 새어나올 정도로 많이 웃었다. 눈을 휘둥그레 뜨고 나를 쳐다보던 사라와 미진도 머리를 뒤로 젖히고 크게 웃었다.[8]

세 여자의 뜻밖의 해고는 이유를 알 수 없는 불탄 소파와 비슷했다. 화형당한 소파가 거실이 아닌 발코니에 놓인 것 역시 그녀들의 운명과 같았다. 회색 소파를 서슴없이 버린 것은 쇼룸의 환상이 깨졌기 때문일 것이

---

8   김의경, 〈이케아 소파 바꾸기〉, 《쇼룸》, 앞의 책, 116쪽.

다. 반면에 집밖에 내 놓은 소파를 다시 들여온 것은 은유에 의해 애정이 생겼기 때문이다. 버려진 것을 구원할 수 있는 것은 새로운 물건이 아니라 비슷한 운명이라는 은유에 의해 생긴 (대상에 대한) 애정이었던 것이다.

불탄 소파를 다시 들여온 것은 쇼룸의 소파를 사온 것과 정반대의 이유를 갖고 있다. 쇼룸의 소파를 사들이는 것은 환상 때문이지만 환상이 깨진 소파를 들여온 것은 알 수 없는 **애정** 때문이다. 그리고 더 이상 쇼룸의 물건이 아닌 발코니의 소파에 대한 애정은 **기억** 때문이다.

발코니의 소파에는 크리스마스이브 때의 기억뿐 아니라 은유에 의해 전이된 해고의 기억이 있었다. 불탄 소파가 은유하는 상처의 기억은 세 여자를 환상에서 벗어나 연대감을 되찾게 했다. 신자유주의는 부당한 해고를 당해도 타자에 대한 공감의 상실로 이상한 고요함이 계속되는 시대이다. 그러나 불탄 소파는 부당한 상처를 눈에 보이게 드러냄으로써 조용하게 묻혀 있던 세 여자의 공감력을 회생시켰다. 여자들 사이에서 무력화된 공감력이 회생한 것은 불탄 소파의 은유적 이미지가 심연에서 기억의 경첩으로 작용했기 때문이다. 이제 발코니의 화형당한 소파는 환상을 불러일으키는 기능을 상실했다. 하지만 심연에 전이된 순수기억 때문에 불탄 소파는 주기적으로 교체되는 물건이 아닌 오래 기억되는 **시간 이미지**가 되었다.

쇼룸의 환상은 대기업 사원이 되어 사랑하는 남자와 함께하고 싶은 세 여자의 꿈과도 같다. 신자유주의 시대에는 그 둘이 매우 어렵기 때문에 지치지 않고 살아남으려면 쇼룸의 환상이 필요하다. 하지만 쇼룸이 빈곤한 인격을 대신 채워주는 한 사람들은 자아가 물건처럼 얇아진 채로 살아가게 된다.

반면에 불탄 소파는 해고의 은유이지만 그 상처의 이미지가 순수기억을 동요시켜 세 여자는 연대를 되찾게 된다. 쇼룸의 **환상**이 인격을 물건으로 만드는 반면 심연에 각인된 상처의 **순수기억**은 인격적 연대를 가능하게 해준다. 세 여자가 불탄 소파를 버리지 않은 것은 인격적 연대에 대한 향수 때문이다.

다만 되찾은 인격적 연대는 눈물을 흘리는 웃음이다. 그것은 일상에서 발코니로 나와 잠시 쉴 때의 연대이기도 하다. 빈곤해진 자아를 팽창시키며 진정한 인격적 존재를 되찾으려면 발코니의 연대는 거실의 쇼룸의 물건들을 대체하는 자리로 옮겨져야 할 것이다.

4. 기억과 타자

〈이케아 소파 바꾸기〉는 순수기억이 증폭되는 순간 타자와의 연대가 회생함을 보여준다. 타자에 대한 공감은 불탄 소파처럼 앱젝트로 버려질 존재를 구출해준다. 세 여자는 소품의 운명에서 벗어나지는 못했지만 앱젝트로 추방당할 위기에서 서로 손을 잡고 있다.

이처럼 순수기억의 증폭은 타자의 구원과 연관이 있다. 물론 기억 자체가 타자는 아니다. 그러나 순수기억이 증폭되면 타자와의 공감력이 회생하며 타자가 내면에 들어오게 된다. 내면에 들어온 타자는 선적인 시간의 회로를 지연시키며 다시 순수기억의 회로를 팽창시킨다. 그 때문에 심연에서 순수기억이 고양되는 순간은 타자성이 부활하는 때이기도 한 것이다. 순수기억의 고양이 물건처럼 빈약한 인격에서의 탈출을 뜻한다면, 타자성의 부활은 신자유주의의 직선적인 회로에 대한 저항과 변화된 세상에 대한 갈망을 뜻한다.

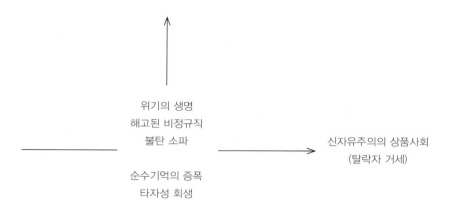

위기의 생명
해고된 비정규직
불탄 소파

신자유주의의 상품사회
(탈락자 거세)

순수기억의 증폭
타자성 회생

뇌의 간격에서의 은유의 저항

신자유주의의 문제점은 인격 프리즘이 빈약해졌기 때문에 순수기억의 팽창도 타자와의 교섭도 어렵다는 점이다. 쇼룸의 환상이 빈약한 인격 프리즘을 물건들로 대신 달래주기 때문에 신자유주의는 자아가 회생하기 매우 힘든 시대이다. 이런 상황에서 다시 순수기억과 타자성을 팽창시키는 방법이 바로 〈이케아 소파 바꾸기〉에 나타난 **은유**이다.

〈이케아 소파 바꾸기〉에서 세 여자의 빈약한 시각 프리즘으로 보면 불탄 소파는 여전히 버려야할 물건일 뿐이다. 이유 없이 해고당한 세 여자의 운명 또한 그 소파와 크게 다를 바 없다. 인격 프리즘이 빈약해졌기에 나체화의 윤리가 작동되며 공감과 분노가 표출되는 순간이 없는 것이다.

그러나 비참하고도 이상한 침묵의 순간에 가장 상처받은 미진이 은유적 상상력을 작동시키기 시작한다. '**이상한** 고요함'이란 무력한 배제인 동시에 아직 심연에 두레박이 닿지 않는 샘물이 남아 있다는 뜻이다. 그렇기 때문에 우울하고 무력한 침묵 속에서도 **낯선 이상함**이 감지되는 것이다. 미진은 두 사람마저 해고되었을 때 우울한 무력감에서 벗어나 깊은 곳의 동요를 감지한다. 물론 배제된 세 여자는 누구의 동정을 받지도 서로 간의 연대감을 느끼지도 못한다. 그런데도 미진이 불탄 소파를 다시 갖고 온 것은 은유를 통해 막연히 감지된 깊은 샘물을 동요시키고 싶어서였다. 미진의 은유적 상상력은 침묵에 묻힌 보이지 않는 것을 보려는 갈망이었을 것이다. 이케아의 소품이었다가 불탄 채 버려진 소파는 세 여자의 운명뿐만 아니라 **사회 전체**를 거울처럼 비춰주는 은유였던 셈이다.

미진을 보고 사라가 소파를 버리라고 외친 것은 이제 공감의 윤리가 작동되지 않는다는 뜻이었다. 그러나 결국 세 사람은 끙끙대면 35분이나 걸려 힘없는 불탄 소파를 조립한다. 소파를 조립하는 힘든 과정은 은유가 작동되며 순수기억의 동요에 의해 심연의 샘물을 퍼 올리는 순간이었다. 그때 사라마저 은유의 공간에 들어서며 비참한 고요함에서 벗어나고 있었다. 불탄 소파에 앉아 있는 동안 세 여자는 쇼룸의 환상에서 벗어나 그들에게 상처를 준 세계와 대면하는 은유의 공간으로 이동한다.

은유란 위에서처럼 불탄 소파가 해고당한 여자들과 겹쳐지고 더 나아가 생명성의 갈망을 회생시키는 과정이다. 죽음을 생각했던 미진이 소파를 가져오는 데 적극적이었던 점은 매우 암시적이다. 신자유주의의 이유 없는 해고가 죽음정치적이라면 미진의 은유는 그에 대항하는 가장 높은 차원의 생명적 순수기억의 증폭이다. 신자유주의의 상품의 회로를 따라가면 해직된 사람은 죽음에 직면하는 거세의 회로에 이르게 된다. 그런 죽음의 회로에 가장 민감한 미진은 은유를 통해 순수기억을 증폭시켜 거세의 회로를 중단시키려 하고 있다.

은유는 선적이고 단조로운 신자유주의의 상품의 회로에 대항해 생명적 존재를 증명하는 순수기억의 증폭 과정이다. 은유의 순간에는 인격을 물건으로 강등시키는 체제의 기계적 회로(자극-반응)에 대항해 뇌의 간격(베르그송)에서의 타자성의 저항이 시작된다. 도표에서 상품 회로를 중단시키는 간격은 은유의 공간인 동시에 여자들의 심연과 뇌의 간격이기도 하다. 그런 간격을 통해 세 여자는 인간을 쓸모없어진 물건으로 버리는 상품 회로에 대항하고 있는 것이다.

그와 함께 은유는 맨얼굴과 나체화를 대신해 공감의 연대를 회생시킨다. 세 여자는 서로의 얼굴을 보며 공감한 것이 아니라 베란다의 소파에 앉아서 유대감을 느낀다. 소파가 놓인 베란다는 나체화를 대신하는 **은유의 공간**이다. 은유의 공간은 베르그송의 **뇌의 간격**에서 이미지들이 교섭하는 창조적인 영역이다. 신자유주의의 현실이 인격 프리즘이 약화된 이상한 침묵의 공간이라면, 은유의 공간은 버린 소파가 생명을 지닌 이미지로 회생되는 뇌의 간격과도 같다. 여자들은 서로의 벌거벗은 얼굴을 보는 대신 불탄 소파를 버려진 물건에서 안쓰러운 생명으로 회생시키고 있다. 이처럼 은유는 맨눈의 시각 프리즘으로 보는 대신 심연과 뇌의 간격에서 순수기억을 부풀려 공감을 증폭시킨다. 시각 프리즘이 물건처럼 빈약해진 시대에는 나체화 윤리를 대신해서 **뇌의 간격에서의 은유**가 인격적 연대를 회생시킬 수 있는 것이다. 신자유주의가 인격을 물건으로 강등시킨다면 은유는 물건을 생명과 인격적 연대로 회생시킨다.

〈이케아 소파 바꾸기〉에서 훼손된 소파를 버리는 것이 시선의 작용이라면 소파에 대한 애정은 응시의 대응이라고 할 수 있다. 신자유주의의 상품물신의 시선은 이유 없이 훼손당한 존재를 앱젝트로 내버린다. 반면에 은유를 통해 회생한 응시는 앱젝트를 발코니의 타자로 구출한다. 불탄 소파가 앱젝트에서 타자로 귀환하는 과정은 '신자유주의의 상상계'에서 **'타자성이 회생한 실재계'**로 이동하는 진행이라고 할 수 있다. 그런 과정에서의 은유의 역할 역시 이미지를 통해 **보이지 않는 것**을 보여주며 우리를 실재계로 이동시키는 데 있다.

이처럼 시선이 응시로 반전되는 과정은 〈쇼케이스〉에서 보다 감동적으로 제시된다. 이 소설에서 작가인 희영은 〈물건들〉의 인물들처럼 쇼룸의 환상에 빠져 있는 인물은 아니다. 그러나 그녀는 어려운 생활에 부딪히면서 점점 쇼룸의 멋진 방에 마음이 이끌린다. 희영의 남편 태환도 글을 쓰는 사람이었지만 생활고 때문에 쇼케이스 위에서 소고기를 파는 일을 하고 있다. 쇼케이스 역시 쇼룸처럼 소비의 시뮬라크르를 연출하는 신자유주의의 환상 장치이다. 쇼케이스는 정육과 소고기를 식욕을 자극하는 신자유주의의 상품 이미지로 연출해준다. 태환은 희영이 글을 쓸 수 있도록 쇼케이스 위에서 피 묻은 칼로 고기를 써는 정육점 노동자가 된 것이다.

희영은 아침이면 태환의 방으로 가 컴퓨터를 켜고 남편이 고기를 써는 모습을 들여다본다. 희영이 컴퓨터 화면을 보는 것은 정육점 노동자를 모니터하는 것이 아니라 남편의 모습을 확인하는 것이다. 정육점 노동자를 보는 것은 손님 앞에서의 연출을 관찰하는 것이지만 남편을 생각하는 것은 희영의 기억과 연관되어 있다.

희영은 이케아 쇼룸에서 쇼케이스를 떠올리며 자신이 언제부터 태환을 남편이라고 인식하게 되었는지 기억을 더듬는다. 그러나 남편과 나누었던 감동의 순간에 대한 기억이 점점 희미해진다. 희영은 과거의 감동의 기억과 이케아의 환상의 유혹 사이에 있었다.

희영은 태환의 일정 때문에 이케아가 개장한지 3년 만에 구경을 가게 되었다. 이케아 짝퉁 물건으로 살고 있는 희영은 이케아 가구마저도 자신에겐 사치라고 생각한다. 하지만 점점 쇼룸의 환상 속으로 빠져 들어가 지금 사는 집을 쇼룸처럼 꾸미고 싶은 욕망에 사로잡힌다. 희영은 멋진 방에서 멋진 글이 나오는 게 아님을 알면서도 쇼룸과 같은 방에서 글을 쓰고 싶다고 생각한다. 쇼룸의 물건에 취해 있던 희영은 옷장 문을 열면서 '이 안에 숨어 있다 자고 가고 싶다'고 말한다. 희영은 장난으로 말했는데 태환은 심각한 표정으로 안 된다고 말했다. 고기 써는 일에 지친 태환은 쇼룸의 물건들에 큰 관심이 없었다. 희영이 태환에게 필요한 물건이 없냐고 묻자 그는 '집에 다 있다'고 질긴 고기를 썰듯이 힘주어 말했다.

태환이 썰고 있는 고깃덩어리들은 쇼룸의 환상으로 감춰질 수 없는 피 묻은 생활과도 같았다. 쇼케이스는 태환의 피 묻은 노동을 밝은 조명 아래서 상품의 연출로 감추는 역할을 한다. 쇼룸 역시 착취와 불평등에 덧

씌워지는 환상 장치이다. 그러나 쇼룸에서 사온 화려한 조명은 쇼케이스의 조명과 달리 상품화될 수 없는 희영의 삶을 감출 수 없었다. 희영은 조명 아래서 초라한 삶의 흔적이 고깃덩어리처럼 드러났을 때 비로소 태환의 고통을 생각한다. 그녀는 조명을 다 꺼버리고 반년 전 태환이 손가락을 다쳤을 때의 일을 떠올린다. 희영이 쇼룸의 환상에서 깨어나는 과정은 태환의 기억이 되살아나는 과정이기도 했다.

그날 저녁, 태환은 칼에 손가락을 깊이 베어 응급실로 갔었다. 희영은 전화를 받자마자 병원으로 뛰어 갔다. 상처를 열세 바늘 꿰매는 수술을 받은 태환은 다행히 신경은 다치지 않았다며 좋아했다. 하지만 조금만 빗나갔더라면 손가락이 절단되었을 수도 있었다는 의사의 말에 희영은 병실에서 눈물을 쏟아냈다. 태환은 어이없다는 듯이 웃으며 말했다.
"왜 울어? 손가락 잘리면 고기 못 썰까 봐서?"
희영은 손으로 눈물을 닦으며 말했다.
"아니, 태환 씨가 글을 못 쓰게 될까 봐."
손가락이 하나 없다고 해서 글을 못 쓰게 될 리는 없었지만 희영은 울음을 멈출 수 없었다.[9]

희영이 눈물을 흘리며 '태환 씨가 글을 못 쓸까봐'라고 말한 것은 은유적인 뜻을 담고 있다. 태환이 고기를 써는 동안에는 손가락을 다치지 않았어도 글을 쓰지 못할 것이다. 그러나 희영은 말할 수 없는 아픔을 태환의 '가장 소중한 것'(글쓰기)을 통해 말해준 것이다.
더욱이 태환의 상처와 고통의 의미를 깨닫지 못했다면 희영의 글은 써지지 않았을 것이다. 태환의 노동은 은유적으로 글쓰기를 하는 것과도 같으며, 그것을 아는 희영은 노동을 하더라도 태환의 글쓰기를 기억하고 있

---

9   김의경, 〈쇼케이스〉,《쇼룸》, 앞의 책, 153쪽.

음을 환기하려 했던 것이다. 희영은 지금도 태환의 노동이 그녀의 글쓰기의 절반에 해당됨을 알고 있다. 이케아 룸에서 자고 가고 싶다고 말했을 때 태환이 고기를 썰듯이 굳은 표정으로 말하지 않았다면 〈쇼케이스〉는 써지지 않았을 것이다. 〈쇼케이스〉는 태환의 고기 써는 노동과 그를 사랑하는 희영의 글쓰기의 합작품이다.

희영의 글쓰기는 기억을 통해 타자성의 사랑을 깨닫는 과정이기도 하다. 희영은 상처를 통해 쇼케이스에 감춰진 노동을 인식할 뿐 아니라 상처의 순간 남편이 가장 귀중하게 생각하는 글쓰기를 말해주었다. 희영은 타자로서 자신의 안에 들어온 남편의 은유적인 글쓰기(노동과 잠재적인 글쓰기)의 힘으로 소설을 쓰고 있는 것이다. 이것이 희영의 글쓰기를 통한 **타자성의 사랑**의 표현이다.

희영은 태환을 남편이라고 인식한 것이 그가 자신의 글쓰기를 희생해서 희영의 소설을 도와주겠다고 말한 때부터임을 깨닫는다. 희영에게 남편이란 부부의 의미를 넘어선 타자성의 사랑에 대한 호명이었다. 타자성의 사랑이란 타자가 내 안에 들어와 나를 역동적으로 만들며 끝없이 교섭하는 상태를 말한다. 타자성의 사랑의 시간은 나르시시즘적 인격들의 '교환의 시간'을 정지시킨다. 태환의 상처는 신자유주의의 시간을 멎게 하면서 희영과 태환의 타자성의 시간을 흐르게 했던 것이다.

희영은 태환이 상처가 아무는 동안 소설에 집중할 수가 없었다. 자신의 내면에 들어온 태환과의 교섭이 너무 치열했기 때문에 손가락으로 글을 쓸 수가 없었던 것이다. 태환이 일상으로 돌아가자 희영은 다시 신자유주의 시간에 **간격**을 만드는 태환과의 교섭을 소설로 옮기기 시작한다.

그처럼 태환이 희영의 내면에 타자로서 들어왔기 때문에 희영이 집에서 보는 컴퓨터 화면의 의미는 특별하다. 컴퓨터 화면을 보는 것은 실상은 그녀의 내면에 들어온 태환을 보고 있는 것이다. 그 점에서 같은 시간에 컴퓨터를 보고 있을 사장의 화면과 똑같으면서도 정반대의 의미를 지닌다.

사장은 신자유주의의 상품의 회로가 잘 작동되고 있는지 감시하고 있는 것이다. 마치 정육이 상품 이미지로 쇼케이스에 갇혀 있듯이 태환은 또 다른 상품 이미지로 사장의 화면에 갇혀 있다. 반면에 희영은 신자유주의의 상품의 회로를 촉진시키는 사장의 **시선**에 대항하듯이 타자성의 사랑을 감지한다. 사장이 태환을 쇼케이스의 고깃덩어리처럼 시선에 가두고 있다면 희영은 쇼케이스 같은 화면에 갇힌 태환을 구원하는 **응시**를 보내고 있는 것이다. 똑같은 이미지이지만 사장의 화면이 상품 회로의 시뮬라크르인 반면 희영의 화면은 상품 회로에 **간격**을 만드는 타자성의 시뮬라크르이다. 희영이 보는 태환의 화면은 시선의 테크놀로지가 간격을 만드는 응시에 의해 전복될 수 있음을 보여준다. 희영의 응시는 쇼케이스와 컴퓨터 화면이라는 신자유주의의 테크놀로지를 뚫고 나오는 타자성의 승리이다.

그 점에서 희영의 화면은 글쓰기의 연장선상에 있다. 사장의 화면은 신자유주의의 상품의 회로를 치안하는 직선적인 시간의 한 점일 뿐이다. 반면에 희영의 화면은 단순히 지나가 버리지 않고 그녀의 기억으로 쌓여 소설 속으로 옮겨진다. 은유의 형식인 소설은 컴퓨터 화면을 포섭하고 넘어서서 태환과 교섭한 순수기억을 증폭시키는 과정이다. 그렇기에 간격을 만드는 희영의 타자성의 응시의 시간은 순수기억의 동요와 증폭을 통한 신자유주의 회로에 대한 (심연과 뇌의 간격에서의) 반격의 시간이기도 하다. 희영의 화면과 글쓰기는 **순수기억**의 회생과 **타자성**의 부활의 관계를 입증하고 있다. 쇼룸과 쇼케이스, 사장의 화면은 서로 공모하며 인격을 빈곤하게 만드는 신자유주의의 화려한 **상품의 회로**를 촉진시킨다. 그와 달리 태환의 노동과 희영의 화면, 글쓰기는 신자유주의의 상품의 회로에 **간격**을 만드는 타자성의 사랑과 순수기억의 저항을 암시한다.

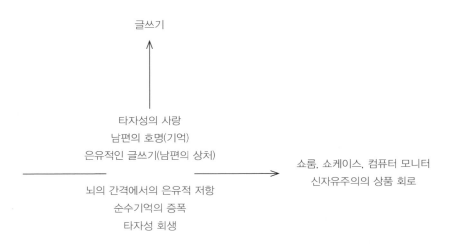

글쓰기

타자성의 사랑
남편의 호명(기억)
은유적인 글쓰기(남편의 상처)

쇼룸, 쇼케이스, 컴퓨터 모니터
신자유주의의 상품 회로

뇌의 간격에서의 은유적 저항
순수기억의 증폭
타자성 회생

5. 시뮬라크르에서 리얼리티쇼로

〈쇼케이스〉에서 남편의 상처에 대한 울음은 태환의 나체화를 본 것이
아니라 상처로 생긴 심연의 공백(뇌의 간격)에서 슬퍼하는 것이다. 나체화
란 표상체계(상징계)와 이데올로기에 공백이 생기며 인격 프리즘이 투명
해진 순간을 말한다. 반면에 심연의 공백과 뇌의 간격이 동요하는 것은
순수기억이 요동치며 은유가 작동되는 순간이다. 희영이 태환의 상처에
서 그의 상황과 전혀 상관없는 글쓰기를 말한 것은 그때 뇌의 간격에서
순수기억이 동요했기 때문이다. 희영은 태환이 고기를 썰어도 은유적으
로 글쓰기를 하는 것과 같다 느끼며 그의 상처에서 가장 소중한 것을 생
각한 것이다. 태환의 상처는 희영의 심연(뇌의 간격)에서 은유적인 감정의
파동이 지나가게 했다.

마찬가지로 남편의 컴퓨터 화면 역시 태환의 맨얼굴을 본 것이 아니라
그의 시뮬라크르가 희영의 뇌의 간격에서 움직이는 것을 보고 있는 것이
다. 태환의 컴퓨터 이미지가 인격 프리즘이 아니라 뇌의 회로에서 보이는

것은 희영이나 사장이나 다르지 않다. 그런데 똑같은 이미지가 뇌의 간격이 빈약한 사장에게는 신자유주의의 회로 안에서 보이지만, 상처의 기억으로 간격이 동요하는 희영에게는 타자성의 글쓰기의 욕망을 불러일으킨다. 글쓰기는 뇌의 간격에서의 동요가 인격의 회로로 옮겨지는 순간의 대응을 뜻한다.

응시의 시뮬라크르와 순수기억의 증폭, 타자성의 회생은 두 가지 숨겨진 비밀을 드러낸다. 하나는 초라한 삶이 쇼룸의 조명을 뚫고 피 묻은 고깃덩어리로 드러날 때의 권력의 비밀이다. 다른 하나는 고깃덩어리를 썰다 생긴 상처로 인해 보인 타자의 비밀이다. 상품 회로에 대응하기 위해 시뮬라크르와 은유를 통한 순수기억의 회생이 필요한 것은 그처럼 두 가지 비밀을 보여주기 때문이다.

그런데 〈쇼케이스〉에서처럼 시뮬라크르는 두 가지 양가성을 지닌다. 사장이 컴퓨터로 보는 화면은 고깃덩어리와 태환을 실재계에서 이연시켜 상품의 회로에 연결한다. 그 때문에 사장의 시뮬라크르는 권력의 비밀과 타자의 비밀을 보이지 않게 만든다. 반면에 희영의 화면은 고깃덩어리와 태환을 상품의 쇼케이스에서 구출해 노동의 고통을 암시하는 실재계에 연결시킨다. 희영의 시뮬라크르는 신자유주의의 감성의 치안에 의해 숨겨진 권력의 비밀과 타자의 비밀을 드러낸다.

시뮬라크르는 언어적 표상과는 달리 지시대상을 지니지 않는다.[10] 지시대상이 재현의 회로에 있다면 시뮬라크르는 연출과 생성의 회로를 만든다. 재현에서는 표상과 지시대상의 일치가 중요하지만, 시뮬라크르는 지시대상과 일치되기 보다는 대상을 연출하고 생성한다.

지시대상이란 물자체(실재계)가 상징계 안에서 대상으로 인식된 것을 말한다. 〈쇼케이스〉에서 사장의 시뮬라크르는 태환의 정육점을 보다 더 잘 보이도록 지시하고 있는 것처럼 보인다. 그러나 사장은 정육점이라는

---

10 장 보드리야르, 하태환 역, 《시뮬라시옹》, 민음사, 1992, 21쪽, 27쪽.

지시대상을 보기보다는 추상적인 상품의 회로에 맞게 연출되고 있는지 태환을 감시하고 있다. 사장의 신자유주의의 회로는 극단적으로 합리적인 동시에 타자성을 인정하지 않는 상상적인 것이다. 그 때문에 그의 시뮬라크르에서는 실재계에서 이연된 이미지로서 상품의 회로를 잘 연출하느냐가 중요하다. 손님들이 쇼케이스에서 고기의 이미지를 보는 것처럼 사장은 컴퓨터 화면에서 태환의 노동 상품(죽은 노동)의 이미지를 보고 있다.[11] 이 제2의 쇼케이스에서는 태환의 인격이 물건이나 상품과 같은 수준에서 연출된다.

반면에 희영의 시뮬라크르란 그녀의 뇌의 간격에 들어온 사랑하는 타자의 연출이다. 여기서는 물건이나 상품으로 강등된 태환이 인격의 차원으로 회생한다. 그리고 그가 화면에서 움직일수록 뇌의 간격에 들어온 그의 이미지가 운동하며 희영의 순수기억이 동요한다.

이 같은 시뮬라크르의 양가성은 우리 시대의 장르인 리얼리티쇼에서 더 증폭되어 나타난다. 오늘날 대중문화나 현실 자체에서 리얼리티쇼가 성행하는 것은 신자유주의 시대가 시뮬라크르의 시대임을 뜻한다. **리얼리티쇼**란 세계를 재현하는 대신 시뮬라크르로 연출된 삶과 세계를 보여주는 것을 말한다.

리얼리티쇼가 매력적인 것은 100퍼센트 연출인 퀴즈쇼와는 달리 연출이 아닌 듯한 삶 자체가 보여진다는 점이다. 그러나 리얼리티쇼는 다큐멘터리와는 달리 얼마간 연출이 있어야만 삶을 보여줄 수 있다. 리얼리티쇼의 기묘한 흥미는 연출과 실제의 오래된 경계를 넘어서는 데 있다.

리얼리티쇼가 연출이면서도 실제 현실인 것은 뇌의 간격에서의 운동이기 때문이다. 인격 프리즘으로 보여지는 다큐멘터리에서는 절대로 연출이 허용되지 않는다. 반면에 뇌의 간격에서의 이미지의 운동은 눈으로 보는 지시대상이 없기 때문에 연출이 있어야만 삶과 세계가 우리 앞에 나타

---

11 고깃덩어리가 도살된 상품으로 연출되는 것처럼 태환은 사장 앞에 죽은 노동으로 연출된다.

난다. 리얼리티쇼에서의 연출이란 지시대상이 없는 상태에서 세계가 우리에게 보여지도록 이미지화하고 생성하는 과정이다.

신자유주의는 인격 프리즘이 빈약해졌기 때문에 시각을 통해서 직접 진실된 삶을 재현할 수 없다. 그 때문에 시뮬라크르를 연출해야만 가라앉아 있는 삶과 세계가 솟구치면서 우리 앞에 나타난다. 시뮬라크르의 연출은 인격 프리즘의 역할을 대신해서 뇌의 회로를 통해 삶과 세계를 드러내는 방법이다.

예컨대 과거에는 인격 프리즘을 통해 나체화를 보여주는 방식으로 사랑을 고백하는 것이 가능했다. 그러나 인격 프리즘이 빈약해진 오늘날에는 사랑의 고백이 진실인지 아닌지 인식하기 매우 어려워졌다. 그 때문에 이미지를 연출해 진심이 시뮬라크르로 솟구쳐 자기 앞에 나타나야 뇌의 간격에서 이미지들이 운동하기 시작한다. 결혼의 고백은 물론 비즈니스와 정상회담에서까지 리얼리티쇼에 접근한 퍼포먼스와 연출이 필요한 것은 그 때문이다. 나체화와 맨얼굴의 시대에는 연출이 없는 진심의 표현이 중요했다. 그러나 나체화가 사라진 시대에는 눈빛의 교환이나 진심의 고백만으로는 불충분하다. 오늘날에는 빈약해진 인격 프리즘을 대신해서 진실과 세계가 솟아오르게 만드는 시뮬라크르가 생성되어야만 비로소 인격의 교섭이 가능해진다. 퍼포먼스와 리얼리티쇼가 많아진 것은 나체화의 시대에서 **시뮬라크르의 시대**로의 이동을 의미한다.

그런데 시뮬라크르처럼 리얼리티쇼에도 두 가지가 있다. 보드리야르가 연출가의 승리라고 말한 시뮬라크르는 권력의 상상적 기획에 따라 리얼리티쇼를 연출한다. 예컨대 쇼룸은 연출된 시뮬라크르이지만 옷장 속에 숨고 싶고 쇼룸 전체를 집에 옮겨 놓고 싶은 마음이 들게 한다. 쇼룸의 시뮬라크르는 신자유주의의 연출이면서 우리에게 자신이 연출한 리얼리티쇼의 주인공이 된 듯한 상상을 불러일으킨다. 쇼윈도의 시대가 판타스마고리아의 세계라면 쇼룸의 시대는 시뮬라크르와 리얼리티쇼의 세계이다.

또한 잘 만들어진 상품광고는 연출에 가깝지만 얼마간 리얼리티쇼의 요소를 지니고 있다. 우리는 광고가 연출된 것임을 알면서도 마치 실제인 것 같은 상상을 불러일으킨다. 이따금 회사 사장이 어색한 연기를 하며 출현하는 것은 리얼리티쇼의 요소를 극대화하기 위해서이다.

그뿐 아니라 어떤 면에서 현실 자체가 권력과 자본의 은유적 광고에 의한 리얼리티쇼의 요소를 지니고 있다. 보드리야르가 말한 전사회의 디즈니랜드화란 오늘날의 사회가 거대한 세트임을 지적한 것이다. 신자유주의는 현실의 곳곳을 은유적 광고와 세트로 연출해 우리 자신이 거대한 리얼리티쇼의 무대에 서 있게 만든다. 우리는 그런 은유적 리얼리티쇼의 일원임을 확인하려 실제를 증명하는 연출인 인증샷을 찍기도 한다. 우리가 인증샷을 찍는 것은 신자유주의가 연출한 시각적 무대 바깥으로 밀려나지 않으려는 조바심을 포함하고 있다.[12]

그러나 진심을 위장한 리얼리티쇼 뿐만 아니라 진짜 진심을 보여주는 리얼리티쇼도 있다. 권력이 상상적으로 연출한 시각성의 세계에서는 조연들이 잘 보이지 않을 뿐더러 무대 바깥의 타자는 앱젝트로 배제된다. 상상적 리얼리티쇼의 세계는 고통받는 실재계적 타자가 보이지 않는 시대이기도 한 것이다. 1970년대에는 인격 프리즘이 투명해지는 나체화의 순간에 앱젝트가 타자로 회생했다. 그러나 인격 프리즘이 빈곤해진 오늘날에는 배제된 앱젝트를 회생시키기가 매우 어려워졌다. 상상적 시각성의 세계 바깥으로 밀려난 앱젝트를 구원하기 위해서는 특별한 방법이 필요하다. 앞서 살펴본 시간 이미지와 은유의 이중주가 바로 그것이다. 그와 함께 매우 적극적인 방식으로서 사건의 시뮬라크르[13]와 리얼리티쇼가 있다.

사건의 리얼리티쇼는 시각성의 절취와도 같다. 예컨대 남북회담에서

---

12 김곡, 〈증명의 시대〉, 《한겨레신문》, 2019. 7. 15. 인증이란 감성의 분할의 승인을 말한다.

13 사건의 시뮬라크르에 대해서는 앞의 제7장 10절 참조.

도보다리 장면은 강대국 중심의 시각적 무대를 을들의 대화가 절취한 응시의 승리였다. 도보다리 장면은 강대국들의 시각장에 반전을 일으킨 사건의 리얼리티쇼의 요소를 포함하고 있다.

또한 TV나 시각 매체에서 배제된 앱젝트들이 반란을 일으키는 또 다른 사건의 리얼리티쇼가 있다. 예컨대《더 테러 라이브》와《원티드》에서는 억울하게 배제된 노동자와 가습기 피해자가 시각 매체를 절취해 진실을 폭로하는 사건의 리얼리티쇼를 보여준다. 죽은 노동자와 가습기 피해자는 사건이 일어나도 아무도 동요하지 않는 이상한 고요함 속에 묻혀버렸다. 신자유주의 시대의 이상한 고요함은 사건의 희생자들이 권력이 연출한 거대한 시각적 세계 바깥으로 버려졌음을 뜻한다. 우리 시대의 상상적 시각성은 뇌의 간격(무의식)을 식민화해 자아를 빈곤하게 만들고 앱젝트화된 타자를 보지 못하게 만든다.《더 테러 라이브》와《원티드》는 배제된 앱젝트들이 뇌의 간격을 점령한 시각 매체를 탈취해 자신의 고통을 호소하는 반격을 보여준다. 이 영화들에서의 앱젝트의 반격은 시각 매체의 탈취인 동시에 뇌의 간격에서의 반란이기도 하다.《더 테러 라이브》와《원티드》는 오늘날 **진실**을 되찾기 위해서는 **시각성의 탈취**가 얼마나 중요한지 보여준다. 그와 함께 뇌의 간격에서의 시각적 역습은 이제 진실을 보여주기 위해서는 상상적 시각성을 뒤집는 사건의 시뮬라크르와 리얼리티쇼가 필요함을 암시한다.

6. 시각성의 탈취와 사건의 리얼리티쇼
—《더 테러 라이브》,《원티드》

신자유주의는 뇌의 간격을 식민화[14]해 상품물신화의 회로가 촉진되게

---

14 뇌의 간격에서의 식민화는 무의식의 식민화이기도 하다.

만든다. 권력이 뇌의 간격을 식민화하는 방법은 시각 매체를 통해 세계를 환상적으로 연출하는 시뮬라크르를 유포하는 것이다. 그처럼 환상적인 시각성이 뇌의 간격을 점령하면 사건의 희생자들은 앱젝트로 배제되어 잘 보이지 않게 된다. 반면에 《더 테러 라이브》와 《원티드》는 시각 매체를 탈취해 보이지 않는 타자를 회생시키는 뇌의 간격에서의 반란을 보여 준다.

〈쇼케이스〉에서 희영의 응시 역시 뇌의 간격에서의 반전을 암시한다. 사장은 맨얼굴의 대면을 통해 태환을 감시하지 않는다. 사장의 감시의 시선은 태환의 이미지들이 그의 뇌의 간격에서 신자유주의의 회로를 촉진시키는지 확인하는 것이다. 반면에 희영은 태환의 이미지들이 그녀의 뇌의 간격에서 움직일 때 순수기억이 동요하며 신자주의의 상품화에 저항하는 타자성의 사랑을 확인한다.

그런데 희영의 응시의 반전은 시각 매체의 탈취는 아니다. 그녀의 뇌의 간격에서의 반전은 시각 매체로 옮겨지지 않았기 때문에 그 자체로는 일상의 사람들에게 호소하지 못한다. 그 대신 희영은 소설을 써서 그녀의 뇌의 간격에서 사건의 시뮬라크르의 반전이 일어나고 있음을 사람들에게 알리고 있다. 그 점에서 〈쇼케이스〉는 얼마간 메타픽션적인 요소를 지니고 있는 셈이다. 메타픽션은 인간과 사물을 반영하는 대신 글쓰기 과정을 반사한다. 여기서는 원본으로서의 세계가 재현되는 대신 언어/이미지를 통해 세계가 연출되고 생성된다. 그처럼 세계가 연출되고 생성되는 일은 인격의 회로가 아니라 뇌의 회로에서 일어난다. 그런데 소설은 근본적으로 인격 프리즘을 통한 재현의 과정을 완전히 벗어날 수 없다. 그 때문에 메타픽션은 인격의 회로와 뇌의 회로의 합작품이라고 할 수 있다. 〈쇼케이스〉 역시 뇌의 회로에서 일어난 사건을 희영의 인격 프리즘을 통해 전달하고 있다.

그에 반해 《더 테러 라이브》와 《원티드》는 시각 매체의 탈취를 통해 일상의 사람들의 뇌의 간격에 파문이 일어나게 하는 형식을 취한다. 두 영화의 주인공들은 사건의 희생자이면서도 앱젝트로 배제되어 보이지 않게 된 사람들이다. 그들이 보이지 않기 때문에 신자유주의의 상품화의 회로는 뇌의 간격에서의 저항이 없이 순항을 계속하는 것이다.

신자유주의 시대는 인격 프리즘이 빈약해졌기 때문에 사건의 희생자가 눈앞에 있어도 뇌의 간격의 이미지로 옮겨지지 않는다. 신자유주의의 감성의 치안이란 뇌의 간격에서 사건의 희생자가 나타나지 않도록 감시하는 것이다. 사건의 희생자는 사람들의 심연의 간격을 점령한 시각 매체 때문에 아무리 시간이 지나도 진실을 드러낼 수 없다. 신자유주의의 각종 시각 매체들은 인격의 프리즘에서 보이는 것이 아니라 직접 뇌의 간격에 작용한다. 시각권력은 편집된 이미지들을 통해 사건의 희생자가 우리의 뇌의 간격에 나타나지 않도록 사건을 연출한다. 그처럼 희생자가 잘 보이지 않기 때문에 신자유주의에서는 사건이 사고 이하로 축소되어 침묵에 묻힌다.[15] 우리 시대는 시각 매체를 탈취하는 사건이 일어나야만 원래의 사건이 자신의 위치로 돌아올 수 있는 시대이다. 《더 테러 라이브》와 《원티드》가 시각 매체의 탈취를 다루고 있는 것은 이상한 고요함의 시대에 사건의 귀환을 갈망하기 때문이다.

사건의 리얼리티쇼는 사건이 사람들의 심연의 간격(뇌의 간격)으로 되돌아오는 과정으로 드러난다. 일상에서는 권력의 연출에 의해 사건이 묻히기 때문에 사건의 리얼리티쇼를 위해서는 특별한 연출이 필요하다. 역설적으로 우리 시대는 연출이 있어야 진실이 드러나는 시대인 것이다. 더욱이 그런 특별한 연출은 심연의 간격을 점령하고 있는 시각 매체를 통해 가짜쇼 대신 보여야 한다. 두 작품의 앱젝트 주인공들은 그런 지난한 우리 시대의 과제에 고독하게 부딪친 사람들이다.

---

15 사건은 사고와 달리 다시 원래로 돌아갈 수 없는 균열을 뜻한다. 사건과 사고의 차이에 대해서는 신형철, 〈문학은 무엇을 할 수 있는가〉, 《한국어문연구소 콜로키움 자료집》, 2010. 12. 1, 10쪽 참조.

앞서 살폈듯이 거세된 앱젝트가 시각성을 전복시키려면 일상의 사람들과의 지속적인 교신이 필요하다. 그런데 오늘날은 그런 일상의 사람들이 점점 사라져 가는 세계이다. 그 때문에 두 영화에서 앱젝트의 고독한 반격은 폭력적인 테러의 형식으로 나타난다. 두 영화에서 앱젝트 주인공들의 승인할 수 없는 폭력적 테러는 역설적으로 권력이 연출한 허위적인 시각성의 두께를 말해준다. 신자유주의는 테러가 있어야만 뚫릴 수 있는 **시각적 벽**으로 사람들과 진실 사이를 가로막고 있다.

《더 테러 라이브》(김병우 감독, 2013)의 테러범 박신우(이다윗 분)는 마포대교를 폭파하겠다며 윤영화 앵커에게 전화를 건다. 테러는 몰래 하는 것이 원칙이지만 박신우는 자신이 가장 신뢰하고 있는 윤영화(하정우 분)에게 일부러 알린 것이다. 박신우는 진실을 밝히는 것이 혼자서는 불가능함을 알기 때문에 일상의 믿을 만한 앵커에게 전화를 한 것이다. 박신우의 교신은 그의 폭파가 보복을 위한 것이 아니라 **시각성**을 탈취하기 위한 것임을 알려준다.

박신우의 테러는 범죄이지만 시각성의 탈취는 꼭 범죄만은 아니다. 희생자의 빼앗긴 맨얼굴과 나체화의 시각성을 회수하려는 것이기 때문에 그는 별로 죄의식이 없었을 것이다. 오늘날은 맨얼굴과 나체화가 다시 돌아올 수 없는 시대이므로 박신우의 시각성의 탈취는 권력의 리얼리티쇼를 반전시키는 것으로 진행된다. 권력의 리얼리티쇼는 사건을 조용하게 묻고 앱젝트를 매장하며 진행되는 연출이다. 반면에 박신우와 윤영화의 리얼리티쇼는 사건을 귀환시키고 앱젝트를 타자로 회생시키기 위한 것이다.

만일 처음부터 윤영화가 박신우에게 공감했다면 시각성의 탈취는 테러 없이도 진행될 수 있었을 것이다. 그러나 방송 권력과 치안 권력의 압박을 받고 있는 윤영화는 양가적인 위치에 있을 수밖에 없다. 박신우는 자신의 가슴을 설레게 했던 마감뉴스 앵커와 교감하고 싶었지만 보도국장에 의해 라디오 방송으로 퇴출된 윤영화는 위기에 처해 있었다.

박신우는 30년 전 마포대교 공사 중 추락해 사망한 박노규의 아들이었다. 건설 노동자 박노규는 G20 회의 준비를 위해 교량을 보수하다 사망했으나 그의 죽음은 조용히 묻혔고 아무도 보상해주지 않았다. 30년 후 박신우는 마치 죽은 사람이 살아 돌아온 듯이 박노규의 이름으로 방송국에 전화를 걸었다.

물론 박신우가 테러를 생중계하는 리얼리티쇼를 요구한 것은 아니었다. 리얼리티쇼는 시청률을 지상의 목표로 삼는 윤영화와 보도국장의 욕심으로 시작되었다. 그러나 일반 테러와는 달리 박신우가 유명 뉴스 앵커였던 윤영화에게 전화를 건 것은 박노규의 사건이 세상에 알려져 사람들을 동요시키길 원했기 때문이다. 리얼리티쇼는 시청률에 물신화된 방송 권력과 사건의 진상을 밝히려는 박신우의 합작품이다. 방송인 중에서 가장 양심적인 윤영화는 보도국장과 박신우 사이에서 양가적인 위치에 있었다.

박신우가 윤영화를 통해 요구한 것은 대통령의 사과 한마디였다. 박신우는 노동자 사망 사건이 사람들을 동요시켜 대통령을 통해 국가권력이 반성하게 하고 싶었던 것이다. 반면에 보도국장과 치안권력은 테러 사건이 잘 마무리되어 30년 전의 사건과 함께 다시 조용히 매장되길 원했다. 윤영화는 그 둘 사이에서 양가적으로 동요하고 있었다.

박신우는 윤영화가 자신의 편이 되어주지 않았지만 그래도 유일하게 그와 여론에 희망을 걸고 있었다. 사람을 살해할 의도가 없었던 박신우는 교량 위에 차량이 거의 없는 순간에 폭파를 실행한다. 하지만 나중에 폭파된 마포대교의 잔해가 무너지는 바람에 여론의 도움을 받기가 어려워졌다. 박신우는 윤영화에게 자신이 직접 방송국으로 와서 사람들에게 사건을 밝히겠다고 말한다.

상황이 불리해진 박신우는 방송국 유리창 밖에서 윤영화의 손에 의해 간신히 매달린 상태가 된다. 박신우는 마지막으로 대통령이 기자회견을 하는 국회와 방송국을 폭파하겠다고 말한다. 그러나 박신우는 경찰에 의해 사살되고 그가 갖고 있던 폭파 방아쇠는 윤영화의 손에 쥐어진다. 자신의 손에 의지하던 박신우가 죽은 후 유일하게 그와 교감했던 윤영화 역시 궁지에 몰리게 된다. 테러의 피해가 커지자 보도국장과 청와대 비서는 모두 윤영화를 희생양으로 만들 각본을 짜고 있었다. 윤영화는 진실을 매장해야만 운행되는 사회에서 허위의 벽을 뚫기라도 하려는 듯이 폭파 방아쇠를 당긴다.

윤영화와 박신우에 의해 연출된 이 테러 리얼리티쇼는 무고한 사람을 희생시키는 폭력성 때문에 정당화될 수 없는 요소를 지닌다. 그러나 테러의 폭력성은 그에 상응하는 허위의 두께를 암시하며 위선적인 권력을 비판한다. 그와 함께 진실을 매장하는 권력이 시각 장치에 의존하고 있으며 시각성을 탈취해야만 진실이 되돌아올 수 있음을 시사한다.

여기서 진실의 귀환을 위한 형식이 리얼리티쇼인 점은 매우 의미심장하다. 리얼리티쇼는 권력의 각본은 물론 단순한 사실의 추적을 넘어 우리 앞에 사건과 진실을 귀환시킨다. 우리 시대에는 단순한 사실의 추적마저 권력의 치밀한 각본과 시각 장치들 때문에 어려움을 겪는다. 또한 사건이 눈앞에 드러나도 신자유주의의 환상 쇼에 길들여진 인격 프리즘 때문에 사람들이 잘 동요하지 않는다. 리얼리티쇼가 사건의 추적과 다른 점은 물건처럼 마비된 사람들을 동요시키는 힘에 있다. 사건의 추적은 인과적인 선적인 시간 위에서 일어난다. 반면에 리얼리티쇼는 연출을 통해 물밑에 가라앉은 사건이 사람들의 심연과 뇌의 간격에서 솟아올라 순수기억을 동요시키게 만든다. 사건의 리얼리티쇼는 빈곤한 인격 프리즘에 호소하는 대신 뇌의 간격을 동요시켜 우리를 무력한 자아에서 벗어나게 해준다.

그렇다면 리얼리티쇼에는 두 가지 형식이 있는 셈이다. 하나는《백만장자와 결혼하기》처럼 신자유주의의 상품의 회로를 촉진시키는 쇼이다.

428

다른 하나는 박신우와 윤영화의 리얼 프로처럼 매장되었던 진실(사건)을 귀환시키는 사건의 리얼리티쇼이다. 《더 테러 라이브》가 암시하듯이, 후자의 사건의 리얼리티쇼는 희생자 단독으로는 불가능하며 그와 일상의 사람과의 끝없는 교신이 필요하다.

사건의 귀환을 위한 리얼리티쇼의 가능성을 보여준 또 다른 작품은 《원티드》(한지완 극본 박용순 연출, 2016)이다. 《원티드》에서도 사건의 리얼리티쇼를 작동시키는 단초는 진실과 사람들 사이에 놓인 신자유주의의 시각성의 벽에 있다. 권력의 각본과 자본의 환상 쇼 때문에 사건이 일어나도 아무도 동요하지 않는 시대에는 사건을 솟아오르게 하는 연출이 필요하다. 사건의 리얼리티쇼는 자본의 환상 쇼에 묻혀버린 사건을 신자유주의의 모니터에 나타나게 만드는 연출이자 실제이다. 예컨대 일상에서 보이지 않는 권력의 비밀과 타자의 비밀을 드러내기 위해 피해자와 가해자를 소환해 모니터 화면을 연출한다. 《더 테러 라이브》에서처럼 국가권력의 상징적 인물과 피해자가 함께 화면에 나타나게 하려면 리얼리티쇼의 형식이 필요한 것이다. 여기서는 화면에 등장한 권력자가 여전히 각본을 포기하지 않기 때문에 진실이 사람들을 동요시키려면 권력의 각본과의 싸움이 필요하다.

그런 사건의 리얼리티쇼를 방영하려면 일상인과 희생자와의 교감이 반드시 필요하다. 일상인 중에서도 방송과 매체에 관계된 사람이 있어야만 리얼리티쇼가 기획될 수 있다. 신자유주의 시대에는 시청률이 물신화되어 있기 때문에 희생자와 교감할 수 있는 방송인은 매우 적다. 설령 양심적인 PD라 하더라도 다큐와 보도 프로그램을 만들 수는 있지만 리얼리티쇼를 만들 만큼의 모험을 거는 일은 어렵다. 다큐와 보도 프로그램이 사람들의 이성에 호소한다면 리얼리티쇼는 우리의 **뇌의 간격**에 충격을 주려는 실험적인 모험이다. 이성적인 인격에 호소하는 다큐 프로그램에 비해 리얼리티쇼는 단숨에 우리의 관심을 사로잡는다. 그런 진실에 대한 시각적 욕망은 진실을 감추는 시각적 벽이 너무 두껍기 때문에 생겨난 것이다.

그러나 오늘날 희생자 쪽에서의 시각적 반전은 매우 어렵다. 그 때문에 《원티드》에서도 리얼리티쇼는 일종의 테러인 아동 유괴를 통해 시작된다. 9·11 사태처럼 테러는 무뎌진 우리의 맨눈 대신 뇌의 간격에 직접 충격을 주는 방식이다. 우리 시대는 이성적 호소력이 약화되어 있으며 뇌에 직접 충격을 주어야만 진실이 돌아오는 시대이다.

매장된 진실에 대한 관심이 사라진 상황에서 유괴라는 폭력을 통해 리얼리티쇼가 시작되는 점은 《원티드》도 비슷하다. 여기서도 아동 유괴는 범죄이지만 유괴범의 리얼리티쇼의 요구에는 권력의 시각적 벽을 전복시키려는 진실이 담겨 있다. 범죄를 통해서만 진실을 감춘 시각적 벽이 무너지는 사회는 정상적인 방법으로 진실에 이르는 길이 절멸된 체제이다.

《원티드》에서 유괴범은 20퍼센트의 시청률을 내세우며 9개의 리얼리티쇼 '원티드'를 요구한다. 오늘날은 방송권력이 살아남기 위해서 뿐 아니라 진실이 귀환하기 위해서도 시청률이 필요한 시대인 것이다. '원티드' 제작에 참여한 사람들은 처음에는 시청률에 대한 욕망이나 작가로서의 욕심에 매달린다. 그러나 9편의 '원티드'를 방송하는 동안 은폐된 사건 현장에서 우여곡절을 겪으면서 PD와 작가 자신이 조금씩 내면의 변화를 경험하게 된다. PD와 작가의 인격 프리즘은 자기 일에만 매여 있었지만 리얼리티쇼가 뇌의 간격에 충격을 주어 타자에 대한 관심을 갖게 만든 것이다.

그런 변화는 유괴된 아이의 엄마인 여배우 정혜인(김아중 분)도 마찬가지이다. '원티드'는 가습기 살균제 피해자가 진실을 드러내기 위해 벌인 유괴극이자 리얼리티쇼이다. 정혜인은 가습기 살균제를 만든 SG 그룹 막내아들 함태영과 부부였을 때 가족을 걱정해 사건이 알려지는 것을 꺼려했었다. 그러나 그녀는 '정혜인의 원티드' 마지막 10회 리얼리티쇼에서 피해자들에게 자신의 죄를 고백하며 사과하게 된다.

유괴범 최준구(이문식 분)는 UCN 방송의 드라마 국장이자 '원티드' 책임 PD였는데 나중에 자신이 범인임이 드러나자 자살을 시도한다. 그는 경찰(차승인, 지현우 분)에 의해 구출되며 그 점에서 《더 테러 라이브》의 박신우가 죽음에 이른 것과 대비된다. 이는 박신우가 무고한 사람들을 희생시킨 반면 최준구는 끝까지 진실을 추적하려는 노력을 계속한 점과 연관이 있다. 최준구의 범죄는 용서받을 수 없는 것이지만 그의 도박은 마지막 10회에 이르러 결실을 맺게 된다.

'원티드'의 신동욱(엄태웅 분) PD는 10회에 이르러 '이제 제대로 일을 해보고 싶어졌다'며 SG 그룹의 문제를 더 집요하게 파헤칠 뜻을 내비친다. 자신의 방송만을 소중히 여기던 그는 방송 바깥의 타자의 고통에 관심을 갖게 된 것이다. '원티드'의 작가 연우신 역시 이기심을 버리고 '진짜 작품'을 만들어보겠다는 열정을 갖게 된다.

범인의 요구 없이 자발적으로 만들어진 '원티드' 10회는 정혜인과 신동욱, 연우신 그리고 도발을 시작한 최준구의 합작품이다. 이 리얼리티쇼는 방송의 내부인 동시에 외부였다. TV 화면을 빌려야만 리얼리티쇼의 효과를 얻는 점에서 방송 내부이지만 신자유주의의 모니터를 전복시킨 점에서 방송 외부였다. 진실은 신자유주의의 시각적 벽에 구멍을 내는 동시에 그 시각 장치를 빌려야만 드러날 수 있다. 마지막 리얼리티쇼는 신자유주의의 시각 테크놀로지를 이용하면서 권력의 벽을 뚫고 나오는 응시의 승리였다.

'정혜인의 원티드' 10회는 단순히 사건의 진상과 피해자의 맨얼굴을 보여주는 나체화의 프로가 아니었다. 이제 나체화와 맨얼굴은 더 이상 사람들을 동요시키지 못한다. '원티드 10회'는 가해자와 피해자, 그리고 경찰을 한곳에 모이게 연출해 물밑에 가라 않은 사건을 솟구치게 만들고 있었다. 일상에서 SG 사장은 보기 힘들 뿐 아니라 만나더라도 가해자로 보이지 않는다. 또한 사람들은 피해자를 눈앞에서 보면서도 눈여겨보지 못한다. 설령 가습기 살균제 고발이 있더라도 사람들의 관심은 잘 증폭되지 않는다. 그러나 '원티드' 10회는 특별한 **연출**을 통해 테러와도 같이 시각적 벽을 뚫으며 '이상한 고요함의 일상'을 폭파시키고 있었다. 이는 보드리야르의 '연출가의 승리'를 전복시킨 '연출된 진실의 승리'였다 그 순간 체제의 균열을 봉합한 이미지를 뚫고 모니터에 나타난 영상들은 전류처럼 우리의 뇌의 간격에 충격을 주고 있었다.

우리의 충격은 '원티드'를 보며 지진이나 혁명에서처럼 상상계에서 실재계로 이동하기 때문이었다. 그 순간 상상계에서 앱젝트로 배제된 피해자들이 우리의 가슴을 울리는 실재계적 대상 a로 전위되고 있었다. '원티드'가 우리의 뇌의 간격을 동요시켰기 때문에 우리는 피해자들에 공감하며 저항의 간격을 덮어버린 SG 회장 함태섭에게 분노한 것이다. 신자유주의의 '이상한 고요함'이 상상계라면 뇌의 간격의 동요는 실재계적 타자성이다. 이처럼 인격의 회로가 빈곤해진 신자유주의에서는 저항의 순간이 상상계에서 실재계로의 이동을 통해 시작된다.

마지막 '원티드'에서도 함태섭은 피해자들에게 사과하지 않는다. 제작진들 역시 권력자인 그가 어떻게든 법망을 빠져나갈 것이라고 생각한다. 그러나 이런 열린 결말이 '원티드'의 '연출된 진실의 승리'를 위축시키는 것은 아니다. 마지막 순간까지 권력의 각본이 계속되듯이 '원티드'의 각본 역시 끝없이 계속되어야 하는 것이다. 가습기 사건에 대해 사람들이 동요하기 시작했고 리얼리티쇼 제작진들의 '진짜 작품'에 대한 열망이 증폭된 만큼 이제 더 이상 '이상한 고요함'의 세상만은 아닐 것이다. 진실을 맨얼굴로 대면하기 어려워진 시대에는 '진짜 작품'에 대한 열의야말로 우리의 희망일 것이다. 우리 시대는 '진짜 작품'의 도움을 빌려야만 '진짜 진실'이 수면 위로 떠오르는 시대라고 할 수 있다.

《더 테러 라이브》와 《원티드》의 공통점은 피해자들의 유일한 요구가 권력자의 **사과**라는 점이다. 대통령과 SG 그룹 회장의 사과는 여론의 공감을 전제로 한 것이므로 권력의 비밀과 타자의 비밀을 드러내는 일에 해당된다. 권력의 비밀이란 권력자가 피해자를 앱젝트로 매장한 일이며 타자의 비밀이란 사람들의 피해자에 대한 공감을 뜻한다. 그처럼 권력의 비밀과 타자의 비밀이 드러나야만 세상의 변화에 대한 요구가 증폭된다.

《더 테러 라이브》와 《원티드》는 리얼리티쇼에는 두 가지 형식이 있음을 암시한다. 하나는 《백만장자와 결혼하기》 같은 신자유주의의 리얼리티쇼이며 다른 하나는 체제에 저항하는 사건의 리얼리티쇼이다. 그 두 가지 리얼리티 쇼의 차이는 두 개의 비밀을 감추느냐 드러내느냐에 있다.

《백만장자와 결혼하기》에서의 사건은 평범한 여자가 경쟁자들을 물리치고 백만장자와 결혼하는 것이다. 그런데 이 사건은 바디우가 말한 사건과는 정반대로 신자유주의가 영원히 변화되지 않게 만드는 데 기여한다. 백만장자와 결혼하는 일은 일상에서 기적처럼 일어나기가 어렵기에 사건이지만 그런 사건은 일상을 변화시키지 않는다. 리얼리티쇼는 그 어려운 일을 가능하게 만들면서 자본주의적 삶을 승자가 있는 게임으로 변주시킨다. 자본주의가 게임화된 것은 그 외부가 없음을 암시하며 기적 같은 사건이 일어나는 일은 환상으로의 출구를 제공한다. 그처럼 자본주의가 게임과 환상으로 연출되면 권력의 비밀과 타자의 비밀은 영원히 드러나지 않는다.

반면에 《더 테러 라이브》와 《원티드》의 리얼리티쇼는 '이상한 고요함' 속으로 사라진 사건을 다시 솟구치게 만든다. 신자유주의는 사건의 피해자에게 공감하지 못하게 만들어 그들을 앱젝트로 매장해야만 운행을 계속할 수 있다. 사건의 리얼리티쇼는 연출된 이미지들을 통해 뇌의 간격에 충격을 주며 저항의 타자성을 회생시킨다. 저항의 타자성을 회생시킨다는 것은 뇌의 간격에서 순수기억이 동요하게 만들어 사건의 피해자에 대한 공감을 되찾는 것을 말한다. 그런 방식으로 사건의 리얼리티쇼는 타자에 대한 **공감의 비밀**과 타자를 매장했던 **권력의 비밀**을 드러내게 된다.

《더 테러 라이브》와 《원티드》의 한계는 사건의 리얼리티쇼가 테러(폭력)에 의해 촉발된다는 점이다. 그런 한계는 미학에 포함된 반미학의 한계라고 할 수 있다. 테러라는 반미학을 통해서만 타자를 귀환시키는 미학이 가능한 것은 타자가 스스로는 너무나 무력한 위치에 있기 때문이다. 타자를 앱젝트로 배제하는 요체는 대항폭력(테러)으로만 뚫릴 수 있는 신자유주의의 두꺼운 시각적 벽이다.

그런 상황에서, 테러 같은 충격을 동반하면서도 폭력을 피하려면 앱젝트와 일상의 사람과의 교신이 있어야 한다. 앱젝트란 시각성을 상실해 비존재가 된 비천한 사람을 말한다. 비천한 앱젝트는 시각적 세계에 발 딛고 있는 사람과의 교섭이 없으면 결코 혼자서 비존재에서 탈출할 수 없다. 《더 테러 라이브》에서 박신우와 윤영화의 접속이 필요하고 《원티드》에서 최준구와 신동욱의 대화가 요구되는 것은 그 때문이다.

이들 작품에서의 교신은 모두 진실을 귀환시킬 만큼 충분하지가 않다. 테러는 그런 불충분성에 대한 절망의 조바심이 빚은 반미학의 비극이다. 그럼에도 인물들의 잠재적 교신의 가능성은 신자유주의 일상에도 심연의 샘물이 남아 있으며 앱젝트의 위기에 놓인 타자에게도 숨겨진 고리가 있음을 암시한다. 자본주의는 한 순간에 전복되지 않거니와 신자유주의에서는 더욱더 그렇다고 할 수 있다. 그 때문에 추방된 타자와 일상의 사람 사이의 잠재적인 이중주의 교신은 매우 중요하다. 테러가 필요할 만큼 벽이 두꺼워진 체제에 대응하려면 깊은 심연의 샘물을 퍼 올리기 위해 **타자**의 숨겨진 잔여적 고리를 탐색하는 지난한 비밀교신이 계속되어야 한다.

제9장

신자유주의의
캐슬과 앱젝트와의
비밀교신

1. 인터페이스의 사회에서 '캐슬'의 시대로

드라마《스카이 캐슬》의 놀라운 인기는 오늘날의 사회구조를 시각화하는 충격적인 스펙터클에 근거한다. 이 드라마는 극단적인 양극화에 의해 변화된 사회구조와 욕망의 형식을 현실보다 더 현실적으로 보여준다. '스카이 캐슬'은 사회 변화를 집약하는 상징적 시각성으로 충격을 주는 점에서 단순한 재현을 넘어선다. 이 드라마는 반영의 거울이기보다는 놀랍게 변화된 사회를 한눈에 축약한 상징의 거울이다.

오늘날 양극화에 대한 다양한 비유들은 풍자를 통해 재현 이상의 공감을 얻는다. 예컨대 흙수저와 금수저, 갑질, 헬조선 등이다. 그중에서도 가장 첨예한 시각적 쇼크를 제공하는 것이 바로 '캐슬'이라고 할 수 있다.

금수저, 갑질, 캐슬은 단순한 계급사회의 갈등을 넘어선 신자유주의의 독특한 권력관계를 은유하고 있다. 이 은유들은 경제적 불평등성에 시각적 · 감성적 불평등성이 접착제처럼 부착되어 있음을 암시한다. 양극화 사회는 인터페이스의 사회[1]이며 소수의 보이는 상류층과 대대수의 보이지 않는 사람들로 구성된다. 양극화란 경제적 차별의 고착화인 동시에 시각적 차별의 화석화이기도 하다. 신자유주의에서 시각적 불평등성이 고착화된 것은 과거와 달리 나체화와 맨얼굴의 순간이 나타나지 않기 때문이다. 나체화의 순간이란 앱젝트로 강등된 하층민이 투명한 인격 프리즘에 의해 타자로 회생하는 시간을 말한다. 신자유주의에서는 인격성의 상품화로 인해 하층민에 대한 공감이 약화되었기 때문에 나체화의 순간이 오지 않는다.

그에 더해 쇼룸의 시각성은 소비를 통해 평등의 환상을 유포함으로써

---

[1] 인터페이스 사회란 모니터와 본체만 보이고 내부의 부품은 보이지 않는 세계를 말한다. 황현산, 〈간접화의 세계〉, 《한겨레신문》, 2016. 7. 15.

타자의 회생을 보다 어렵게 만든다. 인격성의 상품화가 무의식의 식민화라면 쇼룸의 환상은 연출가의 승리이다. 오늘날의 캐슬의 환상은 그 둘을 넘어선 또 다른 단계의 시각적 고착화이다.

캐슬의 환상에서의 특유함은 '불가능성의 인지'와 '선망의 유포'가 결합되어 있는 데 있다. 캐슬은 성곽을 통해 안에 들어가기 어렵다는 느낌을 주면서도 화려한 스펙터클로 불가능한 욕망을 불러일으킨다. 기묘하게도 사다리가 끊어졌다는 감각과 성 안의 비밀을 모방하려는 욕망이 결합되고 있는 것이다. 《스카이 캐슬》은 상류층의 비틀어진 욕망을 풍자하고 비판하는 드라마이다. 그런데 이 드라마는 역설적으로 코디(컨설팅)와 '예서책상' 신드롬을 불러일으켰다. 드라마의 작가와 연출가는 비판과 성찰의 메시지를 발신하지만 시청자들은 상류층에 대한 선망과 유출된 비법의 모방에 빠져드는 것이다. 사람들은 오히려 '괴물' 같은 '코디'를 물색하고 '공부감옥'인 '예서책상'을 사들인다. 캐슬의 시각성의 무서움은 비판적 이성을 압도하며 흘러넘치는 욕망의 전파에 있다. 캐슬은 시각적 차별의 희생자를 노예처럼 굴복시키는 욕망의 마술을 퍼뜨린다. 하층민들이 감성적 차별을 뼈아파하면서도 캐슬을 선망하게 함으로써 경제적 불평등성을 영구화하는 것이다.

경제적 차별이 시각적 차별을 동반하는 현상은 오래된 역사를 갖고 있다. 본원적 축적의 과정에서 대서양의 노예무역은 수많은 흑인들의 죽음과 희생을 발생시켰다.[2] 그런데도 희생자들은 공간적 거리와 피부색 때문에 백인에게 보이지 않는 사람들이 되었다. 우리의 식민지 시대의 역사 역시 비슷한 과정을 보여준다. 〈만세전〉에서처럼 경제적 착취는 조선인을 '요보'라는 인간-동물로 강등시키는 감성적·인격적 식민화를 수반했다. 그처럼 인종주의는 경제적 차별에 시각적 차별을 수반했으며 감성적 불평등성은 인격의 식민화를 의미했다.

---

2 황현산, 위의 글.

그러나 그때는 희생자에 대한 공감이 가능했기 때문에 앱젝트로 강등된 피식민자는 나체화의 순간에 타자로 회생할 수 있었다. 경제적 차별의 희생자가 보이지 않는 존재가 된 것은 개발주의 시대에도 마찬가지였다. 그런데 여기서도 〈아홉 켤레의 구두로 남은 사내〉에서처럼 하층민들은 나체화의 순간에 타자로 회생했다. 식민지 시대나 개발의 시대에는 시각적 차별이 인격의 식민화를 영구화하는 장치로 작용하지는 않았던 것이다.

반면에 오늘날의 '금수저'나 '갑질'은 경제적 차별이 시각적 차별과 합쳐져서 인격의 식민지를 영속화함을 보여준다. 그 이유는 무의식의 식민화로 인해 하층민에 대한 공감을 상실하고 나체화를 잃어버렸기 때문이다. 그런 나체화의 상실과 타자의 추방의 정점에 '캐슬'의 은유가 있는 셈이다. 캐슬의 시대에는 하층민에 대한 공감의 상실이 상류층에 대한 선망의 환상과 표리를 이룬다. 하층민에게 등을 돌리면 그들이 잘 보이지 않게 됨으로써 시각적 불평등성이 고착화되며, 시각적 불평등성의 고착화는 경제적 불평등성이 화석화되었음을 암시한다. 그런데도 중간층은 신자유주의의 환상 장치에 포획되어 불가능한 상류층의 위치를 선망하는 것이다. 그런 역설적 욕망의 정점에 '실현 불가능성'과 '끝없는 선망'이 결합된 캐슬의 환상이 놓여 있는 것이다.

계급적 영역에서 시각적 차별이 고착화되었다는 것은 놀랍고도 무서운 일이다. 인종주의에서와는 달리 계급적 영역에서는 피부색으로 인한 시각적 차별이 존재하지 않는다. 그럼에도 《기생충》에서 보듯이 우리 사회에는 신체와 냄새, 환경 등으로 시각적·감성적 차별이 엄존하고 있다.

시각적 차별은 원래 신분사회 질서의 한 부분이었다. 당연히 우리 시대는 복식을 통해 공적으로 시각적인 차별을 승인하는 신분사회가 결코 아니다. 그런데도 명품, 캐슬, 혐오발화 등으로 시각적·감성적인 차별의 이미지가 전 사회에 유포되고 있다. 오늘날의 시각적 차별은 사적인 동시에 공적이며 규범화되지 않았지만 법규보다 더 엄혹하다. 차라리 신분사회라면 상류사회나 '예서책상'에 대한 욕망은 아예 없었을 것이다. 그런데 신분사회만큼이나 냉혹하면서도 차별이 법규화된 것이 아니기에 상류사회에 대한 덧없는 욕망에 목을 매는 것이다. 그런 상승의 욕망은 경제적인 것만큼이나 (캐슬처럼) 시각적인 것이다. 물건을 훔치듯이 시각적 욕망은 절취하기 쉬워 보이기 때문에[3] 사람들은 경제적 상승이 불가능한 상황에서도 선망을 그치지 않는다. 불가능하면서도 사라지지 않는 시각적 욕망은 우리를 저항하지 못하게 하면서 감성적인 노예로 만든다.

신자유주의의 경제적 불평등성의 사회는 시각적 불평등성의 사회이기도 하다. 그 정점에 상위 0.1퍼센트나 1퍼센트의 '스카이 캐슬'이 있다. 스카이 캐슬의 성곽을 유지하는 데는 코다나 입시 부정처럼 아무도 모르게 법을 정지시키는 비법이 있다. 그런 이상한 비법이 언뜻 유출되었기 때문에 비판과 함께 역설적인 캐슬 신드롬이 일어난 것이다.

그런데 그것이 전부가 아니다. 스카이 캐슬의 외곽에는 상위 10퍼센트의 또 다른 캐슬이 있다.[4] 우리 사회의 상위 1퍼센트의 소득 집중도는 12퍼센트이며 10퍼센트의 집중도는 43퍼센트이다.[5] 10퍼센트의 성 안에는 사업가와 전문직 부자들뿐 아니라 대기업 정규직과 공기업 노동자, 일부 공무원들이 살고 있다.

여기서 1퍼센트나 10퍼센트의 사람들이 성에 비유되는 것은 불평등한 부의 집중도 때문만은 아니다. 캐슬이 누구의 눈에도 금방 보이는 것만큼 캐슬 밖의 사람들은 아무에게도 보이지 않는다. 모니터와 본체만 보이고 대부분의 구성원들이 부품처럼 잘 보이지 않는 체제를 인터페이스 사회라고 한다.[6] 캐슬은 인터페이스 사회의 첨단의 진화된 형식이다. 인터페이

---

3 《기생충》에서 기태의 가족이 거실을 대신 차지하고 있는 장면이 그것을 보여준다.

4 이강국, 〈두 개의 캐슬〉, 《한겨레신문》, 2019. 3. 12.

5 2016년의 상황임. 이강국, 위의 글.

6 황현산, 〈간접화의 세계〉, 앞의 글.

스 사회와 달리 캐슬에서는 성 밖의 사람들도 모두가 성 안을 선망한다. 그런 선망 때문에 저항력이 상실되고 자신도 모르게 노예처럼 살아가는 것이다.

캐슬 안의 사람들이 합리성을 버리고 어떻게든 성 안에 남아 있으려는 것은 그 같은 시각적 불평등성을 잘 알기 때문이다. 반면에 캐슬 밖의 사람들은 존재가 잘 보이지 않기 때문에 비판적인 말을 해도 아무에게도 들리지 않는다. 그런 상황에서 신자유주의의 시각적 환상 장치들은 성 밖의 사람들이 성 안의 불가능한 삶을 선망하게 만든다.

물론 캐슬 밖의 90퍼센트의 공간도 똑같지는 않다. 10퍼센트의 캐슬 밖에는 김애란의 〈벌레들〉에 나오는 장미빌라의 환상이 있다. 장미빌라는 중간층의 환상이지만 철거민의 절벽과 벌레들의 습격에 직면해 있다. 〈벌레들〉의 절벽은 중간층이 유동성과 역동성을 잃어버리고 얇은 경계선이 되었음을 뜻한다. 10퍼센트의 캐슬 안의 사람들이 밖으로 떠밀리는 것을 두려워하듯이 중간층은 절벽 아래로 떨어져 벌레처럼 살아갈까봐 공포에 떨고 있다.

절벽 아래는 셔터가 내려진 세계(〈산책자의 행복〉[7])이자 '사라진 사람들'(《레몬》[8])의 세계이다. 신자유주의에서는 돈을 벌지 못하면 사라져야 하기 때문에 나체화와 맨얼굴의 사람들이 존재하지 않는다. 절벽 아래서는 철거민의 죽음처럼 법이 정지된 상태에서 희생자가 보이지 않게 사라진다. 권여선의 《레몬》에서처럼 치안권력의 비호 때문에 절벽 아래서 정지된 법은 다시 움직이지 않는다.

우리 사회에서는 두 번 법이 정지된다. 한 번은 용산참사에서처럼 망루에서 사람이 죽었을 때이며 다른 한 번은 《스카이 캐슬》에서처럼 상류사회의 가업을 잇기 위해서이다. 신분사회에서는 노비를 매매하거나 양반의

---

7 조해진의 〈산책자의 행복〉에 나오는 표현임.
8 권여선의 《레몬》에는 사라진 사람이 될까봐 두려워하는 장애인이 나온다.

가업을 잇기 위해서 법을 정지시킬 필요가 없었다. 그러나 신자유주의에서는 반드시 두 번의 법의 정지가 필요하다. 성 안에서의 법의 정지는 성벽 때문에 아무도 보지 못하며, 절벽 아래서의 법의 정지는 벌레에 대한 혐오감 때문에 무관심에 매몰된다. 신자유주의에서 권력의 비밀과 타자의 비밀이 영원히 매장되는 것은 그래서이다.

캐슬의 시대는 그런 두 가지 비밀 대신 캐슬의 비법에 관심이 모아지는 시대이다. 《스카이 캐슬》이 성 안의 사람들의 욕망을 비판하는 동안 성 밖의 사람들은 유출된 비법에 더 호기심을 갖게 되었다. 그처럼 '코디'와 '예서책상'이 성벽을 넘는 한 법의 정지는 은폐된다. 마찬가지로 절벽 아래로의 추락의 공포 때문에 추방된 사람의 비밀 역시 매장된다. 성 안과 성 밖의 이런 두 번의 **법의 정지**는 신자유주의의 **법질서**를 떠받히는 중요한 부분이다. 두 번의 법의 중단은 정의의 상실이자 인격성의 파국이기도 하다. 그 때문에 인격성이 회생된 사회질서의 회복을 위해서는 반드시 법의 차원을 넘어선 비밀교신이 필요하다. 매장된 비밀을 귀환시키는 것은 성 안의 내부자들의 폭로[9]와 추방된 앱젝트와의 비밀교신이다. 내부자와의 교섭과 앱젝트와의 비밀교신은 법을 넘어선 차원에서 인격성을 귀환시키면서 법질서 자체를 상승시켜 줄 것이다.

2. 캐슬의 비법과 매장된 진실
　　—《스카이 캐슬》

《스카이 캐슬》(유현미 극본, 조현탁 연출, 2018~2019)은 계급이 신분처럼 고착화되면 어떤 비극이 일어나는지 충격적으로 보여준다. 신분사회에서 지위를 유지하게 하는 것이 혈통이라면 계급사회에서는 고액 사교육이

9　《스카이 캐슬》에서는 작가와 황우주가 그런 역할을 한다.

다. 오늘날은 교육이 사회적 지위의 대물림을 보장해주는 장치로 변질된 시대이다. 학벌과 캐슬이 결합된 《스카이 캐슬》의 제목은 동어반복적으로 계급의 신분화의 충격을 발음해준다.

교육은 원래 기회의 평등을 보장하는 공적 제도이다. 그런데 신자유주의에서는 교육의 상품화로 인해 오히려 불평등성을 영구화하는 장치로 변질되었다. 오늘날은 만연한 사교육 시장이 공교육을 압도하는 사회이다. 이제 상품화된 교육은 돈이 많은 부유층이 부와 지위를 대물림하는 핵심적 장치로 이용된다.

상위 1퍼센트(혹은 0.1퍼센트)의 캐슬은 양극화된 불평등성의 기반 위에 세워져 있다. 캐슬의 주인들은 기회의 평등을 보장하는 교육을 불평등성을 영구화하는 장치로 이용해야 한다. 그 때문에 그들은 겉으로는 태연하지만 내면에서는 음모와도 같은 비법을 계속 찾아내야 한다. 《스카이 캐슬》의 주인공들의 심리는 이중적이다. 표면으로는 캐슬의 주인다운 위엄을 보이지만 심리적으로는 초조함과 예민한 신경 상태로 살아가는 것이다.

《스카이 캐슬》이 교육 스릴러라고 불리는 것[10]은 그런 심리적 이중성 때문이다. 만일 신분사회라면 혈통을 대물림하는 데 어떤 초조함도 위기감도 없을 것이다. 반면에 캐슬의 주인들은 숨겨진 심리와 비법을 터놓고 말할 수 없기 때문에 우리는 그들의 행동(말)에서 음모를 탐색하듯이 스릴을 느낀다. 우리가 느끼는 긴장감은 기회의 평등과 불평등성의 비법 사이의 아이러니에 있다. 교육 스릴러는 교육을 다루는 드라마가 아니다. 이 드라마는 계급이 신분화되면 평등을 보장하는 제도가 끝없이 불평등성을 유지하는 비법으로 치환됨을 보여준다.

그런데 인물들의 심리를 이중적으로 만드는 것은 그들의 성격보다는 계급이 신분처럼 고착화된 사회구조이다. 사회구조가 바뀌지 않는 한 특

---

10 김찬호 · 송성은, 〈스카이 캐슬이 던지는 질문들〉, 《한겨레신문》, 2019. 2. 2.

정한 인물이 성격을 바꾸어도 문제가 해결되지 않는다. 그런 구조적 고착화를 알기 때문에 주인공들은 이중적이면서도 캐슬의 주인답게 고집스런 견고함을 유지한다. 인물들은 연극의 주인공처럼 살아가지만 그럴수록 캐슬의 이미지에 걸맞게 당당함을 표현한다. '위 올 라이(We all lie)'라는 이 드라마의 주제곡은 인물들의 심리를 잘 요약하고 있다. 위험한 거짓말을 하지만 그것이 자신의 정체성이기 때문에 또한 당당한 것이다.

이 드라마에서 캐슬의 비법을 상징하는 인물은 강예서의 코디인 김주영(김서형 분)이다. 캐슬의 주인들이 이중적 심리 상태인 반면 김주영은 보다 더 화석화되어 있다. 김주영의 사무실은 물신화된 신자유주의의 교육 신전과도 같다. 신전의 주인 김주영은 괴물인 동시에 신비스럽다. 그녀는 유연성이 상실된 물신화된 사회구조를 가장 잘 표현하고 있기 때문이다. 그의 말 한마디에 보다 많은 부와 권력을 갖고 있는 캐슬의 주인조차 안절부절 할 수밖에 없다.

교육이 평등을 보장하는 대표적인 방식은 계급 사다리이다. 계급이 신분화된 사회는 계급 사다리가 끊어진 사회이며 사다리 대신 캐슬의 비법을 전수받아야 한다. 캐슬 안의 주인뿐 아니라 바깥의 사람도 '코디'나 '예서책상' 같은 비법을 선망하는 것은 그 때문이다. 김주영은 마치 그런 캐슬의 신화의 비법을 육화시킨 물신과도 같다.

물론 캐슬의 사회에서도 사회적 균열의 위치에 놓인 사람들이 아주 없는 것은 아니다. 강예서(김혜윤 분)의 라이벌 김혜나(김보라 분)는 미혼모의 딸로서 지옥 같은 가난과 멸시를 견디며 살아남은 여고생이다. 또한 캐슬에 입성했지만 보육원 출신으로 소탈한 성격을 지닌 이수임(이태란 분)과 황치영(최원영 분)도 예외적인 인물이다. 두 부부의 아들로 총명하고 친화력을 지닌 황우주(찬희 분)는 강예서-김혜나와 함께 삼각관계를 이루고 있다.

이 드라마의 핵심 사건은 강예서와 어머니 한서진(염정아 분), 코디 김주영, 그리고 김혜나 사이에서 벌어진다. 한서진은 전국 수석으로 서울의대에 합격한 강준상의 아내로 강예서를 서울의대에 합격시켜야 할 책무를 갖고 있다. 캐슬의 인물들 중에서도 한서진은 선지국집 딸이라는 신분을 속이고 결혼을 했기 때문에 가장 이중적이고 예민한 심리 상태에 있다. 그녀는 강준상 집안의 가업을 잇기 위해 귀부인들과 경합한 끝에 코디 김주영에게 딸을 3년간 맡기게 된다. 그러나 김주영의 입시 성공률 100퍼센트라는 이력 뒤에는 온갖 수단을 가리지 않는 불법과 편법이 숨겨져 있었다. 무엇보다도 무서운 것은 입시 성공의 대가로 수험생의 인성이 파괴되게 한다는 점이었다. 박영재를 서울의대에 합격시켰지만 그의 어머니가 입학식 전에 자살한 미스터리한 사건이 그 한 예였다.[11]

강예서는 라이벌 김혜나에게 자주 전교 1등을 내줄 뿐 아니라 좋아하는 황우주도 뺏기게 된다. 김주영은 강예서가 '멘탈이 약한 아이'라며 김혜나를 캐슬에 입주시켜 자극을 주어야 한다고 말한다. 한서진은 고민 끝에 김혜나를 강예서의 동생 예빈의 과외 선생으로 지하방에서 지내게 한다. 럭셔리한 저택과는 확연히 다른 김혜나의 지하방은 캐슬에 입주해도 계급은 지워지지 않음을 보여준다.

《기생충》에서와도 비슷하게 김혜나는 위층으로 올라가는 것이 허락되지 않는다. 그처럼 경제적 불평등성은 시각적 불평등성과 결합되어 인격성을 예속화하는 것이다. 김혜나는 강예빈을 가르칠 때 말고는 눈에 띄지 말아야 하는 존재였다. 가정부는 식사도 가족들과 할 수 없고 자신과 둘이 해야 한다고 말한다.

당돌한 성격의 김혜나는 혼자서 먹겠다며 밥을 지하방으로 가져다 달라고 말한다. 김혜나는 "엄마, 나 드디어 이 집에 들어왔어. 이제부터 시작이야!"라고 속으로 외친다. 그녀는 엄마 김은혜가 강준상과 함께 찍은 사

---

11 박영재는 지옥 같은 고통을 견디며 부모의 뜻대로 서울의대에 합격한 후 섬으로 사라질 것을 결심한다. 그것이 입시 지옥을 강요한 부모에 대한 그의 복수의 방법이었다. 그 사실을 안 박영재의 어머니는 충격을 받아 자살을 한다.

진을 손에 들고 있었다. 김혜나는 강예서의 아버지 강준상의 숨겨진 딸이었던 것이다.

김주영은 그 사실을 알고도 오직 강예서의 입시 성공을 위해 김혜나를 캐슬에 들이라고 말했던 것이다. 김주영은 나중에 한서진에게 김혜나의 원망을 누그러뜨리기 위해 그랬다고 변명한다. 그러나 김혜나는 강예서와 언쟁을 하던 중 자신이 강준상의 딸임을 폭로하고 그 사실을 SNS에 올리겠다고 위협한다.

이 드라마의 주요 사건의 하나인 출생의 비밀은 강예서와 김혜나의 대조를 통해 캐슬의 가업의 위엄이 덧없는 것임을 암시한다. 하지만 그보다 더 중요한 사건은 김혜나가 김주영의 비법이 입시 비리로 이루어진 것임을 알게 된 사실이다. 김주영이 강예서에게 준 예상 문제가 학교 시험지를 빼돌린 것임을 알게 된 김혜나는 몰래 김주영을 찾아간다. 김혜나는 교육청 공익 제보 센터에 신고하겠다고 김주영을 위협한다.

김주영 넌…… 무서운 게 없니?

혜나   왜 없어요. 돈 없는 것도 무섭고, 집 없는 것도 무섭고, 엄마 없는 것도 무섭고…… 무서운 것 천지죠.

김주영 끝내 아빠한테 인정을 못 받을까 그것도 무섭겠지?

혜나   (정곡을 찔렀다)!!!

김주영 그래 원하는 게 뭐니?

혜나   강예서 서울의대 떨어뜨려 주세요.

(……중략……)

혜나   내가 강준상 교수님 딸인 거, 아줌마도 다 알죠? 어쨌든 한집에 사는 피를 나눈 자맨데……그건 너무 심하잖아요? 예서가 알고 그런 것도 아닐 테고.

김주영 제보한 게 너란 게 알려져서…… 아빠의 미움을 받을까, 염려되는 건 아니고?

446

혜나	(정곡을 찔렸고)!!!
김주영	예서가 서울의대 떨어지고 니가 붙어야…… 아빠랑 할머니가 인정해 줄 것 같니? 그래서 이러는 거야??
혜나	(당차게) 네, 맞아요!! 코디 없이도 서울의대 붙어서, 내가 강예서보다 더 뛰어나다는 걸, 울 엄마가 예서 엄마보다 훨씬 훌륭하다는 걸…… 증명하고 싶어요.
김주영	거절한다면?
혜나	교육청 공익 제보 센터, 교육 콜 센터, 그런덴 전화나 이메일로 제보 할 수 있고요. 아, 우리 학교 대나무 숲에다 익명으로 시험지 유출, 딱 한 줄만 흘려도 신아고 애들 전부 다 알게 될 걸요?[12]

위의 장면은 이 드라마의 집약된 갈등이 한 순간에 폭로된 가장 강렬한 부분이다. 김혜나의 위협은 가업의 대물림을 위해 법을 정지시키는 음모를 폭로하려는 것일 수 있었다. 그러나 김혜나가 김주영을 찾아간 것은 강예서를 입시에서 떨어뜨려 자신이 강준상에게 딸로 인정받고 싶어서였다. 김혜나는 바닥도 보이지 않는 흙수저 출신이었지만 그녀 역시 캐슬의 욕망에서 자유롭지 못했던 것이다. 이처럼 권력의 비밀을 출생의 비밀의 코드로 전환시킨 것이 이 폭로 드라마의 중요한 한계일 것이다.

그런 중에도 가장 극단적 인물인 김주영과 김혜나의 첨예한 대결은 이미 파국을 예감하게 한다. 김주영이 강예서를 떨어뜨리는 것은 불가능한 일이었고 김혜나 역시 혈통의 인정에 목을 매고 있기 때문이다. 김혜나는 김주영의 태도에서 자신도 모르게 화가 났지만 "넌 무서운 게 없니?"라는 김주영의 말은 왠지 불길함을 느끼게 했다. 그리고 마침내 황우주의 생일날 김혜나가 베란다에서 떨어져 사망하는 사건이 일어난다. 김혜나의 죽음으로 강예빈이 의심받았고 베란다로 달려갔던 황우주가 경찰에

---

12 유현미, 《스카이 캐슬 대본집》, 위즈덤하우스, 2019, 293~294쪽.

제9장 신자유주의의 캐슬과 앱젝트와의 비밀교신   447

체포되었다. 황우주는 강예빈의 의심을 덮기 위한 희생양이었으며 이 모든 일은 김주영이 꾸민 것이었다.

김혜나의 사건은 이 드라마에서 중요한 반전의 계기가 된다. 황우주가 체포되었지만 결국 김혜나의 출생의 비밀과 김주영의 음모가 드러나고 범인의 검거로 사건은 일단락된다. 또한 시험지 유출이 폭로된 강예서와 입시 경쟁에 충격을 받은 황우주는 학교를 그만둔다. 김혜나 사건을 계기로 캐슬의 사람들도 반성을 하게 되고 진짜로 의미 있는 삶에 대해 질문을 하게 된다.

이 같은 《스카이 캐슬》의 결말은 다소 의도적이고 교훈적이다. 이 드라마의 흥미는 그런 진부한 결말에 이르기 전까지의 캐슬의 비법에 대한 놀라운 폭로에 있다. 우리 사회의 문제를 '캐슬'의 은유로 보여줌으로써 1퍼센트의 비법이 폭로되는 충격을 통해 계급의 신분화라는 화두를 밖으로 드러낸 것이다.

그런 방식으로 《스카이 캐슬》은 짐작하면서도 꺼내지 않았던 모두가 하고 싶던 말을 들려주었다. 다만 상류층의 일그러진 욕망에 대한 비판은 캐슬의 비법에 대한 선망을 잠재우지는 못했다. 사회적 불평등성의 문제는 질문으로 남았을 뿐 그에 저항하는 동요는 전파되지 않았다.

그 이유는 캐슬의 내부가 폭로되었지만 내부고발자와의 교신은 없었기 때문이다. 또한 비리를 덮기 위해 죽음이 강요되었음에도 희생자와의 비밀교신은 이뤄지지 않았다. 김혜나는 가장 적극적으로 입시 비리를 적발했지만 그녀는 내부고발자는 아니었다. 김혜나의 욕망은 강준상의 딸로 캐슬에 입주하는 것이며 그녀는 캐슬 밖 불평등성의 고통에 대해서는 적극적으로 생각하지 않았다.

죽음을 맞은 김혜나는 내부자의 비리를 덮기 위한 희생자일 수도 있다. 그런 희생자에게 공감할 때 잘못된 현실에 대한 변화의 갈망이 생기게 된다. 실제로 김혜나의 죽음으로 캐슬 사람들에게도 반성의 계기가 생겼고 강예서의 입시 포기는 가장 큰 변화였다.

그러나 김혜나는 결국 캐슬 사람들만 변화시켰을 뿐 바깥의 사람들에게 불평등성에 대한 저항을 불러일으키지는 못했다. 김혜나의 교훈은 입시 지옥이 인성을 파괴한다는 것이며[13] 사회적 불평등성의 문제를 직접 건드리지는 않는다. 그 때문에 그녀가 발신한 구조 요청은 존재감이 있는 사람에게 수신될 뿐 성 밖의 보이지 않는 사람들과는 교신되지 않는다. 성 밖의 사람들은 김혜나의 사건이 자신의 문제로 여겨지진 않기 때문에 여전히 캐슬의 세계에 대한 구경꾼의 위치에서 벗어나지 못한다.

물론《스카이 캐슬》의 충격은 김혜나의 사건을 통해 입시 지옥의 비인간성을 고발하는 데 그치지 않는다. 사람들이 이 드라마에 빠져든 것은 계급이 신분이 된 사회의 스펙터클을 통해 불평등성이 신화가 되었음을 고발하기 때문이다. 불평등성의 신화는 환상적인 동시에 더 없이 현실적이다. 이 드라마는 그런 환상과 현실의 틈새를 추적하면서 권력의 비밀을 얼마간 폭로한다. 그러나 캐슬의 비밀을 드러냈지만 그 세계에 대항하며 캐슬을 흔들 수 있는 성 밖의 사람들의 동요를 이끌어내진 못했다.

캐슬의 신화는 경제적 불평등성뿐 아니라 그것을 영속시키는 **시각성**에 의해 강렬한 빛을 얻는다. 그런 시각적 캐슬의 신화화된 정도는 실상 성 밖의 **보이지 않는 사람들**의 추방당한 비극에 비례한다. 그 때문에 캐슬의 신화를 관통하려면《더 테러 라이브》나《원티드》에서처럼 보이지 않는 사람의 불행이 또 다른 화두가 되어야 한다. 물신화된 캐슬을 흔들려면 권력에 대한 분노와 함께 보이지 않는 사람들이 존재감을 되찾으면서 캐슬의 신화를 동요시켜야 한다. 그런데 이 드라마에는 캐슬을 구조적으로 떠받치고 있는 비천하게 강등된 사람들의 문제가 암시되지 않는다.

《스카이 캐슬》의 또 하나의 출구는 이수임의 소설《안녕, 스카이 캐슬》이다. 하지만《안녕, 스카이 캐슬》에도 성 밖의 사람들과의 비밀교신은 없

---

13 박영재 사건 역시 비슷한 교훈을 전하고 있다.

다. 〈쇼케이스〉에서의 글쓰기는 피 묻은 쇼케이스 노동자와의 끝없는 비밀교신을 통해 쇼룸의 환상을 뚫고 나오는 대응이었다. 반면에 《안녕, 스카이 캐슬》에는 성 밖의 불평등성의 희생자와의 교섭이 없기 때문에 캐슬의 환상을 관통하는 출구는 강렬하지 않다.[14]

《스카이 캐슬》의 불평등성의 신화는 1퍼센트의 캐슬이 99퍼센트의 보통 사람에게 승리하는 게임과도 같다. 캐슬의 양극화의 신화가 계속되는 이면에는 규칙을 바꿀 수 없는 게임처럼 개인의 성격을 바꾸는 일로 해결될 수 없는 구조적 문제가 놓여 있다. 캐슬은 독립적인 건축물로 보이지만 성곽은 성 밖의 사람들과의 구조적인 관계의 결정체이다. 만일 성 밖의 사람들이 얼룩으로 확대되어 보인다면 캐슬의 시각적 화려함은 나타날 수 없을 것이다. 그 때문에 캐슬의 문제는 이미 성 밖의 보이지 않는 희생자들의 문제이기도 한 것이다. 아무 상관이 없어 보이지만 99퍼센트의 사람들이 묻혀버리기 때문에 1퍼센트의 캐슬이 빛을 발하는 것이다.

99퍼센트의 사람들 중에는 캐슬을 선망하기 때문에 존재감이 없어진 사람들과 사회에서 탈락해서 사라진 사람들이 있다. 사라진 사람들, 선망하는 사람들 그리고 1퍼센트의 주인들이 합쳐져서 캐슬 사회를 견고하게 만들고 있는 것이다. 마치 성채와도 같은 그런 사회구조를 변화시키려면 《더 테러 라이브》와 《원티드》에서처럼 구조의 탈락자들이 사라진 수면 밑에서 솟아올라야 한다. 그리고 이번에는 테러가 아닌 교섭의 방식으로 움직여야 한다. 그러려면 보이지 않는 탈락자와 일상의 사람과의 비밀교신이 끝없이 계속되어야 한다. 캐슬 사회의 탈락자는 처음부터 존재감이 없이 시작해서 어느 순간 조용히 사라지는 사람들이다. 그런 탈락자가 물밑에서 돌아올 때 캐슬에 대한 선망은 반전되기 시작할 것이다. 그와 함께 사라진 사람과의 비밀교신은 세월호 사건에서처럼 희생자들이 꽃으로 돌

---

14 《안녕, 스카이 캐슬》에는 캐슬의 환상에 대한 응시가 나타나 있지만 성 밖의 희생자와의 교신이 없어서 응시의 증폭 과정이 생성되지 않는다.

아오는 은유의 이중주를 연주할 것이다. **존재감의 회생**을 동반한 그 같은 물밑의 동요가 없다면 캐슬은 결코 흔들리지 않는다. 캐슬의 스펙터클에 맞서는 것은 회생된 타자의 **응시의 시각성**이다. 그처럼 응시를 회생시킨 은유의 이중주를 통해 권력과 타자의 비밀(에로스)[15]을 드러내야만 캐슬은 물위의 도시로 흔들리며 변화의 요구에 직면한다. 그때서야 코디와 예서 책상이라는 캐슬의 신화가 선망의 대상에서 공부 지옥으로 반전되면서 새로운 세상에 대한 열망이 증폭될 것이다.[16]

3. 감성적 불평등성과 기생충의 비밀교신
　— 《기생충》

《기생충》(봉준호 감독, 2019)은 경제적 불평등성이 고착화되어 시각적·감성적 차별로 전이된 상황을 그린 점에서 《스카이 캐슬》과 같은 맥락을 지닌다. 경제적 차별이 시각적 차별로 전이되는 현상은 계급적 사다리가 끊어진 사회에서 일어난다. 시각적 차별이란 보이는 것과 보이지 않는 것의 관계를 말한다. 상류층은 캐슬처럼 환상적으로 보이지만 하층민이나 탈락자는 눈에 보여도 아무도 보지 않는다. 더 나아가 빈민과 루저들은 벌레나 난장이 같은 혐오의 대상이 되기도 한다. 불평등성이 **고착화된** 사회에서는 그런 시각성이 경제적 차별의 부수물이 아니라 계급관계를 인지하는 표상이 된다.

계급적 사다리가 끊어지지 않은 역동적 사회에서도 시각적 차별은 얼마든지 존재한다. 그러나 역동적인 사회에서는 〈아홉 켤레의 구두로 남은 사내〉에서처럼 앱젝트(벌레)가 사랑과 공감의 대상(대상 a)으로 전위되는

15　이 드라마는 권력의 비밀은 얼마간 폭로했지만 타자의 비밀은 드러내지 못했다.

16　이 과정은 캐슬의 환상에 대한 응시의 증폭 과정이기도 하다.

시각적 반전이 일어난다.[17] 반면에 불평등성이 고착화되면 사람들은 경제적 차별 이전에 시각성을 통해 먼저 계급관계를 인지한다. 예컨대《스카이 캐슬》에서 김혜나는 선망하던 캐슬에 입주했지만 지하방에서 살며 위층에 올라가는 것이 허락되지 않는다. 마찬가지로《기생충》에서도 박사장(이선균 분)의 환상적인 건물과 기택(송강호 분)의 반지하, 그리고 지하의 벙커는 계급적 관계의 시각적 표상이다.

이처럼 고착화된 시각적 차별은 구조화된 불평등성의 신호일 뿐 아니라 경제적 차별을 영속시키는 기능을 한다. 시각적 차별은 가난과 궁핍처럼 뼈아프지는 않기 때문에 사람들은 무력한 상태에서 그럭저럭 순응하게 된다. 또한 시각적으로 아예 존재감을 상실하기 때문에 부자들에게 당당하게 저항하는 반전이 일어나지 않는다. 오히려 보이지 않는 사람들은 환상적인 캐슬과 성 안의 비밀을 끝없이 선망하게 된다. 셔터가 내려진 세계로 추방될 거세공포와 환상적인 캐슬의 선망 때문에 계급적 저항은 좀처럼 일어나지 않는다.

계급적 반전이 일어나지 않는다는 것은 사회구조의 변화는 물론 계급적 사다리의 이동조차 거의 없다는 뜻이다. 이런 사회에서는《스카이 캐슬》의 경우처럼 경제적 상승의 불가능성을 인지하면서도 시각적 욕망의 흐름이 계속되는 역설적 상황이 발생한다. 경제적 상승은 절망적이지만 캐슬에 대한 선망은 끊이지 않기에 코디를 물색하고 예서책상을 사들이는 것이다. 덧없는 것을 알면서도 시각적 욕망에 의한 움직임은 계속 작동되는 것이다.

계급적 이동이 불가능한 상태에서 시각적 욕망이 계속 작동된다는 사실은 계급관계에 놀라운 변화를 일으킨다. 과거의 하층민은 사회구조의 변화나 사다리의 이동을 통해 평등을 소망하며 부자와 공존했다. 그 때는 하층민이 사회 변화를 소망하며 실제로 욕망의 충족을 꿈꿀 수 있었기 때

---

17 이 순간이 나체화의 순간이다.

문에 가난을 견딜 수 있었던 것이다. 박완서는 그런 하층민의 자긍심을 '푸성귀 같은 청청함'(《도둑맞은 가난》)이라고 묘사했다. 그러나 부자의 독점이 기정사실화된 상황에서는 하층민이 독립성을 잃고 오늘날처럼 다른 방식의 공존을 시도한다. 이제 가난은 대안의 상실인 동시에 불가능성과의 대면이 되었다. 여기서 문제는 하층민이 과거와 같은 '가난의 청청함'을 잃고 불가능한 부의 세계의 주변에서 기만적인 삶을 산다는 점이다.

사다리가 끊어진 사회에서 하층민이 독립심을 유지한다는 것은 매우 힘겨운 일이다. 계급이 고착된 세계에서 하층민은 어떻게 욕망을 보류하며 부자와 공존할 수 있을까. 부자와 하층민의 새로운 방식의 비정상적인 공존은 대체 불가능한 불평등성의 사회의 우울한 비극을 암시한다. 새로운 공존의 방식은 독립성을 포기하고 부자에게 스며들어 기만적인 방식으로 비속하게 살아가는 것이다. 비슷한 시기에 발표된《어느 가족》(고레에다 히로카즈 감독, 2018)과 《기생충》의 공통점은 부자를 숙주 삼아 기생해서 살아가는 사람들의 비극을 그린 점이다. 여기서는 '가난의 청청함'은 물론 자신의 비속한 삶에 대한 자의식도 없다. 두 영화의 인물들은 생존 방식 자체가 이미 자발적인 기생충으로 하락되어 있다. 자발적인 기생충은 인격성의 격하를 보지 못하고 살아가기 때문에 티끌만한 희망도 남지 않은 것이다. 등장인물 중에서 아무도 비정상적 삶의 방식에 이의를 제기할 마음이 없는 듯이 보이는 것은 그 때문이다.

캐슬 안의 부자를 숙주 삼아 살아가는 방식에는 두 가지가 있다. 인격성이 상품화된 사회에서는 자신의 스펙과 인성을 공물로 바치며 상류층과 함께 살아가는 형식이 일반적이다. 이는 상품사회에서의 계급적 공생인 동시에 독립성을 잃고 인격성을 상품화하며 살아가는 방식이다. 이런 공생은 상품가치가 있는 '보이는 사람'의 은유적인 기생의 삶이다. 그런데《어느 가족》이나《기생충》에서는 그런 은유적 기생을 넘어서서 실제로 숙주에 기생을 하는 사람들이 그려진다.

《어느 가족》과 《기생충》은 자신을 상품화하기 어려운 '보이지 않는 사람'의 기생의 방식을 보여준다. 두 영화에서의 기생적 삶은 타자성이 추방된 사회에서 인간이 어느 정도까지 비참해질 수 있는지 암시한다. 인격성이 상품화된 사회에서도 고통받는 타자는 소품이나 투명인간처럼 남아있게 마련이다. 김의경의 〈이케아 소파 바꾸기〉에서처럼 베란다의 불탄 소파로 남겨져 무력하나마 상실된 삶에 대한 향수를 느끼는 사람들이 있는 것이다. 그런데 거기서 더 나아가 대체 불가능한 고착된 사회가 되면 추방된 타자는 독립된 삶을 포기하고 기생충처럼 상류층에 기식할 생각을 하게 된다. 기생충의 세계는 베란다의 불탄 소파마저 사라지고 타자성이 전멸된 무서운 세계이다.

기생충의 신화가 과거의 하층민의 소설과 다른 점은 자발적으로 벌레처럼 살아간다는 점이다. 문제는 존재감의 상실로 인격성이 강등된 사람들이 자신의 보이지 않음을 역이용해 스스로 기생충이 되려는 생각을 한다는 점이다. 만일 기생충이 눈에 보인다면 숙주와 기생충의 공존은 불가능할 것이다. 반면에 《어느 가족》과 《기생충》의 인물들은 벌레나 기생충처럼 **보이지 않는 존재**로 강등되었기 때문에 아무 부끄러움이 없이 숙주에 몰래 스며들어 기식할 수 있는 것이다.

이 같은 기생적 인물들의 자발성에는 수치심에 대한 나름대로의 방어적인 심리가 있다. 의지와 무관하게 보이지 않는 존재가 되어 기생이 가능해졌기 때문에 《어느 가족》과 《기생충》의 인물들은 기생의 방식에 **죄의식**을 느끼지 않는다. 두 영화의 인물들은 상류층을 상대로 한 절도나 사기에서 거의 죄책감이 생기지 않는다.[18] 그것은 마치 바퀴벌레나 기생충이 사람들에게 죄의식을 느끼지 않는 것과 비슷하다. 이런 기묘한 심리는 '불탄 소파'와 '기생충'의 차이를 설명해준다. 기생충은 '불탄 소파' 정도

---

18 그 점에서 《기생충》의 인물들은 1950년대의 위악적인 인물들의 재출현이다. 두 경우 모두 비식별성이 확장된 사회에서 죄의식을 지니지 않고 당당하게 범법을 하는 인물들이 등장한다. 앞의 제6장 4절 참조.

의 존재감마저 상실했기 때문에 베란다에서도 공존할 수 없는 대신 보이지 않게 기식하는 것일 뿐이다.

두 영화의 인물들은 절도나 사기에서 법적으로는 죄를 인정하지만 윤리적 측면의 죄의식은 별로 없다. 그 점에서 《기생충》의 가족사기단은 1950년대의 〈설중행〉의 위악적 인물들이 보다 자연스러운 방식으로 다시 나타난 것과도 같다. 그들은 법을 정지시키는 또 다른 방법과 **계획**을 주저 없이 실행에 옮기는 색다른 모습을 보여준다. 〈설중행〉에서 고 선생은 인생이 모두 연극이라는 귀남의 말에 신선한 충격을 느낀다. 그와 마찬가지로 《기생충》에서 취업 연극을 위해 리허설까지 하는 기택 가족에게서 우리는 위선을 벗은 색다른 인간의 모습을 본다.

이런 위악적인 인물의 기생이 1950년대보다 한층 자연스러운 것은 타자를 앱젝트로 만드는 방식이 한결 유연하고 안정적이기 때문이다. '이상한 고요함' 속에서 기생충 같은 앱젝트가 되었으므로 부자에게 기식하는데 거리낌이 없는 것이다. 같은 이유로 기생충은 상류층을 증오하지 않으며 그들을 오히려 고마워하고 존경하기까지 한다. 그처럼 사회에 대한 아무런 증오심도 없는 점이 범죄자와 다른 점일 것이다. 기생충은 숙주를 공격할 의사가 없으며 숙주가 부를 독점한 사회에서 보이지 않는 존재가 생존의 방식을 실행할 뿐이다. 그들에게 윤리적 죄의식을 추궁한다면 그들을 기생충처럼 보이지 않게 만든 사회에 대해 먼저 윤리적인 질문이 있어야 할 것이다. 그런 측면에서 기생충은 병든 사회의 희생자이며 그들이 벌이는 터무니없는 촌극은 해학적으로 느껴지기까지 한다. **해학**은 존재감을 잃은 사람들이 벌이는 '계획'의 부당성과는 상관없이 그들을 상황의 희생자로 보게 만든다.

《기생충》은 몰락한 기택 가족이 박 사장 집에 스며들어 기식하며 살아가는 이야기이다. 기택의 아들 기우(최우식 분)는 학력을 속이고 박 사장 딸(다혜)의 과외 선생으로 취업해 가족들을 차례로 그 집에 취직시킨다.

기우와 가족들은 별로 죄책감이 없는데 그것은 자신들을 백수로 만든 세상이 공정하지 않기 때문이다. 그들은 똑같은 능력이 있지만 스펙과 기회가 없어 수입이 없었을 뿐이다. 기택 가족은 과외 선생과 운전수, 가정부로 박 사장을 만족시킬 수 있기 때문에 아무런 거리낌이 없는 것이다. 더욱이 만일 그들이 존재감이 있는 가정이었다면 사기 취업까지 하지는 않았을 것이다. 기택 가족은 능력과 상관없이 보이지 않는 사람들이 되었기 때문에 다시 능력을 보이게 만든 것일 뿐이다. 그들은 능력을 사기 친 것이 아니라 '보이지 않음'을 사기 친 것일 따름이다.

기택 가족이 태연한 또 다른 이유는 불평등성이 고착화된 사회에서도 시각적 욕망은 어떤 식으로든 작동되기 때문이다. 《스카이 캐슬》이 암시하듯이 신자유주의는 캐슬의 불가능성과 환상적 욕망이 공존하는 사회이다. 기우는 거짓 학력 연기에 아무런 어색함이 없을 뿐 아니라 과외를 하는 다혜와 연애 감정까지 느낀다. 만일 기택의 가족이 박 사장 집으로 통째로 이사 온다 해도 그들은 쉽게 적응할 것이다. 그들이 경제적으로 박 사장 집을 따라잡는 것은 절대로 불가능하다. 그러나 시각적 욕망은 언제든지 즐길 준비가 되어 있는 것이다. 박 사장 가족이 여름휴가를 떠나자 기택 가족은 그 집 거실에서 음식을 먹으며 자기 집처럼 즐긴다.

다소 위험해 보이지만 부자와의 기생의 관계는 아무 문제가 없는 것처럼 보인다. 하지만 영화가 진행되면서 기생 사회의 숨겨진 문제가 드러나기 시작한다. 기택 가족이 박 사장 집에서 여름휴가를 즐기고 있을 때 전에 가정부로 있던 문광(이정은 분)이 찾아온다. 놀랍게도 문광은 지하 벙커에 남편(근세)을 숨기고 있었으며 그가 걱정되어 찾아온 것이다.

문광의 남편 근세(박명훈 분)는 사업에 실패해 사채업자에게 쫓기다 못해 박 사장 집 지하 벙커에 숨어 살고 있었다. 기택 가족이 **보이지 않는 백수**의 신분으로 위장 취업했다면, 근세는 신자유주의의 막장에 이르러 **사라져야 할 사람**이었다. 죽거나 사라져야 할 사람이 부잣집에 숨어들어 간신히 목숨을 연명하고 있었던 것이다. 기택 가족과 근세는 비슷하게 박 사장 집의 기생충이었지만 약간의 차이가 있었다.

그 때문에 기택의 아내 충숙은 근세의 가택침입을 눈감아줄 수 없었다. 자신의 가족은 능력을 제공하고 기식하므로 아무 문제가 없지만 근세는 사라져야할 존재라고 생각한 것이다. 그런데 가족이 사기 취업했음이 탄로 나자 이번에는 문광이 남편을 위해 기택 가족에게 반격을 시작한다. 이처럼 **을들끼리** 서로 이해하지 못하고 싸우는 것은 계급이 고착화된 사회의 특징이라고 할 수 있다. 사회가 불공정하므로 기택 가족이나 문광 부부는 자신들의 연극에 대해 아무런 죄책감이 없다. 그러나 생존을 게임이나 연극의 차원에서 이해하게 되었기 때문에 위기에 처한 타자에 대한 공감은 약화되어 있었다. 그 때문에 과거처럼 부자에게 반감을 가지는 대신 갑에 기생하기 위해 을들끼리 서로 싸우는 것이다.

기생 사회의 문제점은 을들끼리의 싸움에만 있는 것은 아니다. 기택 가족이나 문광 부부는 박 사장을 좋아하며 근세는 자신의 존재를 모르는 그를 존경하기까지 한다. 기택 가족은 박 사장네가 착한 사람들이라며 부자이기 때문에 구김살이 없다고 말한다. 또한 근세는 지하 벙커가 고향 같다며 기생충을 영구적인 운명으로 생각한다. 이처럼 부자에 대한 저항감이 거세되었기 때문에 1970년대의 벌레(그리고 난장이)와 달리 기생충의 운명은 마치 신화처럼 영원히 계속되는 것이다.

그러나 **기생충의 신화**는 표면적으로만 안정되어 보일 뿐이다. 박 사장이 착한 사람으로 보이는 것은 그의 시선에 대한 응시가 잠재워졌음을 뜻할 따름이다. 박 사장은 거리를 둔 상태에서는 매우 친절했으며 그의 시선에 예속된 상태에서는 아무 문제가 없었다. 이런 상류층에 대한 호감은 양극화 사회에서 1퍼센트에 대한 99퍼센트의 괴리감과 밑바닥에서의 아득한 거리 때문이다. 하지만 부자와 하층민의 거리가 가까워지면 어쩔 수 없이 서로 이질감의 문제가 생길 수밖에 없다. 박 사장이 선을 넘지 않는 것을 무엇보다도 중요한 일로 간주하는 것은 그 때문이다. 박 사장은 하층민이 선을 넘는 순간 시선의 안정감을 잃어버리고 감성적으로 가까이 할 수 없는 혐오감을 느낀다.

이 영화에서 선을 넘었을 때의 혐오감은 냄새로 표현된다. 박 사장이 기택에게서 느끼는 냄새는 그가 하층민과 가까이 할 수 없다는 **감성적 차별**의 상징이다. 이처럼 계급적 관계에서 인종주의나 신분사회의 특징인 감성적 차별이 고착화되었다는 것은 충격적인 일이다.

시각적·감성적 차별은 인종주의나 신분사회에서는 피할 수 없는 신체적 차별의 근거이다. 인종주의에서는 타자가 피부색이나 냄새로 비하되며 신분사회에서는 혈통에 의해 비천한 신체가 나타난다. 반면에 계급적 관계에서는 일차적으로 부자와 빈민 사이의 경제적 착취가 핵심적인 문제이다. 그러나 계급이 인종이나 신분처럼 고착화되면 경제적 차별이 시각적·감성적 차별로 전이된다. 그처럼 계급적 차별이 감성적 차별로 전이되면 생각할 수도 없는 무서운 결과가 생겨난다. 감성적으로 차별받는다는 것은 인격적으로 모멸을 당한다는 뜻이다. 사다리가 끊어진 사회에서는 기생충으로라도 부자와 공존하려 하지만 감성적 차별이 인격성의 모멸로 감지되는 순간에는 참을 수 없는 분노가 생겨난다.

물론 지배적인 시선에 예속되어 살아갈 때는 감성적 차별은 경제적 차별보다 훨씬 더 참을 만한 것이 된다. 기택 가족 역시 박 사장집 사람들이 말한 이상한 냄새가 반지하 냄새임을 알고도 참을 수 있었다. 그렇기 때문에 불평등성이 고착화된 상태에서도 부자와의 기생관계를 유지할 수 있는 것이다. 그러나 감성적 차별이 인격 자체의 격하로 감지되는 순간 응시가 되살아나며 권력의 배제의 기제에 반발하게 된다. 이 영화는 기택이 박 사장의 '냄새의 차별'에서 차츰 **인격 자체의 차별**을 감지하며 응시가 증폭되는 순간을 그리고 있다.

이 영화의 핵심 장면은 을들끼리의 난투극이 벌어지는 사건이다. 즉 박 사장의 아들 다송의 인디언 놀이에서 근세가 기정(박소담 분)을 찌르고 다시 충숙(장혜진 분)이 근세를 찌르는 사건이 벌어진다. 그러나 그 사건의 와중에서 기택은 문득 기생충의 시선에서 벗어나 타자의 위치에서 응시를 느끼게 된다. 기정이 칼에 찔렸는데도 기절한 다송만 챙기는 박 사장에게서 기택은 모멸을 느낀 것이다. 더욱이 다친 근세를 외면하며 냄새가 난다고 외치는 박 사장의 모습에서는 더 이상 참을 수 없었다. 기택의 분노의 순간은 감성적 차별이 존재와 인격의 격하로 느껴지며 타자의 위치에서 응시가 회생하는 시간이었다. 그 순간에는 서로 싸우던 근세에게마저도 생명이 버려지는 감성적 타자의 동류성이 느껴지고 있었다. 기택이 박 사장을 찌른 것은 '냄새의 차별'에서 하층민의 생명성의 격하와 인격에 대한 모멸이 느껴졌기 때문이다. 근세네와는 경제적 생존을 위해 칼을 휘두르며 싸웠지만 박 사장의 **생명과 인격에 대한 모독**은 그보다 더 참을 수 없었던 것이다.

《기생충》에서의 냄새의 은유는 불평등성이 고착화되면 생명과 존재에 대한 격하가 일어남을 암시한다. 다만 냄새는 거리를 두면 느끼지 못하기 때문에 숙주와 기생충은 아무 일도 없는 것처럼 공생할 수 있게 된다. 하지만 기택은 하층민의 생명이 위협받는 순간 거리가 좁혀지며 응시를 통해 감성적 차별의 모독을 감지한다.

이 영화는 기생충의 예속된 시선으로 살아가던 기택이 어렴풋이 응시의 위치를 발견하는 과정을 그리고 있다. 기택은 근세가 자신처럼 대만 카스텔라 사업 실패로 지하에 갇혔음을 알고 약간의 공감이 생겼을 것이다. 이어서 코를 쥐며 근세를 외면하는 박 사장을 보며 하층민의 위치에서 참담함을 느꼈던 것이다. 더 나아가 박 사장을 살해했기 때문에 근세처럼 지하 벙커에서 살게 되었을 때 그의 위치는 근세의 비참한 운명과 겹쳐진다.

기생충이란 아무도 몰래 부자에게 기식하는 데 성공하면 기생의 운명을 벗어나지 못하는 존재이다. 그러나 숙주와 기생충 사이의 감성적 차별은 항상 위험한 균열의 요인으로 잠재하고 있다. 그래서 한순간 인격적 모멸이 드러나면 기생충끼리의 공감이 생기면서 타자의 응시가 생성되기 시작한다. 그 순간 기생충(앱젝트)에 대한 공감은 혐오스런 앱젝트에서 대상 a의 위치로의 전이를 발생시킨다. 기택은 얼마간이라도 근세와 공감이 생겼기 때문에 그의 지하 벙커의 생활은 '리스펙트'[19]를 외치는 근세와는 다른 점이 있다.[20] 그는 지하실을 고향처럼 여기는 근세와는 달리 기생의 시선 외부의 감각을 갖게 된다. 그래서 벙커의 기생충과 일상의 사람과의 연대를 통해 타자의 응시를 발생시킬 잠재성이 있다.

하지만 벙커에 갇힌 기택의 응시의 감각은 일상으로 전파되지 않는다. 앞서 살폈듯이 응시가 증폭되려면 앱젝트와 일상의 사람들과의 끝없는 비밀교신이 있어야 한다. 일상의 사람과의 교신이 필요한 이유는 앱젝트로의 추방은 **사회의 구조적 문제**이며 구원을 얻으려면 일상에서 동요가 일어나야 하기 때문이다. 일상인과 앱젝트와의 비밀교신만이 응시를 증폭시켜 캐슬을 흔들 수 있으며 그 과정에서 존재론적 도약을 가능하게 할 것이다. 일상인과 기생충의 비밀교신은 기생이 숙주보다 더 근원적이라는 데리다의 기생상태를 증명할 것이다.

그런데 기택은 아들 기우와 거실 등의 모스부호로 교신을 하지만 이는 응시의 교감은 아니다. 기우의 계획은 기택이 갇힌 집을 사서 부자에게 복수를 하는 동시에 아버지를 구출하는 것이다. 그 과정에서 아버지를 지하벙커의 앱젝트로 만든 비밀, 즉 착한 부자 뒤에 숨겨진 인격 차별의 사회구조가 폭로된다. 하지만 기우가 아버지를 구출하는 부자가 되는 방법은 권력의 비밀을 숨기고 있는 사회구조를 반복하는 것이다. 여기서는 인격 차별의 사회에 저항하는 타자의 에로스의 비밀이 드러나지 않는다. 타

---

19 근세는 숙주인 박 사장에게 '리스펙트'를 외친다.
20 기생의 반복은 수동적인 앱젝트를 능동적인 앱젝트로 전이시킨다.

자의 에로스가 증폭되지 않기 때문에 기택의 응시가 전파되지 않으며 사회를 변화시키려는 동요도 잘 일어나지 않는다.

이 영화에는 물신화된 사회구조에서 벗어나는 또 하나의 장치가 있다. 지하의 근세를 귀신으로 착각해 트라우마를 갖고 있는 어린 다송의 천진성이 바로 그것이다. 다송은 치유를 위해 컵스카우트에 참여한 후 인디언 놀이에 심취하게 되며 그 집에서 유일하게 모스부호를 읽을 줄 안다. 실제로 다송은 근세의 모스부호를 수신하기도 하고 쫓겨난 가정부 문광과도 문자를 주고받는다. 박 사장의 저택과 가족이 물신화된 사회구조의 시각화라면 다송은 유일하게 그에서 벗어나 있는 틈새이다. 그러나 다송의 인디언 놀이나 모스부호 수신은 잠깐의 휴식의 간격일 뿐 타자의 응시를 생성시키지는 않는다.

이 영화는 다송 대신 또 다른 컵스카우트 출신인 기우가 아버지의 모스부호를 수신하는 것으로 끝난다. 귀신이 발신했던 모스부호는 근세라는 기생충을 경유해 이제 응시의 감각을 지닌 앱젝트가 발신하게 되었다. 근세를 대리하는 과정에서 응시의 감각을 갖게 된 기택은 아들과 교신을 하며 근세와는 달리 탈출을 꿈꾼다. 기택과 교신하는 기우의 부자의 계획은 타락한 사회에서 타락한 방식으로 진정한 가치를 추구하는 것으로 볼 수 있다.[21] 그러나 사다리가 끊어졌기 때문에 기우의 계획은 실패할 가능성이 클 수밖에 없다. 기우의 계획은 아직 사다리가 남아 있는 사회에서만 가능하며 고착화된 캐슬의 사회란 계획을 무산시키며 기생충을 발생시키는 사회일 뿐이다. 기우는 아버지와 달리 **계획**이 있지만 그 계획은 기생사회의 연극의 무대를 벗어나게 하지 못한다. 불평등성이 고착화된 사회에서는 사회구조를 흔들지 않는 한 기생충의 신화를 퇴출시킬 수가 없다. 사회구조의 상징으로서 박 사장의 캐슬을 흔들려면 기생충과 일상의

---

21 뤼시앵 골드만, 조경숙 역,《소설사회학을 위하여》, 청하, 1987 참조. 골드만이 분석한 발자크의 소설에서와는 달리 사다리가 끊어진 사회에서는 그런 저항이 불가능하다.

사람(기우)과의 사랑의 교신을 통해 응시의 갈망과 에로스의 열망을 증폭시켜야 한다.

설계 자체로 기생충의 거주지가 숨겨진 박 사장의 저택은 매우 상징적이다. 박 사장의 집은 독립적인 것 같지만 1퍼센트의 저택을 위해 99퍼센트의 사람이 은유적 기생충으로 살아가는 사회의 상징물이다. 기생충은 외부의 존재이면서 내부에 기생한다. 지하 벙커는 캐슬 외부의 수많은 사람들이 기식하는 내부의 좁은 공간이다. 그렇기에 기생충이 지하에서 나오려면 박 사장의 집을 대신 차지하는 것으로는 충분하지 않다. 그 대신 사회구조의 상징인 캐슬을 흔들어 기생충의 거주지가 없어진 다중적 주거지가 설계되어야 한다. 환상적인 캐슬의 사회는 지하 벙커에 기생충의 방들이 숨겨진 사회이기도 하다. 기생충이 사라진 사회를 만들려면 기생충과 일상의 사람들의 끝없는 비밀교신을 통해 캐슬을 물위의 도시로 흔들며 상상적으로 고착된 건축을 해체해야 한다. 그래야만 지하의 기생충은 벙커에서 나와 인격성을 되찾은 타자로 회생할 것이다. 그 순간에야 고착된 캐슬과 수동적인 기생충을 대신해 다중적인 행성들이 능동적으로 교섭하며 출현하는 코페르니쿠스적 전위[22]가 시작될 수 있다.

4. 근린생활자와 끊어진 사다리
— 배지영의 〈근린생활자〉

양극화된 사회에는 1퍼센트와 10퍼센트의 캐슬 외부에 중간층의 장미빌라(〈벌레들〉[23])의 환상이 있다. 장미빌라는 절벽과 마주하고 있으며 절벽 아래에는 철거민 같은 사라진 사람들이 있다. 근린생활자는 장미빌라와

---

22 고착된 캐슬과 수동적인 기생충이 은유로서의 천동설이라면 다중적 행성들의 운행은 은유로서의 지동설이다.

23 김애란의 소설. 김애란, 《비행운》, 문학과지성사, 2012, 45~81쪽.

462

사라진 사람들의 경계에 있는 위태로운 사람들이다. 캐슬 밖의 사람들은 보이지 않는 사람들이지만 장미빌라 같은 또 다른 환상을 갖는 사람들은 완전히 퇴출되지는 않은 채 살아간다. 근린생활자는 장미빌라의 환상도 갖지 못하고 진짜로 보이지 않는 사람으로 전락하지 않기 위해 안간힘을 쓰는 사람들이다. 진짜로 보이지 않는 사람들이란 지하, 반지하, 고시원생활자를 말한다. 그 절벽 아래에 철거민이나 노숙자, 《기생충》의 근세(지하 벙커) 같은 퇴출된 사람들이 있다.

근린생활자란 상가로 준공 허가를 받은 후 주택으로 전용한 집에 사는 사람을 말한다. 근린생활시설은 값이 싸지만 주택으로 사용하는 것은 불법이기 때문에 일상에서 주의가 필요하다. 신고에 대비해 인터폰으로 확인하고 문을 열어주어야 하며 발코니에서 담배를 피울 수도 없다. 또한 설치된 싱크대와 가스레인지는 불법이며 주차장이 없기 때문에 차를 주차시킬 수도 없다.

〈근린생활자〉의 상욱은 자기 집을 갖는다는 꿈에 부풀어 부족한 돈을 보험 대출로 충당해 근린생활자가 된다. 상욱은 환경호르몬이 나올 것 같은 새집 냄새가 더 없이 향기로웠으며 무엇보다도 멋진 발코니가 마음에 들었다. 그러나 막상 입주를 하고 나니 층간소음이 심하고 여기저기 부실한 곳이 많았다.

상욱은 이자를 갚기 위해 지하생활자 병수를 동거인으로 들였다. 병수는 상욱과 지방 전문대 동창이었지만 학교를 그만두고 아르바이트를 전전하고 있었다. 그는 비정규직으로 회사에 다니는 상욱보다도 못한 고졸에 아토피 환자였다. 그러나 불안한 상욱과 달리 되는 대로 살면서도 늘 여자친구가 있었다.

병수는 소음 때문에 애인을 데려올 수 없는 근생(근린생활시설)의 규칙을 어기고 화요일마다 여자친구를 데리고 왔다. 그처럼 활기찬 병수와 달리 상욱은 늘 소심하고 생활에 자신감이 없었다. 상욱은 비정규직이지만 열심히 직장 생활을 하는데 왜 늘 돈이 부족한지 이해가 되지 않았다. 그는 고교 동창인 예은을 마음에 두고 있지만 한 번도 좋아한다는 말을 한 적이 없었다.

병수와 대비되는 상욱의 소심함은 개인의 성격이기 이전에 근린생활자의 심리를 나타낸다. 근린생활자는 자기 집의 꿈을 꾸지만 상욱처럼 현실적으로는 매우 어려운 사람을 상징한다. 근생이 떳떳하지 않은 것처럼 비정규직인 상욱도 당당한 생활과 신분 상승이 거의 불가능하다고 할 수 있다. 그러면서도 근린생활자는 아예 꿈을 포기한 병수와 달리 항상 초조하고 위태롭게 살아간다.

상욱의 직업은 고장 난 승강기를 고치는 수리 기사였다. 승강기 수리 기사는 생각보다 일이 고됐으며 늘상 경비원이나 구출된 사람에게 욕을 먹어야 했다. 더욱이 수리 기사의 사망률이나 부상률은 갇힌 사람보다도 훨씬 높았다.

어느 날 늦은 시간에 호출을 받은 상욱은 음주 상태였기 때문에 예은이 대신 운전하는 차를 타고 출동했다. 미생물 연구소의 승강기 안에는 여자 연구원이 갇혀 있었다. 승강기를 고치고 가까이 다가서자 그녀는 눈이 부신 듯 인상을 찌푸렸다. 놀랍게도 그녀는 승강기가 고장 난 동안 안에서 잠이 들었던 모양이었다. 그녀는 처음에는 무서웠는데 이상하게도 갑자기 마음이 편안해지며 깜빡 잠까지 들었다고 말했다.

이 소설에서 근린생활과 고장 난 승강기는 미묘하게 서로 연관된 은유로 나타난다. '근생'은 자기 집의 꿈이지만 불법이므로 실제로 꿈이 이루어지기는 어렵다. 그러나 근린생활자는 지하생활자와는 달리 생활의 상승이 이루어질 것 같은 꿈을 버리지 않는다. 신분 상승의 꿈이 이루어지지 않는 사회는 고장 난 승강기처럼 사다리가 끊어진 사회이다. 그처럼 사다리가 끊어졌는데도 '근생'의 집 때문에 초조하게 꿈을 꾸는 것이 바로 근린생활자이다. 그리고 마침내 '근생'에서마저 퇴출되었을 때 비로소 멈춘 승강기에 갇힌 듯한 느낌을 갖게 되는 것이다. 승강기에 갇힌 연구원이 무서우면서도 편안했던 것은 사다리가 끊어진 사회에서 초조함을 내려놓았기 때문이다. 수리 기사인 상욱은 언젠가는 마주칠 끊어진 사다리 같은 고장 난 승강기와 매번 대면하고 있는 것이다.

실제로 상욱은 예은이 운전한 차를 집에 주차한 것이 발각되어 퇴출의 위기에 처한다. 갑자기 구청 직원이 들이닥쳐 강제이행금을 내든지 원상복구하라는 명령이 떨어졌다. 상욱은 손해를 감수하고 집을 내놓는데 무척 슬프고 절망적이면서도 이상하게 뭔가 없힌 것이 내려가는 것도 같았다.

그런 편안함에는 곧 허탈감이 몰려왔지만 자기 자리로 돌아간다는 느낌도 들었다. 자기 자리란 고된 일상이 기다리는 지하생활자나 고시원생활자를 말한다. 그런 힘든 생활을 제자리라고 생각한 것은 지금이 사다리가 끊어진 사회임을 암시한다. '근생'의 자기 집의 꿈이란 사다리가 끊어진 사회에서 잠시 편법으로 초조하게 꿈을 꾸는 것을 뜻한다.

집을 내놓으며 상욱은 문득 주머니에서 고장 난 승강기에 갇혔던 연구원이 흘리고 간 악어 인형을 발견한다. 악어 인형의 배를 누르자 여자 연구원의 목소리가 튀어 나왔다. 그 목소리는 상욱이 근린생활자일 때는 귀담아 듣지 않았던 그녀의 역설적인 고백이었다.

"여기 무서운데 편안했어요. 잠도 잘 오고. 이런 말 하면 웃기지만 그동안 프레파라트 위에 놓인 거 같았어요. 아슬아슬하면서도 누군가에게 낱낱이 다 파헤쳐버리는 기분. 차라리 여기가 더 좋네요. 사방이 꽉 막힌 곳에서 나 홀로 이렇게 있다가, 아무도 모르게 서서히 죽어갈 수도 있는. 그러니 서두르지 않으셔도 돼요."

그러곤 또 한 번 손가락으로 누르자, 이번엔 귀에 익은 목소리가 들렸다.

"고치는 거 그냥 구경만 할 건데 그래도 될까?"

예은의 목소리였다. 승강기에 갇혀 있던 과학자가 두고 간 악어 인형이었다. 한 번 누를 때마다 과학자의 목소리가 튀어나왔다.

"여기 무서운데 편안했어요."

예은이의 목소리가 튀어나왔다.

"그래도 돼?"

그때마다 악어의 꼬리 끝에 붙어 있는 작은 전구에 불이 들어왔다.[24]

연구원의 '무서운데 편했다'는 심리는 상욱의 '절망 속에서의 이상한 편안함'과 비슷했다. 연구원의 편안함이 고장 난 승강기에 있듯이 상욱의 심리 역시 사다리가 끊어진 사회를 직시한 데서 온 것이다. '근생'에서 제자리로 돌아오면서 상욱은 승강기를 탄 듯한 환상에서 벗어나 고착된 제자리를 응시할 수 있었다. 그런 응시의 자유가 잠깐의 평안함을 준 것이며 그 점은 연구원도 마찬가지였다.

연구원은 그 동안 프레파라트(표본) 위에 놓인 것 같았다고 말한다. 프레파라트는 시선의 독재와 응시의 불가능성을 뜻한다. 프레파라트의 존재 같은 수동성에서 벗어나 얼마간이든 응시를 할 수 있었기 때문에 무서운 데도 편안했던 것이다. 그러나 그런 안도감은 곧 사라질 것이며 고장 난 승강기와 사다리 없는 사회에 갇힌 사람은 절망적인 삶을 살아갈 것이다. 다만 상욱이 연구원의 목소리를 반복해서 듣는 것은 '죽어갈 수도 있는 사람'과의 교신을 통해 이상한 편안함을 조금 연장시킬 수 있기 때문이다. 상욱의 갇힌 사람과의 교신은 응시의 증폭의 소망을 뜻한다.

악어 인형에는 연구원 이외에 예은의 목소리도 녹음 되어 있었다. '근생'일 때는 무심코 들었지만 지금은 그때와 다르다. 예은은 아무런 욕심도 없이 다만 상욱이 하는 일을 알고 싶었던 것이다. 이런 타자에 대한 관심이야말로 도구적으로 고착된 사회가 상실한 사랑의 응시일 것이다. '그

---

24 배지영, 〈근린생활자〉, 《근린생활자》, 한겨레출판, 2019, 62쪽.

냥 구경만 한다'는 것은 신자유주의가 요구하는 고착된 시선에서 벗어난 응시의 욕망이다. 연구원이 사람들을 프레파라트로 만드는 권력의 비밀을 암시했다면 예은은 타자의 비밀을 은밀히 흘리고 있다. 상욱이 예은의 목소리를 반복[25]해서 듣는 것은 그녀가 흘리고 있는 타자의 비밀과 응시의 소망을 증폭시키고 싶어서일 것이다.

물론 근생에서 돌아온 상욱이 전과 달라질 것이라는 보장은 없다. 그는 실제로 갇힌 사람과 교신하는 것은 아니며 예은과의 사랑은 아직 시작되지도 않았기 때문이다. 그럼에도 녹음된 목소리를 반복해서 들음으로써 숨겨진 응시의 갈망을 암시한다.

〈근린생활자〉에서의 갇힌 사람과의 교신은 《기생충》에서의 지하 벙커와의 교신과는 조금 다르다. 《기생충》에서도 기택은 근세의 갇힌 생활을 반복함으로써 응시의 감각을 갖게 된다. 그러나 그와 교신하는 아들 기우의 욕망은 캐슬의 환상이기 때문에 교섭 과정에서 응시가 증폭되지 않는다. 반면에 〈근린생활자〉에서의 교신은 '근생'의 환상을 버린 '고장 난 승강기'의 자유를 통해 응시의 소망을 반복한다. 다만 상욱이 타자와의 교섭 대신 악어 인형(녹음기)의 배를 누르는 것은 타자를 배제하는 고착된 사회에 놓여 있기 때문이다. 악어 꼬리에 붙은 작은 전구의 불은 심야전기[26] 같은 교섭의 소망의 은유이다. 그런 전구 불의 은유가 심연의 샘물을 퍼 올려야만 일상에서 보이지 않는 사람과의 교섭이 시작된다. 녹음기를 누르는 상욱의 반복이 일상에서 교섭의 반복으로 전이될 때 배제된 타자[27]가 회생하며 사다리가 끊어진 사회를 변화시키는 연대가 생성될 수 있을 것이다.

---

25 여기서의 반복은 포르트 다 놀이에서처럼 신자유주의의 쾌락원리를 넘어선 차원에서의 순수욕망을 증폭시켜준다.

26 '작은 전구의 불빛'은 박민규 소설(〈아, 하세요 펠리컨〉)에서의 '심야전기'와도 비슷하다.

27 배제된 타자란 보이지 않는 사람과 사라진 사람을 뜻한다.

5. '이상한 고요함'과 '무서운 편안함'
─ 양극화 사회의 상상적 일상

배수아는 사건이 일어나도 아무도 동요하지 않는 '이상한 고요함'에 대해 우울하게 말하고 있다. 그와 비슷하게 배지영은 열심히 살아도 늘 돈이 부족한 사회의 또 다른 '이상한 고요함'에 대해 얘기한다. 배수아가 사건의 희생자의 매장을 말했다면 배지영은 불평등성의 희생자의 침묵에 대해 얘기한다. 아무리 열심히 일해도 자기 집을 못 갖고 늘 빈곤을 느끼는 상황에 대해 별다른 항의가 없는 것이다.

불평등성이 고착화된 사회에서는 불평등 자체가 하나의 사건이다. 〈근린생활자〉에서 상욱이 겪는 퇴출의 불행은 양극화된 사회에서 일상적으로 일어나는 일이다. 상욱의 슬프고 절망적인 심리는 철거민의 고통과도 다름없었을 것이다. 개발사회의 철거민처럼 자기 집의 꿈이 계속 철거되기 때문에 불평등 자체가 비극적인 사건으로 경험되는 것이다.

그런데 문제는 그런 일상화된 사건에 대해 아무도 저항하지 않는다는 것이다. 양극화된 사회의 그런 **이상한 고요함**은 시각적 불평등성이 고착화된 상황으로 표현된다. 캐슬, 장미빌라, 근생, (반)지하, 쪽방으로 서열화된 주택은 불평등성이 시각적으로 고착화되었음을 상징한다. 이 **서열화된 시각성**에서 지하생활자는 반항하기는커녕 오히려 캐슬이나 장미빌라를 선망한다. 그와 함께 셔터가 내려진 저쪽으로 사라질 두려움 속에서 불안하게 살고 있다. 불평등성이 시각적으로 고착화되면 환상의 선망과 거세 공포(낯선 두려움) 때문에 이상한 고요함 속에서 계급사회가 영구화된다.

이상한 고요함의 사회는 **상상계**에 기울어져 있는 체제이다. 사람들을 상상계에 머물게 하는 정동은 환상적인 쾌락과 혐오의 심리이다. 사랑과 분노 같은 실재계적 정동이 사회를 역동적으로 만든다면 쾌락과 혐오는 불평등한 체제를 이상한 고요함에 묻히게 만든다.

그런데 그런 이상한 고요함은 양극화 사회에서 새로운 단계에 진입한다. 배수아의 이상한 고요함의 사회에서는 아직 시각적 불평등성이 서열화되지 않았다. 반면에 배지영의 양극화 사회에서는 환상과 환멸, 쾌락과 **혐오가 서열화된 시각성**으로 고착화되어 나타난다.

양극화 사회에서의 환상의 장치는 쇼룸, 디즈니랜드, 캐슬, 장미빌라이다. 양극화 사회의 중요한 특징은 환상 장치가 공간적으로 시각화됨에 따라 **혐오의 장치**도 더욱 활발해진다는 점이다. 양극화 사회는 서열화된 환상적 시각 장치와 함께 혐오발화, 막말, 가짜뉴스가 넘쳐나는 세계이기도 하다. 혐오와 막말은 타자와 루저를 보이지 않게 만드는 시각적 폭력으로 작용한다.

혐오발화, 막말, 가짜뉴스는 쇼룸과 캐슬만큼이나 고착화된 상상계적 사회의 구성 요소이다. 쇼룸은 실재계와 교섭하는 순수기억의 역동성을 대체한 환상 장치이다. 그와 비슷하게 혐오발화는 미학과 예술을 대체한 반미학적 담론이다. 또한 막말과 가짜뉴스는 힘이 약해진 소설을 대신하는 상상계적 담론이다. 우리 사회는 자아의 빈약해진 순수기억을 쇼룸의 환상 장치가 대체한 시대이다. 그와 함께 미학과 소설이 약화된 시대인 동시에 혐오발화와 가짜뉴스가 만연된 세계이다. 미학과 소설이 **실재계**와 교섭한다면 혐오발화와 가짜뉴스는 우리를 **상상계**에 고착화시킨다.

앞서 살폈듯이 쇼룸의 환상이 순수기억의 역동성을 대체한 시대에는 신자유주의의 상품사회에 대한 저항이 생겨나지 않는다. 그와 유사하게 반미학적 혐오발화가 미학을 대체하면 타자성의 저항이 추방된다. 또한 가짜뉴스가 소설을 대신하면 실재계에서 멀어진 채 상상계를 표류하게 된다.

양극화 사회는 쇼룸과 캐슬의 환상 장치로 불가능한 상류층을 선망하게 만든다. 그와 함께 혐오발화를 통해 오염의 두려움 속에서 타자를 앱젝트로 추방하게 만든다. 캐슬의 환상과 앱젝트의 추방은 표리를 이루고 있다. 신자유주의는 사다리가 끊어지고 승강기가 고장 났는데도 상승이 가능한 것 같은 상상 장치를 유포시킨다. 환상 장치와 혐오발화는 서로 짝을 이루어 고장 난 승강기가 운행을 계속하는 듯한 환상을 만든다. 캐슬과 쇼룸의 환상 장치가 초조함을 감수하고라도 '근생'을 포기하지 않게 만든다면, 혐오발화는 추방된 앱젝트에 대한 오염의 두려움으로 신자유주의의 환상적인 시각성에 머물게 만든다.

캐슬, 장미빌라, 근생, (반)지하, 쪽방의 시각적 서열화는 그런 환상 장치와 혐오 장치의 합작품이다. 캐슬, 장미빌라가 선망의 대상으로 인증된 시각성이라면 지하와 쪽방은 혐오 장치에 의해 파묻힌 반시각성이다. 선망의 시선이 한쪽으로만 작용하고 반대쪽의 응시가 없기 때문에 양극화 사회의 서열화된 시각성이 고요하게 유지되는 것이다.

시각성의 인증이 필요한 것은 중간의 잘 보이지 않는 사람도 마찬가지이다. 신자유주의에서는 끝없이 자신의 존재를 확인하기 위해 상상적 시각성을 연출해야 한다. 멋진 인증샷이 신자유주의적 시각성의 확인이라면 혐오발화는 자신의 시각성을 방어하는 또 다른 부정의 인증샷이다. 앱젝트는 인증의 실패이거니와 혐오발화는 그에 오염되지 않았음을 증명함으로써 자신을 존재하게 만드는 방식이다. 양극화 사회의 피지배층은 잘 보이지 않는 사람들이지만, 스마트폰의 인증샷과 혐오발화의 또 다른 인증샷을 통해 자신의 시각성을 간신히 입증하는 것이다. 이 같은 신자유주의의 시각성에는 인증되지 않은 응시가 배제되어 있다.

시각적 인증의 시대는 나체화 시대의 응시가 사라진 사회이다. 우리 시대에서는 나체화와 맨얼굴이 사라졌을 뿐 아니라 서열화된 인증 시각성의 물신화 때문에 응시의 교신이 쉽지 않다. 나체화가 사라졌다는 것은 고통받는 사람에 대한 공감이 어려워졌다는 뜻이다. 그런데 양극화 시대에는 거기서 더 나아가 상류층의 선망과 함께 자신과 비슷한 중하층에 대한 혐오발화가 나타나고 있다.

타자를 앱젝트로 보는 혐오의 감정은 중간층이나 하층민 보다는 상류
층에게 더 많을 것이다. 그럼에도 상류층의 갑질 만큼이나 문제적인 것이
중하층의 혐오발화이다. 상류층은 갑질을 하는 경우도 있지만《기생충》에
서처럼 착한 부자의 모습을 나타내기도 한다. 그 이유는 양극화 사회의 **감
성적 차별의 감각**이 계층적 거리와 연관이 있기 때문이다.

양극화 사회의 감성적 차별의 감각을 잘 말해주는 것은《기생충》의 냄
새이다. 인종주의에서는 혐오감이 피부와 신체에서 시작되지만 양극화
사회의 계급적 혐오감은 피부색 보다는 (《기생충》에서의) 형체 없는 '냄새'
와도 비슷하다. 피부색 같은 실체가 없기 때문에 냄새처럼 거리를 두면
느껴지지 않지만 가까이 하면 오염의 공포로 다가오는 것이다.

아득한 캐슬에 대한 선망과 가까운 지하실에 대한 혐오는 여기서 생겨
난 것이다. 캐슬에서 지하실에 이르는 일방적인 시각성은 실제로는 상승
이 불가능한 점에서 고장 난 승강기와도 같다. 그러나 서열화된 인증의
시각성 때문에 이상한 고요함 속에서 응시가 무력화되어 아무도 그것을
말하지 않는 것이다.

앱젝트로 추방되지 않기 위해 끝없이 시각성을 증명해야 하는 사회는
물신화된 **시선의 독재**의 사회이다. 시선의 독재의 사회는 응시를 허용하
지 않으며 응시에 몰입된 존재는 앱젝트로 추방된다. **혐오발화**는 그 무서
움과 오염의 공포 때문에 응시를 삭제하고 상상적인 시선의 세계로 도피
하는 방식이다.

이런 일방적인 시각적 상황에서 어떻게 응시의 비밀교신이 가능할까.
시선의 독재의 사회에서도 퇴출의 위기를 감지할 때 한 순간 막연한 응시
가 나타난다. 예컨대 〈근린생활자〉에서 승강기에 갇힌 여자나 끊긴 사다
리 앞의 상욱이 무서우면서도 편안했던 것은 응시를 감지했기 때문이다.
응시의 틈새로서 고장 난 승강기의 '무서운 편안함'은 양가성의 감정을
나타낸다. 알 수 없는 편안함은 인증되지 않은 잠재적인 응시의 자유 때

문이다. 그러나 그런 한순간의 응시의 비밀교신은 자유롭지 않다. 응시의 교신으로 인해 시선의 감시에서 멀어지면 (인증에 실패해) 앱젝트로 추방될 위험이 커지기 때문이다. 끊어진 사다리를 응시하는 작은 편안함에 무서움이 압도하는 것은 그 때문이다. 〈근린생활자〉에서 상욱이 거기서 벗어나 있는 것은 은유를 통해 예은이나 연구원과의 비밀교신의 틈새를 발견했기 때문이다. 은유는 막연히 감지된 응시를 고장난 승강기 같은 은밀한 틈새에서 교신의 욕망으로 확인시켜준다. 상욱의 틈새에서의 비밀교신의 욕망은 작은 전구의 불빛 같은 **은유**로 표현된다.

작은 전구의 전류는 박민규 소설에서의 저렴한 인생들의 심야전기와도 비슷하다. 심야전기란 잘 보이지 않는 심연의 아득한 것(에로스)의 감지이기 때문에 맨얼굴보다는 은유를 통해 느껴진다. 그런데 상욱의 전구 불빛처럼 은유적인 교감은 빈약한 자아의 순수기억을 조금 회생시킬 뿐이다. 작은 전구의 전류는 나체화와는 달리 단번에 응시를 증폭시키지 못한다. 그 때문에 심연과 뇌의 간격(베르그송)에서 순수기억을 증폭시키는 은유적 전류의 은밀한 비밀교신은 **끝없이** 계속되어야 한다.

〈근린생활자〉의 상욱의 경우 작은 전구의 불빛이 실제로 예은과의 관계에서도 켜질지는 불분명하다. 상욱은 교신의 욕망을 반복하지만 타자의 응시는 녹음기를 통해서만 확인될 뿐이다. 그것은 우리 시대에는 타자의 맨얼굴이 일상에서는 잘 보이지 않기 때문일 것이다. 타자는 시선에 동화될 수 없는 응시를 발신하는 존재이다. 그런데 신자유주의는 일상의 사람들이 응시의 발신에서 자신도 모르게 주저하게 만드는 사회이다. 예은이 흘리는 응시 역시 마치 눈치채기 어려운 모호한 비밀처럼 전해진다. 예은이 상욱의 일을 구경하고 싶어 한 것은 응시의 욕망을 표현한 것이었고 그녀는 상욱의 집에서 자고 가는 용기를 내기도 했다. 그러나 예은 역시 묘한 긴장감 이상의 표현을 하지 못했다. 앞으로도 예은과의 관계가 불분명한 것은 상욱의 소심함 탓이기도 하지만 그녀의 응시가 수수께끼처럼 잘 포착되지 않기 때문이기도 하다.

〈근린생활자〉는 끊어진 사다리를 확인하는 승강기 수리공의 이야기인 동시에 그런 고장난 사회에 대한 응시가 녹음기를 통해서만 확인되는 제한적 시각성의 소설이다. 제한적 시각성은 응시가 자유롭지 않은 제약된 감성의 상황이기도 하다. 자신도 모르게 응시가 제한된다는 것은 일상적으로 감정을 착취당하고 있다는 뜻이다. **감정착취**란 체제가 요구하는 감정을 생산하는 한편 자율적인 응시의 감성은 억압당하는 상황을 말한다. 그처럼 자발적 응시의 감성이 제약되는 점에서 상욱과 예은의 불안한 일상은 오늘날이 감정의 능동성을 착취당하는 시대임을 암시한다.

맨얼굴과 나체화가 상실된 사회는 감성의 독재의 사회이다. 감성의 독재의 사회에서는 감정노동을 하지 않아도 응시의 억압으로 인해 얼마간이든 감정착취를 경험한다. 다만 사람들은 상욱과 예은처럼 그런 위축된 감정 상태를 모르고 살아간다.

상욱이나 예은이 교감이 어려운 것은 경제적 어려움만 생각할 뿐 감정의 위기에 대한 자의식이 분명하지 않기 때문이다. 그와 달리 감정의 위기를 필연적으로 매일 경험하는 사람들이 바로 우리 시대의 문제적 인물 **감정노동자**이다. 감정노동자는 상욱이 고장 난 승강기와 대면하듯이 매번 고장 난 감정의 승강기에 직면한다. 그 때문에 상욱과 예은의 억압된 응시의 문제를 확대해 보여주는 것은 감정착취에 대한 자의식을 지닌 감정노동자일 것이다. 감정노동자는 〈근린생활자〉에서 미처 다 해소되지 문제들에 암시를 던져준다.

그런 맥락에서 우리는 다음에서 〈근린생활자〉의 증폭된 속편인 감정노동자의 문제를 살펴볼 것이다. 감정의 독재의 시대에 감정노동을 한다는 것은 〈근린생활자〉의 인물들이 경험한 문제를 역설적으로 떠맡는 위치에 있음을 뜻한다. 감정노동자는 〈근린생활자〉에서 상욱이 녹음기를 들으며 잠깐 느끼는 응시의 불안과 소망을 일상적으로 경험한다.

감정노동자는 녹음기를 빌리지 않고도 응시의 자의식을 경험하는 틈새의 하나이다. 〈근린생활자〉에서 상욱은 찬란한 자기 집이 황폐한 환멸로 경험되는 순간 녹음기를 통해 응시의 소망을 확인한다. 반면에 감정노동자는 일상 속에서 끝없이 감정상품이 환멸로 귀결됨을 경험하며 살아가야 한다. 감정노동자의 감정상품은 마치 '근생'과도 같다. '근생'이 찬란하면서도 자기 집이 아니듯이 감정상품은 친밀하면서도 진정한 소통이 아니다. 더욱이 감정노동자는 고장 난 감정의 승강기에 갇히는 고통을 일상에서 매일 경험해야 한다. 감정상품이 승강기가 잘 운행되고 있다는 환상이라면 감정노동자는 그런 노동의 대가로 매일 **고장 난 승강기**의 고통 속에서 살아야 하는 것이다. 고장 난 승강기에서는 압도적인 무서움 속에서 응시의 자유가 언뜻 소생하기도 한다. 상욱은 녹음기를 통해 잠깐 응시의 소망을 확인하지만 감정노동자는 일상의 고통스런 감정 고갈의 자의식 속에서 응시의 소망을 발견한다. 그처럼 사회가 순행한다는 환상을 만드는 대신 자신은 승강기에 갇히는 고통을 감수하는 위치, 그리고 시선의 독재와 응시의 틈새라는 역설을 보여주는 존재가 바로 신자유주의의 감정노동자이다.

그 때문에 감정노동자는 은유적으로 우리 시대의 문제를 증폭해 보여준다. 상욱은 감정노동자가 아니지만 승강기를 순행시키며 매번 고장 난 승강기와 대면하기에 그들과 심리적으로 닮아 있다. 감정노동자는 순행하는 승강기의 환상인 동시에 고장 난 승강기의 틈새이기도 하다. 그 때문에 상욱의 심리적 확장인 감정노동자는 그의 **무서운 편안함**을 심화시킬 문제적 위치에 있다. 그들은 상욱이 잠깐 보았던 작은 전류의 불빛을 증폭해서 경험할 가능성을 지니고 있다. 이제 감정노동자의 은유를 통해 신자유주의의 틈새를 흐르는 작은 전구의 불빛을 퍼뜨리는 방법을 살펴보자.

6. 감정노동의 감정착취와 앱젝트와의 비밀교신
― 김의경의 《콜센터》

신자유주의의 감정상품은 쇼룸과 함께 소비를 통해 평등성의 환상을 제공하는 방식이다. 쇼룸의 쇼핑은 자신의 방의 연출을 통해 매혹적인 환상을 불러일으켜 불평등성의 고통을 잊게 만든다. 그와 비슷하게 감정상품의 소비는 친밀한 소통의 환상 속에서 불평등성이 없는 세계에서 살아간다는 느낌을 준다. 쇼룸이 자아의 일부인 방의 연출을 통해 평등성의 환상을 불러일으킨다면 감정상품은 상품화된 친절한 소통 속에서 불평등한 인간관계가 사라졌다는 환상을 연출한다.

물론 쇼룸이나 감정상품의 환상에 의해 불평등성의 고통이 완전히 해소되는 것은 결코 아니다. 단지 쇼룸과 감정상품이 없다면 신자유주의는 운행을 계속할 수 없음을 입증할 뿐이다. 김의경의 소설이 보여주듯이, 쇼룸과 감정상품은 신자유주의의 필수물인 동시에 끝없는 봉합이 필요한 은밀한 한계이기도 하다.

더욱이 감정상품은 쇼룸과는 달리 감정노동자의 **감정착취**를 전제로 해야만 생산되고 소비된다. 감정노동은 쇼룸의 문제점을 증폭시킨다. 감정상품은 생산과 소비의 시간이 구분되지 않으며 감정노동에 의한 상품은 생산과 동시에 소비되어 사라진다. 감정노동자는 자신이 생산한 서비스(감정상품)가 그처럼 외화되지 않고 소비자에게 흡수되기 때문에 자아의 감정적 소모와 손상을 경험한다.[28]

그와 함께 감정노동은 누군가의 대체물 기능을 하는 **대리노동**의 성격을 지닌다.[29] 예컨대 콜센터의 상담사는 피자점을 대리해서 친절한 목소리로 고객을 만족시켜야 한다. 그처럼 신체와 음성이 일종의 대리물이기

---

28 이진경, 《서비스 이코노미》, 앞의 책, 53쪽.
29 이진경, 위의 책, 54쪽.

때문에 감정노동자는 서비스 과정에서 자신의 감정적 자아를 **버려야** 한다. 그런데 실제로는 고객과의 감정적 접촉이 있어야만 서비스가 생산되고 소비될 수 있다는 모순된 상황에 놓여 있다. 감정 접촉이 일어나는 동시에 자신을 감정적 연루에서 단절시켜야 하는 이런 모순은 자아의 주체성의 훼손을 가져온다.

또한 감정노동자는 추상적 대리물이기 때문에 인격성이 임의로 처분 가능한 위치에 놓이게 된다. 설령 고객이 욕을 하더라도 그것은 피자점에 대한 것이므로 상담사는 고객의 혐오발화를 배설물처럼 처리해야 한다. 감정노동자는 자신이 배설물 처리 도구가 되는 상황을 무릅쓰고 인격성의 훼손을 감당해야 한다.

김의경의 《콜센터》의 상담사들 역시 소모된 건전지처럼 자아가 고갈되는 경험을 하게 된다. 더욱이 그들은 일반 손님의 '새똥'이나 진상 손님의 '설사'를 조용히 처리해야 할 상황을 계속 겪는다. 그러다보면 콜센터가 화장실도 아닌데 구린내를 맡고 지내야 하는 경우가 수없이 많았다.[30]

이처럼 콜센터의 감정노동은 인격성이 강등되는 상황을 감수해야 하는 **앱젝트 노동**이었다. 그러나 상담사들 자신이 사회적으로 일상에서 추방된 비천한 앱젝트는 아니었다. 콜센터 상담사는 앉아서 일하는 점에서 마트나 공장보다 편한 면도 있었다. 또한 상담사들은 콜센터를 종착역이 아니라 취업하기 전까지 잠시 거쳐 가는 곳으로 생각했다. 그래서 거친 환경을 견딜 수 있는 것이지만 그들을 앱젝트로 취급하는 진상 손님과 상급자(실장)에 대한 불만은 갈수록 쌓여갔다.

상담사는 불안정한 경계에 있으면서도 비천한 앱젝트의 고통을 누구보다 잘 알고 있는 사람들이었다. 흥미로운 것은 상담사의 이런 이중적 성격이 자신들보다도 못한 앱젝트와 교신할 수 있는 조건을 제공하는 점이다. 사회적으로 소외된 앱젝트란 노예처럼 살아가거나 쓸모없어져 버

---

30 김의경, 《콜센터》, 광화문글방, 2018, 81~82쪽.

려지는 사람들이다. 앱젝트는 스스로 저항할 능력이 없는 무력한 존재이므로 자신의 힘으로 구출되는 경우는 거의 없다. 또한 신자유주의의 일상의 사람들 역시 그들을 쓰레기나 오물처럼 비천한 존재로 외면할 뿐이다.

단지 콜센터의 감정노동자들만이 비천한 그들에게 눈길을 주고 있었다. 감정노동자는 앱젝트의 고통을 이해하기 때문에 자신도 모르게 비천한 그들과 교신하고 있었던 것이다. 예컨대《콜센터》의 동민은 상담사 출신으로 창업을 꿈꾸며 피자 배달을 하고 있었다. 그의 피자점에는 화덕피자점의 꿈을 지닌 화덕이라는 별명을 가진 장애인 여고생이 있었다. 화덕은 피자를 만드는 솜씨가 좋았으며 코피까지 흘려가며 열심히 피자 기술을 배워가고 있었다. 하지만 수전노 같은 사장은 부모 없는 아르바이트생 화덕을 노예쯤으로 생각하고 있었다. 화덕은 두 명의 아르바이트생이할 일을 묵묵히 혼자서 감당하고 있었다. 그런데도 사장은 화덕이 토핑을 잘못 뿌렸다면서 비구니 같은 그의 무른 머리통을 손으로 내리치며 호통을 쳤다. 동민은 분노를 억누르며 사장에게 때릴 것까지는 없지 않느냐고 항의했다.

사장은 자신을 노려보는 동민에게 변명을 하듯이 말했다.

"쟤가 저 얼굴로 저 몸으로 이거 아니면 뭘 하겠냐. 다 쟤를 위해서야."

화덕은 한쪽 다리를 저는 장애를 갖고 있었다. 그것이 화덕이 맞아가면서까지 이곳에서 버티려고 하는 이유일 것이다.

사장은 손짓으로 동민에게 어서 포장을 하라고 했다. 동민은 칼로 피자를 자른 다음 포장을 하고 소스와 음료를 챙겨 오토바이에 올라탔다. 시동을 거는 데 화덕이 보였다. 화덕은 건물 옆 골목에 놓인 커다란 쓰레기 봉지 옆에 웅크리고 앉아 울고 있었다. 쓰레기 봉지와 같은 색인 흰색 옷을 입고 있어서인지 화덕은 쓰레기 봉지 같았다. 사장은 화덕에게 화풀이를 했다. 진상 고객들은 배달원이나 콜센터 상담사들에게 화풀이를 했다. 화덕은 어디에다 화풀

이를 할까. 동민은 문득 그것이 궁금했다.[31]

장애인에 고아인 화덕은 사장에게 맞아가면서까지 가게에서 버텨야 하는 존재였다. 매를 맞고 쓰레기 옆에서 울며 쓰레기 봉지처럼 웅크리고 있는 화덕은 앱젝트와도 같았다. 화덕이 쓰레기처럼 보인 것은 감정 학대에 대해 아무런 반응도 보일 수 없었기 때문이다.

신자유주의 사회는 감정상품으로 균열을 감추지만 완전히 봉합되진 않기 때문에 누군가에게 화풀이를 해야만 하는 사회였다. 사장은 화덕에게 화풀이를 했고 진상 고객은 배달원이나 상담사에게 화풀이를 했다. 동민은 단지 화덕만이 화풀이를 할 곳이 없음을 발견하고 있었다. **앱젝트**란 화풀이를 할 곳이 없는 존재였다. 상담사나 배달원도 화풀이를 할 곳이 없기에 앱젝트의 위치를 겪는 것이며 그것이 동민이 화덕의 아픔을 이해하는 이유였다. 동민은 노예 같은 앱젝트는 아니지만 쓰레기 봉지 같은 화덕의 아픔을 이해하는 유일한 일상인이었다. 그는 울고 있는 화덕을 본 순간 심야전기가 흐르며 작은 전구에 불빛이 켜지는 것을 느꼈던 것이다.

감정노동자(상담사, 배달원)는 신자유주의의 운행을 도와주는 동시에 앱젝트와의 비밀교신을 통해 이의를 제기하는 존재였다. 여기서처럼 일상의 사람과 앱젝트와의 비밀교신이 이뤄져야만 감정착취에 대한 작은 응시의 대응이 시작될 수 있다. 신자유주의는 일상인이 앱젝트를 외면하는 사회이지만 일상인인 동시에 앱젝트의 고통을 아는 감정노동자만이 비천한 존재와 비밀교신을 하고 있었다.

화덕과 동민의 차이는 화덕은 착취를 당하면서도 무력한 반면 동민은 착취에 대한 자의식이 있다는 점이다. 감정노동의 **감정착취**는 앱젝트의 위치를 경험하게 하는 요인이었다. 그런 앱젝트의 위치는 억울한 일을 당해도 누구에게도 화풀이를 할 수 없는 상태로 표현된다. 그러나 불안정한

---

31 김의경, 위의 책, 62~63쪽.

478

상담사나 배달원은 앱젝트와 달리 자의식을 갖고 감정학대에 대항할 수 있는 틈새가 있었다. 그 때문에 동민이 쓰레기 같은 화덕에게 연민을 보내는 것이며 그 순간 앱젝트인 화덕은 타자로 회생한다.

신자유주의는 화덕을 쓰레기 봉지 옆에 버려야만 운행을 계속할 수 있는 체제이다. 화풀이의 연쇄의 마지막 고리(앱젝트)가 매장되어야지만 균열이 은폐되는 것이다. 신자유주의의 경제적 착취는 거세 위기에 처한 존재(화덕)에 대한 감정학대를 통해 비로소 봉합된다. 반면에 동민이 금지된 화덕의 화풀이에 대해 궁금해 하는 순간 화덕은 쓰레기에서 인격을 지닌 인간으로 회귀한다. 이 순간 동민이 인격을 지닌 인간으로 손을 잡기 때문에 화덕은 언젠가는 화풀이할 곳을 찾아가게 될 것이었다. 화풀이를 해야 할 곳에 화풀이를 해야만 문득 감정착취에 대한 저항이 시작된다. 사장에 의해 쓰레기 봉지 옆에 버려졌던 화덕은 대신 분노하는 동민의 연민의 손길에 의해 대상 a로 돌아온다. 동민과 화덕의 교신을 통한 앱젝트에서 대상 a로의 전환은 경제적 착취를 감정착취로 봉합하는 신자유주의에 대한 저항의 단초를 제공한다.

7. 앱젝트 노동자의 '화풀이'와 고갈된 감정의 회생

《콜센터》는 앱젝트로의 전락을 강요받는 감정노동자들이 화풀이 할 곳을 찾아가는 소설이다. 감정노동자는 진상 고객의 화풀이를 묵묵히 참아내야 하는 존재였다. 그래야만 신자유주의의 일상이 조용한 운행을 계속하는 것이다. 그러나 감정노동자들은 실제로는 앱젝트가 아니기 때문에 인격성이 추락된 자신들을 구원하기 위해 서로 은밀히 손을 잡는다. 이런 연대의 과정은 부당한 일에도 침묵하는 이상한 고요함의 사회에서 능동적인 분노를 되찾아가는 진행이라고 할 수 있다.

감정노동자들이 화풀이 할 곳을 찾는 것은 진상 고객이나 사장이 화풀이를 하는 것과는 다른 의미를 지닌다. 진상 고객이나 사장의 화풀이는 증오와 혐오의 사회적 연쇄 고리를 이루고 있는 '반작용적인 혐오발화'이다. 반면에 감정노동자의 대응은 그런 연쇄적인 혐오발화를 중단시키려는 '능동적인 분노'이다.

신자유주의는 환상으로 봉합되지 않은 증오를 혐오발화의 연쇄로 해소하는 사회이다. 사장은 직원에게, 직원은 비정규직이나 아르바이트생에게 화풀이를 한다. 이런 연쇄에서도 해소되지 않은 증오는 콜센터의 감정노동자에게 혐오의 말로 쏟아진다. 이 연속적 과정에서 마지막 고리의 사람은 앱젝트로 보이지 않게 사라져야할 운명을 지니고 있다.

반면에 감정노동자의 분노는 마지막 고리를 보이게 만들어 혐오발화로써 이상한 고요함을 유지하는 사회에 대응한다. 진상 고객과 사장은 혐오발화를 통해 보이지 않는 사람을 앱젝트로 추방함으로써 신자유주의의 이상한 고요함을 유지한다. 반면에 감정노동자들은 화풀이의 마지막 고리를 풀어헤침으로써 부당한 침묵의 사회에 이의를 제기한다. 화풀이의 마지막 고리를 앱젝트로 전락시키는 진상 고객(그리고 사장)의 혐오발화가 반작용적 정동이라면, 감정노동자들의 분노는 (자신들이나 앱젝트가) 부당한 침묵 속에 매장될 수 없음을 시위하는 능동적인 정동이다.

신자유주의가 조용히 순항하는 것은 타자를 앱젝트로 추방해 저항을 거세시키기 때문이다. 감정노동자 역시 스피박이 말한 서발턴처럼 고통을 당해도 말을 할 수 없는 앱젝트 같은 존재였다.[32] 그런데 감정노동자는 앱젝트의 위치이면서도 (콜센터를 그만두면) 앱젝트가 아니기도 했으므로 인격성이 추락당하는 고통에 대해 자의식을 지니고 있다. 그런 상황에서 감정노동자들이 반란을 모색하는 것은 일상의 보이지 않는 고통을 보여주는 은유적 거울의 위치에 있기 때문이다. 일상에서는 감정착취를 당해

---

32 감정노동이라는 직업은 '친절한 말'을 하는 동시에 고통을 '말할 수 없는' 위치이다.

도 사회구조에 묻혀서 예민하게 대응하지 못한다. 반면에 감정노동자는 직업 자체가 감성의 영역이므로 감정착취에 대해 자의식을 지닐 수밖에 없다. 감정노동이란 자신의 직업을 통해 일상에 잠재된 감정적 고통을 자의식과 **은유의 거울**로 비추는 위치였다.

감정노동은 진상 고객, 혐오발화, 블랙리스트 등을 견뎌야 한다. 그런데 진상 고객은 콜센터에 뿐만 아니라 일상의 삶속에도 있었다. 화덕에게 화풀이를 하는 사장은 최악의 진상 고객이었으며 콜센터의 문영 실장도 비슷했다. 그뿐 아니라 은유적인 진상 고객은 보다 더 친밀한 일상에도 존재했다. 예컨대 형조의 어머니는 자신을 감정의 배출구쯤으로 여기는 진상 고객도 같았다. 형조는 가족을 진상 블랙리스트에 올리고 평생 전화를 거부하고 싶었다.

이처럼 신자유주의는 친밀한 사회인 동시에 실제로는 감정착취를 강요하는 사회였다. 감정착취의 고통은 환상 장치에 의해 친밀하게 포장되기 때문에 표면으로는 잘 보이지 않는다. 반면에 감정노동자는 은폐된 잠정착취의 고통을 고스란히 떠안는 위치에서 일상의 보이지 않는 감정착취를 증폭시키는 **은유적인** 위치를 경험한다. 그 때문에 그들은 조용하게 운행되는 일상이 실상은 감정착취의 사회라는 **자의식**을 갖게 된다. 형조가 가족을 블랙리스트에 올리고 싶은 것은 감정노동자의 진상 고객의 은유를 통해 감정착취에 예민해졌기 때문이다. 그런 상황에서 실제로 가족을 거부하기는 어려운 반면 콜센터의 자신의 위치에 대해서는 반란의 감정을 갖게 된다.

감정노동자들은 블랙컨슈머(진상 고객)에게 욕을 해주고 콜센터를 그만두는 상상을 하루에도 수없이 한다. 더욱이 블랙컨슈머를 전문으로 하는 시현은 대기업 부장이라는 고객의 반복적인 괴롭힘을 참기 어려웠다. 시현은 대기업 부장에게 똑같이 욕을 해주었지만 문영 실장은 다시 전화를 걸어 사과할 것을 요구했다. 시현의 대응이 연쇄적 혐오사회를 중단시켰다면 문영 실장은 다시 연쇄 고리를 작동시킬 것을 요구한 것이다. 시현은 더 이상 참을 수 없어 콜센터를 그만두고 진상 고객을 찾아 해운대로 가겠다고 말한다. 그러자 주리와 형조, 동민, 용희가 따라나섰다.

감정노동자들의 반란은 단지 진상 고객에 대한 복수만은 아니었다. 그동안 혐오의 연쇄의 마지막 위치에서 눌러 참고 있었던 것이 폭발할 듯이 한계에 이른 것이었다. 진상 고객에게 욕을 해주려는 것은 자신들이 매장되어야 할 앱젝트가 아니고 인간임을 시위하려는 것이었다. 그와 함께 그들에게 혐오발화를 감내하고 매장되길 강요함으로써 (혐오의 연쇄와) 이상한 고요함을 유지하려는 문영 실장에 대한 분노도 폭발한 것이었다.

크리스마스이브 날 대기업 부장을 찾아가는 길에서 감정노동자들은 여행을 떠나는 듯이 기분이 상승되어 있었다. 그것은 오물 같은 혐오발화의 창고에서 벗어나 능동적 감정으로 전이되는 연대감을 느꼈기 때문이다. 대기업 부장에 대한 응징은 똑같은 혐오발화로 되갚는 것이 아니라 연대를 기반으로 한 능동적인 분노의 감정이었다.

감정노동자들은 진상 고객의 주소가 해운대 근처의 핸드폰 대리점임을 확인했다. 진상 고객은 다른 진상들이 으레 그렇듯이 자신을 과대 포장 한 것이었다. 시현은 대리점에 들어서자 그곳의 팀장이 악마처럼 보였고 그에게 혐오의 말을 퍼붓고 싶은 마음이 들었다. 반면에 다른 사람들은 그렇게까지 하고 싶은 마음은 없었다.

그런데 문제는 시현의 격앙된 심리만이 아니었다. 감정노동자들은 시현을 괴롭힌 진상 고객이 대리점 팀장이 아니라 일주일 전에 그만둔 아르바이트생이었음을 알게 된다. 그들은 감정노동자로서 최초의 반란을 일으켰지만 결국 진상 고객을 만날 수는 없었다. 더구나 응징의 표적은 대기업 부장에서 대리점 팀장으로, 다시 비슷한 처지의 아르바이트생으로 강등되었다.

얼굴이 불콰해진 동민이 자신의 술잔에 술을 따르며 말했다.

"분위기가 왜 이래? 우리는 오늘 대단한 일을 한 거야. 진상을 찾아가서 복수하는 건 콜센터 상담사들의 로망이라고. 대부분 생각하지만 실천하는 사람은 없을걸? 우리가 최초일 거야. 이런 걸 선구자, 아니 혁명가라고 하나?"

용희가 동민의 손에서 소주병을 낚아채 자신의 잔에 따르며 말했다.

"혁명가 같은 소리하고 있네. 결국 못 만났잖아."

"넌 그게 문제야. 결과보다 중요한 게 있게 마련이거든."

용희가 혀를 내밀며 말했다.

"루저들이 주로 하는 소리지."

주리가 눈을 부릅뜨며 말했다.

"루저? 왜 우리가 루저라는 거야? 너는 어땠는지 모르지만 나는 여기까지 오는 걸 결정하는 데 큰 용기가 필요했어. 그러니까 그런 식으로 함부로 말하지 마."[33]

감정노동자들은 최초의 반란이라는 자긍심과 루저라는 자괴감 사이에서 동요하고 있었다. 주리가 루저를 부인한 것은 수동적인 자아에서 벗어나 능동적으로 자신을 표현하는 용기를 냈기 때문이다. 그러나 반란의 과정에서는 자아가 고양되었지만 결과적으로는 다시 루저로 돌아갈 것이라는 불길함이 느껴지고 있었다.

루저의 예감은 해고당할 각오를 하고 콜센터로 기어들어가야 한다는 생각과 함께 떠올랐다. 감정노동자들의 고통은 콜센터를 나간다고 해도 마땅히 다른 일자리가 있는 게 아니라는 데 있었다. 그들의 자괴감은 사다리가 끊어진 사회에서 그들의 반란이 별 의미가 없을 것이라는 데 있었다.

더욱이 감정노동자들의 기세를 꺾은 응징의 불발 역시 고장 난 승강기

---

33 김의경,《콜센터》, 앞의 책, 155쪽.

사회의 필연적 결과일 수 있었다. 진상 고객은 이번 경우처럼 대기업 부장이 아니라 주로 중하층의 사람들이었다. 사다리가 끊어진 사회에서 그들은 화풀이의 연쇄의 후위에 속한 사람들이었다. 대기업 사장은 존재감이 없는 사람들에게 화풀이를 하지만 후위의 사람들은 마땅히 화풀이를 할 대상이 없었다. 화풀이를 할 사람이 없어진 존재가 바로 인간 대접을 못 받는 앱젝트였다. 그 때문에 앱젝트의 위기감을 느끼는 사람들은 콜센터의 보이지 않는 사람들에게 화풀이를 하는 것이었다. 사다리가 끊어진 사회에서는 그런 위기감을 지닌 사람이 계속 늘어날 수밖에 없었다. 이것이 상승을 통해 고통을 해소할 수 없는 사회가 조용한 순항을 위해 감정노동자를 필요로 하는 이유였다. 감정노동자는 대기업 사장의 분풀이의 대상이 아니라 마지막 위기감을 지닌 사람들의 분풀이의 상대였다. 그들의 화풀이는 사회의 구조적 산물이기 때문에 응징이 불가능하며 대응의 상대는 혐오발화를 자극하는 **사회구조**였다.

감정노동자의 응징의 불발은 어느 정도 예정된 것이었다. 만일 해고된 아르바이트생을 찾아낸다 하더라도 마음이 시원해지지는 않을 것이었다. 다만 마음속에서 들끓는 무언가를 발산하기 위해 표적을 찾아나서는 용기를 냈다는 데 큰 의미가 있었다.

감정노동자의 응징의 여행은 표적을 향해가는 불투명한 과정에 중요함이 있었다. 그들이 표적을 찾아 나서며 수선을 떤다고 세상은 변화되지 않는다.[34] 그러나 여행의 과정에서 저마다 고갈된 내면에서 능동적 정동이 조금씩 고양되는 경험을 하고 있었다. 그런 능동성의 회생은 해고된 루저의 불안감과 함께 다가왔다. 콜센터에서 탈출한 여행은 불안한 프레파라트에서 벗어나 고장 난 승강기를 응시하는 것과도 비슷했다.

감정노동 자체가 조용한 순항의 환상과 고장 난 승강기의 반복일 것이다. 감정노동자의 탈출의 여행은 일상의 순항의 환상을 깨뜨리는 응시의

---

34 김의경, 위의 책, 157쪽.

증폭의 과정이었다. 그들은 〈근린생활자〉의 연구원처럼 해방감과 함께 두려운 현실을 응시하게 된 것이다. 감정노동자들은 여행길에서 응시의 자유와 루저의 불안감이라는 **무서운 편안함**을 느끼고 있었다. 연구원과 다른 점은 '무서운 편안함'이 녹음기의 음성으로만 남겨진 것이 아니라 실제 인물들끼리의 대면 속에서 느껴지고 있는 점이었다. 혐오발화의 감옥인 콜센터에서 벗어남으로써 응시의 자유를 통해 두려운 현실 속에서 교감을 지속할 수 있었던 것이다. 감정노동자들은 불안감 속에서도 분노와 사랑의 능동적 감정을 증폭시키는 비밀교신을 계속하고 있었다.

8. 감정노동자의 '무서운 편안함'과 에로스의 귀환

《콜센터》는 인물 시점의 조합을 반복하는 특이한 서술구조로 진행된다. 일반적인 인물 시점 소설은 주인공의 내면에 의존하거나 특정한 인물들의 시점을 결합하는 방식으로 진행된다. 반면에 이 소설에서는 21개의 장이 5명의 인물 시점의 반복으로 조합되고 있다.

이는 자아의 빈곤화로 인해 주인공이나 특정한 인물의 내면에 지속적으로 의존하기 어려워졌음을 암시한다. 그러나 이 소설의 인물들이 하성란의 이미지 소설에서처럼 빈약한 렌즈같은 인격으로 나타나는 것은 아니다. 하성란의 〈곰팡이꽃〉(1998)과 《콜센터》(2018)는 똑같이 건물의 5층의 위치에서 소설이 시작된다. 그런데 〈곰팡이꽃〉의 5층이 타인과의 냉담한 거리를 뜻한다면 《콜센터》의 5층은 누군가에게 화풀이를 하는 장소이다. 〈곰팡이꽃〉의 남자가 5층의 거리를 두고 불가능한 소통을 소망한다면, 《콜센터》의 상담사들은 분풀이의 대상이 없는 상황에서 5층에 올라와 담배로 화풀이를 대신한다. 신자유주의가 더 진행됨에 따라 이상한 고요함의 사회는 혐오발화의 화풀이의 사회로 변주된 것이다.

이상한 고요함의 사회와 화풀이의 사회는 비슷하게 자아가 빈곤해진 세상이다. 그런데《콜센터》는 화풀이를 처리하는 직업인 감정노동자를 인물 매체로 사용하고 있다. 감정노동자는 직업상 타인의 화풀이를 피할 수 없기 때문에 화풀이 사회에 대한 자의식을 지니고 있다. 그로 인해 빈약한 자아에는 능동적인 증폭을 소망하는 틈새가 얼마간 잠재되어 있는 것이다.《콜센터》의 감정노동자의 인물 시점이 단지 빈곤한 자아가 아닌 것은 그들의 자의식과 감정적 잠재성 때문이다.《콜센터》의 21개의 인물 시점의 반복은 그런 잠재된 틈새에서 능동적 자아의 소망이 증폭되는 과정을 그리고 있다.

이 소설의 장 제목이 인물들의 이름으로 되어 있는 것도 비슷한 이유에서이다. 똑같은 인물들의 이름이 반복되지만 앞의 이름과 뒤의 이름에는 차이가 있다고 할 수 있다. 뒤의 인물들은 얼마간이든 존재론적 성장을 겪은 결과이기 때문이다. 이 소설의 사건은 인물들의 자아의 존재론적 성장과 확장에 있다고 할 수 있다. 이 소설은 자아를 약화시켜 조용하게 순항하는 신자유주의에 대한 대응이 자아의 존재론적 고양에 있음을 암시한다.

존재론적 성장이란 능동적인 감정으로 동요하는 순간에 이르는 것을 뜻한다. 혐오와 쾌락이 빈약한 자아의 수동적 정동이라면 분노와 사랑은 고양된 자아의 능동적 정동이다.《콜센터》의 '화풀이할 곳을 찾는 여행'은 자아의 능동적인 확장을 경험하는 과정이었다. 감정노동자들은 단순히 화가 난 것이 아니라 누군가에 대한 분노의 감정을 느끼고 있었다. 또한 여행의 과정에 연대감과 사랑의 감정이 싹트는 것을 경험하게 된다.

그런 존재론적 성장의 과정은 일시에 이루어지지는 않는다. 감정노동자들의 '혐오발화 지옥'에서의 탈출은 얼마간 해방감을 느끼게 했다. 그러나 그것은 아직 해방되지 않았다는 '무서운 편안함'이기도 했다.《콜센터》라는 혐오발화 지옥은 조용한 순항의 환상을 유지시키는 곳이기도 했다. 그곳으로부터의 탈출은 혐오발화로부터의 해방인 동시에 고장 난 승강기를 정면으로 응시하는 과정이기도 했던 것이다.

하루에도 수없이 '콜센터'를 그만둘 생각을 하는 감정노동자는 일상적으로 '무서운 편안함'을 경험한다. 그런데 탈출 여행은 '무서운 편안함'을 증폭시켜 인물들 간의 감정적 교류를 증대시켰다. 탈출의 '무서움'은 사다리가 끊어진 사회에서 경험할 고통스러운 삶 때문에 생긴다. 또한 '편안함'은 신자유주의의 시선의 독재에서 해방된 **응시의 자유**로부터 발생한다. 실제로는 고장 난 사회를 더 절망적으로 직시하게 되지만 자아의 능동성을 회복하게 되므로 편안한 것이다. '콜센터'로부터의 탈출은 인물들을 긴장시키는 동시에 고양시켰다. 그런데 그런 무서운 편안함이란 해방의 느낌인 동시에 거세공포이기도 했다. 이처럼 혐오지옥에서의 **탈출**이 곧바로 해방이 될 수 없는 것이 외부가 상실된 신자유주의 사회의 특징이다.

먼저 무서움의 무의식적인 증폭은 용희와 시현의 싸움으로 드러났다. 일반상담사도 어려워하는 용희와 전문상담사를 잘해내는 시현은 서로 사이가 안 좋았다. 그런데 《콜센터》를 떠나며 자신도 모르게 예민해진 순간 두 사람은 감정이 폭발하게 된다. 시현은 감정노동자들 중에서 외모와 멘트가 뛰어났으며 방송국 아나운서가 꿈이었다. 위화감을 느낀 용희는 시현이 꿈을 꾸고 있다며 '하고 싶음'과 '할 수 있음'을 혼동하는 초딩 같다고 말한다. 용희의 말을 엿들은 시현은 그녀가 자신에게 진상 고객처럼 악담을 하고 있다고 느낀다. 두 사람은 진상 고객에게 화풀이를 하기 전에 서로에게 화풀이를 하고 있었다. 이처럼 누군가에게 화풀이를 해야만 거세공포에서 해방되는 것이 신자유주의의 구조적 특징이었다. 예민해진 용희와 시현의 화풀이의 이면에는 사다리가 끊어진 냉혹한 사회구조가 놓여 있었다.

그처럼 막연한 두려움이 증폭된 점에서 탈출 여행은 완전한 탈출이 아니었다. 그러나 그들이 신자유주의의 물신화된 시간이 잠시 멈춘 틈새에 있음은 분명했다. 표적으로 삼은 진상 고객을 만날 수 없게 하는 것은 사회구조였지만 지금은 그 사회구조의 '틈새'에서 시간이 흐르고 있었다. 진짜 진상은 매번 불합격을 통고하는 사회구조일 것이며 그들은 그런 '구조적 진상'을 **화풀이 대상**으로 보는 응시의 자유를 느끼고 있는 것이다.

아직 열시도 되지 않았지만 형조와 동민은 차에 여자들을 태우고 호텔로 향했다. 다행히 모두들 차 안에서 조금씩 술이 깼다. 이렇게 잠들어버리기엔 **힘들게 얻은 시간**이었다.

(…중략…)

"나도 그랬어. 잠시라도 **시간을 멈추어보고** 싶었어."

시현도 용희의 말에 동의하는 것 같았다. 시현은 하늘을 올려다보며 말했다.

"백퍼 공감. 우리 처음으로 마음 통했다. 나도 오래는 못할 것 같아."

(…중략…)

결국 셋 다 마찬가지라는 생각이 들었다. 우리 모두 꿈이 있고 열심히 하고 있지만 취업문은 좁고 우리의 하루는 쳇바퀴 돌듯 반복된다는 점에서 끊임없이 반복되는 **진상 고객의 전화**와 다름없었다. 대학을 졸업하고 취업준비생으로 사는 동안 이렇게 울컥하는 순간이 시시때때로 찾아왔다.[35]

진상을 못 만났지만 지금의 순간은 그들에게 여전히 중요한 시간이었다. '힘들게 얻은 시간'이란 진짜 진상으로서 '사회구조'의 틈새의 시간을 뜻한다. 그들은 아르바이트생 진상 대신 사다리('취업문')가 끊어진 사회구조라는 진상을 응시하게 된 것이다.

그 때문에 표면적으로는 여전히 불길하지만 심연에서는 응시의 자유가 감지되고 있었다. 감정노동자들이 술을 마신 것은 무서운 불안을 떨치

---

35 김의경, 위의 책, 188쪽, 180~181쪽. (강조-인용자).

고 심연의 응시의 자유를 느끼기 위해서였다. 그런 응시의 자유 속에서 억눌러 왔던 감정이 가장 먼저 폭발한 것은 형조였다.

형조는 주리를 사랑했지만 공무원 시험 합격 전에는 연애를 하지 않는다는 생각을 갖고 있었다. 진상 고객 같은 가족과 냉혹한 사회구조가 형조를 천연기념물 같은 금욕주의자로 만든 것이다. 그러나 왠지 시간이 멈춘 듯한 순간에 주리에 대한 형조의 감정이 폭발한다.

"고등학교 때는 스물다섯 살이 되고 싶었어. 스물다섯 살이면 뭔가 폼이 날 거라고 생각했거든 매일 아침 정장을 입고 높은 건물로 출근하고 회의시간을 주름잡는 커리어우먼이 될 거라고. 그런데 현실은 초라해."

어쩌면 평생 비정규직에서 못 벗어날지도 몰라 주리는 마지막 말을 속으로 삼켰다. 주리는 겁이 났다. 하지만 겁이 난다고 말하고 싶지는 않았다. 금수저가 아닌 부모를 탓하고 싶지도 않았다.

(…중략…)

"나도 마찬가지야. 이러고 있을 줄은 몰랐어. 콜센터 상담사를 폄하하는 게 아니라 이렇게 불확실한 상황일 줄은 몰랐다고. 그래도 후회하진 않아. 이곳에서 좋은 친구들을 만났으니까. 그리고…….

형조는 말을 얼버무렸다. 바닷바람이 불어왔다. 누가 먼저랄 것도 없이 자연스럽게 입술이 닿았다. 주리는 건전지에 혀가 닿은 줄 알았다. 다 쓴 건전지인지 알아보기 위해 건전지에 혀를 갖다 댔을 때처럼 혓바닥을 통해 전류가 흘러들더니 온몸을 훑었다. 혀끝에 느껴지는 저릿함은 소름 끼치면서도 달콤했다. 형조는 다 쓴 건전지처럼 에너지가 고갈된 걸까. 주리는 형조가 안쓰러웠다. 콜센터에서의 오랜 감정노동으로 방전되기 직전의 건전지가 되어버린 형조가.[36]

---

36 김의경, 위의 책, 168~169쪽.

형조는 전날 이미 주리에게 사랑을 고백했지만 지금은 그 취중진담을 자신도 기억하지 못한다. 그런 점에서 형조와 주리의 사랑은 맨얼굴의 사랑이 아니라 심연의 틈새에서의 사랑이었다. 심연의 틈새는 신자유주의의 무서운 시간에서 잠시 벗어나는 순간이기도 하다. 주리의 '평생 비정규직'이라는 말은 심연의 응시의 말이었지만 무서움 때문에 밖으로 꺼낼 수 없었다. 그 대신 무서움을 이기기 위해 형조와 서로 가깝게 접근해 상호신체성의 교섭을 시도한다.

무서움을 이기기 위한 형조와 주리의 상호신체적 교섭은 특별한 의미를 지닌다. 두 사람의 키스는 심연의 틈새와 뇌의 간격에서 흐르는 전류와도 같았다. 그것은 형조의 자아를 다 쓴 건전지처럼 만드는 신자유주의에 대항하는 능동적 감정의 반란이었다. 주리는 감정착취를 통해 자아를 방전시키는 사회에 대응하며 전류를 흘려보내고 있는 것이다.

레비나스에 의하면, 맨얼굴의 사랑과 애무는 지금 있는 것과 아직 오지 않은 것(미래)과의 관계를 생성시킨다.[37] 그러나 형조와 주리는 키스를 하는 동안에도 사다리가 끊어진 사회의 미래가 여전히 불분명했다. 다만 심연의 틈새에서의 전류를 통해 방전된 자아를 다시 일으켜 세우려 하고 있는 것이다. 그렇게 함으로써 응시를 증폭시켜 무서운 사회('평생 비정규직')에 대응하고 있는 것이다. 이 같은 물신화된 사회에 대한 형조와 주리의 사랑의 대응은 틈새에서의 존재론적 저항이었다.

틈새의 시간에서의 존재론적 저항은 혐오의 감정으로 추방된 타자를 회생시키는 과정이기도 했다. 그런 혐오에서 공감으로의 전환은 용희와 시현 사이에서 일어났다. 용희는 위화감을 느꼈던 시현의 어머니가 하우스푸어이며 그녀 자신은 카드빚에 시달리고 있음을 알게 된다. 용희와 시현은 아르바이트생 진상을 놓친 후에 쳇바퀴 돌듯 반복되는 취업 실패가 **진짜 진상**임을 공감한다. 그리고 잠시라도 그런 진상의 **시간을 멈춰보고**

---

37 에마뉘엘 레비나스, 강영안 역, 《시간과 타자》, 문예출판사, 1996, 108쪽.

싫었다는 데 동의한다.

　시현은 용희를 진상이라고 부르며 서로 혐오의 말을 퍼부었었다. 그처럼 보이는 세계에서는 혐오의 대상이었지만 보이지 않는 틈새에서는 백퍼센트 마음이 통함을 감지할 수 있었다. 둘이 공감한 것은 쳇바퀴 같은 일상이 진상이며 그 시간을 멈춰보고 싶었다는 **은유**를 통해서였다. 은유를 통해 **진짜** 진상인 사회구조가 비쳐지고 있었기 때문에 틈새의 공간에서 **백퍼센트**의 공감이 이루어진 것이다. '콜센터'의 진상과 일상의 진상을 연결하는 그런 은유를 통한 공감은 그들이 신자유주의의 중요 고리인 감정노동자였기에 가능한 것이었다.

　은유를 통한 공감은 보이지 않는 세계가 보이는 세계만큼 중요함을 암시한다. 은유는 공감을 확장하고 응시를 증폭시키며 권력의 비밀과 타자의 비밀을 드러낸다. 감정노동자들은 눈에 보이는 진상 고객을 찾아서 여행을 시작했지만 이제 은유를 통해 일상의 **보이지 않는 진상 고객**이 있음을 알게 되었다. 보이지 않는 진상 고객은 대항하기가 어렵기 때문에 그들은 한순간 울컥해졌다. 그러나 눈앞의 세계에 대한 집착에서 벗어나면서 건전지처럼 고갈되어 상실했던 서로 간의 우정과 사랑을 되찾게 되었다.

　특히 여행에서 돌아온 후에도 지속된 능동적 감정은 형조와 주리의 사랑이었다. 사랑의 지속은 순수기억이 증폭되어 빈곤한 자아가 팽창되었음을 뜻했다. 크리스마스 날 열한시 반에야 일이 끝난 후 형조는 주리를 집에까지 따라왔다. 형조의 관심은 두 사람 사이의 감정의 **지속**[38]에 있었다.

38　베르그송은 지속을 생명적 존재를 능동적으로 만드는 특성으로 논의했다. 물건이나 상품에는 지속이 없기 때문에 끝없이 단절을 통해 신상품을 쏟아내야만 한다. 반면에 생명적 존재인 인간은 순수기억이 쌓여가기 때문에 현재와의 교섭을 통해 능동적 시간을 창조하는 지속의 과정이 가능하다.

"다 왔어. 이제 가봐. 뭐 할 말 있어?"

"아니…… 우리 내일도 볼 수 있는 거지?"

"물론이야. 내일도 콜센터에 나가야 하니까."

형조는 시선을 발끝에 둔 채로 물었다.

"그럼 내가 계속 너를 좋아해도 되는 거야?"

주리는 아무 말 없이 웃은 다음 집으로 들어왔다. 그리고 2층 자기 방으로 올라가 커튼 뒤에 숨어 창밖을 내다봤다. 형조는 한참 동안 그 자리에 서 있었다.[39]

주리와의 관계에 대한 지속의 욕망이 생겨난 것은 형조의 큰 변화였다. 배수아 소설에서처럼 사랑도 공감도 없는 세상에서는 인물 시점을 사용해도 내면의 지속이 없다. 반면에 형조의 지속의 욕망은 사랑의 생성을 뜻하며 그 때문에 주리의 인물 시점에도 영향을 주고 있다. 형조의 변화는 주리 자신의 내면의 변화이기도 했다. 인용문은 이 소설에서 유일하게 한 인물(주리)의 시점을 통해 다른 인물의 능동적 심리가 제시되는 장면이다. 이는 주리의 내면에 형조가 들어왔음을 뜻하며, 그 순간 주리의 내면이 팽창했기에 인물 시점 속에 타자를 담을 수 있게 된 것이다. 형조의 사랑에 대한 지속의 욕망이 주리의 인물 시점을 유동적으로 지속시키고 있는 것이다.

지속의 욕망은 타자와의 공감의 욕망이기도 하다. 그것을 통한 무력한 타자의 회생은 신자유주의의 **시간을 멈출 수 있는** 가장 강력한 방법이다. 형조가 한참 동안 그 자리에 서 있는 것은 자아를 빈곤하게 만드는 시간을 멈추고 싶어서였다. 감정노동자들은 탈출 여행을 통해 시간의 멈춤을 경험했지만 형조는 일상 자체에서 신자유주의의 시간을 멈추고 싶었던 것이다.

---

39 김의경, 《콜센터》, 앞의 책, 211쪽.

이윽고 주리가 다시 나와서 두 사람은 서로 사랑을 나누게 된다. **사랑은 술을 마시지 않아도 술을 마신 것 같고 여행을 떠나지 않은 채 시간을 멈추는 행위**였다. 술을 마신 것 같은 것은 '무서운 편안함'의 상태에서 무서움을 벗어던진 순간이며, 시간을 멈추는 것은 감정을 고갈시키는 체제에 대응해 자아를 팽창시키는 순간이다. 형조와 주리는 사랑이 신자유주의에서 가장 강력한 무기임을 입증하고 있다.

그러나 그들은 여전히 미래가 불확실했다. 레비나스가 말한 에로스를 통한 미래는 잘 감지되지 않았다. 형조와 주리는 빈약한 나르시시즘을 강요하는 신자유주의에서도 2자적 진리(사랑)의 생성이 가능함을 입증했다. 그들은 2자적 관계 속에서 시간을 멈출 수 있기 때문에 나르시시즘에 중독된 진상 고객 같은 일상을 견딜 수 있게 된 것이다. 거기서 더 나아가 미래와의 교섭을 가능하게 하려면 두 사람의 사랑의 동요가 증폭되어 일상의 사람들에게까지 전염되어야 할 것이다. 나르시시즘의 시간을 멈추는 2자적 진리가 다중들의 심연을 동요시킬 때 진상 고객 같은 체제를 바꾸는 미래를 향한 반격이 시작될 것이다.

《콜센터》는 형조와 주리의 사랑의 가능성을 통해 혐오발화의 생산을 멈출 수 없는 신자유주의에 대항하는 방법을 암시한다. 두 사람의 사랑은 감정노동자가 (혐오발화를 통해) 앱젝트로 추락할 위기의 지점인 동시에 그로부터의 구원이 시작될 수 있는 위치임을 시사한다. 감정노동자는 앱젝트에게 오염되는 것이 두려운 진상들의 혐오발화를 처리하는 직업이다. 그런 그들은 일상의 노동자인 동시에 혐오발화의 처리를 떠맡는 순간 앱젝트로 추락하는 것을 감당해야 한다. 앱젝트인 동시에 일상인인 그들은 (동민처럼) 혐오발화에 대응해 앱젝트를 구원하는 문제에 예민해진다. 감정노동자는 자신의 이중성 때문에 일상인의 위치에서 앱젝트와 교신해야 할 필요성에 민감해지는 것이다. 바로 여기서 신자유주의의 혐오발화에 대항하는 사랑의 가능성이 나타난다.

앱젝트와의 교신을 통한 감정노동자의 자아의 증폭 과정은 형조와 주리의 사랑에서 찾아볼 수 있다. 형조와 주리처럼 감정노동자의 사랑은 혐오발화에 시달리는 동료의 전화를 대신 받아주면서 시작된다. 물론 감정노동자가 앱젝트를 직접 구원할 수는 없다. 그러나 형조는 앱젝트가 된 주리를 대신 감당하면서 사랑을 싹틔우고 자아를 증폭시키기 시작한다. 주리가 앱젝트가 된 순간 심연의 사랑을 통해 **시간을 멈출 수 있기** 때문에 진상 고객을 견딜 수 있었던 것이다. 그런 순간들이 많아지면서 조금씩 길어 올린 사랑이 시간을 멈추면서 앱젝트로 강등된 연인을 대상 a의 위치로 전이시킬 수 있게 하는 것이다. 감정노동자들의 불가능한 사랑은 혐오발화를 무용해지게 만들면서 점차 가능성으로 전환되기 시작된다.

신자유주의의 사회구조 자체가 진상 고객이라면 그에 대응하는 방법은 형조와 주리가 싹틔운 사랑을 일상에 넘쳐흐르게 하는 것이다. 신자유주의라는 진상 고객의 혐오발화가 무용해지면 앱젝트가 대상 a로 전이되면서 상상계에서 실재계로의 코페르니쿠스적 전회가 시작된다. 이 위상학적 전환이야말로 빈곤한 자아를 일으켜 세워 능동적 주체를 생성시키는 존재론적 운동이다. 은유로서의 코페르니쿠스적 전회는 일상의 사람들을 능동적 정동의 지역으로 옮겨오는 새로운 개념의 저항이다. 그런 새로운 전회의 순간 연인들의 사랑이 흘러넘치며 시간이 멈춘 곳에서 사회를 변화시키려는 능동적 다중들의 반격이 시작될 것이다.

9. 시각 테크놀로지의 캐슬과 기억의 대응
   — 박민정의 〈모르그 디오라마〉

은유적 진상 고객(신자유주의)과 혐오발화에 대한 사랑의 대응은 우리 시대의 싸움이 상상계와 실재계 사이에서 발생함을 암시한다. 신자유주의는 일상의 사람들을 상상계에 붙잡아두기 위해 감정상품(환상)과 함께 혐오 장치도 사용한다. 감정상품의 환상은 끝없이 계속되어야 하며 혐오의 연쇄는 마지막 고리가 처리되어야 한다. 그 때문에 감정노동자는 환상적인 멘트를 날리면서 시대의 혐오스런 설사(혐오발화)를 처리하는 역할을 함께 수행해야 하는 것이다.

감정상품과 함께 우리를 상상계에 고착화시키는 또 다른 장치는 섹슈얼리티 영상물 스펙터클이다. 섹슈얼리티 영상물 역시 환상 장치와 앱젝트 장치의 결합물이다. 섹슈얼리티 촬영물들은 대상의 동의와 상관없이 인터넷과 스마트폰으로 유포되며 사람들을 환상적인 상상계에 유폐시킨다. 그런데 사랑에서 분리된 섹슈얼리티 이미지들은 촬영의 대상이 되는 신체를 인간 이하로 강등시킨다. 그 때문에 포르노와 '리벤지 포르노' 같은 영상물이 유포되는 순간은 인격이 살해된 앱젝트가 늘어나는 시간이기도 하다. 그런데도 그런 영상물들은 은밀한 동의와 공모 속에서 유포되며 사람들을 상상계적 환각의 차원에 고착시킨다. 사람들이 상상계적인 차원에 고착되는 것은 인격을 지닌 신체를 쾌락을 제공하는 대상으로 격하시키기 때문이다. 이런 암묵적인 **시각적 폭력**은 타자의 신체를 무력화시켜 젠더 영역의 **불평등성**을 **영속화**시키는 기능을 한다. 남성은 동의 없이 여성의 신체에서 쾌락을 즐길 뿐 아니라 그 순간 서로 공모하며 젠더적 차별을 영구화하는 것이다.

몰카나 '리벤지 포르노' 같은 영상물에 의한 인격의 살해는 진상 고객의 혐오발화보다 한 차원 더 잔혹하다. 특히 비동의 촬영물의 대상이 되면 마치 시체가 된 듯한 잔혹함과 공포를 피할 수 없다. 한쪽에서 환상적인 쾌락이 제공되는 순간은 다른 쪽에서 비천한 시체를 경험하는 순간이기도 한 것이다. 그 같은 상상계적 스펙터클의 유포 이면에는 젠더와 인종의 영역에 연관된 권력관계가 숨겨져 있다.

인종의 영역에서 우리는 이미 근대 초기부터 스펙터클 테크놀로지에 의한 폭력을 경험했다. 1장에서 살폈듯이 1907년의 의병 사진은 의병들이 총에 의해 주검이 되는 동시에 카메라의 총에 맞아 시체가 되는 장면을 보여준다. 우리는 총과 함께 카메라라는 또 다른 무기에 의해 우리 자신의 영혼이 참수당하는 듯한 느낌을 받는다. 시각적 총은 피사체는 물론 동족의 신체를 관통해 영혼을 강탈해간다. 제국의 영토 확장의 쾌락원칙은 시각 테크놀로지를 통해 피식민자를 피사체와 앱젝트로 강등시키는 일을 계속하게 만든 것이다.

이런 테크놀로지에 의한 쾌락과 폭력의 공모는 100년이 지난 오늘날에도 크게 달라지지 않았다. 특히 신자유주의와 함께 영원한 식민지 젠더 영역에서 시각 테크놀로지의 폭력은 극에 달하고 있다. 시각 테크놀로지는 인터넷과 스마트폰에 의해 놀랍게 업그레이드되었지만 피사체의 영혼을 강탈해 앱젝트로 만드는 일은 계속되고 있다. 테크놀로지가 제국이나 남성 권력의 손에 쥐어지면 타자를 피사체로 만들어 앱젝트로 강등시키는 일이 끝없이 반복되고 있는 것이다. 오늘날은 신자유주의와 남성 권력이 공모하며 쾌락의 생산을 위해 은밀한 곳에서 무차별적으로 여성 신체에 총을 쏘는 시대이다. 영혼을 빼앗는 근대의 무기는 테크놀로지의 발전을 횡단하며 여전히 권력관계를 영속화시키는 도구로 작용하고 있다.

박민정의 〈모르그 디오라마〉는 비동의 유포 성적 촬영물을 보며 마치 주인공('나') 자신이 시체가 된 듯한 충격을 받는 이야기이다. **모르그 디오라마**란 19세기에 개방된 파리 시체 공시소를 말한다. 이 공시소는 신원 미상의 시체를 공개해 유족을 찾는 것이 목적이었지만 곧 파리 시내의 가장 즐거운 구경거리가 되어 버렸다. '나'는 인터넷을 떠도는 성적 촬영물들이 모르그 디오라마와 다름없다고 생각한다. '몰카'나 '리벤지 포르노'에 의해 동의 없이 벌거벗은 신체가 공개되는 것은 마치 충격을 당해 시체가 된 것과도 다르지 않다. 사람들은 촬영물을 보며 시각적 쾌락에 빠져드는 동안 실상은 영혼을 강탈당한 시체를 즐기고 있는 셈이다.

'내'가 성적 동영상 아카이빙(자료)에서 시체 스펙터클을 떠올린 것은 '나' 자신의 경험 때문이기도 하다. '나'는 어렸을 때 혈액형 검사를 위해 63빌딩의 병원에 갔다가 아동추행범에 의해 나체 사진을 찍힌 적이 있다. 그때 '나'는 잠시 죽었었고 그날 이후 외상 후 스트레스 장애(PTSD)로 시달리게 되었다.

　'나'는 영상미디어과를 졸업하고 종로에 있는 마천루 같은 빌딩의 회사에 입사했다. 그 외국계 회사는 한때 구글보다도 앞선 기업이었지만 지금은 성적인 웹툰을 서비스하고 있다. '나'는 그곳에서 동영상 아카이빙을 보며 시체 공시소와 '나' 자신의 죽었던 기억을 떠올리게 된다.

　그때 이후 심해진 PTSD는 '나'의 기억을 교란시켜 삶의 질을 낮아지게 만든다. 신자유주의 자체가 자아를 빈곤하게 만들어 우울하게 살게 하지만 '나'는 구멍 뚫린 자아 때문에 더욱 울적하게 살아간다. '나'의 PTSD가 시체의 기억 때문이라면 실상은 앱젝트처럼 살아가는 모든 여성들이 얼마간은 PTSD를 겪고 있을 것이다. 시체란 앱젝트의 극한이며 여성들은 '시체 공시소'의 충격적 영역의 경계에 있기 때문이다. 루쉰이 동족의 처형 사진을 보며 트라우마를 느꼈듯이 처형당한 신체 같은 성적 촬영물이 유포되는 한 여성들은 시각 테크놀로지의 총격에서 자유롭지 못할 것이다.

　이 소설은 비동의 성적 영상물을 다루고 있지만 포르노 역시 시각 테크놀로지의 총을 쏘는 것은 마찬가지일 것이다. 포르노 또한 벌거벗은 신체를 전시상품으로 만드는 데 그치지 않고 처형당한 시체로 강등시킨다. 상품과 시체의 차이는 후자가 대상의 인격성을 회복 불가능하게 만든다는 점이다. 사람들이 '몰카'와 포르노를 즐기는 순간은 회복 불가능한 PTSD가 늘어나는 순간이기도 하다.

　문제는 성적 영상물이 상업적으로 유통될 뿐 아니라 거대한 캐슬에 담겨져 있다는 점이다. '나'는 마천루 같은 환상적인 63빌딩을 구경하다가 일시적으로 시체가 되는 사건을 겪었다. 그리고 또 다른 마천루[40]에서 여성들을 '모르그 디오라마' 스펙터클로 만드는 거대한 아카이빙을 발견한다. 신자유주의는 마천루의 캐슬 안에 '모르그 디오라마'의 데이터베이스를 저장함으로써 순항하는 사회였다. 캐슬 안의 거대한 '모르그 디오라마'의 아카이빙은 캐슬 밖 여성들을 잠재적 PTSD로 무력화하는 권력장치이다. 남성들은 신체 전리품을 몰래 즐기면서 스펙터클 포로와의 영속적인 안정된 관계를 확인한다.

성적 촬영물을 보며 인격을 빼앗긴 신체에서 즐거움을 느끼는 것은 사람들이 저도 모르게 상상계로 이동해 있기 때문이다. 고통받는 타자에 대한 공감을 상실하고 실재계에서 멀어짐으로써 시체가 된 대상에서 쾌락을 느끼는 것이다. 이처럼 상상계적인 신자유주의에서는 쾌락의 생산과 혐오의 생산이 동전의 앞뒷면을 이루고 있다.

여성 촬영물에 대한 남성의 쾌락은 피식민자에게 시각적 총을 쏘는 제국의 기쁨과 다르지 않다. 즐거움의 생산이 폭력의 생산이기도 하다는 점에서 그렇다고 할 수 있다. 여성은 폭력과 타자의 고통에 무감각한 윤리적 불감증의 희생자인 점에서 피식민자와도 비슷하다. 윤리적 불감증은 실재계에서 멀어진 제국주의와 남성중심주의의 상상계적 질병이다. 제국주의와 남성중심주의의 차이는 전자가 공적 영역에서 시각적 폭력을 행사하는 반면 후자는 사적으로 가장된 곳에서 몰래 폭력적이 되는 점이다. 제국주의가 공공연한 폭력을 수반한 남성주의적 권력이라면, 신자유주의는 캐슬 안에 '모르그 디오라마'의 데이터베이스를 숨기고 있는 은밀한 남성중심주의이다.

양자의 차이는 제국주의가 **인종관계**에서의 상상계인 반면 신자유주의의 경우 **계급적 관계**가 남성적 상상계를 만들고 있는 점이다. 일반적으로 계급관계는 인종관계에 비해 상대적으로 덜 고착화되어 있지만,[41] 신자유

---

40 외국계 회사는 종로 마천루에서 이사 가지만 '나'는 왠지 계속 예전 공간을 생각하게 된다.

41 양자의 차이는 중간 영역의 유동성으로 입증된다. 인종과 젠더의 경계인 혼혈인과 퀴어는 고착성의 희생자이지만 계급적 중간층은 상대적으로 역동성을 지니고 있다. 그러나 양극화된 신자유주

주의에서는 타자에 대한 중간층의 공감이 약화되면서 사회 전체가 경직된 상상계로 이동하게 된다. 이런 상황에서는 나르시시즘적 쾌락을 위해 타자를 폭력의 희생자로 만드는 일이 일상적으로 일어난다. 신자유주의에서는 특히 젠더관계의 시각적 영역에서 그런 상상적 폭력이 자주 행사된다. 그처럼 폭력이 일상화된 것은 쾌락을 공유하는 은밀한 상상적 공모에 의해 불평등한 차별의 세계가 은폐되기 때문이다. 타자에 대한 공감이 불평등한 차별에 예민해지게 만든다면, 쾌락의 상상적 공유는 타자를 앱젝트로 폐기하면서 차별의 체제를 상상적으로 은폐한다. 쾌락인 동시에 혐오인 신자유주의의 '모르그 디오라마'가 거대한 데이터베이스의 캐슬을 이루고 있는 것은 쾌락의 상상적 공유에 의한 은폐의 기제를 뜻한다.

'모르그 디오라마'의 데이터베이스가 상상적 쾌락을 생산하는 사회에서는 시체로 강등되는 트라우마를 경험하는 사람이 많아진다. 〈모르그 디오라마〉의 '나' 역시 그 중의 하나이다. 이 소설은 '나'의 시체 트라우마로 인한 반복강박충동을 증언하는 서술이라고 할 수 있다. 트라우마가 일정한 강도를 넘어서면 고통의 기억이 합리적 인과율의 사건으로 서술되는 대신 반복강박충동에 의해 표출된다. 이 소설 역시 과거(어린 시절)과 현재(직장)의 두 가지 트라우마의 기억이 합리적 인과성보다는 반복강박충동에 의해 서술되고 있다.

외상성 반복강박충동은 희생자를 경악스러운 현장으로 데려갈 뿐 트라우마를 해소시키지 못한다.[42] 〈모르그 디오라마〉의 '나' 역시 두 가지[43] 시체 체험을 반복할 뿐이다. 다만 반복강박증과 다른 점은 독자를 향해 글을 쓰며 예술적 가공을 통해 대학 때 알게 된 '모르그 디오라마'의 상징을 덧붙인 점이다. 예술적 가공은 우리를 실재계 쪽으로 이동시켜준다. 상

의에서는 계급적 중간층이 인종이나 젠더관계에서처럼 유동성을 잃은 경계선이 된다. 이제 중간층은 사다리를 잃었을 뿐 아니라 하층민에 대한 공감력도 상실한다.

42 지크문트 프로이트, 〈쾌락원칙을 넘어서〉, 박찬부 역, 《프로이트 전집》 14, 1997, 17쪽.

43 영상미디어과 시절 강의를 들었던 모르그 디오라마까지 합치면 세 가지 기억이라고 할 수 있다.

징적 가공 과정을 거친 소설을 통해 우리는 시체 트라우마의 수동성에서 벗어나 얼마간 능동적 자아의 위치로 이동한다.

흥미로운 것은 이 소설에 또 다른 반복이 있다는 점이다. 그것은 어릴 때 친구들과 나누었던 노스트라다무스 종말론, UFO 납치설, 버뮤다 삼각지대 같은 환상 이야기들의 기억이다. 이 애니미즘적 상상력이 포함된 이야기들을 나눌 때 '나'는 PTSD에 시달리지 않았다. 그 때는 임사체험을 믿었고 시체가 다시 살아나 되돌아올 수 있다고 생각했기 때문이다. 그러나 어린 시절과 함께 환상적인 이야기들은 사라져 버렸다. '내'가 PTSD에 시달리게 된 것은 유아 성추행 때문이기도 하지만 애니미즘적 상상력을 상실한 때문이기도 하다. '나'는 다만 포르트 다 놀이를 하듯이 사라진 아이들과 되돌아온 기억을 반복할 뿐이다.

'나'의 이야기 기억의 반복은 또 다른 이야기가 생성될 가능성을 암시한다. 신자유주의의 '모르그 디오라마'가 여성을 시체로 만든다면 죽은 시체가 다시 살아나 귀환하는 이야기가 창작될 수도 있을 것이다. 전자가 신자유주의의 '모르그 디오라마' 신화인 반면 후자는 시체를 생명적 존재로 회생시키는 또 다른 신화일 것이다. 어린이의 우화를 대신하는 이 어른의 신화는 신자유주의의 시체 신화에 대항해 앱젝트를 대상 a로 회생시키는 사랑의 이야기일 것이다.

제10장

다수 체계성의 작동과 '아무도 흔들 수 없는' 연대

1. 캐슬에서 '빈집'으로
─《빈집》에서의 연애와 시

캐슬의 시대는 나르시시즘적 소유욕이 모든 공간을 점령해 타자의 공간이 사라진 세상이다. 우리 시대를 점령한 나르시시즘적 소유욕이 캐슬의 환상으로 보이는 것은 타자의 응시를 추방한 시선의 권력 때문이다. 독점적인 소유와 시선의 독재는 타자를 앱젝트로 전락시키는 동시에 모든 사람들이 환상적인 캐슬을 선망하게 만든다.

김기덕의《빈집》(2004)은 캐슬의 시대는 아니지만 나르시시즘적 소유욕에 의해 타자의 공간이 사라진 사회를 그리고 있다. 이 영화의 주인공 태석(재희 분)은 신자유주의의 타자이며 선화(이승연 분)는 남성중심주의의 타자이다. 태석이 빈집 순례를 하는 것은 역설적으로 타자의 공간이 사라졌음을 암시한다. 그가 앱젝트로 전락하지 않는 것은 교묘하게 빈집 순례에 성공하고 있기 때문이다. 빈집 순례는 타자가 추방된 세계에서 불가능한 타자를 잔존시키려는 이 영화의 미학적 도발이다.

한편 선화는 남편의 집에 살지만 그녀의 우울증적 신체는 타자성이 박탈된 증상으로 표현되고 있다. 그녀는 남편의 구타에 시달리는 동시에 누드모델로서 남성중심적 시선에 의해 상처받으며 살고 있다. 선화는 우울증적 여성 신체이면서 **말을 할 수 없는** 하위계층(서발턴)의 신체이기도 하다. 이 영화는 폭력에 시달리는 선화의 우울증적이고 하위계층적인 신체가 어떻게 구원을 얻는가의 문제를 다루고 있다.

《빈집》에서 태석의 빈집 순례는《기생충》에서 기태 가족의 기생과 비슷한 면을 지니고 있다. 빈집 순례와 기생은 둘 다 불법이지만 태석과 기태는 자신의 행동에 대해 죄의식이 없다. 그런데 두 경우에 죄의식을 느끼지 않고 당당한 이유는 조금 다르다. 기태 가족이 태연한 것은 사다리가 끊어진 사회에서 능력이 있는 그들이 공정하게 대우받지 못하기 때문이다. 태석 역시 불평등한 사회에서 남에게 피해를 끼치지 않고 공생하는 것은 별문제가 없다고 생각했을 것이다. 그러나 태석의 경우에는 경제적인 이유 이외에 특별한 존재론적인 갈망이 있었다. 태석은 나르시시즘적 소유욕에 지배되는 세상에서 타자로서 존재감을 느낄 수 있는 공간을 찾고 싶었던 것이다.

　나르시시즘적 소유욕은 타자의 응시를 허용하지 않는 시선의 독재로 나타난다. 시선의 독재는 감시장치를 통해 태석(타자)의 침입을 불허할 뿐 아니라 선화 같은 우울증적 이탈도 허용하지 않는다. 반면에 태석은 자신 같은 타자와의 교섭이 허용되는 공간을 갈망하고 있었다. 그 점은 태석이 빈집 순례에서 나타낸 행동들을 통해 알 수 있다. 잠시 집을 빌리는 것이라면 《기생충》의 거실 파티에서처럼 아무 흔적도 남기지 않도록 신경을 써야 할 것이다. 반면에 태석은 마치 신세를 갚기라도 하듯이 장난감을 고쳐주고 빨래도 해준다. 그는 마치 과거에 사랑채에 들렀던 나그네처럼 당당하게 대우받길 원하는 것처럼 보인다.

　양자의 차이는 시선과 응시의 관계에서 분명하게 드러난다. 기태 가족은 휴가에서 돌아온 박 사장의 시선에 노출되지 않기 위해 마치 바퀴벌레처럼 몰래 집을 빠져 나온다. 반면에 태석은 집주인 가족의 사진을 배경으로 마치 인증을 하듯이 자신의 사진을 찍는다. 태석의 인증샷은 신자유주의의 시선의 인증샷과는 달리 **타자성의 인증**을 요구하는 표현이다.

　기태 가족은 박 사장의 집에 타자의 침입이 허용되지 않으며 계급적 권력의 시선 앞에서 자신들이 바퀴벌레가 됨을 알고 있다. 바퀴벌레는 타자의 응시가 박탈당했다는 표시에 다름이 아니다. 그와 달리 태석이 남의 가족사진 앞에서 자신의 인증을 즐기는 것은 그들의 시선에 타자의 응시가 교차되는 그림을 원했기 때문이다. 태석의 인증샷은 시선과 응시가 교차되는 **그림**을 연출하고 싶은 예술가의 욕망[1]과도 같다. 그처럼 응시의 욕

504

망을 포기하지 않기 때문에 태석은 집주인에게 발각되어 구타를 당했을 때도 바퀴벌레가 되지 않는다.

태석의 응시의 갈망은 타자성의 사랑[2]의 소망에 다름이 아니다. 타자성의 사랑이 상실된 사회에서의 '제도화된 질병'[3]이 바로 우울증이다. 선화의 우울증은 사랑의 상실로 인한 것이며 남편의 구타와 누드 촬영의 상처가 직접적인 원인이다. 남편의 구타는 편집증적 소유욕의 표현이며 누드 촬영은 여성 신체에 상처를 입히며 총을 쏘는 것과도 같다. 전자의 나르시시즘적 소유욕은 후자의 독점적인 시선의 욕망과 표리를 이루고 있다. 선화는 그 두 가지 폭력적 욕망으로 인한 상처를 치유할 수 없기 때문에 우울한 것이다.

선화가 태석의 빈집 순례에 따라나선 것은 자신에게 타자의 응시의 자유를 허용해 주었기 때문이다. 그러나 그들의 타자성의 갈망이 다시 빈집 순례로 나타난 것은 신자유주의의 어느 곳에도 타자의 공간이 없음을 뜻한다. 신자유주의는 나르시시즘적 소유욕 대신 타자의 응시를 갈망하면 불온한 존재로 버려지는 사회이다. 신자유주의의 감시장치는 규율에 순응시킬 뿐만 아니라 응시를 갈망하는 불온한 존재를 색출해낸다. 태석과 선화는 다만 감시장치가 잠시 정지된 공간(빈집)에서 타자성의 갈망을 표현하는 순례를 계속할 뿐이다. 그들의 타자성의 갈망의 증거는 집주인 가족사진 앞에서 두 사람이 함께 찍는 특별한 인증샷이다. 그들의 특이한 사진은 선화에게 누드를 강요하는 남성중심적 테크놀로지를 뚫고 나오는 타자의 응시의 승리이다. 실제로 선화는 누드사진 작가의 집에서 자신의 누드사진을 모자이크처럼 해체해버린다.

그처럼 선화가 가담하면서 빈집 순례의 의미는 달라지게 된다. 이제 두

---

1   자크 라캉, 이미선 역, 〈그림이란 무엇인가〉, 《욕망이론》, 문예출판사, 1994, 236~240쪽.

2   타자성의 사랑은 나르시시즘적 사랑과 달리 타자가 내 안에 들어와 끝없이 교섭하는 사랑이다.

3   주디스 버틀러, 조현순 역, 《안티고네의 주장》, 동문선, 2005, 135~138쪽.

사람이 되었기 때문에 빈집 순례의 인증샷은 태석과 선화의 심연에 각인된 **시간 이미지**가 된다. 혼자 순례할 때는 타자성의 갈망이 심연의 소망에 불과했지만[4], 이제는 두 사람이 함께 한 시간이 그들의 존재로 전이되어 시간 이미지가 되고 있다.

그러나 태석과 선화가 시간 이미지를 공유했다고 두 사람의 공동의 공간이 생성된 것은 아니다. 그들은 여전히 시선의 감시를 피해 불안한 순례를 계속해야 한다. 마침내 두 사람은 집주인에게 발각되어 법 앞에서 처벌을 받게 된다. 태석은 검거되고 선화는 남편의 집으로 돌아간다. 더욱이 태석은 형사가 법을 정지시켜 선화 남편에게 복수를 허용한 순간 앱젝트로 전락한다.

태석을 다시 일으켜 세운 것은 감옥에서의 유령 연습이다. 유령 연습이란 감시장치의 시선 뒤에 숨는 것으로 동양적인 선(禪)적 게스투스[5]로 표현된다. 나르시시즘적 소유욕이 모든 곳을 점령한 세상은 감시장치의 시선에 포위된 세상이기도 하다. 반면에 선적 게스투스는 무소유의 표현인 동시에 타자의 응시의 갈망이다. 빈집 순례가 몰래 감시장치를 피하는 것이라면, 선적인 게스투스는 감시장치 바로 앞에서 그 시선을 따돌리고 타자의 응시를 표현한다.

선적인 게스투스가 가능한 것은 우리가 자기중심적 근대와 전통적 동양사상이 중첩된 **다수 체계성**의 삶을 살기 때문이다. 다만 동양적인 선적 사유는 잘 보이지 않으며 은밀히 타자화(주변화)되어 있다. 그런데 잘 보이지 않는 선적인 사유는 무력화된 것이기도 하지만 감시장치를 따돌릴 수 있는 위치이기도 하다. 태석은 선적인 게스투스를 통해 감시의 시선에서 벗어나는 방법을 연습한다.

4　실제로 교류가 일어난 것은 아니기 때문이다.

5　게스투스는 브레히트의 용어로 인물들의 총체적인 사회적 관계나 본질적 태도를 드러내는 표현이다. 여기서는 태석의 잠재된 선적인 사유가 감시의 시선을 벗어나는 응시를 (연극적 · 영화적 표현을 통해) 신체로 드러낸 것을 뜻한다.

태석의 선적인 게스투스는 관념적인 것일 수도 있다. 그러나 타자성의 사유인 선적인 유령 연습은 타자를 보지 못하는 시선의 틈새에서 유효성을 얻을 수 있다. 그런 관념의 유효성을 육체화하는 것은 선화와의 사이에서 생성된 시간 이미지일 것이다. 태석과 선화가 빈집 순례에서 찍은 사진은 필름에 뿐만 아니라 그들의 뇌에도 찍히고 있었다. 그들의 뇌에 각인된 이미지는 과거의 시간일 뿐 아니라 현재와 미래를 향해 지속되는 시간 이미지이다. 시간 이미지는 과거를 현재화하면서 타자를 자아 속에서 살아 움직이게 한다. 그런 방식으로 시간 이미지는 선적인 타자성의 사유에 육체를 부여하는 은유가 된다. **선적인 사유**는 없는 것이 있는 것이며 자아가 타자라고 말한다. 그런데 태석과 선화가 뇌 속에 찍은 사진은 과거인 동시에 현재이며 자아의 심연에 살아있는 타자의 이미지(**시간 이미지**)인 것이다. 감옥에서 연습한 선적인 게스투스는 관념을 넘어 뇌 속에서 순수기억의 시간 이미지를 동요시키며 두 사람의 자아를 능동적으로 팽창시킨다.

빈집 순례는 타자로서 집주인과의 교감의 소망이었지만 감옥에서 앱젝트로 전락한 태석은 그것이 불가능하다는 것을 알게 된다. 이제 태석은 유령 연습을 통해 집주인의 부재 대신 주인이 보지 못하는 빈틈에 숨는 방법을 선택한다. 그런 과정에서 그의 존재를 육체화시켜 준 것은 선화와의 시간 이미지였다. 태석은 선화와 들렀던 집들을 다시 방문한다. 그러나 나르시시즘적인 집주인은 시간 이미지를 통해 타자로 회생한 태석을 보지 못한다. 반면에 태석은 응시를 통해 집주인의 시각적 한계를 보면서 그의 빈틈에 스며든다.

그런데 그처럼 빈틈에 숨어든 태석이 존재감을 상승시킬 수 있게 된 것은 집안에서 빈틈을 갈망하는 선화와 재회할 수 있었기 때문이다. 태석은 시간 이미지를 통해 존재를 드러내며 빈틈을 갈망하는 선화를 구원해 준다. 그러나 시간 이미지가 교감의 이미지이듯이 두 사람 사이의 구원은 상호적이다. **유령 연습**은 태석의 게스투스이지만 그것을 **시간 이미지**로 감지한 선화의 교감(또 다른 유령 연습)에 의해 비로소 육체를 얻게 된다. 선화는 거울을 통해 자신의 심연을 응시하며 시간 이미지로 살고 있는 태석을 불러낸다.

태석이 감옥에서 나온 후 그는 잠재적으로 선화의 시간 이미지를 육체화할 수 있는 틈새가 되었다. 일상의 선화와 틈새의 태석의 교섭은 소유욕에 사로잡힌 남편에 대응하는 응시를 은유적으로 증폭시킨다. 태석은 소유욕에 사로잡힌 남편이 보지 못하는 곳에 침투한다. 타자의 자리는 강탈당한 것인 동시에 아무도 보지 못하게 비어 있었던 것이다. 그런 보이지 않는 빈틈이 살아 있는 이미지가 되려면 일상의 존재와 틈새의 존재 사이의 **사랑**이 부활해야만 한다.

이 영화에서는 그런 사랑과 교섭이 **은유적**으로 제시된다. 거울 속에서 나온 태석은 선화의 심연에서 그와의 교섭이 흘러넘친 은유적 이미지이다. 신자유주의에서는 그런 시간 이미지와 연관된 제3의 거울이 부활해야만 소유욕에 사로잡힌 사람들에 대한 대응이 가능해진다. 캐슬의 사람들이 나르시시즘적 거울을 보고 있다면 고독한 모더니스트들은 이상처럼 분열의 거울을 응시한다. 반면에 선화의 거울은 심연의 틈새와 뇌의 간격에서 동요하는 시간 이미지를 비추는 제3의 거울이다. 다시 남편의 집으로 돌아왔지만 이제 선화는 단순한 우울증적 신체가 아니다.[6] 제3의 거울이 빈곤한 우울증적 자아를 회생시켜주면서 심연에서 부활한 타자를 불러내기 때문이다.

태석이 시선 뒤의 타자로 부활한 이 영화에서는 기이한 세 사람의 동거가 암시된다. 그런 세 사람의 동거는 신자유주의에서 시선에 대응하는 응시가 살아남는 유일한 방법일 것이다. 선화는 처음으로 '사랑해요'라는

---

6 빈집 순례에서는 순례자 태석이 우울증적 신체인 선화를 구원해줬지만 지금은 유령 연습으로 부활한 틈새의 태석과 거울로부터 시간 이미지를 불러내는 (일상의) 선화의 교감은 상호적이다.

말을 하는데 이 복화술(複話術)은 세 사람의 관계에서 거울로부터 나온 태석에 대한 응시의 교감의 표현이다. 신자유주의적 캐슬의 시대는 자본의 외부로의 탈출이 불가능해진 세상이다. 그처럼 집밖으로의 탈출이 불가능할 때는 집안의 틈새로의 침투가 중요하다. 선화의 우울증적 신체는 이제 시선의 틈새에서 메아리치는 아득한 사랑을 갈망하는 신체가 되었다. 그런 틈새의 갈망은 시간 이미지가 동요하며 은유적으로 회생한 타자와 교섭할 때 살아 있는 육체를 얻게 된다.

선화와 태석의 육체는 선(禪)적인 은유에서처럼 없는 것인 동시에 있는 것이다. 그런 맥락에서 두 사람의 육체의 무게가 무(無)인 것은 그들이 은유적으로 체제의 중력에 저항함을 암시한다. 체제의 중력에 대한 저항은 두 사람을 넘어서서 우리에게까지 울림을 전파시킨다.

신자유주의는 고독한 운동가의 혁명이 종료된 세상이다. 이제 상실한 혁명가의 운동을 대신할 수 있는 것은 일상의 사람과 틈새의 존재와의 끝없는 교섭이다. 《빈집》에서처럼 일상의 선화와 틈새의 태석과의 사랑만이 잃어버린 혁명을 대신해 우리의 심연을 동요시킨다. 캐슬의 세상은 응시를 갈망하는 사람들을 우울증으로 만들거나 감옥에 가두는 앱젝트의 세상이기도 하다. 태석이 시선의 감옥에서 앱젝트로부터 회생할 수 있었던 것은 틈새에 스며드는 유령 연습을 통해서였다. 유령 연습은 소유욕에 사로잡힌 사람들의 시선을 따돌리며 반격을 기다리는 잠재적인 사랑의 갈망이다. 태석의 사랑의 반격은 거울을 통해 시간 이미지를 불러내는 선화의 또 다른 유령 연습에 의해 비로소 가능해진다. 태석의 유령 연습은 일상에 갇힌 선화를 구원해주고 선화의 교감의 도약(또 다른 유령 연습)은 버려진 태석을 구원해준다. 그런 선화와 태석의 구원의 반격은 보이지 않는 틈새에서의 **사랑**인 동시에 **은유적 시**이기도 하다. 그들의 사랑과 은유의 반격은 집주인과의 세 사람의 동거 속에서 평생 동안 계속되어야 한다. 혁명은 종료된 것이 아니라 유령 연습처럼 평생 동안 계속해야 할 숙제가 되었다. 이제 세상을 바꾸기 위해 구호와 조직 대신 평생의 연애와 시(은유)가 필요해진 시대가 되었다.

2. 윤리적 대통령과의 만남과 다수 체계성의 작동
　　— 김이환의 〈문근영 대통령〉

캐슬의 시대는 사람들을 상상적 환각에 중독시키는 '모르그 디오라마' 아카이빙의 시대이기도 하다. 우리 시대의 모르그 디오라마는 쾌락을 생산하는 동시에 트라우마를 생산한다. 캐슬의 상상적 환상을 떠받치고 있는 것은 트라우마에 시달리는 존재감을 상실한 사람들이다. 신자유주의의 캐슬은 전근대적 노예 대신 트라우마에 시달리며 사라지는 앱젝트를 필요로 한다. 앱젝트는 단순히 착취당하는 노예가 아니라 생명과 신체를 소모시키기 위해 필요한 존재이다. 모르그 디오라마의 시체가 계속 생산되어야만 캐슬의 스펙터클을 유지시키는 상상적 환각이 생산될 수 있는 것이다.

모르그 디오라마의 시대는 타자의 자리를 앱젝트가 대신하는 시대이다. 그런데 그런 시선의 독재의 시대에도 아무도 모르는 한 가지 시각적 비밀이 있다. 그것은 강탈된 타자의 자리가 아무것도 없는 것이 아니라 누구도 모르는 무(無)로 존재한다는 것이다. 그런 무의 빈틈은 우울증 환자나 앱젝트 자신만이 고통스럽게 감지할 수 있다.

오늘날은 타자가 추방된 동시에 무에 대한 감각을 상실한 시대이다. 그런데 기적처럼 무의 존재를 간파하는 순간이 있는데 그것은 **다수 체계성**[7]을 통한 선(禪)적인 사유를 통해서이다. 《빈집》은 그처럼 선적인 무의 사유를 통해 타자성의 회생을 시도하는 영화이다.

7　다수 체계성은 잠재적인 잔여물로 인해 상징계의 동일성에 동화되지 않는 다중적 존재의 특성이다.

무의 사유 이외에 타자의 빈자리를 간파하는 또 다른 방법은 복수 코드를 통한 상상력이다. 《빈집》은 아무것도 없는 것이 있는 것이며 타자가 자기 자신이기도 함을 보여준다. 신자유주의는 자본의 외부에 아무것도 없어진 시대이다. 그러나 아무것도 없는 것이 아니라 무(無)가 있으며 무는 시선이 보지 못하는 존재를 생성시킬 수 있다. 우리는 체제의 시선이 잘 보지 못하는 존재를 타자라고 부른다. 오늘날 타자가 사라진 것은 체제의 시선이 독재정치처럼 물신화되어 타자를 앱젝트로 배제하기 때문이다. 하지만 앱젝트로 배제된 태석이 무의 위치에서 유령 연습을 통해 타자로 회생하듯이 우리는 복수 코드를 통해 타자를 부활시킬 수 있다. 복수 코드란 합리적 코드에서 무(혹은 앱젝트)로 배제된 존재를 가상적으로 이미지화하는 방법을 말한다. 실재계적[8] 무의 위치에서 타자를 회생시키는 복수 코드적 환상은 우리 시대의 또 다른 유령 연습이다. 유령 연습에서 태석이 선화와의 사랑을 통해 육체적 존재로 부활하듯이 복수 코드적 환상에서도 희생자는 일상의 사람과의 교감을 통해 회생할 수 있다.

예컨대 모르그 디오라마의 시대는 포르노의 피사체가 시체 같은 앱젝트로 살아가야 하는 시대이다. 카메라에 의해 시체로 총살당한 여성 신체는 유령 연습 같은 복수 코드적 환상을 통해서만 회생할 수 있다. 그처럼 복수 코드적 환상을 통해 앱젝트를 구원하려면 일상의 사람과 희생자와의 교감이 필요하다.

김이환의 〈문근영 대통령〉[9]은 모르그 디오라마의 시대에 어떻게 앱젝트로 강등된 여성 신체를 구원할 수 있는지 보여준다. 이 소설에서 고등학생인 '나'는 미성년 포르노를 보며 잔혹한 구경거리가 된 소녀의 신체에서 충격을 받는다. 어른들은 이 동영상을 보며 마치 집단적 최면에 걸린 것처럼 벌거벗겨진 소녀의 시체 같은 고통을 느끼지 못할 것이었다.

---

8 실재계는 표상될 수 없는 영역으로서 상징계에 저항한다.

9 〈미소녀 대통령〉으로 발표되었지만 원 제목이 〈문근영 대통령〉이었기 때문에 원래대로 표기하기로 한다.

그러나 비슷한 또래인 '나'는 소녀가 카메라에 의해 폭력적으로 피격되어 공격을 받는 것으로 느껴졌다.

포르노그래피 속의 소녀를 보며 마치 온몸으로 전쟁을 하는 것 같다고 생각했다. 소녀를 착취하려는 어른들에 맞서 전쟁을 하는 것 같다고. 소녀는 포르노 배우가 되고 싶지 않았을 것이다. 하지만 세상이 그를 포르노에서 섹스를 하도록 만들었고 그는 몸으로 세상을 향해 저항하고 있었다.

내가 수학시간에 했던 생각도 그것이었다. 소녀는 세상과 전쟁을 하고 있는 것이 아닐까. 그것이 내가 했던 생각이었다. 그리고 이런 말이 들려왔다.

'나를 도와줘.'

나는 창밖으로 고개를 돌렸다가 괴물을 보았다.[10]

'내'가 포르노를 전쟁으로 느낀 것은 소녀가 피사체로서 총격을 받는 것처럼 느껴졌기 때문이다. 소녀는 몸으로 저항하지만 모르그 디오라마의 시대에 소녀를 도와줄 사람은 아무도 없다. 그때 '나'는 〈모르그 디오라마〉의 주인공처럼 어린 시절의 애니미즘적 상상력으로 되돌아간다. 창밖의 '괴물'은 노스트라다무스 종말론, UFO 납치설, 버뮤다 삼각지대와 비슷한 상상력이다. 〈모르그 디오라마〉의 주인공과 다른 점은 어린 시절의 덧없는 기억이 아니라 어른의 문턱에 들어선 지금 시점의 환상이라는 점이다. '나'는 애니미즘적 환상에 빠져드는 한편 성인의 냉정한 현실을 외면할 수 없다.

이처럼 애니미즘적 상상력과 합리적 현실이 병치된 상태의 복합적 심리가 바로 모더니즘의 낯선 두려움이다. 카프카의 〈변신〉, 이상의 〈지주회시〉, 최인호의 〈타인의 방〉은 모두 환상과 현실의 병존 상태에서의 낯선 두려움을 표현하고 있다. 〈문근영 대통령〉이 그런 모더니즘과 다른 점은

10 김이환, 〈문근영 대통령〉, 《한국 환상문학 단편선》, 황금가지, 2008, 25쪽.

환상과 현실이 경계 없이 병존하는 것이 아니라 평행우주를 통해 복수 코드적으로 제시되는 점이다.

모더니즘의 환상에서 낯선 두려움이 나타나는 것은 고독한 개인이 환상세계에 들어서기 때문이다. 반면에 〈문근영 대통령〉(포스트모더니즘)에서는 일상의 '나'와 희생자와의 잠재적 교감이 환상적 상상력의 추동력이 되고 있다. 물론 복수 코드적 환상에서도 일상에서는 희생자를 구원하기 어려우며 그 때문에 환상의 형식이 필요해진 것이다. 그러나 타자가 환상 속에서 거세되는 모더니즘과는 달리 여기서는 환상 속의 교섭을 통해 타자와의 교감을 증폭시킨다. 복수 코드적 환상은 《빈집》의 유령 연습처럼 일상의 사람과 앱젝트와의 교감을 증폭시키며 현실과 환상의 두 세계가 중첩되게 만든다.

〈문근영 대통령〉의 '나'는 일상 현실과 환상세계를 복수 코드의 공간으로 반복해서 경험한다. 일상 현실이 응시가 마비된 공간이라면 환상세계는 유령 연습에서처럼 응시가 회생한 장소이다. 전자가 모르그 디오라마의 집단최면에 걸린 공간인 반면 후자는 포르노 세계에서 벗어나 최면에 걸린 사람들과 싸우는 곳이다. 《빈집》은 '우리가 사는 곳이 현실인지 꿈인지 알 수 없다'라는 장자의 말로 끝난다. 그와 마찬가지로 우리는 모르그 디오라마에 중독된 곳과 그런 중독자들과 싸우는 곳 중 어느 쪽이 진짜인지 알 수 없다. 우리의 삶은 실재(계)와 연관해서 생각하면 합리적 현실을 넘어서서 복수 코드적으로 이해될 수 있는 것이다. 그 때문에 〈문근영 대통령〉(복수 코드적 환상)에서는 모더니즘의 낯선 두려움에서 벗어나 현실에서 환상으로 도약하며 희생자를 구원하려는 진행이 나타난다.

'나'는 환상세계에 들어서서 괴물을 만난다. 괴물이란 현실 세계에서 소녀의 포르노 동영상을 찍고 보는 어른들이다. 〈모르그 디오라마〉에서 '나'는 자신이 시체가 되었던 기억을 하기 전에 《나이트메어》의 한 대목인 '프레디가 온다'라는 노래를 듣는다. 괴물이란 소녀를 잡아가는 프레디이다. 그런데 프레디는 현실 세계에서 캐슬의 권력을 지니고 있는 멀쩡한 어른들이기도 하다. 《빈집》에서처럼 우리는 '괴물'과 '어른' 중에서 어느 쪽이 진짜인지 알 수 없다.

어른들의 세계가 오히려 환각과도 같지만 우리는 가짜인 그들과 직접 싸우기가 어렵다. 캐슬의 시대는 모르그 디오라마가 영속되게 만들기 때문에 현실에서는 어른들에게 저항하기가 매우 힘든 것이다. 저항이 어려울 뿐 아니라 모두가 최면에 걸려 있기 때문에 캐슬 안의 사람들을 괴물로도 보지 않는다. 오히려 스펙터클의 포로로서 피사체가 된 여성들이 앱젝트로 배제되어 보이지 않을 뿐이다. 이처럼 보이는 영역이 집단 최면에 걸린 곳에서는 보이지 않는 영역으로 도약하며 저항이 시작될 수밖에 없다. 희생자가 앱젝트로 버려진 보이지 않는 곳은 부재가 아니라 무(無)라는 실재계일 것이다. 무의 영역에서 유령 연습 같은 저항이 시작되는 것은 복수 코드적 환상에서 괴물과의 싸움이 시작되는 것과 아주 똑같다.

유령 연습이나 복수 코드적 환상은 일종의 은유이다. 복수 코드적 환상이 은유라는 것은 단순한 허구가 아니라 무의 영역인 실재계와 교섭하는 반격의 이미지라는 뜻이다. 유령 연습이 선적인 사유이고 복수 코드적 환상이 애니미즘과 연관이 있지만 둘은 비슷하게 타자가 무로 추방된 사회의 반격의 근거이다. 일상에서 어려운 반격의 회생을 위해서는 보이지 않는 무를 보이게 만들어야 하는데 그 방법이 바로 은유인 것이다. 우리 시대는 저항을 부활시키기 위해 무(실재계)를 유(상징계)에 연결시키는 **은유**가 필요한 시대이다.

은유는 무로 버려진 존재((앱젝트)와의 잠재적 교섭(그리고 **사랑**)을 증폭시키는 역할을 한다. 타자성을 상실한 세계에서도 《빈집》의 선화와 태석이나 〈문근영 대통령〉의 '나'와 소녀 같은 교섭이 잔존한다. 그런데 두 경우에서 희생자와의 교감은 환각(모르그 디오라마)에 중독된 어른들로 인해 직접 일상에서 표현되기가 어렵다. 추방된 타자를 구원하고 타자성의 윤리를 회생시키기 위해 타자의 무의 영역을 이미지화하는 은유가 필요한 것은 그 때문이다. 은유는 모르그 디오라마의 시대에 무로 돌아간 타자(그리고 윤리)를 이미지화해 교감을 증폭시키는 무기이다.

〈문근영 대통령〉에서 은유를 통해 환상세계에 진입하는 진행은 희생자와의 교감이 증폭되는 과정이기도 하다. '나'는 소녀들을 착취하는 괴물과 싸우다가 은유와 환상의 공간으로 가게 된다. 환상의 공간은 마치 영화처럼 점점 생생하게 이미지화된다. 환상세계의 또 다른 서울의 청와대에는 문근영 대통령이 있었다. 문근영은 미성년 포르노의 희생자들이 무의 영역에서 유령 연습을 통해 부활한 소녀들의 대표이다. '나'의 은유와 환상을 통한 교감의 증폭의 정점은 문근영 대통령을 만난 순간일 것이다. 타자와의 교감이 윤리라면 '내'가 만난 문근영 대통령은 윤리적 대통령이다. '내'가 환상세계에서 문근영 대통령을 만나는 것은 희생자와의 교감을 증폭시켜 무로 추방된 윤리와 재회하는 것과도 같다.

한쪽에 법의 대통령이 있다면 다른 쪽에는 윤리적 대통령이 있다. 우리 시대는 법의 세계에서의 저항이 매우 어려워진 시대이다. 법적 질서는 법을 정지시키며 캐슬의 환각을 만드는 동시에 타자를 앱젝트로 배제하기 때문이다. 현실에서 그런 법을 넘어선 실재계적 윤리가 눈앞에 나타나게 하는 것이 바로 혁명이다. 그러나 우리 시대는 타자가 추방되었기 때문에 직접 혁명을 시도하기 힘들어진 시대이다. 이런 시대에는 은유를 통해 보이지 않는 영역에서의 윤리를 작동시켜야 한다. 우리가 환상을 통해서라도 문근영 대통령을 만나야 하는 이유는 바로 그 때문이다. 복수 코드적 환상이 작동될수록 무의 윤리가 회생하면서 우리는 자아가 능동적이 된다.

하지만 문근영 대통령의 세계가 대안적인 공간은 아니다. 그곳은 무의 영역을 유령 연습을 통해 이미지화시킨 은유의 공간이기 때문이다. 은유에 의해 자아의 능동성이 고조된 우리들은 다시 현실로 돌아와야 한다.

그런데 환상세계에서는 문근영과 롤리타[11]가 힘이 세지만 현실은 그와 정반대이다. 일상 세계는 능동적이 된 우리의 자아를 다시 위축시킨다. 그 때문에 은유적 저항과 일상에서의 실행의 과정은 **끝없이** 계속되어야 한다.

한쪽 세상에는 노예처럼 착취되는 아동이 1000만 명이 넘고, 인터넷에는 패도파일(소아 성애) 포르노그래퍼들이 넘쳐나고, 한 해에 전 세계적으로 120만 명의 아동이 인신매매된다고 한다. 다른 한쪽에서는 소녀가 세상을 지배하고 있다. 그곳의 아이들은 미친 하늘 밑에서 점점 부서져 가는 서울을 지키려 노력하고 있다. 어떤 어린 아이들도 어른에게 착취당하지 않으며, 소녀들은 세상을 지키기 위해 목숨을 걸고 싸운다. 그곳의 대통령은 문근영이다.
나는 어느 쪽을 선택해야 하는가? 내가 결정해야 하는 것은 그것이다. 어느쪽이 더 행복한 세상일까?
'철수 씨, 나를 위해서 싸워 주시겠어요?'
문근영 대통령의 목소리가 머릿속에서 메아리쳤다. "철수 씨가 없으면 괴물을 이길 수 없어요. 돌아와 주실 거죠?"[12]

문근영이 대통령임에도 불구하고 '나'에게 도움을 요청한 것은 싸움을 위해서는 일상의 사람과 환상세계와의 교섭이 필요하기 때문이다. 만일 '나'와의 교섭이 없이 문근영만의 전쟁이 진행된다면 문근영은 대통령이 되지못할뿐더러 모더니즘의 싸움에서처럼 거세공포(낯선 두려움)로 회귀할 것이다. 즉 〈변신〉, 〈타인의 방〉, 〈난장이가 쏘아올린 작은 공〉에서처럼 물건이나 죽음으로 귀결될 따름이다. 그와 달리 우리 시대는 현실과 환상, 법적 세계와 문근영 대통령(윤리)을 오가는 끝없는 전쟁이 필요한 세상

---

11 롤리타는 소녀들의 환상 공간에 강림한 신이다.
12 김이환, 〈문근영 대통령〉, 위의 책, 28쪽.

이다.

그런 이쪽과 저쪽 사이에서 평행우주를 작동시키는 것은 은유를 통해 무를 이미지화하는 유령 연습이다. 평행우주는 은유를 현실처럼 의미화하는 유령 연습과도 같다. 만일 그런 은유가 작동되지 않는다면 우리는 폭력에 의해 시체 같은 희생자가 생겨도 평행우주로 갈 수 없다. 예컨대 용산참사에서처럼 희생자가 무로 냉동고에 방치되면 유령 연습도 평행우주도 없는 이상한 고요함이 계속된다. 반면에 세월호 사건에서는 은유를 통해 희생된 학생들의 평행우주로 갈 수 있었기에 촛불을 드는 전쟁을 할 수 있었다.

은유가 작동되는 순간은 우리의 심연에서 순수기억의 소우주가 운행되는 시간이기도 하다. 순수기억의 소우주는 타자성이 부활한 행성들의 세계이다. 그처럼 은유를 통해 무를 타자의 행성들로 회생시키는 평행우주는 문근영 대통령의 세계만은 아닐 것이다. 지구에서는 법 위의 규범은 없기 때문에 대통령은 한 국가에 한 사람밖에 없다. 그러나 폭력에 의한 희생자는 복합적 사회 여러 곳의 도처에 존재한다. 그 때문에 순수기억의 소우주에는 노동자, 학생, 여성, 실직자 등의 수많은 평행우주들이 있을 것이다. 우리는 은유와 유령 연습을 통해 문근영 대통령뿐 아니라 김용균 대통령, 실직자 대통령, 장애인 대통령, 이주 노동자 대통령을 만나야 한다.

이처럼 평행우주는 복수적이지만 그곳의 사람들이 싸우는 괴물은 모두 지구에 있다. 수많은 평행우주에서 전쟁을 벌일 때 지구는 동요하는데, 그런 싸움이 회귀하는 지구의 공간이 바로 광장이다. 광장은 윤리적 우주들이 교차되는 복수적인 다수 체계성의 공간이다. 그곳에서 무로부터 회생한 윤리는 다중적이다. 광장에서 다중들이 서로 다르면서도 손을 잡을 수 있는 것은 평행우주라는 다수 체계적 윤리 때문이다. 다중적인 윤리적 행성들은 실재계의 주위를 돌면서 타자를 추방했던 괴물들과 싸움을 시작한다.

그렇기에 복수 코드적 환상에서의 은유적 전쟁은 광장에서의 촛불집회와 아주 똑같다. 촛불집회는 은유와 사랑을 무기로 한 전쟁이다. 일상에서는 윤리가 무시되지만 은유와 사랑을 통해 윤리적 무의식이 증폭되면 우리는 평행우주로 이동해 윤리적 대통령을 만날 수 있다. 그처럼 윤리적 대통령을 만나는 순간이 바로 광장에서 촛불을 드는 순간이다. 우리는 광장에서 은유적 평행우주의 복수적 대통령들과 손잡고 괴물과 싸운다. 그러나 광장에서의 괴물과의 싸움에서 일상의 현실로 돌아오면 다시 윤리를 무로 되돌리는 신자유주의의 압박을 받는다. 그에 대응하는 일상에서의 실행은 광장에서 얻은 동력에 의해 (촛불 시즌 2로) 진행되지만 결코 한 번의 수행으로 완결되지 않는다. 그렇기에 일상에서의 실행과 광장에서의 싸움은 지구와 평행우주에서처럼 끝없이 계속되어야 한다.

은유적 평행우주의 싸움이 어려운 것은 지구가 캐슬의 세상이 되었기 때문이다. 캐슬의 세상은 은유로서의 천동설이다. 캐슬이 천동설로 고착화된 도시라면 윤리는 평행우주이면서 노자가 말한 물이기도 하다. 그렇다면 평행우주의 싸움이 계속될수록 타자의 윤리가 회생하며 캐슬을 물 위의 도시로 만들 것이다. 물위의 도시는 이제 은유로서의 지동설로 이행되어 간다. 평행우주는 무(無)를 중심으로 한 수많은 행성들의 운행으로 전이되고 새로운 세상에서는 다수 체계적 윤리가 작동되며 은유로서의 코페르니쿠스적 전회가 시작된다.

3. 기쁜 종말론과 캐슬의 몰락
― 백민석의 《해피 아포칼립스!》

오늘날의 미래소설들이 공간적 상상력에 의존하는 것은 시간적 미래가 상실되었기 때문이다. 미래소설은 대부분 종말론적 구조 요청에 대한 응답이다. 〈문근영 대통령〉에서는 '나를 도와줘'라는 문근영의 말[13]이 수없이 반복된다. '제발 도와줘'라는 구조 요청을 듣는 순간은 은유를 통해 평행우주로 가는 순간이기도 하다. 반면에 그런 구조 요청이 잘 들리지 않으며 '나를 도와줘'가 '이상한 고요함'에 묻히는 것이 종말론적 세상이다. 미래소설의 상상력은 그런 들리지 않는 구조 요청을 얼핏 듣는 것에서 시작된다. 하지만 미래의 모습을 상상하면서도 실제로 진정한 미래의 시간으로 가는 것은 쉽지 않다. 미래의 시간은 타자에게서 시작되지만 신자유주의가 진행될수록 진화한 캐슬이 타자를 절망적으로 추방할 것이기 때문이다.

그 때문에 미래소설들은 대부분 캐슬을 둘러싼 세계와 추방된 타자의 비극을 그린다. 캐슬의 세상은 타자가 앱젝트로 배제된 세상이기도 하다. 《싱커》에서는 지하도시 시안의 상류층과 난민촌의 세계가 분리되어 있다. 또한 《해피 아포칼립스!》에는 타운하우스의 부유층과 바깥의 앱젝트의 세상이 나눠져 있다. 마찬가지로 《사하맨션》에서는 타운과 사하맨션이 공간적으로 분리되어 있다. 이처럼 미래소설들은 경제적 불평등성이 공간적 불평등성과 시각적 불평등성으로 전이된 캐슬의 현실을 보여준다.

경제적 불평등성이 시각적 불평등성으로 전이되면 불공정한 세상은 영원히 계속된다. 시각적(감성적) 차별 속에서 타자가 앱젝트로 추방되며 불평등성이 영속화된 것이 바로 종말론적 세상이다. 테크놀로지가 아무리 발전해도 유토피아는 오지 않으며 불평등이 해결되지 않으면 오히려 디스토피아가 도래할 뿐이다. 미래소설은 오늘날 조짐이 보이기 시작한 그런 종말론적 세상을 그리면서 구원을 모색한다. 그 때문에 미래소설은 지금 현재의 세상에 응답하려는 소설이기도 하다.

《해피 아포칼립스!》와 《사하맨션》은 계급적 차별이 시각적·감성적 차

---

13 이 구조요청은 희생된 소녀와 롤리타의 목소리이기도 하다.

별로 전이되어 타자가 무력화된 종말론적 세상을 그리고 있다. 이 소설들은 양극화가 극단화되어 하층민이 인간 이하로 강등된 세상을 그린 점에서 《기생충》과 비슷하다. 《기생충》에서 기택 가족과 근세네가 기생충으로 생존하듯이 《해피 아포칼립스!》에서는 하층민이 늑대인간족, 좀비족, 뱀파이어족으로 살아간다. 또한 《사하맨션》에서는 주민권도 체류권도 없는 사람들이 마치 폐품처럼 생존하고 있다. 이처럼 《해피 아포칼립스!》와 《사하맨션》은 《기생충》에서의 비유가 현실화된 무서운 디스토피아를 그리고 있다. 그와 함께 구원의 소망을 암시하려 하는데 이는 오늘날의 세계에서 제기된 문제에 대한 응답을 주려는 시도이기도 하다.

그러나 구원의 소망은 쉽게 현실화되지 않으며 그것은 추방된 타자의 회생이 어렵기 때문이다. 《사하맨션》에 비해 《해피 아포칼립스!》가 더 암담한 것 역시 앱젝트가 된 타자가 회생할 가능성이 없기 때문이다. 《해피 아포칼립스!》에서 늑대족, 좀비족, 뱀파이어족은 다시 인간으로 되돌아올 수 없다. 이 소설의 결말이 종말론적인 것은 그처럼 인간적인 감성을 잃은 앱젝트가 인격성을 회복할 수 없기 때문이다. 반면에 《사하맨션》에는 '사하'와 소외된 주민과의 사랑이 있으며 그런 사랑의 기억에 근거한 반격이 암시된다.

《해피 아포칼립스!》는 가난이 불치병인 동시에 전염병이 된 세상을 그리고 있다.[14] 이 소설은 지금 시작된 무역 전쟁이 자본 전쟁으로 비화되면서 낙오된 사람들이 앱젝트로 생존하는 모습을 보여준다. 자본 전쟁은 총성이 들리지 않아 전쟁이라고도 생각되지 않았지만 재래식 전쟁 이상으로 끔찍했다. 사람들은 누구나 말단 병사로 참전한 상태였으며 자신도 모르게 경제적 사망에 이르렀다. 그리고 어떻게든 살아남은 사람들은 생존을 위해 돌연변이를 일으켜 늑대인간이나 좀비족, 뱀파이어족이 되었다.[15]

---

14 백민석, 《해피 아포칼립스!》, 아르테, 2019, 126쪽.

15 백민석, 위의 책, 125~126쪽.

그런 중에도 자본 전쟁을 미리 대비한 사람들은 살아남아 타운하우스에서 화려한 생활을 누리고 있었다. 전국에 몇 곳이 있는 '만 가족 타운하우스'는 한국을 먹여 살리는 엘리트 '만 가족'이 모여 사는 공간이다. 이처럼 상위 1퍼센트 이하가 캐슬화된 세상은 하층민이 인격성을 상실한 앱젝트로 살아가는 사회이기도 한 것이다.

이 소설의 주인공 최는 타운하우스 밖에 사는 가난한 사람이지만 늑대인간이나 좀비족은 아니다. 그는 중학 동창생인 은이나 난민 구호단체에서 만난 민 같은 타운의 주민과 연애 감정을 교류하고 있다. 또한 가난한 자신을 싫어하는 타운 밖의 혜주와도 내연의 관계를 유지하고 있다.

이마의 '부유한' 빛을 뿜내는 은은 중학 시절 자살시도 학생을 동정하며 학생주임에게 대든 적이 있었다. 최는 그때의 은의 이마의 예쁜 빛을 사랑했으며 그녀와 결혼하고 싶다는 생각도 했다. 그러나 은은 타운하우스에 입주할 즈음 학생 때의 그 예쁜 감정을 잃어버린다. 놀랍게도 은은 타운하우스에서 남편과 함께 전망대에서 자살 쇼를 즐기는 습관을 갖게 된다. 한국사회의 만성질환인 자살은 이제 부유층이 전망대에서 망원경으로 구경하는 스펙터클이 되었다. 최와 같은 교복을 입었던 중학교 때와는 달리 시각적으로 눈부신 캐슬에 입주하는 지금은 감성 자체가 충격적으로 달라진 것이다.

이처럼 시각적 불평등성이 물신화되면 한쪽의 죽음이 다른 쪽의 시각적 쾌락이 된다. 또한 한쪽의 결핍이 다른 쪽의 독점적 행복이 된다. 시각적 차별은 존재론적 차별이며 존재 자체가 불평등하게 고착된 시대에는 감성 자체가 불평등성을 행복으로 긍정한다. 은의 입주 축하 파티에서 은의 남편은 건배를 하며 "더 건강한 부를 위하여!"라고 외친다. 그는 기회는 공정하지 않았고 우리는 승자가 되었다고 말하며 미소를 짓는다.

"기회가 누구한테나 충분히 주어졌다고 생각하지는 않아요." 은의 남편이

건배를 하고는 말했다. "기회는 늘 우리가 더 많이 갖곤 했죠. 그걸 부정할 분이 이 자리에 있으리라고는 생각하지 않아요. 경쟁은 공정하지 않았고 세상은 대체로 우리 편이었죠."

은의 남편이 말을 끊고 미소를 짓자 박수 소리가 났다.

"우리는 세상의 승자가 됐어요. 그래요, 우리는 승자고 바로 그래서 돌연변이가 되지 않고 부모님이 물려주신 그대로의 인간다움을 지킬 수 있게 됐어요."

누군가가 장난스럽게 아멘! 하고 외쳤다.

"패배한 사람들이요? 패배한 사람은 여기 없는 사람이죠. 만 가족 타운하우스에 살지 않는 사람들이에요." 은의 남편이 말하자 거실 가운데 폭풍이 이는 것처럼 환호성이 울려 퍼졌다.[16]

은의 남편의 말은 승자가 되었기 때문에 인간다움을 지킬 수 있었다는 논리였다. 이는 《기생충》에서의 '부자니까 착하다'는 말의 확장된 주장이라고 할 수 있다. 부자가 되기 위해 공정하게 노력하는 것이 중요한 것이 아니라 어떻게든 부자가 되어야 인간적 품위가 있는 삶을 살 수 있다는 것이다. 은의 남편은 자신의 가족이 주는 월급으로 5천 가족 이상이 생존할 수 있기 때문에 자부심을 느낀다는 듯이 말했다.

그러나 기회의 불평등성을 옹호하는 남편의 말은 체제의 균열을 은폐하는 상상계적 논리일 뿐이다. 그가 말하는 패자(루저)는 앱젝트(늑대인간, 좀비, 뱀파이어)가 되었기 때문에 전염되는 질병처럼 퇴치해야할 존재일지도 모른다. 그러나 그들도 한 때는 자본 전쟁에서 말단의 군인이었고 경제적 사망으로 인해 앱젝트가 되었을 뿐이다. 이처럼 체제의 구성 요소이면서 체제가 승인할 수 없는 버려진 존재가 바로 증상이다. **증상**은 존재 자체로서 체제의 비일관성과 균열을 알리기 때문에 지배권력은 증상을 보이지 않게 유기하거나 매장한다.

---

16 백민석, 위의 책, 103~104쪽.

지배권력이 증상의 매장에 실패했을 때 증상은 체제의 균열을 알리면서 되돌아온다. 《기생충》의 경우 증상으로서의 기생충이 착한 부자에 의해 잘 매장되는 동안에는 박 사장의 집이 안정성을 유지했다. 그런데 박 사장이 기생충의 냄새를 혐오하며 선을 넘는 순간 체제의 균열이 암시되며 기택의 공격에 의해 파국을 맞게 된다. 마찬가지로 《해피 아포칼립스!》에서도 은의 남편이 기회의 불평등성을 옹호하며 자만해진 순간 증상의 귀환으로서 앱젝트의 반격이 시작된다. 늑대인간과 좀비들이 증오의 눈빛을 빛내며 타운하우스의 축대를 타고 올라오기 시작한 것이다.

그러나 늑대인간과 좀비의 반격은 공격적이지만 실상은 수동적인 증상의 귀환일 뿐이다. 증오로 가득 찬 그들은 자신들에 대한 혐오를 대칭적으로 반사할 뿐 새로운 희망을 생성하지 못한다. 그들의 공격적인 증오는 체제에 대한 반격이면서도 그 반작용적 정동은 부유층의 혐오를 거울처럼 비추고 있다. 늑대인간의 공격은 타운하우스의 균열을 알리면서도 체제를 넘어서는 능동성의 결여로 인해 종말론적 파국을 극복하지 못한다. 그와 달리 사랑과 분노 같은 능동적 (잉여의) 정동이 생성될 때 쾌락과 혐오에 의해 유지되는 타운하우스의 상상적 체제를 넘어설 수 있을 것이다.

이 소설에서 가장 사랑을 중시하는 사람은 타운하우스 밖에서 가난하게 살아가는 '최'이다. 최는 마지막 순간에 혜주와 함께 도망치면서 사랑에 희망을 건다. 그러나 여러 여자들을 전전하는 최와 가난을 혐오하는 혜주의 사랑은 불분명하다. 최의 사랑은 평생의 가난으로 빈약해진 그의 자아를 회생시킬 만큼 순수하지도 강렬하지도 않다. 그 때문에 그의 사랑은 혜주를 감동시키지 못할 뿐 아니라 우리에게도 강력한 전염력이 없다.

최는 타운하우스 사람들의 사진을 찍어주는 파티 스냅퍼(snapper)였다. 그는 타운하우스가 안정되게 운용되고 있다는 인증샷을 찍어주는 테크놀로지적 하수인이었던 셈이다. 그러나 그는 타운하우스 사람의 사진을 몰래 찍은 것이 발각되어 경찰의 총격을 받는다. 그의 죽음은 간신히 기대를 걸었던 빈약한 사랑의 죽음이기도 하다. 최는 체제의 테크놀로지를 역류시켜 기후 난민의 사진과 함께 몰래 카메라도 찍었지만 응시의 교섭에도 사랑에도 성공하지 못한 셈이다. 다만 그는 죽기 직전에 최초로 캐슬 인증샷을 거부한다. 인증샷을 거부한 순간 최는 이미 상징적인 죽음을 맞은 셈이었으며 죽음 후의 그의 후일담은 타자성을 갈망하는 《빈집》에서의 새로운 인증샷의 갈망을 떠올리게 한다.

4. 슬픈 나비혁명과 사랑의 반격
― 조남주의 《사하맨션》

《해피 아포칼립스!》와 달리 사랑의 회생을 통해 종말론적 세상에서 구원을 암시하는 소설이 《사하맨션》이다. 《사하맨션》 역시 자본에 의해 지배되는 세계에서 승자와 패자가 불평등하게 공존하는 상황을 그리고 있다. 세계적인 핵심 테크놀로지와 특허, 연구소를 지닌 타운은 한 기업에 의해 어촌에 세워진 도시국가이다. 그런 도시국가에는 주민권과 체류권도 갖지 못한 채 직업이 없거나 생명을 소모시키는 일을 하는 사하라는 사람들이 있다. 사하들은 타운과 분리된 사하맨션에서 난민처럼 살고 있다. 그리고 그런 타운 주민과 사하의 중간에 체류권만 갖고 2년 동안 타운에 살 수 있는 L2가 있다.

《사하맨션》은 계급적 불평등성이 존재론적 차별로 전이된 세계를 그리는 점에서 《기생충》이나 《해피 아포칼립스!》와 비슷하다. 《사하맨션》의 사하들은 《기생충》의 기생충인 동시에 《해피 아포칼립스!》의 앱젝트이기도 하다. 인간 폐품으로 살아가는 사하들은 타운에 기생할 뿐 주민이 될 생각은 아예 꿈도 꾸지 못한다. 법이 정지되는 상황에서 수없이 희생되는 그들은 아감벤이 말한 벌거벗은 생명과도 같다. 그러나 그들은 단순한 벌거벗은 생명이기보다는 라캉이 말한 증상에 더 가깝다. **증상**으로서의 사하가 벌거벗은 생명과 다른 점은 체제에 의해 매장되는 동시에 응시의 갈망으로 되돌아온다는 점이다.

증상은 체제가 낳은 하위적 구성물이면서 체제에 의해 승인되지 않은 잉여를 지닌 존재이다. 증상으로서 사하맨션은 자본에 의해서만 작동되는 세계에서 패배한 루저들이 모여드는 곳이다. 신자유주의 같은 '순수한' 자본의 체제가 계속되는 한 사하 같은 루저들은 계속 생겨날 수밖에 없다. 지배체제는 그런 루저들을 보이지 않는 존재로 유기하거나 매장한다. 사하에 관심을 갖는 사람들은 아무도 없으며 그들은 벌거벗은 생명처럼 조용히 죽어간다. 그러나 그들은 자본의 도시 타운에 결여된 잉여적인 잔여물을 지님으로써 완전히 매장되지 않고 되돌아온다. 그처럼 잉여적인 응시의 갈망으로 회귀하는 과정을 그린 점에서 《사하맨션》은 《기생충》이나 《해피 아포칼립스!》와 구분된다.

물론 자본이 물신화된 시대에 사하의 귀환은 쉽지 않다. 당연히 사하가 귀환하는 방식은 과거의 자본주의에서 프롤레타리아가 회귀하는 방법과는 상이하다. 1970~80년대에서 보듯이 프롤레타리아는 경제투쟁에서 정치투쟁으로 도약하면서 되돌아왔다. 그러나 신자유주의에서는 정치투쟁은 물론 경제투쟁도 지난한 일이 되었다. 오늘날 노조의 경제투쟁은 결코 추방된 타자의 끊어진 사다리를 회복시켜주지 않는다. 경제적 불평등성이 시각적 불평등성으로 전이되어 차별의 희생자가 회생 불가능한 존재로 강등되었기 때문이다. 이런 상황에서는 **존재론적 회생**을 통해 자아를 고양시켜야만 다시 저항을 부활시킬 수 있다. 자아를 일으켜 세우는 것은 사랑이라는 능동적 정동의 회생이며 그것이야말로 체제를 넘어서는 잉여적 요소이다.

그러나 어떻게 사랑의 회생이 가능한가. 자본에 의해서만 작동되는 세계는 화폐물신과 도구적 이성에 지배되는 사회이다. 사하는 그런 고착화된 동일성 세계의 패배자이며 그들은 스스로 심연의 샘물을 퍼 올릴 수 없는 사람들이다. 다만 그들은 아직 자본의 물신화의 외부이기 때문에 아무도 모르는 깊은 곳에 샘물(잉여적 요소)이 남아 있다. 타운 사람들이 볼수 없는 것은 바로 그 심연의 샘물이거니와 신비롭게 살아남은 그것은 바로 사랑과 분노이다.

《사하맨션》에 그려진 사랑은《기생충》에 암시된 교신의 열망의 증폭된 표현이다. 타운과 맨션은 캐슬과 지하 벙커처럼 양극화가 극단화된 세계의 축약도이다. 타운은 오늘날의 캐슬을 시각적으로 증폭시키는 동시에 선명하게 축약해 보여준다. 마찬가지로 사하맨션은 지금의 기생충 같은 삶을 명료한 공간적 축약도로 제시한다. 사하맨션은《기생충》에서 외롭게 지하 벙커에 살고 있는 기생충의 집단적 표현이다.

《기생충》에서 근세와 기택은 더 이상 바깥세상에서 살 수 없기 때문에 캐슬에 기생할 수밖에 없다. 존재감이 없어진 그들은 다송의 눈에 비쳐진 것처럼 귀신이거나 앱젝트이다. 그러나 그들은 마치 유령 연습이라도 한 듯이 캐슬 사람들은 보지 못하는 것을 본다. 캐슬 사람들은 성채의 안쪽 밖에 모르며 유령이 보내는 교신의 신호를 알지 못한다. 그와 달리 근세와 기택은 기생충이 된 대가로 안팎을 가로지르는 교신을 통해 소통의 갈망을 표현한다. 그처럼 증상으로서의 기생충은 숙주에 신세를 지는 동시에 숙주를 넘어서는 감성을 발명해낸다. 다만《기생충》에서는 고독한 고립 때문에 기택과 근세의 유대가 표현되지는 않는다. 반면에《사하맨션》에서의 기생충의 집단적 거주는 숙주가 갖지 못한 잉여적인 것을 표현해준다.《사하맨션》의 도경은《기생충》의 기택처럼 살인을 한 후 바깥세상에서 살 수 없기 때문에 사하맨션에 숨어든다. 또한 기택이 기우와 교신을 하듯이 도경은 타운의 수와 감정적인 교감을 한다. 그런데 기택과 기우의 교신이 캐슬을 넘어서는 감성을 생성하지 못하는 반면 수와 도경은 타운의 주민은 이해하지 못하는 **사랑**을 나눈다.

수는 성장 과정에서부터 타인의 고통을 이해하는 능력이 있는 여자였다. 중학교 때 같은 반에 액취가 나는 여자애가 있었는데 그 애가 코피를 쏟아 옷을 갈아입어야 할 상황에 처하게 되었다. 아무도 냄새 때문에 옷을 빌려주지 않았지만 수는 체육복을 꺼내어 입게 해 주었다. 소아과 의사가 된 수가 사하맨션 아이들을 치료해주는 것도 그때의 일과 다름없었다. 타운 주민은《기생충》에서처럼 냄새라도 나는 듯 맨션을 가까이하지 않지만 수는 그곳의 구조 요청을 외면하지 않았다. 도경을 알게 된 것 역시 알몸으로 죽어가는 그를 치료해준 이후였다. 수는 도경을 시체 같은 벌거벗은 생명으로 본 것이 아니라 구조 요청을 하는 타자로 본 것이다.

수의 공감력은 타자가 **가까이 다가올 때** 발휘되는 능력이었다.《기생충》에서 박 사장은 앱젝트가 된 타자가 가까이 다가올 때 냄새를 느끼며 혐오감을 표현한다. 그런데 수는 그와 정반대되는 행동을 나타냈다. 냄새 나는 여자애나 알몸의 도경은 수에게 가까이 접근한 앱젝트였다. 그 때의 수의 공감력은 시선으로 앱젝트를 본 것이 아니라 곁에 다가왔을 때만 느껴지는 심장소리 같은 응시를 감지한 것이다.

수가 도경의 그림을 좋아한 것도 마찬가지의 이유에서였다. 라캉은 그림이 단순한 재현이 아니라 시선과 응시의 교차 속에서 나타난다고 말했다. 수가 도경의 그림을 좋아한 것은 그림에는 가까이 다가갔을 때만 감지되는 타자의 응시가 나타나기 때문이었다. 물론 신자유주의 사회는 응시가 잘 보이지 않는 세상이다. 수가 도경의 그림을 좋아한 것은 그림이란 보이지 않는 응시를 보여주는 **은유**이기 때문이었다. 수는 특별히 사랑이 풍부한 여자라기보다는 가까이 접근했을 때의 응시를 느끼는 동시에 응시가 스며있는 은유를 이해하는 여자였다. 응시가 스며있는 은유와 그림은 멀어진 타자도 가까워지게 만든다.《기생충》에서 기우는 캐슬(박 사장의 집)을 살 생각을 하지만 수는 도경의 사하맨션에 가까이 다가가며 타운에는 없는 감성을 생성해가고 있었다.

수와 도경의 사랑은 타운에서뿐 아니라 사하맨션에서도 보기 드문 경우였다. 사하맨션 사람들은 불행한 일이 일어나도 잘 동요하지 않는 '이상한 고요함'의 삶을 살아간다. 예컨대 316호 여자가 죽거나 201호의 이아가 실종되었을 때도 잠시 시끄럽다가 이내 조용해졌다. 사하맨션 사람들은 오히려 비밀을 두려워하며 이아 엄마조차도 아무 말도 하지 않았다.

그런데 낯선 정적에 묻힌 이아의 사건에서도 타자성의 틈새가 생겨나는 일이 일어났다. 이아 엄마와 진경과의 관계에서 생겨난 타자성의 틈새는 수의 사건처럼 사하맨션의 출구를 암시한다. 이아 엄마는 이아가 사라진 후 시청 안내 데스크에서 일하게 되었으며 옷차림도 전과 달라졌다. 관리인 영감은 이아 엄마를 빗대어 부모가 자식을 팔아먹었다고 하며 입을 닫았다. 그러던 어느 날 이아 엄마는 진경(도경의 누나)에게 자식을 팔아먹은 게 아니라 단지 위로를 받았을 뿐이라고 고백했다. 그녀는 앞으로 위로나 격려를 받을 일이 있으면 받지 말라고 천천히 말했다. 이아 엄마는 **위로**와 **공포**가 권력의 비밀을 '이상한 고요함' 속에 숨기는 무기임을 고백한 것이다.

그때 진경은 이아가 자신을 따라 자주 불렀던 성가가 떠올랐다. 그 성가는 아버지와 어머니의 장례식 때 어머니와 도경이 불렀던 노래였다. 진경이 이아의 노랫소리가 들린다고 말하자 이아 엄마도 목소리가 들린다고 했다. 진경의 어머니와 도경의 노래이기도 한 이아의 노래는 이아 엄마와 진경을 연결하는 끈이 되었다. 이아는 보이지 않게 되었지만 노래의 은유로 들려오며 이상한 고요함을 가로지르고 있었다. 기억으로 자아를 관통하는 노래는 사랑을 상실한 세계에서 빈약한 자아를 회생시키는 은유로 작용했다. 이아는 없지만 노래로 존재하며 가까이 다가오고 있었다. 수를 사로잡은 도경의 그림이 여기서는 노래였던 것이다. 그림이 타자가 가까이 다가오는 느낌을 주듯이 노래는 기억을 증폭시키며 사라진 이아가 곁에 있는 듯이 느껴지게 해주었다. 이처럼 권력이 만든 '이상한 고요함'을 관통하는 무기는 두 사람의 순수기억을 고양시키며 사라진 타자를 데려다 주는 **은유**였다.[17]

　은유와 사랑이 조용한 일상을 동요시킨 것은 사하들의 유일한 저항 나비혁명 때도 마찬가지였다. 타운 독립 초기에 주민이 되지 못한 사람들이 본국으로 귀항하던 중 돌연 배가 사라지는 일이 일어났다. 실종 사건 초기에는 본국 언론의 보도가 몇 번 있었을 뿐 이상하게 잠잠했다. 그러다 모든 것이 완벽하게 사라진 것 같았을 때 타운에 알 수 없는 전단지들이 붙여지기 시작했다. 전단지에는 검은 도화지에 흰 종이배와 '배는 어디로 갔을까'라는 한 문장이 담겨 있었다. 전단지가 계속 나붙자 종이배를 처음 접은 주부가 검거되었고 단심 재판에 의해 사형에 처해졌다. 마침내 더 이상 참지 못한 사람들이 거리로 쏟아져 나와 L2와 사하, 주민까지 참여한 나비혁명이 시작되었다. 이때에도 잠잠하던 사람들을 깨운 것은 종이배의 은유였다. 종이배의 그림과 은유는 사라진 사람들이 곁에 있는 듯이 느껴지게 했다. 사람들은 조용했지만 깊은 심연에서는 흔들림이 있었고 그것이 종이배로 표현되자 순식간에 동요가 번져갔다.

　이 소설은 그때의 나비혁명이 무의식 속에서 차츰 진경을 움직이는 과정으로 진행된다. 진경이 사하맨션에서 목격한 현실은 다시는 나비혁명이 일어날 수 없는 답답하고 조용한 일상이었다. 그런 조용한 일상을 대표하는 인물이 바로 사하맨션에서 태어난 장애인 사라였다. 사라는 자신의 고단한 삶을 후회도 없이 오히려 감사하며 살고 있었다. 이 소설은 비천한 사라(그리고 우미)가 변화되고 진경이 그에게 **가까이 다가가게** 되면서 '이상한 고요함'이 해체되는 과정을 그리고 있다.

　한쪽 눈이 없는 채로 태어났고 열두 살에 엄마가 죽었고 열일곱 살 부터는

17　은유를 통한 사랑과 공감은 권력의 가짜 위로에 대항하는 타자의 또 다른 위로이기도 했다.

술을 파는 바에서 일했다. 사라는 그 고단한 삶을 이상할 정도로 쉽게 받아들였다. 원망도 후회도 없이 심지어 때로는 감사하며 살았다.

사하맨션에서 태어나고 자란 사라에게 세상은 딱 그 크기, 그 만큼의 빛과 질감, 그 정도의 난이도였다. 그런데 요즘 사라에게 너머의 세상이 보이기 시작했다. 그 동안 당연하게 여겨왔던 많은 일들에 화가 나고 억울했다. 사라는 왼손을 들어 왼쪽 눈에서 흘러나온 눈물을 닦았다. 우미가 물었다.

"괜찮아?"

"난 이제 지렁이나 나방이나 선인장이나 그런 것처럼 그냥 살아만 있는 것 말고 제대로 살고 싶어. 미안하지만 언니, 오늘은 나 괜찮지 않아."

사라의 말이 우미의 심장에 와 박혔다. 가슴께가 시리고 숨이 턱 막혀서 우미는 두 사람에게 등을 보이며 황급히 돌아섰다. 우미가 휘청휘청 꽃님이 할머니네 현관으로 들어선 후에야 진경은 아랫입술을 깨물며 떨고 있는 사라에게 다가갔다.[18]

사라의 변화는 진경에게 자매애적 관계를 느끼며 일어나기 시작했다. 사랑을 감지한 사라는 예전과 달리 자아의 능동성을 갈망한다. 그런 자아의 능동성에 대한 갈망은 은유로 표현되며 진경에게 전달된다. 사라는 자신이 지렁이와 나방 같은 앱젝트로 살고 있음을 알고 있다. 나비혁명을 알고 있는 진경은 사라가 무엇을 말하는지 감지했을 것이다. 지금은 동생 도경만을 걱정하지만 맨션에서 태어난 사라(그리고 우미) 같은 앱젝트에게 다가간 순간 진경 자신의 자아가 확장될 것이었다. 진경이 떨고 있는 사라에게 다가간 것은 사라가 자신의 내면에 들어옴을 감지한 때문이며 이제 그녀는 지렁이와 나방(앱젝트)이 나비(대상 a)처럼 날아오르게 하기 위해 움직일 것이었다.

사라는 사하맨션의 사람들이 앱젝트임을 보여주는 상징적인 인물이다.

---

18 조남주, 《사하맨션》, 민음사, 2019, 111~112쪽.

다른 사람들 역시 사라보다는 조금 낫지만 기생충 같은 앱젝트이긴 마찬 가지이다. 그러나 이제 보이지 않는 것을 은유를 통해 보게 된 지금은 예전과 다르다. 타운 사람들은 시와 사랑을 모르기 때문에 사하맨션 사람들을 기생충으로만 여긴다. 그러나 은유와 사랑을 아는 사라는 이제 **시인**이자 **연인**이며 더 이상 기생충이 아니다.

사라만큼 비천하게 살아가는 것은 맨션에서 태어난 우미이다. 우미는 날 때부터 연구소에서 난치병 치료와 백신 개발을 위한 실험 대상으로 이용되고 있었다. 그녀는 아프지 않았지만 연구소에서 계속 주사를 맞으며 자라고 있었다. 우미의 생활비는 연구소를 오갈 때 열 배로 받는 택시비였다. 우미는 주사와 약을 살아남기 위해 감수해야 하는 것으로 생각했으나 어느 날 사라처럼 삶에 대한 의문을 제기하기 시작했다.

사라의 차가운 얼굴이 떠올랐다. 울먹이는 중에도 단호했던 사라의 목소리. 살아만 있는 거 말고 제대로 살고 싶어. 제대로 사는 일. 어쩌면 내 혼란과 의문의 맥락도 이것이 아니었을까.

"그 조직검사 받기 싫으면요?"

우미가 갑자기 묻자 남자가 의아한 얼굴로 돌아보았다.

"네?"

"조직검사 받기 싫은데요. 그냥 돌아가겠어요."

우미는 그동안 한 번도 연구소에서 자신의 의견을 말해본 적이 없다. 그럴 수 있는 일이라고 생각하지 않았다. 연구소에서 부를 때마다 와서 시키는 대로 검사를 받고 주사를 맞고 약을 먹었다. 할머니는 우미에게 늘 '너는 건강하지 않다.'라고 말했다. 우미는 특별히 아픈 데가 있지 않으면서 당연히 자신을 건강하지 않은 사람이라고 생각했다. 그러니까 우미에게 질병은 신체를 드러내는 여러 증상이나 징후들을 종합해 판단하는 결과물이 아니었다. 당연하게 주어진 운명 같았다. 통증과 불편을 느끼기 때문에 건강하지 않은 것이 아니라 건강하지 않

기 때문에 검진과 진료를 받는다. 인과관계는 후자 쪽에만 존재했다.[19]

우미는 사라처럼 진경과 관계를 맺으면서 자신의 삶에 대해 생각하기 시작한 것이다. 그녀에겐 검진과 치료가 운명과도 같았지만 이제는 '원래의 것(운명)'은 없다는 것을 알게 되었다. 그녀는 처음으로 연구소 남자에게 조직검사를 거부했다.

우미가 택시비로 정체성을 거세시키며 살아왔던 것은 타운과 사하맨션 사이의 불평등성이 존재 자체에 대한 차별로 전이되었기 때문이다. 그처럼 계급적 불평등성이 극단화되면 마치 인종차별에서처럼 신체와 생명에 대한 차별이 일어나는 것이다. 연구소의 인체 실험은 과거에 인종의 영역에서 있었던 비극인데 지금은 계급의 영역에서 재연되고 있었다. 신자유주의는 계급적 차별을 인종주의처럼 존재론적 차별로 전이시키는 생명정치와 죽음정치의 권력이었다.

우미는 자료실에 몰래 들어가 자신의 신체가 연구와 실험에 이용되고 있음을 분명히 알게 된다. 그러나 자료실에 들어간 대가로 다시는 연구소에서 나오지 못하는 처지가 되었다. 연구소 여자는 우미를 유리관에 가두고 '너를 잃기에는 여기까지 온 것이 너무 아깝다'고 말한다.

그즈음 진경은 우미의 실종과 함께 도경이 사라졌음을 알게 된다. 도경을 사랑하던 수가 면허 박탈 등의 수모를 당한 끝에 자살을 하자 도경은 용의자로 몰리게 된다. 사라의 집에 숨어 있던 도경은 어느 날 실종되어 사형에 처해졌다고 알려진다. 그러나 진경은 나중에 연구소 남자로부터 도경이 어딘가에 살아 있음을 알게 된다.

진경은 도경의 사형 소식을 듣고 뛰쳐나왔다가 연구소에 끌려가게 된다. 연구소 남자는 자신들이 원하는 자료를 갖다 주면 도경을 찾게 해주겠다고 제안한다. 그러나 진경은 연구소 유리관 속에 잠들어 있는 우미를

---

19 조남주, 위의 책, 272~273쪽.

보며 무력감과 죄책감으로 마치 고치에 갇힌 듯한 느낌이 들었다.

진경은 남자의 제안에 응하는 대신 타운의 조직과 권력에 저항하기로 결심한다. 그것은 고치에서 나와 과거 나비혁명 때의 나비처럼 체제의 중력에 저항하려는 생각이었다. 진경의 내면에서는 나비혁명 때의 종이배와 사라의 목소리, 이아의 성가, 그리고 우미의 핏기 없는 얼굴이 떠올랐을 것이다. 이미 진경의 심연에는 (앱젝트가 된) 타자가 가까이 다가오게 하는 그림과 노래, 은유들이 요동치고 있었던 것이다. 그와 함께 죽어가는 우미의 구조 요청이 심연의 순수기억을 동요시키며 고치에서 나와 나비처럼 날려는 소망을 불러일으킨 것이다.

그 순간은 우미의 고통스런 구조 요청에 응답하며 **평행우주**로 가는 동요의 시간과도 같았다. 〈문근영 대통령〉에서 '나'는 시체처럼 피사체가 된 소녀의 '나를 도와줘' 소리를 들으며 평행우주로 가게 된다. 그와 마찬가지로 진경은 피검체가 된 우미를 보며 구원의 목소리를 들었을 것이다. 고통받는 사람의 구조 요청을 듣지 못하면 희생자가 '모르그 디오라마'의 시체가 돼도 이상한 고요함이 계속된다. 그런 '모르그 디오라마'의 시체는 일정한 거리 너머에 놓여 있다. 반면에 진경은 우미가 마치 곁에 있는 듯이 떠올랐다. 사하맨션에 돌아온 후에도 진경은 죽은 듯이 누워 있던 우미가 내뱉던 하얀 숨이 떠올랐다.[20] 그 순간 진경은 심연에서 순수기억의 소우주가 동요하는 능동적인 시간을 경험한다. 순수기억의 소우주가 동요하면 심연의 평행우주가 작동되기 시작한다. 진경은 〈문근영 대통령〉에서 '내'가 문근영 대통령을 만났듯이 순수기억의 평행우주에서 사하 대통령을 만났을 것이다.

진경이 총리들을 찾아가기로 결심한 것은 심연의 평행우주에서 괴물들과 싸우려는 생각이 들었기 때문이다. 진경은 직업소개소 소장[21]을 통해

---

20 조남주, 위의 책, 327쪽.

21 소장 할머니 역시 30년 전에 총리를 만나러 왔다가 실패한 사람이다.

지도와 신분증과 리볼버 권총을 입수한다. 진경이 총리관을 찾아가는 일은 의외로 어렵지 않았다. 그러나 그녀는 일곱 명이라고 알려진 총리는 아예 처음부터 없었음을 확인하게 된다.

총리가 없다는 말은 몇 사람을 없애는 것만으로는 타운의 잔혹한 체제가 사라질 수 없음을 암시한다. 체제의 구조로서 편재하는 총리는 평행우주의 사하 대통령처럼 은유를 통해서만 만날 수 있을 것이다. 그렇기 때문에 사하와 총리의 전쟁은 **평생의 시간**이 필요할 것이다. 또한 은유와 사랑의 힘으로 평행우주를 계속 작동시켜야만 전쟁이 가능하다.

총리 대신 총비서는 과거에 찾아왔다 사하로 돌아간 사람들을 말하며 원래로 돌아가라고 명령한다. 그러나 진경은 우미처럼 운명 같은 사하의 '원래'는 없다고 생각한다. 진경은 총리를 찾아왔다 돌아간 사람들과 전단지의 종이배, 이아 엄마, 수, 사라, 우미를 생각하며 총비서에게 저항했다. 그녀가 총비서에게 대든 것은 복귀를 명령한 그에게 원래로 돌아갈 수 없음을 보여준 것이었다. 진경의 저항은 나비혁명과 사하의 희생자들을 기억하는 한 마리의 나비의 비상과도 같았다.

진경은 카메라에 숨겨온 권총을 빼앗긴 대신 총비서의 리볼버를 집어든다. 100년 전 카메라에 찍힌 의병 사진에서는 총을 든 의병들이 응시의 눈으로 총을 발사하는 장면을 볼 수 있다. 빼앗은 총비서의 리볼버를 발사한 진경의 반격은 100여 년 전처럼 권력의 테크놀로지를 역류시키는 응시의 반항이었다.

그러나 진경의 응시의 공격이 사하들에게 퍼져나가 나비혁명 때처럼 불타오를지는 불분명하다. 또한 우미와 도경이 다시 살아 돌아올지도 불확실하다. 진경은 그녀가 되돌아갈 것을 보고 있는 총비서를 향해 총을 쏘는 것이지만, 우미와 도경과의 재회가 불확실한 만큼 그녀의 대응은 고독하다. 평행우주의 저항이 역동적인 것은 사랑과 연대의 힘으로 시체 같은 희생자를 일으켜 세우기 때문이다. 반면에 총비서의 시선에 저항하는 진경의 고독한 응시는 슬픈 나비의 비상을 보여준다.

그럼에도《사하맨션》은《해피 아포칼립스!》의 상상계적 냉소를 넘어선다.《해피 아포칼립스!》에서 최는 앱젝트들의 증오스러운 공격의 혼란 속에서 기쁜 종말론이라고 외친다. 최에게 종말이 기쁜 것은 불평등의 극단에서 모두가 패배자가 되는 평등이 이뤄질 것이기 때문이었다. 그러나 그런 평등은 혐오와 증오의 환각 속에서 부재로 돌아가는 것이며 물신화된 상상계에서 조금도 벗어나지 못한다.

반면에《사하맨션》의 진경은 타운에 저항하며 나비혁명 후에 살아남은 한 마리 나비처럼 앞으로 나아간다. 진경의 슬픈 저항은 물신화된 상상계로의 회귀를 거부하는 한 순간의 실재계적 전회를 보여준다. 그처럼 실재계로의 이동이 있기 때문에 환각 같은 '이상한 고요함' 속에 감춰진 **권력의 비밀**을 드러낼 수 있는 것이다. 또한 진경은 그 순간 심연에서 희생자들과 손잡고 저항하는 것이기에 **타자의 비밀**을 암시하고 있다. 설령 진경이 죽음을 맞더라도 그녀는 실재계적 무를 이미지화하는 나비의 은유를 통해 기억될 것이다. 장자는 꿈속의 나비가 진짜 자신일지도 모른다고 말했다. 또한《빈집》의 선화와 태석은 실재계로 이동하며 중력에 저항하는 보이지 않는 무의 비상을 암시하고 있다. 진경은 장자에서 한발 더 나아가 현실 속에서 꾸는 나비의 꿈을 보여준다. 그처럼 그녀는 꿈과 환상의 현실화로서 신자유주의의 중력에 대한 나비의 저항을 보여주고 있다. 그녀의 총격은 테크놀로지의 역류이자 응시의 발사이다. 그것은 이미 심연에서 우미와 도경과 손잡고 무로 날아오르는 것이며, 그 순간 운명 같은 '원래'의 상상적 공간에서 나비혁명 같은 실재(계)로 이동하고 있는 것이다. 그녀는 그 과정에서 보이지 않는 존재를 보이게 만들고 사라진 타자의 심장소리를 가깝게 들려주면서 우리의 순수기억을 동요시키는 은유로서의 코페르니쿠스적 전회를 보여주고 있다.

5. 글로벌 캐슬과 '아무도 흔들 수 없는' 연대

《사하맨션》은 캐슬 같은 타운과 존재감이 상실된 사하맨션을 대비적으로 보여준다. 이제 보이는 것과 보이지 않는 것의 분할은 정치적 쟁점을 넘어서서 존재 자체의 조건이 되었다.《스카이 캐슬》,《기생충》,《해피 아포 칼립스!》,《사하맨션》은 비슷하게 계급적 차별이 공간적 불평등성과 시각적 차별로 전이된 현실을 보여준다.

불평등성이 시각적인 낙인을 찍는 것은 인종주의와 신분사회의 특징이다. 신자유주의의 시각적 차별이 인종주의나 신분사회와 다른 것은 환상적 캐슬이 불가능성의 기표인 동시에 선망의 공간이라는 점이다. 끊어진 사다리와 계급의 대물림은 신분사회와도 비슷하다. 그러나 쇼룸과 근린생활, 장미빌라의 환상이 계속되기 때문에 고장 난 승강기가 운행을 계속하는 것이다. 쇼룸의 환상은 불평등성의 잡음을 소거하며 평등성의 환각을 유포시킨다. 하지만 〈근린생활자〉에서처럼 진짜 평등해지려는 순간 고장 난 승강기에 갇히는 '무서운 편안함'을 경험하게 되는 것이다.

이 같은 신자유주의의 계급적 양극화가 더 무서운 것은 지구적 차원에서 계속되기 때문이다. 칸 영화제에서《기생충》의 심사를 맡았던 각국의 영화감독들은 이 영화가 자기 나라의 이야기 같다고 말했다. 계급적 불평등성이 존재 자체의 낙인이 된 것은 지구적 차원에서 일어나는 비극인 것이다.

그런데 지구 차원의 비극은 부의 양극화가 모든 국가들 내에서 일어나는 일에 그치지 않는다. 보다 심각한 것은 양극화의 불행이 세계 차원에서 각 국가들 간에도 생겨난다는 점이다. 신자유주의는 부르주아의 승리의 상징으로서 냉전 이후 모든 나라들이 자본주의적 번영을 꿈꾸는 길로 접어들었음을 뜻한다.[22] 그것은 구조조정을 통해 신자유주의 모델에 순응

---

22 제임스 페트라스 외, 이선화 역, 〈라틴 아메리카에서의 신자유주의와 계급투쟁〉,《발전주의 비판에

하면 그 과정에서의 고통을 대체해줄 번영을 누리게 된다는 시나리오였다. 그러나 이른바 경제회복과 이익이란 지속 불가능한 성장과 불평등성의 심화를 감추는 환상임이 드러났다. 신자유주의는 결국 특정한 계급의 이해에 봉사하게 만들어진 프로젝트일 따름이다.[23] 제3세계의 신흥국들은 성장이 지속될 수 없으며 신세계를 위해 치러야 할 사회적 비용이 엄청남을 실감하게 되었다. 신자유주의는 지구적 자본주의의 유토피아 대신 G7의 캐슬이 더 공고해지게 만들었을 뿐이다.

신자유주의는 지구적 자본주의를 지향하지만 이른바 세계화가 국가주의의 소멸을 뜻하는 것은 아니다. 신자유주의적 구조조정 자체가 자율적 국가장치와 관리능력을 필요로 하는 국가주의에 의해 실행된다고 할 수 있다. 특정한 계급을 위한 자본주의의 확대는 국가의 개입 없이 시장에 맡긴다는 지구적 차원의 환상에 의존하고 있을 뿐이다.

그런 맥락에서 세계화의 시대에 국가주의가 대두되고 있는 것은 놀라운 일이 아니다. 지구적 자본주의가 순항할 때는 국가 간의 경쟁과 각축이 잘 보이지 않았다. 그러나 자본의 이윤율이 저하되고 신자유주의가 고장 난 것처럼 보이기 시작하면서 숨어 있던 국가주의가 전면에 드러나고 있다. 권력이 자본의 이익을 위해 봉사한다는 신자유주의의 이념은 변화되지 않았지만 그것을 위해 국가주의가 작동될 필요가 높아진 것이다. 이제 국가의 경계를 넘어선 상품의 동원의 시대는 국가 간의 경제 전쟁의 시대로 전이되고 있다.

《해피 아포칼립스!》는 자본 전쟁에 말단 군인으로 동원되었던 사람들이 경제적 죽음을 맞아 앱젝트가 되었음을 말하고 있다. 이는 신자유주의적 양극화가 첨예하게 극단화된 미래의 풍경에 다름이 아니다. 신자유주의적 세계화와 국가주의적 자본 전쟁은 동전의 앞뒷면과도 같다. 자본의

서 신자유주의 비판으로》, 공감, 1998, 213~214쪽.

23 제임스 페트라스 외, 〈라틴 아메리카에서의 신자유주의와 계급투쟁〉, 위의 책, 217쪽.

이익을 위한 번영의 환상과 경제적 싸움의 프로젝트는 여전히 계속되고 있다. 상품의 동원의 시대와 경제 전쟁의 시대를 가로지르는 공통점은 평화와 평등을 소망하는 인문학과 사회과학이 위기에 처한 점이다.

국가주의가 대두되고 각국이 경제적 이익을 위해 충돌하는 오늘날의 상황은 1차 세계대전(1914~1918) 직전과 비슷하다고 말해진다.[24] 1차 세계대전 직전은 배타적 민족주의가 확대되고 강대국들의 식민지에 대한 열망이 고조된 시기였다. 그때의 인종의 영역에서의 식민지에 대한 열망은 오늘날 계급의 영역에서의 부에 대한 욕망으로 전이되었다. 오늘날은 계급이 인종주의처럼 존재에 낙인을 찍는 시대이며 그런 극단의 불평등성이 일국을 넘어서 국가 간에도 나타나는 시대이다.[25] 1차 세계대전 때와 지금의 공통점은 세계적 차원에서 국가주의가 대두되며 화해를 소망하는 인문학과 비판 사상이 위축된 점이다.

100년 전 토마스 만은 당시의 불안과 공포를 인문학과 교양소설의 위기로 진단했다. 《마의 산》(1924)은 희망을 잃은 시민사회 대신 산상의 피난처에서 교양소설을 구출하려는 작품이다. 1차 대전 직전 7년간의 요양소의 기록인 이 소설에는 교양이념의 인물(세템브리니)뿐 아니라 루카치(나프타)와 니체(페퍼코른)를 연상시키는 인물들이 등장한다. 토마스 만은 외부와 차단된 공간에서 관념의 몽환적 결합을 통해 서구 시민사회를 구원하려고 시도한 것이다. 불행한 것은 교양수업을 마친 카스토로프가 하산하자마자 곧바로 1차 세계대전을 맞게 된 점이다.

《마의 산》은 비판적 사유들이 몽환적으로 출몰하는 평행우주와도 같은 우리의 심연의 공간을 암시한다. 하지만 현실의 전쟁은 그 모든 사유와 이념들을 무의미하게 만드는 야만적인 살육의 공간을 연출했다. 《마의

---

24 진칭이, 〈동북아 혼돈이 질서로 가는 길〉, 한겨레신문, 2019. 8. 26. 슬라보예 지젝, 〈전쟁의 도화선이 될지도 모르는 무역전쟁〉, 한겨레신문, 2019. 9. 9.

25 오늘날에도 인종주의가 대두되고 있지만 과거와 달리 흔히 계급을 매개로 한 형식을 드러내고 있다. 지금의 인종주의는 가난한 계급의 인종을 차별하는 것이라고 할 수 있다.

산》은 한쪽에는 전쟁의 현실이 있으며 다른 쪽에는 그와 싸울 준비가 되어 있는 평행우주가 있음을 보여준다. 비극적인 것은 역사의 흐름이 카스토로프의 산상의 교양교육을 무화시키는 세계대전의 포화로 흘러간 점이다.

비판적 사상을 마비시키며 국가 간의 전쟁이 발발한 흐름은 지금의 자본 전쟁의 시대에도 비슷하다. 오늘날의 경제 전쟁의 위기는 평화와 평등의 사상을 무력화하며 진행되는 점이 가장 큰 문제이다. 또한 모든 것이 자본 계급과 특정 국가의 경제적 이익을 위해 진행되는 흐름이 위기감을 증폭시키고 있다. 그런 불안이 2008년 경제 위기 이후 강대국들의 경제적 이익의 갈등으로 이어진 점에서 지금은 대공황[26] 이후 2차 세계대전 (1939~1945) 직전과도 매우 유사하다.[27] 그때가 경제 위기를 극복하기 위한 전쟁의 총동원 시대였다면 지금은 상품의 총동원에서 비롯된 경제 전쟁이 발발하고 있다.[28]

침략 전쟁이든 경제 전쟁이든 주목되는 것은 세 시기에 공통적으로 비판 사상이 무력화되며 위기가 고조된 점이다. 일본의 최근의 경제 침략 역시 이면에는 한반도의 평화 프로세스를 무력화하려는 의도가 깔려 있다. 일본의 위기감은 평화 프로세스가 자국의 이익을 위축시킬 뿐 아니라 강대국과 약소국의 차이를 평등화시킨다는 데 있다. 강대국들이 캐슬화될수록 약소국들은 식민지나 경제 침탈의 위기에 시달린 것이 세 시기의 공통점이다. 그것을 위해서 강대국 중심의 질서는 간신히 살아남은 평행우주, 즉 《마의 산》에서의 세템브리니와 나프타, 페퍼코른의 사유를 내버려야 한다.

유령처럼 되돌아온 지금의 위기의 시대에 '마의 산'이 다시 부활할 수

---

26 1929년에서 1939년 무렵까지 전 세계 산업지역에 지속된 사상 최대의 경제 공황을 말한다.

27 박노자, 〈1930년대가 돌아온다〉, 한겨레신문, 2019. 7. 3.

28 이 같은 위기감은 예기치 않은 바이러스와의 전쟁을 겪으면서 자국 우선주의(그리고 인종주의)의 확산과 함께 위험한 불확실성을 더 증폭시키고 있다.

있을까. 자본으로부터의 피난처인 산상의 인문학은 어디에 있는가. 자본의 캐슬의 시대에 다시 한번 평화와 평등을 꿈꿀 수 있을까.

세계화 시대든 국가주의 시대든 제3세계는 역사의 미로를 헤맬 뿐 자본의 유토피아에 다가갈 수 없다. 신흥국이 겨우 올라온다 해도 강대국이 사다리를 차버리는 것이 현실이며 그것이 최근의 경제 전쟁의 요체이다. 강대국들이 캐슬을 공고화하려는 것은 사다리가 끊어진 세계를 유지하려는 시도와 표리를 이루고 있다.

그런 흐름 속에서 유례없이 선진국에 접근한 우리는 기적 같은 예외적 경우일 것이다. 국가주의가 대두되는 시대에 한반도 평화 프로세스를 기획하고 있는 것도 특이하다. 세계적 우경화의 시대에 특권과 차별이 없는 진보적 정치에 대한 갈망이 고조되는 점도 이례적이다.

또한 민주주의가 퇴조하는 시대에 촛불집회를 통해 민주주의를 회생시킨 최근의 변화 역시 눈에 띈다. 촛불광장은 과거의 '마의 산'처럼 오늘날 살아남은 소수의 평행우주 중의 하나일 것이다. 평행우주는 촛불을 연장시켜 평창 올림픽을 남북 화해를 위한 제2의 촛불[29]로 만들며 이어졌다. 그런 일련의 과정에서 오늘날의 자본 전쟁에 저항하는 유일한 흐름인 동북아 평화 프로세스가 기획되고 있는 것이다.

이런 연결된 과정들은 신자유주의의 바깥으로의 길을 암시한다. 그러나 그런 새로운 기획이 우리가 그동안 신자유주의의 외부에 놓여있었음을 뜻하는 것은 결코 아니다. 한국이야말로 신자유주의적 성장의 이익과 폐해를 가장 극심하게 겪은 나라 중의 하나이다. IMF 사태 이후 한국은 성장을 위해 신자유주의의 선택을 강요받았으며 실제로 얼마간 성과를 얻기도 했다. 그런데 그 대가로서 중산층 몰락과 극단의 양극화, 최고의 자살률, 출산율 저하의 결과가 빚어진 것이다. 한국은 신자유주의가 강제

---

29 남북 화해를 위한 제2의 촛불의 기획은 문재인 대통령의 제72차 유엔총회 연설(2017. 9. 21)에서 발표된 바 있다.

하는 무거운 짐을 고스란히 떠안은 대가로서 화려한 외관 속에 황폐한 사회적 증상을 드러내고 있다.

하지만 증상은 절망인 동시에 희망이기도 하다. 선진국들은 신자유주의의 폐해가 적은 대신 시대의 흐름에 대한 저항이 나타나기 어렵다. 또한 제3세계는 잠깐의 성장과 권위적인 정권으로의 교체가 반복되는 혼돈을 겪고 있다. 반면에 우리는 신자유주의에서의 성장과 그것이 낳은 증상으로 인한 반발이 함께 나타나고 있다.

증상은 사회체제가 낳은 필연적 결과물이면서 체제를 넘어서려는 잉여적 요소이기도 하다. 우리의 위치는 헬조선인 동시에 민주화 운동의 모범이기도 하다. 우리는 양극화 속에서 무(無)로 버려진 사람을 은유(그리고 유령 연습)를 통해 복귀시키는 공간을 만들었는데 그것이 바로 촛불광장이다. 촛불광장은 신자유주의의 태반에서 출현한 최고의 발명품이다. 촛불집회에서의 은유와 노래, 퍼포먼스는 사라진 타자를 심장소리가 들릴 만큼 **가까이 다가오게** 만들었다. 《마의 산》의 카스토로프가 시민사회가 무력화된 시대에 산상에서 인문학을 부활시켰듯이, 우리는 촛불광장에서 미학과 정치, 그리고 타자가 되돌아오게 만들었다.

그런데 희망으로의 반전에는 그 이상의 절망의 습격이 있다. 카스토로프가 교양수업을 마치고 세계대전을 맞았듯이 촛불광장에서 자아가 증폭된 사람들은 현실에서 경제 전쟁에 부딪히고 있다. 다만 과거의 두 차례의 전쟁의 시대와 다른 점은 비슷한 시기에 평화 프로세스가 제기된 점이다. 100년의 교훈을 지닌 우리는 역사의 반복의 틈새에서 그때와는 다른 세계를 만들어야 한다. 이제 지나간 동일성(자본과 국가)의 역사의 반복에 대응하는 차이의 반복이 절실하게 필요한 것이다. 100년 전 카스토로프는 세계대전에 맞서 루카치와 니체를 꽃피우지 못했지만 우리는 평화 프로세스를 반드시 현실화해야 한다.

그런 희망을 갖는 이유는 우리의 복합적이고 중층적인 위치 때문이다.

《마의 산》이 사유의 다수 체계성의 서사적 표현이었다면 그와 비슷하게 우리는 현실의 다수 체계성의 틈새에 있다. 신자유주의는 물신화된 동일성의 세계이지만 한반도에는 아직 **다수 체계성**의 틈새가 남아 있다. 남한만이 잘 살려고 시도한다면 우리는 신자유주의의 물신화된 동일성의 표본일 뿐이다. 그러나 동질적인 동시에 이질적인 북한과 연대한다면 우리의 잠재적인 다수 체계성이 되살아날 것이다. 우리 사회는 지구상에서 가장 갈등이 많은 사회인 동시에 다수 체계적 역동성의 잠재력을 갖고 있는 위치에 있다.

더욱이 모든 것을 양극화시키는 신자유주의에서 예외적으로 우리는 중간층처럼 틈새에 존재하고 있다. 우리에게는 신자유주의의 선진국이 되려는 상승의 욕망과 함께 아직 제3세계와의 연대의 열망이 남아 있다. 그런 틈새의 존재야 말로 상처를 주는 역사의 저주에서 벗어나는 기적 같은 희망의 기회일 것이다. 틈새의 존재는 은유를 통해 보이지 않는 새로운 질서를 암시할 수 있거니와 그것이 바로 평화 프로세스[30]이다.

이런 중요한 시점에서 문재인 대통령의 광복절 기념사는 매우 상징적이다. 문재인 대통령은 강대국들의 제재와 일본의 경제 침략을 새로 성장하는 나라의 사다리를 걷어차는 것으로 은유했다. 그와 함께 김기림의 시를 인용하며 '아무도 흔들 수 없는 나라'를 만들자고 제안했다. 신자유주의와 국가주의의 공통점은 강대국의 캐슬을 공고하게 만들기 위해 약소국들을 마음대로 흔들 수 있는 체제라는 점이다. 김기림 시의 은유적 인용은 보이지 않는 권력의 비밀을 보여주고 있다.

그에 대항해 '아무도 흔들 수 없는 나라'를 만들기 위해서는 약한 나라들의 연대가 필수적이다. 새로운 질서의 암시로서 남북 화해와 동북아 평화 프로세스를 말한 것은 그 때문이다. 우리에 대한 일본의 제재는 중간 정도의 나라를 **보이지 않는 나라**로 만들어버린다는 위협이다. 그보다 더

---

30 이 평화 프로세스는 100년 전 3·1운동에서부터 이미 말해지고 있었다.

강력한 미국의 북한 제재는 (비핵화하지 않는다면) **사라져야할 나라**로 만들 겠다는 경고이다.《콜센터》가 말하고 있듯이 매를 맞아도 화풀이를 할 수 없는 존재가 바로 앱젝트이다. 제재를 받아도 호소할 곳이 없는 북한은 항시적으로 앱젝트의 위협에 시달리는 나라이다.[31] 그 때문에 강대국의 경제 침략에 맞서서 중간적 존재인 한국과 준앱젝트인 북한의 연대는 필연적이다. 일상의 존재와 준앱젝트와의 끝없는 교신만이 경제적 차별을 존재의 위기로 위협하는 권력에 대응할 수 있는 것이다. 남북 화해를 통한 평화 프로세스는 연대와 교섭이라는 타자의 비밀에 대해 말하고 있다.

경축사에 함축된 **두 개의 비밀**은 신자유주의를 끌어안고 넘어서겠다는 암시이다. 그것은 완도 섬마을 소녀가 울산에서 수소 산업을 공부하여 남포에서 창업하고 시베리아로 친환경차를 수출한다는 프로젝트이다.[32] 이 프로젝트는 신자유주의와 4차 산업혁명이라는 세계적 흐름에 동참함을 말하고 있다. 그와 함께 남북 화해와 동북아/세계평화 프로세스는 신자유주의를 넘어서는 잉여적 기획이기도 하다. 체제의 품안의 틈새에서 신자유주의와 새로운 테크놀로지를 관통하는 역류가 생성되고 있는 것이다. 신자유주의와 국가주의는 자본과 강대국의 캐슬을 지키기 위해 약소국의 사다리를 걷어차는 체제이다. 한국 내의 보수적 흐름은 친미나 친일이기 이전에 캐슬에 대한 선망으로 망가진 사다리를 망각하는 것일 뿐이다. 그에 대항하는 평화 프로세스는 신자유주의의 품안에서 발흥한 새로운 질서를 암시한다. 그것의 비밀은 시로 은유된 '아무도 흔들 수 없는 연대'이다. 아무도 흔들 수 없는 연대만이 신자유주의와 국가주의가 비호하는 캐슬을 '물위의 도시'[33]로 동요시킬 수 있다.

신자유주의와 국가주의 시대의 공통점은 국지적 차원과 세계적 차원

---

31 강대국 중심의 신자유주의에서는 자본의 질서를 받아들이지 않고 예속화를 거부하는 나라는 앱젝트로 폐기될 위험에 시달린다.

32 문재인, 〈광복절 경축사〉, 2019. 8. 15.

33 '물위의 도시'에 대해서는 제2장 5절 참조.

의 공명이 발견되는 점이다. 오늘날은 일상에서의 막말과 가짜뉴스, 혐오발화의 시대이면서 틈새 공간에서의 촛불집회의 시대이기도 하다. 그와 비슷하게 세계적 차원에서도 인접국을 비방하는 가짜뉴스와 혐오 시위 속에서 새로운 평화 프로세스가 기획되고 있다.

혐오발화와 새로운 프로세스는 비슷하게 현실적이면서도 연출된 느낌을 주는 것이 특징적이다. 우리 시대는 가짜 담론 뿐 아니라 사상과 사유, 정치조차 연출되고 공연되는 시대이다. 비단 가짜뿐만 아니라 진짜를 위해서도 연출과 가상이 필요한 것이다. 남북회담에서 휴전선 월경이나 도보다리 담화 등 시각적인 은유가 중요했던 것은 우연이 아니다. 권력과 타자에게는 뭔가 비밀이 숨어 있으며 그 보이지 않는 것을 보여주는 것이 바로 **은유**이다. 도보다리는 단순한 리얼리티쇼이기보다는[34] 김기림의 시와도 같은 미학적인 은유이다. 시적인 은유는 시선의 독재를 관통하는 타자의 응시를 암시한다. 우리의 의지를 배반하는 휴전선과 강대국의 제재가 시선의 독재라면 휴전선 월경과 도보다리는 응시의 시각화이다. 응시의 시각화는 '사다리를 걷어차는 권력'과 '아무도 흔들 수 없는 연대'라는 **두 개의 비밀**을 말하고 있다.

오늘날 우리는 두 개의 시각적 장면들 속에 놓여 있다. 한 쪽에는 강대국의 캐슬과 자본의 물신화, 경제제재, 자본 전쟁이 펼쳐지고 있다.[35] 다른 쪽에는 을들의 연대, 동북아 철도 공동체, 평화 프로세스가 놓여 있다. 전자가 사다리를 망가뜨리며 타자를 추방하는 반면 후자는 추방된 타자들을 이웃처럼 가까워지게 한다. 신자유주의 이념인 자본의 유토피아가 다 함께 잘사는 나라라면 그것의 현실화는 캐슬을 중심으로 한 강대국의 질서 신자유주의를 넘어선다. 산상의 인문학을 대신해 다시 출현한 평화와

---

34 제8장 5절에서 논의했듯이 도보다리 장면은 '상상적 리얼리티쇼'가 아닌 '사건의 리얼리티쇼'의
    의미를 얼마간 지니고 있다. 사건의 리얼리티쇼는 미학적인 은유를 포함하고 있다.

35 선진국의 캐슬과 자본의 유토피아가 유혹의 방식이라면 경제제재와 자본 전쟁은 거세공포 방식의
    권력 행사이다.

평등의 프로세스는 신자유주의를 끌어안고 넘어서며 잉여적인 월경을 실현한다. 다시 전쟁이 가능한 나라가 상상계의 꿈이라면, 무기가 필요 없는 평화 공동체는 혐오 시위와 경제 전쟁에 맞서는 '전쟁 없는 실재계적 저항' 코페르니쿠스적 선회일 것이다.

찾아보기

지은이 **나병철**

연세대학교 국문과를 졸업하고 동 대학원에서 문학박사 학위를 받았다. 수원대학교
국문과 교수를 거쳐 현재 한국교원대학교 국어교육과 교수로 있다. 지은 책으로
《친밀한 권력과 낯선 타자》, 《특이성의 문학과 제3의 시간》, 《소설이란 무엇인가》(공저),
《감성정치와 사랑의 미학》, 《미래 이후의 미학》, 《소설이란 무엇인가》, 《소설의 이해》,
《문학의 이해》, 《전환기의 근대문학》, 《근대성과 근대문학》, 《한국문학의 근대성과 탈근대성》,
《모더니즘과 포스트모더니즘을 넘어서》, 《근대서사와 탈식민주의》, 《탈식민주의와 근대문학》,
《소설과 서사문화》, 《가족 로망스와 성장 소설》, 《영화와 소설의 시점과 이미지》, 《환상과 리얼리티》,
《소설의 귀환과 도전적 서사》, 《은유로서의 네이션과 트랜스내셔널 연대》 등이 있다.

옮긴 책으로는 《문학교육론》(제임스 그리블), 《냉전시대 한국의 문학과 영화》(테드 휴즈),
《서비스 이코노미》(이진경), 《문화의 위치》(호미 바바), 《포스트모더니즘 이후의 정치와 문화》
(마이클 라이언), 《해체론과 변증법》(마이클 라이언), 《중국문화 중국정신》(C. A. S. 윌리엄스)
등이 있다.

문학의 시각성과 보이지 않는 비밀

시선의 권력과 응시의 도발

1판 1쇄 인쇄 2020년 8월 12일
1판 1쇄 발행 2020년 8월 30일

지은이 나병철
펴낸곳 (주)문예출판사 | **펴낸이** 전준배
출판등록 1966. 12. 2. 제 1-134호
주소 03992 서울시 마포구 월드컵북로 6길 30
전화 393-5681 | **팩스** 393-5685
홈페이지 www.moonye.com | **블로그** blog.naver.com/imoonye
페이스북 www.facebook.com/moonyepublishing | **이메일** info@moonye.com

ISBN 978-89-310-2127-1 93800

∘ 이 도서의 국립중앙도서관 출판시도서목록(CIP)은 서지정보유통지원시스템
(http://seoji.nl.go.kr)과 국가자료공동목록시스템(http://www.nl.go.kr/kolisnet)에서
이용하실 수 있습니다. (CIP제어번호 CIP2020032213)
∘ 잘못 만든 책은 구입하신 서점에서 바꿔드립니다.

❧ 문예출판사® 상표등록 제 40-0833187호, 제 41-0200044호